中里介山

第七巻

挿絵 井川洗厓

校訂 伊東祐吏

大菩薩峠

【都新聞版】

論創社

目次

大《だい》菩《ぼ》薩《さつ》峠《とうげ》（第五篇）

五四四

下谷《したや》の長者町《ちょうじゃまち》の道庵先生《どうあんせんせい》が此《こ》の頃何《ごろなに》か気《き》に入《い》らない事《こと》があってプンプン怒《おこ》っていました。

その気《き》に入《い》らない事《こと》を、よく尋《たず》ねて見《み》ると成程《なるほど》と思《おも》われる事《こと》もあります。それは道庵先生《どうあんせんせい》の直隣《すぐとなり》の屋敷地《やしきじ》面《めん》を買《か》いつぶして贅沢《ぜいたく》な普請《ふしん》をはじめたものがあるのでありました。道庵先生《どうあんせんせい》ほどのものが、他人《たにん》の普請《ふしん》を嫉《ねた》むという事《こと》はありませんでした。其《そ》の普請《ふしん》が出来上《できあが》るまでは、先生《せんせい》は更《さら》に頓着《とんちゃく》をしませんでしたけれども、いよ〳〵出来上《できあが》って其《そ》の事情《じじょう》が知《し》れた時《とき》に、先生《せんせい》が非常《ひじょう》に憤慨《ふんがい》してしまいました。その普請《ふしん》というのは其《そ》の頃有名《ころゆうめい》な鰡八大尽《ぼらはちだいじん》というものの妾宅《しょうたく》なのでありました。鰡《ぼら》八大尽《だいじん》というのは其《そ》の頃《ころ》の成金《なりきん》の筆頭《ひっとう》でありました。見《み》すぼらしい棒手振《ぼてふり》から仕上《しあ》げて今日《こんにち》では其《そ》の名《な》を知《し》らないもののないほどの大尽《だいじん》であります。

それは国内《こくない》に聞《きこ》えた大尽《だいじん》であるのみならず、外国人《がいこくじん》を相手《あいて》に手広《てびろ》い商売《しょうばい》をしました。糸《いと》の取引《とりひき》をしたり唐《とう》物《ぶつ》の輸入《ゆにゅう》をしたり、金銀《きんぎん》の口銭《こうせん》を取《と》ったり、其《そ》の富《とみ》の力《ちから》の盛《さか》んな事《こと》は外国《がいこく》までも響《ひび》き渡《わた》るほどの大尽《だいじん》なのでありました。

「おれの隣《となり》へ来《き》たのは鰡《ぼら》八の野郎《やろう》か、それとは知《し》らなかった、口惜《くや》しい」

道庵先生《どうあんせんせい》は其《そ》れと知《し》った時《とき》に歯嚙《はが》みをしたけれど、もう追附《おいつ》きませんでした。

其《そ》の妾宅《しょうたく》が出来上《できあが》ると盛《さか》んなる披露《ひろう》の式《しき》がありました。集《あつ》まる者《もの》、朝野《ちょうや》の名流《めいりゅう》というほどでもなかったけれど、多種多様《たしゅたよう》の人《ひと》が集《あつ》まって、万歳《ばんざい》の声《こえ》が湧《わ》くようでありました。それを聞《き》いて道庵先生《どうあんせんせい》は、火《ひ》のように怒《おこ》ってしまいました。其《そ》の後《のち》とても、毎日々々《まいにちまいにち》、鰡《ぼら》八大尽《だいじん》の妾宅《しょうたく》へ詰《つ》めかける朝野《ちょうや》の名流《めいりゅう》（？）は少《すく》い数《かず》ではありませんでした。其《そ》の門前《もんぜん》の賑《にぎ》やかな事《こと》は長者町《ちょうじゃまち》初《はじ》まって以来《いらい》の景気《けいき》なのでありました。

処《ところ》が道庵先生《どうあんせんせい》の方《ほう》は相変《あいかわ》らずの十八文《もん》でありました。その門《もん》を叩《たた》く人《ひと》も十八文《もん》に準《じゅん》じた人《ひと》で朝野《ちょうや》の名流《めいりゅう》などは余《あま》り集《あつ》まらないのであります。

今《いま》まで十八文《もん》で売《う》っていた道庵先生《どうあんせんせい》、長者町《ちょうじゃまち》といえば酔《よっ》ぱらいの道庵先生《どうあんせんせい》と受取《うけと》られるほどの名物《めいぶつ》であった先生《せんせい》が、鰡《ぼら》八大尽《だいじん》の妾宅《しょうたく》が出来《でき》てからというものは、その名物《めいぶつ》の株《かぶ》を奪《うば》われそうになったのであります。道《どう》庵先生《あんせんせい》が憤慨《ふんがい》するのも道理《どうり》が無《な》いわけではありませんでした。

鰡《ぼら》八大尽《だいじん》の方《ほう》とても、故《ことさ》らに道庵先生《どうあんせんせい》の隣《となり》を選《えら》んで普請《ふしん》をはじめたわけでは無《な》かろうけれど、偶然《ぐうぜん》にそう

なった事《こと》が可笑《おかし》なものでありました。殊《こと》に門《もん》が崩《くず》れ、塀《へい》が破《やぶ》れ、家《いえ》が傾《かたむ》いた先生《せんせい》の屋敷《やしき》の地境《じざかい》へ持《も》って行《い》って、御殿《ごてん》を見《み》るような大《おお》きな建築《けんちく》が湧《わ》き出《だ》し、その楼上《ろうじょう》で朝野《ちょうや》の名流《めいりゅう》だの、絶世《ぜっせい》の美人《びじん》だのが豪華《ごうか》を極《きわ》める処《ところ》を、道庵先生《どうあんせんせい》が椽側《えんがわ》で薬草《やくそう》などを乾《かわ》かしながら見《み》上《あ》げている心持《こころもち》は、どんなものでありましょう。

「今《いま》に見《み》ていやがれ、鰡八《ぼらはち》の野郎《やろう》、ヒデエ目《め》に逢《あ》わしてやるから」

道庵先生《どうあんせんせい》は、こんなわけで此《こ》の頃《ごろ》はプン〳〵怒《おこ》っているのでありました。

鰡八大尽《ぼらはちだいじん》の方《ほう》では、こんなわけで道庵先生《どうあんせんせい》を敵《てき》に持《も》った事《こと》は一向知《こうし》りませんでした。大尽《だいじん》が其《そ》の高楼《こうろう》の上《うえ》から、先生《せんせい》の屋敷《やしき》と庭《にわ》とを一眼《め》に見下《みお》ろして、

「汚《きたな》い家《うち》だな、何《なん》とかして早《はや》く買《か》いつぶしてしまえ」

と云《い》って不快《ふかい》な面《かお》をしていました。それで三太夫《だゆう》が人《ひと》を介《かい》して内々《ないない》買《か》いつぶしの相談《そうだん》に当《あた》らせて見《み》ようとすると、あれは有名《ゆうめい》な変人《へんじん》だから、そんな話《はな》しを持《も》ち込《こ》もうものなら却《かえっ》て飛《と》んだ事壊《ことこわ》しになります。まあもう少《すこ》しお見合《みあわ》せなさいましという事《こと》であったから、大《だい》尽《じん》には其《そ》の事《こと》を云《い》わないで置《お》いてありましたけれども、此処《ここ》に鰡八大尽《ぼらはちだいじん》と道庵先生《どうあんせんせい》とが表向《おもてむ》いて相争《あいあらそ》わなければならない事情《じじょう》が出来《でき》たのは是非《ぜひ》ない事《こと》と申《もう》すより外《ほか》はありません。

五四五

それは鰡《ぼら》八大尽《だいじん》が、ある夜《よ》、此《こ》の妾宅《しょうたく》の楼上《ろうじょう》へ泊《とま》り込《こ》んだ時《とき》に、不意《ふい》に食《しょく》あたりに苦《くる》しめられて、上《うえ》を下《した》へと騒《さわ》がせた事《こと》がありました。大尽《だいじん》は非常《ひじょう》に苦《くる》しみました。いかに大尽《だいじん》の力《ちから》を以《もっ》てしても、雇人達《やといにんたち》の追従《ついしょう》を以《もっ》てしても、病気《びょうき》ばかりは医者《いしゃ》の手《て》を借《か》らなければならないのでありました。その医者《いしゃ》とても、この場合《ばあい》に於《おい》ては、遠《とお》くの名医博士《めいいはかせ》よりも、近《ちか》くの十八文《もん》を有難《ありがた》く思《おも》わねばならないのでありました。そこで家《いえ》の子郎《ころう》党達《とうたち》は取《と》る者《もの》も取《と》り敢《あえ》ずに道庵先生《どうあんせんせい》の門《もん》を叩《たた》きました。

この時《とき》に、道庵先生《どうあんせんせい》の門《もん》を叩《たた》いた家《いえ》の子郎党達《ころうとうたち》が心得《こころえ》のある人《ひと》であったならば、相手《あいて》が何《なに》しろ道庵先生《どうあんせんせい》だということを腹《はら》に置《お》いてかかるのだけれど、不幸《ふこう》にして其《そ》の連中《れんちゅう》は、それだけの心得《こころえ》も腹《はら》も無《な》い連中《れんちゅう》が、狼狽《あわて》て駈《かけ》つけたもんだから、鰡《ぼら》八大尽《だいじん》の為《ため》にも、道庵《どうあん》先生《せんせい》の為《ため》にも悪《わる》い結果《けっか》を齎《もたら》すという事《こと》を夢《ゆめ》にも予想《よそう》はしませんでした。

「今晩《こんばん》は、今晩《こんばん》は」

大尽《だいじん》の家《いえ》の子郎党《ころうとう》は、傾《かたむ》きかかった道庵先生《どうあんせんせい》の家《いえ》の門《もん》を荒々《あらあら》しく叩《たた》きました。

「国公《くにこう》起《お》きて見《み》ろ、忌《いや》に荒《あら》っぽく門《もん》を叩《たた》く奴《やつ》がある、こちと等《ら》の門《もん》なんぞは、下手《へた》に叩《たた》かれたんでは引繰《ひっくり》返《かえ》ってしまわあな」

道庵先生《どうあんせんせい》は其《そ》の音《おと》を聞《き》きつけて寝床《ねどこ》の中《なか》から薬箱《くすりばこ》持《も》ちの国公《くにこう》に差図《さしず》をしました。

国公《くにこう》は、慣《な》れたものだから直《すぐ》に起《お》きて案内《あんない》に出《で》ました。

「どーれ」

国公《くにこう》が応接《おうせつ》に出《で》たけれども、道庵先生《どうあんせんせい》の寝《ね》ている処《ところ》と玄関《げんかん》とは、いくらも隔《へだ》たっていないのだから、先生《せんせい》は其《そ》の応待《おうたい》の模様《もよう》を、いつも寝《ね》ながらにして聞《き》いていて、それによって病気《びょうき》の模様《もよう》を察《さっ》し、急《いそ》いで駈《かけ》つけるべき必要《ひつよう》があると認《みと》めた時《とき》は急《いそ》いで駈《かけ》つけ、悠々《ゆるゆる》していた方《ほう》が病人《びょうにん》の為《ため》になると思《おも》った時《とき》は、わざと悠々《ゆるゆる》したりなどするのが例《れい》でありました。

「今《いま》、御前《ごぜん》が御急病《ごきゅうびょう》でいらっしゃる、先生《せんせい》に大急《おおいそ》ぎで出《で》かけて戴《いただ》きたい、御前《ごぜん》はお気《き》が短《みじか》くていらっしゃるから、愚図々々《ぐずぐず》しているとお為《ため》になりません。寝巻《ねまき》のままで決《けっ》して御遠慮《ごえんりょ》なさるには及《およ》びませんから、斯《こ》ういう場合《ばあい》でございますから、失礼《しつれい》は私共《わたしども》から、あとで幾重《いくえ》にも取《と》りなして差上《さしあ》げますから、どうか御一緒《ごいっしょ》に願《ねが》いたいもので」

国公《くにこう》が玄関《げんかん》の戸《と》を開《あ》けるを待《ま》ち兼《か》ねて外《そと》から斯《こ》ういう挨拶《あいさつ》でありました。寝《ね》ながら聞《き》いていた道庵先生《どうあんせんせい》は、どうも解《げ》せない挨拶《あいさつ》だと思《おも》いました。第一《だいいち》御急病《ごきゅうびょう》でい

らっしゃる御前《ごぜん》というのは何者《なにもの》であるかという事《こと》も解《げ》せないのでありました。

それに気《き》が短《みじか》くていらっしゃるから、愚図々々《ぐずぐず》していると為《ため》にならないという言分《いいぶん》は、考《かんが》えて見《み》るとおかしな言分《いいぶん》なのでありました。お気《き》が短《みじか》くていらっしゃろうと、お気《き》が長《なが》くていらっしゃろうと、此方《こっち》の知《し》った事《こと》ではないのであります。寝巻《ねまき》のままで御遠慮《ごえんりょ》をなさるには及《およ》ばないから出《で》て来《こ》いという言草《いいぐさ》も随分変《ずいぶんかわ》った言草《いいぐさ》であります。失礼《しつれい》はあとで取《とり》なして上《あ》げるというのは一体誰《たいだれ》に向《むか》って云《い》ったのだろうと道庵先生《どうあんせんせい》も少《すこ》しく面喰《めんくら》って、世《よ》には粗忽《そそっ》かしい奴《やつ》もあるものだ、頼《たの》まれる方《ほう》へ向《むか》ってすべき挨拶《あいさつ》を頼《たの》む方《ほう》からしてしまっている、急病《きゅうびょう》で気《き》が顛倒《てんとう》しているとは云《い》いながらオカしな奴等《やつら》だと道庵先生《どうあんせんせい》は腹《はら》の中《なか》で可笑《おかし》がっていました。

道庵先生《どうあんせんせい》にも解《げ》せなかったように、取次《とりつぎ》の国公《くにこう》にも解《げ》せなかったから、眼《め》をパチ〱して、

「一体《たい》、何方《どちら》からお出《い》でなすったんでございます」

「何方《どちら》から？　そう〱それ〱此《こ》のお隣《となり》の大尽《だいじん》から参《まい》りました。大尽《だいじん》が只今御急病《ただいまごきゅうびょう》でいらっしゃるから、それでお使《つか》いに」

使《つか》いの者《もの》が斯《こ》う云《い》った時《とき》に、

「馬鹿野郎《ばかやろう》！」

道庵先生《どうあんせんせい》がバネのように起《お》き上《あ》がりました。

五四六

「何《なん》でエ、何《なん》でエ」

道庵先生《どうあんせんせい》はムックリと刎起《はねお》きて、寝巻《ねまき》の帯《おび》を締直《しめなお》す隙《ひま》もなく、枕許《まくらもと》にあった薬研《やげん》を抱《かか》えて玄関《げんかん》へ飛《と》び出《だ》しました。

若《も》し先生《せんせい》が心得《こころえ》のある武士《ぶし》であったなら薬研《やげん》を持《も》ち出《だ》すような事《こと》は無《な》かったでありましょうけれど、先生《せんせい》の枕許《まくらもと》には別段《べつだん》に武器《ぶき》の類《るい》を備《そな》えてありませんでしたから、先生《せんせい》は有《あ》り合《あわ》せの薬研《やげん》を抱《かか》えて飛《と》び出《だ》したものであります。そうして玄関《げんかん》へ飛《と》び出《だ》した先生《せんせい》の挙動《きょどう》は確《たし》かに鰡《ぼら》八大尽《だいじん》の使者《ししゃ》を驚《おどろ》かすに足《た》るものでありました。挙動《きょどう》だけが使者《ししゃ》を驚《おどろ》かすのみでなく、其《そ》の言葉《ことば》も彼等《かれら》の度胆《どぎも》を抜《ぬ》くに充分《じゅうぶん》なものでありました。

「さあ承知《しょうち》が出来《でき》ねエ、もう一遍《ぺん》云《い》って見《み》ろ、手前達《てめえたち》は何処《どこ》から、誰《だれ》に頼《たの》まれて来《き》たのか、もう一遍《ぺん》云《い》って見《み》ろ」

先生《せんせい》は薬研《やげん》を眼《め》よりも高《たか》く差《さ》し上《あ》げて、鰡《ぼら》八大尽《だいじん》の使者《ししゃ》を睨《にら》みつけた処《ところ》は、可《か》なり凄《すご》いものでありました。

「私共《わたしども》はお隣《となり》の鰡《ぼら》八大尽《だいじん》の邸《やしき》から上《あが》りました……」

「鰡《ぼら》八が如何《どう》した、その鰡《ぼら》八が如何《どう》したと云《い》うんだ」

「鰡《ぼら》八の御前《ごぜん》が急《きゅう》に御大病《ごたいびょう》におなりなさいましたから、先生《せんせい》に診《み》て戴《いただ》きたいと思《おも》って上《あ》がりました」

「それから如何《どう》した」

「元々《もともと》、鰡《ぼら》八の御前《ごぜん》は、滅多《めった》なお医者様《いしゃさま》にはおかかりにならないお方《かた》でございます、立派《りっぱ》なお医者様《いしゃさま》をお抱《かか》え同様《どうよう》にしてあるのでございますが、何分今晩《なにぶんこんばん》の処《ところ》は急《きゅう》の御病気《ごびょうき》だものでございますから拠処《よんどころ》なく先生《せんせい》の処《ところ》へ上《あ》がったわけなのでございます」

「そうか、拠処《よんどころ》なく、俺《おれ》の処《ところ》へ頼《たの》みに来《き》たのか、よく来《き》て呉《く》れた」

「何《なに》が御縁《ごえん》になるか知《し》れたものではございません、これから此方《こちら》の先生《せんせい》も、大尽《だいじん》へお出入《でいり》が叶《かな》うようになるかも知《し》れません。若《も》し、これが御縁《ごえん》で大尽《だいじん》のお気《き》に入《い》りにでもなってお出入《でいり》が叶《かな》うようになりますれば、使《つか》いに立《た》った私共《わたしども》までが面目《めんぼく》でございます」

「この馬鹿野郎《ばかやろう》」

道庵先生《どうあんせんせい》は、この時《とき》に眼《め》より高《たか》く差上《さしあ》げていた薬研《やげん》を力《ちから》を極《きわ》めて玄関先《げんかんさき》へ投《な》げつけました。薬研《やげん》は凄《すさま》じい音《おと》をして、鰡《ぼら》八大尽《だいじん》の使者《ししゃ》の足許《あしもと》へ落《お》ちました。それと共《とも》に爆裂弾《ばくれつだん》の破裂《はれつ》するような道庵先生《どうあんせんせい》の大音《だいおん》で、

「態《ざま》あ見《み》やがれ！」

使者《ししゃ》の連中《れんちゅう》は、この人並《ひとなみ》ならぬ道庵先生《どうあんせんせい》の挙動《きょどう》と足許《あしもと》で破裂《はれつ》した薬研《やげん》の響《ひび》きで腰《こし》を抜《ぬ》かす程《ほど》に驚《おどろ》きました。

物《もの》を知《し》らないというのは怖《おそ》ろしいものであります。使者《ししゃ》の連中《れんちゅう》も、最初《さいしょ》から道庵先生《どうあんせんせい》と心得《こころえ》てかかればこれほどの事《こと》は無《な》かったであろうに、惜《お》しいことに、その辺《へん》の注意《ちゅうい》が行《ゆ》き届《とど》かなかったから斯《こ》ういう事《こと》になったのは返《かえ》す〴〵も残念《ざんねん》でありました。

「こりゃ気狂《きちがい》だ」

長居《ながい》をしては如何《どう》いう目《め》に逢《あ》うか知《し》れないと思《おも》って、あわてふためいて這々《ほうほう》の体《てい》で使者《ししゃ》の連中《れんちゅう》は逃《に》げ返《かえ》ってしまいました。

斯《こ》うして彼等《かれら》を追返《おいかえ》したけれども道庵先生《どうあんせんせい》の余憤《よふん》はまだ冷《さ》めないのであります。寝巻《ねまき》のままで庭《にわ》へ飛《と》び下《お》りました。庭《にわ》へ飛《と》び下《お》りて用心梯子《ようじんばしご》の処《ところ》まで来《く》ると、それへ足《あし》をかけて見《み》る〳〵屋根《やね》の上《うえ》へ登《のぼ》ってしまいました。雇人《やといにん》の国公《くにこう》は、先生《せんせい》として斯様《かよう》な挙動《きょどう》は有勝《ありがち》の事《こと》だから、別段《べつだん》に驚《おどろ》きもしないし、今《いま》、物狂《ものくる》わしく屋《や》根《ね》の上《うえ》へ登《のぼ》って行《ゆ》く道庵先生《どうあんせんせい》を見《み》ても、それを抱《だ》き留《と》めようとも何《なに》ともしないのであります。

それよりも今《いま》、道庵先生《どうあんせんせい》が投《な》げた薬研《やげん》を玄関《げんかん》の鋪石《しきいし》の処《ところ》から拾《ひろ》い上《あ》げて、転《ころ》んだ子供《こども》をいたわるように撫《な》でていましたが、それが鋪石《しきいし》に当《あた》って、多少《たしょう》の凹《くぼ》みが出来《でき》たことを惜《お》しいものだと思《おも》っています。先生《せんせい》がムキになって何《なに》かを抛《ほう》り出《だ》して大切《だいじ》の物《もの》を創《きず》にするのは今《いま》に始《はじ》まった事《こと》ではありませんでした。

五四七

この夜中《よなか》に屋根《やね》の上《うえ》へ登《のぼ》った道庵先生《どうあんせんせい》は其《そ》れでも辷《すべ》り落《お》ちもしないで、やがて屋《や》の棟《むね》の上《うえ》へスックと立《た》ちました。

ここから見上《みあ》げると、鰡《ぼら》八大尽《だいじん》の大厦高楼《たいかこうろう》は眼《め》の前《まえ》に聳《そび》えているのであります。道庵先生《どうあんせんせい》は其《そ》れを睨《にら》みつけながら、

「鰡《ぼら》八、鰡《ぼら》八」

と突拍子《とっぴょうし》もなく大《おお》きな声《こえ》で怒鳴《どな》りました。近所《きんじょ》の人《ひと》は其《そ》の声《こえ》に夢《ゆめ》を破《やぶ》られたものもあったけれど、直《すぐ》にまた例《れい》の道庵先生《どうあんせんせい》かと思《おも》って、わざ〱起《お》きて容子《ようす》を見届《みとど》けようとするものもありませんでした。けれども、当《とう》の鰡《ぼら》八大尽《だいじん》の家《うち》では其《そ》の大《おお》きな声《こえ》で驚《おどろ》かされないわけには行《ゆ》きませんでした。殊《こと》に時《とき》めく大尽《だいじん》に向《むか》って、鰡《ぼら》八、鰡《ぼら》八と云《い》って横柄《おうへい》に頭《あたま》から呼《よ》びかけるような人《ひと》は滅多《めった》に無《な》い筈《はず》なのであります。

丁度其《ちょうどそ》の高楼《こうろう》の二階《かい》の一間《ま》で急病《きゅうびょう》に苦《くる》しんでいた鰡《ぼら》八大尽《だいじん》は、今少《いますこ》しばかり其《そ》の苦《くる》しみが退《ひ》いたので附添《つきそえ》のものもホッと息《いき》を吐《つ》いている処《ところ》へ、外《そと》の闇《やみ》の中《なか》から、何処《いずこ》ともなく此《こ》の突拍子《とっぴょうし》もない大音《だいおん》で、

「鰡《ぼら》八、鰡《ぼら》八」

と呼《よ》びかけたのが耳《みみ》に入《はい》りました。

「あれは誰《だれ》だ」

と其《そ》れが大尽《だいじん》の耳《みみ》ざわりになったのは道庵先生《どうあんせんせい》に取《と》っては誂《あつら》え向《む》きであったけれど、並《なら》んでいた人達《ひとたち》に取《と》っては身体《からだ》を固《かた》くするほどの恐縮《きょうしゅく》なのであります。何《なに》かにつけて誤魔《ごま》かそうとしている時《とき》に、又《また》しても、

「鰡《ぼら》八、鰡《ぼら》八」

と破鐘《われがね》のような大《おお》きな声《こえ》で続《つづ》けざまに呼《よ》び立《た》てる声《こえ》がします。

「あれは誰《だれ》だ」

急病《きゅうびょう》は一時落着《じおちつ》いたけれど、この声《こえ》で大尽《だいじん》の落着《おちつ》きが乱《みだ》れて来《く》るようであります。鰡《ぼら》八、鰡《ぼら》八と、事《こと》も無《な》げに自分《じぶん》を呼《よ》び捨《す》てる怪物《かいぶつ》が外《そと》にあると思《おも》えば善《よ》い心持《こころもち》はしないらしくあります。それが怪物《かいぶつ》であるならば、まだよいけれど、人間《にんげん》であるとして見《み》れば、打《う》ち捨《す》てては置《お》かれないのであります。大尽《だいじん》は其《そ》の声《こえ》のする方《ほう》を睨《にら》めていると、

「気狂《きちが》いでございます」

さきに道庵先生《どうあんせんせい》の処《ところ》へ使者《ししゃ》に行《い》って逃《に》げ帰《かえ》ったのが恐《おそ》る〱大尽《だいじん》に向《むか》って斯《こ》う云《い》いました。

「隣《とな》りの屋根《やね》の上《うえ》あたりでする声《こえ》のようだ、隣《とな》りは一体何者《たいなにもの》が住《す》んで居《い》るのだ」

大尽《だいじん》は耳《みみ》をすまして、尚《な》お其《そ》の声《こえ》を聞《き》こうとしながら附添《つきそい》の者《もの》にたずねると、

「貧乏医者《びんぼういしゃ》でございます、貧乏《びんぼう》な上《うえ》に気違《きちが》い同様《どうよう》な奴《やっ》

でム《ござ》います」

「怪《け》しからん、ナゼ早《はや》く買《か》いつぶして立《た》ち退《の》かせないのだ」

「それが如何《どう》も……」

大尽《だいじん》の御機嫌《ごきげん》が斜《ななめ》になるのを附添《つきそい》の者《もの》はハラ〳〵していると、

「鰡八《ぼらはち》、病気《びょうき》はどんな塩梅《あんばい》だ、ちっとは落着《おちつ》いたかい」

屋根《やね》の上《うえ》で斯《こ》ういう大《おお》きな声《こえ》がしました。

「怪《け》しからん」

「鰡公《ぼらこう》」

「憎《にく》い奴《やつ》だ」

「鰡公《ぼらこう》よく聞《き》け、手前《てめえ》は貧乏人《びんぼうにん》から其《そ》れまでの人間《にんげん》になった男《おとこ》だから、兎《と》も角《かく》も物《もの》の道理《どうり》はわかるだろう。手前《てめえ》の廻《まわ》りにいて胡麻《ごま》を摺《す》っている奴等《やつら》が礼儀《れいぎ》を知《し》らねえから其《そ》れで此《こ》の道庵《どうあん》が癪《しゃく》にさわるんだ。口惜《くや》しいと思《おも》ったら鰡公《ぼらこう》、此処《ここ》へ出《で》て来《き》て、道庵《どうあん》の前《まえ》へ手《て》を突《つ》いてあやまれ、もし、あやまらなければ、この後《のち》は道《どう》庵《あん》にも了簡《りょうけん》がある、と云《い》った処《ところ》で、おれは手前《てめえ》より慥《たしか》に貧乏人《びんぼうにん》だ、貧乏人《びんぼうにん》だから金《かね》で手前《てめえ》と競争《きょうそう》するわけにゃあ可《い》かねえ、そうかと云《い》って剣術《けんじゅつ》や柔術《やわら》の極意《ごくい》にわたっているというわけでもねえから、腕《うで》ずくでも危《あぶ》ねえものだ、けれども、おれにはおれでお手前物《てまえもの》の毒《どく》というものがある、色々《いろいろ》の毒《どく》を調合《ちょうごう》して飲《の》ませて屹度《きっと》恨《うら》みを晴《はら》すから覚悟《かくご》をしろ」

五四八

この道庵先生《どうあんせんせい》の露骨《ろこつ》にして無遠慮《ぶえんりょ》なる暴言《ぼうげん》は、あたり近所《きんじょ》に鳴《なり》はためくほどの大《おお》きな声《こえ》で怒鳴《どな》り散《ち》らされました。

先生《せんせい》は、それで漸《ようや》く、いくらかの溜飲《りゅういん》を下《さ》げて屋根《やね》の上《うえ》から下《お》りて来《き》ましたけれど、鰡《ぼら》八大尽《だいじん》は云《い》うばかり無《な》き不快《ふかい》を感《かん》じて病気《びょうき》も忘《わす》れて荒々《あらあら》しく寝床《ねどこ》を立《た》って雨戸《あまど》を押《お》し開《ひら》いて欄干《らんかん》から外《そと》の闇《やみ》を睨《にら》みつけましたけれど、その時分《じぶん》には道庵先生《どうあんせんせい》は、もう屋根《やね》から下《お》りて自分《じぶん》の寝床《ねどこ》へ潜《もぐ》り込《こ》んでしまっていました。鰡《ぼら》八大《だい》尽《じん》は、可《か》なりに腹《はら》が大《おお》きいから、そんなに物事《ものごと》を気《き》にかける男《おとこ》では無《な》かったけれど、この道庵《どうあん》の暴言《ぼうげん》は聞《き》き捨《ず》てにならないと思《おも》いました。

よし、そんならば、いくら金《かね》がかかっても宜《よろ》しい、あの屋敷《やしき》を買《か》いつぶせ、あの屋敷《やしき》も売《う》らないと云《い》えば、その周囲《まわり》の地面家作《じめんかさく》を買《か》いつぶして、道庵《どうあん》を自滅《じめつ》させるように仕向《しむ》けろと、執事《しつじ》や出入《でいり》の者《もの》に其《そ》の場《ば》で固《かた》く云《い》いつけました。

その後《のち》、鰡《ぼら》八大尽《だいじん》の御殿《ごてん》と、道庵先生《どうあんせんせい》の古屋敷《ふるやしき》との間《あいだ》を見《み》ていると随分《ずいぶん》、可笑《おかし》なものでありました。大尽《だいじん》の方《ほう》では、絶世《ぜっせい》の美人《びじん》だの、それに随《したが》う小間使《こまづかい》だのというものを、高楼《こうろう》に上《のぼ》せて、道庵先生《どうあんせんせい》の古屋敷《ふるやしき》を眼《がん》下《か》に見下《みくだ》させながら、そこでお化粧《けしょう》をさせたり、艶《なま》めかしい振舞《ふるまい》をさせたり、鼻《はな》をかんだ紙《かみ》を投《な》げさせて見《み》たり、哄《どっ》と声《こえ》を上《あ》げて笑《わら》わせたりなどしていました。それを見《み》た道庵先生《どうあんせんせい》の方《ほう》は、また道庵先生《どうあんせんせい》の方《ほう》で、屋《や》根《ね》の上《うえ》へ一ぱいに櫓《やぐら》を組《く》みはじめました。丁度大尽《ちょうどだいじん》の高楼《こうろう》と向《むか》い合《あ》うように大工《だいく》を入《い》れて櫓《やぐら》を高《たか》く組《く》み上《あ》げさせました。

大尽《だいじん》の方《ほう》では、その櫓《やぐら》を見《み》ては笑《わら》い物《もの》にしていました。それは大尽《だいじん》の家《いえ》の高楼《こうろう》と、道庵先生《どうあんせんせい》が大工《だいく》を入《い》れて急《きゅう》ごしらえにかかる櫓《やぐら》とは比較《ひかく》になりませんでした。そんな事《こと》をして張合《はりあ》おうとする道庵《どうあん》の愚劣《ぐれつ》を笑《わら》っていました。

或日《あるひ》の事《こと》、大尽《だいじん》の家《いえ》の高楼《こうろう》では、隔《へだ》てを一杯《ぱい》に開《あ》け払《はら》って、例《れい》の美人連《びじんれん》に合奏《がっそう》をさせ、出入《しゅつにゅう》の客《きゃく》を盛《さか》んに集《あつ》めて大陽気《だいようき》で浮《うか》れはじめたのを道庵《どうあん》が見《み》て、直《すぐ》に外《そと》へ飛《と》び出《だ》しました。

間《ま》もなく道庵《どうあん》が帰《かえ》って来《き》た時分《じぶん》には、その背後《はいご》に二十人《にん》ばかりの見慣《みな》れない男《おとこ》を伴《つ》れて来《き》ました。それは年《とし》を取《と》ったのもあれば、若《わか》いのもあり、背《せ》の高《たか》いのもあれば低《ひく》いのもありました。道庵《どうあん》は此《こ》の二十人《にん》ばかりの見慣《みな》れない男《おとこ》を櫓《やぐら》の上《うえ》へ迎《むか》え上《あ》げました。そうして彼等《かれら》に何事《なにごと》をさせるかと思《おも》えばつづいて其処《そのところ》へ太鼓《たいこ》を

幾《いく》つも幾《いく》つも担《かつ》ぎあげさせました。

　この連中《れんじゅう》は、馬鹿囃子《ばかばやし》をする連中《れんじゅう》でありました。何処《どこ》から頼《たの》んで来《き》たか知《し》れないが、わずかの間《ま》に此《こ》れだけの馬鹿囃子《ばかばやし》を集《あつ》めることは道庵《どうあん》でなければ出来《でき》ない事《こと》と思《おも》われるのであります。

　大尽《だいじん》の家《いえ》では、琴《こと》や三味線《みせん》や胡弓《こきゅう》で、ゆるやかな合奏《がっそう》の興《きょう》が酣《たけなわ》になる時分《じぶん》に、道庵《どうあん》の櫓《やぐら》では天地《てんち》も崩《くず》れよと馬鹿囃子《ばかばやし》がはじまってしまいました。それが為《ため》に大尽《だいじん》の楼上《ろうじょう》の合奏《がっそう》は滅茶々々《めちゃめちゃ》に破壊《はかい》されて、呆気《あっけ》に取《と》られた美人連《びじんれん》と来客《らいきゃく》とは忌々《いまいま》しそうな面《かお》を見合《みあわ》せるばかりでありました。

　それを得《え》たりと道庵先生《どうあんせんせい》は囃子方《はやしかた》を励《はげ》まし立《た》て、自分《じぶん》は例《れい》の潮吹《ひょっとこ》の面《めん》を被《かぶ》って御幣《ごへい》を担《かつ》ぎながら櫓《やぐら》の真中《まんなか》で、これ見《み》よがしに踊《おど》って踊《おど》り抜《ぬ》きました。

　道庵先生《どうあんせんせい》の潮吹《ひょっとこ》の踊《おど》りは、たしかに専門家以上《せんもんかいじょう》でありました。これまでに躍《おど》りこなすには道庵《どうあん》も多年苦心《たねんくしん》したものでありました。芸《げい》も熟練《じゅくれん》している上《うえ》に、自分《じぶん》が本心《ほんしん》から興味《きょうみ》を以《もっ》て踊《おど》るのだから、潮吹《ひょっとこ》が道庵《どうあん》だか、道庵《どうあん》が潮吹《ひょっとこ》だかわからない位《くらい》に妙境《みょうきょう》に入《い》っているのであります。

　合奏《がっそう》の興《きょう》を破《やぶ》られて敵意《てきい》を持《も》っていた大尽《だいじん》の高楼《こうろう》の美人連《びじんれん》や来客《らいきゃく》も、道庵先生《どうあんせんせい》の踊《おど》りぶりを見《み》ると敵《てき》ながら感服《かんぷく》しないわけには行《ゆ》かないのでありました。

五四九

道庵《どうあん》の屋根《やね》の上《うえ》ではその都度々々《つどつど》馬鹿囃子《ばかばやし》がはじまります。馬鹿囃子《ばかばやし》がはじまると、鰡《ぼら》八大尽《だいじん》の妾宅《しょうたく》は滅《め》茶々々《ちゃめちゃ》にされてしまいます。鰡《ぼら》八は道庵風情《どうあんふぜい》を相手《あいて》に喧嘩《けんか》をすることを大人《おとな》げないと思《おも》っていますけれども、あんまり無茶《むちゃ》な事《こと》をするものだから腹《はら》に据《す》えかねて、幾《いく》らかかっても宜《い》いから道庵《どうあん》を退治《たいじ》するように出入《でいり》の者《もの》に内命《ないめい》を下《くだ》しました。

一方《ぽう》、道庵《どうあん》の方《ほう》では馬鹿囃子《ばかばやし》が当《あた》りに当《あた》ったものだから、いよ〱宜《い》い気《き》になって、此《こ》の頃《ごろ》では、道庵《どうあん》も本業《ほんぎょう》の医者《いしゃ》を其方退《そっちの》けにして踊《おど》り狂《くる》っていました。そうするとまた近所界隈《きんじょかいわい》が其《そ》れを面白《おもしろ》がってワイ〱と集《あつ》まって来《き》ました。遂《つい》には道庵先生《どうあんせんせい》の庭《にわ》から屋敷《やしき》の前《まえ》まで露店《ろてん》が出《で》て物日縁日《ものびえんにち》のような景気《けいき》になりました。

鰡《ぼら》八大尽《だいじん》の妾宅《しょうたく》の喧《やかま》しい事《こと》と云《い》ったら、それが為《ため》に夜《よ》の目《め》も寝《ね》られないのであります。大尽《だいじん》から内命《ないめい》を下《くだ》された出入《でいり》の者《もの》は、如何《いか》にして此《こ》の暴慢《ぼうまん》なる道庵《どうあん》を退《たい》治《じ》すべきかに肝胆《かんたん》を砕《くだ》きました。その結果《けっか》、如何《どう》しても、右《みぎ》の馬鹿囃子《ばかばやし》に対抗《たいこう》するような景気《けいき》をつけて道庵《どうあん》の人気《にんき》を圧倒《あっとう》しなければならないと、その方法《ほうほう》を色々《いろいろ》と研究中《けんきゅうちゅう》でありました。

その間《あいだ》、道庵《どうあん》は、いよ〱図《ず》に乗《の》って此《こ》れ見《み》よがしに踊《おど》り狂《くる》い、踊《おど》りながら、

「スッテケテンツク、ボラ八さん」

なんぞと妙《みょう》な節《ふし》をつけて出鱈目《でたらめ》の唄《うた》をうたいました。それがまた子供達《こどもたち》の間《あいだ》に流行《はや》って、

「スッテケテンツク、ボラ八さん」

何《なに》も知《し》らない子供《こども》たちは、道庵《どうあん》の真似《まね》をして大《おお》きな声《こえ》で町《まち》の中《なか》を唄《うた》って歩《ある》くようになりました。

大尽《だいじん》の一味《み》の者《もの》は、いよ〱安《やす》からぬ事《こと》に思《おも》い、遂《つい》に大《おお》きな園遊会《えんゆうかい》を開《ひら》いて道庵《どうあん》を圧倒《あっとう》するの計画《けいかく》が出来《でき》上《あが》りました。

その計画《けいかく》は、さすがに大《おお》きなものでありました。天《てん》下《か》の富豪《ふごう》たる鰡《ぼら》八大尽《だいじん》が、費用《ひよう》を惜《お》しまずにやる事《こと》ですから、トテモ十八文《もん》の道庵《どうあん》などが比較《ひかく》になるものではありませんでした。

其《そ》の園遊会《えんゆうかい》の余興《よきょう》としては決《けっ》して馬鹿囃子《ばかばやし》のようなものを選《えら》びませんでした。その頃《ころ》の名流《めいりゅう》を択《え》りすぐった各種《かくしゅ》の演芸《えんげい》の粋《すい》を抜《ぬ》いて番組《ばんぐみ》をこしらえました。また主人《しゅじん》や出入《でいり》の者《もの》も各々《おのおの》腕《うで》に撚《より》をかけて其《そ》の隠《かく》し芸《げい》を発揮《はっき》しようという事《こと》でありました。その上《うえ》に、その頃《ころ》、朝鮮《ちょうせん》から来《き》ていた名代《なだい》の美男子《びだんし》の役者《やくしゃ》がありました。それに非常《ひじょう》な高給《こうきゅう》を払《はら》って朝鮮芝居《ちょうせんしばい》を一幕《まく》さし加《くわ》えるという事《こと》などは、作者《さくしゃ》が可《か》なり脳髄《のうずい》を絞《しぼ》っての計画《けいかく》で

ありました。

これ等《ら》の計画《けいかく》や、撰定《せんてい》が、すっかり定《き》まってしまうと、それを成《な》るたけ大袈裟《おおげさ》に世間《せけん》に触《ふ》れてもらわねばならぬ必要《ひつよう》から、人《ひと》に金《かね》をやって、散々《さんざん》に吹聴《ふいちょう》させ、お太《たい》鼓《こ》を叩《たた》かせたものですから、この度《たび》の園遊会《えんゆうかい》の景気《けいき》は長者町界隈《ちょうじゃまちかいわい》は愚《おろ》か江戸市中《えどしちゅう》までも鳴《な》りひびきました。

「さすがに大尽《だいじん》の威勢《いせい》は大《たい》したものだ、すばらしい御《ご》馳走《ちそう》をした上《うえ》に、日本《にほん》の土地《とち》では見《み》ることの出来《でき》ない朝鮮芝居《ちょうせんしばい》を見《み》せてくれるそうだ、鰡《ぼら》八大尽《だいじん》でなければ出来《でき》ない芸当《げいとう》である、さすがにする事《こと》が大《おお》きい」

江戸市中《えどしちゅう》は此《こ》の評判《ひょうばん》で持《も》ち切《き》ってしまいました。道《どう》庵《あん》の馬鹿囃子《ばかばやし》などは此《こ》の人気《にんき》に比《くら》べると、お月様《つきさま》に蛍《ほたる》のようなものでありました。道庵《どうあん》も少《すこ》しばかり悄気《しょげ》て来《き》ました、これは馬鹿囃子《ばかばやし》だけでは追付《おっつ》かない、何《なに》か外《ほか》に一思案《しあん》と思《おも》っているうちに、大尽《だいじん》の屋敷《やしき》の園遊会《えんゆうかい》の当日《とうじつ》となりました。

江戸市中《えどしちゅう》の見物《けんぶつ》は我《われ》も我《われ》もと押《お》しかけて来《き》ましたけれど大尽《だいじん》の妾宅《しょうたく》の門《もん》まで来《き》て見《み》ると急《きゅう》に二の足《あし》を踏《ふ》んでしまいました。

それは園遊会《えんゆうかい》も朝鮮芝居《ちょうせんしばい》も無料《ただ》で接待《せったい》するものとばかり思《おも》っていたら、目玉《めだま》の飛《と》び出《で》るほど高《たか》い場代《ばだい》を徴集《ちょうしゅう》するのでありました。それで集《あつ》まったものが、あっと二の足《あし》を踏《ふ》みました。

五五〇

あれほど吹聴《ふいちょう》したり評判《ひょうばん》を立《た》てさせたりしたものだから、無料《ただ》で入《い》れて無料《ただ》で見《み》せるのだろうと思《おも》ったら、目玉《めだま》の飛《と》び出《で》るほどの場代《ばだい》を取《と》るというのだから、集《あつ》まって来《き》た人《ひと》が門《もん》の前《まえ》で二の足《あし》を踏《ふ》みました。

「馬鹿《ばか》にしてやがら、大尽《だいじん》が如何《どう》したと云《い》うんだい、鰡《ぼら》八が如何《どう》したんだい」

と云《い》って悪態《あくたい》をつくものもありました。併《しか》し其《そ》れは悪態《あくたい》をつく方《ほう》が間違《まちが》っているのであります。大尽《だいじん》だからと云《い》って、この広大《こうだい》な園遊会《えんゆうかい》を開《ひら》き、それから非常《ひじょう》な高給《こうきゅう》を払《はら》って朝鮮役者《ちょうせんやくしゃ》を招《まね》くからには、その位《くらい》の場代《ばだい》を取《と》る事《こと》は少《すこ》しも無理《むり》はないのであります。無理《むり》は無《な》いのみならず、日本《にほん》では、ほとんど見《み》ることが出来《でき》ないと云《い》われた朝鮮芝居《ちょうせんしばい》を、斯《こ》うして其儘《そのまま》持って来《き》て居《い》ながらにして見《み》せて呉《く》れるということは、並大抵《なみたいてい》の興行師《こうぎょうし》などでは出来《でき》ない事《こと》であります。それですから見物《けんぶつ》は大尽《だいじん》の威勢《いせい》と恩恵《おんけい》とに感涙《かんるい》を流《なが》して場代《ばだい》を払《はら》わなければならないのであります。それを無料《ただ》見《み》ようなどというのは如何《いか》にもさもしい事《こと》であります。併《しか》し、江戸児《えどっこ》にも、そうさもしいものばかりは有《あ》りませんでした。場代《ばだい》が高《たか》いと云《い》って、後込《しりごみ》をしてこの珍《めず》らしいものを見《み》ないで帰《かえ》るのは、たしかに江戸児《えどっこ》の沽券《こけん》に触《さわ》ると力《りき》み出《だ》すものが多《おお》くありました。江戸児《えどっこ》の腹《はら》を見《み》られて朝鮮人《ちょうせんじん》に笑《わら》われても詰《つ》まらねえと、国際的《こくさいてき》に気前《きまえ》を見《み》せる者《もの》もありました。それが為《ため》に一旦《たん》、二の足《あし》を踏《ふ》みかけた見物《けんぶつ》が、見《み》す〱目玉《めだま》の飛《と》び出《で》るほど高《たか》い場《ば》代《だい》を払《はら》って門《もん》の中《なか》へ入《はい》り込《こ》むと、人気《にんき》というものはオカしなもので、遂《つい》には我《われ》も〱と先《さき》を争《あらそ》って切符《きっぷ》を買《か》うような景気《けいき》になって門内《もんない》へ雪崩《なだれ》込《こ》むのでありました。

さすがに鰡《ぼら》八大尽《だいじん》のすることは、こんな些細《ささい》な事《こと》までも違《ちが》ったものであります。道庵《どうあん》などは貧乏人《びんぼうにん》の癖《くせ》に身銭《みぜに》を切《き》って馬鹿囃子《ばかばやし》を雇《やと》い家業《かぎょう》を其方《そっち》のけにして騒《さわ》いでいるのに、大尽《だいじん》は大評判《おおひょうばん》を立《た》てた上《うえ》にこんな事《こと》でも充分《じゅうぶん》に算盤《そろばん》を取《と》れるようにするのだから、どの道相撲《みちすもう》にはなりませんでした。併《しか》し、これは鰡《ぼら》八が豪《えら》いというよりも、お附《つき》の作者《さくしゃ》や狂言方《きょうげんかた》の仕組《しくみ》が上手《じょうず》なので、それが為《ため》に一段《だん》と大尽《だいじん》の器量《きりょう》を上《あ》げたのでありました。

この園遊会《えんゆうかい》も余興《よきょう》も朝鮮芝居《ちょうせんしばい》も悉《ことごと》く大成功《だいせいこう》でありました。その日《ひ》一日《にち》でおしまいというわけではなく、当《とう》分《ぶん》の間《あいだ》、毎日《まいにち》つづくのでありました。市中《しちゅう》一般《ぱん》に於《おい》ては、これを見《み》なければ、話《はなし》にならないから、毎日々々《まいにちまいにち》

続々《ぞくぞく》と詰《つ》めかけて来《き》ました。日《ひ》のべを打《う》てば打《う》つほど儲《もう》かった上《うえ》に評判《ひょうばん》が高《たか》いのでありますから、鰡《ぼら》八の御《ご》機嫌《きげん》も斜《ななめ》ではないし、お出入《でいり》の人々《ひとびと》も恐悦《きょうえつ》に感《かん》ずるし、作者《さくしゃ》や狂言方《きょうげんかた》のお覚《おぼ》えも結構《けっこう》なものであります。

ここに哀《あわ》れをとどめたのは道庵先生《どうあんせんせい》であります。折《せっ》角《かく》、図《ず》に当《あた》った馬鹿囃子《ばかばやし》は、この園遊会《えんゆうかい》と朝鮮芝居《ちょうせんしばい》の為《ため》に、すっかり圧《お》されてしまいました。隣《となり》からは毎《まい》日々《にちまいにち》、この景気《けいき》で見《み》せつけられているのに、もう馬《ば》鹿囃子《かばやし》でもなし、そうかと云《い》って、それに対抗《たいこう》するには上野《うえの》の山内《さんない》でも借受《かりう》けて和蘭芝居《オランダしばい》の大《おお》一座《ざ》でも買《か》い込《こ》んで来《こ》なければ追着《おっつ》かないのであります。それは先《せん》生《せい》の資力《しりょく》では、トテも追付《おっつ》かない事《こと》であります。

道庵《どうあん》は其《そ》れが為《ため》に苦心惨澹《くしんさんたん》しました。自分《じぶん》の智恵《ちえ》に余《あま》って、子分《こぶん》の者《もの》を呼《よ》び集《あつ》めて評定《ひょうじょう》を開《ひら》いて見《み》ましたけれど、いずれ、道庵《どうあん》の子分《こぶん》になる位《くらい》のものだから、資力《しりょく》に於《おい》ても知恵袋《ちえぶくろ》に於《おい》ても、そんなに芳《かん》ばしいものではありませんでした。いよ〱大尽《だいじん》に打着《ぶっつ》かる手術《てだて》が無《な》ければ最後《さいご》の手段《しゅだん》は、先生《せんせい》が口癖《くちぐせ》に云《い》う毒《どく》を飲《の》ませる事《こと》のみだが、口《くち》にこそ云《い》うけれど、此《こ》の先生《せんせい》は毒《どく》を飲《の》ませて人《ひと》を殺《ころ》すような、そんな毒《どく》のある人間《にんげん》ではありません。

五五一

八幡村《やわたむら》の水車小屋《すいしゃごや》附近《ふきん》で若《わか》い村《むら》の娘《むすめ》が惨殺《ざんさつ》されて村《むら》を騒《さわ》がした後《のち》、小泉家《こいずみけ》には机龍之助《つくえりゅうのすけ》もお銀様《ぎんさま》も其《そ》の姿《すがた》を見《み》る事《こと》が出来《でき》なくなりました。

二人《ふたり》は何処《どこ》へ行《い》ったか、その入《はい》って来《き》た時《とき》と同《おな》じように、此《こ》の家《うち》を去《さ》ったのも、誰《だれ》も知《し》るものはありませんでした。これを想像《そうぞう》するに或《あるい》は一旦《たん》、甲府《こうふ》へ帰《かえ》って、また神尾主膳《かみおしゅぜん》の下屋敷《しもやしき》にでも隠《かく》れるようになったのかも知《し》れません。或《あるい》はまたお銀様《ぎんさま》の望《のぞ》み通《どお》りに、江戸《えど》へ向《む》けて姿《すがた》を晦《くら》ましたものかも知《し》れません。兎《と》に角《かく》、八幡村《わたむら》には、この二人《ふたり》の姿《すがた》は見《み》えないのであります。或《ある》人《ひと》は、また夜陰《やいん》、小泉家《こいずみけ》から出《で》た二挺《ちょう》の駕籠《かご》が、恵林《えりん》寺《じ》まで入《はい》ったということを見届《みとど》けたというものもありました。併《しか》し、小泉家《こいずみけ》と恵林寺《えりんじ》とは、常《つね》に往来《おうらい》することの珍《めず》らしからぬ間柄《あいだがら》でありましたから、それを怪《あや》しむ心《こころ》を以《もっ》て見届《みとど》けたのではありませんでした。

「悪女大姉《あくじょだいし》」という戒名《かいみょう》を女《おんな》の為《ため》につけてやったのも慢心和尚《まんしんおしょう》の仕業《しわざ》という事《こと》であります。

小泉家《こいずみけ》の当主《とうしゅ》が、

「和尚様《おしょうさま》、悪《わる》い女《おんな》の為《ため》に、一《ひと》つ戒名《かいみょう》をつけてやって下《くだ》さいまし」と頼《たの》んだ時《とき》に、

「よし〳〵悪《わる》い女《おんな》ならば悪女大姉《あくじょだいし》とつけたが宜《よ》かろう」

と慢心和尚《まんしんおしょう》が無雑作《むぞうさ》につけた其《そ》の戒名《かいみょう》が、前《まえ》にお銀《ぎん》様《さま》が見《み》つけた悪女大姉《あくじょだいし》の位牌《いはい》であるという事《こと》であります。

駒井能登守《こまいのとのかみ》去《さ》って以来《いらい》の甲府《こうふ》は神尾主膳《かみおしゅぜん》の得意《とくい》の時《とき》となりました。けれども其《そ》の得意《とくい》はあまり寝《ね》ざめのよい得意《とくい》ではありませんでした。心《こころ》ある人《ひと》は主膳《しゅぜん》の得意《とくい》を爪弾《つまはじ》きしていました。主膳自《しゅぜんみずか》らも、この頃《ころ》は、酒《さけ》に耽《ふけ》る事《こと》が一層甚《そうはなは》だしくなって、酒乱《しゅらん》の度《ど》も追々嵩《おいおいこう》じて来《く》るのであります。酒乱《しゅらん》の後《のち》には二日《か》も三日《か》も病気《びょうき》になって寝《ね》るようなことが多《おお》いのでありました。

主膳《しゅぜん》は執念深《しゅうねんぶか》くも、能登守《のとのかみ》がお君《きみ》という女《おんな》をどの様《よう》に処分《しょぶん》するかを自分《じぶん》も注目《ちゅうもく》し、人《ひと》にも注目《ちゅうもく》させて居《い》ました。手討《てうち》にしたという評判《ひょうばん》を聞《き》いた後《のち》も其《そ》の注目《ちゅうもく》をゆるめませんでした。その後向嶽寺《のちこうがくじ》に見慣《みな》れぬ尼《あま》が送《おく》り届《とど》けられているということを聞《き》いて、さもこそと、それに抜《ぬ》かりのない見張《みはり》をつけて置《お》いた心《こころ》のうちは如《ど》何《う》いうつもりでしたろう。そうして途中《とちゅう》で其《そ》の女《おんな》を奪《うば》い取《と》らせて如何《どう》するつもりであったろう。

お松《まつ》が神尾《かみお》の屋敷《やしき》を脱《ぬ》け出《だ》したのは其《そ》の間《あいだ》の事《こと》でありました。翌朝《よくあさ》になって其《そ》の事《こと》を知《し》ると共《とも》に、人《ひと》をやって向嶽寺《こうがくじ》から出《で》た乗物《のりもの》を奪《うば》わせようと計《はか》った事《こと》が

散々《さんざん》の失敗《しっぱい》に終《お》ったという報告《ほうこく》も同時《どうじ》に齎《もたら》されました。いつもならば躍起《やくき》になって再挙《さいきょ》を企《くわだ》てる筈《はず》の主膳《しゅぜん》が、それと聞《き》いて何《なん》とも云《い》わずに苦笑《にがわら》いして、寝込《ねこ》んでしまった事《こと》も意外《いがい》でありました。

甲府城内《こうふじょうない》の暗闘《あんとう》とか勢力争《せいりょくあらそ》いとかいう事《こと》は其《そ》れで一段落《だんらく》になりました。併《しか》し乍《なが》ら此《こ》の一段落《だんらく》は張合《はりあい》も無《な》ければ新味《しんみ》もない段落《だんらく》でありました。神尾自身《かみおじしん》も斯《こ》うして見《み》ると心安《こころやす》くなったかと思《おも》えば不思議《ふしぎ》にも却《かえっ》て前《ぜん》よりは一層《そう》不安《ふあん》が増《ま》して来《く》るのでありました。

別家《べっけ》にいるお絹《きぬ》という女《おんな》に取《と》っても、此《こ》の頃《ごろ》は同様《どうよう》に荒《すさ》んだ有様《ありさま》が歴々《ありあり》と見《み》えるのでありました。出入《でいり》の誰彼《だれかれ》との間《あいだ》に、色々《いろいろ》と良《よ》くない噂《うわさ》が口《くち》に上《のぼ》るようになりました。或《ある》いは当主《とうしゅ》の主膳《しゅぜん》と此《こ》のお絹《きぬ》との間柄《あいだがら》をさえ疑《うたが》うものが出《で》て来《く》るようになりました。

其《そ》れ等《ら》の不快《ふかい》や不安《ふあん》を紛《まぎ》らわす為《ため》か如何《どう》か知《し》らないが、神尾《かみお》を中心《ちゅうしん》として酒宴《しゅえん》を催《もよお》される事《こと》が多《おお》くなり、お絹《きぬ》も亦《また》、その別家《べっけ》へ人《ひと》を招《まね》いては騒々《そうぞう》しい興《きょう》に夜《よ》の更《ふ》くることを忘《わす》れるような事《こと》が多《おお》くありました。それから勝負事《しょうぶごと》は一層烈《そうはげ》しくなり、主膳《しゅぜん》は元《もと》より其《そ》の道《みち》の達者《たっしゃ》であったけれど、遂《つい》にはお絹《きぬ》までが勝負事《しょうぶごと》に血道《ちみち》を上《あ》げるようになってしまったのは、今《いま》までに無《な》い事《こと》でありました。

五五二

此《こ》の頃《ごろ》のお絹《きぬ》は自宅《じたく》へ男女《だんじょ》の客《きゃく》を招《まね》いては勝負事《しょうぶごと》に浮身《うきみ》をやつすようになりました。

その勝負事《しょうぶごと》も品《ひん》のよいものばかりではありませんでした。或時《あるとき》は思《おも》いがけない大金《たいきん》を儲《もう》ける事《こと》もありました。或時《あるとき》は大切《だいじ》の頭飾《かみかざ》りなどを投《な》げ出《だ》すような事《こと》もありました。そうして興《きょう》が尽《つ》きて客《きゃく》が去《さ》ったあとでは、何《なん》だか堪《たま》らないほどな淋《さび》しさを感《かん》ずるようになりました。その淋《さび》しさを消《け》す為《ため》に冷酒《ひやざけ》を煽《あお》るような事《こと》もありました。遂《つい》には毎夜《まいよ》冷酒《ひやざけ》を煽《あお》らなければ寝《ね》つかれないようになってしまいました。

お松《まつ》がいれば此《こ》れほどにはならなかったものであります。お絹《きぬ》は兎《と》も角《かく》もお松《まつ》を保護《ほご》していました。お松《まつ》も亦何《またなん》のと云《い》っても恩人《おんじん》として其《そ》の人《ひと》に忠実《ちゅうじつ》でありました。だからお松《まつ》があることによって、何《なん》となしに前途《ぜんと》に希望《きぼう》を持《も》っていましたけれど其《そ》のお松《まつ》が逃《に》げてしまって見《み》ると、頼《たの》む木蔭《こかげ》の神尾《かみお》の当主《とうしゅ》というのは、此《こ》の通《とお》りの人物《じんぶつ》であるし、自分《じぶん》は年漸《としようや》く老《お》いて容色《ようしょく》は日《ひ》に〱に凋落《ちょうらく》して行《ゆ》くし、そうかと云《い》って、頼《たよ》るべき親類《しんるい》も、力《ちから》にすべき子供《こども》もないのであります。それを考《かんが》えると前途《ぜんと》は絶望《ぜつぼう》あるのみでありました。足許《あしもと》の明《あか》るいうち、また故郷《こきょう》の浜松《はままつ》に舞《ま》い戻《もど》ろう、お絹《きぬ》は斯《こ》う思慮《しりょ》を定《さだ》めました。併《しか》し故郷《こきょう》へ引込《ひっこ》むには引込《ひっこ》むようにしなければならないと思《おも》いました。先立《さきだ》つものは金《かね》であります。その金《かね》が全《まった》く思《おも》うようにならぬ時分《じぶん》にこんな思慮《しりょ》を定《さだ》めた事《こと》は不幸《ふこう》でありました。

「金《かね》が欲《ほ》しい、お金《かね》が欲《ほ》しい」

お絹《きぬ》は痛切《つうせつ》に其《そ》の事《こと》を考《かんが》えました。それがお絹《きぬ》をして一層勝負事《そうしょうぶごと》に焼《や》けつくようにさせてしまいました。処《ところ》が其《そ》んな場合《ばあい》に於《お》ける勝負運《しょうぶうん》は皮肉《ひにく》なもので勝《か》ちたいと思《おも》えば思《おも》うほど負《ま》け、焦《あ》せれば焦《あ》せるほど喰《く》い違《ちが》って行《ゆ》くのであります。お絹《きぬ》は身《み》の廻《まわ》りの、ほとんど総《すべ》ての物《もの》を失《うしな》ってしまいました。借《か》りるだけの信用《しんよう》のある金《かね》は借《か》り尽《つく》してしまいました。

今夜《こんや》も、お絹《きぬ》は堪《たま》らなくなって、隠《かく》して置《お》いた冷酒《ひやざけ》を茶碗《ちゃわん》に注《つ》いで飲《の》もうとする時《とき》に、本邸《ほんてい》の方《ほう》で大《おお》きな声《こえ》で罵《ののし》るのが聞《きこ》え出《だ》しました。それは紛《まぎ》れもなき主人《しゅじん》の神尾主膳《かみおしゅぜん》が酒乱《しゅらん》の為《ため》に人《ひと》を罵《ののし》っているのでありました。

お絹《きぬ》は其《そ》れを聞《き》いて又《また》かと思《おも》う面色《かおいろ》をして眉根《まゆね》を寄《よ》せ、茶碗《ちゃわん》に注《つ》いだ冷酒《ひやざけ》を急《いそ》いでグッと飲《の》みました。飲《の》んだけれども其《そ》れは好《す》きで〱堪《たま》らないから飲《の》む酒《さけ》ではありませんでした。飲《の》んでしまってから何《なん》とも云《い》えない不愉快《ふゆかい》な色《いろ》を浮《うか》ばせていると、本邸《ほんてい》の方《ほう》で罵《ののし》る主《しゅ》

膳《ぜん》の声《こえ》は此《こ》の時《とき》、何《なに》か物《もの》を投《な》げつけるような烈《はげ》しい物《もの》音《おと》と一緒《しょ》に聞《きこ》えました。

それを聞《き》きながら、お絹《きぬ》は、また一杯《ぱい》の冷酒《ひやざけ》を茶碗《ちゃわん》に注《つ》いで口《くち》の処《ところ》へ持《も》って行《い》ったけれど、其《そ》れは苦《にが》いもののようでありました。

「お絹殿《きぬどの》、お絹殿《きぬどの》」

呂律《ろれつ》も廻《まわ》らない声《こえ》でお絹《きぬ》の名《な》を呼《よ》びながら庭下駄《にわげた》を穿《は》いて此方《こちら》へ来《く》るらしいのは正《まさ》しく酒乱《しゅらん》の神尾主膳《かみおしゅぜん》の声《こえ》であります。

此《こ》の頃《ごろ》では神尾《かみお》が酒乱《しゅらん》になった時《とき》には、誰《だれ》も皆逃《みなに》げてしまいます。誰《だれ》も相手《あいて》にしないで罵《ののし》るだけ罵《ののし》らせ、荒《あ》ばれるだけ荒《あ》ばれさせて、その醒《さ》める時《とき》まで抛《ほう》って置《お》くのであります。

相手《あいて》のない酒乱《しゅらん》に拍子抜《ひょうしぬ》けのしたらしい神尾主膳《かみおしゅぜん》は、何《なに》を思《おも》いついたか、お絹《きぬ》の住《す》む別宅《べったく》の方《ほう》へ押《お》しかけて来《く》るらしいのであります。其《そ》の声《こえ》を聞《き》くとお絹《きぬ》は浅《あさ》ましさに身《み》を震《ふる》わせました。

幸《さいわい》にして神尾主膳《かみおしゅぜん》は境《さかい》の木戸《きど》を開《ひら》こうとして、其《そ》の錠《じょう》の厳《きび》しいのに飽《あ》んだものか、取《と》り止《と》めもなき言語《げんご》を吐《は》き散《ち》らした上《うえ》に引《ひ》き上《あ》げてしまったものの様《よう》でありました。お絹《きぬ》はホッと息《いき》を吐《つ》きましたけれど、今《いま》までに見《み》ない苦悶《くもん》の色《いろ》が面《かお》に満《み》ち渡《わた》るのを隠《かく》すことが出来《でき》ませんでした。

五五三

気《き》の毒《どく》なのは駒井能登守《こまいのとのかみ》であります。江戸《えど》の本邸《ほんてい》に着《つ》いたままでは、兎《と》も角《かく》も其《そ》の格式《かくしき》で帰《かえ》りました。江戸《えど》へ着《つ》いてから幾何《いくばく》もなくして其《そ》の姿《すがた》をさえ認《みと》めたものはありませんでした。番町《ばんちょう》の本邸《ほんてい》は鎖《とざ》されて朽《くち》かかったけれど、新《あたら》しい主《あるじ》を迎《むか》える模様《もよう》は見《み》えませんでした。此《こ》れより先《さ》き、病気《びょうき》であった夫人《ふじん》は親戚《しんせき》の手《て》に奪《うば》うが如《ごと》く引《ひ》き取《と》られてしまいました。家来《けらい》の者《もの》は四分《ぶん》五裂《れつ》してしまいました。

主人《しゅじん》の能登守《のとのかみ》は自殺《じさつ》したという噂《うわさ》もあるし、遠国《えんごく》へ預《あず》けられたという噂《うわさ》もあるのでありました。ただ其《そ》の噂《うわさ》だけで誰《だれ》も一向《こう》に其《そ》の消息《しょうそく》を知《し》った者《もの》はありませんでした。余《あま》りといえば此《こ》れは脆《もろ》い話《はなし》であります。器量《きりょう》といい学問《がくもん》といい、殊《こと》に砲術《ほうじゅつ》にかけて並《なら》ぶ者《もの》がないと云《い》われた人《ひと》であります。未来《みらい》の若年寄《わかどしより》から老中《ろうじゅう》を以《もっ》て望《のぞ》みをかけられたほどの若《わか》い人才《じんさい》が、ほんの一人《にん》の女《おんな》の為《ため》に身《み》を誤《あやま》ったとすれば、惜《お》しみても余《あま》りあることであります。失敗《しっぱい》や蹉跌《さてつ》は男子《だんし》の一生《しょう》に無《な》いことではありません。事《こと》によっては其《そ》れが却《かえっ》て後日大成《ごじつたいせい》を為《な》す苦《にが》き経験《けいけん》であることも少《すくな》くはありません。けれども能登守《のとのかみ》の此《こ》の度《たび》の失敗《しっぱい》ばかりは到底《とうてい》取《と》り返《かえ》すことの出来《でき》ない失敗《しっぱい》であります。能登守《のとのかみ》というものは此《こ》れで全然《ぜんぜん》社会《しゃかい》から葬《ほうむ》られてしまった結果《けっか》になりました。能登守《のとのかみ》自身《じしん》が葬《ほうむ》られてしまったのみならず、遠《とお》くは其《そ》の祖先《そせん》の名《な》も、近《ちか》くは其《そ》の親類《しんるい》の名《な》も、これによって泥土《でいど》に汚《けが》されたと同《おな》じような有様《ありさま》になってしまいました。

一死《し》よりも名誉《めいよ》を重《おも》んじ、一命《めい》よりも門地《もんち》を尚《たっと》ぶ慣習《かんしゅう》の空気《くうき》に生立《おいた》ちながら、見《み》す〳〵斯《こ》ういう事《こと》を仕《し》出《で》かした能登守《のとのかみ》には魔《ま》が附《つ》いたというより外《ほか》はないのであります。それほどの馬鹿《ばか》でも無《な》かった筈《はず》の人《ひと》が、これより上《うえ》の恥辱《ちじょく》は無《な》いほどの恥辱《ちじょく》を以《もっ》て生《い》きながら葬《ほうむ》られたことは、人事《ひとごと》ながら浅《あさ》ましさに堪《た》えられないほどの事《こと》であります。それでありながら立派《りっぱ》に腹《はら》も切《き》れないとは、よく〳〵腰《こし》が抜《ぬ》けたものだと憤慨《ふんがい》する人《ひと》や、ここで腹《はら》を切《き》ったら其《そ》れこそ恥《はじ》の上《うえ》の恥《はじ》の上塗《うわぬ》りだと冷笑《れいしょう》する者《もの》や、それ等《ら》の空気《くうき》の間《あいだ》で、駒井家《こまいけ》は見《み》事《ごと》に没落《ぼつらく》して、其《そ》の空屋敷《あきやしき》の前《まえ》を通《とお》りかかった者《もの》でもなければ、もう噂《うわさ》をいう人《ひと》も無《な》いという時分《じぶん》になってしまいました。

その時分《じぶん》に王子《おうじ》の滝《たき》の川《がわ》の甚兵衛《じんべえ》という水車小舎《すいしゃごや》の附近《ふきん》へ公儀《こうぎ》から役人《やくにん》が出向《でむ》いて縄張《なわば》りがはじまりまし

た。何《なに》か目的《もくてき》あって此《こ》の土地《とち》へ建前《たてまえ》をするもののように見受《みう》けられました。殊《こと》に其《そ》れは川《かわ》に沿《そ》うて水《みず》の流《なが》れを利用《りよう》するらしい計画《けいかく》でありました。

土地《とち》の人《ひと》も、最初《さいしょ》は何《なん》の目的《もくてき》の縄張《なわば》りであるかを知《し》りませんでした。程《ほど》なく同地《どうち》の扇屋《おうぎや》を旅館《りょかん》として身分《みぶん》ある公儀《こうぎ》の役人《やくにん》が詰《つめ》た時《とき》に、其《そ》の縄張《なわば》りの計画《けいかく》が可《か》なり重大《じゅうだい》なものであることを悟《さと》りました。其処《そこ》へ来《き》た役《やく》人《にん》の重《おも》なる者《もの》は澤太郎左衛門《さわたろうざえもん》と武田斐三郎《たけだひさぶろう》とでありました。この二人《ふたり》は幕府《ばくふ》に於《おい》て軽《かる》からぬ地位《ちい》の人《ひと》でありました。扇屋《おうぎや》へ招《まね》かれた大工《だいく》の伊三郎《いさぶろう》だの鳶《とび》の万蔵《まんぞう》だのという者《もの》の口《くち》から聞《き》くと、此《こ》の度《たび》のお縄張《なわば》りは滝《たき》の川《がわ》附近《ふきん》へ公儀《こうぎ》で火薬《かやく》の製造所《せいぞうじょ》をお建《たて》になる御目論見《おんもくろみ》から出《で》たものだということがわかって来《き》ました。

この火薬《かやく》の製造所《せいぞうしょ》は、従来《じゅうらい》の火薬《かやく》の製造《せいぞう》とは違《ちが》って、日本《にほん》に於《おい》て初《はじ》めての西洋式《せいようしき》の火薬《かやく》の製造所《せいぞうしょ》を建《た》てるということなのでありました。その計画《けいかく》は小栗上野介《おぐりこうずけのすけ》と武田斐三郎《たけだひさぶろう》との両人《りょうにん》の企《くわだ》てで澤太郎左衛門《さわたろうざえもん》が其《そ》れに参《さん》加《か》したのは、やや後《のち》の事《こと》になります。

斯《こ》うなって来《く》ると思《おも》い出《だ》されるのは、それにもう一枚《まい》、駒井能登守《こまいのとのかみ》という事《こと》であります。惜《おし》い哉《かな》、折角《せっかく》の人材《じんざい》も烏有《うゆう》のうちに葬《ほうむ》られてしまっています。

五五四

　この日本《にほん》で初《はじ》めての西洋式《せいようしき》の火薬《かやく》の製造所《せいぞうじょ》の工事《こうじ》は着々《ちゃくちゃく》と進《すす》んで行《ゆ》きました。

　最初《さいしょ》に縄張《なわば》りをした甚兵衛《じんべえ》水車《すいしゃ》の附近《ふきん》は水量《すいりょう》が不足《ふそく》だからという理由《りゆう》で三ツ又《また》の方《ほう》へ持《も》って行《ゆ》きました。

　工事《こうじ》の頭取《とうどり》には武田斐三郎《たけだひろう》、それを助《たす》けるのは御鉄砲玉薬下奉行《おてっぽうたまぐすりしたぶぎょう》の小林祐三《こばやしゆうぞう》、外《ほか》に俗事役《ぞくじやく》が三人《にん》と、其《そ》の頃算術《ころさんじゅつ》と舎密学《しゃみつがく》に通《つう》じていた貝塚道次郎《かいづかどうじろう》というものが手伝《てつだ》いに出勤《しゅっきん》することとなりました。

　注文《ちゅうもん》の火薬製造機械《かやくせいぞうきかい》は和蘭《オランダ》のアムステルダムから帆《ほ》前船《まえせん》に積《つ》み込《こ》まれたという通知《つうち》もありました。

　頭取《とうどり》をはじめ役人達《やくにんたち》は扇屋《おうぎや》を宿《やど》と定《さだ》めていたけれど工事《こうじ》の場所《ばしょ》には作事小舎《さくじごや》があって其処《そこ》に絶《た》えず宿直《しゅくちょく》しているらしい、まだ一人《ひとり》の役人《やくにん》らしい者《もの》がありました。

　その小舎《こや》の一室《しつ》へは武田斐三郎《たけだひろう》や貝塚道次郎等《かいづかどうじろうら》が出《しゅっ》入《にゅう》するのみで、他《た》に何人《なんぴと》も出入《しゅつにゅう》することを許《ゆる》されませんでした。それは、人《ひと》に知《し》られてはならない火薬上《かやくじょう》の秘密《ひみつ》や機械類《きかいるい》の組立《くみたて》をする処《ところ》であろうと、俗事役《ぞくじやく》の者《もの》や土方工夫《どかたこうふ》などは、敢《あえ》て其《それ》に近寄《ちかよ》ろうとはしませんでした。この秘密室《ひみつしつ》は夜《よる》になると厳重《げんじゅう》に錠《じょう》が下《お》ろされてしまいます。工事《こうじ》の見守《みまも》りをする夜番《よばん》の小舎《こや》は其処《そこ》よりズット隔《へだ》った処《ところ》にあるから、ただ時々《ときどき》に其《そ》の辺《へん》を廻《まわ》って火《ひ》の用心《ようじん》をする位《くらい》に過《す》ぎませんでした。この火《か》薬《やく》の製造所《せいぞうじょ》を計画《けいかく》した小栗上野介《おぐりこうずけのすけ》は一種《しゅ》の人傑《じんけつ》で、幕《ばく》府《ふ》に於《おい》ての主戦論者《しゅせんろんしゃ》の第一人《だいにん》でありました。勘定奉行《かんじょうぶぎょう》にして陸海軍奉行《りくかいぐんぶぎょう》を兼《か》ね、勝《かつ》も大久保《おおくぼ》も皆其《みなそ》の配下《はいか》に働《はたら》いたものであります。この火薬《かやく》の製造所《せいぞうじょ》とても、西《にし》の方《ほう》に起《おこ》る大《おお》きな新勢力《しんせいりょく》に対《たい》する用意《ようい》の一つであることと申《もう》すまでもありません。王政維新《おうせいいしん》を叫《さけ》ぶ西《にし》の方《ほう》の諸《しょ》藩《はん》の人《ひと》に取《と》って、此《こ》の火薬製造所《かやくせいぞうじょ》の計画《けいかく》が尋常《じんじょう》のものとして見過《みす》ごされないのは当然《とうぜん》でありましょう。

　この工事《こうじ》に入《はい》っている土方《どかた》や人足《にんそく》にも相当《そうとう》の吟味《ぎんみ》をして入《い》れなければならない筈《はず》なのが如何《どう》したものか、少《すくな》くとも、たった一人《ひとり》だけ穏《おだや》かでない人足《にんそく》を入《い》れてあることとは役人達《やくにんたち》の大《おお》きな手落《ておち》と云《い》おうか、それとも其《そ》の一人《ひとり》が変装《へんそう》と素性《すじょう》を隠《かく》すことの巧《たくみ》な為《ため》と云《い》おうか、兎《と》に角《かく》、其《そ》の土《つち》を担《かつ》いだり、石《いし》を運《はこ》んだりする人足《にんそく》のうちに、気《き》を付《つ》けて見《み》れば、其《そ》れと気《き》のつけらるべき男《おとこ》が一人《ひとり》あります。

　それは甲府《こうふ》の破獄以来《はごくいらい》の事《こと》を知《し》ったものには指《さ》して云《い》いさえすれば直《す》ぐわかる事《こと》なので、あの時《とき》、牢屋《ろうや》を

破《やぶ》った主謀者《しゅぼうしゃ》、後《のち》に偶然駒井能登守邸《ぐうぜんこまいのとのかみてい》に隠《かく》まわれた奇《き》異《い》なる武士《ぶし》、また甲州街道《こうしゅうかいどう》では馬《うま》を曳《ひ》いてがんりきを追《お》い飛《と》ばした馬子《まご》、ここでは土《つち》を担《かつ》いだり石《いし》を運《はこ》んだり様々《さまざま》に変幻出没《へんげんしゅつぼつ》するけれど、要《よう》するに同《どう》一の人《ひと》で、あの時南條《ときなんじょう》といわれて通《とお》った西国生《さいこくうま》れと称《しょう》する浪士《ろうし》らしい男《おとこ》であります。

縄張外《なわばりそと》に立《た》てられた土方部屋《どかたべや》を夜中《やちゅう》に密《そっ》と抜《ぬ》け出《だ》して手拭《てぬぐい》をかぶりつつ、作事小屋《さくじごや》の方《ほう》へ忍《しの》んで行《ゆ》くのも其《そ》の人《ひと》であります。何処《どこ》へ何《なん》の目的《もくてき》あって行《ゆ》くのかと思《おも》えば、柵《さく》を乗《の》り越《こ》えて作事小屋《さくじごや》の中《なか》へ足《あし》を踏《ふ》み込《こ》みました。此処《ここ》の境《さかい》は下人共《げにんども》の足踏《あしぶみ》をしてはならない処《ところ》であります。毎日工事《まいにちこうじ》に働《はたら》いて居《お》りながら其《そ》れを知《し》らない筈《はず》はありません。知《し》って居《い》て忍《しの》び入《い》るのは甘《あま》んじて掟《おきて》を破《やぶ》るものであります。金品《きんぴん》を盗《ぬす》まんが為《ため》に入《はい》った者《もの》でない事《こと》は、甲府以来《こうふいらい》の此《こ》の者《もの》の挙動《きょどう》でわかる事《こと》であります。甲府《こうふ》へ足《あし》を踏《ふ》み入《い》れた目的《もくてき》が、其《そ》の天険《てんけん》と地理《ちり》とを知《し》らんが為《ため》であったように、此処《ここ》へ踏《ふ》み込《こ》んだ目的《もくてき》も何《なに》か別《べつ》に期《き》する処《ところ》があったものでありましょう。

　工事《こうじ》の頭取《とうどり》と公儀《こうぎ》の重役《じゅうやく》とが秘密《ひみつ》に会議《かいぎ》をする作事《さくじ》小屋《ごや》の一室《しつ》——そこを目《め》ざして此《こ》の仮装《かそう》の労働者《ろうどうしゃ》は忍《しの》んで行《ゆ》くものの如《よう》であります。

五五五

この男《おとこ》が秘密室《ひみつしつ》を探《さぐ》ろうとするのは今夜《こんや》に始《はじ》まった事《こと》ではないようでありました。

毎夜《まいよ》のように其《そ》の辺《へん》を探《さぐ》ろうとして忍《しの》ぶものらしいが、いつも其《そ》の目的《もくてき》を達《たっ》せずして帰《かえ》ったもののようでありました。今宵《こよい》も亦其《またそ》の通《とお》りで空《むな》しく工夫部屋《こうふべや》まで引《ひ》き返《かえ》したのは、やはり例《れい》の秘密室《ひみつしつ》の構造《こうぞう》が厳重《げんじゅう》なのか、或《あるい》は中《なか》にいる人《ひと》の用心《ようじん》が周到《しゅうとう》なので、近寄《ちかよ》れなかったものと見《み》えます。

そうしているうちに此《こ》の火薬製造所《かやくせいぞうじょ》の工事《こうじ》は進《すす》んで行《ゆ》くのであります。右《みぎ》の南條《なんじょう》と覚《おぼ》しい奇異《きい》なる労働者《ろうどうしゃ》は相変《あいかわ》らず毎日石《まいにちいし》を運《はこ》んだり土《つち》を荷《にな》ったりして、他《た》の労働者《ろうどうしゃ》と同《おな》じことに働《はたら》いているのであります。硝石《しょうせき》の精製所《せいせいしょ》も出来《でき》ました。硫黄《いおう》の蒸溜所《じょうりゅうしょ》も出来上《できあが》りました。機械類《きかいるい》の磨《みが》き方《かた》は鉄砲師《てっぽうし》の川崎長門《かわさきながと》と国友松造《くにともまつぞう》という者《もの》が来《き》て引受《ひきう》けました。水圧器《すいあつき》の組立《くみたて》も出来《でき》ました。

その都度《つど》、右《みぎ》の労働者《ろうどうしゃ》の態度如何《たいどいかん》と気《き》をつけていると、役人《やくにん》や仲間《なかま》のものの気《き》のつかないうちに家《いえ》の建前《たてまえ》と機《き》械類《かいるい》の構造《こうぞう》を注意《ちゅうい》することは驚《おどろ》くべき熱心《ねっしん》さでありました。熱心《ねっしん》でそうして機敏《きびん》でありました。人《ひと》に気取《きど》られようとする時《とき》は、何《なに》かに紛《まぎ》らかして、何食《なにく》わぬ面《かお》をしている済《す》まし方《かた》などは、其《そ》のつもりで見《み》れば驚《おどろ》くべき巧妙《こうみょう》さでありました。

そうして夜《よ》になって人《ひと》の寝静《ねしず》まった時分《じぶん》にはそれ等《ら》の見取図《みとりず》を頭《あたま》の中《なか》から吐《は》き出《だ》して紙《かみ》に写《うつ》していることも誰《だれ》にも知《し》られないで進《すす》んで行《ゆ》きました。紙《かみ》に写《うつ》した見取図《みとりず》は工夫部屋《こうふべや》の椽《えん》の下《した》を掘《ほ》って埋《うず》めて置《お》くことも誰《だれ》にも見《み》つけられないのでありました。埋《うず》めて置《お》いてから例《れい》の通《とお》り疑問《ぎもん》の秘密室《ひみつしつ》の方《ほう》へ出《で》かけるけれども、其処《そこ》ばかりは如何《どう》しても近寄《ちかよ》ることが出来《でき》ないらしくあります。近寄《ちかよ》る事《こと》が出来《でき》ても、内部《ないぶ》の模様《もよう》は如何《どう》しても知《し》ることが出来《でき》ないらしくあります。この奇異《きい》なる労働者《ろうどうしゃ》が知《し》ろうとして知《し》ることの出来《でき》ないのは、ただ右《みぎ》の秘密室《ひみつしつ》の内部《ないぶ》ばかりであるようでありました。

併《しか》し乍《なが》ら長《なが》い間《あいだ》、間断《かんだん》なく心《こころ》がけていれば、遂《つい》には何物《なにもの》かを得《え》られる機会《きかい》があるものであります。今宵例《こよいれい》の通《とお》り秘密室《ひみつしつ》の柵《さく》の外《そと》まで忍《しの》んで、水辺《すいへん》の立木《たちき》の下《した》に、そっと忍《しの》んで考《かんが》えていると、その柵《さく》の一部分《ぶぶん》の戸《と》が開《ひら》きました。

打《う》ち見《み》た処《ところ》は高《たか》い柵《さく》であったけれど、その下《した》の一部《ぶ》が開《ひら》き戸《ど》になっていて内《うち》から押《お》せば開《あ》くものだという

事《こと》は今《いま》まで気《き》が着《つ》かないのでありました。

南條《なんじょう》と云《い》われた奇異《きい》なる労働者《ろうどうしゃ》はさてこそと身体《からだ》を固《かた》くして闇《やみ》の中《なか》に眼《め》を見張《みは》りました。この人《ひと》は永《なが》らく獄中《ごくちゅう》の経験《けいけん》があった為《ため》に暗《くら》い処《ところ》で物《もの》を視《み》るの力《ちから》が人並《ひとなみ》以上《いじょう》なのであります。

そこに南條《なんじょう》が隠《かく》れて容子《ようす》を見張《みは》っているということを知《し》らないらしい中《うち》なる人《ひと》は、戸《と》を開《あ》けると、スックと外《そと》へ身《み》を現《あら》わしました。それを一目《め》見《み》た時《とき》に南條《なんじょう》は直《ただち》に見覚《みおぼ》えのある人《ひと》だという事《こと》がわかりました。まだ年《とし》若《わか》き侍体《さむらいてい》の者《もの》であることは誰《だれ》が見《み》てもわかる事《こと》でしたけれど、その若《わか》い侍体《さむらいてい》の人柄《ひとがら》に見覚《みおぼ》えがあることから、南條《なんじょう》は凝《じっ》と立《た》って動《うご》きませんでした。この人《ひと》が外《そと》へ出《で》ると、開《ひら》き戸《ど》が内《うち》から閉《と》ざされてしまった事《こと》を見《み》ると、内《うち》にも慥《たしか》に人《ひと》がいることに違《ちが》いないのであります。

内《うち》から出《で》た人《ひと》は小橋《こはし》を渡《わた》って木立《こだち》の深《ふか》みへ身《み》を隠《かく》しました。この人《ひと》をやり過《す》ごして中《なか》なる秘密室《ひみつしつ》の構造《こうぞう》に当《あた》って見《み》ようか、それとも此《こ》の人《ひと》のあとをつけて、其《そ》の行先《ゆきさき》を突留《つきとめ》ようかと奇異《きい》なる労働者《ろうどうしゃ》は思案《しあん》をするもののようでありましたが、其《そ》の思案《しあん》は後《あと》の方《ほう》のものに止《と》まったらしく、其《そ》のあとをつけて木立《こだち》の深《ふか》みへ入《はい》りました。人影《ひとかげ》は権現《ごんげん》の社《やしろ》の方《ほう》を目《め》ざして歩《あゆ》みを運《はこ》ぶもののようであります。

五五六

「其処《そこ》へ行《ゆ》くのは宇津木兵馬《うつぎひょうま》ではないか」

火薬《かやく》の製造所《せいぞうじょ》をやや離《はな》れてから後《うしろ》に呼《よ》ぶ声《こえ》を聞《き》いて前《まえ》に進《すす》んで行《い》った若《わか》い侍風《さむらいふう》の人《ひと》はハタと歩《あゆ》みを止《とど》めました。

「誰方《どなた》じゃ」

闇《やみ》の中《なか》から透《すか》して後《うしろ》を顧《かえり》みた処《ところ》へ、

「おれだ、南條《なんじょう》だ」

と云《い》って慣々《なれなれ》しく近寄《ちかよ》って来《き》たので、

「おお」

と云《い》って前《まえ》なる人《ひと》は驚《おどろ》きと安心《あんしん》とで立《た》って待《ま》っていました。呼《よ》ばれた通《とお》りこれは宇津木兵馬《うつぎひょうま》でありました。

「久《ひさ》し振《ぶり》だった、久《ひさ》しぶりにまた妙《みょう》な処《ところ》で出会《であ》った」

と直《す》ぐに目《め》の前《まえ》に立《た》ったのは、甲府《こうふ》の牢内《ろうない》にいる時《とき》と、その牢《ろう》を破《やぶ》ってから後《のち》も苦楽《くらく》を共《とも》にした奇異《きい》なる武士《ぶし》の南條《なんじょう》でありました。

「これは南條殿《なんじょうどの》、全《まった》く珍《めず》らしい処《ところ》で、如何《どう》してまた此《こ》の夜中《よなか》に、その身《み》なりで」

「そんな事《こと》を話《はな》していると長《なが》い、それよりも宇津木《うつぎ》、君《きみ》こそ此《こ》の夜中《よなか》に何処《どこ》へ行《い》ったのじゃ」

「ツイ其処《そこ》まで」

「ツイ其処《そこ》は」

「近《ちか》い処《ところ》に知《し》り人《びと》があって」

「近《ちか》い処《ところ》とは」

「それは、あの」

「いや、隠《かく》すには及《およ》ばない、君《きみ》が今《いま》、あの火薬《かやく》の製造所《せいぞうしょ》から出《で》て来《き》た処《ところ》を見《み》かけて拙者《せっしゃ》は後《あと》をつけて来《き》たのだ」

「エエ、それでは見《み》つかったか、併《しか》し、余人《よじん》ならぬ貴殿《きでん》に見《み》つけられたのは安心《あんしん》」

「一体《たい》、あの火薬《かやく》の製造所《せいぞうしょ》の秘密《ひみつ》らしい研究室《けんきゅうしつ》に隠《かく》れているのは彼《あれ》は誰《だれ》じゃ」

「南條殿《なんじょうどの》、貴殿《きでん》はあの人《ひと》が誰《だれ》であるかをまだ御存知《ごぞんじ》ないのか」

「知《し》らん」

「それほど鋭《するど》いお目《め》を持《も》ちながらとは云《い》え、誰《だれ》にも知《し》られぬが道理《どうり》、実《じつ》は外《そと》から出入《でいり》する者《もの》は拙者《せっしゃ》の外《ほか》に無《な》い」

「うむ、そうであろう、おれも長《なが》らくあの辺《へん》にうろついているが、ツイぞ其《そ》の人《ひと》を見《み》た事《こと》が無《な》い」

「判《わか》って見《み》れば何《なん》でも無《な》い事《こと》、あれはな、甲府《こうふ》に居《お》られた駒井能登守殿《こまいのとのかみどの》じゃ」

「エエ、駒井甚三郎《こまいじんざぶろう》か、それとは知《し》らなんだ。成程《なるほど》、駒井《こまい》か、駒井《こまい》ならば彼処《あすこ》に隠《かく》れていそうな人《ひと》じゃ、これで万事《ばんじ》がよく飲《の》み込《こ》める、そうか〳〵」

南條《なんじょう》は幾度《いくど》も頷《うなず》きました。

「今《いま》も能登守殿《のとのかみどの》の話《はなし》に貴殿《きでん》の噂《うわさ》が出《で》た処《ところ》、貴殿《きでん》ならば、

隠《かく》れて居《お》られる能登守殿《のとのかみどの》も喜《よろこ》んで会《あ》われる事《こと》と思《おも》う」

「会《あ》って見《み》たい、そう聞《き》いては今夜《こんや》にも会《あ》って見《み》たい」

「宜《よろ》しい、訪《たず》ねようと思《おも》うならばやはり夜《よる》が宜《よろ》しい、今時分《いまじぶん》が宜《よ》ろしい。例《れい》の開《ひら》き戸《ど》を調子《ちょうし》よく三つお叩《たた》きなさるが宜《よ》い、そうすれば能登守殿《のとのかみどの》は必《かなら》ず開《あ》けて通《とお》して呉《く》れるに違《ちが》いない」

「よし、その通《とお》り合図《あいず》をして会《あ》って見《み》よう、そうして君《きみ》は此《こ》れから何処《どこ》へ行《ゆ》く、今何処《いまどこ》にいる」

「拙者《せっしゃ》は、まだ定《さだ》まる宿《やど》はないが、昨今《さっこん》は此《こ》の下《した》の扇《おうぎ》屋《や》というのに宿《やど》を取《と》っている」

「そうか、扇屋《おうぎや》にいるのか。明日《あす》にも其《そ》れとなく訪《たず》ねて行《ゆ》こう」

「お待《ま》ちしています」

「然《しか》らば拙者《せっしゃ》は、これから直《す》ぐに駒井《こまい》を叩《たた》いてやろう、甲府《こうふ》ではあの男《おとこ》も意外《いがい》に気《き》の毒《どく》な事《こと》をしたそうな、それを慰《なぐさ》めてやろう」

「能登守殿《のとのかみどの》も喜《よろこ》ばれるであろう」

「さらば宇津木《うつぎ》、明日《あす》扇屋《おうぎや》へ訪《たず》ねて行《ゆ》く」

「さらば」

宇津木兵馬《うつぎひょうま》と南條《なんじょう》とは斯《こ》うして僅《わずか》の立話《たちばなし》をしただけで別《わか》れました。南條《なんじょう》は、また例《れい》の火薬製造所《かやくせいぞうしょ》の方《ほう》へ取《と》って返《かえ》すのに宇津木兵馬《うつぎひょうま》はそれとは違《ちが》った方《ほう》へ帰《かえ》って行《ゆ》く、多分其《たぶんそ》の宿《やど》である扇屋《おうぎや》へ行《ゆ》くものでありましょう。

五五七

権現社頭《ごんげんしゃとう》から帰《かえ》って来《き》たのは駒井能登守《こまいのとのかみ》であります。今《いま》は能登守《のとのかみ》でもなければ勤番《きんばん》の支配《しはい》でもありません。一箇《こ》の士人《しじん》としては到底《とうてい》世の中《なか》に立《た》てなくなった日影《ひかげ》者《もの》の甚三郎《じんざぶろう》であります。

例《れい》の滝《たき》の川《がわ》の火薬製造所《かやくせいぞうじょ》の秘密室《ひみつしつ》までは無事《ぶじ》に帰《かえ》って来《き》て、真暗《まっくら》な室内《しつない》の卓子《テーブル》の上《うえ》を探《さぐ》って、その一端《たん》を押《お》すと室内《しつない》がパッと明《あ》かるくなりました。

そうして頭巾《ずきん》を取《と》って椅子《いす》に腰《こし》を卸《おろ》した能登守《のとのかみ》を見《み》ると姿《すがた》も形《かたち》も大分前《だいぶまえ》とは変《かわ》っている事《こと》がわかります。先《ま》ず其《そ》の髪《かみ》の毛《け》を、当時《とうじ》異国人《いこくじん》のするように散髪《さんぱつ》にして、真中《まんなか》より少《すこ》し左《ひだり》へよった処《ところ》で綺麗《きれい》に左右《さゆう》へ分《わ》けてありました。それから後《うしろ》の襟《えり》へかかった処《ところ》まで長《なが》く撫《な》で下《お》ろした髪《かみ》の末端《まったん》を鏝《こて》を当《あ》てたもののように軽《かる》く捲《ま》き上《あ》げていました。そうして身《み》につけているのも筒袖《つつそで》の着物《きもの》と羽織《はおり》に太《ふと》い洋袴《ずぼん》を穿《は》いていました。

此《こ》の人《ひと》としては斯《こ》ういう形《かたち》をする事《こと》も有《あ》りそうな事《こと》だけれど、其《そ》の当時《とうじ》にあっては破天荒《はてんこう》なハイカラ姿《すがた》でありました。この姿《すがた》をして浮《うっ》かり市中《しちゅう》を歩《ある》いて、例《れい》の攘夷党《じょういとう》の志士《しし》にでも見《み》つかろうものならば、売国奴《ばいこくど》のように罵《ののし》られて其《そ》の長《なが》い刀《かたな》の血祭《ちまつり》に会《あ》うことは眼《め》に見《み》えるようなものであります。幸《さいわい》な事《こと》に、この人《ひと》は此処《ここ》に引籠《ひきこも》っているから、此《こ》の急進的《きゅうしんてき》なハイカラ姿《すがた》を何者《なにもの》にも見《み》つからないで済《す》むのでありましょう。

能登守《のとのかみ》――と云《い》わず、これからは駒井甚三郎《こまいじんざぶろう》と呼《よ》ぶ、は今《いま》椅子《いす》へ腰《こし》を卸《お》ろすと共《とも》に額《ひたい》に泌《にじ》む汗《あせ》を拭《ふ》いてホッと息《いき》を吐《は》いて空《むな》しく天井《てんじょう》をながめていました。

この室内《しつない》の模様《もよう》は、前《まえ》に甲府《こうふ》の邸内《ていない》にあった時《とき》と、ほぼ同《おな》じような書物《しょもつ》と武器《ぶき》と、それから別《べつ》に、洋式《ようしき》の機械類《きかいるい》と、薬品等《やくひんとう》で充満《じゅうまん》していました。

吐息《といき》をついた駒井甚三郎《こまいじんざぶろう》は、やがて両《りょう》の手《て》を面《かお》に当《あ》て卓子《たくじょう》に臂《ひじ》をついて俯伏《うつぶ》していました。それからまた身《み》を起《おこ》し肱掛《ひじかけ》に片腕《かたうで》を置《お》いて凝《じっ》と前《まえ》の卓上《たくじょう》をながめている前《まえ》には、長《なが》さ二尺《しゃく》に幅《はば》四寸《すん》ほどの小形《こがた》の蒸汽船《じょうきせん》の模型《もけい》が一つ置《お》いてありました。

駒井甚三郎《こまいじんざぶろう》は、その蒸汽船《じょうきせん》の模型《もけい》からしばしも眼《め》は放《はな》さずに、手《て》はペンを取《と》って頻《しき》りに角度《かくど》のようなものを幾《いく》つも書《か》いているのであります。この人《ひと》は今《いま》出向《でむ》い

て行《い》った事《こと》の為《ため》に、何《なに》か気《き》に鬱屈《うっくつ》があって斯《こ》うしているのかと思《おも》えば、そうではなくて、この小型《こがた》の蒸汽船《じょうきせん》の模型《もけい》とそれを見《み》ながら、幾《いく》つも幾《いく》つも線《せん》と劃《かく》を引張《ひっぱ》ることに一心《しん》不乱《ふらん》であるものらしく見《み》えます。それに漸《ようや》く打《う》ち込《こ》んで行《ゆ》くと、急《きゅう》に洋式《ようしき》の算術《さんじゅつ》らしいことを始《はじ》め、次《つぎ》に日本《にほん》の算盤《そろばん》を取《と》って幾度《いくたび》か計算《けいさん》を試《こころ》み、それから細長《ほそなが》い形《かたち》の黒《くろ》い玉《たま》を取《と》っては秤台《はかりだい》の上《うえ》へ載《の》せ、それを幾《いく》つも幾《いく》つも繰返《くりかえ》して其《そ》の度毎《たびごと》に目方《めかた》を記入《きにゅう》しているようでありました。

この時分《じぶん》、夜《よ》は漸《ようや》く更《ふ》けて行《い》って水車《すいしゃ》の万力《まんりき》の音《おと》もやんでしまい、空《そら》は大《たい》へんに曇《くも》って雨《あめ》か風《かぜ》かと気遣《きづか》われるような気候《きこう》になって来《き》たことも、内《うち》にあって一心《しん》に是《こ》れ等《ら》の計算《けいさん》に耽《ふけ》っている駒井甚三郎《こまいじんろう》には一向《こう》感《かん》じが無《な》いらしくありました。

その位《くらい》だから、さき程《ほど》、権現《ごんげん》の境内《けいだい》で女《おんな》の身《み》の上《うえ》を持《も》て余《あま》した事《こと》も、それを手引《てびき》したのが宇津木兵馬《うつぎひょうま》であった事《こと》も、もう頓《とん》と打忘《うちわす》れているものに相違《そうい》ありません。それ等《ら》を打忘《うちわす》れて研究《けんきゅう》に心《こころ》を打込《うちこ》むことの出来《でき》る此《こ》の人《ひと》の平和《へいわ》な世界《せかい》を漸《ようや》く乱《みだ》しかけたのは、天候《てんこう》が変《かわ》りかけて外《そと》で風《かぜ》が強《つよ》くなったらしい事《こと》であります。

五五八

風《かぜ》が出《で》たなと思《おも》った時分《じぶん》に、駒井甚《こまいじん》三郎《ろう》は不図《ふと》戸《と》の外《そと》を叩《たた》く物《もの》の音《おと》のある事《こと》に気《き》が着《つ》きました。

直《すぐ》に立《た》ち上《あ》がって窓《まど》の傍《そば》によって耳《みみ》を済《す》ましていたが窓掛《まどかけ》を揚《あ》げると窓《まど》の下《した》に黒《くろ》い人影《ひとかげ》が一つ立《た》っていることを認《みと》めました。

「駒井君《こまいくん》」

慣々《なれなれ》しく我《わ》が名《な》を呼《よ》んで窓《まど》の外《そと》から中《なか》を覗《のぞ》き込《こ》むようにする面《かお》が何者《なにもの》であるか駒井甚《こまいじん》三郎《ろう》にはまだ見当《けんとう》がつきませんでした。

併《しか》し、ここへは絶対《ぜったい》に人《ひと》の来《こ》ないんではありません。秘密《ひみつ》の用向処《ようむきどころ》あって来《く》る人《ひと》と、秘密《ひみつ》の用向《ようむき》を頼《たの》んで遣《つか》わした人《ひと》とが夜陰《やいん》折々《おりおり》音《おと》ずれる事《こと》はあるのでありました。

「誰《だれ》じゃ」

と甚《じん》三郎《ろう》は窓《まど》を透《すか》して其《そ》の人影《ひとかげ》をながめながら誰何《すいか》すると、

「南條《なんじょう》じゃ」

「ああ、左様《そう》であったか」

駒井甚《こまいじん》三郎《ろう》は、その一言《ごん》でよく了解《りょうかい》する事《こと》が出来《でき》たらしく、

「今《いま》、戸《と》を開《あ》けてやるから其処《そこ》を右《みぎ》へ廻《まわ》って待《ま》って居《お》れ」

程《ほど》なく駒井甚《こまいじん》三郎《ろう》と南條《なんじょう》なにがしという奇異《きい》なる労《ろう》働者《どうしゃ》と二人《ふたり》は前《まえ》の室内《しつない》で椅子《いす》によって対座《たいざ》する事《こと》となりました。

その以前《いぜん》にも、矢張《やはり》、不意《ふい》に此《こ》の男《おとこ》が甲府《こうふ》の駒井《こまい》能登守《のとのかみ》の邸《てい》を夜中《やちゅう》に驚《おどろ》かした事《こと》がありました。その時《とき》は其《そ》れと知《し》らずして驚《おどろ》かしたものでありました。今《いま》は其《そ》れと知《し》って訪《たず》ねて来《き》たものらしい事《こと》であります。

能登守《のとのかみ》の風采《ふうさい》も其《そ》の時《とき》とは変《かわ》っているが、南條《なんじょう》の風《ふう》采《さい》もやや変《かわ》っています。

「何《なに》をしていた」

と駒井甚《こまいじん》三郎《ろう》が尋《たず》ねました。

「此処《ここ》の工事《こうじ》の人足《にんそく》を働《はたら》いている」

南條《なんじょう》が答《こた》えます。

「それとは知《し》らなかった」

「此方《こっち》も知《し》らなかった」

「如何《どう》して拙者《せっしゃ》が此処《ここ》にいる事《こと》がわかったか」

「宇津木兵馬《うつぎひょうま》から聞《き》いた」

「成程《なるほど》――」

駒井甚《こまいじん》三郎《ろう》は何時《いつ》如何《いか》にして兵馬《ひょうま》の口《くち》から聞《き》いたという事《こと》は押《お》しませんでした。南條《なんじょう》も亦《また》それを説明《せつめい》しないで、室内《しつない》を一通《とお》り見渡《みわた》したが、例《れい》の小形《こがた》の蒸汽船《じょうきせん》の模型《もけい》へやはり眼《め》が落《お》ちると、

「此《こ》れは――」

と云《い》って特《とく》に熱心《ねっしん》に其《そ》の船《ふね》の形《かたち》を見《み》つめていました。

「此《こ》れは拙者《せっしゃ》が工夫中《くふうちゅう》のカノネール、ボートじゃ、随《ずい》

分苦心《ぶくしん》している」

「成程《なるほど》」

南條《なんじょう》は面《かお》をつきつけるようにして其《そ》の小形《こがた》の蒸汽船《じょうきせん》の模型《もけい》を前後左右《ぜんごさゆう》からつく〴〵とながめて他《ほか》の事《こと》は忘《わす》れてしまっているようすであります。

其《そ》の熱心《ねっしん》さが設計者《せっけいしゃ》の駒井甚《こまいじん》三郎《ろう》の何物《なにもの》よりも満足《まんぞく》に思《おも》う所《ところ》らしく、

「よく見《み》て呉《く》れ、そして批評《ひひょう》をして呉《く》れ、長《なが》さは二十間《けん》で幅《はば》は四間《けん》になる、船《ふね》の構造《こうぞう》は先《ま》ず自分《じぶん》ながら申分《もうぶん》はない積《つ》もりだ、機関《きかん》の装置《そうち》も多少《たしょう》は研究《けんきゅう》し、速力《そくりょく》も巡陽回天《じゅんようかいてん》あたりよりも一段《だん》とすぐれたものになるつもりじゃ、併《しか》し、今問題《いまもんだい》にしているのは其《そ》れに載《の》せる大《たい》砲《ほう》よ、成《な》るべく大口径《だいこうけい》にして遠距離《えんきょり》に達《たっ》するように苦《く》心《しん》している。それと大砲《たいほう》を据《す》え付《つ》くる場所《ばしょ》じゃ、此処《ここ》のプーフに装置《そうち》するのが最《もっと》も宜《よ》かろうと思《おも》われる。船《せん》体《たい》の釣合上大砲《つりあいじょうたいほう》が大《おお》き過《す》ぎても困《こま》る、と云《い》って従来《じゅうらい》の例《れい》を追《お》うのも愚《ぐ》な事《こと》、火薬《かやく》と瓦斯《ガス》の抵抗《ていこう》がドノ位《ぐらい》まで全体《ぜんたい》の平均《へいきん》に及《およ》ぼすか、それを実地《じっち》に計《はか》って見《み》たい」

駒井甚《こまいじん》三郎《ろう》は、こんな風《ふう》に説明《せつめい》しながら、今秤台《いまはかり》にかけていた細長《ほそなが》い形《かたち》の宜《い》い玉《たま》を取《と》って卓子《テーブル》の上《うえ》から南條《なんじょう》の方《ほう》に突《つ》き出《だ》しました。

「成程《なるほど》」

南條《なんじょう》は其《そ》の船体《せんたい》を見《み》ることが、いよ〳〵熱心《ねっしん》でありました。

五五九

「如何《どう》も斯《こ》うして調《しら》べて実地《じっち》に当《あた》って見《み》れば見《み》るほど、我《われ》ながら智識《ちしき》の足《た》らない事《こと》と経験《けいけん》の浅《あさ》いことが残念《ざんねん》で堪《たま》らぬ、だから拙者《せっしゃ》は思《おも》い切《き》って洋行《ようこう》して見《み》ようと思《おも》っているのじゃ」

駒井甚《こまいじん》三郎《ろう》が斯《こ》う云《い》うと小形《こがた》の蒸汽船《じょうきせん》の模型《もけい》を見《み》ていた南條《なんじょう》が急《きゅう》に駒井《こまい》の面《おもて》を見《み》て、

「ナニ洋行《ようこう》？」

と云《い》いました。

「其《そ》の決心《けっしん》をしてしもうた」

「それは悪《わる》い事《こと》ではない、君《きみ》の学問《がくもん》と才力《さいりょく》を以《もっ》て洋行《ようこう》して来《く》れば其《そ》れこそ鬼《おに》に金棒《かなぼう》じゃ」

「書物《しょもつ》と又聞《またぎき》では歯痒《はがゆ》くてならぬ、それに彼地《かのち》から渡《わた》って来《く》る機械《きかい》とても、果《はた》して其《そ》れが本当《ほんとう》に新式《しんしき》のものであるやら無《な》いやらわからぬ、彼地《かのち》では最早時代遅《もはやじだいおく》れの機械《きかい》が日本《にほん》へ廻《まわ》って珍重《ちんちょう》がられる事《こと》も随分《ずいぶん》あるようじゃ、この頃《ごろ》、少《すこ》しばかり火薬《かやく》の製造機械《せいぞうきかい》を調《しら》べているけれど、思《おも》うように感心《かんしん》が出来《でき》ぬ、何《なに》を扨置《さてお》いても洋行《ようこう》したい心《こころ》が募《つの》って静止《じっ》としては居《お》れぬ」

「大《おお》に行《ゆ》くが宜《よ》い」

「白耳義《ベルギー》のウェッテレンと云《い》う処《ところ》に、最良《さいりょう》の火薬機械《かやくきかい》の製造所《せいぞうじょ》があるという事《こと》じゃ、その工場《こうじょう》を是非《ぜひ》見《み》て来《き》たいものだと思《おも》うている、併《しか》し、それは他国《たこく》の者《もの》には見《み》せぬという事《こと》じゃ、已《や》むを得《え》ずんば職工《しょっこう》になって……君《きみ》のように労働者《ろうどうしゃ》の風《なり》をして忍《しの》んで見《み》て来《き》たいと思《おも》うている」

「君《きみ》は拙者《せっしゃ》と違《ちが》って美《よ》い男《おとこ》だから労働者《ろうどうしゃ》にするは可哀《かわい》相《そう》じゃ、併《しか》しそれだけの勇気《ゆうき》のあることが頼《たの》もしい、そして何時《いつ》出《で》かけるつもりじゃ」

「来月《らいげつ》の半《なかば》に下田《しもだ》を出《で》る仏蘭西《フランス》の船《ふね》があるから其《そ》れに便乗《びんじょう》する事《こと》に頼《たの》んで置《お》いた、それで此《こ》の通《とお》り頭《あたま》もこしらえてしまっている」

「一人《ひとり》で行《ゆ》くのか」

「従者《じゅうしゃ》を一人《ひとり》つれて行《ゆ》く、その外《ほか》には今《いま》の処伴《ところつれ》というものは無《な》い」

「おれも一緒《しょ》に行《い》きたいな、羨《うらや》ましい心持《こころもち》がするわい」

と南條《なんじょう》は笑《わら》いました。

「君《きみ》が一緒《しょ》に行《い》って呉《く》れれば拙者《せっしゃ》も甚《はなは》だ心強《こころづよ》いけれど、それが知《し》れたら其《そ》れこそ第二《だいに》の吉田松陰《よしだしょういん》じゃ」

「それでは諦《あきら》めて君《きみ》の帰《かえ》りと土産《みやげ》とを待《ま》っていよう、併《しか》し、君《きみ》が帰《かえ》って来《く》る時分《じぶん》には日本《にほん》の舞台《ぶたい》も如何《どう》変《かわ》っているかわからん、君《きみ》の土産《みやげ》が江戸幕府《えどばくふ》のものにならないで或《あるい》は其《そ》っくり我々《われわれ》が頂戴《ちょうだい》するようになるかも知《し》れん」

「其《そ》んな事《こと》はあるまい」

駒井甚三郎《こまいじんろう》は微笑《びしょう》していました。この二人《ふたり》は前《まえ》に云《い》ったように高島四郎太夫《たかしまろうだゆう》の門下《もんか》に学《まな》んだ頃《ころ》からの熟魂《じっこん》でありました。その故《ゆえ》に地位《ちい》だの勢力《せいりょく》だのというものは頓着《とんちゃく》なしに、いつも会《あ》えば斯《こ》うして友達《ともだち》と同《おな》じような話《はなし》をするのであります。

「思《おも》い切《きり》の宜《い》いのには感心《かんしん》する、我々《われわれ》は西洋《せいよう》の学問《がくもん》と技術《ぎじゅつ》はエライと思《おも》うけれど、頭《あたま》までそうする気《き》にはなれぬ」

と云《い》って南條《なんじょう》は此時《このとき》はじめてらしく駒井甚三郎《こまいじんろう》の刈《か》り分《わ》けた仏蘭西式《フランスしき》の頭髪《とうはつ》をながめました。

「一思《ひとおも》いに斯《こ》うしてしまった、洋式《ようしき》の蓮生坊《れんしょうぼう》かな」

甚三郎《じんろう》は静《しず》かに艶《つや》やかな髪《かみ》の毛《け》の分《わ》け目《め》を額際《ひたいぎわ》から左《ひだり》へ撫《な》でました。

「でも髷《まげ》を切《き》り落《おと》す時《とき》は、多少《たしょう》は心細《こころぼそ》い思《おも》いがしたろうな」

「何《なん》の……」

「そうだ、駒井君《こまいくん》」

南條《なんじょう》は此《こ》の時《とき》になって、一つの要件《ようけん》を思《おも》い当《あた》ったらしく、

「君《きみ》は一人《ひとり》で洋行《ようこう》するそうだけれど、君《きみ》の周囲《しゅうい》に当然《とうぜん》起《おこ》るべき様々《さまざま》の故障《こしょう》に就《つい》て善後《ぜんご》の処置《しょち》が講《こう》じてあるのか、一身《しん》を避《さ》ければ万事《ばんじ》が納《おさ》まるものと考《かんが》えているわけでも無《な》さそうな」

五六〇

南條《なんじょう》と別《わか》れた宇津木兵馬《うつぎひょうま》は其《そ》の云《い》った通《とお》り扇屋《おうぎや》へ帰《かえ》って来《き》ました。扇屋《おうぎや》の一間《ま》には先程《さきほど》から兵馬《ひょうま》の帰《かえ》りを待《ま》ち兼《かね》ている人《ひと》があります。

「お君殿《きみどの》」

兵馬《ひょうま》の言葉《ことば》を聞《き》いて待《ま》ち兼《か》ねたもののように衝立《ついたて》の影《かげ》から身《み》を現《あら》わした其《そ》れはお君《きみ》であります。

一旦尼《たんあま》の姿《すがた》をしていたお君《きみ》は此処《ここ》へ来《き》てはやはり艶《つや》やかな髪《かみ》の毛《け》を片《かた》はずしに結《ゆ》うて、綸子《りんず》の着物《きもの》を着《き》ていました。兵馬《ひょうま》は刀《かたな》をとって其《そ》の前《まえ》に座《すわ》り、

「まだお寝《やす》みにはなりませんでしたか」

「お前様《まえさま》のお帰《かえ》りまで如何《どう》して寝《ね》て居《お》られましょう」

「其《そ》れほどに御執心故《ごしゅうしんゆえ》、よいお返事《へんじ》を聞《き》かせてお上《あ》げ申《もう》したいが……」

兵馬《ひょうま》の言葉《ことば》が濁《にご》って其《そ》の容子《ようす》が萎《しお》れるのを見《み》てお君《きみ》の面色《かおいろ》に不安《ふあん》の色《いろ》が浮《うか》ぶのであります。

「ああ、それでは……」

と云《い》ってお君《きみ》は胸《むね》がつぶれて、それから先《さき》が云《い》えないで唇《くちびる》が顫《ふる》えていることがわかるのであります。

「残念《ざんねん》ながら、最早《もはや》、この御縁《ごえん》はお諦《あきら》めなさるより外《ほか》はござらぬ」

と云《い》いながら兵馬《ひょうま》は懐中《かいちゅう》から袋入《ふくろいり》の物《もの》と帛紗包《ふくさづつ》みとを取《と》り出《だ》して、

「これが、能登守殿《のとのかみどの》より御身《おんみ》へお言葉《ことば》の代《かわ》り」

其《そ》の品《しな》をお君《きみ》の眼《め》の前《まえ》へ置《お》きました。その袋入《ふくろいり》の物《もの》は短刀《たんとう》であり帛紗包《ふくさづつ》みは金子《きんす》である事《こと》が一目《め》見《み》てわかるのであります。

「わたくしは其様《そのよう》なものを戴《いただ》きに上《あ》がったのではござりませぬ」

お君《きみ》が恨《うら》めしそうに其《そ》の二品《しな》をながめていましたが其《そ》の眼《め》には見《み》る見《み》る涙《なみだ》が一杯《ぱい》になるのであります。

「兎《と》も角《かく》も」

と云《い》って兵馬《ひょうま》は其《そ》の二品《しな》を前《まえ》へ出《だ》したきりで腕《うで》を組《く》んでいました。兵馬《ひょうま》の胸《むね》にも実《じつ》は思《おも》いに余《あま》ることがあるのでありましょう。

「宇津木様《うつぎさま》、どうぞ殿《との》のお言葉《ことば》をお聞《き》かせ下《くだ》さりませ、縁《えん》を諦《あきら》めよと、それが殿様《とのさま》のお言葉《ことば》でござりましたか」

「能登守殿《のとのかみどの》は、そうは仰有《おっしゃ》らぬ、そうは仰有《おっしゃ》らぬけれど」

「わたくしが殿様《とのさま》から前《まえ》のような御情《おなさけ》を戴《いただ》きたい為《ため》に、斯《こ》うして恥《はじ》を忍《しの》んで上《あ》がりましたものか、どうか、それを御存知《ごぞんじ》ない貴郎様《あなたさま》が恨《うら》めしい」

「それは拙者《せっしゃ》にもわかっているし能登守殿《のとのかみどの》も御解諒《ごかいりょう》であるが……」

「そんならば、お言葉《ことば》をお聞《き》かせ下《くだ》さりませ、わたくしは賤《いや》しいものでござりまするけれど、殿様《とのさま》のお家《いえ》には二つとないまことのお血筋《ちすじ》……其《そ》のお血筋《ちすじ》がおいとしい為《ため》に恥《はじ》を忍《しの》んで上《のぼ》りました、殿様《とのさま》のお言葉《ことば》一つによって、わたくしは此《こ》の場《ば》で死《し》にまする」

「又《また》しても短気《たんき》な事《こと》を」

「いいえ、短気《たんき》な事《こと》ではありませぬ、わたくしの小《ちい》さい胸《むね》で考《かんが》えて考《かんが》え抜《ぬ》いた覚悟《かくご》の上《うえ》でござりまする、殿様《とのさま》のお言葉次第《ことばしだい》によって、わたくしも此《こ》の世《よ》には居《お》りませぬ、恐《おそ》れ多《おお》い殿様《とのさま》のお血筋《ちすじ》を、わたくしと一緒《しょ》に彼《あ》の世《よ》へお伴《つ》れ申《もう》すのが不憫《ふびん》でござりまする、それ故《ゆえ》に……」

お君《きみ》は歔欷《しゃくあ》上げて泣《な》きました。

「能登守殿《のとのかみどの》は近《ちか》いうち洋行《ようこう》なさるというて居《お》られた」

兵馬《ひょうま》は要領《ようりょう》を外《そ》らして何《なん》ともつかずに斯《こ》ういいました。

「洋行《ようこう》なさるとは」

「この日本《にほん》の土地《とち》を離《はな》れて遠《とお》い外国《がいこく》へお出《い》で遊《あそ》ばすそうじゃ」

「エエ、遠《とお》い外国《がいこく》へ」

お君《きみ》は涙《なみだ》を払《はら》って兵馬《ひょうま》の面《おもて》を見《み》つめました。そして問《と》い返《かえ》す言葉《ことば》に力《ちから》がありました。兵馬《ひょうま》が何《なん》とつかずに言《い》ったことが、お君《きみ》の胸《むね》には手強《てづよ》い響《ひび》きを与《あた》えたもののようであります。

五六一

「能登守殿《のとのかみどの》が仰有《おっしゃ》るには、自分《じぶん》はもう今《いま》の世《よ》では望《のぞ》みの無《な》い身体《からだ》じゃ、この隙《ひま》に西洋《せいよう》を見《み》て来《き》たい、いずれ万事《ばんじ》は帰《かえ》ってから後《のち》の事《こと》、君女《きみじょ》の事《こと》も、自分《じぶん》にはわからぬ、其許《そなた》の思《おも》うように保護《ほご》して呉《く》れいとのお言葉《ことば》、帰《かえ》りは長《なが》くて一年《ねん》、或《あるい》はまた……」

「よく解《わか》りました」

兵馬《ひょうま》の説明《せつめい》をお君《きみ》はキッパリと返事《へんじ》をしました。兵馬《ひょうま》の重《かさ》ねて説明《せつめい》することを必要《ひつよう》とせぬほどにキッパリと云《い》い切《き》ってしまいました。

「うむ」

兵馬《ひょうま》はお君《きみ》の心《こころ》のうちを測《はか》り兼《か》ねて云《い》いかけた言葉《ことば》を途中《とちゅう》で休《やす》んで其《そ》の面《かお》を見《み》ていると、暫《しば》らくしてお君《きみ》は、

「もうお聞《き》き申《もう》すこともございませぬ、殿様《とのさま》は前《まえ》から西洋《せいよう》がお好《す》きでございました、わたくしの事《こと》なんぞを今《いま》ここで申《もう》し上《あ》げたとて、お取《と》り上《あ》げになろう筈《はず》がございませぬ、もうあのお方《かた》のお心《こころ》のうちは、西洋《せいよう》の学問《がくもん》や何《なに》かの事《こと》で一杯《ぱい》なのでございます、わたくし風情《ふぜい》が何《なに》を申上《もうしあ》げたとて、それに御心配《ごしんぱい》をなさるような賤《いや》しいお方《かた》ではございませぬ、それだけお聞《き》き申《もう》せば、もう充分《じゅうぶん》でござりまする」

お君《きみ》としては冷《ひや》やかな言分《いいぶん》でありました。その冷《ひや》やかな云《い》い分《ぶん》のうちには、多《おお》くの自棄《やけ》の気味《きみ》、自棄《やけ》と云《い》わないまでも全《まった》くの失望《しつぼう》をわざと冷淡《れいたん》に云《い》ってのける頼《たよ》りない心持《こころもち》を、兵馬《ひょうま》にあっても見《み》て取《と》れないというわけではありません。

「悪《わる》く取《と》ってはなりませぬ、能登守殿《のとのかみどの》のお身《み》の上《うえ》を推量《すいりょう》すると、拙者《せっしゃ》にはお気《き》の毒《どく》でお気《き》の毒《どく》で、どうも立《た》ち入《い》って強《つよ》いことが云《い》えない」

兵馬《ひょうま》はお君《きみ》を慰《なぐさ》めようとして能登守《のとのかみ》の身《み》の上《うえ》に同情《どうじょう》を向《む》けさせようとしました。併《しか》しお君《きみ》は、やはり冷《ひや》やかな態度《たいど》を変《か》えるのではありませんでした。

「如何《どう》しまして、わたくしが殿様《とのさま》のお心持《こころもち》を善《よ》からぬように御推量申上《ごすいりょうもうしあ》げるなぞと其《そ》のような事《こと》がありますものか、如何《どう》か御無事《ごぶじ》で洋行《ようこう》をしてお出《い》で遊《あそ》ばすように蔭《かげ》ながら祈《いの》るばかりでございまする、この下《くだ》され物《もの》も其《そ》の心《こころ》で有難《ありがた》く頂戴致《ちょうだいいた》しまする」

今《いま》まで手《て》にも触《ふ》れなかった袋入《ふくろいり》の物《もの》と帛紗《ふくさ》包《づつ》みの二品《しな》を手《て》に取《と》って、お君《きみ》は懇《ねんごろ》に推《お》し戴《いただ》きました。

兵馬《ひょうま》はなお何《なに》か云《い》いたいと思《おも》ったけれども何《なに》も云《い》うことが無《な》いのに苦《くる》しみました、それは余《あま》りにお君《きみ》の態度《たいど》が神妙《しんみょう》であったからであります、余《あま》りによく解《わか》り過《す》ぎてしまった為《ため》に、兵馬《ひょうま》は何《なに》を云《い》って宜《よ》いかわからな

いのでありました。

「宇津木様《うつぎさま》、もう夜《よ》も更《ふ》けました、如何《どう》ぞお休《やす》み下《くだ》さいませ、わたくしも疲《つか》れました、御免《ごめん》を蒙《こうむ》りとうござりまする」

お君《きみ》は二品《しな》を膝《ひざ》に置《お》いて言葉丁寧《ことばていねい》に云《い》いましたけれど、兵馬《ひょうま》には其《そ》れが、いつものようでなく冷《つめ》たい針《はり》が含《ふく》まれているように思《おも》われてなりませんでした。併《しか》し、やはり何《なん》とも其《そ》の上《うえ》に加《くわ》えねばならぬ言葉《ことば》はないのでありました。

「然《しか》らば余談《よだん》は明日《あす》の事《こと》、御免《ごめん》を蒙《こうむ》りましょう」

何《なん》となく物《もの》のはさまったような心持《こころも》ちで兵馬《ひょうま》は己《おのれ》の部屋《へや》へ帰《かえ》って寝《ね》ようとしたけれども、まだ何《なん》となく心《こころ》がかりでありました。お君《きみ》はと密《ひそ》かに襖越《ふすまご》しに容子《ようす》をうかがうと、此《こ》れも物静《ものしず》かに寝衣《ねまき》を着替《きか》えるらしき物《もの》音《おと》がしました。

兵馬《ひょうま》はまだ何《なに》か気《き》がかりで、次《つぎ》の間《ま》の物音《ものおと》によく心《こころ》を澄《す》ましているらしかったが、時《とき》のうつる間何《あいだなに》も変《かわ》った事《こと》はありませんでした。それで兵馬《ひょうま》も安心《あんしん》して眠《ねむ》りに就《つ》きましたが、暫《しば》らくまどろんだと思《おも》う時分《じぶん》にガバと衾《しとね》を蹴《け》って刎起《はねお》き次《つぎ》の間《ま》の襖《ふすま》を蹴開《けひら》くようにして跳《おど》り込《こ》みました。

お君《きみ》は端座《たんざ》して其《そ》の手《て》にはさきほど能登守《のとのかみ》から贈《おく》られたという袋入《ふくろいり》の短刀《たんとう》の鞘《さや》を払《はら》っていたのであります。

五六二

斯《こ》うもあろうかと兵馬《ひょうま》は更《さら》に油断《ゆだん》をしませんでした。

「ここで御身《おんみ》を殺《ころ》しては、能登守殿《のとのかみどの》にも申訳《もうしわけ》が無い、甲州《こうしゅう》から頼《たの》まれた人達《ひとたち》へも申訳《もうしわけ》が無《な》い、これまでの苦《く》心《しん》が仇《あだ》になる、短慮《たんりょ》な事《こと》をなされるな」

兵馬《ひょうま》はお君《きみ》を抑《おさ》えました。兵馬《ひょうま》に抑《おさ》えられたお君《きみ》は其《そ》れを争《あらそ》うことが出来《でき》ませんでした。お君《きみ》としては兵馬《ひょうま》の寝鎮《ねしず》まるのを待《ま》って用意《ようい》の上《うえ》に用意《ようい》しての覚悟《かくご》でありました。けれども油断《ゆだん》なき兵馬《ひょうま》の心《こころ》に乗《じょう》ずる事《こと》が出来《でき》ませんでした。

「ああ、わたくしの身《み》は如何《どう》したら宜《よ》いのでございましょう、あの立派《りっぱ》な殿様《とのさま》を世間《せけん》にお面《かお》の立《た》たぬようにしたのもわたくしでございます、貴方様《あなたさま》に此《こ》んな御迷《ごめい》惑《わく》をかけるのも、わたくし故《ゆえ》でございます、生《い》きていて宜《よ》いのか、死《し》んでしまって宜《よ》いのか、わたしには判《わか》りませぬ」

短刀《たんとう》を取《と》られてしまったお君《きみ》は其処《そこ》へ泣《な》き伏《ふ》しています。

「お君殿《きみどの》、そなたの身《み》の上《うえ》を頼《たの》まれたは拙者《せっしゃ》、殺《ころ》して宜《よ》い時《とき》は此《こ》の兵馬《ひょうま》が殺《ころ》して上《あ》げる、それまでは不足《ふそく》ながら万事《ばんじ》を拙者《せっしゃ》にお任《まか》せ下《くだ》さい、必《かなら》ず悪《わる》いようには致《いた》さぬ、若《も》しそれを聞《き》かずに再《ふたた》び此《こ》のような短慮《たんりょ》な事《こと》をなさる気《き》ならば拙者《せっしゃ》にも了簡《りょうけん》がある」

兵馬《ひょうま》は言葉《ことば》を強《つよ》くして斯《こ》う云《い》いました、けれどもお君《きみ》は其《そ》れに対《たい》して何《なん》の返事《へんじ》も出来《でき》ないのでありました。

「さあ御返事《ごへんじ》をなさい、此《こ》の上《うえ》ともに万事《ばんじ》を兵馬《ひょうま》にお任《まか》せ下《くだ》さるか、それがお忌《い》やならば、此《こ》の短刀《たんとう》をお返《かえ》し申《もう》す故《ゆえ》、この場《ば》で改《あらた》めて自害《じがい》をなさい、兵馬《ひょうま》が介錯《かいしゃく》をして上《あ》げる、介錯《かいしゃく》した後《のち》には此《こ》の兵馬《ひょうま》も其《その》ままでは居《お》られぬのじゃ」

兵馬《ひょうま》はなお手強《てづよ》く云《い》ってお君《きみ》の口《くち》から誓《ちか》いの言葉《ことば》を聞《き》こうとするらしくあります。

「そのお返事《へんじ》のないうちは此《こ》の場《ば》を去《さ》りませぬ」

兵馬《ひょうま》はお君《きみ》に向《むか》って飽《あ》くまで其《そ》の返答《へんとう》を迫《せま》るのであります。

「宇津木様《うつぎさま》、わたくしには何《なに》もかもわからなくなりました」

お君《きみ》は漸《ようや》くこれだけの返事《へんじ》をしました。

「兎《と》も角《かく》も、このような短慮《たんりょ》な事《こと》は此《こ》の後決《のちけっ》してせぬと此処《ここ》で誓《ちか》いをお立《た》てなさい、そうで無《な》ければ拙者《せっしゃ》も寝《やす》むわけには行《ゆ》きませぬ」

「済《す》みませぬ、済《す》みませぬ、もう此《こ》のような事《こと》を二度《ど》

と二たびは致《いた》しませぬ、どうぞ御安心下《ごあんしんくだ》さいませ」

「その一言《ごん》を聞《き》いて安心《あんしん》しました、然《さ》らば此《こ》の品《しな》は拙者《せっしゃ》がお預《あず》かり申《もう》して置《お》きます」

兵馬《ひょうま》はお君《きみ》を叱《しか》って見《み》たり和《なだ》めて見《み》たりして兎《と》に角《かく》其《そ》の得心《とくしん》が行《い》って、お君《きみ》が口《くち》で誓《ちか》った通《とお》り二度《ど》は、斯《か》様《よう》な危《あぶ》ない過《あやま》ちを仕出来《しでか》さないものと信《しん》ずることが出来《でき》たから漸《ようや》くにしてまた次《つぎ》の間《ま》へ返《かえ》るには返《かえ》ったけれど、やはり眠《ねむ》れないのでありました。

生死《せいし》をかけて自分《じぶん》に任《まか》せろと、頼《たの》もしいことを云《い》って力《ちから》をつけたものの、兵馬自身《ひょうまじしん》によく〳〵衷心《ちゅうしん》を叩《たた》いて見《み》ると其《そ》れは甚《はなは》だ覚束《おぼつか》ない事《こと》なのであります。身《み》一つの処置《しょち》を如何《どう》して宜《よ》いかわからないというのはお君《きみ》が自分《じぶん》でわからないのみならず、兵馬《ひょうま》にはなお分《わか》っていないのであります、慢心和尚《まんしんおしょう》から頼《たの》まれて引受《ひきう》けて来《き》た時《とき》もわかってはいないのでありました。苦心《くしん》を重《かさ》ねて漸《ようや》く能登守《のとのかみ》を尋《たず》ね当《あ》ててそれを計《はか》って見《み》ると、いよ〳〵わからなくなりました。

能登守《のとのかみ》の立場《たちば》を見《み》れば、それにお君《きみ》を会《あ》わせて自分《じぶん》が帰《かえ》ってしまう事《こと》は如何《どう》しても出来《でき》ない事《こと》であります、そうかと云《い》ってまた甲州《こうしゅう》へ連《つ》れて戻《もど》るわけには行《ゆ》かず……結局《けっきょく》、如何《どう》すれば宜《よ》いのだか兵馬《ひょうま》は迷《まよ》いに迷《まよ》ってしまいました。

五六三

ここにまた前《まえ》に見《み》えた「貧窮組《ひんきゅうぐみ》」の事《こと》に就《つい》て一言《げん》しなければならなくなりました。貧窮組《ひんきゅうぐみ》というのは一種《しゅ》の不得要領《ふとくようりょう》な暴動《ぼうどう》でありました。明治《めいじ》六年《ねん》の出版《しゅっぱん》にかかる「近世紀聞《きんせいきぶん》」という本《ほん》に、その時代《じだい》の事《こと》を此《こ》んな風《ふう》に書《か》いてあります。

是《これ》より先《さき》、米価《べいか》次第《しだい》に沸騰《ふっとう》して既《すで》に大阪市中《おおさかしちゅう》にては小売《こうり》の白米《はくまい》一升《しょう》に付代銭《つきだいせん》七百文《もん》に至《いた》れば、其日稼《そのひかせぎ》の貧民等《ひんみんら》は又如何《またいかん》とも詮術《せんすべ》なく殆《ほとん》ど飢餓《きが》に及《およ》ばんとするにぞ、九條村《じょうむら》且《か》つ難波村《なんばむら》など所々《しょじょ》に多人数《たにんず》寄集《よりあつ》まり不穏《ふおん》の事《こと》を談合《だんごう》して、始《はじ》めは市中《しちゅう》の搗米屋《つきごめや》に至《いた》り低価《ねやす》に米《こめ》を売《う》るべしとて僅《わずか》の銭《ぜに》を投《な》げ出《いだ》し店《みせ》に積《つみ》たる白米《はくまい》を理不尽《りふじん》に持行《もちゆ》くもあり、或《あるい》は代価《だいか》も置《お》かずして俵《たわら》を奪《うば》い去《さ》るもあれど多人数《たにんず》なる故米商客《ゆえこめあきうど》も之《これ》を支《ささ》ゆる事《こと》を得《え》ず、斯《かく》の如《ごと》くに横行《おうこう》して大阪中《おおさかじゅう》の搗《つき》米屋《ごめや》へ至《いた》らぬ隈《くま》もなかりしが、果《はて》はます〳〵暴動募《ぼうどうつの》りて術《すべ》よく米《こめ》を渡《わた》さぬ家《うち》は打毀《うちこわ》しなどする程《ほど》に市街《ちまた》の騒擾大《そうじょうおお》かたならず、這《こ》は只浪花《ただなにわ》のみならず諸国《しょこく》に斯《かか》る挙動《ふるまい》ありしが、就中江戸《なかんずくえど》に於《おい》ては米穀其他総《べいこくそのたすべ》ての物価又《ぶっかまた》一層《そう》の高料《たかね》に至《いた》れば、貧人飢餓《ひんじんきが》に耐《た》えざるより或《あるい》は五町《ちょう》七町《ちょう》ほどの賤民《せんみん》おの〳〵党《とう》を組《くみ》て、身元《みもと》かなりの商家《しょうか》に至《いた》り押《おし》て救助《きゅうじょ》を乞《こ》わんとて其町々《そのちょうちょう》に触示《しょくじ》し、倘其《もしそ》の党《とう》に加《くわ》わらざるは金米《きんべい》その他何品《たなにしな》にても救助《きゅうじょ》の為《ため》に出《だ》すべき旨強談《むねごうだん》に及《およ》ぶにぞ、勢《いきお》い已《やむ》を得《え》ざるより身分《みぶん》に応《おう》じ夫々《それぞれ》に物《もの》を出《だ》して施《ほどこ》すもあり、力及《ちからおよ》ばぬ輩《やから》は余儀《よぎ》なく党《とう》に加《くわ》わるをもて乍《たちま》ち其《そ》の党《とう》多人数《たにんず》に至《いた》り、軈《やが》て何町貧窮人《なんちょうひんきゅうじん》と紙《かみ》に書《か》いたる幟《のぼり》をおし立《たて》、或《あるい》は車《くるま》なんどを曳《ひ》いて普《あまね》く府下《ふか》を横行《おうこう》なし、所々《しょしょ》にて救助《きゅうじょ》を得《え》たる所《ところ》の米麦又《こめむぎまた》は甘藷《さつまいも》の類《たぐ》いを件《くだん》の車《くるま》に積《つみ》もて帰《かえ》りて便宜《べんぎ》の明地《あきち》に大釜《おおがま》を据《す》え白粥《しらかゆ》を焚《た》きなどするを、貧民妻子《ひんみんさいし》を引連《ひきつ》れ来《きた》りて之《これ》を争《あらそ》い食《く》える状《さま》は宛然蟻《さながらあり》の集《あつ》まる如《ごと》く蠅《はえ》の群《むら》がるに異《こと》ならで哀《あわ》れにも最浅間《いとあさま》しかり、されば一町斯《ちょうかく》の如《ごと》き挙動《きょどう》に及《およ》ぶを伝《つた》え聞《き》けば隣町忽《となりまちたちま》ちこれに慣《な》らい遂《つい》に江戸《えど》中貧民《じゅうひんみん》の起《おこ》り立《た》たざる場所《ばしょ》は尠《すくな》く……云々《うんぬん》

これによって見《み》ると「近世紀聞《きんせいきぶん》」の記者《きしゃ》は貧窮組《ひんきゅうぐみ》を蟻《あり》の集《あつ》まる如《ごと》く蠅《はえ》の群《むら》がるに異《こと》ならずと見《み》たのであります。貧民《ひんみん》といえども人間《にんげん》であろうのに其《そ》れを蟻《あり》や蠅《はえ》と同《おな》じに見《み》られたということは不幸《ふこう》であります。けれども蟻《あり》や蠅《はえ》に見立《みた》てられる貧民自身《ひんみんじしん》に取《と》っては必《かなら》ずしも物好《ものずき》でやった事《こと》ではないらしいのであります。彼等《かれら》にあっては天下《てんか》が徳川《とくがわ》のものであろうと、薩長《さっちょう》の手《て》に渡《わた》ろうと其《そ》んな事《こと》は大《たい》した心配《しんぱい》ではありませんでした。

ただ心配《しんぱい》な事《こと》は物《もの》が高《たか》くなって食《く》えなくなるという事《こと》でありました。

天下国家《てんかこっか》の大《おお》きな事《こと》を憂《うれ》うる人《ひと》には、別《べつ》に志士《しし》という一階級《かいきゅう》があって、それは殿様《とのさま》から代々《だいだい》御扶持《ごふち》をいただいて、食《く》うというような賤《いや》しい事《こと》には別段《べつだん》の心配《しんぱい》の無《な》かった者《もの》や、その家庭《かてい》に生《お》い立《た》った人《ひと》が多《おお》いのでありました。けれども此《こ》の貧窮組《ひんきゅうぐみ》は生《は》え抜《ぬ》きの平民《へいみん》でありました。武士《ぶし》は食《く》わねど高楊枝《たかようじ》というような事《こと》を云《い》って居《お》られぬ身分《みぶん》の者《もの》ばかりであります。世《よ》に食《く》いたくて堪《た》まらないのでありました。彼等《かれら》は食《く》いたくて堪《た》まらないものが食《く》えなくなるということほど怖《おそ》るべき事《じ》実《じつ》はないのであります。蟻《あり》や蠅《はえ》でさえ生《い》きていられる世《よ》の中《なか》に、人間《にんげん》が食《く》えなくなって生《い》きていられないという世《よ》の中《なか》は無惨《むざん》なものでありました。

それが為《ため》であったか如何《どう》か知《し》れないがあの不《ふ》得要領《とくようりょう》な貧窮組《ひんきゅうぐみ》が勃発《ぼっぱつ》して江戸《えど》市中《しちゅう》を騒《さわ》がすと共《とも》に、有司《ゆうし》も金持《かねもち》も不《ふ》得要領《とくようりょう》に驚《おどろ》いてしまいました。殊《こと》に驚《おどろ》いたのは金持《かねもち》の連中《れんじゅう》でありました。一時《じ》は生《い》きた空《そら》がなくて、金品《きんぴん》を寄附《きふ》したり、慈善会《じぜんかい》のようなものを起《おこ》したりして貧民《ひんみん》の御機嫌《ごきげん》を取《と》ろうとして見《み》た狼狽《あわて》方《かた》は可《か》なり不《ふ》得要領《とくようりょう》なものでありました。けれども其《そ》れは誠意《せい》のある狼狽《あわて》方《かた》ではなく不《ふ》得要領《とくようりょう》はいよ〳〵不《ふ》得要領《とくようりょう》な狼狽《あわて》方《かた》でありました。

五六四

けれども其《そ》の時分《じぶん》の政治《せいじ》は打《う》てば響《ひび》くような政治《せいじ》ではありませんでした。徳川幕府《とくがわばくふ》が亡《ほろ》びかかった時代《じだい》の政治《せいじ》でありました。

米《こめ》が高《たか》くなろうとも物価《ぶっか》が上《あ》がろうとも幕府《ばくふ》の方《ほう》では、あんまり干渉《かんしょう》をしませんでした。いよ〳〵の時《とき》までは成行《なりゆき》に任《まか》せて置《お》いて、何《なに》か出《で》たら出《で》た時《とき》の勝負《しょうぶ》というような政治《せいじ》でありました。

金持《かねもち》の連中《れんちゅう》も亦《また》、儲《もう》けたい奴《やつ》は盛《さか》んに儲《もう》け、儲《もう》けた上《うえ》に莫大《ばくだい》の配当《はいとう》をしました。そうして大《おお》ビラで贅沢《ぜいたく》や僭上《せんじょう》の限《かぎ》りを尽《つく》しました。蟻《あり》や蠅《はえ》なんぞは踏《ふ》みつぶして通《とお》る勢《いきおい》でしたけれども、その蟻《あり》や蠅《はえ》が多人数《たにんず》を組《く》んであばれ出《だ》して見《み》ると唇《くちびる》の色《いろ》を変《か》えて周章狼狽《しゅうしょうろうばい》した有《あり》様《さま》は滑稽《こっけい》にも亦《また》不得要領《ふとくようりょう》の現象《げんしょう》でありました。

さすがに緩漫主義《かんまんしゅぎ》の幕府《ばくふ》も、斯《こ》う騒《さわ》ぎ出《だ》されて見《み》ると、手《て》を束《つか》ねてばかりは居《い》られませんでした。同《おな》じ「近世紀聞《きんせいきぶん》」という本《ほん》のうちに、

其頃既《そのころすで》に庄内藩《しょうないはん》には府下非常《ふかひじょう》を誡《いまし》めのため常《つね》に市中《しちゅう》を巡邏《じゅんら》あり、且南北《かつなんぼく》の町奉行《まちぶぎょう》にも這回《こたび》の暴挙《ぼうきょ》を鎮撫《ちんぶ》なさんと自《みずか》ら夥兵《くみこ》を従《したが》えつつ普《あまね》く市街《しがい》を立廻《たちまわ》りて適宜《てきぎ》の処置《しょち》に及《およ》ばんとするに、貧民《ひんみん》は早《は》や食《く》うと食《く》わぬの界《さかい》に臨《のぞ》みたるなれば各《おのおの》死憤《しふん》の勢《いきおい》ありて小吏《しょうり》等《ら》万般説諭《ばんぱんせつゆ》なせどもなか〳〵に鎮《しず》まらず、或《あるい》は浅草《あさくさ》今戸町《いまどちょう》その外処々《ほかところどころ》の辻々《つじつじ》へ貧窮人《ひんきゅうじん》等《ら》が張札《はりふだ》をして区々《まちまち》の苦情《くじょう》を演《のべ》たるうえ、先《ま》ず差当《さしあた》り白米《はくまい》の代価《だいか》百文《もん》に付《つき》五合《ごう》ならねば窮民口《きゅうみんくち》を糊《のり》し難《がた》しと記《しる》し、また或《あるい》は米穀《べいこく》は固《もと》より諸色《しょしき》の代価速《だいかすみや》かに引下《ひきさ》ぐるにあらずんば乍《たちま》ち市中《しちゅう》を焼払《やきはら》わんなどと書裁《しょさい》なしたる所《ところ》もあり、斯《かく》なして尚貧民《なおひんみん》等《ら》は市街《しがい》を横行《おうこう》なせる事《こと》は日《ひ》を追《お》って熾《さかん》なりしが、其頃品川宿《そのころしながわじゅく》に於《おい》て施行《せぎょう》を出《だ》すを左右《かにかく》と拒《こば》みたる者《もの》ありとて乍《たちま》ち其家《そのいえ》を打毀《うちこは》せしより人気《にんき》いよ〳〵荒立《あらだっ》て、渋《しぶ》りて物《もの》を出《だ》さぬ家《いえ》は会釈《えしゃく》もなく踏込《ふみこみ》て或《あるい》は舗《みせ》をうち毀《こわ》し家内《やうち》を乱妨《らんぼう》に及《およ》ぶにぞ、蓄財家《かねもち》は皆戦慄《みなふるえおそれ》て家業《かぎょう》を休《やす》み店《みせ》を閉《し》めて只乱妨《ただらんぼう》の防《ふせ》ぎをなせば貧窮人《ひんきゅうにん》のみ勢《いきお》いを得《え》て道路《どうろ》に立《たち》て威《い》を震《ふる》いしは実《じつ》に未曾有《みぞう》の珍事《ちんじ》なりけり……さる程《ほど》に貧民《ひんみん》の暴動《ぼうどう》斯《か》くの如《ごと》くなれば庄内侯《しょうないこう》の巡邏方《まわりかた》且《か》つ町《まち》奉行《ぶぎょう》の手《て》を以《もっ》て其《そ》の発頭人《ほっとうにん》なる者《もの》を追々捕縛《おいおいほばく》なしたりしかど、もとこれ、米価《べいか》の沸騰《ふっとう》より飢餓《きが》に逼《せま》るに耐《た》えかねて、かかる挙動《きょどう》に及《およ》べるなれば兎《と》に角是等《かくこれら》を救助《きゅうじょ》せずして静《しず》まるべきの筋《すじ》にあらずとて、先《ま》ず

救民小屋造立《きゅうみんごやつくりたて》の間《あいだ》、本所回向院《ほんじょえこういん》、谷中天王寺《やなかてんのうじ》、音羽《おとわ》護国寺《ごこくじ》、三田功運寺《みたこううんじ》、渋谷渋谷寺《しぶやしぶやてら》の五ケ寺《じ》に於《おい》て炊《たき》出《だ》しを命《めい》じられ普《あまね》く貧民《ひんみん》に之《これ》を与《あた》え、其《その》うち神田佐《かんださ》久間町《くまちょう》の広場《ひろば》に小屋《こや》を設《もう》けられて至極《しごく》の貧人《ひんじん》を救助《きゅうじょ》せしかば、是《これ》にて府下《ふか》の騒擾《そうじょう》も稍鎮静《ややちんせい》に及《およ》びたり。

幸《さいわい》にして此《こ》の貧窮組《ひんきゅうぐみ》は、それだけの騒《さわ》ぎで鎮《しず》まりました。大塩平八郎《おおしおへいはちろう》も出《で》ないし、レニン、トロツキーも出《で》ないで納《おさ》まりました。たま〳〵道庵先生《どうあんせんせい》あたりが飛《と》び出《だ》してお茶番《ちゃばん》を添《そ》えたような事《こと》で、兎《と》も角《かく》も納《おさ》まったのは国家《こっか》の為《ため》に大慶《たいけい》でありました。

表面《ひょうめん》、この騒《さわ》ぎは納《おさ》まったけれども、それの根本《こんぽん》が絶《た》たれたというわけではありませんでした。一時《じ》は震《ふる》え上《あが》った富豪達《ふごうたち》が、あわてふためいて貧民《ひんみん》の御機嫌《ごきげん》を取《と》って見《み》たけれど、表面《ひょうめん》の暴動《ぼうどう》が過《す》ぎ去《さ》ってしまえば、あとはケロリとして忘《わす》れたもののように、書画骨董《しょがこっとう》に馬鹿《ばか》げた金《かね》を出《だ》したり、巫山戯《ふざけ》きった集《あつ》まりをして見《み》せたり、無用《むよう》の建築《けんちく》をして見《み》せたり、そんな事《こと》で以前《いぜん》よりは一層《そう》の太平楽《たいへいらく》を露骨《ろこつ》に見《み》せるようになったのは困《こま》ったものであります。

それと共《とも》に、一時《じ》の雷同《らいどう》に出《い》でないで、心《こころ》ひそかに此《こ》の世《よ》の有様《ありさま》を観察《かんさつ》し或《あるい》は憤慨《ふんがい》している者《もの》が漸《ようや》く多《おお》くなって行《ゆ》きました。

五六五

本町《ほんちょう》一丁目《ちょうめ》の自身番《じしんばん》へ、眼《め》の色《いろ》を変《か》えて飛《と》び込《こ》んだのは、いつも粗忽《そそっ》かしい下駄屋《げたや》の親父《おやじ》でありました。

「大変《たいへん》だ」

と云《い》って其《そ》の親爺《おやじ》は息《いき》を切《き》りました。この男《おとこ》の粗忽《そそっ》かしいのは今《いま》に初《はじ》まった事《こと》ではないけれど今日《きょう》は眼《め》の色《いろ》が変《かわ》ってるだけに、それから貧窮組《ひんきゅうぐみ》の騒《さわ》ぎが納《おさ》まって間《ま》もない時《とき》であるだけに、其処《そこ》に集《あつ》まる親爺連《おやじれん》の胸《むね》を騒《さわ》がせて、

「如何《どう》なすった」

種彦《たねひこ》の合巻物《ごうかんもの》を読《よ》んでいた親爺《おやじ》も、碁《ご》と将棊《しょうぎ》をちゃんぽんに打《う》っていた親爺《おやじ》も、それの岡目《おかめ》をしていた親《おや》爺《じ》も、昼寝《ひるね》をしていた親爺《おやじ》も、其処《そこ》に集《あつま》る親爺《おやじ》という親爺《おやじ》が、皆《みん》な下駄屋《げたや》の親爺《おやじ》の大変《たいへん》だという一声《ひとこえ》で驚《おどろ》かされました。

江戸時代《えどじだい》に於《お》ける自身番《じしんばん》というものの存在《そんざい》も可《か》なり呑気《のんき》なものでありました。川柳子《せんりゅうし》から「生《い》きた親爺《おやじ》の捨《す》て処《どころ》」と引導《いんどう》を渡《わた》されながら平気《へいき》で捨《す》られに来《く》る親《おや》爺連《じれん》も可《か》なりいい気《き》なものでありました。外《そと》は往来《おうらい》の劇《はげ》しい本町《ほんちょう》の真中《まんなか》で、内《うち》は閑々《かんかん》たる別天地《べってんち》、半鐘《はんしょう》がジャンと打《ぶっ》つからない限《かぎ》りは他人《たにん》の来《く》る気遣《きづか》いはない処《ところ》で、これ等《ら》の生《い》きた親爺連《おやじれん》の心配《しんぱい》になることは、夕飯《ゆうはん》を蕎麦《そば》にしようか、それとも鰻飯《うなぎめし》とまで奮発《ふんぱつ》しようかというような心配《しんぱい》でありました。鰻《うなぎ》の序《ついで》に酒《さけ》の隠《かく》れ呑《のみ》もしなければならないというような心配《しんぱい》でありました。

その閑々《かんかん》たる空気《くうき》を下駄屋《げたや》の親爺《おやじ》が破《やぶ》って云《い》う事《こと》には、

「外《そと》へ出《で》て御覧《ごらん》なさい、大変《たいへん》な物《もの》だ、そこの雨樋筒《あまひつつ》に生首《なまくび》が一ツ……」

「エ」

「嘘《うそ》だ〱」

「冗戯《じょうだん》じゃねえ、善兵衛《ぜんべえ》さん、貧窮組《ひんきゅうぐみ》が納《おさ》まって間《ま》も無《ね》え時《とき》だ、嚇《おど》かしっこなし」

「生首《なまくび》は嘘《うそ》だが、まあ外《そと》へ出《で》てごらんなさい、大変《たいへん》な張紙《はりがみ》だ」

「エ、張紙《はりがみ》」

張紙《はりがみ》と聞《き》いてやや安心《あんしん》をしました。やや安心《あんしん》したけれど、それは生首《なまくび》と聞《き》いた時《とき》よりも安心《あんしん》したので、此《こ》の時分《じぶん》の張紙《はりがみ》は、生首《なまくび》と聞《き》くのと、ほぼ同《おな》じように気《き》味《み》の悪《わる》いものでありました。親爺連《おやじれん》は折角《せっかく》の興《きょう》を殺《そ》がれたけれど、また別《べつ》の興味《きょうみ》を持《も》って外《そと》へ出《で》たり、外《そと》を覗《のぞ》いたりして見《み》ると、其《そ》の自身番《じしんばん》の北手《きたて》の雨樋筒《あまひづつ》に大《おお》きな張紙《はりがみ》がしてあって、其《そ》れを通《とお》りがかりの人《ひと》が大勢《おおぜい》して読《よ》んではワイ〱騒《さわ》いでいるのでありました。

「また、此《こ》んな悪戯《いたずら》をはじめやがった、人騒《ひとさわ》がせな悪戯《いたずら》だ」

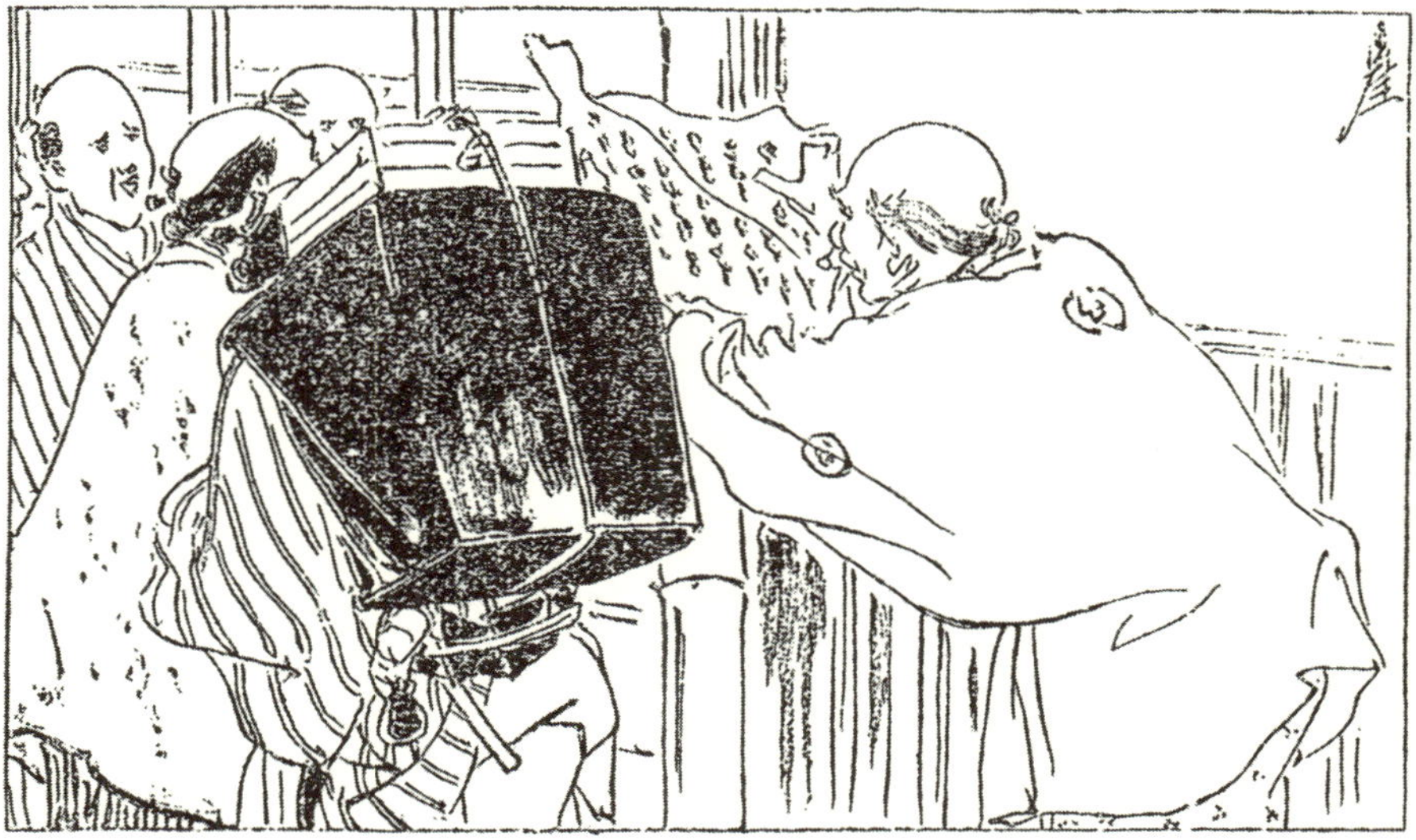

と自身番《じしんばん》の親爺《おやじ》はブツ〳〵云《い》いながら其《そ》の張紙《はりがみ》を引《ひっ》ぺがしにかかりました。自分《じぶん》も読《よ》まないうち、人《ひと》にも読《よ》ませないうちに成《な》るべく早《はや》く引《ひっ》ぺがして町奉行《まちぶぎょう》にお届《とど》けをする方《ほう》がよいと思《おも》って、邪慳《じゃけん》に其《そ》れを引《ひっ》ぺがして自身番《じしんばん》の中《なか》へ持《も》ち込《こ》んでしまったから、見物《けんぶつ》の中《なか》には一読《どく》したものもあろうし、まだ読《よ》みかけて半《なかば》のものもあったろうし、これから読《よ》もうと思《おも》っていた者《もの》もあったのが、一同鳶《どうとび》に物《もの》を浚《さら》われたような気持《きもち》になって、自身番《じしんばん》へ持込《もちこ》んだ親爺連《おやじれん》の後《うしろ》を恨《うら》めしげに見送《みおく》っていること暫時《しばし》、幸《さいわい》に大《たい》した騒《さわ》ぎにはならずに散《ち》ってしまいました。

自身番《じしんばん》の内部《ないぶ》へ其《そ》の張紙《はりがみ》を持《も》ち込《こ》んだ親爺連《おやじれん》、額《ひたい》を集《あつ》めて眼《め》の敵《かたき》のように其《そ》れを読《よ》みはじめました。其《そ》の文言《もんごん》は斯《こ》うであります。

糸会所取立所
三井八郎右衛門
其外組合の者共

此者共《このものども》、めい〳〵世界中名高《せかいじゅうなだか》き巨万《きょまん》の分限《ぶげん》にありながら、足《た》ることを知《し》らず、強慾非道限《ごうよくひどうかぎ》り無《な》き者共《ものども》、身分《みぶん》の程《ほど》を顧《かえり》みず報国《ほうこく》は成《な》らずとも、皇国《みくに》の疲労《ひろう》に相成《あいな》らざるよう心掛《こころか》くべき所《ところ》、開港以来諸品高価《かいこういらいしょひんこうか》のうちには、糸類《いとるい》は未曾有《みぞう》の沸騰《ふっとう》に乗《じょう》じ、諸国糸商人《しょこくいとしょうにん》共《ども》へ相場状《そうばじょう》にて相進《あいすす》め……

五六六

その張札《はりふだ》の文句《もんく》のつづき、

　頻《しき》りに横浜表《よこはまおもて》へ積出《つみだ》させ候《そうろう》につき、糸類《いとるい》悉《ことごと》く払《ふっ》底高直《ていこうじき》に成《な》り行《ゆ》き万民《ばんみん》の難渋少《なんじゅうすくな》からず、畢竟此《ひっきょうこ》の者《もの》共《ども》荷高《にたか》に応《おう》じ、広大《こうだい》の口銭《こうせん》を貪《むさぼ》り取《と》り候慾情《そうろうよくじょう》より事起《ことおこ》り、皇国《みくに》の疲労《ひろう》を引出《ひきだ》し、一己《いっこ》の利《り》に迷《まよ》い、他《た》の難渋《なんじゅう》を顧《かえり》みず、不直《ふちょく》の所業《しょぎょう》は権家《けんけ》へ立入《たちい》り賄賂《わいろ》を以《もっ》て奸吏《かんり》を暗《くら》まし、公辺《こうへん》を取拵《とりこしら》え、口銭《こうせん》と名付《なづ》け、大利《だいり》を貪《むさぼ》り、奸吏《かんり》へ金銭《きんせん》を差送《さしおく》り、糸荷《いとに》を我《わ》が得《え》手勝手《てかって》に取扱《とりあつか》い、神奈川関門番人《かながわかんもんばんにん》並《ならび》に積問屋共《つみといやども》へ申合《もうしあわ》せ、所謂世話料受取《いわゆるせわりょううけと》り、荷物運送《にもつうんそう》まで荷主《にぬし》に拘《かか》わらず自儘取扱《じままとりあつか》い、不正《ふせい》の口銭貪《こうせんむさぼ》り取候事《とりそろこと》、右《みぎ》糸会所取立《いとかいしょとりたて》三井《い》八郎右衛門《ろうえもん》始《はじ》め組合《くみあい》の者《もの》、他《た》の難儀《なんぎ》を顧《かえり》みず非道《ひどう》にて所持《しょじ》の金銭並《きんせんならび》に開港以来貪《かいこういらいむさぼ》り取《と》る口銭広大《こうせんこうだい》の金高《きんだか》につき、今般残《こんぱんのこ》らず下賤困窮人共《げせんこんきゅうにんども》に合力《ごうりき》の為配当《ためはいとう》つかわし申《もう》すべし、若《も》し慾情《よくじょう》に迷《まよ》い其《その》儘捨《ままｓ》て置《お》かば組合《くみあい》の者共一々烈風《ものどもいちいちれっぷう》の折柄天火《おりからてんひ》を以《もっ》て降《ふ》らし、風上《かざかみ》より焼立《やきた》て申《もう》すべく、其節《そのせつ》に至《いた》り隣町《りんちょう》の者共火災差起《ものどもかさいさしおこ》り難渋《なんじゅう》に之《こ》れ有《あ》るべく候間《そうろうあいだ》、前記《ぜんき》会所組合《かいしょくみあい》の者共名前取調《ものどもなまえとりしら》べ置《お》き、類焼《るいしょう》の者《もの》は普請金《ふしんきん》並《ならび》に諸入用共存分《しょにゅうようともぞんぶん》に右《みぎ》の者《もの》より請取申《うけとりもう》すべく、且《かつ》火災差起《かさいさしおこ》り候《そうら》わば困窮《こんきゅう》の者共《ものども》、早速駈付彼等貯《さっそくかけつけかれらたくわ》え置《お》き候非道《そうろうひどう》の財宝勝手次第持《ざいほうかってしだいも》ち去《さ》り申《もう》すべく、右《みぎ》の趣前以《おもむきぜんもっ》て示《しめ》し置《お》き候間《そうろうあいだ》、一同疑念致《どうぎねんいた》すまじき事《こと》。

　これだけの事《こと》を自身番《じしんばん》の親爺《おやじ》のうちでも、読《よ》むこの達者《たっしゃ》な眼鏡屋《めがねや》の隠居《いんきょ》がスラ〳〵と節《ふし》をつけて読《よ》み立《た》てました。

　下駄屋《げたや》の親爺《おやじ》は面白《おもしろ》そうに聞《き》いていました。質屋《しちや》の隠居《いんきょ》は不安心《ふあんしん》らしい面《かお》をして聞《き》いて居《い》ました。

「何《なに》しろ、事《こと》が穏《おだや》かでごわせんな」

と質屋《しちや》の隠居《いんきょ》は、いとど不安心《ふあんしん》の色《いろ》を深《ふか》くしました。

「はははは、三井《い》さんも、いよ〳〵やられますかな」

　下駄屋《げたや》の親爺《おやじ》は、やはり面白半分《おもしろはんぶん》に深《ふか》くは問題《もんだい》にしていないらしくありました。

「ナニ、やる奴《やつ》に限《かぎ》って先触《さきぶれ》は致《いた》しませんな、ただほんのイタズラでございますよ、嚇《おど》かしに過《す》ぎませんよ」

　寝《ね》ころんで種彦《たねひこ》を読《よ》んでいた親爺《おやじ》が、やや遠《とお》くから云《い》い出《だ》しました。

「そうも云《い》えませんぜ、人気《にんき》のものですからワーッと騒《さわ》ぐと、何《なに》をやり出《だ》すか知《し》れたものではござんせん、本所《ほんじょ》の相生町《あいおいちょう》の箱惣《はこそう》なんぞが其《そ》れでございますからな、首《くび》を刺《さ》されて両国橋《りょうごくばし》へ曝《さら》されて、やっぱり此《こ》の通《とお》りの張札《はりふだ》をされたんでございますからな」

眼鏡屋《めがねや》の隠居《いんきょ》は其《そ》れに答《こた》えました。

「ああ、鶴亀《つるかめ》、鶴亀《つるかめ》、其《そ》んな話《はなし》は御免《ごめん》だ」

と質屋《しちや》の隠居《いんきょ》は気《き》を悪《わる》くしたと見《み》えて、煙草入《たばこいれ》を腰《こし》に挟《はさ》んで立《た》ち上《あ》がりました。折角今《せっかくいま》まで碁《ご》を打《う》っていたのに、それを早々《そうそう》逃《に》げ腰《ごし》になった処《ところ》を見《み》れば、この生《い》きた親爺連《おやじれん》のうちでは、質屋《しちや》の隠居《いんきょ》が一番弱虫《ばんよわむし》であることがわかります。質屋《しちや》の隠居《いんきょ》が逃《に》げ出《だ》したあとで、人々《ひとびと》の噂《うわさ》によれば此《こ》の隠居《いんきょ》も実《じつ》は張札《はりふだ》の糸《いと》では組合《くみあい》に入《はい》って大分儲《だいぶもう》けている側《がわ》だとの事《こと》でありました。この次《つぎ》に来《き》たら嚇《おど》かして奢《おご》らしてやらずばなるまいなんぞと、後《あと》に残《のこ》った親爺連《おやじれん》はいろ〳〵評定《ひょうじょう》していました。

斯様《かよう》な張札《はりふだ》は此《こ》の頃《ごろ》の流行《はや》り物《もの》とした処《ところ》で此《こ》れは余《あま》り物騒過《ぶっそうす》ぎる、このままでは捨《す》てて置《お》けないから自身《じしん》番《ばん》の親爺連《おやじれん》は、これを町奉行《まちぶぎょう》の手《て》へ届《とど》ける事《こと》に評定《ひょうじょう》を定《き》めて、二三人《にん》の総代《そうだい》が其《そ》れを持《も》って表《おもて》へ出《で》ました。

表《おもて》へ出《で》た処《ところ》へ、折《おり》よく町奉行《まちぶぎょう》の手《て》に属《ぞく》する見廻《みまわ》りの役人《やくにん》が三人《にん》ほど此《こ》の自身番《じしんばん》へやって来《き》ました。それを幸《さいわい》に総代《そうだい》は、

「実《じつ》は斯様《かよう》な次第《しだい》でございまして斯様《かよう》な張札《はりふだ》が……」

役人《やくにん》は其《そ》れを聞《き》いて見《み》て一通《とお》り読《よ》んで後《のち》、

「この筆蹟《ひっせき》は……」

と首《くび》を傾《かし》げました。

五六七

その張札《はりふだ》を町奉行《まちぶぎょう》へ持《も》って来《き》て、その筆蹟《ひっせき》を彼此《かれこれ》と評議《ひょうぎ》をして見《み》た処《ところ》が、それが道庵《どうあん》の文字《もんじ》に似《に》ているということが至極迷惑《しごくめいわく》な事《こと》でありました。

長者町《ちょうじゃまち》の名物《めいぶつ》としての道庵《どうあん》は、貧窮組《ひんきゅうぐみ》と聞《き》いて、喜《よろこ》んで演説《えんぜつ》までしたけれども、それは至極穏健《しごくおんけん》な演説《えんぜつ》で、貧窮組《ひんきゅうぐみ》にも同情《どうじょう》を寄《よ》せるし、物持連中《ものもちれんちゅう》にも成《な》るべく怪《け》我《が》をさせないようにとの苦心《くしん》をしたものでありました。

道庵《どうあん》は此《こ》んな張札《はりふだ》をする人物《じんぶつ》でないという事《こと》は、お上《かみ》の役人《やくにん》にもよくわかっているけれど、其《そ》れにしても此《こ》の筆蹟《ひっせき》が道庵《どうあん》ソックリの筆蹟《ひっせき》でありました。これはイタズラ者《もの》が、わざと道庵《どうあん》の筆蹟《ひっせき》を真似《まね》て書《か》いて、あとを暗《くら》まそうとした手段《しゅだん》であることは明《あきら》かだけれど、それが為《ため》に善《よ》い迷惑《めいわく》を蒙《こうむ》ったのは道庵先生《どうあんせんせい》であります。殊《こと》に此《こ》の頃《ころ》は鰡八大尽《ぼらはちだいじん》と楯《たて》を突《つ》き合《あ》っている時《とき》でもあるし、よし、これは道庵《どうあん》が書《か》かないにしても、道庵《どうあん》に知合《しりあい》のもの、道庵《どうあん》の許《もと》へ出入《でいり》する者《もの》の仕業《しわざ》ではないかと、目《め》を着《つ》けられるようになったのが可哀相《かわいそう》であります。

宇津木兵馬《うつぎひょうま》が王子《おうじ》の扇屋《おうぎや》に泊《とま》ってお君《きみ》の身《み》の上《うえ》に就《つ》いて困《こま》りきっていたのは丁度《ちょうど》此《こ》の時分《じぶん》の事《こと》であります。

兵馬《ひょうま》は様々《さまざま》に考《かんが》えた末《すえ》に思《おも》い起《おこ》したのは、やはり此《こ》の道庵先生《どうあんせんせい》の事《こと》でありました。この人《ひと》へ真面目《まじめ》に相談《そうだん》をかける事《こと》は張合《はりあい》の無《な》いような事《こと》だけれど、お君《きみ》という人《ひと》を暫《しば》らく保護《ほご》して貰《もら》う事《こと》は頼《たの》みになると思《おも》いました。兵馬《ひょうま》は此処《ここ》で兎《と》も角《かく》も道庵《どうあん》へ行《い》って相談《そうだん》しようとする心《こころ》を定《き》めました。

その翌日《よくじつ》、兵馬《ひょうま》が道庵《どうあん》を訪《おとず》れようと用意《ようい》している処《ところ》へ、案内《あんない》があって、一人《にん》の立派《りっぱ》な武士《ぶし》が兵馬《ひょうま》を訪《たず》ねて来《き》たという事《こと》でありました。

「はて、誰《だれ》だろう」

兵馬《ひょうま》は此処《ここ》へ自分《じぶん》を訪《たず》ねて来《く》る立派《りっぱ》な武士《ぶし》があろうとは予期《よき》していない事《こと》でありました。

「お名前《なまえ》は」

押《お》し返《かえ》して取次《とりつぎ》の女中《じょちゅう》に訪《たず》ねて見《み》ると、

「お名前《なまえ》は申《もう》し上《あ》げずとも、そう云《い》えばわかるとばかり仰有《おっしゃ》いました」

「兎《と》も角《かく》、お通《とお》し申《もう》して……」

兵馬《ひょうま》はお君《きみ》との間《あいだ》の隔《へだ》ての襖《ふすま》を、しかと立《た》てきりました。蓋《けだし》、名《な》を云《い》わずに来《き》たのは駒井能登守《こまいのとのかみ》からの使《つかい》に相違《そうい》ないと思《おも》いました。或《あるい》はまた能登守自身《のとのかみじしん》が、そっと訪《たず》ねて来《き》たのかも知《し》れない、と思《おも》いました。

程《ほど》なく女中《じょちゅう》は、座敷《ざしき》からでなく庭《にわ》の方《ほう》から一人《にん》の武《ぶ》士《し》を導《みちび》いて来《き》ました。それは兵馬《ひょうま》が予想《よそう》していたよう

に能登守《のとのかみ》からの使《つかい》でもなし、また能登守自身《のとのかみじしん》の微行《しのび》というわけでもありませんでした。それよりは、もっと体格《たいかく》のガッシリした見慣《みな》れぬ武士《ぶし》でありました。

「宇津木君《うつぎくん》」

木立《こだち》の中《なか》から言葉《ことば》をかけたので、兵馬《ひょうま》は直《ただち》に合点《がてん》が行《ゆ》きました。それは昨夜出逢《さくやであ》った南條《なんじょう》であります。成程《なるほど》、今日此処《こんにちここ》へ訪《たず》ねて来《く》るように云《い》っていたが、事《こと》に紛《まぎ》れて忘《わす》れていた、訪《たず》ねて来《く》るにしても昨夜《さくや》の労働者《ろうどうしゃ》風《ふう》の姿《すがた》のみ頭《あたま》に残《のこ》っていたから、今斯《いまこ》うして立派《りっぱ》な武《ぶ》装《そう》をしてやって来《こ》られると頓《とみ》には其《そ》れと気《き》がつかなかったのであります。南條《なんじょう》は其《そ》れ等《ら》に頓着《とんちゃく》なくズカ〳〵と兵馬《ひょうま》のいる一間《ま》へ通《とお》って、

「いやお蔭様《かげさま》で昨晩《さくばん》は駒井《こまい》と、ゆっくり話《はなし》をして面白《おもしろ》かった、駒井《こまい》は近《ちか》いうち洋行《ようこう》をするそうじゃ、それは結構《けっこう》な事《こと》だ、あの男《おとこ》の学問《がくもん》と器量《きりょう》とを以《もっ》て洋行《ようこう》して来《く》れば、鬼《おに》に金棒《かなぼう》というものだと賞《ほ》めてやった」

南條《なんじょう》に遠慮《えんりょ》なく駒井能登守《こまいのとのかみ》の事《こと》を話《はな》されるのは兵馬《ひょうま》に取《と》っては苦痛《くつう》でありました。兵馬《ひょうま》に取《と》っては苦痛《くつう》でないけれど、一間《ま》を隔《へだ》ててお君《きみ》の耳《みみ》へ其《そ》れを入《い》れることが心配《しんぱい》になるのであります。

「それからな、宇津木君《うつぎくん》、君《きみ》に会《あ》わせたい人《ひと》がある」

南條《なんじょう》は能登守《のとのかみ》の事《こと》は云《い》わないで却《かえっ》て意外《いがい》の事《こと》を云《い》い出《だ》しました。

五六八

南條《なんじょう》それがしと宇津木兵馬《うつぎひょうま》とは相携《あいたずさ》えて扇屋《おうぎや》を出《で》ました。

兵馬《ひょうま》は、南條《なんじょう》が自分《じぶん》を何処《どこ》へ導《みちび》いて行《ゆ》くのだか知《し》りませんでした。是非共《ぜひとも》、自分《じぶん》に会《あ》わせたい人《ひと》があると云《い》った其《そ》の人《ひと》は何人《なにびと》であるかを押《お》し返《かえ》して尋《たず》ねて見《み》たけれど、南條《なんじょう》は笑《わら》って答《こた》えませんでした。兎《と》も角《かく》も斯《こ》うして二人《ふたり》が連《つ》れ立《だ》って行《ゆ》くのは王子《おうじ》から江戸《えど》の市中《しちゅう》へ出《で》るらしいのであります。時《とき》は夕暮《ゆうぐれ》でありました。その道《みち》のりは可《か》なりあって、人通《ひとどお》りも可《か》なり淋《さび》しい道《みち》でありました。

この途中《とちゅう》、二人《ふたり》は、いろ〱の事《こと》を話《はな》し合《あ》いました。人物《じんぶつ》の評《ひょう》をして見《み》たり、甲府以来《こうふいらい》の世間話《せけんばなし》をしたりしました。兵馬《ひょうま》は此《こ》の人《ひと》の何時《いつ》も元気《げんき》であって、好《この》んで虎《とら》の尾《お》を踏《ふ》むような事《こと》をして屈托《くったく》しない勇気《ゆうき》に心服《しんぷく》する事《こと》であります。それで識見《しきけん》や理想《りそう》の低《ひく》くないことも尊敬《そんけい》しずには居《お》られないのであります。

それで今《いま》、自分《じぶん》が迷《まよ》っている女《おんな》の処分方《しょぶんかた》も此《こ》の人《ひと》に打《う》ち開《あ》けて見《み》たならば、また闊達《かったつ》な智慧分別《ちえふんべつ》も聞《き》かれはしないかと思《おも》いました。

そこで、一伍一什《いちぶしじゅう》を、細《こま》かく南條《なんじょう》に打《う》ち開《あ》けて、さて如何《どう》したら宜《よ》いものかと、しおらしく其《そ》の意見《いけん》を叩《たた》きました。

それを聞《き》いていた南條《なんじょう》は事《こと》もなげにカラ〱と笑《わら》って、

「君《きみ》が其《そ》の婦人《ふじん》を引受《ひきう》けたら宜《よ》いだろう、駒井《こまい》から貰《もら》い受《う》けたら宜《よ》いだろう」

「エエ」

兵馬《ひょうま》は眼《め》を円《まる》くしました。南條《なんじょう》は眼《め》を円《まる》くしている兵馬《ひょうま》の面《かお》を調戯《からか》うもののようにながめながら、

「理窟《りくつ》を考《かんが》えちゃ可《い》かん、君《きみ》が其《そ》の女《おんな》の身《み》を心配《しんぱい》するならば、一層《そう》、引受《ひきう》けて夫婦《ふうふ》になってしまうが宜《よ》かろう」

兵馬《ひょうま》は、返事《へんじ》が出来《でき》ないほどに呆《あき》れてしまいました。

「ははは」

南條《なんじょう》は本気《ほんき》で云《い》ったのか冗戯《じょうだん》で云《い》ったのか知《し》らないが高笑《たかわら》いをして此《こ》んな事《こと》は朝茶《あさちゃ》の前《まえ》の問題《もんだい》と云《い》うような体《てい》たらくであります。

「そんな事《こと》が……」

兵馬《ひょうま》は落胆《がっかり》するほどに呆《あき》れが止《と》まりませんでした。前《まえ》に云《い》う通《とお》り此《こ》の人《ひと》の志気《しき》や学問識見《がくもんしきけん》には敬服《けいふく》するけれど、それは時代《じだい》の事《こと》や政治《せいじ》の事丈《ことだ》けで、男女《だんじょ》の問題《もんだい》にかけては、こんな風《ふう》に大《おお》ざっぱで、且《か》つ低《ひく》い観念《かんねん》しか持《も》っていない人《ひと》かと思《おも》えば、大切《たいせつ》な問題《もんだい》を、こんな人《ひと》

に打《う》ち開《あ》けた事《こと》を悔《く》ゆるの心《こころ》をさえ起《おこ》しました。南條《なんじょう》はやはり事《こと》もなげに言葉《ことば》をついで、斯《こ》う云《い》いました。

「其《そ》れがいけなければ斬《き》ってしまえ、其《そ》の女《おんな》を斬《き》ってしまうが宜《い》い、斯《こ》う云《い》えば無慈悲《むじひ》のようだけれども、それは男子《だんし》らしい処分《しょぶん》と云《い》えない事《こと》もない、紀州《きしゅう》の殿《との》様《さま》で、自分《じぶん》の生《う》みの母《はは》を手討《てうち》にしてしまった人《ひと》がある、産《う》みの母《はは》というのは先殿《せんとの》のお手《て》かけであった、自分《じぶん》には現在《げんざい》の実《じつ》の母《はは》であるのを、腹《はら》の賤《いや》しい母《はは》を生《い》かして置《お》いては、他日国家《たじつこっか》の患《うれい》が其処《そこ》から起《おこ》り易《やす》いとあって、罪《つみ》もないのに手討《てうち》にしてしまった。自分《じぶん》の母《はは》をさえ家《か》門《もん》の為《ため》には斬《き》ってしまった殿様《とのさま》がある、それを思《おも》えば君《きみ》の引《ひっ》かかっている女《おんな》なんぞは何《なん》でもない、一時《じ》の小《ちい》さな情《なさけ》に引《ひっ》かかっていると大事《だいじ》を誤《あやま》る事《こと》がある、一殺《いっさつ》多生《たしょう》というのは其《そ》れだ、其《そ》の女一人《おんなひとり》を斬《き》ってしまえば、駒井《こまい》も引《ひっ》かかりが無《な》くなる、君《きみ》も解脱《げだつ》が出来《でき》る、其《そ》の女《おんな》も君《きみ》に斬《き》られたら往生《おうじょう》が出来《でき》る事《こと》だろう、男子《だんし》は其《そ》の位《くらい》の勇気《ゆうき》が無《な》くてはならぬ、女々《めめ》しい小慈小仁《しょうじしょうじん》に捉《とら》われているようでは大事《だいじ》は成《な》せぬ」

これは余《あま》りに乱暴《らんぼう》な議論《ぎろん》であります。さきに慢心和尚《まんしんおしょう》は女《おんな》を沈《しず》めにかけると云《い》って兵馬《ひょうま》を驚《おどろ》かせました。其《そ》れは慢心《まんしん》一流《りゅう》のズボラであったけれど、この男《おとこ》の云《い》う議論《ぎろん》は実行《じっこう》と引《ひ》き放《はな》しては考《かんが》えられない議論《ぎろん》でありました。

五六九

兵馬《ひょうま》と南條《なんじょう》なにがしとが斯《こ》うして王子《おうじ》を立《た》って江戸《えど》の市中《しちゅう》の方《ほう》へ出《で》かけて行《い》ったと同時《どうじ》に、これはまた板《いた》橋街道《ばしかいどう》の方《ほう》から連《つ》れ立《だ》って王子《おうじ》の方面《ほうめん》へ入《はい》って来る二人《ふたり》の旅人《たびびと》があります。

何処《どこ》から来《き》たのか知《し》れないが、可《か》なり長《なが》い旅《たび》をしていたものらしく、直接《ちょくせつ》に江戸《えど》へ入《はい》らない処《ところ》を見《み》ると、或《あるい》は王子《おうじ》を通《とお》り越《こ》して千住《せんじゅ》の方面《ほうめん》へ出《で》るつもりかも知《し》れません。それにしても、もう日《ひ》が暮《く》れかかっているから、宿《やど》を取《と》るならば其《そ》の足《あし》で一旦《たん》は江戸《えど》の市中《しちゅう》へ入《はい》りそうなものであります。

先《さき》に立《た》ったのは、やや背《せい》の高《たか》い男《おとこ》。あとのは中背《ちゅうぜい》で前《まえ》のよりは年《とし》も若《わか》い。

「兄貴《あにき》」

人通《ひとどお》りの絶《た》えた処《ところ》で後《あと》のが声《こえ》をかけました。その声《こえ》を聞《き》くと何《なん》の事《こと》はない、これは、執念深《しゅうねんぶか》い片腕《かたうで》の男《おとこ》、がんりきの百《ひゃく》でありました。

「何《なん》だ」

振《ふ》り返《かえ》ったのは取《と》りも直《なお》さず七兵衛《しちべえ》であります。

「今夜《こんや》は何処《どこ》へ泊《とま》るんだ」

百蔵《ぞう》は今《いま》ごろ此《こ》んな事《こと》を云《い》って七兵衛《べえ》に尋《たず》ねて見《み》るのもワザとらしくありました。

「何処《どこ》にしようかなあ」

歩《ある》いて来《く》るには歩《ある》いて来《き》たものの、二人《ふたり》はまだ何処《どこ》と云《い》って定《き》めた宿《やど》が無《な》いもののようであります。

「今《いま》っから此《こ》の姿《なり》で吉原《なか》へも行《ゆ》けめえじゃねえか」

とがんりきが云《い》う。

「そうよ」

「王子《おうじ》の扇屋《おうぎや》へ泊《とま》ろうじゃねえか」

「可《べ》けねえ」

七兵衛《べえ》が首《くび》を左右《さゆう》に振《ふ》りました。

「如何《どう》して」

がんりきは笠越《かさご》しに七兵衛《べえ》の面《かお》を見《み》る。

「彼処《あすこ》は此《こ》の頃《ごろ》、役人《やくにん》が出入《でいり》をしている、滝《たき》の川《がわ》の方《ほう》に普請事《ふしんごと》があって、それであの家《うち》が会所《かいしょ》のような事《こと》になっているから上役人《かみやくにん》が始終《しょっちゅう》出入《でいり》をしているんだ」

「そうか」

がんりきも暫《しば》らく口《くち》を噤《つぐ》んでしまいました。口《くち》を噤《つぐ》んでも二人《ふたり》は、なお、せっせと道《みち》を歩《ある》いているのであります。

「それじゃあ如何《どう》するんだ」

がんりきが、また駄目《だめ》を出《だ》しはじめました。

「如何《どう》しようか、お前《めえ》よく考《かんが》えて見《み》な」

七兵衛《べえ》は、煮《に》えきらないのであります。がんりきは

其《そ》れをモドかしがって、

「考《かんが》えて見《み》なと云《い》ったたって、兄貴《あにき》が其《そ》の気《き》にならなけりゃ仕方《しかた》が無《ね》え、実《じっ》の処《ところ》は俺等《おいら》はモウ小遣銭《こづかいせん》も無《ね》えのだ、さし当《あた》って何《なん》とか工面《くめん》をしなけりゃあならねえのだが、兄貴《あにき》だって同《おな》じことだろう、命辛辛《いのちからがら》で甲州《こうしゅう》から逃《に》げて来《き》たんだ、ここまで息《いき》を吐《つ》く暇《ひま》もありゃしねえ、いくら人《ひと》の物《もの》を我《わ》が物《もの》とするこちと等《ら》だって、海《うみ》の中《なか》から潮水《しおみず》を掬《すく》って来《く》るのとは訳《わけ》が違《ちが》うんだ」

「今夜《こんや》は何《なん》とか仕事《しごと》をしなくちゃならねえな」

「知《し》れた事《こと》よ、その事《こと》を云《い》ってるんだ、今聞《いまき》けば、扇屋《おうぎや》は何《なに》か役人《やくにん》の普請事《ふしんごと》の会所《かいしょ》になっているというじゃねえか、其処《そこ》へ一つ今晩《こんばん》は御厄介《ごやっかい》になろうじゃねえか」

「俺《おれ》もそう思《おも》ってるんだ、普請事《ふしんごと》というのは何《なに》か鉄砲《てっぽう》の煙硝蔵《えんしょうぐら》を立《た》てるとかいう事《こと》なんだそうだ、何《なに》しろお上《かみ》の仕事《しごと》だから小《ちい》さな仕事《しごと》ではあるめえと思《おも》う、お金《きん》方《かた》も出張《でば》っているだろうし、突《つっ》ついて見《み》たら一箱《はこ》や二箱《はこ》の仕事《しごと》じゃあるめえと思《おも》う」

「そいつは耳《みみ》よりだ、兄貴《あにき》、お前《めえ》はいい処《ところ》へ気《き》がついていた」

「だから、そう定《き》まったら何処《どこ》かで一休《やす》みして、ゆっくり出《で》かけると仕様《しよう》」

「合点《がってん》だ」

斯《こ》う云《い》って二人《ふたり》は板橋街道《いたばしかいどう》の夕暮《ゆうぐれ》を見渡《みわた》しました。

五七〇

その晩《ばん》になって、王子権現《おうじごんげん》の境内《けいだい》へ二つの黒《くろ》い影《かげ》が、異《ちが》った方《ほう》からめぐり合《あ》わせて来《き》て稲荷《いなり》の裏《うら》で、パッタリと面《かお》が合《あ》いました。

「兄貴《あにき》」

「百か」

前《まえ》の通《とお》り二人《ふたり》は百蔵《ぞう》と七兵衛《べえ》とでありました、板橋《いたばし》街道《かいどう》の夕暮《ゆうぐれ》で見《み》た二人《ふたり》の姿《すがた》は純然《じゅうぜん》たる旅《たび》の人《ひと》でありました、ここでは忍《しの》びの者《もの》のような姿《すがた》であります。けれども二人共脇差《ふたりともわきざし》は差《さ》していて、足《あし》も亦厳重《またげんじゅう》に固《かた》めていました。

「如何《どう》した」

「冗戯《じょうだん》じゃねえ」

頭《あたま》と頭《あたま》とを、こっきらことするほどに密着《くっつ》けて、百蔵《ぞう》が、

「役人《やくにん》の会所《かいしょ》になっているというから、容子《ようす》を見《み》ていりゃあ、役人《やくにん》らしいのは一人《ひとり》も泊《とま》っていねえじゃ無《ね》えか、それに普請《ふしん》のお金方《きんかた》とやらも詰《つめ》ている塩梅《あんばい》は無《ね》えし、ふりの宿屋《やどや》と別《べつ》に変《かわ》った事《こと》は無《ね》え、何《なに》も俺等《おいら》と兄《あに》貴《き》が斯《こ》うして息《いき》を詰《つ》めて仕事《しごと》にかかるがものは無《ね》えんだ、兄貴《あにき》にしちゃあ、近頃《ちかごろ》の眼違《めちが》いだ、お気《き》の毒《どく》のようなものだ」

少《すこ》しばかり、せせら笑《わら》ってかかると、七兵衛《べえ》は、それを気《き》にかけないで、

「其《そ》れに違《ちげ》えねえ、おれも容子《ようす》を見《み》てから此《こ》りゃ抜《ぬ》かったと直《すぐ》に気《き》がついたから、引《ひ》き上《あ》げようと思《おも》っていると、手前《てめえ》が何《なに》に当《あた》りをつけたか奥《おく》の方《ほう》へグン〳〵と入《はい》り込《こ》んで出《で》て来《こ》ねえから、引返《ひきかえ》すわけにも行《ゆ》かなかったのだ、こりゃあ強《あなが》ち俺《おれ》の眼違《めちげ》えというわけでも無《ね》えのだ、この間《あいだ》までは確《たしか》に此処《ここ》が会所《かいしょ》になっていたのだが、普請《ふしん》が出来上《できあが》ったから、彼方《あっち》へ移《うつ》ったのだろう、余《あん》まり遠《とお》い所《ところ》でも無《ね》えから、一つ此《こ》の足《あし》で其《そ》の新《あたら》しい普請場《ふしんば》の方《ほう》へ出《で》かけて見《み》ようと云《い》うんだ」

「成程《なるほど》」

「さあ出《で》かけよう」

この二人《ふたり》は、板橋街道《いたばしかいどう》で打《う》ち合《あわ》せた通《とお》り王子《おうじ》の扇屋《おうぎや》を覘《ねら》ったものであったに違《ちが》いないが、その見込《みこみ》が少《すこ》し外《はず》れたものであるらしい、けれども外《はず》れた見込《みこみ》は遠《とお》くもない処《ところ》で遂《と》げられそうな自信《じしん》を以《もっ》ているらしい、七兵衛《べえ》は、百蔵《ひゃくぞう》を引《ひ》き立《た》て、其《そ》の方《ほう》へ急《いそ》ごうとすると、がんりきは何故《なぜ》か、あんまり進《すす》まない面《かお》をして、

「普請場《ふしんば》とやらへは兄貴一人《あにきひとり》で行《い》っちゃ貰《もら》えめえか」

「ナニ、おれに一人《いっち》でやれというのか」

「俺等《おいら》は、どうも其方《そっち》の方《ほう》は気《き》が進《すす》まねえ事《こと》があるんだ」

「ハテな」

「実《じつ》は、扇屋《おうぎや》で今見《いまみ》つけ物《もの》をして来《き》たから、その方《ほう》が心《こころ》がかりになって、金《かね》なんぞは余《あん》まり欲《ほ》しくも無《な》くなったのさ」

「おや〳〵」

「そう云《い》うわけだから、兄貴《あにき》一人《ひとり》で普請場《ふしんば》へ行《い》って当《とう》座《ざ》の稼《かせ》ぎをして来《き》て呉《く》んねえ、俺等《おいら》は俺等《おいら》で自前《じまえ》の仕《し》事《ごと》をして見《み》てえんだ」

「この野郎《やろう》、扇屋《おうぎや》の女中部屋《じょちゅうべや》の寝像《ねすがた》にでも見恍《みと》れて、また良《よ》くねえ了見《りょうけん》を出《だ》したと見《み》えるな、世話《せわ》の焼《や》けた野郎《やろう》だ」

「まあ可《い》いから任《まか》して置《お》いて呉《く》れ、兄貴《あにき》は兄貴《あにき》で兵糧方《ひょうろうがた》を持《も》って貰《もら》いてえ、俺等《おいら》は俺等《おいら》で、これ見《み》たかという事《こと》を別《べつ》にして見《み》せるんだ」

「また、笹子峠《ささごとうげ》の時《とき》のように遣《や》り損《そこ》なって泣面《なきつら》をかかねえものだ」

「ナニ、あの時《とき》だって、まんざら遣《や》り損《そこ》なったというものでも無《ね》えのさ、それにあの時《とき》は相手《あいて》が相手《あいて》だけれど、今夜《こんや》のは、たった一人《ひとり》抛《ほう》りっぱなしにしてあるのだから、袋《ふくろ》の中《なか》の物《もの》を持《も》って来《く》るようなものだ」

「まあ、廃《よ》せと云《い》っても廃《よ》すのじゃ有《あ》るめえから手前《てめえ》の勝手《かって》にして見《み》るがいい、懲《こ》りて見《み》るのも薬《くすり》だ」

「有難《ありが》てえ」

二人《ふたり》で一緒《しょ》に仕事《しごと》をする筈《はず》であったのが、此処《ここ》で二つに分《わか》れて仕事《しごと》をする事《こと》になります。一方《ぽう》は火薬《かやく》の製《せい》造所《ぞうしょ》、一方《ぽう》は例《れい》の扇屋《おうぎや》。扇屋《おうぎや》で、がんりきが見《み》つけたものというのは、其《そ》れはな、こんな男《おとこ》に目《め》をつけられた者《もの》こそ災難《さいなん》と云《い》わねばならぬ。

五七一

ここで二人《にん》の良からぬ者《もの》が手筈《てはず》を分《わ》けて一方《ぼう》は火薬《かやく》製造所《せいぞうじょ》の普請場《ふしんば》の方《ほう》へと出《で》かけて行《ゆ》き一方《ぼう》はまた扇屋《おうぎや》をさして出《で》かけて行《ゆ》くことに定《き》まったらしくあります。

がんりきの方《ほう》は、心得《こころえ》て直様《すぐさま》其《そ》の場《ば》から姿《すがた》を隠《かく》したが、七兵衛《べえ》は少《すこ》しばかり行《い》って踏《ふ》みとどまり、

「野郎《やろう》、一体何《たいなに》をやり出《だ》すんだか」

と云《い》って七兵衛《べえ》は普請場《ふしんば》の方《ほう》へ行《ゆ》こうとした爪先《つまさき》を変《か》えて、がんりきが出《で》て行《い》った方《ほう》へ素早《すばや》く歩《ある》き出《だ》した処《ところ》を見《み》ると、そのあとをつけて、あの小《こ》さかしい片腕《かたうで》が何《なに》を見《み》つけて何《なに》をやり出《だ》すのだか其《そ》れを突《つ》き留《と》めようとするものらしくあります。

ややあって七兵衛《べえ》は音無川《おとなしがわ》の岸《きし》の木蔭《こかげ》の暗《くら》い処《ところ》から扇屋《おうぎや》の裏口《うらぐち》を覗《のぞ》いて立《た》っていました。何処《どこ》と云《い》って起《お》きている家《いえ》はなく、そうかと云《い》って、今《いま》、がんりきが忍《しの》び込《こ》んでいるらしい物《もの》の音《おと》も聞《きこ》えませんけれども、七兵衛《べえ》は、此《こ》の口《くち》を守《まも》って、中《なか》からの消息《たより》を待《ま》って動《うご》かないのは、何《なに》か自信《じしん》があるらしいのであります。

果《はた》して縁側《えんがわ》の戸《と》が一枚明《まいあ》けてあった処《ところ》から人《ひと》の頭《あたま》がうごめき出《い》でました。

「出《で》たな」

と云《い》って七兵衛《べえ》は微笑《ほほえ》みました。成程《なるほど》、それは人影《ひとかげ》である、闇《やみ》の中《なか》でも慣《な》れた目《め》でよく見《み》れば、中《なか》から這《は》い出《だ》すようにして庭《にわ》へ下《お》りる人《ひと》は小脇《こわき》に白《しろ》い物《もの》を抱《かか》えていることがわかります。其《そ》の物《もの》は何物《なにもの》であるかわからないけれども、其《そ》れを片腕《かたうで》に抱《かか》えて極《きわ》めて巧妙《こうみょう》に家《いえ》の中《なか》から脱《ぬ》け出《だ》して来《き》たものであることが一見《けん》してわかります。

七兵衛《べえ》は、凝《じっ》と其《そ》の容子《ようす》を見《み》ていました。果《はた》して其《そ》の黒《くろ》い人影《ひとかげ》は庭《にわ》へ下《お》り立《た》ったが、其処《そこ》で前後《ぜんご》を見廻《みまわ》して暫《しば》らく佇《たたず》んでいました。

待《ま》っていた。この裏木戸《うらきど》へ来《き》たら出合頭《であいがしら》に取《と》って押《おさ》えて、嚇《おど》しつけてやろうと、ほほ笑《え》んでいた七兵衛《べえ》のいる方《ほう》へは、ちょっと向《む》いたきりで、人影《ひとかげ》は庭《にわ》の燈籠《とうろう》の影《かげ》へ小走《こばし》りに走《はし》って行《ゆ》くと急《きゅう》に姿《すがた》が見《み》えなくなりました。

「おや」

七兵衛《べえ》は少《すこ》しばかり泡《あわ》を食《く》って再《ふたた》び眼《め》を拭《ぬぐ》って見《み》たけれど、それっきり人影《ひとかげ》が庭《にわ》から姿《すがた》を掻《か》き消《け》すようになってしまったから、

「出《だ》し抜《ぬ》かれたかな」

木《き》の繁《しげ》みから音無川《おとなしがわ》の谷《たに》の中《なか》へ下《お》りて見《み》た処《ところ》が其処《そこ》に忍《しの》び返《がえ》しをつけた塀《へい》があります。

「此奴《こいつ》は可《い》けねえ」

七兵衛《べえ》は其《そ》の下《した》を潜《くぐ》ろうか、上《うえ》を乗《の》り越《こ》えようかと思案《しあん》したけれど、それは咄嗟《とっさ》の場合《ばあい》、さすがの七兵衛《べえ》も、如何《どう》していいかわからぬ位《くらい》の邪魔物《じゃまもの》でありました。

「ちょッ」

仕方《しかた》が無《な》いからわざ〳〵岸《きし》へ上《のぼ》って、家《うち》の廻《まわ》りを遠《とお》くから一廻《まわ》りして表《おもて》へ出《で》て見《み》ました。

斯《こ》うして前後《ぜんご》を見廻《みまわ》したけれど、今《いま》、庭《にわ》で立《た》ち消《き》えになったがんりきの姿《すがた》は何《いず》れにも認《みと》める事《こと》が出来《でき》ません。

「野郎《やろう》、まだ中《なか》に隠《かく》れているな、おれが後《あと》をつけた事《こと》を感《かん》づいたもんだから、何処《どこ》か此《こ》の屋敷《やしき》の中《なか》で立往生《たちおうじょう》をしていやがる、それとも外《ほか》に抜道《ぬけみち》をこしらえて置《お》いたものか、それにしては手廻《てまわ》しが宜過《よす》ぎるが、如何《どう》しても、あの裏手《うらて》より外《ほか》に逃《に》げ道《みち》は無《ね》え筈《はず》なんだが……ハテ」

七兵衛《べえ》は、また裏《うら》の方《ほう》へ廻《まわ》って見《み》ました。そこでもまた再《ふたた》び其《そ》の影《かげ》も形《かたち》も認《みと》める事《こと》が出来《でき》ないから、兎《と》も角《かく》も中《なか》へ入《はい》って見《み》ようとする気《き》になったらしく、密《そっ》と其《そ》の木戸《きど》を押《お》して見《み》ると雑作《ぞうさ》なく開《あ》いた時《とき》に、

「泥棒《どろぼう》、泥棒《どろぼう》、泥棒《どろぼう》」

五七二

泥棒《どろぼう》、泥棒《どろぼう》と騒《さわ》ぎ立《た》てられた時分《じぶん》には、七兵衛《べえ》も、がんりきも最前《さいぜん》の権現《ごんげん》の稲荷《いなり》の社前《しゃぜん》へ来《き》ていました。

「兄貴《あにき》、細工《さいく》は流々《りゅうりゅう》、この通《とお》りだ」

がんりきは社前《しゃぜん》の前《まえ》へ腰《こし》をかけて自慢《じまん》そうに鼻《はな》うごめかすと、七兵衛《べえ》も同《おな》じように腰《こし》をかけて苦笑《にがわら》い。

「一体《たい》、そりゃ何《なん》の真似《まね》だ」

「何《なん》の真似《まね》だと云《い》ったって兄貴《あにき》、お前《めえ》と俺等《おいら》が甲府《こうふ》でやり損《そこ》なった仕返《しかえ》しを、旨々《うまうま》此処《ここ》で自分《じぶん》ながら思《おも》い設《もう》けぬ手柄《てがら》だ、兄貴《あにき》の前《めえ》だけれども、斯《こ》ういう事《こと》はおれで無《な》くっては出来《でき》ねえ芸当《げいとう》なんだ、抑々《そもそも》此処《ここ》へ伴《つ》れて来《き》た女《おんな》というのを、兄貴《あにき》、お前《めえ》は一体《たい》誰《だれ》だと思《おも》うんだ、お前《めえ》の其《そ》の皮肉《ひにく》な笑《わら》い方《かた》を見《み》るとまたおれが女中《じょちゅう》部屋《べや》の寝像《ねすがた》に現《うつつ》を抜《ぬ》かして、つい此《こ》んな性悪《しょうわる》をやらかしたように安《やす》く見《み》ていなさるようだが、憚《はばか》りながら其《そ》んな玉《たま》じゃねえんだ、尤《もっと》も、おれもはじめから、其《そ》の見込《みこみ》で入《へい》ったわけではなし、兄貴《あにき》の差図《さしず》で入《へい》ったのだから手柄《てがら》の半分《はんぶん》はお前《めえ》の方《ほう》にあるようなものだが、兄《あに》貴《き》だって、この代物《しろもの》が此《こ》の通《とお》りということは、まだお気《き》がつくめえな、おれが語《かた》り聞《き》かした上《うえ》で、其《そ》れと合《が》点《てん》が行《い》きゃあ、成程《なるほど》、百《ひゃく》、手前《てめえ》の腕《うで》は片《かた》一方《ぽう》だが恐《おそ》れ入《い》ったものだ、見上《みあ》げたものだと、ここに初《はじ》めて兜《かぶと》を脱《ぬ》ぐに違《ちが》えねえ」

「何《なに》を云《い》ってるんだ」

「まあ〳〵、緒《いとぐち》から引《ひ》き出《だ》して話《はなし》をする、抑兄貴《そもそもあにき》とおれとが、甲府《こうふ》のお城《しろ》のお天守《てんしゅ》の天辺《てっぺん》でした彼《あ》のいたずらから事《こと》の筋《すじ》が引《ひ》いてるんだ、あの時《とき》、二人《ふたり》で提灯《ちょうちん》をブラ下《さ》げて甲府《こうふ》の町《まち》の奴等《やつら》を噪《さわ》がせて、天狗《てんぐ》だとか魔物《まもの》だとか云《い》わせて、溜飲《りゅういん》を下《さ》げて見《み》たけれど、憎《にく》らしいのは、あの勤番支配《きんばんしはい》の駒井能登守《こまいのとのかみ》という奴《やつ》よ、あいつが鉄砲《てっぽう》を向《む》けたばっかりに此方《こっち》は、すっかり化《ばけ》の皮《かわ》を剝《は》がれて、二度《ど》とあの悪戯《いたずら》が出来《でき》なくなったんだ、其《そ》れも兄貴《あにき》、あの時《とき》に、あの能登守《のとのかみ》という奴《やつ》が、打《う》つ気《き》で覘《ねら》いをつけたんなら、兄貴《あにき》の身体《からだ》でも、おいらの身体《からだ》でも微塵《みじん》になって飛《と》ぶ筈《はず》の処《ところ》を、ワザと提灯《ちょうちん》だけを打《う》って落《おと》したのが皮肉《ひにく》じゃねえか、あんまり癪《しゃく》にさわるから、其《そ》の後《のち》、何《な》んとか、あの能登守《のとのかみ》に、いたずらをしかけて溜飲《りゅういん》を下《さ》げてやらなくちゃあ、七兵衛《べえ》はいざ知《し》らず、がんりきの估券《こけん》が下《さ》がるからと、色々《いろいろ》苦《く》心《しん》はして見《み》たけれど、どうも兄貴《あにき》の前《めえ》だが、やっぱり彼《あ》の屋敷《やしき》には豪勢《ごうせい》強《つよ》い犬《いぬ》がいる、それで浮《うっ》かり近寄《ちかよ》れねえでいた処《ところ》へ、急《きゅう》にあの能登守《のとのかみ》がお役替《やくがえ》で江戸詰《えどづめ》と

いう事《こと》になったと聞《き》いて、手《て》の中《うち》の珠《たま》を取《と》られたように思《おも》った、処《ところ》が今夜《こんや》という今夜《こんや》、ほんとうに思《おも》いがけなく、思《おも》う存分《ぞんぶん》に其《そ》の仕返《しかえ》しが出来《でき》た事《こと》を思《おも》うと、天道様《てんとうさま》がまだこちと等《ら》をお見捨《みす》てなさらねえのだ、俺等《おいら》は甲州《こうしゅう》から持《も》ち越《こ》した溜飲《りゅういん》が初《はじ》めてグッと下《さ》がったんで、嬉《うれ》しくて堪《たま》らねえと云《い》って、独《ひとり》よがりを此処《ここ》へ並《なら》べて永《なが》く兄貴《あにき》に擽《くす》ぐってえ思《おも》いをさせるのも罪《つみ》な話《はなし》だから、打《う》ち明《あ》けてしまうが、実《じつ》は俺等《おいら》が今《いま》ここへ連《つ》れて来《き》た女《おんな》というのは別《べつ》じゃあ無《ね》え、甲府《こうふ》にあって一問《ひともん》題起《だいおこ》した例《れい》の能登守《のとのかみ》の大切《だいじ》の大切《だいじ》のお部屋様《へやさま》なんだ」

「エエ」

「如何《どん》なもんだ、顔《つら》がほしくば、此《こ》の場《ば》へ取《と》り出《だ》してお目《め》にかけようか」

がんりきは、いよ〳〵得意《とくい》になって社殿《しゃでん》の中《なか》を尻目《しりめ》にかける、この社殿《しゃでん》の中《なか》へ、その手柄《てがら》にかける当《とう》の者《もの》を運《はこ》び来《きた》って隠《かく》して置《お》くに違《ちが》いないのであります。其《そ》れでがんりきは尚《な》お得意《とくい》になって七兵衛《べえ》をも尻目《しりめ》にかけながら、

「俺等《おいら》は、ただ斯《こ》うして溜飲《りゅういん》を下《さ》げさえすりゃ其《そ》れでいいのだ、何《なに》も此《こ》のお部屋様《へやさま》を煮《に》て喰《く》おうとも焼《や》いて喰《く》おうとも云《い》いはしねえのだ、これから先《さき》の料理方《りょうりかた》は兄貴次第《あにきしだい》だ、宜《よろ》しくお頼《たの》み申《もう》してえものだな」

五七三

　がんりきは此《こ》んな事《こと》を云《い》って、さて猿臂《えんぴ》を延《の》ばして稲荷《いなり》の扉《とびら》の中《なか》へ手《て》を入《い》れて何物《なにもの》をか引《ひ》き出《だ》そうとしました。それは七兵衛《べえ》に取《と》っても多少《たしょう》の好奇心《こうきしん》であり、また心安《こころやす》からぬ事《こと》でないではありません。この野郎《やろう》、本当《ほんとう》に其《そ》の女《おんな》を此処《ここ》へ淩《さら》って来《き》たのか如何《どう》か、本来《ほんらい》、斯《こ》ういう事《こと》を手柄《てがら》に心得《こころえ》ている人間《にんげん》にしても、余《あま》りに無茶《むちゃ》で乱暴《らんぼう》で殺風景《さっぷうけい》であるから、七兵衛《べえ》もムッとして苦《にが》い面《かお》をして、がんりきを睨《にら》めていました。

「それ此《こ》の通《とお》りだ」

と云《い》ってがんりきが苦《にが》い顔《かお》をしている七兵衛《べえ》の眼《め》の前《まえ》へ突《つ》きつけたのはやや身分《みぶん》の高《たか》かるべき女《おんな》の人《ひと》の着《き》る一領《りょう》の裲襠《うちかけ》と別《べつ》に何《なに》かの包《つつ》みでありました。幸《さいわい》にして其処《そこ》には此《こ》の裲襠《うちかけ》を纏《まと》うていた当《とう》の人《ひと》の姿《すがた》は見《み》えないのでありました。

「此《こ》れが如何《どう》したんだ」

七兵衛《べえ》は其《そ》の裲襠《うちかけ》と、がんりきの面《かお》を等分《とうぶん》にながめていると、がんりきは、

「これが其《そ》の講釈《こうしゃく》で聞《き》いた晋《しん》の予譲《よじょう》とやらの出来損《できそこ》ないだ、おれの片腕《かたうで》では、残念《ざんねん》ながら正《しょう》のままであの女《おんな》を如何《どう》する事《こと》も出来《でき》ねえんだ、時《とき》と暇《ひま》を貸《か》して呉《く》れたら、如何《どう》にかならねえ事《こと》もあるめえか、さし当《あた》って今《こん》夜《や》という今夜《こんや》、あれを正《しょう》のままで物《もの》にするのは六《む》つかしいから、其《そ》のあたりにあった此《こ》の裲襠《うちかけ》と、床《とこ》の間《ま》にあった此《こ》の二品《しな》、どうやら此《こ》れが金目《かねめ》のものらしいから、引淩《ひっさら》って出《で》て来《き》たのだ、兎《と》も角《かく》も、これだけの物《もの》があれば、これを道具《どうぐ》に、能登守《のとのかみ》にいたずらをしてやる筋書《すじがき》は、いくらでも書《か》けようというものだ、此《こ》の裲《うち》襠《かけ》を見《み》ねえ、地《じ》は縮緬《ちりめん》で、模様《もよう》は松竹梅《しょうちくばい》だか何《なん》だか知《し》らねえが随分見事《ずいぶんみごと》なものだ、それで此《こ》の通《とお》りいい香《か》がするわい、伽羅《きゃら》とか沈香《じんこう》とかいう奴《やつ》の香《かお》りなんだろう、これを一番《ばん》、能登守《のとのかみ》に持《も》って行《い》って狂言《きょうげん》の種《たね》にして、奴《やつ》が如何《どん》な面《かお》をするか其《そ》れを見《み》てやりてえものだ、此方《こっち》の方《ほう》の二品《しな》は此《こ》れや何《なん》だ、錦《にしき》の袋入《ふくろいり》の守刀《まもりがたな》と来《き》ている、もう一つはズッシリとした此《こ》の重味《おもみ》、此《こ》の二つ共殿様《ともとのさま》からの御拝領《ごはいりょう》なんだろう、まだ結《むす》び目《め》も解《と》かず封《ふう》も切《き》らずにあるやつが、手《て》つかず此方《こっち》へ授《さず》かったというのも返《かえ》す〴〵有難《ありがて》え話《はなし》だ、さあ、兄貴《あにき》、俺等《おいら》の方《ほう》は此《こ》の通《とお》り先《ま》ず〳〵当座《とうざ》の仕事《しごと》としては大当《おおあた》りに近《ちか》い方《ほう》だが、兄貴《あにき》の方《ほう》の仕事《しごと》は如何《どう》なるんだ、まだ此《こ》れか

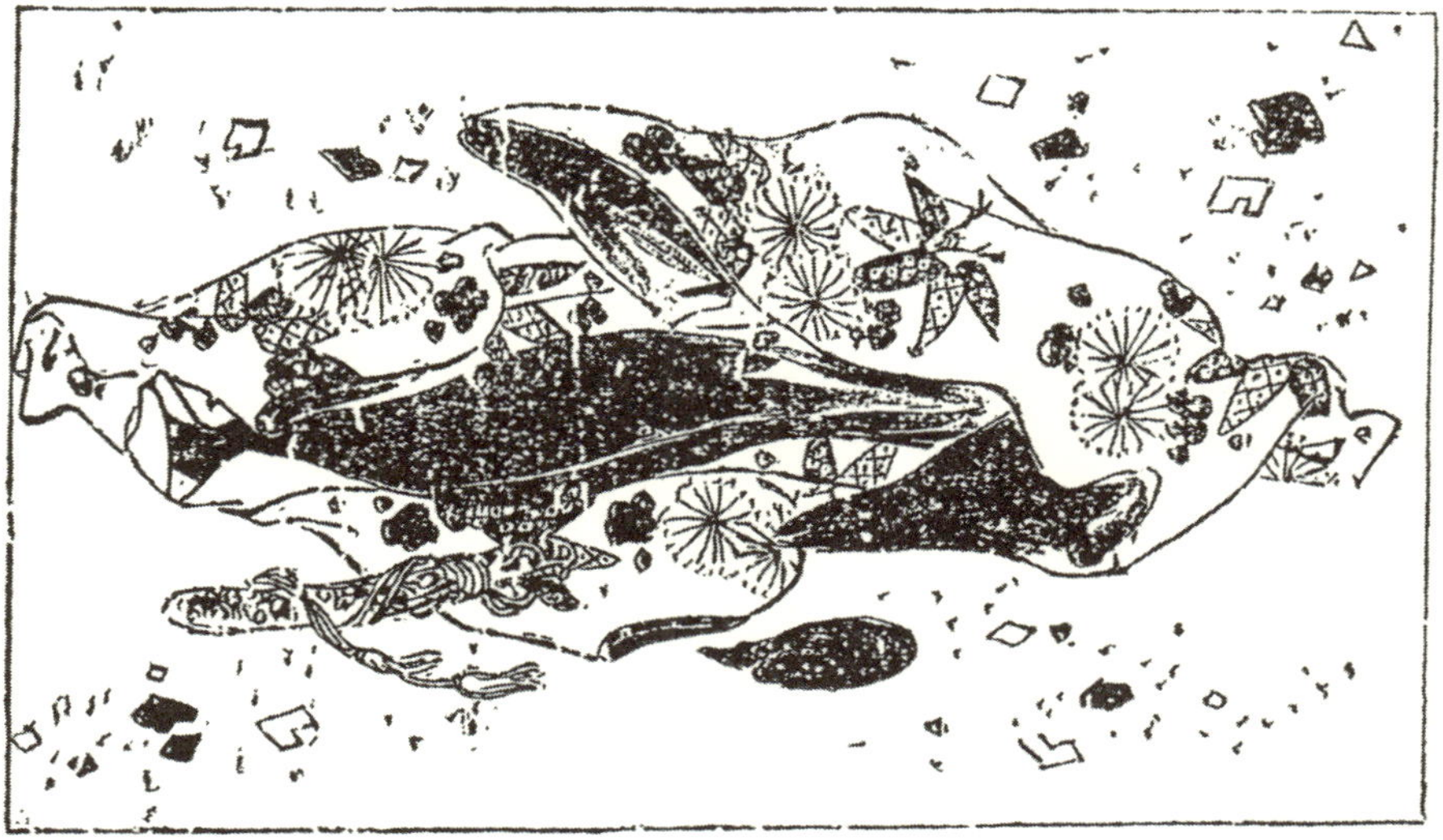

ら出《で》かけて見《み》ても遅《おそ》いわけではあるめえから、其《そ》の舶《はく》来《らい》の烟硝蔵《えんしょうぐら》とやらへ俺等《おいら》もお伴《とも》をして見《み》てえものだな」

がんりきは引《ひき》つづいて手柄話《てがらばなし》と盗《ぬす》んで来《き》た品物《しなもの》とを、鼻高々と七兵衛《べえ》の前《まえ》へ並《なら》べて吹聴《ふいちょう》しているのを七兵衛《べえ》は、やはり苦々《にがにが》しく聞《き》いていたが、

「成程《なるほど》、そいつは可《か》なり気《き》の利《き》いた仕事《しごと》をしたものだ、けれども、その手前《てめえ》が甲府《こうふ》から持《も》ち越《こし》の意趣《いしゅ》を晴《は》らしてえという当《とう》の相手《あいて》は何処《どこ》にいるんだ、甲府《こうふ》で失敗《しくじ》った能登守《のとのかみ》という殿様《とのさま》は、今江戸《いまえど》にも姿《すがた》が見《み》えねえのだ、そうして田舎芝居《いなかしばい》の盲景清《めくらかげきよ》のように恨《うら》みの衣裳《いしょう》を引張《ひっぱ》り廻《まわ》して見《み》た処《ところ》で、肝腎《かんじん》の頼朝公《よりともこう》が不足《ふそく》していたんじゃあ芝居《しばい》にもなるめえじゃねえか」

七兵衛《べえ》は斯《こ》う云《い》って、がんりきを馬鹿《ばか》にしたような面《かお》をすると、

「ナーニ、あの女《おんな》が此処《ここ》にいるからには大将《たいしょう》だってマンざら遠《とお》い処《ところ》にいるでもあるめえ」

「手前《てめえ》は、まだ其《そ》の見当《けんとう》がつかねえのか」

「兄貴《あにき》、お前《めえ》はまた其《そ》れを知《し》ってるか」

こんな事《こと》を話《はな》し合《あ》っているうちに二人《ふたり》の話《はなし》がハタと止《や》んで、やがて滝《たき》の川《がわ》の方面《ほうめん》へ忍《しの》んで行《ゆ》くらしくありました。

五七四

　その翌朝《よくちょう》、駒井甚三郎《こまいじんろう》は、例《れい》の研究室《けんきゅうしつ》の前《まえ》の塀《へい》に、ふと妙《みょう》なものがかかっているのを認《みと》めました。皮《かわ》を剝《は》いだもののように、一枚《まい》の裲襠《うちかけ》が塀《へい》に張《は》りつけてありました。その上《うえ》に刀《かたな》の小柄《こづか》を突《つ》き刺《さ》して其《そ》れに錦《にしき》の袋《ふくろ》に入《い》れた守刀様《まもりがたなよう》のものがブラ下《さ》げてありました。

　駒井甚三郎《こまいじんろう》が其《そ》れを見《み》た時《とき》は、まだ夜《よ》が明《あ》け離《はな》れないうちで、誰《だれ》も其《そ》の以前《いぜん》に気《き》がついたものはありませんでした。それと一眼《め》見《み》ると駒井甚三郎《こまいじんろう》の面《おもて》に非常《ひじょう》な不快《ふかい》な色《いろ》がサッと流《なが》れました。それは裲襠《うちかけ》も守刀《まもりがたな》も共《とも》に見覚《みおぼ》えのある品《しな》でありました。篤《とく》と見《み》ているうちにいよ〳〵不快《ふかい》の色《いろ》で満《み》たされてこの時《とき》は、さすがに此《こ》の人《ひと》も其《そ》の憤懣《ふんまん》を隠《かく》す事《こと》が出来《でき》ないらしくありました。

　けれども、また直《すぐ》に窓掛《まどかけ》を下《お》ろして姿《すがた》を研究室《けんきゅうしつ》の奥《おく》深《ぶか》く隠《かく》してしまいました。駒井甚三郎《こまいじんろう》は再《ふた》び此《こ》の不快《ふかい》な一種《しゅ》の曝《さ》らし物《もの》に眼《め》を注《そそ》ぐことは無《な》かったけれど、程《ほど》なく其《そ》の裲襠《うちかけ》と守《まも》り刀《がたな》の袋《ふくろ》とは何者《なにもの》かの手《て》によって取《と》り外《はず》されて何処《どこ》へか隠《かく》されてしまいました。

　それから程経《ほどへ》て、馬《うま》を駆《か》って此《こ》の普請場《ふしんば》から出《で》て行《ゆ》く一箇《こ》の人影《ひとかげ》を見《み》ることが出来《でき》ました。恐《おそ》らく其《そ》れは此《こ》の普請場《ふしんば》を早朝《そうちょう》から巡視《じゅんし》に来《き》た役人《やくにん》であったろうけれど笠《かさ》を深《ふか》く被《かぶ》っていたから誰《だれ》とも知《し》ることが出来《でき》ませんでした。

　その人《ひと》は馬《うま》を駆《か》ってやや暫《しば》らく行《い》った時《とき》に、途中《とちゅう》で行《ゆ》き会《あ》った百姓《ひゃくしょう》らしい男《おとこ》を呼《よ》び留《と》めて、

「これ〳〵」

「はい」

「お前《まえ》は王子《おうじ》の方《ほう》へ行《ゆ》くと見《み》えるな、気《き》の毒《どく》ながら此《こ》れを扇屋《おうぎや》まで届《とど》けてもらいたいものじゃ」

「へえ〳〵、宜《よろ》しゅうございますとも」

　頼《たの》む人《ひと》が身分《みぶん》ありげな人《ひと》であって、頼《たの》む言葉《ことば》も丁寧《ていねい》であったから、頼《たの》まれた百姓《ひゃくしょう》は恐《おそ》れ入《い》って承知《しょうち》をしました。幸《さいわ》いこの百姓《ひゃくしょう》は扇屋《おうぎや》の方《ほう》へ行《ゆ》くべき序《ついで》の百姓《しょう》でありました。馬上《ばじょう》の人《ひと》が取《と》り出《だ》したのは一封《ぷう》の手紙《てがみ》らしくありました。

「ただ此《こ》の手紙《てがみ》を持《も》って扇屋《おうぎや》へ立寄《たちよ》り名宛《なあて》の人《ひと》に渡《わた》してもらえば宜《よろ》しい、名宛《なあて》の人《ひと》が居《お》らぬ時《とき》は、預《あず》けて置《お》いて宜《よろ》しい、返事《へんじ》は要《い》らぬ、これは些少《さしょう》ながら取《と》って置《お》いて貰《もら》いたい」

「如何《どう》致《いた》しまして、ほんのついででございますから、此《こ》んな物《もの》を戴《いただ》いては済《す》みましねえでございます」

　馬上《ばじょう》の人《ひと》はお礼《れい》の寸志《すんし》として、いくらかの金《かね》を与《あた》えようとしたのを、律義《りちぎ》な百姓《しょう》は容易《ようい》に受《う》けようとしま

せんでした。それを強《し》いて其《そ》の手《て》に持《も》たせると、百姓《しょう》は幾度《いくど》も幾度《いくど》も繰返《くりかえ》してお礼《れい》を云《い》い、その手紙《てがみ》を請《うけ》取《と》り、金《かね》の方《ほう》は戴《いただ》いていいのだか悪《わる》いのだか、まだ判《わか》らないような面《かお》をしているうちに馬上《ばじょう》の人《ひと》は、

「然《しか》らば、確《しか》とお頼《たの》み申《もう》したぞ」

さらばとばかり馬《うま》に鞭《むち》を呉《く》れてサッサと歩《あゆ》ませて行《ゆ》きました。百姓《ひゃくしょう》は其《そ》の後姿《うしろすがた》を見送《みおく》って、まだ手紙《てがみ》は確《しっ》かりと持《も》ち、金《かね》の方《ほう》は貰《もら》っていいのだか悪《わる》いのだか判《わか》らないような面《かお》をして暫《しば》らく佇《たたず》んでいましたけれど、やがて思《おも》い出《だ》したように有難《ありがた》く其《そ》の金《かね》を押《お》しいただいて懐《ふところ》へ捻《ね》じ込《こ》みました。

「お代官様《だいかんさま》見《み》たようなエライお方《かた》だ、何処《どこ》のお邸《やしき》のお方《かた》か知《し》らねえけれど」

と云《い》って、其《そ》の百姓《ひゃくしょう》は今受取《いまうけと》った手紙《てがみ》の表《おもて》を見《み》ると、美事《みごと》な筆蹟《ひっせき》で、

「扇屋《おうぎや》にて、宇津木兵馬殿《うつぎひょうまどの》」

と記《しる》してありました。百姓《ひゃくしょう》にも其《そ》の文字《もんじ》だけは読《よ》めると見《み》えて、其《そ》の名《な》を二三度《ど》繰返《くりかえ》したが、やがて足早《あしばや》に歩《ある》き出《だ》して程無《ほどな》く王子《おうじ》の扇屋《おうぎや》まで来《き》ました。

尋《たず》ねて見《み》ると其《そ》の宛名《あてな》の人《ひと》は昨日《きのう》出《で》てまだ戻《もど》ってはいないという事《こと》であったから、呉々《くれぐれ》も念《ねん》を押《お》して帳場《ちょうば》へあずけ、それで百姓《ひゃくしょう》は頼《たの》まれた使命《しめい》を果《はた》して出《で》て行《ゆ》きました。

五七五

扇屋《おうぎや》の一間《ま》にお君《きみ》は兵馬《ひょうま》を待《ま》っていました。遅《おそ》くも帰《かえ》るであろうと待《ま》っていた兵馬《ひょうま》は遂《つい》に帰《かえ》りませんでした。兵馬《ひょうま》の身《み》の上《うえ》にも何《なに》か変事《へんじ》は無《な》かったろうかと其《そ》れが心配《しんぱい》になって、心細《こころぼそ》いよりは怖《おそ》ろしさに堪《た》えられないようでありました。

昨夜床《さくやとこ》に就《つ》いて、うと〳〵としかけたのは可《か》なり夜《よ》が更《ふ》け渡《わた》った時分《じぶん》でありました、その時《とき》に、枕許《まくらもと》に人《ひと》の足音《あしおと》のすることを慥《たしか》にお君《きみ》は気《き》がついていました。兵馬《ひょうま》を待《ま》ち兼《か》ねている心持《こころもち》だけでそれに気《き》がついたのではありません。お君《きみ》は物《もの》を用心《ようじん》する女《おんな》でありました。斯《こ》うなって見《み》ると、自分《じぶん》の身《み》が何物《なにもの》よりも大切《たいせつ》に思《おも》われるし、また頼《たよ》りなくも思《おも》われてならないのに、この女《おんな》は、古市《ふるいち》にあって、撥《ばち》を揚《あ》げて、旅人《たびびと》の投銭《なげせん》を受《う》ける事《こと》を習《なら》わせられた手練《しゅれん》が自《おのずか》ら心《こころ》の油断《ゆだん》を少《すく》なくしていました。ふと眼《め》が醒《さ》めた時《とき》に、

「誰《だれ》じゃ」

その物《もの》の気配《けはい》から此処《ここ》へ忍《しの》んで来《き》た其《そ》れは兵馬《ひょうま》でない事《こと》を直《ただち》に感《かん》づきました。誰《だれ》じゃと咎《とが》めて見《み》た時《とき》に、その応答《おうとう》がなくて何《なに》か急《きゅう》に自分《じぶん》の身《み》の上《うえ》へ押《お》しかかるものがあるように思《おも》ったから急《いそ》いで褥《しとね》を飛《と》び起《お》きて、

「誰方《どなた》かお出会《であ》い下《くだ》さい、悪者《わるもの》が……」

斯《こ》う云《い》って叫《さけ》びを立《た》てると、

「エエ、忌《いま》いましい」

と云《い》って、枕《まくら》を拾《ひろ》ってお君《きみ》に打《う》ちつけたのは怪《あや》しい頬冠《ほおかぶ》りの男《おとこ》でありました。

「あれ――」

お君《きみ》は此《こ》の場合《ばあい》にも身《み》を避《さ》けて、その投《な》げつけた枕《まくら》を外《はず》すと、それが行燈《あんどん》に当《あた》ってパッと倒《たお》れて燈火《あかり》が消《き》えて暗《やみ》となりました。

「誰方《どなた》ぞ、お出《い》で下《くだ》さい、悪者《わるもの》が……」

この声《こえ》で扇屋《おうぎや》の上下《うえした》は悉《ことごと》く眼《め》をさましました。その騒《さわぎ》と暗《やみ》とに紛《まぎ》れて、悪者《わるもの》は疾《とう》に何処《どこ》へか出《で》て行《い》ってしまって、扇屋《おうぎや》の若《わか》い者《もの》などは空《むな》しく力瘤《ちからこぶ》を入《い》れて、その出会《であ》わせることの遅《おそ》かったのを口惜《くや》しがりました。

幸《さいわい》にしてお君《きみ》の身《み》には何《なん》の怪我《けが》もありませんでした。他《た》の客人《きゃくじん》にも、家《いえ》の人《ひと》にも雇人《やといにん》にも女中《じょちゅう》にも何《なん》の怪我《けが》もありませんでした。盗難《とうなん》は……盗《ぬす》まれたものは、それを調《しら》べて見《み》るとお君《きみ》は面《かお》の色《いろ》を変《か》えないわけには行《ゆ》きませんでした。

衣桁《いこう》にかけて置《お》いた打掛《うちかけ》と、それから先程《さきほど》兵馬《ひょうま》の手《て》を通《つう》じて、主君《しゅくん》の駒井能登守《こまいのとのかみ》が手《て》ずから贈《おく》られた記念《かたみ》

の二品《しな》が確《たし》かに失《な》くなっているのであります。これはお君《きみ》に取《と》っては身《み》にも換《か》えられないほどの大切《だいじ》な品《しな》でありました。

扇屋《おうぎや》の人達《ひとたち》は、それでもお体《からだ》にお怪我《けが》の無《な》かった事《こと》が何《なに》よりの御仕合《おしあ》わせと、詫《わび》たり慰《なぐさ》めたり紛失《ふんしつ》したお品《しな》は何々《なになに》でござりまする、お係《かか》りへ早速《さっそく》お届《とど》けを致《いた》しましょうというのを、お君《きみ》は、何《なん》と返答《へんとう》してよいかわかりませんでした。ここで其品物《そのしなもの》の名《な》を挙《あ》げて、駒井《こまい》能登守《のとのかみ》の名《な》を出《だ》したくはありませんでした。兵馬《ひょうま》さえいたならば何《なん》とでも相談相手《そうだんあいて》になろうものを、昨夜《ゆうべ》に限《かぎ》って、戻《もど》って来《こ》ないことを残念《ざんねん》にも怨《うら》みにも、お君《きみ》は一人《ひとり》でハラ〳〵する胸《むね》を押《おさ》えて、それでも紛失物《ふんしつもの》の事《こと》は主人《しゅじん》に云《い》いませんでした。其《そ》のうち連《つれ》の者《もの》が返《かえ》ってから万事《ばんじ》と云《い》って、その夜《よ》は其《そ》れで済《す》ましたけれど、お君《きみ》はやはり胸《むね》を痛《いた》めて、兵馬《ひょうま》の事《こと》ばかりが頼《たよ》りになって、其《そ》の帰《かえ》りを早《はや》く〳〵と待《ま》ち侘《わ》びている許《ばか》りでありました。丁度《ちょうど》この時《とき》に帳場《ちょうば》から一封《ぷう》の手紙《てがみ》を届《とど》けて来《き》ました。字《じ》の読《よ》めなかったお君《きみ》が此《こ》の頃《ごろ》では人《ひと》の名《な》や自分《じぶん》の名位《なぐらい》は読《よ》めもすれば書《か》きもすることが出《で》来《き》るようになっていました。それで此《こ》の手紙《てがみ》が宇津木《うつぎ》兵馬宛《ひょうまあて》になっていることを知《し》って、兎《と》も角《かく》も自分《じぶん》が預《あず》かる事《こと》になりました。

五七六

間《ま》もなく宇《う》津《つ》木《ぎ》兵馬《ひょうま》は一人《ひとり》で立《た》ち帰《かえ》って来《き》ました。

昨夜《さくや》の出来事《できごと》を聞《き》いて驚《おどろ》いた上《うえ》にさき程預《ほどあず》けられた手紙《てがみ》を渡《わた》されてそれを読《よ》むとまた不安《ふあん》な事《こと》が出来《でき》たと覚《おぼ》しく、其場《そのば》にそうして置《お》いて、急《いそ》いで再《ふたた》び外《そと》へ出《で》かけました。兵馬《ひょうま》の出《で》かけた先《さき》、彼《か》の火薬製造所《かやくせいぞうしょ》に駒井《こまい》甚三郎《じんろう》を訪《たず》ねん為《ため》でありました。いつもの処《ところ》に来《き》て音《おと》のうて見《み》たけれども、もう其《そ》の人《ひと》は其処《そこ》に居《お》りませんでした。誰《だれ》に尋《たず》ねて見《み》ることも出来《でき》ず、尋《たず》ねて見《み》ても知《し》っている人《ひと》は無《な》かるべき筈《はず》でありました。

兵馬《ひょうま》は空《むな》しく、先刻読《せんこくよ》まされた手紙《てがみ》を更《さら》に繰展《くりの》べて読《よ》んで見《み》ると、簡単《かんたん》に、

「感《かん》ずる処《ところ》があって、当所《とうしょ》を立退《たちの》き申《もう》す、行先《ゆくさき》は当分《とうぶん》誰《だれ》にも語《かた》らず、後事宜《こうじよろ》しく頼《たの》む」

という丈《だ》けの意味《いみ》であります。

兵馬《ひょうま》は其《そ》の手紙《てがみ》を持《も》ったままで、また扇屋《おうぎや》へ帰《かえ》りました。

駒井甚三郎《こまいじんろう》は遂《つい》に何処《どこ》へ向《む》けて立《た》ち去《さ》ったか知《し》る事《こと》が出来《でき》ませんでした。何故《なにゆえ》に左様《さよう》に事《こと》を急《きゅう》に立《た》ち去《さ》らねばならなくなったのか、推察《すいさつ》するに苦《くる》しみました。或《あるい》は其《そ》の企《くわだ》てている洋行《ようこう》の機《き》が迫《せま》った為《ため》に斯《こ》うして急《きゅう》に立《た》ち去《さ》ったものかとも思《おも》われるが、どうも文面《ぶんめん》によると其《そ》ればかりではなく、他《た》に何《なに》か感《かん》じた事《こと》があるらしく思《おも》われるのであります。

それからまた其《そ》の日《ひ》のうちに、宇津木兵馬《うつぎひょうま》はお君《きみ》を連《つ》れて扇屋《おうぎや》を引《ひ》き払《はら》ってしまいました。

駒井甚三郎《こまいじんろう》の行先《ゆくさき》がわからぬ限《かぎ》り兵馬《ひょうま》とお君《きみ》とが其《そ》のあとを追《お》って行《い》ったものでないことは明《あきら》かであります。思《おも》うに昨日南條《きのうなんじょう》と共《とも》に出《で》かけた兵馬《ひょうま》は、何処《いずこ》にかお君《きみ》を托《たく》すべき避難所《ひなんじょ》を見出《みいだ》したから、それで直様《すぐさま》お君《きみ》を連《つ》れて此処《ここ》を去《さ》った者《もの》と見《み》るのが至当《しとう》でありましょう。火薬《かやく》の製造所《せいぞうじょ》は、なお着々《ちゃくちゃく》と工事《こうじ》を進《すす》めているけれど、これ等《ら》の人《ひと》は滝《たき》の川《がわ》の地《ち》から去《さ》ってしまいました。

。。。。。。。。

甲府《こうふ》の躑躅《つつじ》ヶ崎《さき》の神尾主膳《かみおしゅぜん》の別邸《べってい》の広《ひろ》い庭《にわ》の中《なか》に盤《ばん》屈《くっ》している馬場《ばば》の松《まつ》の根方《ねかた》に、もう幾日《いくにち》というもの鉄《てつ》

の鎖《くさり》で二重《じゅう》にも三重《じゅう》にも結《ゆわ》いつけられている一頭《とう》の猛《もう》犬《けん》がありました。

これは間《あい》の山《やま》のお君《きみ》に取《と》っては唯《ゆい》一無《む》二の愛犬《あいけん》であったムク犬《いぬ》であります。影《かげ》の形《かたち》に添《そ》うようにお君《きみ》の後《うしろ》にもムク犬《いぬ》が無《な》ければならなかったのに、それが向《こう》嶽寺《がくじ》の尼寺《あまでら》から、滝《たき》の川《がわ》の扇屋《おうぎや》に至《いた》るまで、後《あと》を追《お》った形跡《けいせき》の無《な》いという事《こと》は寧《むし》ろ不思議《ふしぎ》でありました。さりとて此《こ》の犬《いぬ》はお君《きみ》が出世《しゅっせ》したということによって、自分《じぶん》との間《あいだ》に隔《へだ》たりが出来《でき》た為《ため》に、お君《きみ》を見捨《みす》てて米《よね》友《とも》のあとを追《お》うて行《い》ったものとも思《おも》われませんでした。

駒井能登守《こまいのとのかみ》が甲府《こうふ》を立退《たちの》かねばならなくなった時《とき》、お君《きみ》が死《し》んだ人《ひと》として尼寺《あまでら》へ送《おく》り込《こ》まれた時《とき》、それと前後《ぜんご》してムク犬《いぬ》は此《こ》の松《まつ》の樹《き》の下《した》に繋《つな》がれる身《み》になったと見《み》ることが正《ただ》しい見方《みかた》でありましょう。さればこそ、尼寺《あまでら》へ送《おく》られた時《とき》、差出《さしで》の磯《いそ》で悪者《わるもの》に襲《おそ》われた時《とき》、甲州街道《こうしゅうかいどう》を兵馬《ひょうま》に送《おく》られて下《くだ》った時《とき》、如何《いか》なる機会《きかい》に於《おい》てもムク犬《いぬ》の聡明《そうめい》と勇猛《ゆうもう》を以《もっ》て其《そ》れに馳《はせ》つけて行《ゆ》かれない道理《どうり》が無《な》かった筈《はず》であります。

ムク犬《いぬ》を捕《とら》えて離《はな》さないのは此《こ》の馬場《ばば》の松《まつ》の老木《ろうぼく》と其《そ》れに絡《まつ》わる二重《じゅう》三重《じゅう》の鉄《てつ》の鎖《くさり》でありました。

五七七

松《まつ》の樹《き》の下《した》に繫《つな》がれているムク犬《いぬ》には誰《だれ》も食物《しょくもつ》を与《あた》えるものがないらしくあります。

それ故《ゆえ》に、さしもの猛犬《もうけん》が、いたく衰《おとろ》えて見《み》えます。真黒《まっくろ》い毛《け》が縮《ちぢ》れて、骨《ほね》が立《た》っています。前足《まえあし》を組《く》んで、首《くび》を俛《た》れて、沈黙《ちんもく》していました。

もう、可《か》なり長《なが》いこと、ここに繫《つな》がれている筈《はず》なのに、絶《た》えて吠《ほ》える事《こと》をしないから、誰《だれ》も此処《ここ》に此《こ》の犬《いぬ》が繫《つな》がれている事《こと》をさえ外《そと》では知《し》っている者《もの》は無《な》いのでありました。

たま〳〵附近《ふきん》の野良犬《のらいぬ》が、此《こ》の屋敷《やしき》へ入《はい》り込《こ》んで何《なに》気《げ》なく此《こ》の近《ちか》い処《ところ》へ来《き》て、松《まつ》の樹《き》の下《した》にムク犬《いぬ》の姿《すがた》を認《みと》めると、急《きゅう》にたじろいて、尾《お》を股《また》の間《あいだ》に入《い》れて逸早《いちはや》く逃《に》げ出《だ》す位《くらい》のものでありました。

ムクが吠《ほ》えないのは吠《ほ》えても無益《むえき》と思《おも》うからでありましょう。吠《ほえ》て見《み》た処《ところ》で、今《いま》や此《こ》の甲府《こうふ》の界隈《かいわい》には自《じ》分《ぶん》の声《こえ》を理解《りかい》して呉《く》れるものが無《な》いと諦《あきら》めている為《ため》かも知《し》れません。それが無《な》い以上《いじょう》は、いかに自分《じぶん》の力《ちから》を恃《たの》んだ処《ところ》で、馬場美濃守《ばばみののかみ》以来《いらい》という老木《ろうぼく》を根《ね》こぎにする事《こと》は不可能《ふかのう》であるし、大象《たいぞう》をも繫《つな》ぐべき此《こ》の二重《じゅう》三重《じゅう》の鎖《くさり》を断《た》ち切《き》ることも不可能《ふかのう》であることを、徐《おもむろ》に観《かん》念《ねん》している為《ため》でありましょう。

斯《こ》うしてムク犬《いぬ》が沈黙《ちんもく》していると或日《あるひ》此《こ》の屋敷《やしき》の裏《うら》口《ぐち》から怖《おそ》る〳〵入《はい》って来《き》た二人《ふたり》の男《おとこ》がありました。

「へえ、御免下《ごめんくだ》さいまし、御本宅《おほんたく》の方《ほう》から頼《たの》まれてお犬《いぬ》を拝見《はいけん》に上《あが》りました。誰様《どなた》もおいではございませんか、おいでがございませんければ、お許《ゆる》しが出《で》ているんでございますから、御免《ごめん》を蒙《こうむ》ってお庭先《にわさき》へお通《とお》しを願《ねが》いまして、お犬《いぬ》を拝見《はいけん》が致《いた》したいのでございますが誰様《どなた》もおいではございませんでございますか」

二人《ふたり》の男《おとこ》は、極《きわ》めて卑下《ひげ》した言葉《ことば》で屋敷《やしき》の中《うち》へ申入《もうしい》れましたけれども、誰《だれ》も返事《へんじ》をする者《もの》がありませんから、そのまま怖《おそ》る〳〵庭《にわ》の中《なか》へ入《はい》って行《ゆ》きました。

この二人《ふたり》の男《おとこ》の風態《ふうてい》を見《み》ると、二人共《ふたりとも》に古編笠《ふるあみがさ》を冠《かぶ》っていました。二人共《ふたりとも》に目《め》の細《こま》かい駕籠《かご》を肩《かた》にかけて、穢《よご》れた着物《きもの》を着《き》て、草鞋《わらじ》を穿《は》いていました。籠《かご》の中《なか》に数多《あまた》の雪駄《せった》を入《い》れた処《ところ》、言葉《ことば》つきの卑下《ひげ》している処《ところ》や、態度《たいど》のオド〳〵している処《ところ》などを見《み》れば、一見《けん》してこれは雪駄直《せったなお》しか犬殺《いぬころ》しか何《なに》かの種類《しゅるい》に属《ぞく》する人《にん》間《げん》であることがわかります。

「へえ、御免下《ごめんくだ》さいまし、お犬《いぬ》を拝見《はいけん》に出《で》ましてございます」

誰《だれ》も挨拶《あいさつ》をするものが無《な》いのに、わざと卑下《ひげ》した言《こと》

葉《ば》をかけながら泉水《せんすい》、池《いけ》、庭《にわ》を怖《おそ》る〳〵通《とお》って、例《れい》の馬場《ばば》の松《まつ》の大木《たいぼく》の下《した》までやって来《き》ました。

「虎太《とらた》、これだ〳〵、ここにいたよ、ここにいたよ」

二人《ふたり》は立《た》ち留《ど》まって、やや遠《とお》くからムク犬《いぬ》の姿《すがた》をながめて指《ゆび》さしました。

「成程《なるほど》、こいつは大《でか》い犬《いぬ》だ、近頃掘出物《ちかごろほりだしもの》だ、殿様《とのさま》が皮《かわ》が欲《ほ》しいと仰有《おっしゃ》るのも御無理《ごむり》は無《ね》え、これなら下手《へた》な熊《くま》の皮《かわ》より、よっぽど大《たい》したものだ、殿様《とのさま》は生皮《いきがわ》を剝《む》けと仰有《おっしゃ》るが、この位《くらい》の奴《やつ》に荒《あば》れられると、生皮《いきがわ》を剝《む》くには可《か》なり骨《ほね》が折《お》れる、何《なん》でも宜《い》いから殿様《とのさま》は生《い》きたままで此奴《こいつ》の皮《かわ》を剝《む》いて見《み》ろと仰有《おっしゃ》る、剝《む》く処《ところ》を御《ご》覧《らん》になりたいと仰有《おっしゃ》る、そう仰有《おっしゃ》られて見《み》るとこちと等《ら》も商売冥利《しょうばいみょうり》で、見事《みごと》に生《い》きたままで皮《かわ》を剝《む》いてお目《め》にかけますと云《い》わずには居《い》られねえ、けれども長太《ちょうた》、こいつには、ちっと骨《ほね》が折《お》れるぞ、いい加減弱《かげんよわ》っちゃあいるようだが、無暗《むやみ》に吠《ほ》えねえで悠々《ゆうゆう》と寝《ね》ている処《ところ》を見《み》ると、肝《きも》っ玉《たま》がありそうな畜生《ちくしょう》だ、長太棒《ちょうたぼう》を貸《か》しねえ、些《ちっ》とばかり突《つつ》いて怒《おこ》らして見《み》ねえけりゃあ、ドノ位《くらい》の奴《やつ》で、どの位《くらい》にあしらって宜《い》いか強《つよ》さかがわからねえ」

　二人《ふたり》はソロ〳〵と寝《ね》ているムク犬《いぬ》の傍《そば》へ近寄《ちかよ》って来《き》ました。

五七八

二人《ふたり》の犬殺《いぬころ》しがソロ〳〵と近寄《ちかよ》った時《とき》にムク犬《いぬ》は漸《ようや》く頭《かしら》を擡《もた》げました。

頭《かしら》を上《あ》げたけれども、いつものように勇猛《ゆうもう》の威勢《いせい》あるムク犬《いぬ》ではありませんでした。二人《ふたり》を見据《みす》える眼《め》の力《ちから》さえ、ややもすれば眠《ねむ》りに落《お》つるような元気《げんき》のないものでありました。

「畜生《ちくしょう》、弱《よわ》ってやがる、これなら大丈夫《だいじょうぶ》だろう」

二人《ふたり》の犬殺《いぬころ》しは、頭《かしら》を上《あ》げたムク犬《いぬ》の相好《そうごう》を暫《しば》らく立《た》って見《み》ていたが、一人《ひとり》が棒《ぼう》を取《と》り出《だ》して、

「やい、畜生《ちくしょう》、如何《どう》した」

と云《い》って、其《そ》の棒《ぼう》をムク犬《いぬ》の顋《あご》の下《した》へ突《つ》き込《こ》みました。その時《とき》にムク犬《いぬ》は眠《ねむ》そうな眼《め》をギロリと睜《みは》って、二人《ふたり》の犬殺《いぬころ》しの面《かお》を下《した》から見上《みあ》げました。

「畜生《ちくしょう》、如何《どう》した」

顋《あご》の下《した》へ突《つ》っ込《こ》んだ棒《ぼう》を犬殺《いぬころ》しは自棄《やけ》にコジリました。

その時《とき》に眠《ねむ》っていたようなムク犬《いぬ》の眼《め》が俄然《がぜん》として蛍《ほたる》の光《ひかり》のように輝《かが》やきました。それと共《とも》に今自分《いまじぶん》の腮《あご》の下《した》へ自棄《やけ》に突込《つきこ》んでコジ上《あ》げた棒《ぼう》の一端《たん》にガブリと其《そ》の口《くち》で噛《か》みつきました。

「此奴《こいつ》は可《い》けねえ」

電気《でんき》に打《う》たれたように犬殺《いぬころ》しは其《そ》の棒《ぼう》を手放《てばな》して二間《けん》ばかり飛《と》び退《の》きました。犬殺《いぬころ》しの手《て》から噛《か》み取《と》った棒《ぼう》の一端《たん》はまだムク犬《いぬ》の口《くち》を放《はな》れませんでした。牙《きば》がキリ〳〵と鳴《な》りました。さしもに堅《かた》い樫《かし》の棒《ぼう》の一端《たん》は見《み》る〳〵簓《ささら》のようにムク犬《いぬ》の口《くち》で噛《か》み砕《くだ》かれていました。

「こん畜生《ちくしょう》、嚇《おど》かしやがる、こいつは中々《なかなか》一筋縄《すじなわ》じゃあ行《い》かねえ」

犬殺《いぬころ》しは胸《むね》を撫《な》でながら再《ふたた》びムク犬《いぬ》の傍《そば》へ寄《よ》って来《き》ました。俄然《がぜん》として醒《さ》めたムク犬《いぬ》の勇猛振《ゆうもうぶり》は、慥《たしか》に此《こ》の犬殺《いぬころ》し共《ども》の胆《たん》を奪《うば》うに充分《じゅうぶん》でありました。けれども其《そ》の繋《つな》がれている巨大《きょだい》なる松《まつ》の樹《き》と、それに絡《から》まっている二重《じゅう》三重《じゅう》の鎖《くさり》はまた彼等《かれら》を安心《あんしん》させるに充分《じゅうぶん》でありました。

「可《い》けねえ、いくら弱《よわ》りきった畜生《ちくしょう》だからと云《い》って、突然《だしぬけ》に棒《ぼう》を出《だ》せば怒《おこ》るのは当《あた》り前《まえ》だあな、犬《いぬ》も歩《ある》けば棒《ぼう》に当《あた》るというのは其《そ》れだあな、棒《ぼう》なんぞを出《だ》さねえで、もっと素直《すなお》に欺《だま》してからなけりゃあ、畜生《ちくしょう》だって思《おも》うようにはならねえのさ」

犬殺《いぬころ》し共《ども》は何《なに》か不得要領《ふとくようりょう》な事《こと》をブツ〳〵云《い》って立《た》ち戻《もど》って来《き》て、さきに卸《お》ろして置《お》いた籠《かご》を提《さ》げて、また

ムク犬《いぬ》の傍《そば》へ近寄《ちかよ》り、

「如何《どう》だろう、まあ、この堅《かた》い棒《ぼう》を簓《ささら》のようにしやがったぜ、恐《おそ》ろしい歯《は》の力《ちから》だ、死物狂《しにものぐるい》とは云《い》いながら、まだ此《こ》んなに恐《おそ》ろしい歯《は》を持《も》った畜生《ちくしょう》を見《み》た事《こと》が無《ね》え、成程《なるほど》これじゃあ殿様《とのさま》が持《も》て余《あま》して鎖《くさり》で繋《つな》いでお置《お》きなさるがものはあらあ、さあ、こん畜生《ちくしょう》、今度《こんど》は棒《ぼう》じゃあ無《ね》えぞ、御馳走《ごちそう》をしてやるんだぞ、それこれを食《く》え」

籠《かご》の中《なか》から取《と》り出《だ》したのは竹《たけ》の皮包《かわつつみ》の握飯《むすび》でありました。これは此《こ》の者共《ものども》の弁当《べんとう》ではなくて、犬《いぬ》を懐《なつ》ける為《ため》に、ワザ〳〵用意《ようい》して持《も》って来《き》たものらしくあります。

「さあ〳〵、樫《かし》の棒《ぼう》なんぞをがりがりと嚙《か》んでいたって仕方《しかた》が無《ね》え、これを食《く》って温和《おとな》しくしろ、そのうちに痛《いた》く無《ね》えように皮《かわ》を剝《む》いてやるから、殿様《とのさま》に頼《たの》まれたんだから、おれ達《たち》も晴《はれ》の仕事《しごと》なんだ、あんまり騒《さわ》がねえように剝《は》がれて呉《く》れろ」

斯《こ》う云《い》って投《な》げてやった握飯《むすび》が鼻《はな》の先《さき》まで転《ころ》がって来《き》たけれども、ムク犬《いぬ》は其《そ》れを一目見《めみ》たきりで、口《くち》をつけようともしませんでした。

「おや〳〵、こん畜生《ちくしょう》、行儀《ぎょうぎ》が宜《よ》くていやがらあ、こんなに瘦《やせ》っこけて餓《かつ》えている癖《くせ》に」

二人《ふたり》の犬殺《いぬころ》しは拍子抜《ひょうしぬけ》のしたように立《た》っていました。

五七九

神尾主膳《かみおしゅぜん》は此《こ》の頃《ごろ》、躑躅ヶ崎《つつじさき》の下屋敷《しもやしき》へ知人《ちじん》を集《あつ》めて一つの変《か》わった催《もよお》しをする事《こと》に定《き》めました。

それは或時《あるとき》、神尾《かみお》が二三の人《ひと》と話《はなし》の序《ついで》に此《こ》んな事《こと》が問題《もんだい》になりました。

「精力《せいりょく》の強《つよ》い動物《どうぶつ》は、極《きわ》めて巧妙《こうみょう》にやりさえすれば、皮《かわ》を剝《は》がれても生《い》きている、生《い》きていて皮《かわ》を剝《は》がれたなりの姿《すがた》で歩《ある》く事《こと》も出来《でき》るものだ」

と主張《しゅちょう》する者《もの》がありました。

「そんな馬鹿《ばか》な事《こと》があるものか、いくら強《つよ》い動物《どうぶつ》だからと云《い》って、全身《ぜんしん》の生皮《なまかわ》を剝《は》がれて其《そ》れで生《い》きていられる筈《はず》があるものか、況《ま》してそれで歩《ある》ける道理《どうり》があるものか、途方《とほう》もない事《こと》を云《い》わぬものだ」

と反駁《はんばく》する者《もの》もありました。

「それがあるから不思議《ふしぎ》だ、先《ま》ず古《ふる》い処《ところ》では古事記《こじき》にある因幡《いなば》の白兎《しろうさぎ》の例《れい》を見給《みたま》え」

と云《い》って主張《しゅちょう》するものは大国主神《おおくにぬしのかみ》が鰐《わに》に皮《かわ》を剝《は》がれた兎《うさぎ》を助《たす》けた話《はなし》から、

「それは神代《かみよ》の事《こと》で何《なん》とも保証《ほしょう》は出来《でき》ないが、近《ちか》くこれ〳〵の処《ところ》で猫《ねこ》の生皮《いきかわ》を剝《は》いで其《そ》れが歩《ある》き出《だ》した、犬《いぬ》を剝《む》いて試《ため》して見《み》た処《ところ》が、それも見事《みごと》に歩《ある》いたという事《こと》を確《たし》かな人《ひと》から聞《き》いた」

というような実例《じつれい》を誠《まこと》しやかに弁《べん》じ立《た》てました。反駁《はんばく》する者《もの》は、決《けっ》して其《そ》んな事《こと》は有《あ》るべき筈《はず》のものではないと云《い》い、主張《しゅちょう》するものはいよ〳〵それが事実《じじつ》有《あ》り得《う》る事《こと》で、たとえば居合《いあい》の上手《じょうず》が切《き》れば、切《き》られた人《ひと》が切《き》られた事《こと》を知《し》らないで歩《ある》いていたという実例《じつれい》や、八丁念仏《はっちょうねんぶつ》の云《い》われなどを幾《いく》つも説《と》いて、それは要《よう》するに剝《む》いて見《み》る動物《どうぶつ》の精力《せいりょく》の強弱《きょうじゃく》のみではなく、その皮《かわ》を剝《は》ぐものの手練《しゅれん》と刃物《はもの》の利鈍《りどん》によるというような事《こと》を述《の》べて決《けっ》して相下《あいくだ》りませんでした。

併《しか》し、これは両方共《りょうほうとも》、根拠《こんきょ》があるようで無《な》い議論《ぎろん》でありました。なぜといえば主張《しゅちょう》する者《もの》も書物《しょもつ》や又聞《またぎき》を証拠《しょうこ》として主張《しゅちょう》するのであるし、反駁《はんばく》するものも、常識《じょうしき》上其《じょうそ》んな事《こと》が有《あ》り得《う》べきものでないという点《てん》から反駁《はんばく》するのでありました。ドチラも其《そ》の事実《じじつ》を目《ま》のあたり見《み》たものの口《くち》から出《で》る議論《ぎろん》ではありませんでした。

それを聞《き》いていた神尾主膳《かみおしゅぜん》は興味《きょうみ》あることに思《おも》いました。成程常識《なるほどじょうしき》を以《もっ》て考《かんが》うれば虎《とら》や狼《おおかみ》にした処《ところ》で皮《かわ》を剝《は》がれて生《い》きて歩《ある》けようとは思《おも》い設《もう》けられぬこと、併《しか》し主張《しゅちょう》するものの論《ろん》から考《かんが》えると、常識以上《じょうしきいじょう》の不思議《ふしぎ》が必《かなら》ずしも無《な》い事《こと》とは思《おも》われないのでありました。そこで神尾主膳《かみおしゅぜん》は、

「それは近頃面白《ちかごろおもしろ》いお話《はなし》しだ、拙者《せっしゃ》も承《うけたま》わっていると、ドチラのお申分《もうしぶん》にも道理《どうり》がありそうでもあり、無《な》いよ

うでもある、それというのは何《いず》れも其《そ》の御実験《ごじっけん》を御覧《ごらん》なさらぬからの事《こと》じゃ、それでは何時《いつ》まで経《た》っても議《ぎ》論《ろん》の尽《つ》きよう道理《どうり》はござらぬ、何《なん》と其《そ》れを一つ実地《じっち》に験《ため》して御覧《ごらん》あっては如何《いかが》でござるな」

斯《こ》う云《い》い出《だ》すと、一座《ざ》は成程《なるほど》と思《おも》いました。成程《なるほど》とは思《おも》ったけれど、

「実地《じっち》に験《ため》して見《み》ると云《い》った処《ところ》で……」

と云《い》って面《かお》を見合《みあわ》せていました。それを神尾主膳《かみおしゅぜん》は頓着《とんちゃく》なしに、

「幸《さいわい》、拙者《せっしゃ》が験《ため》しに恰好《かっこう》の犬《いぬ》を一頭所持致《とうしょじいた》して居《お》る、その犬《いぬ》は精力飽《せいりょくあ》くまで強《つよ》い犬《いぬ》、打《う》ち殺《ころ》しても死《し》なぬ犬《いぬ》じゃ、時《とき》によっては十日《か》や二十日《か》食《く》わずとも意気《いき》の衰《おとろ》えぬ猛犬《もうけん》である、その犬《いぬ》を各方《おのおのがた》が試験《しけん》として進上致《しんじょういた》そう、一つ生皮《いきかわ》を剝《は》がして見《み》ては如何《いかが》でござる」

「それは近頃《ちかごろ》の慰《なぐさ》み……」

と云《い》うものもありました。苦《にが》い面《かお》をして其《そ》れ迄《まで》の事《こと》はあるまいにと眉《まゆ》を顰《ひそ》めるものもありました。云《い》い出《だ》した神尾《かみお》は却《かえっ》て乗気《のりき》になって、

「そうじゃ、近《ちか》いうち各々方《おのおのがた》初《はじ》め有志《ゆうし》のお方《かた》に躑躅《つつじ》ヶ崎《さき》の拙者屋敷《せっしゃやしき》へお集《あつ》まりを願《ねが》おう、その庭前《にわさき》に於《おい》て右《みぎ》の犬《いぬ》を験《ため》させて御覧《ごらん》に入《い》れよう、これも一つの学問《がくもん》じゃ」

神尾《かみお》は自分《じぶん》から、そう定《き》めてしまいました。この時《とき》、酒《さけ》が可《か》なり廻《まわ》っていたのであります。

五八〇

それが為《ため》に日《ひ》を期《き》して躑躅《つつじ》ヶ崎《さき》の神尾《かみお》の下屋敷《しもやしき》へ多《おお》くの人《ひと》が招《まね》かれる事《こと》になりました。その集《あつ》まりの目的《もくてき》は前《まえ》に云《い》う通《とお》りの残忍《ざんにん》なる遊戯《ゆうぎ》の為《ため》であります。

その残忍《ざんにん》なる遊戯《ゆうぎ》に使用《しよう》さるべき動物《どうぶつ》は即《すなわ》ちムク犬《いぬ》であって、それの遊戯《ゆうぎ》を実行《じっこう》するのは巨摩郡《こまごおり》から雇《やと》われた長吉長太《ちょうきちちょうた》という二人《ふたり》の犬殺《いぬころ》しの名人《めいじん》であって、それを見物《けんぶつ》するのが主催者《しゅさいしゃ》の神尾主膳《かみおしゅぜん》を初《はじ》め勤番《きんばん》の上下《じょうげ》にわたる有志《ゆうし》の者《もの》であります。

二人《ふたり》の犬殺《いぬころ》しは、その前日来《ぜんじつらい》、頻《しき》りに犬《いぬ》を手慣《てな》らす事《こと》に骨《ほね》を折《お》りました。最初《さいしょ》の時《とき》にガリ〳〵と棒《ぼう》を噛《か》み砕《くだ》いただけで、その後《ご》は、やはり眠《ねむ》そうにしているばかりで、別《べつ》に二人《ふたり》の犬殺《いぬころ》しに反抗《はんこう》する模様《もよう》も見《み》えませんでした。それで犬殺《いぬころ》しは安心《あんしん》したけれども、なお気《き》に入《い》らない事《こと》は、いくら食物《しょくもつ》を与《あた》えても此《こ》の犬《いぬ》が其《そ》れを欲《ほ》しがらない事《こと》でありました。

いろ〳〵にして食物《しょくもつ》を欲《ほ》しがるように仕向《しむ》けたけれど、これだけは遂《つい》に成功《せいこう》しないで其《そ》の試験《しけん》の当日《とうじつ》になりました。

犬殺《いぬころ》し共《ども》にも亦《また》、大《おお》きな責任《せきにん》がかかっているわけであります。その皮《かわ》を剥《む》き損《そん》ずるか剥《む》き了《おお》せるかによって議論《ぎろん》も定《さだ》まるし、自分達《じぶんたち》の腕《うで》も定《さだ》まるのでありました。二人《ふたり》が同時《どうじ》に刀《とう》を揮《ふる》って、出来《でき》得《う》る限《かぎ》りの巧妙《こうみょう》と迅速《じんそく》とを尽《つく》して生《い》きながら犬《いぬ》の皮《かわ》をクル〳〵と剥《む》いてしまって其《そ》れでなお、いくらかの生命《せいめい》を保《たも》たせ得《え》るか如何《どう》かというのが其《そ》の試験《しけん》の眼目《がんもく》であります。

六《む》つかしいのは皮《かわ》を剥《む》く其《そ》の事《こと》でなく、皮《かわ》を剥《む》くまでの間《あいだ》、生《い》きた犬《いぬ》を如何《どう》して静止《じっ》とさせて置《お》くかでありました。二人《にん》の犬殺《いぬころ》しの苦心《くしん》も亦《また》其処《そこ》にあって、いろ〳〵に犬《いぬ》を手懐《てなず》けようとしたのも其《そ》れが為《ため》でありました。併《しか》し、見込通《みこみどお》り二人《にん》の犬殺《いぬころ》しに懐《なつ》いたのか如何《どう》かは、犬《いぬ》を扱《あつか》い慣《な》れた此《こ》の犬殺《いぬころ》し共《ども》にもまだ自信《じしん》がありませんでした。与《あた》える食物《しょくもつ》は取《と》らないけれど、其《そ》の温順《おんじゅん》であるらしい事《こと》が、いくらかの心恃《こころだの》めにはなっていたのであります。斯《こ》うして首《くび》へ縄《なわ》をかけて松《まつ》の枝《えだ》へつるし、四本《ほん》の足《あし》へも縄《なわ》をつけて四方《ほう》へ張《は》って置《お》いて身動《みうご》きの出来《でき》ないようにして置《おい》て、それから仕事《しごと》にかかるというのが順序《じゅんじょ》であって、それは略見当《ほぼけんとう》がついているのでありました。

神尾《かみお》の招《まね》いた多《おお》くの人《ひと》は其《そ》の当日《とうじつ》の定刻《ていこく》に続々《ぞくぞく》と詰《つめ》かけて来《き》ました。広間《ひろま》の中《うち》や椽《えん》のあたりに居溢《いこぼ》れて皆《み》んなの眼《め》は松《まつ》の樹《き》の下《した》の真黒《まくろ》い動物《どうぶつ》に注《そそ》がれています。中《なか》には立《た》って行《い》って、わざ〳〵其《そ》の動物《どうぶつ》の委細《いさい》を検分《けんぶん》しているものもありました。

「ありゃ、もとの支配《しはい》の邸《やしき》にいた犬《いぬ》ではござらぬか」

「うむ」

斯《こ》う云《い》ってムク犬《いぬ》を評《ひょう》していたものもありましたけれど、元《もと》の支配《しはい》ということだけすらが此《こ》の席《せき》では禁句《きんく》でもあるかのように、

「うむ」

と云《い》って嚙《か》み殺《ころ》すように頷《うなず》いたばかりで、駒井《こまい》とも能登守《のとのかみ》とも云《い》うものはありませんでした。況《ま》してお君《きみ》とか米友《よねとも》とか云《い》うものの名《な》は誰《だれ》の口《くち》にも上《のぼ》るではありませんでした。

ここで験《ため》し物《もの》になるべき犬《いぬ》に対《たい》しても多少《たしょう》の同情《どうじょう》を持《も》ったものが此《こ》の中《なか》に無《な》いとは申《もう》されません。併《しか》し、集《あつ》まっているものは皆武士《みなさむらい》でありました。切捨御免《きりすてごめん》を許《ゆる》されている武士達《さむらいたち》でありました。これ等《ら》の人《ひと》は時《とき》としては人命《じんめい》をも刀《かたな》の試《ため》しに供《きょう》して其《そ》れを当《あた》り前《まえ》だと信《しん》じている人《ひと》でありました。また時《とき》としては左様《さよう》な残忍《ざんにん》な行《おこな》いもして見《み》なければ武士《さむらい》の胆力《たんりょく》が据《す》わらぬと考《かんが》えているようなものもありました。日頃《ひごろ》は善良《ぜんりょう》と云《い》われている人《ひと》でも残忍《ざんにん》な遊戯《ゆうぎ》の前《まえ》に目《め》をつぶらない事《こと》が武士《さむらい》の嗜《たしな》みの一つだと考《かんが》えもし、人《ひと》にも奨励《しょうれい》するような人《ひと》がありました。況《いわ》んや生《い》きた人命《じんめい》でなく、多寡《たか》が一疋《ぴき》の犬《いぬ》だもの。

斯《こ》うして遊戯《ゆうぎ》の選手《せんしゅ》に当《あた》るべき犬殺《いぬころ》しの来《く》るのを待《ま》っている間《ま》に、例《れい》の長吉長太《ちょうきちちょうた》の二人《ふたり》の犬殺《いぬころ》しが犬潜《いぬくぐ》りから入《はい》って来《き》ました。

五八一

生《い》きながら皮《かわ》を剝《む》かれて其《そ》の動物《どうぶつ》がなお生《い》きて動《うご》けるか如何《どう》かというような議論《ぎろん》の非常識《ひじょうしき》であることは申《もう》すまでもありません、其《そ》れを実行《じっこう》せしめようとする神《かみ》尾主膳《おしゅぜん》等《ら》の心持《こころもち》も亦人間並《またにんげんなみ》の沙汰《さた》ではありません。其《そ》れを引《ひ》き受《う》けた犬殺《いぬころ》しは、もとより穢多非人《えたひにん》の事《こと》だから論外《ろんがい》に置《お》くとしても、彼等《かれら》は其《そ》れを引受《ひきう》けて見事《みごと》、やり了《おお》せるつもりで出《で》て来《き》たのか知《し》らん。やり了《おお》せてもやり損《そこ》なっても武士達《さむらいたち》の高圧《こうあつ》で是非《ぜひ》なくこんな仕事《しごと》を引受《ひきう》けたものに相違《そうい》ないのであります。それだから、彼等《かれら》には、皮《かわ》を剝《む》いて、それが生《い》きていようとも死《し》んでしまおうとも、それには責任《せきにん》が無《な》くて、ただ剝《む》き振《ぶり》の手際《てぎわ》の鮮《あざや》かな処《ところ》を御覧《ごらん》に入《い》れさえすれば義務《ぎむ》が済《す》むものと心得《こころえ》ているらしくありました。

犬殺《いぬころ》しが入《はい》って来《き》たのを見《み》ると、主人役《しゅじんやく》の神尾主膳《かみおしゅぜん》を初《はじ》めとして見物《けんぶつ》の人《ひと》は緊張《きんちょう》しました。犬殺《いぬころ》しは遠《とお》くの方《ほう》から怖《おそ》る〳〵地上《ちじょう》へ膝行《しっこう》して集《あつ》まった人達《ひとたち》を仰《あお》ぎ見《み》ることをしないで、犬《いぬ》の方《ほう》へばかり近寄《ちかよ》って行《ゆ》きました。

さき程《ほど》からの物々《ものもの》しい光景《こうけい》を見《み》ていたムク犬《いぬ》は、今日《きょう》はいつものように眠《ねむ》そうな眼《め》が漸《ようや》く冴《さ》えて来《き》たようであります。首《くび》を立《た》てて集《あつ》まっている武士達《さむらいたち》を、深《ふか》い眼《め》つきで見《み》つめて居《お》りました。其《そ》の有様《ありさま》は何《なに》か事《こと》あるのを悟《さと》って、聊《いささ》か用意《ようい》する処《ところ》あるもののようにも見《み》えました。

さて、犬殺《いぬころ》しが犬潜《いぬくぐ》りから入《はい》って来《き》た時分《じぶん》にムク犬《いぬ》の眼《め》が爛《らん》としてかがやきました。

やや離《はな》れた処《ところ》へ着《つ》いた犬殺《いぬころ》しは、二人共《ふたりとも》に籠《かご》を其処《そこ》へ下《お》ろして、籠《かご》の中《なか》から大《おお》きな鎌《かま》を取《と》り出《だ》して先《ま》ず腰《こし》にさし、其《そ》れから筵《むしろ》を敷《し》いて其《そ》の上《うえ》へ尻《しり》を卸《お》ろし、次《つぎ》に籠《かご》の中《なか》から種々《いろいろ》の道具《どうぐ》を取《と》り出《だ》して道具調《どうぐしら》べにかかりました。其《そ》の道具《どうぐ》というのは一束《たば》の細引《ほそびき》と、鉄製《てっせい》の環《かん》と、大小《だいしょう》幾通《いくとお》りの庖丁《ほうちょう》と小刀《こがたな》と小《ちい》さな鋸《のこぎり》などの類《たぐい》でありました。

「長太《ちょうた》、如何《どう》もあの鉄《てつ》の鎖《くさり》が邪魔《じゃま》になって仕方《しかた》が無《ね》えな」

長吉《ちょうきち》は犬《いぬ》を見《み》ながら斯《こ》う云《い》って長太《ちょうた》を顧《かえり》みると、長太《ちょうた》は尤《もっと》もという面《かお》をして、

「そうだ、あの鎖《くさり》を外《はず》してかからなけりゃあ、思《おも》う様《よう》にはやれねえ」

二人《ふたり》は今《いま》に至《いた》ってもまだムク犬《いぬ》の首《くび》に捲《ま》きつけられた二重《じゅう》三重《じゅう》の鉄《てつ》の鎖《くさり》を問題《もんだい》にしているのであります。実際《じっさい》、あの鎖《くさり》があっては、皮《かわ》を剝《む》きにかかる時《とき》に、ドノ位邪魔《くらいじゃま》になるかということは素人目《しろうとめ》にも想像《そうぞう》される事《こと》でありました。

「だから、おれは、あいつを外《はず》してしまって其《そ》の代《かわ》りに此《こ》の環《かん》を首《くび》へはめて、細引《ほそびき》で松《まつ》の枝《えだ》へ吊《つ》るして置《お》い

て仕事《しごと》にかかりてえと思《おも》うのだ」

「けれども、あの位《くらい》の犬《いぬ》だから細引《ほそびき》じゃあ六《む》づかしかろうと思《おも》われるぜ」

「ナーニ、大丈夫《だいじょうぶ》だ、こいつを二重《じゅう》にして引括《ひっくく》れば何《なん》の事《こと》はあるものか」

「じゃあ、そういう事《こと》にしよう、一番先《ばんさき》に口環《くちわ》を穿《は》めるんだな、口環《くちわ》を」

用意《ようい》して来《き》た革製《かわせい》の口輪《くちわ》を取《と》って二人《ふたり》が、やがてムク犬《いぬ》の方《ほう》へ近寄《ちかよ》りました。

今《いま》まで伏《ふ》していたムク犬《いぬ》が此《こ》の時《とき》に立《た》ち上《あが》りました。

「やい畜生《ちくしょう》、温順《おとな》しく往生《おうじょう》しろよ」

二人《ふたり》の犬殺《いぬころ》しは尋常《じんじょう》の犬殺《いぬころ》しにかかるつもりで左右《さゆう》から歩《あゆ》み寄《よ》って、一人《ひとり》は例《れい》の握飯《むすび》を投《な》げて、一人《ひとり》は投《と》網《あみ》を構《かま》えるように口輪《くちわ》を拡《ひろ》げて、

「其《そ》れ、こん畜生《ちくしょう》、口《くち》を此方《こっち》へ出《だ》せ」

呼吸《こきゅう》を計《はか》って両方《りょうほう》から、ムク犬《いぬ》を伸伏《のっぷせ》るようにして口輪《くちわ》を穿《は》めようとすると、ムク犬《いぬ》は猛然《もうぜん》として其《そ》の瘦《や》せた身体《からだ》を烈《はげ》しく振《ふ》りました。

「危《あぶ》ねえ、こん畜生《ちくしょう》」

二人《ふたり》の犬殺《いぬころ》しは其《そ》の勢《いきおい》に狼狽《ろうばい》したが、

「こいつは可《い》けねえ、どうしても首《くび》を松《まつ》の樹《き》へ吊《つ》り上《あ》げて置《お》いてから無《ね》えと」

五八二

二人《ふたり》の犬殺《いぬころ》しは、手際《てぎわ》よく口輪《くちわ》を穿《は》めてしまうつもりであった処《ところ》が意外《いがい》の手強《てごわ》さに、やや当《あて》が外《はず》れて先《ま》ず如《ど》何《う》しても松《まつ》の枝《えだ》へ縄《なわ》をかけて首《くび》を或《あ》る程度《ていど》まで締《し》め上《あ》げて置《お》いてから仕事《しごと》にかからねばならぬと覚《さと》りました。

麻縄《あさなわ》の細引《ほそびき》へ輪《わ》をこしらえ、それをムク犬《いぬ》の首《くび》へ投《な》げかける事《こと》、それは近寄《ちかよ》って口輪《くちわ》を穿《は》めることよりも遥《はるか》に容易《たやす》い仕事《しごと》でもあり、充分《じゅうぶん》の熟練《じゅくれん》を持《も》って居《お》りました。難《なん》なくムク犬《いぬ》の首《くび》を麻縄《あさなわ》で括《くく》って其《そ》れを松《まつ》の枝《えだ》へ引《ひ》きかけて、悠々《ゆるゆる》と引《ひ》き上《あ》げにかかりました。けれども、不幸《ふこう》にして最初《さいしょ》から捲《ま》いてあった二重《じゅう》三重《じゅう》の鉄《てつ》の鎖《くさり》が取《と》れていないのだから、或《あ》る程度《ていど》までしか引《ひ》き上《あ》げる事《こと》は出来《でき》ませんでした。

彼等《かれら》の目的《もくてき》は、斯《こ》うして首《くび》を絞《し》めてしまわない程度《ていど》に於《お》いて後足《あとあし》で直立《ちょくりつ》するほどに犬《いぬ》の首《くび》を引《ひ》き上《あ》げて前《まえ》へ廻《まわ》って腹《はら》を見《み》られる位《くらい》にして置《お》いて仕事《しごと》にかかろうというのでありました。

すでに首《くび》へ縄《なわ》を捲《ま》きつけて、その縄《なわ》を松《まつ》の枝《えだ》から通《とお》してしまった以上《いじょう》は、さながらムク犬《いぬ》の身体《しんたい》は起重機《きじゅうき》にかけられたと同《おな》じことでありました。若干《じゃっかん》の力《ちから》で縄《なわ》の一端《たん》を引張《ひっぱ》りさえすればムク犬《いぬ》は腹《はら》を前《まえ》にして前足《まえあし》を宙《ちゅう》に上《あ》げるような仕掛《しか》けにされてしまいました。

ただ例《れい》の鎖《くさり》が捲《ま》きつけてあるが為《た》めに、或《あ》る程度《ていど》より上《うえ》へは浮《う》かないから、折角《せっかく》捲《ま》きつけた首《くび》の縄《なわ》もムク犬《いぬ》には更《さら》に苦痛《くつう》を覚《おぼ》えないのであります。だから、次《つぎ》の仕事《しごと》は如何《どう》しても其《そ》の鉄《てつ》の鎖《くさり》を取《と》り外《はず》す事《こと》でなければなりません。

「なか〳〵、大《たい》した鎖《くさり》だ、合鍵《あいかぎ》がお借《か》り申《もう》してあるから、これで錠前《じょうまえ》を外《はず》すがいい、それ、細引《ほそびき》はよく松《まつ》の樹《き》へ捲《ま》きつけて置《お》かねえと鎖《くさり》を外《はず》す拍子《ひょうし》に縄《なわ》がゆるむと間違《まちが》えが出来《でき》るだ」

周到《しゅうとう》な用心《ようじん》と警戒《けいかい》の下《もと》に鎖《くさり》を外《はず》しにかかりました。此《こ》の前後《ぜんご》の間《あいだ》に於《お》けるムク犬《いぬ》の身体《しんたい》には更《さら》に隙《すき》がありませんでした。四《よ》つの足《あし》は合掌枠《がっしょうわく》のように剛《つよ》く突《つ》っ張《ば》って、其《そ》の眼《め》は間断《かんだん》なく犬殺《いぬころ》し共《ども》の挙動《きょどう》を見《み》まわして、其《そ》の口《くち》から漸《ようや》く唸《うな》りを立《た》てはじめていました。瘦《やせ》た身体《からだ》がブル〳〵と身震《みぶる》いをはじめました。

広間《ひろま》と椽側《えんがわ》とで見物《けんぶつ》していた武士《さむらい》の連中《れんちゅう》は片唾《かたず》を呑《の》みはじめました。犬殺《いぬころ》しは日頃《ひごろ》の技倆《ぎりょう》を手際《てぎわ》よく見《み》せようという心《こころ》であります。武士達《さむらいたち》は、前代《ぜんだい》にもあまり例《ためし》の少《すく》い生《い》きたものの皮剝《かわは》ぎを興味《きょうみ》を以《もっ》て見物《けんぶつ》しよう

というのであります。　穢多非人《えたひにん》の階級《かいきゅう》は、頼《たの》まれれば生《い》きた人間《にんげん》の磔刑《はりつけ》をさえ請負《うけお》うのであるから、犬《いぬ》なんぞは朝飯前《あさめしまえ》のものであります。　また武士達《さむらいたち》とても、同《おな》じ人間《にんげん》を斬捨《きりすて》ることを商売《しょうばい》にしていた時代《じだい》もあるのだから、多寡《たか》が生《い》きた犬《いぬ》の皮剝《かわは》ぎを実地《じっち》に御覧《ごらん》になるということも其《そ》んなに良心《りょうしん》には抵触《ていしょく》しないで却《かえっ》て残忍性《ざんにんせい》の快楽《かいらく》をそそる位《くらい》のものでありました。　若《も》し、生《い》きた人間《にんげん》を使用《しよう》する事《こと》が出来《でき》たならば、此処《ここ》に集《あつ》まる武士《さむらい》達《たち》のうちの幾人《いくにん》かは、もっと痛快味《つうかいみ》を刺戟《しげき》されたかも知《し》れません。　さすがに其《そ》れは出来《でき》ないから、猛犬《もうけん》を以《もっ》て甘《あま》んずるというような種類《たぐい》もあったでありましょう。

犬《いぬ》の首《くび》から松《まつ》の枝《えだ》へかけた細引《ほそびき》をしかと松《まつ》の大木《たいぼく》の幹《みき》へグル〳〵と絡《から》げて置《お》いてから、二人《ふたり》の犬殺《いぬころ》しは、ムク犬《いぬ》の首《くび》に二重《じゅう》三重《じゅう》に繫《つな》がれた鉄《てつ》の鎖《くさり》を解《と》きにかかりました。　大象《たいぞう》の力《ちから》を以《もっ》てしても断《た》ち切ることの出来《でき》ない鎖《くさり》も錠前《じょうまえ》を以《もっ》てすれば軽々《かるがる》と外《はず》す事《こと》が出来《でき》るのであります。

「それ」

長太《ちょうた》が外《はず》した鎖《くさり》をガチャリと投《な》げ出《だ》した途端《とたん》に、ムク犬《いぬ》が山《やま》の崩《くず》れるように吠《ほ》え出《だ》しました。

「失敗《しま》った！」

細引《ほそびき》を手《て》に持《も》っている長吉《ちょうきち》が絶望《ぜつぼう》のような叫《さけ》びを立《た》てました。

五八三

「失敗《しま》った！」

と長吉《ちょうきち》が絶望的《ぜつぼうてき》の叫《さけ》びを為《な》した時《とき》に、ズル〱と其《そ》の手《て》に持《も》っていた細引《ほそびき》に引摺《ひきず》られて行《ゆ》きます。

「此奴《こいつ》は堪《たま》らねえ」

長太《ちょうた》は狼狽《ろうばい》して長吉《ちょうきち》の引摺《ひきず》られて行《ゆ》く細引《ほそびき》に取《と》りつきました。

　これは本当《ほんとう》に思《おも》い設《もう》けぬ大変《たいへん》でありました。鎖《くさり》を外《はず》した瞬間《しゅんかん》に聡明《そうめい》なるムク犬《いぬ》は全身《ぜんしん》の力《ちから》を集《あつ》めて前《まえ》へ飛《と》び出《だ》しました。縄《なわ》は松《まつ》ケ枝《え》から幹《みき》をズル〱と辷《すべ》って、それを結《むす》び直《なお》す隙《すき》を与《あた》えませんでした。縄《なわ》にすがりついた長吉《ちょうきち》は、これも全身《ぜんしん》の力《ちから》を注《そそ》いで引《ひ》き留《と》めようとしたけれど、力《ちから》に余《あま》ってズル〱と引摺《ひきず》られた上《うえ》に横倒《よこだお》しになりました。それに力《ちから》を合《あわ》せようと周章《あわ》てた長太《ちょうた》も諸共《もろとも》に引摺《ひきず》られて横倒《よこだお》しになりました。

　前《まえ》へ飛《と》び出《だ》したムク犬《いぬ》の首《くび》には、二人《ふたり》の取《と》りすがっている麻縄《あさなわ》と、前《まえ》から繋《つな》いであった其《そ》れと、たった今《いま》解《と》かれた鉄《てつ》の鎖《くさり》とが食《く》ついています。

　麻《あさ》の縄《なわ》に取《と》りすがる長吉長太《ちょうきちちょうた》の二人《ふたり》と鉄《てつ》の鎖《くさり》とを引摺《ひきず》ってムク犬《いぬ》ははじめて口《くち》の裂《さ》けるような叫《さけ》びと唸《うな》りとを立《た》てました。

「驚破《すわ》！」

と、広間《ひろま》と椽側《えんがわ》とに集《あつ》まって此《こ》の場《ば》の体《てい》を見物《けんぶつ》していた武士達《さむらいたち》も此《こ》の時《とき》に思《おも》わず動揺《どよ》めきました。

　一旦《たん》、麻縄《あさなわ》に取《と》りついて横倒《よこだお》しになった長太《ちょうた》は直《す》ぐに起《お》き上《あ》がりました。長吉《ちょうきち》は尚《な》お必死《ひっし》と其《そ》の縄《なわ》にすがりついて引摺《ひきず》られて行《ゆ》きました。起《お》き上《あ》がった長太《ちょうた》は、其処《そこ》へ並《なら》べてあった棍棒《こんぼう》を取《と》り上《あ》げて、ムク犬《いぬ》の前《まえ》に迫《せま》りました。

「こん畜生《ちくしょう》！」

　長太《ちょうた》は其《そ》の棍棒《こんぼう》を振《ふり》かざして無《む》二無《む》三にムク犬《いぬ》に打《う》ってかかりました。長吉《ちょうきち》は、なお一生懸命《しょうけんめい》に縄《なわ》に取《と》りついていました。縄《なわ》に取《と》りついている長吉《ちょうきち》を引摺《ひきず》りながら、前《まえ》から棒《ぼう》で打《う》ってかかった長太《ちょうた》に向《むか》って、烈《はげ》しき怒《いか》りと共《とも》に、ムク犬《いぬ》は嚇《かっ》と大口《おおぐち》を開《ひら》きました。

「畜生《ちくしょう》、畜生《ちくしょう》、畜生《ちくしょう》」

　たしかに、やり損《そこ》なった長太《ちょうた》は夢中《むちゅう》になって棍棒《こんぼう》を振《ふ》り上《あ》げてムク犬《いぬ》を滅多打《めったうち》に打《う》ちかかりました。けれども其《そ》の棒《ぼう》はムク犬《いぬ》の急処《きゅうしょ》に当《あた》る事《こと》が無《な》く、滅多打《めったうち》にのぼせている長太《ちょうた》の咽喉《のど》の横《よこ》からガブリとムク犬《いぬ》が其《そ》の巨口《きょこう》を一つ当《あ》てました。

「呀《あっ》！」

長太《ちょうた》は棒《ぼう》を投《な》げ出《だ》して仰向《あおむ》けに倒《たお》れる時《とき》に、ムク犬《いぬ》は倒《たお》れた長太《ちょうた》の身体《からだ》を乗越《のりこ》えて前《まえ》へ出《で》ました。縄《なわ》にすがっていた長太《ちょうた》は手球《てだま》のように其《そ》れについて引摺《ひきず》られました。

「長太《ちょうた》、如何《どう》した」

「長吉放《ちょうきちはな》すな」

長太《ちょうた》はいよ〳〵血迷《ちまよ》って、嚙《か》まれて倒《たお》れながらムク犬《いぬ》の身体《からだ》に抱《だき》つきました。長吉《ちょうきち》が引摺《ひきず》られながらも縄《なわ》を放《はな》さないで苦《くる》しがっているのも、長太《ちょうた》が半死半生《はんしはんしょう》になりつつも、此《こ》の際猛犬《さいもうけん》の身体《からだ》に、嚙《か》じりつこうとするのも、もう周章狼狽《しゅうしょうろうばい》の極《きょく》でありますけれど、一つには彼等《かれら》は斯《こ》うして身《み》を以《もっ》てしても猛犬《もうけん》を引《ひ》き留《と》めなければならないのであります。

自分達《じぶんたち》の手抜《てぬ》かりから猛獣《もうじゅう》の絆《きずな》を絶《た》ってしまった事《こと》は、申訳《もうしわけ》のない失敗《しっぱい》だけれど、それよりも此《こ》の死物狂《しにものぐる》いの猛《もう》犬《けん》が、あのお歴々《れきれき》のお出《い》でになる処《ところ》へ飛《と》び込《こ》みでもしようものならば、何《なん》ともかとも云《い》い難《がた》き椿事《ちんじ》を引《ひ》き起《おこ》すのであります。だから彼等《かれら》としても周章狼狽《しゅうしょうろうばい》の極《きょく》にありながら、身《み》が粉《こな》になるまでも其《そ》の責任《せきにん》に当《あた》らねばならぬ自覚《じかく》に動《うご》かされない訳《わけ》には行《い》かないのでありました。

けれども其《そ》れは無益《むえき》でありました。抱《だき》ついた長太《ちょうた》は一堪《た》まりもなく振飛《ふりと》ばされ、引摺《ひきず》られた長吉《ちょうきち》は二三間《げん》刎飛《はねと》ばされました。

五八四

事体穏《じたいおだ》やかならずと見《み》て取《と》った見物《けんぶつ》の武士達《さむらいたち》は此《こ》の時惣立《ときそうだち》になりました。

さすがに女子供《おんなこども》では無《な》かったから犬《いぬ》が狂《くる》い出《だ》したというて逃《に》げ迷《まよ》うものはありませんでしたけれど、事《こと》の体《てい》に安《やす》からずと思《おも》って立《た》ち上《あ》がって警戒《けいかい》しました。

二人《ふたり》の犬殺《いぬころ》しを振《ふ》り飛《と》ばしたムク犬《いぬ》は、一散《さん》に走《はし》ろうとして——其《そ》の逃《に》げ場《ば》を見廻《みまわ》したもののようでしたけれど、何《いず》れの口《くち》も固《かた》められて逃《のが》れ出《い》でんとする処《ところ》のないのを見《み》て烈《はげ》しい唸《うな》り声《ごえ》と共《とも》に両足《りょうあし》を揃《そろ》えて暫《しば》らく立《た》っていました。

「こん畜生《ちくしょう》」

二人《ふたり》の犬殺《いぬころ》しは、いよ〳〵血迷《ちまよ》うて、手《て》に〳〵腰《こし》に差《さ》していた大《おお》きな犬鎌《いぬかま》を抜《ぬ》いて打《う》ち振《ふ》りました。嚙《か》まれた創《きず》や摺創《すりきず》で血塗《ちまみ》れになりつつ、当途《あてど》もなく犬鎌《いぬかま》を振《ふ》り廻《まわ》して騒《さわ》ぎ立《た》つ有様《ありさま》は犬《いぬ》よりも人《ひと》の方《ほう》が狂《くる》い出《だ》したようであります。

この時《とき》、神尾主膳《かみおしゅぜん》は——廃《よ》せば宜《よ》かったのですけれども、来客《らいきゃく》の手前《てまえ》と、例《れい》の通《とお》り酒気《しゅき》を帯《お》びていたのだから嚇《かっ》と怒《いか》って、真先《まっさき》に自分《じぶん》が長押《なげし》から九尺柄《しゃくえ》の槍《やり》を押《おっ》取《と》りました。自身手《じしんて》を下《くだ》すまでの事《こと》も無《な》かろうに憤怒《ふんぬ》の余《あま》り、神尾主膳《かみおしゅぜん》は九尺柄《しゃくえ》の槍《やり》の鞘《さや》を払《はら》うと共《とも》に、椽《えん》の上《うえ》からヒラリと庭《にわ》へ飛《と》び下《お》りました。

「神尾殿《かみおどの》お危《あぶ》のうござる」

皆《みな》が留《と》めたけれども主膳《しゅぜん》は留《と》まりませんでした。

流々《りゅうりゅう》と其《そ》の槍《やり》をしごいて、今身震《いまみぶる》いして立《た》ち迷《まよ》うているムク犬《いぬ》の前《まえ》に風《かぜ》を切《き》って其《そ》の槍《やり》を突《つ》き出《だ》しました。神尾主膳《かみおしゅぜん》と雖《いえど》も武術《ぶじゅつ》には、また一通《とお》りの手腕《しゅわん》のあるものであります。怒《いか》りに乗《じょう》じて突《つ》き出《だ》す槍《やり》が可《か》なり鋭《するど》いものであることは申《もう》すまでもありません。

ムク犬《いぬ》は後《うしろ》へ退《しさ》って其《そ》の槍《やり》の鉾先《ほこさき》を避《さ》けました。勢込《いきおいこ》んだ神尾主膳《かみおしゅぜん》は逃《のが》さじと其《そ》れを突掛《つっか》けました。酒《さけ》の勢《いきおい》を仮《か》る主膳《しゅぜん》の勇気《ゆうき》は一座《ざ》のお客《きゃく》を歎賞《たんしょう》せしめるよりも寧《むし》ろ其《そ》の無謀《むぼう》に驚《おどろ》かせました。然《しか》し、万《まん》一の事《こと》があっては大事《だいじ》と思《おも》うから、主人《しゅじん》が斯《こ》うして出《で》たのに、客《きゃく》も黙《だま》って引込《ひっこ》んではいられないのであります。是非《ぜひ》なく刀《かたな》を押《おっ》取《と》って、主膳《しゅぜん》の後《うしろ》、或《あるい》は其《そ》の左右《さゆう》から応援《おうえん》に出《で》かけました。錆槍《さびやり》を借《か》りて横合《よこあい》より突《つっ》かける者《もの》もありました。

ムクが主膳《しゅぜん》の槍先《やりさき》を避《さ》けたのは、或《あるい》は此《こ》の家《いえ》の主人《しゅじん》に遠慮《えんりょ》をして避《さ》けたのかも知《し》れません。好《この》んで人《ひと》に喰《く》いつくものでない事《こと》を示《しめ》す為《ため》に最初《さいしょ》、然《しか》るべき逃《に》げ場《ば》を求《もと》

めていたのかも知《し》れません。併《しか》し、斯《こ》うなって見《み》ては、ムクとして自分《じぶん》の生存《せいぞん》の為《ため》にも立《た》って戦《たたか》わなければなりません。其《そ》の武士《さむらい》であると犬殺《いぬころ》しであるとに論無《ろんな》く、牙《きば》に当《あた》る限《かぎ》りは噛《か》み散《ち》らし、腭《あご》に触《ふ》るる限《かぎ》りは噛《か》み砕《くだ》いても此《こ》の場《ば》を逃《のが》れるより外《ほか》はないのであります。

今《いま》、猛然《もうぜん》と突《つ》き出《だ》した神尾主膳《かみおしゅぜん》の槍《やり》をムク犬《いぬ》はスウーッと潜《くぐ》りました。その首《くび》には前《まえ》のように鉄《てつ》の鎖《くさり》と麻縄《あさなわ》とをひいたままで、槍《やり》の上《うえ》からムク犬《いぬ》は一足《そく》飛《と》びに神尾主膳《かみおしゅぜん》の頭《あたま》の上《うえ》まで飛《と》びました。

「小癪《こしゃく》な！」

主膳《しゅぜん》は槍《やり》を手許《てもと》につめて身《み》を沈《しず》ませて上《うえ》から飛《と》びかかるムク犬《いぬ》を下《した》から突《つ》き立《た》てようとしました。その隙《すき》を与《あた》えることなく、ムク犬《いぬ》はガブリと神尾主膳《かみおしゅぜん》の左《ひだり》の肩先《かたさき》へ食《く》いつきました。

「呀《あ》ッ」

神尾《かみお》は槍《やり》を持《も》ったまま後《うしろ》へ倒《たお》れるのを、それと云《い》って応援《おうえん》の者《もの》が、ムク犬《いぬ》に槍《やり》を突掛《つっか》けました。ムクは転《てん》じて其《そ》の槍《やり》をまた乗越《のりこ》えました。ムク犬《いぬ》は単《たん》に勇猛《ゆうもう》なる犬《いぬ》であったのみならず、女軽業《おんなかるわざ》の一座《ざ》に仕込《しこ》まれた為《ため》に、比類《ひるい》なき身《み》の軽《かる》さを持《も》っていました。そうしてヒラリヒラリと人《ひと》の頭《あたま》の上《うえ》を飛《と》ぶことは多《おお》くの敵手《てきしゅ》を悩《なや》ます事《こと》に於《おい》て有利《ゆうり》な戦法《せんぽう》であります。

五八五

それより以後《いご》に於《お》けるムク犬《いぬ》の荒《あば》れ方《かた》は縦横無尽《じゅうおうむじん》というものでありました。

武士《さむらい》と云《い》わず犬殺《いぬころ》しと云《い》わず、其《そ》の人《ひと》の頭《あたま》を飛《と》び越《こ》して、遂《つい》に座敷《ざしき》の中《なか》へ乱入《らんにゅう》してしまいました。乱入《らんにゅう》したのではなく、ムクとしてはやはり其《そ》の逃《に》げ場《ば》を求《もと》むる為《ため》に心《こころ》ならずも人間《にんげん》の住《す》む畳《たたみ》の上《うえ》まで上《あが》ってしまったものであります。

家《うち》の中《なか》へ犬《いぬ》を追入《おいい》れた時《とき》は、たしかに犬《いぬ》に取《と》っては、いよ〳〵有利《ゆうり》で、人間《にんげん》に取《と》ってはなか〳〵の不利益《ふりえき》でありました。単身《たんしん》にして身《み》の軽《かる》い犬《いぬ》は間毎々々《まごとまごと》を飛《と》び廻《まわ》るのに自由《じゆう》でありました。槍《やり》を持《も》ったり刀《かたな》を持《も》ったり棒《ぼう》を持《も》ったりして追廻《おいまわ》す人間《にんげん》は家《うち》の中《なか》に於《おい》ての働《はたら》きが不自由《ふじゆう》でありました。

彼処《あっち》へ行《い》った、此方《こっち》へ来《き》た、それ裏《うら》へ出《で》た、表《おもて》へ廻《まわ》った、椽《えん》の下《した》へ潜《くぐ》った、物置《ものおき》へ隠《かく》れたと云《い》って騒《さわ》いでいるうちに、其《そ》の何《いず》れの口《くち》から逃《に》げ去《さ》ったか知《し》れないが、屋敷《やしき》の中《なか》の湧《わ》き返《かえ》るような騒《さわ》ぎを後《あと》にしてムク犬《いぬ》の姿《すがた》は此《こ》の屋敷《やしき》の何《いず》れの場所《ばしょ》からか逃《に》げ出《だ》してしまったものであります。

山《やま》へ逃《に》げた、林《はやし》へ隠《かく》れた、畑《はたけ》にいたと、家《いえ》の中《なか》の騒《さわ》ぎが外《そと》へ出《で》た時分《じぶん》には、ムク犬《いぬ》は其《そ》の何《いず》れの場所《ばしょ》にも居《い》ませんでした。此《こ》の催《もよお》しの為《ため》には散々《さんざん》の失敗《しっぱい》であったけれども、ムク犬《いぬ》の為《ため》には意外《いがい》の幸《さいわい》でありました。少《すく》くとも此《こ》の場《ば》で残忍《ざんにん》な試験《しけん》に供《きょう》せらるるだけの憂目《うきめ》は免《まぬか》れることを得《え》て何《いず》れへか逃《に》げ去《さ》りました。併《しか》し、斯《こ》うなって見《み》ると、これから後《のち》、何処《どこ》までムク犬《いぬ》が逃《に》げ了《おお》せられるかどうかは疑問《ぎもん》であります。武家屋敷《ぶけやしき》の召仕《めしつか》えや附近《ふきん》の百姓《しょう》等《ら》は総出《そうで》で、狂犬《きょうけん》のあとを追《お》うべく、山《やま》や林《はやし》や畑《はたけ》から巻狩《まきがり》のような陣立《じんだて》をととのえたのは、それから長《なが》い後《のち》の事《こと》ではありませんでした。

左《ひだり》の肩先《かたさき》を犬《いぬ》に噛《か》まれた神尾主膳《かみおしゅぜん》は――一時《じ》それが為《ため》に倒《たお》れて気絶《きぜつ》したように見《み》えました。駈寄《かけよ》って介抱《かいほう》したものの為《ため》に直《すぐ》に正気《しょうき》はつきましたけれど、其《そ》れが為《ため》に主膳《しゅぜん》の怒《いか》りは頂上《ちょうじょう》に達《たっ》しました。

「穢多《えた》、非人共《ひにんども》」

威丈高《いたけだか》になって、今《いま》しも、ムク犬《いぬ》を追《お》って、外《そと》へ出《で》ようとする犬殺《いぬころ》しを呼《よ》び留《と》めました。

「へい〳〵」

犬殺《いぬころ》し共《ども》は、へた〳〵と其処《そこ》へ跪《かしこ》まりました。

「貴様達《きさまたち》は言語道断《ごんごどうだん》の奴等《やつら》だ、このザマは何事《なにごと》だ」

「誠《まこと》に申訳《もうしわけ》がございませぬ、ふだんは温和《おとな》しい犬《いぬ》でございますから決《けっ》して此《こ》んな事《こと》は無《な》かろうと思《おも》いまして」

「黙《だま》れ！　馬鹿者《ばかもの》」

主膳《しゅぜん》は肩先《かたさき》に療治《りょうじ》を受《う》けて布《ぬの》を捲《ま》いてもらいながら、其《そ》の沸《に》え立《た》つような憤懣《ふんまん》を、犬殺《いぬころ》し共《ども》の頭《あたま》から浴《あ》びせ

かけていました。犬殺《いぬころ》し共《ども》は恐《おそ》れ入《い》ってしまって、顔《かお》の色《いろ》はありませんでした。漸《ようや》く其《そ》の肩先《かたさき》を繃帯《ほうたい》してもらった神尾主膳《かみおしゅぜん》は槍《やり》を突《つ》いて、よろ〱と立《た》ち上《あ》がりましたが、其《そ》の腹立《はらだ》たしさは、いよ〱沸《に》え《え》くり返《かえ》るのでありました。

「元《もと》はと云《い》えば貴様達《きさまたち》が悪《わる》いのだ、犬《いぬ》にも劣《おと》った畜生《ちくしょう》奴《め》、如何《どう》して呉《く》れよう」

神尾主膳《かみおしゅぜん》の眼《め》にキラ〱と黄色《きいろ》い色《いろ》が見《み》えたかと思《おも》うと、矢庭《やにわ》に其《そ》の突《つ》いていた槍《やり》を取《と》り直《なお》し、

「馬鹿奴《ばかめ》」

恐《おそ》れ入《い》っていた長太《ちょうた》を覗《ねら》って胸許《むなもと》からグサと其槍《そのやり》を突《つ》き通《とお》しました。

「苦《あっ》！　殿様《とのさま》！」

長太《ちょうた》はのたうち廻《まわ》って苦《くる》しみました。その手《て》には胸《むな》許《もと》を突《つ》き貫《つらぬ》かれた槍《やり》の柄《え》をしかと握《にぎ》り、

「殿様《とのさま》、あんまり……そりゃ」

と云《い》って、あとは云《い》えないで七転《てん》八倒《とう》の苦《くる》しみであります。

「殿様《とのさま》、そりゃ、あんまりお情《なさ》けのうございます」

長太《ちょうた》の云《い》えない処《ところ》を長吉《ちょうきち》が引《ひ》き取《と》って、如何《どう》するつもりか、例《れい》の犬鎌《いぬかま》を持《も》って立《た》ち上《あ》がる処《ところ》を、

「汝《おの》れも！」

と云《い》って、長太《ちょうた》の胸《むね》から抜《ぬ》いた槍《やり》でまたも長吉《ちょうきち》の胸《むね》をグサと一突《つき》。

五八六

神尾《かみお》の下屋敷《しもやしき》から脱《だっ》する事《こと》を得《え》たムク犬《いぬ》は山《やま》へも逃《に》げず里《さと》へも逃げず、首《くび》に鎖《くさり》と縄《なわ》を引張《ひっぱ》ったままで只走《ひたはし》りに走《はし》って塩山《しおやま》の恵林寺《えりんじ》の前《まえ》へ来《く》ると直《すぐ》に其《そ》の門内《もんない》へ飛《と》び込《こ》んでしまいました。

山《やま》へも里《さと》へも入《はい》らなかった此《こ》の犬《いぬ》が何《なん》の心《こころ》あって寺《てら》へ入《はい》ったか、犬《いぬ》の心持《こころもち》を知《し》ることは出来《でき》ません。街道《かいどう》でも門外《もんがい》でも騒《さわ》いだように恵林寺《えりんじ》の門内《もんない》へ此《こ》の珍客《ちんきゃく》が案《あん》内《ない》もなく飛《と》び込《こ》んだ時《とき》には一山《ざん》の大衆《たいしゅう》を騒《さわ》がせました。

「ソレ狂犬《やまいぬ》だ！」

庭《にわ》を掃《は》いていた坊主《ぼうず》は箒《ほうき》を振《ふ》り上《あ》げました。味噌《みそ》を摺《す》っていた納所《なっしょ》は擂古木《すりこぎ》を担《かつ》ぎ出《だ》しました。その他《た》いろ〳〵の獲物《えもの》を持《も》って此《こ》のすさまじい風来犬《ふうらいいぬ》を追《お》い立《た》てました。門外《もんがい》へ追《お》い出《だ》そうとして却《かえっ》て方丈《ほうじょう》へ追《お》い込《こ》んでしまいました。

一山《ざん》の大衆《たいしゅう》は面白半分《おもしろはんぶん》に此《こ》の犬《いぬ》を追廻《おいまわ》すのであります。追《お》われるムク犬《いぬ》は敢《あえ》て其《そ》れに向《むか》おうともしない。寧《むし》ろ哀《あわ》れみを乞《こ》うようにして逃《に》げるのを、大衆《たいしゅう》は盛《さか》んに追《おい》かけて、彼方《あっち》へ行《い》った此方《こっち》へ来《き》たと騒《さわ》ぎ立《た》っていました。

例《れい》の慢心和尚《まんしんおしょう》は此《こ》の時《とき》、点心《てんじん》でありました。膳《ぜん》に向《むか》って糊《のり》のようなお粥《かゆ》のようなものを一心《しん》に食《た》べていました。その食事《しょくじ》の鼻先《はなさき》へムク犬《いぬ》が呷《あえ》ぎ〳〵逃《に》げ込《こ》んで来《き》ました。

「そーれ、其方《そっち》へ行《い》った」

「やーれ、此方《こっち》へ行《い》った」

箒坊主《ほうきぼうず》や味噌摺坊主《みそすりぼうず》は、いよ〳〵面白《おもしろ》がって此処《ここ》まで追《お》い詰《つ》めて来《き》ました。

「何《なん》だ〳〵、やかましい」

慢心和尚《まんしんおしょう》は大《おお》きな声《こえ》で右《みぎ》の坊主共《ぼうずども》を嗜《たしな》めました。

「和尚《おしょう》さん、狂犬《やまいぬ》が飛《と》び込《こ》みましたぜ、西《にし》の方《ほう》から牢《ろう》破《やぶ》りをして逃《に》げた狂犬《やまいぬ》ですぜ、それが今此《いまこ》のお寺《てら》の中《なか》へ逃《に》げ込《こ》んでしまいました。だから斯《こ》うして追《お》い飛《と》ばしているのでございます」

「余計《よけい》な事《こと》をするな、そんな事《こと》をする暇《ひま》に味噌《みそ》でも摺《す》れ」

慢心和尚《まんしんおしょう》は群《むら》かっている大坊主《おおぼうず》や小坊主《こぼうず》を叱《しか》り飛《と》ばして、

「クロか、クロか、さあ来《こ》い来《こ》い」

と云《い》って手招《てまね》きました。

人《ひと》に狎《な》れることの少《すく》いムク犬《いぬ》が招《まね》かれた慢心和尚《まんしんおしょう》の面《かお》を凝《じっ》と見《み》つめながら尾《お》を振《ふ》って其処《そこ》へキチンと跪《かしこ》まりました。

「狂犬《やまいぬ》であるか、狂犬《やまいぬ》で無《な》いか、眼《め》つきを見《み》れば直《す》ぐ

わかるじゃ。この犬《いぬ》を狂犬《やまいぬ》と見《み》る貴様達《きさまたち》の方《ほう》に余《よ》っぽどヤマしい処《ところ》がある」

慢心和尚《まんしんおしょう》は此《こ》んな洒落《しゃれ》を云《い》いながら、今食《いまた》べてしまった黒塗《くろぬり》のお椀《わん》を取《と》って傍《かたえ》にいた給仕《きゅうじ》の小坊主《こぼうず》に、

「もう一杯《ぱい》」

と云《い》ってお盆《ぼん》の上《うえ》へ其《そ》のお椀《わん》を載《の》せました。小坊主《こぼうず》が心得《こころえ》て、今食《いまたべ》たと同《おな》じようなお粥《かゆ》のような糊《のり》のようなものを其《そ》のお椀《わん》に一杯《ぱい》よそって来《く》ると、

「南無黒犬大明神《なむくろいぬだいみょうじん》」

と云《い》って推《お》しいただいて恭《うやうや》しく座《ざ》を立《た》ってムク犬《いぬ》の前《まえ》へ自身《じしん》に持《も》って来《き》ました。

其《そ》のお椀《わん》を目八分《めぶ》に捧《ささ》げて推《お》し戴《いただ》いて持《も》って来《く》る有様《ありさま》というものが馬鹿丁寧《ばかていねい》で見《み》て居《い》られるものではありません。

「南無黒犬大明神様《なむくろいぬだいみょうじんさま》、何《なに》もございませんが此《こ》れを召上《めしあ》がって暫時《ざんじ》のお凌《しの》ぎを遊《あそ》ばされましょう」

椽《えん》の処《ところ》へさし置《お》いて犬《いぬ》に向《むか》って三拝《ぱい》する有様《ありさま》というものは正気《しょうき》の沙汰《さた》ではありませんでした。

併《しか》し乍《なが》ら、不思議《ふしぎ》な事《こと》は、神尾《かみお》の下屋敷《しもやしき》で何《なに》を与《あた》えられても口《くち》を触《ふ》れることだにしなかったムク犬《いぬ》が、此《こ》の一椀《わん》のお粥《かゆ》とも糊《のり》ともつかぬものを初対面《しょたいめん》の慢心《まんしん》和尚《おしょう》から捧《ささ》げられると、さも嬉《うれ》しげに舌《した》を鳴《な》らして食《た》べはじめた事《こと》であります。

五八七

八幡村《やわたむら》の小泉《こいずみ》の家《うち》に隠《かく》れていた机龍之助《つくえりゅうのすけ》は、ひとりで仰向《あおむ》けに寝《ね》ころんで雨《あめ》の音《おと》を聞《き》いていました。雨《あめ》の音《おと》を聞《き》きながらお銀様《ぎんさま》の帰《かえ》るのを待《ま》っていました。お銀様《ぎんさま》は昨日《きのう》、そっと忍《しの》んで勝沼《かつぬま》の親戚《しんせき》まで行《ゆ》くと云《い》って出《で》て行きました。今宵《こよい》はいやでも帰《かえ》らねばならぬ筈《はず》なのに、まだ帰《かえ》って来《こ》ないのであります。

お銀様《ぎんさま》は龍之助《りゅうのすけ》を連《つ》れて江戸《えど》へ逃《に》げる事《こと》の為《ため》に苦心《くしん》していました。勝沼《かつぬま》へ行《ゆ》くと云《い》ったのも恐《おそ》らくは親戚《しんせき》の家《うち》を訪《と》わんが為《ため》ではなくて如何《いか》にして江戸《えど》へ逃《に》げようかという準備《じゅんび》の為《ため》であったかも知《し》れません。

斯《こ》うして心《こころ》ならずも小泉《こいずみ》の家《うち》の世話《せわ》になっているうちに、月《つき》を踰《こ》えて梅雨《つゆ》に打《う》ち込《こ》むの時《とき》となりました。昨日《きのう》も今日《きょう》も雨《あめ》でありました。明《あ》けても暮《く》れても雨《あめ》でありました。ただでさえ陰鬱《いんうつ》極《きわ》まる此《こ》の隠《かく》れ家《が》のうちに腐《くさ》るような雨《あめ》の音《おと》を聞《き》いて、龍之助《りゅうのすけ》は仰向《あおむ》けに寝《ね》ころんでいるのであります。

雨《あめ》も斯《こ》う降《ふ》っては夜《よる》の雨《あめ》という風流《ふうりゅう》なものにはなりません。龍之助《りゅうのすけ》はただ雨《あめ》の音《おと》ばかりを聞《き》いているのだが、一歩《ぽ》外《そと》へ出《で》ると、そのあたりの沢《さわ》も小流《こなが》れも水《みず》が溢《あふ》れて田《た》にも畑《はたけ》にも、今《いま》、自分《じぶん》の寝《ね》ている椽《えん》の下《した》までも水《みず》が廻《まわ》っていることは知《し》らないのであります。

梅雨《つゆ》になるまでには、花《はな》も咲《さ》きました。木《こ》の葉《は》も青《あお》葉《ば》の時《とき》となった事《こと》がありました。野《の》にも山《やま》にも鳥《とり》のうたう時節《じせつ》もあったのだけれど、それも見《み》ずに雨《あめ》の時節《じせつ》になってその音《おと》だけが耳《みみ》に入《はい》るのであります。

龍之助《りゅうのすけ》とお銀様《ぎんさま》との間《あいだ》は、何《なん》だか無茶苦茶《むちゃくちゃ》な間《あいだ》でありました。それは濃烈《のうれつ》な恋《こい》であったかも知《し》れないし、自暴《やけ》と自暴《やけ》との怖《おそ》ろしい打着《ぶつ》かり合《あ》いであるようでもあるし、血《ち》の出《で》るような膿《うみ》の出《で》るような熱苦《あつくる》しい物凄《ものすさま》じい心持《こころもち》がここまでつづいて、お互《たがい》にどろ〳〵に溶《と》け合《あ》って、のたり着《つ》いて来《き》たようなものであります。お互《たがい》に光明《こうみょう》もなければ前途《ぜんと》もあるのではありません。ただ此《こ》の熱苦《あつくる》しい心持《こころもち》の圧迫《あっぱく》が続《つづ》く間《あいだ》のみ其《そ》の生命《せいめい》がつづくようなものであります。

龍之助《りゅうのすけ》に対《たい》するお銀様《ぎんさま》の愛情《あいじょう》は、圧《お》し潰《つぶ》し蒸《む》し殺《ころ》すような愛情《あいじょう》であります。冷然《れいぜん》として其《そ》れに圧《お》し潰《つぶ》され蒸《む》し殺《ころ》されて甘《あま》んじている龍之助《りゅうのすけ》は、その後《のち》、また暫《しば》らく人《ひと》を斬《き》ることをしませんでした。

今《いま》、お銀様《ぎんさま》に離《はな》るることしばし、斯《こ》うして雨《あめ》を聞《き》いていると龍之助《りゅうのすけ》の心《こころ》も亦淋《またさび》しくなります。この人《ひと》の心《こころ》が淋《さび》しくなった時《とき》は、世《よ》の常《つね》の人《ひと》のように道心《どうしん》が萌《きざ》す時《とき》ではありませんでした。むら〱として枕許《まくらもと》に投《な》げ出《だ》してあった刀《かたな》を引《ひ》き寄《よ》せて、ガバと身《み》を起《おこ》しました。例《れい》によって蒼白《あおじろ》い面《かお》であります。龍之助《りゅうのすけ》が引《ひ》き寄《よ》せた刀《かたな》は、神尾主膳《かみおしゅぜん》の下屋敷《しもやしき》にいる時分《じぶん》に貰《もら》った手柄山正繁《てがらやままさしげ》の刀《かたな》であります。それをまた燈火《ともしび》に引《ひ》き寄《よ》せては見《み》たけれど、さて如何《どう》しようというのではなし、茫然《ぼうぜん》として座《すわ》り直《なお》して刀《かたな》を膝《ひざ》へ置《お》いたばかりであります。

その時《とき》に家《いえ》の外《そと》で急《きゅう》に人《ひと》の声《こえ》が噪《さわ》がしくなりました。

「危《あぶ》ねえ、土手《どて》が危《あぶ》ねえ」

という声《こえ》で騒《さわ》ぐのであります。

「旦那様《だんなさま》、笛吹川《ふえふきがわ》の土手《どて》も危《あぶ》ないそうでございます、山水《やまみず》も剣呑《けんのん》でございます、水車小屋《すいしゃごや》は浮《う》き出《だ》しそうでございます、あらくの材木《ざいもく》は荒《あら》かたツン流《なが》されてしまいました。今《いま》にも山水《やまみず》がドーッと出《で》たら大変《たいへん》な事《こと》になりそうでございます。誰《だれ》も今夜《こんや》は寝《ね》るものは一人《ひとり》もございません」

小泉《こいずみ》の主人《しゅじん》に斯《こ》う云《い》って注進《ちゅうしん》に来《き》たのは小前《こまえ》の百姓《ひゃくしょう》らしくあります。

五八八

洪水《おおみず》の出《で》る時《とき》としてはまだ早《はや》い、と龍之助《りゅうのすけ》は思《おも》ったけれども、此《こ》の降《ふり》では如何《どう》なるか知《し》らんと思《おも》いました。

笛吹川《ふえふきがわ》は、これよりやや程遠《ほどとお》いけれど、それへ落《お》つる沢《さわ》や小流《こなが》れの水《みず》が決《けっ》して侮《あなど》り難《がた》いものであることは龍之助《りゅうのすけ》も推量《すいりょう》しないわけではありません。

殊《こと》に山国《さんごく》の出水《でみず》は耳《みみ》を蔽《おお》い難《がた》き程《ほど》の疾風迅雷《しんぷうじんらい》の勢《いきおい》で出《で》て来《く》ることをも聞《き》いていないではありませんでした。不幸《ふこう》にして山国《さんごく》とだけは心得《こころえ》ていても此《こ》の辺《へん》の地形《ちけい》に就《つい》て丸《まる》きり観測《かんそく》の余地《よち》のない龍之助《りゅうのすけ》は、果《はた》して出水《しゅっすい》がドノ辺《へん》に当《あた》って起《おこ》りドノ辺《へん》に向《むか》って来《く》るんだか充分《じゅうぶん》に呑込《のみこ》めていないのでありました。白刃《はくじん》の来《きた》ることと、天災《てんさい》の来《きた》ることとは予《あらかじ》め測《はか》る事《こと》が出来《でき》ません。今出水《いまでみず》の危険《きけん》を外《そと》に聞《き》いた龍之助《りゅうのすけ》が其《そ》れと共《とも》に猛然《もうぜん》として自《じ》分《ぶん》の立場《たちば》を考《かんが》え出《だ》したことはそうあるべき事《こと》でありました。

併《しか》し、それはただ立場《たちば》を考《かんが》えただけに過《す》ぎません。盲目的《もうもくてき》に考《かんが》えて見《み》ただけに過《す》ぎません。ここに引《ひ》き寄《よ》せた手柄山正繁《てがらやままさしげ》の刀《かたな》が其《そ》れに向《むか》って何《なん》の役《やく》に立《た》つものでないことはよくわかっている筈《はず》であります。この時《とき》に外《そと》で殷々《いんいん》と半鐘《はんしょう》を撞《つ》き鳴《な》らす音《おと》がしました。人《ひと》の騒《さわ》ぎ罵《ののし》る声《こえ》は、いよ〳〵喧《やか》ましくなりました。思《おも》うに蓑《みの》笠《がさ》を着《つ》けた幾多《いくた》の百姓連《ひゃくしょうれん》が獲物《えもの》を携《たずさ》えて出水《でみず》々々《でみず》の警《けい》戒《かい》に当《あた》るらしくあります。村《むら》の中心《ちゅうしん》ともいうべき此《こ》の小泉家《こいずみけ》へ、それ等《ら》の百姓《ひゃくしょう》が皆《み》んな一旦《たん》は集《あつ》まって、それ〴〵部署《ぶしょ》に附《つ》くもののようであります。この家《いえ》では一人残《ひとりのこ》らず起《お》きて其等《それら》の百姓連《ひゃくしょうれん》の差図《さしず》や焚出《たきだし》などをはじめて上《うえ》を下《した》へと騒《さわ》いでいるのが龍之助《りゅうのすけ》には手《て》に取《と》るようにわかりますけれど、誰《だれ》も龍之助《りゅうのすけ》の処《ところ》へは面《かお》を出《だ》すものがありません。手《て》を貸《か》せと云《い》って来《く》る者《もの》もなければ御心配《ごしんぱい》なさいますなと云《い》って見舞《みま》うものもありません。この二人《ふたり》の事《こと》は、もう此《こ》の頃《ごろ》では小泉家《こいずみけ》の誰《だれ》にも此《こ》の急《きゅう》に当《あた》って思《おも》い出《だ》されないほどに、交渉《こうしょう》が少《すくな》いかかり人《びと》でありました。

「この水《みず》で、お銀《ぎん》は道《みち》を留《と》められた、それで帰《かえ》られないのじゃ、して見《み》れば……」

と龍之助《りゅうのすけ》は、はじめてお銀《ぎん》の事《こと》を思《おも》いやりました。

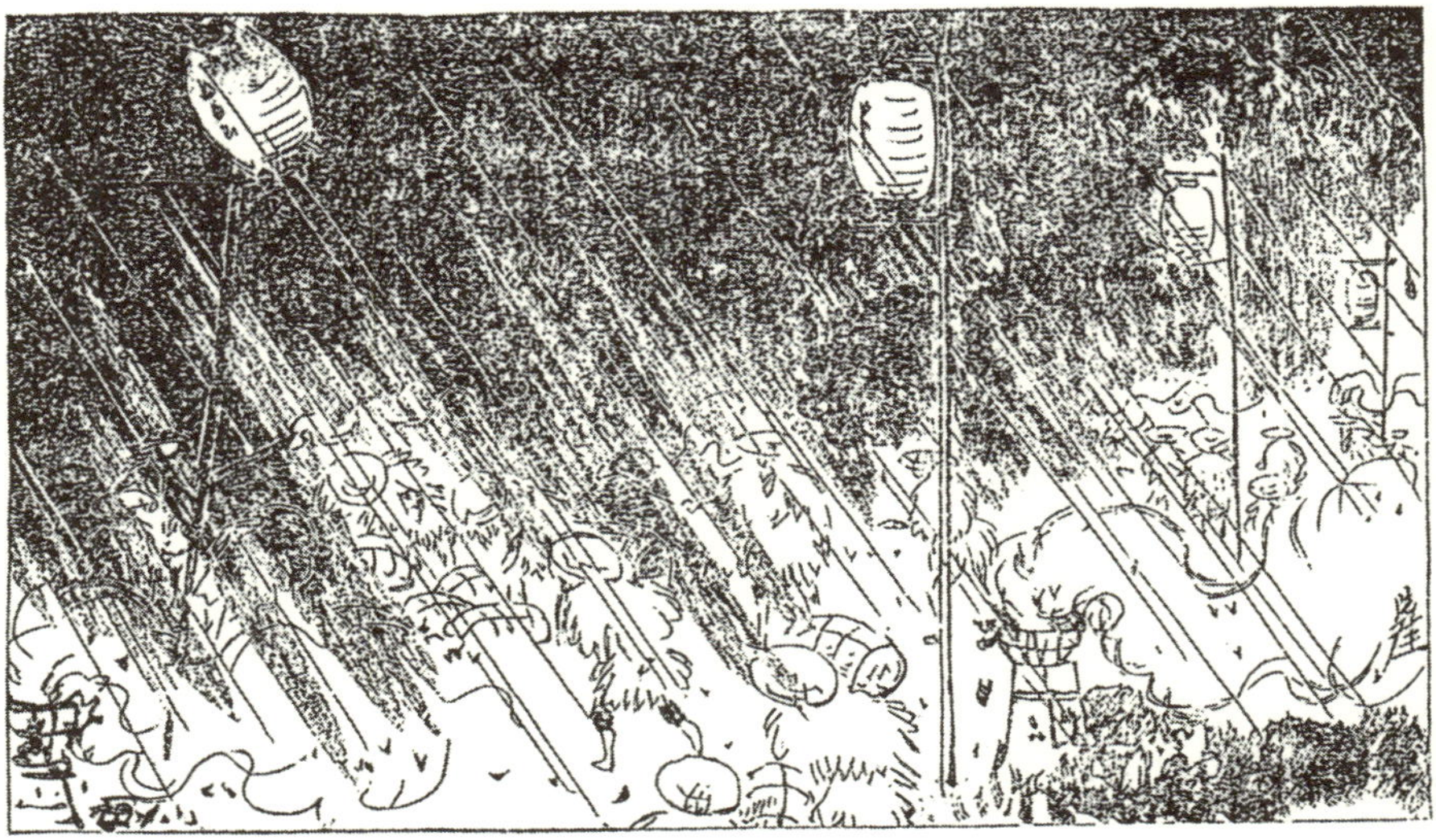

その日《ひ》のうちにも帰《かえ》るような口《くち》ぶりであったお銀様《ぎんさま》が二日目《かめ》の晩《ばん》になって、まだ帰《かえ》らないのは、或《あるい》は此《こ》の出《で》水《みず》に遮《さえ》ぎられて途中退引《とちゅうのっぴき》がならなくなっているのではないかと思《おも》いました。外《そと》の騒《さわ》ぎは益大《ますますおお》きくなって、気《き》のせいか轟々《ごうごう》として水《みず》の鳴《な》り動《うご》く音《おと》さえ聞《き》こえて来《く》るのであります。　龍之助《りゅうのすけ》は刀《かたな》を其処《そこ》へ置《お》いて立《た》ち、障子《しょうじ》を開《あ》けて椽側《えんがわ》へ出《で》て雨戸《あまど》を少《すこ》しばかり開《あ》けて外《そと》を見《み》ました。外《そと》を見《み》た処《ところ》で、此《こ》の人《ひと》の眼《め》には内《うち》と同《おな》じことに真暗《まっくら》な闇《やみ》の外《ほか》に何《なに》も見《み》えるのではありません。

併《しか》し乍《なが》ら、外《そと》はドー〳〵と雨《あめ》が降《ふ》っています。風《かぜ》はあまりないようでありましたけれど何処《どこ》かの山奥《やまおく》で海嘯《つなみ》のような音《おと》が聞《き》こえないではありません。その近《ちか》いあたりは何《な》んでも一面《めん》の大湖《たいこ》のように水《みず》が張《は》りきってしまったらしくその間《あいだ》を高張提灯《たかはりちょうちん》や炬火《たいまつ》が右往左往《うおうさおう》に飛《と》んでいるのは宛《さな》がら戦場《せんじょう》のような光景《こうけい》でありました。

その戦場《せんじょう》のような光景《こうけい》はながめる事《こと》は出来《でき》ないながら、その罵《のの》しり合《あ》う声《こえ》は明瞭《めいりょう》に龍之助《りゅうのすけ》の耳《みみ》まで響《ひび》いて来《く》るのであります。

五八九

その騒《さわ》がしい声《こえ》と、穏《おだや》かならぬ光景《こうけい》とを聞《き》いたり想《そう》像《ぞう》したりして見《み》ても空《むな》しく気《き》を揉《も》むばかりであります。

龍之助《りゅうのすけ》は雨戸《あまど》を立《た》て切《き》って、また前《まえ》の処《ところ》へ帰《かえ》りました。この出水《でみず》も気《き》になるしお銀《ぎん》の帰《かえ》りも気《き》になるけれど、何《なん》とも詮術《せんすべ》はありません。龍之助《りゅうのすけ》は一人《ひとり》で蒲団《ふとん》を取《と》り出《だ》して荒々《あらあら》しく其《そ》れを展《の》べて横《よこ》になりました。外《そと》では半鐘《はんしょう》の声《こえ》がしきり無《な》しに聞《き》こえるのに、内《うち》では、これもまだ早《はや》かろうのに一二匹《ひき》の蚊《か》が出《で》てぶーんと耳《みみ》許《もと》で唸《うな》りました。それを掌《てのひら》で発止《はっし》とハタいて打《う》ち落《お》とし、うつら〳〵と枕《まくら》に親《した》しみかけました。

けれども、外《そと》はその通《とお》りに騒《さわ》がしいのに、今《いま》や全村《ぜんそん》の犬《いぬ》も鶏《にわとり》も声《こえ》を揚《あ》げて泣《な》き出《だ》しました。人畜共《じんちくとも》に寝《ね》ることの出来《でき》ない晩《ばん》に龍之助《りゅうのすけ》とても安々《やすやす》と眠《ねむ》るわけには行《ゆ》きません。ただ横《よこ》になったというだけで外《そと》の騒《さわ》ぎを聞《き》き流《なが》していようというのであります。

此《こ》の東山梨《ひがしやまなし》という処《ところ》は、云《い》わば全体《ぜんたい》が笛吹川《ふえふきがわ》の谷《たに》であることは龍之助《りゅうのすけ》もよく知《し》っていました。三面《めん》から翻《ほん》倒《とう》して来《く》る水《みず》が此《こ》の谷《たに》に溢《あふ》れ返《かえ》る時《とき》の怖《おそ》ろしさも、相《そう》当《とう》に峡東《こうとう》の地理《ちり》の心得《こころえ》のある龍之助《りゅうのすけ》に取《と》っては、理解《りかい》が出来《でき》ないでもありません。

併《しか》し、この時分《じぶん》になっては龍之助《りゅうのすけ》は、天災《てんさい》の来《きた》る事《こと》を怖《おそ》れるよりは寧《むし》ろ、山《やま》が大《おお》きな口《くち》を開《ひら》いて裂《さ》け、我《われ》も人《ひと》も家《いえ》も獣《けもの》も悉《ことごと》くブン流《なが》されて見《み》たら面白《おもしろ》いだろうという空想《くうそう》に駆《か》られて、却《かえっ》て外《そと》の騒《さわ》ぎを痛快《つうかい》に思《おも》うような心持《こころもち》でいました。外《そと》の騒《さわ》ぎも漸《ようや》く耳《みみ》に聞《き》き慣《な》れた時分《じぶん》に龍之助《りゅうのすけ》は眠《ねむ》りに落《お》ちました。

「もし、お客様《きゃくさま》」

龍之助《りゅうのすけ》が眠《ねむ》った時分《じぶん》になって誰《だれ》やら家《いえ》の外《そと》から叫《さけ》びました。

「もし、お客様《きゃくさま》」

見舞《みまい》に来《く》るならば、もっと早《はや》く、まだ眠《ねむ》らない時分《じぶん》に来《き》て呉《く》れたら宜《よ》かりそうなものを、いくら食客《かかりうど》だからと云《い》って、今迄《いままで》一人《ひとり》で抛《ほう》って置《お》いて、漸《ようや》く眠《ねむ》りに着《つ》いたのを起《おこ》しに来《く》るとは大人《おとな》げないと思《おも》えば思《おも》えないでもありませんでした。

「あ、誰《だれ》だ」

と、眠《ねむ》りかけていた龍之助《りゅうのすけ》は其《そ》の声《こえ》で直《すぐ》に呼《よ》び醒《さ》まされました。

「御用心《ごようじん》なされませ、今夜《こんや》はお危《あぶ》のうございます」

「危《あぶ》ないとは」

「此《こ》んなに水《みず》が出《で》て参《まい》りました、山水《やまみず》がドッと押《お》し出《だ》

すとお危《あぶ》のうございますから、本家《ほんけ》の方《ほう》へおいでなさいまし、お待《ま》ち申《もう》して居《お》りまする」

「それは御苦労《ごくろう》」

「如何《どう》か直《すぐ》にお出《い》で下《くだ》さいまし」

と云《い》い捨《す》てて其《そ》の者《もの》は行《い》ってしまいました。余程《よほど》あわてていると見《み》えて家《うち》の外《そと》から此《こ》れだけの言葉《ことば》をかけて其《そ》の返事《へんじ》も碌々《ろくろく》聞《き》かないで取《と》って返《かえ》してしまいました。

龍之助《りゅうのすけ》は敢《あえ》て其《そ》の言葉《ことば》に従《したが》って本家《ほんけ》の方《ほう》へ避難《ひなん》をしようという気《き》は起《おこ》しませんでした。寧《むし》ろ起《お》き直《なお》って見《み》ることさえも億劫《おっくう》がって、折角破《せっかくやぶ》られた夢《ゆめ》を再《ふたた》び結《むす》び直《なお》すのに長《なが》い暇《ひま》を要《よう》する事《こと》なく、村《むら》の有《あら》ゆる人《ひと》の恟々《きょうきょう》たる一夜《や》を兎《と》も角熟睡《かくじゅくすい》に落《お》ちていた龍之助《りゅうのすけ》の安楽《あんらく》も長《なが》くはつづきませんでした。

不意《ふい》に夥《おびただ》しい叫喚《きょうかん》が耳《みみ》に近《ちか》い処《ところ》で起《おこ》り、つづいて雷《らい》の落《お》つるような音《おと》がして家《いえ》も畳《たたみ》も一時《じ》に震動《しんどう》すると気《き》がついて、再《ふたた》び眠《ねむ》りから醒《さ》めると、さすがに事《こと》の体《てい》の異様《いよう》なるに驚《おどろ》かないわけには行《ゆ》きませんでした。手《て》を伸《の》ばして枕許《まくらもと》の刀《かたな》と脇差《わきざし》とを探《さぐ》った時《とき》に、手《て》に触《ふ》れたものはヒヤリとして、然《しか》も手答《てごた》えの乏《とぼ》しいもの。

「水《みず》だ！」

畳《たたみ》の上《うえ》は水《みず》が這《は》っているのでありました。その水《みず》の中《なか》から刀《かたな》と脇差《わきざし》とを引《ひ》き寄《よ》せてガバと起《お》き直《なお》りました。

五九〇

刀《かたな》と脇差《わきざし》とを抱《かか》えて立《た》ち上《あが》った時《とき》に、水《みず》は戸《と》も障子《しょうじ》も襖《ふすま》も一時《じ》に押《お》し破《やぶ》って此《こ》の寝室《しんしつ》へ滝《たき》の如《ごと》くに乱入《らんにゅう》しました。

「あっ」

という間《ま》もなく其《そ》の水《みず》に押《お》し倒《たお》された龍之助《りゅうのすけ》の姿《すがた》を見《み》ることが出来《でき》ません。

山水《やまみず》の勢《いきおい》は迅雷《じんらい》の勢《いきおい》と同《おな》じことであります、あっという間《ま》に耳《みみ》を蔽《おお》う隙《すき》もありませんでした。裏《うら》の山《やま》から此《こ》の水《みず》を真向《まとも》に受《う》けた此《こ》の家《いえ》の一部《ぶ》をメリ〳〵と外《そと》から裂《さ》いている中《うち》に余《よ》の水《みず》は、もう軒《のき》を浸《ひた》してしまいました。水《みず》が軒《のき》を浸《ひた》す時分《じぶん》には家《いえ》の全体《ぜんたい》が浮《う》き出《だ》さない限《かぎ》りはありません。

この水《みず》は漫々《まんまん》と遠寄《とおよ》せに来《く》る水《みず》ではなく一時《じ》にドッと押《お》し寄《よ》せた水《みず》ですから、土台《どだい》の腰《こし》も亦《また》一時《じ》に砕《くだ》けて砕《くだ》けた処《ところ》を只押《ひたお》しに押《お》したものだから家《いえ》はユラ〳〵と動《うご》いて流《なが》れ出《だ》しました。

四辺《あたり》は滔々《とうとう》たる濁流《だくりゅう》であります、高《たか》い所《ところ》には高張《たかはり》や炬火《たいまつ》が星《ほし》のように散《ち》って人《ひと》の怒号《どごう》が耳《みみ》を貫《つらぬ》きます。

「助《たす》けて！」

という悲鳴《ひめい》が起《おこ》ると、

「おーい」

と答《こた》える声《こえ》はあるけれど、何処《どこ》で助《たす》けを呼《よ》んで何処《どこ》で答《こた》えるのだか更《さら》にわかりませんでした。

避難《ひなん》すべき人《ひと》は宵《よい》のうちから避難《ひなん》し尽《つく》した筈《はず》であるのに、猶《な》お逃《に》げ後《おく》れた者《もの》があると見《み》えて彼処《かしこ》の屋根《やね》の上《うえ》や、此処《ここ》の木《き》の枝《えだ》で悲鳴《ひめい》の声《こえ》が連続《れんぞく》して起《おこ》ります。多《おお》くの家《いえ》や小屋《こや》が見《み》る〳〵動《うご》き出《だ》して徐《おもむろ》に流《なが》れて行《ゆ》きます。

其中《そのなか》の一《ひと》つの屋根《やね》の破目《はめ》が此《こ》の時中《ときうち》から押破《おしやぶ》られて其処《そこ》に姿《すがた》を現《あらわ》したのは一旦《たん》水《みず》に呑《の》まれた机龍之助《つくえりゅうのすけ》でありました。破風《はふ》を押破《おしやぶ》った龍之助《りゅうのすけ》は屋根《やね》の上《うえ》へのたり出《い》でたもののようです。それでも刀《かたな》と脇差《わきざし》だけは下《さ》げ緒《お》で帯《おび》へしかと結《むす》んでいたものらしくあります。屋根《やね》へ出《で》ると菖蒲《あやめ》の生《は》えていた棟《むね》へ取《と》りつきました。其処《そこ》でホッと息《いき》をついて自分《じぶん》の面《かお》を撫《な》でて見《み》ました、頬《ほほ》のあたりから血《ち》が流《なが》れている、何《なに》かのはずみに怪我《けが》をしたものらしい。手足《てあし》も身体中《からだじゅう》も頻《しき》りに痛《いた》むけれども、今何処《いまどこ》にドレだけの怪我《けが》したものかわからないのであります。

兎《と》にも角《かく》にも屋《や》の棟《むね》へ取《と》りついた龍之助《りゅうのすけ》は其処《そこ》でホッと息《いき》を吐《つ》いて面《かお》を撫《な》でて見《み》たが、其《そ》の創《きず》の大《たい》した

ものでない事《こと》を知《し》り、水《みず》に浸《ひた》った我身《わがみ》を身《み》ぶるいしたのみであります。四辺《あたり》の光景《こうけい》が如何《どう》であるかという事《こと》は一向《こう》にわかりませんでした。また何処《いずこ》に向《むか》って助《たす》けを呼《よ》ぼうとするものとも見《み》えません。ただ自分《じぶん》を載《の》せている此《こ》の家《いえ》が徐々《じょじょ》として動《うご》いていることがわかります。出水《でみず》の勢《いきお》いは急《きゅう》であったけれど家《いえ》の流《なが》される勢《いきお》いは其《そ》れと同《おな》じではありません。

続《つづ》け打《うち》に打《う》つ半鐘《はんしょう》の音《おと》は相変《あいかわ》らずけたたましく聞《きこ》えるけれども、さき程《ほど》まで遠近《あちこち》に聞《きこ》えた助《たす》けを求《もと》むる声《こえ》と、それに応《こた》うる声《こえ》とは此《こ》の時分《じぶん》は、もうあまり聞《きこ》えなくなりました。面憎《つらにく》い事《こと》は、この時分《じぶん》になって雨《あめ》の歇《や》んだ空《そら》の一角《かく》が破《やぶ》れて幾日《いくか》の月《つき》か知《し》らないけれども月《つき》の光《ひかり》が其処《そこ》から洩《も》れて強盗提灯《がんどうぢょうちん》ほどに水《みず》の面《おもて》を照《て》らしていることであります。

その月《つき》の光《ひかり》に照《て》らされた処《ところ》によって見《み》れば机龍之助《つくえりゅうのすけ》は、屋根《やね》の棟《むね》に取《と》りついたまま、さも心地宜《ここちよ》さそうに眠《ねむ》っていました。月《つき》の光《ひかり》に照《て》らされた蒼白《あおじろ》い面《かお》の色《いろ》を見《み》れば、眠《ねむ》っているのではない、ここまで、やっとのたり着《つ》いて此処《ここ》で息《いき》が絶《た》えてしまったのかも知《し》れません。屋根《やね》は其《そ》のままで流《なが》れては留《と》まり留《と》まっては流《なが》れて笛吹《ふえふき》の本流《ほんりゅう》の方《ほう》へと漂《ただよ》うて行《ゆ》くのであります。

五九一

ここで此《こ》の人《ひと》は力《ちから》が尽《つ》きてしまったもののようであります。屋根《やね》は洪水《おおみず》の中《なか》を漂《ただよ》って行《ゆ》くけれど、それは他《ほか》の家《いえ》につっかかり、大木《たいぼく》の幹《みき》に遮《さえぎ》られ、山《やま》の裾《すそ》に堰《せ》き留《と》められて或《あるい》は暗《くら》くなり或《あるい》は明《あ》かるくなり、或時《あるとき》は全《まった》く見《み》えなくなったりして流《なが》れて行《ゆ》くのであります。

八幡《まん》の社《やしろ》の大鳥居《おおとりい》へ此《こ》の屋根《やね》が打着《ぶっつ》かった時《とき》は其《そ》の揺《ゆ》り返《かえ》しで屋根《やね》の上《うえ》の菖蒲《しょうぶ》を摑《つか》んでいた龍之助《りゅうのすけ》の手《て》が外《はず》れました。そのはずみに水《みず》の中《なか》から不意《ふい》に其《そ》の足《あし》を引張《ひっぱ》るものがあることによって愕然《がくぜん》として醒《さ》めました。

足《あし》を持《も》って引張《ひっぱ》るものがあるのみではなく、後《うしろ》から頭《あたま》を押《おさ》えてグングンと押落《おしお》とそうとする者《もの》さえあるのであります。それと張合《はりあ》って満身《まんしん》の力《ちから》を籠《こ》めるには龍之助《りゅうのすけ》の眼《め》は余《あま》り眠《ねむ》くありました。

眠《ねむ》いうちに刀《かたな》を抜《ぬ》いて自分《じぶん》を押《お》し落《お》とそうとする真《まっ》黒《くろ》いものを取《と》って押《おさ》えて柄《つか》も通《とお》れと刺《さ》し貫《つらぬ》いて、やっといい心持《こころもち》になりました。処《ところ》が刺《さ》し貫《つらぬ》いたと思《おも》っていた真黒《まっくろ》いものがムク〳〵と刎起《はねお》きようとするから、それをまた取《と》って押《おさ》えて二刀《かたな》三刀《かたな》刺《さ》し透《とう》して、その上《うえ》から刀諸共《かたなもろとも》、しっかりと押《おさ》えていました。押《おさ》えていると、真黒《まっくろ》いものは、その手《て》の透間《すきま》からムク〳〵と起《お》き上《あが》って来《き》ます。

その真黒《まっくろ》いものが何者《なにもの》であるかを見定《みさだ》めようとはするけれど、眼《め》が眠《ねむ》くて〳〵、どうしてもそれを見定《みさだ》める事《こと》が出来《でき》ないのでありました。

屋根《やね》の上《うえ》で其《そ》の真黒《まっくろ》いものと格闘《かくとう》している間《あいだ》に足《あし》を引張《ひっぱ》る力《ちから》はいよいよ強《つよ》くなるのであります。それは何《なに》者《もの》が引張《ひっぱ》るのだか見定《みさだ》めようとしても眠《ねむ》くて眠《ねむ》くて如《ど》何《う》しても見定《みさだ》める事《こと》が出来《でき》ません、自分《じぶん》が屋根《やね》の棟《むね》で押《お》し伏《ふ》せているのは真黒《まっくろ》い入道《にゅうどう》で、自分《じぶん》の足《あし》を水《みず》の中《なか》から引張《ひっぱ》っているのは真白《まっしろ》い海坊主《うみぼうず》のようなものであります。

真黒《まっくろ》い入道《にゅうどう》が刎起《はねお》きようとする力《ちから》は如何《どう》しても押《おさ》え切《き》れないほどに強《つよ》く、真白《まっしろ》い海坊主《うみぼうず》が足《あし》を持《も》って引張《ひっぱ》るその手先《てさき》は我慢《がまん》の出来《でき》ないほど冷《つめ》たいものでありました。それよりも堪《たま》らない事《こと》は、やはり自分《じぶん》が眠《ねむ》くて眠《ねむ》くて堪《たま》らない事《こと》であります。

幾刀《いくかたな》刺《さ》しても刺《さ》しても生《い》きて起《お》き上《あ》がろうとする真《まっ》黒《くろ》い入道《にゅうどう》は此《こ》の上《うえ》もなき厄介《やっかい》なものであります。氷《こおり》よ

りも冷《つめ》たい手《て》で自分《じぶん》の足《あし》を引張《ひっぱ》っている海坊主《うみぼうず》は小癪《こしゃく》にさわって堪《たま》らないものであります。けれども其《そ》の二つは眠《ねむ》いものの仕業《しわざ》に比《くら》べると、遥《はるか》に危険《きけん》の乏《とぼ》しいものであります。眠《ねむ》りは心持《こころもち》がよいけれど、眠《ねむ》れば再《ふたた》び醒《さ》める事《こと》は出来《でき》ないに定《き》まっている。この眠《ねむ》りきらない間《あいだ》、龍之助《りゅうのすけ》は黒《くろ》い入道《にゅうどう》と、白《しろ》い坊主《ぼうず》とを相手《あいて》に上下《うえした》から力《ちから》を極《きわ》めて争《あらそ》っていましたけれど、何時《いつ》まで其《そ》の精力《せいりょく》がつづくものではなく、やがて真黒《まっくろ》い入道《にゅうどう》と真白《まっしろ》い海坊主《うみぼうず》も何処《どこ》へか姿《すがた》を消《け》してしまった時分《じぶん》には昏々《こんこん》として其《そ》の快《こころよ》き眠《ねむ》りに征服《せいふく》されてしまいました。もう其《そ》の手《て》は菖蒲《しょうぶ》も摑《つか》んでいなければ、屋根《やね》に縋《すが》っているのでもありません。ただ不思議《ふしぎ》にも仕合《しあわ》せな事《こと》は、今力《いまちから》を極《きわ》めて真黒《まっくろ》い入道《にゅうどう》を突《つ》き刺《さ》していたハズミに、自分《じぶん》の着物《きもの》の片袖《かたそで》を刀《かたな》と諸共《もろとも》に屋根《やね》の棟《むね》へ深《ふか》く突《つ》き透《とお》していた為《ため》に、それに支《ささ》えられて、龍之助《りゅうのすけ》の身体《からだ》は吊《つり》下《さ》げられたもののように残《のこ》されているのであります。

　袖《そで》が裂《さ》けるか、或《あるい》は帯《おび》が解《と》けた時《とき》には、そのまま濁流《だくりゅう》の中《なか》へ呑《の》まれてしまうべき者《もの》が、ただそれだけに支《ささ》えられて屋根《やね》の棟《むね》から破風口《はふぐち》へかけてダラリと下《さ》がり、屋根《やね》と一緒《しょ》に何処《どこ》となく流《なが》れ且漂《かったたよ》って行《い》くばかりでありました。

五九二

或川《あるかわ》は漫々《まんまん》たる水《みず》であったけれど、或処《あるところ》は滔々《とうとう》たる濁流《だくりゅう》でありました。一夜《や》のうちに笛吹川《ふえふきがわ》の沿岸《えんがん》は海《うみ》になってしまいました。家《いえ》も流《なが》れる大木《たいぼく》も流《なが》れる、材木《ざいもく》や家財道具《かざいどうぐ》までも濁流《だくりゅう》の中《なか》に漂《ただよ》うて流《なが》れて行《い》くうちに夜《よ》が明《あ》けました。

人畜《じんちく》にどの位《くらい》の被害《ひがい》があったか、まだわかりません。救助《きゅうじょ》や焚出《たきだし》で両岸《りょうがん》の村々《むらむら》は引《ひき》つづいて戦場《せんじょう》のような有《あり》様《さま》であります。

恵林寺《えりんじ》の慢心和尚《まんしんおしょう》は法衣《ころも》の袖《そで》を高《たか》く絡《から》げて自身真先《じしんまっさき》に出馬《しゅつば》して、大小《だいしょう》の雲水《うんすい》を指揮《しき》して救助《きゅうじょ》や見舞《みまい》や励《はげ》ましや叱《しか》り飛《と》ばして丸《まる》い頭《あたま》から湯気《ゆげ》を立《た》てています。和尚《おしょう》の出馬《しゅつば》している処《ところ》は差出《さしで》の磯《いそ》の此方《こちら》に蛇籠《じゃかご》を積《つ》んだ小高《こだか》い処《ところ》であります。和尚《おしょう》は其処《そこ》へ立《た》って声《こえ》を限《かぎ》りに雲水共《うんすいども》を叱《しか》り飛《と》ばしていました。

雲水共《うんすいども》は土地《とち》の百姓達《ひゃくしょうたち》と力《ちから》を併《あわ》せて、濁流《だくりゅう》の岸《きし》へ沈《しず》め枠《わく》を入《い》れたり川倉《かわくら》を築《きず》いたりして火《ひ》の出《で》るような働《はたら》きをしていました。ここの手《て》を切《き》られると水《みず》は忽《たちま》ち日《くさ》下部《かべ》や塩山《えんざん》一帯《たい》に溢《あふ》れ出《だ》すのであります。それが為《ため》に此処《ここ》の手《て》だけは死力《しりょく》を尽《つく》しても防《ふせ》がなければならないのでありましょう。すでに日頃《ひごろ》から堅固《けんご》な堤防《ていぼう》があって、昨夜来《さくやらい》、水《みず》が出《で》そうだと思《おも》った時分《じぶん》から、土地《とち》の人《ひと》は驚《おどろ》きをつづけていましたけれど、水《みず》の破壊力《はかいりょく》は人《にん》間《げん》の抵抗力《ていこうりょく》を愚弄《ぐろう》するものの如《よう》でありました。枠《わく》を沈《しず》めると浮《う》き出《だ》し、手《て》を入《い》れると泳《およ》ぎ出《だ》し、築《きず》いた川倉《かわくら》が見《み》る間《ま》に流《なが》されて行《い》き、あとから〳〵土俵《どひょう》を運《はこ》んだり石《いし》を転《ころ》がしたり無用《むよう》にひとしい労力《ろうりょく》を昨夜《さくや》から寝《ね》ずにつづけているのでありました。和尚《おしょう》が雲水《うんすい》を叱《しか》りとばしている其《そ》の傍《そば》には珍《めず》らしやムク犬《いぬ》が其《そ》の侍者《じしゃ》でもあるかのように神妙《しんみょう》に控《ひか》えていました。

この時《とき》のムク犬《いぬ》は、最早前《もはやまえ》に逃《に》げ込《こ》んだ時《とき》のように瘦《やせ》て険《けわ》しいムク犬《いぬ》ではありませんでした。毛並《けなみ》と色艶《いろつや》も相貌《そうぼう》も堂々《どうどう》として犬中《いぬじゅう》の英雄《えいゆう》であるらしき物構《ものがまえ》を見《み》せて、火水《ひみず》になって働《はたら》く大勢《おおぜい》の働《はたら》き振《ぶり》と、漲《みなぎ》り返《かえ》る笛《ふえ》吹川《ふきがわ》の洪水《こうずい》とを見比《みくら》べては自《みずか》ら勇《いさ》みをなして尾《お》を振《ふ》り立《た》てながら武者振《むしゃぶる》いしては、時々何《ときどきなに》をか促《うなが》すように慢《まん》心和尚《しんおしょう》の面《かお》を仰《あお》ぎ見《み》るのであります。

「和尚様《おしょうさま》、何《なに》か御用《ごよう》があったら私《わたくし》をお使《つか》い下《くだ》さいまし」

ムク犬《いぬ》は絶《た》えず斯《こ》う云《い》って和尚《おしょう》に自分《じぶん》の為《な》すべき事《こと》の命令《めいれい》を待《ま》っているかのようでありました。

　けれども和尚《おしょう》は別《べつ》にムク犬《いぬ》に向《むか》って命令《めいれい》し差図《さしず》をすべき何等《なんら》の仕事《しごと》も持《も》っていないようであります。この場合《ばあい》に於《おい》て土俵《どひょう》を荷《に》なうことも石《いし》を運《はこ》ぶことも川倉《かわくら》を沈《しず》めることも、それはムク犬《いぬ》の手《て》を出《だ》したり足《あし》を出《だ》したりする領分《りょうぶん》ではありません。

　已《や》むことを得《え》ずムク犬《いぬ》は笛吹川《ふえふきがわ》の洪水《こうずい》の岸《きし》の汀《みぎわ》を駈《か》けて歩《ある》いては、また立《た》ち留《とど》まって遥《はるか》の向《むこ》うの岸《きし》と濁流《だくりゅう》の間《あいだ》を流《なが》れ下《くだ》る家《いえ》や樹木《じゅもく》や家財道具《かざいどうぐ》の類《るい》を見《み》ている容《よう》子《す》であります。

　其《そ》のうちに何《なに》を認《みと》めたか知《し》れないが此《こ》の犬《いぬ》は岸《きし》に立《た》って両足《りょうあし》を揃《そろ》えて耳《みみ》をピンと張《は》って流《なが》れの或処《あるところ》に凝《じっ》と目《め》を据《す》えました。

　堤防《ていぼう》の普請《ふしん》にかかっていた慢心和尚《まんしんおしょう》をはじめ雲水《うんすい》や百姓達《ひゃくしょうたち》は、相《あい》も変《かわ》らず火水《ひみず》の働《はたら》きをしているものだから、ムク犬《いぬ》の事《こと》はあまり気《き》に留《と》めていませんでした。

そのうちに誰《だれ》云《い》うとなく、

「あ、あの犬《いぬ》は如何《どう》じゃ、此《こ》の水《みず》の中《なか》へ泳《およ》ぎ出《だ》した！」

一人《ひとり》が目早《めはや》く認《みと》めて指《ゆび》ざしをすると、さすがに働《はたら》いていた者共《ものども》も一時《じ》手《て》を休《やす》めて其《そ》の指《さ》す方《ほう》を見《み》ました。

滔々《とうとう》たる濁流《だくりゅう》の真中《まんなか》へ向《むか》って矢《や》を射《い》るように泳《およ》いで行《ゆ》く一頭《とう》の黒犬《くろいぬ》、申《もう》すまでもなく其《そ》れはムクであります。

五九三

ムクが此《こ》の場合《ばあい》、何《なん》で此《こ》んな冒険《ぼうけん》をやり出《だ》したのだか其《そ》れは誰《だれ》にも合点《がてん》の行《ゆ》かない事《こと》でありました。幸《さいわい》に土手《どて》の一方《ぼう》の防《ふせ》ぎが出来《でき》ましたから、その連中《れんじゅう》は手《て》を休《やす》めて暫《しば》らくムクの振舞《ふるまい》を見《み》ていました。沿岸《えんがん》に水《みず》を見《み》に来《き》た人々《ひとびと》の眼《め》もまた其《そ》の中心《ちゅうしん》はムク犬《いぬ》に集《あつ》まってしまいました。

ムク犬《いぬ》が濁流《だくりゅう》の中《なか》を泳《およ》いで行《い》く其《そ》の目《め》あては今《いま》しも中流《ちゅうりゅう》を流《なが》れ行《ゆ》く一軒《けん》の破《あば》ら家《や》の屋根《やね》のあたりであるらしく見《み》えます。

その草屋根《くさやね》は浮《う》きつ沈《しず》みつして流《なが》れて行《ゆ》くから、ムク犬《いぬ》の泳《およ》いで行《ゆ》くのも川《かわ》を横《よこ》に真《ま》一文字《もんじ》というわけではありませんでした。草屋根《くさやね》の流《なが》れて行《ゆ》く方向《ほうこう》へ斜《ななめ》に一直線《ちょくせん》に泳《およ》いで行《ゆ》く光景《こうけい》はまた勇《いさ》ましいものでありました。或時《あるとき》は濁流《だくりゅう》の中《なか》にほとんど上半身《じょうはんしん》を現《あら》わして尾《お》を振《ふ》り立《た》てて乗《の》り切《き》って行《ゆ》くのが見《み》えました。或時《あるとき》は全身《ぜんしん》が隠《かく》れて首《くび》だけが水《みず》の上《うえ》に見《み》えました。また或時《あるとき》は身体《からだ》も首《くび》も尽《ことごと》く水《みず》に溺《おぼ》れたかと思《おも》うと、またスックと大《おお》きな面《かお》を水面《すいめん》に擡《もた》げて、やはり全速力《ぜんそくりょく》を以《もっ》て其《そ》の屋根《やね》を追《お》いかけて行《ゆ》くのであります。

やがて流《なが》れて行《ゆ》く屋根《やね》に追《お》いついた時分《じぶん》は、ここに堤防《ていぼう》を守《まも》っていた人々《ひとびと》とは相距《あいさ》ることが余程遠《よほどとお》くなって、屋根《やね》の蔭《かげ》に隠《かく》れてしまったムク犬《いぬ》の姿《すがた》は見《み》ることが出《で》来《き》ませんでした。併《しか》し、屋根《やね》だけは相変《あいかわ》らず浮《う》きつ沈《しず》みつして、下流《かりゅう》へ押《お》し流《なが》されて此《こ》れも漸《ようや》く眼界《がんかい》から離《はな》れるほどに遠《とお》くなってしまいました。無論《むろん》、屋根《やね》の処《ところ》へ泳《およ》ぎついて、屋根《やね》の蔭《かげ》にかくれてしまってから後《のち》のムク犬《いぬ》の姿《すがた》は、その首《くび》でさえも再《ふたた》び水面《すいめん》へは現《あら》われませんでした。よし、現《あら》われた処《ところ》で、ここからは、もう見《み》えないほどの距離《きょり》に流《なが》されていることは確《たしか》でありました。

ながめていた岸上《きしうえ》の人達《ひとたち》は、犬《いぬ》の事《こと》を中心《ちゅうしん》にして様々《さまざま》な評議《ひょうぎ》が出《で》ました。あの犬《いぬ》は人《ひと》を助《たす》けに行《い》ったのだろうと云《い》う者《もの》もありました。水《みず》を見《み》て興《きょう》を抑《おさ》える事《こと》が出来《でき》ないで自《みずか》ら飛《と》び込《こ》んだものであろうという者《もの》もありました。いずれにしても此《こ》の水《みず》の中《なか》へ飛《と》び込《こ》むとは思慮《しりょ》の無《な》い事《こと》、それが畜生《ちくしょう》の浅《あさ》ましさ、あたら一匹《ぴき》の犬《いぬ》を殺《ころ》してしまったというような話《はなし》でありました。慢《まん》心和尚《しんおしょう》は其《そ》の評判《ひょうばん》を聞《き》きながら此《こ》んな事《こと》を云《い》いました。

「昔《むかし》、淡路国《あわじのくに》岩屋《いわや》の浦《うら》の八幡宮《まんぐう》の別当《べっとう》に一匹《ぴき》の猛犬《もうけん》があった、別当《べっとう》が泉州《せんしゅう》の堺《さかい》に行《い》く時《とき》は、いつも其犬《そのいぬ》をつれて行《い》ったのじゃ、其《そ》の犬《いぬ》が行《い》くと土地《とち》の犬共《いぬども》が怖《おそ》れ

縮《ちぢ》んで動《うご》くことが出来《でき》なかったという事《こと》じゃ、さて其《そ》の猛犬《もうけん》は、単独《ひとり》で海《うみ》を渡《わた》って堺《さかい》へ行《い》く事《こと》があるのじゃ、犬《いぬ》の身《み》で如何《どう》して単独《ひとり》で海《うみ》を渡《わた》るかというに、先《ま》ず海岸《かいがん》へ出《で》て木《き》を流《なが》して見《み》るのじゃ、その木《き》が堺《さかい》の方《ほう》へ流《なが》れて行《い》くのを見《み》て、犬《いぬ》はよい潮時《しおどき》じゃと心得《こころえ》て、己《おの》れが載《の》れるほどな板《いた》を引出《ひきだ》して来《き》て其《そ》れに乗《の》る、そうすると潮《しお》の勢《いきおい》がグングンと淡路《あわじ》の瀬戸《せと》を越《こ》えて泉州《せんしゅう》の堺《さかい》まで犬《いぬ》を載《の》せて一息《いき》に板《いた》を持《も》って行《い》ってしまう、そこで板《いた》から下《お》りて身《み》ぶるいをして泉州《せんしゅう》の堺《さかい》へ上陸《じょうりく》するという段取《だんどり》じゃ、その潮《しお》の流《なが》れ条《すじ》というのは其《そ》れほど急《きゅう》な流《なが》れで至《いた》って勢《いきおい》が強《つよ》い、この潮《しお》へ引《ひ》き込《こ》まれた船《ふね》は帆《ほ》を張《は》っても力《ちから》が及《およ》ばないで、ずん〲と一方《ぽう》へ引《ひ》かれて行《ゆ》くのじゃ、それほどの潮条《しおすじ》があることを、犬《いぬ》はちゃんと心得《こころえ》て、先《ま》ず木《き》を流《なが》して潮時《しおどき》を見《み》て置《お》いて、それから筏《いかだ》をこしらえて載《の》るというのが感心《かんしん》ではないか、それ以来《いらい》この潮時《しおどき》を別当汐《べっとうじお》と名《な》づけるようになったのじゃ」

皆《み》んなが思慮《しりょ》のない冒険《ぼうけん》だとか、畜生《ちくしょう》の浅《あさ》ましさだとか云《い》っているのを、和尚《おしょう》は、こんな事《こと》を云《い》って寧《むし》ろ犬《いぬ》に同情《どうじょう》するような口《くち》ぶりでありました。お前達《まえたち》より犬《いぬ》の方《ほう》が思慮《しりょ》もあり勇気《ゆうき》もあるから心配《しんぱい》するなというようにも聞《きこ》えました。

五九四

それから三日目《かめ》の事《こと》、笛吹川《ふえふきがわ》の洪水《おおみず》も大部分《だいぶぶん》は引《ひ》いてしまった荒《あ》れあとの岸《きし》を彷徨《さまよ》っている一人《ひとり》の女《おんな》がありました。

まだ若《わか》い女《おんな》のようでありましたけれど、面《おもて》は固《かた》く頭《ず》巾《きん》で包《つつ》んだ上《うえ》に笠《かさ》を深《ふか》くかぶっていましたから、何者《なにもの》とも知《し》る事《こと》が出来《でき》ませんでした。

此《こ》の女《おんな》が水《みず》の引《ひ》けあとの岸《きし》を彷徨《さまよ》うているのは何《なに》かを頼《しき》りに求《もと》めている容子《ようす》でありました。或時《あるとき》はまだ濁《にご》っている川《かわ》の流《なが》れをながめてそこから何《なに》か漂《ただよ》い着《つ》くものは無《な》いかと見《み》ているようでありました。或時《あるとき》は岸《きし》の石《いし》ころや、砂地《すなじ》の間《あいだ》を仔細《しさい》に見《み》て其処《そこ》に埋《うず》もれている何物《なにもの》かありはしないかと探《さが》すようにも見《み》えました。

岸《きし》を上《のぼ》って見《み》たり下《くだ》って見《み》たりする此《こ》の女《おんな》の挙動《きょどう》は外目《よそめ》に見《み》れば、物狂《ものくる》わしいもののようにも見《み》えました。

何《なに》か然《しか》るべき探《さが》し物《もの》があるならば女《おんな》の身《み》一人《にん》でせずに人《ひと》を頼《たの》んでも宜《よ》かりそうなもの、そうでなければ誰《だれ》かと共《とも》に手別《てわけ》をして探《さが》したら宜《よ》かりそうなもの、それをしないで、成《な》るべく人目《ひとめ》に触《ふ》れないように、人《ひと》に知《し》られない様《よう》にと探《さが》して歩《ある》く処《ところ》を見《み》れば、この女《おんな》の人《ひと》はたった一人《ひとり》で、洪水《おおみず》に流《なが》された貴重《きちょう》なものを若《も》しやと尋《たず》ねているらしくあります。

斯《こ》うして八幡村《やわたむら》の方《ほう》から川《かわ》の岸《きし》を歩《あゆ》み歩《あゆ》んで差出《さしで》の磯《いそ》あたりまで来《き》ても、女《おんな》の一心《しん》に物《もの》を探《さが》す挙動《きょどう》は少《すこ》しも変《かわ》りませんでした。差出《さしで》の磯《いそ》の亀甲橋《きっこうばし》も水《みず》に流《なが》されて、橋杭《はしぐい》だけが、まだ水《みず》に堰《せ》かれている処《ところ》へ来《き》て女《おんな》は呆然《ぼうぜん》として向《むこ》う岸《ぎし》をながめて暫《しば》らく立《た》ち尽《つく》していました。暫《しば》らく向《むこ》うの岸《きし》を見《み》ていた女《おんな》は、また岸《きし》を歩《あゆ》みはじめました。その時《とき》に、足許《あしもと》の砂《すな》の軟《やわ》らかい砂地《すなじ》で不《ふ》図《と》何物《なにもの》をか認《みと》めた女《おんな》はまた立《た》ち止《ど》まって、あたりにあった竹《たけ》の小片《こぎれ》を取《と》り上《あ》げて岸《きし》の水《みず》を此方《こちら》へと掻《か》き寄《よ》せました、それにつれて女《おんな》の足許《あしもと》の砂地《すなじ》の軟《やわ》らかい処《ところ》へ掻《か》き寄《よ》せられたものを腰《こし》を屈《かが》めて女《おんな》が拾《ひろ》い上《あ》げると、珍《めず》らしそうに眼《まなこ》を凝《こ》らして其《そ》れを見詰《みつ》めました。岸《きし》に漂《ただよ》う何物《なにもの》をか掻《か》き寄《よ》せて珍《めず》らしそうに女《おんな》がながめている其《そ》れは、何処《どこ》から流《なが》れ着《つ》いたか知《し》らないが一基《き》の白《しろ》木《き》の位牌《いはい》でありました。

「悪女大姉《あくじょだいし》」

思《おも》いかけなくも其《そ》の白木《しろき》の位牌《いはい》に書《か》いてあった文字《もんじ》。

水《みず》に染《にじ》んでも明瞭《めいりょう》に読《よ》むことが出来《でき》ました。

女《おんな》の眼《め》はかがやいて位牌《いはい》を持《も》つ手《て》が慄《ふる》えるほどに其《そ》れに引《ひき》つけられたのは驚《おどろ》くまでもありません、この女《おんな》の人《ひと》はお銀様《ぎんさま》でありました。小泉《こいずみ》の家《いえ》の仏間《ぶつま》で最初《さいしょ》に発見《はっけん》した同《おな》じ位牌《いはい》を今《いま》この処《ところ》で拾《ひろ》い上《あ》げようとは、其《そ》れも思《おも》い設《もう》けぬ事《こと》でありました。けれどもお銀様《ぎんさま》が求《もと》めて歩《ある》くそのものは決《けっ》して此《こ》の位牌《いはい》ではありませんでした。この位牌《いはい》を求《もと》めんが為《た》めに、お銀様《ぎんさま》は斯《こ》うして物狂《ものくる》わしいほどに、一人《ひとり》で河《かわ》の岸《きし》を彷徨《さまよ》うて歩《ある》くのではありませんでしたけれど、此《こ》れが再《ふたた》び斯《こ》うして我《わ》が手《て》に落《お》つる因縁《いんねん》を思《おも》えば粗略《そりゃく》になり難《がた》いのであります。やや久《ひさ》しいこと、凝立《ぎょうりつ》して悪女大姉《あくじょだいし》の位牌《いはい》を睨《にら》んでいたお銀様《ぎんさま》は、其《そ》の位牌《いはい》を畳紙《たたみがみ》の折込《おりこ》んだ中《なか》へ挿《はさ》んで懐《ふところ》へ入《い》れてしまいました。そうして再《ふたた》び差出《さしで》の磯《いそ》を西岸《せいがん》の下流《かりゅう》の方《ほう》へ歩《あゆ》み出《だ》そうとする時《とき》に、

「さあ〳〵、船《ふね》が出《で》ます、船《ふね》が出《で》ます、一日《にち》に二回《かい》しきゃ出《で》ませんよ、今《いま》のうちに早《はや》く乗《の》るなら乗《の》って向《むこ》うの岸《きし》へお出《いで》なさいましよ、あとは明日《あす》の事《こと》になりますよ」

亀甲橋《きっこうばし》が落《お》ちて其処《そこ》へ臨時《りんじ》に渡《わた》し場《ば》が出来《でき》ました、その船夫《せんどう》が大声《おおごえ》揚《あ》げて斯《こ》うして怒鳴《どな》っているのが、やや離《はな》れた処《ところ》のお銀様《ぎんさま》の耳《みみ》へもよく届《とど》きました。

五九五

差出《さしで》の磯《いそ》の同《おな》じ岸《きし》を、なお下流《かりゅう》に向《むか》って歩《あゆ》もうとしたお銀様《ぎんさま》は、ふと此《こ》の船頭《せんどう》の呼声《よびごえ》を聞《き》いて、これから右岸《うがん》に渡《わた》って見《み》ようという気《き》になりました。

急《いそ》いで渡《わた》し場《ば》迄《まで》行《い》って見《み》ると、可《か》なり大《おお》きな舟《ふね》に多《おお》くの人《ひと》が乗合《のりあ》って今《いま》や舟出《ふなで》を待《ま》つ処《ところ》でありました。お銀様《ぎんさま》もこっそりと其《そ》の人混《ひとご》みの乗合《のりあい》の中《なか》へ身《み》を乗《の》せると、やがて此《こ》の渡《わた》し舟《ぶね》は五人《にん》の船頭《せんどう》によって操《あやつ》られて中流《ちゅうりゅう》へ漕《こ》ぎ出《だ》されました。真中《まんなか》のあたりの濁流《だくりゅう》はまだ怖《おそ》ろしいほどに勢《いきおい》をなして流《なが》れているのであります。船頭《せんどう》が云《い》う通《とお》り、まだ舟《ふね》を出《だ》すには早《はや》いのを、強《し》いて一日《にち》二回《かい》だけ出《だ》して、急《きゅう》を要《よう》する人《ひと》の為《ため》に半《なか》ば冒険的《ぼうけんてき》に渡《わた》って行《ゆ》くのだと思《おも》われます。

そう思《おも》って見《み》れば、舟《ふね》に乗合《のりあわ》せている者《もの》も皆《み》んな火急《かきゅう》の用事《ようじ》があって、尋常《じんじょう》の舟渡《ふなわた》しまで待《ま》ち切《き》れないで此《こ》の舟《ふね》に乗《の》った必要《ひつよう》と覚悟《かくご》とが充分《じゅうぶん》に見《み》られるのでありました。女《おんな》が身《み》一人《ひとり》で乗《の》ったのはお銀様《ぎんさま》一人《にん》であった事《こと》に、乗《の》ってしまってから気《き》がついて、尚更《なおさら》人《ひと》に見《み》られないようにと舟《ふね》の隅《すみ》に小《ちい》さくなっていました。舟《ふね》の中《なか》では誰《だれ》の口《くち》からも誰《だれ》の口《くち》からも水《みず》の話《はなし》で持切《もちきり》であります。舟《ふね》の隅《すみ》に小《ちい》さくなっていたお銀様《ぎんさま》は若《も》しやと思《おも》って其《そ》れ等《ら》の人《ひと》の話《はなし》にも耳《みみ》を傾《かたむ》けていましたけれど、ついに自分《じぶん》の気《き》に留《と》めるほどの話《はなし》は出《で》ませんでした。そのうちに舟《ふね》が無事《ぶじ》に向《むこ》うの岸《きし》に着《つ》きましたからお銀様《ぎんさま》は舟《ふね》から上《あが》って、また人《ひと》に気《き》がつかれないように堤防《ていぼう》の下《した》から笛吹川《ふえふきがわ》の右岸《うがん》を今度《こんど》は上《かみ》に向《むか》って歩《あゆ》みはじめたのであります。

やっぱり前《ぜん》のようにして流《なが》れを見《み》ては、漂《ただよ》うものに気《き》をつけ、砂地《すなじ》を見《み》ては埋《うず》もれたものに心《こころ》を取《と》られて、可《か》なりの長《なが》い時間《じかん》を費《ついや》して一町《ちょう》二町《ちょう》と岸《きし》を歩《あゆ》んで行《い》ったけれど、悪女大姉《あくじょだいし》の位牌《いはい》以来《いらい》絶《た》えて此《こ》の女《おんな》の心《こころ》を引《ひ》きつけるものが無《な》いらしくありました。

「ああ如何《どう》しよう」

お銀様《ぎんさま》は川《かわ》の岸《きし》に立《た》って歎息《たんそく》しました。此《こ》の人《ひと》の歎《たん》息《そく》は世《よ》の常《つね》の女《おんな》のようにしおらしいものではありませんでした。

「口《く》惜《や》しくて堪《た》まらない！」

お銀様《ぎんさま》は焦《じ》れてキリ〳〵と歯咬《はが》みをしました。その焦《じ》れる相手《あいて》というのは今《いま》も尚《な》お濁流滔々《だくりゅうとうとう》と流《なが》れている笛吹川《ふえふきがわ》の水《みず》の面《おもて》らしくありました。

「此《こ》んなものは要《い》らない、わたしは此《こ》んなものを探《さが》しに来《き》たのではない」

と云《い》って、お銀様《ぎんさま》は、さきに紙《かみ》へ包《つつ》んで懐《ふところ》へ入《い》れた

悪女大姉《あくじょだいし》の位牌《いはい》を荒々《あらあら》しく懐中《かいちゅう》から取《と》り出《だ》してそれを振《ふ》り上《あ》げました。さきには大事《だいじ》に懐《ふところ》へ入《い》れた位牌《いはい》を今《いま》となっては川《かわ》の中《なか》へ投《な》げ込《こ》もうとするらしくあります。

「此《こ》んなものは要《い》らない！　そうして、わたしも死《し》んでしまおう」

お銀様《ぎんさま》は水《みず》の面《おもて》を睨《にら》んで立《た》っていました。お銀様《ぎんさま》はあ其処《そこ》へ不意《ふい》に物《もの》の足音《あしおと》がしましたから、お銀様《ぎんさま》はあわてて位牌《いはい》を懐《ふところ》へ隠《かく》して振《ふ》り返《かえ》ると、その物《もの》の足音《あしおと》というのは人《ひと》の足音《あしおと》ではなく動物《どうぶつ》の足音《あしおと》でありました。

「叱《しっ》ッ」

お銀様《ぎんさま》は飛《と》び上《あ》がるように慄《ふる》えて叱《しか》りつけると、叱《しか》られた其《そ》の動物《どうぶつ》は、さしてお銀様《ぎんさま》の叱斥《しっせき》を怖《おそ》れる模様《もよう》はなく徐《しずか》に近《ちか》づいて来《き》ました。それは一箇巨大《こきょだい》なる犬《いぬ》。

「おや」

近《ちか》づくに従《したが》ってお銀様《ぎんさま》は其《そ》の動物《どうぶつ》の全体《ぜんたい》を見《み》ると、

「見《み》たような犬《いぬ》だ」

見《み》たような犬《いぬ》も道理《どうり》、これは自分《じぶん》の実家《じっか》、有野村《ありのむら》の藤原家《ふじわらけ》へ雇《やと》われていた召仕《めしつか》えの女《おんな》、お君《きみ》の愛《あい》するムク犬《いぬ》であることは、その家《いえ》のお嬢様《じょうさま》であったお銀様《ぎんさま》が、少《すこ》し見《み》れば見違《みちが》える筈《はず》はない事《こと》であります。恵林寺《えりんじ》から程遠《ほどとお》からぬ此《こ》の辺《へん》にムク犬《いぬ》が現《あら》われることは不思議《ふしぎ》はないが、三日前《かまえ》のあの大水《おおみず》の中《なか》で溺《おぼ》るることなく斯《こ》うして健在《けんざい》でいることが不思議《ふしぎ》であります。

五九六

お銀様《ぎんさま》はあの時《とき》、お君《きみ》について駒井家《こまいけ》に赴《おもむ》くべく我《わ》が家《や》を去《さ》って以来《いらい》のムク犬《いぬ》の身《み》の上《うえ》は知《し》りませんでした。

今《いま》ここに偶然《ぐうぜん》めぐり合《あ》って見《み》ると不思議《ふしぎ》に堪《た》えないながらも、さすがに懐《なつか》しい心持《こころもち》が湧《わ》いて来《こ》ないでもありません。

「おや、お前《まえ》はムクではないか」

と云《い》った時《とき》に、ムクの後《うしろ》から少《すこ》し離《はな》れた土手《どて》の上《うえ》に人《ひと》の影《かげ》が一つ見《み》えることに、はじめて気《き》がつきました。

その人《ひと》がムクについて来《き》たものらしく土手《どて》の上《うえ》に立《た》って凝《じっ》と此方《こちら》をながめていますから、お銀様《ぎんさま》はムク犬《いぬ》の姿《すがた》を見《み》るとほとんど同時《どうとき》に其《そ》の人《ひと》の姿《すがた》をも見《み》ないわけには行《ゆ》きませんでした。其《そ》の人《ひと》というのは此《こ》の犬《いぬ》の本来《ほんらい》の主人《しゅじん》のお君《きみ》でもなく、今《いま》の保護者《ほごしゃ》である慢心《まんしん》和尚《おしょう》でもありませんでした。

お銀様《ぎんさま》に取《と》ってはツイぞ見《み》たことの無《な》い人《ひと》、然《しか》も其《そ》れは年増盛《としまざか》りの水気《みずけ》の多《おお》い女《おんな》の人《ひと》、この辺《へん》では余《あま》り見《み》かけない肌合《はだあい》の小《こ》またの切《き》れ上《あが》った女《おんな》の人《ひと》が余念《よねん》なく自分《じぶん》の方《ほう》を見《み》ていたから、お銀様《ぎんさま》もまぶしそうに其《そ》の年増《としま》の女《おんな》の人《ひと》を見返《みかえ》していると、向《むこ》うから丁寧《ていねい》に腰《こし》をかがめて笑顔《えがお》を見《み》せました。お銀様《ぎんさま》もそれに返《かえ》しのお辞儀《じぎ》をしました。

「ムクや、ムクや」

その女《おんな》の年増《としま》の女《おんな》の人《ひと》が柔《やさ》しい声《こえ》をして犬《いぬ》を呼《よ》びました。果《はた》して此《こ》の犬《いぬ》の名《な》をムクという、ムクの名《な》を知《し》って居《い》る上《うえ》は、お君《きみ》に縁《えん》ある人《ひと》に違《ちが》いない、と思《おも》っているうちに其《そ》の年増《としま》の女《おんな》は土手《どて》を下《くだ》って、お銀様《ぎんさま》に近《ちか》い川《かわ》の岸《きし》の蛇籠《じゃかご》の傍《そば》へやって来《き》ました。

「ムクや、お前《まえ》は何処《どこ》から来《き》たの」

お銀様《ぎんさま》は人《ひと》にたずねるともつかず犬《いぬ》にたずねるともつかず、斯《こ》う云《い》ってムクの首《くび》を撫《な》でると、

「あの、失礼《しつれい》でございますが、あなた様《さま》は此《こ》の犬《いぬ》を御《ご》存知《ぞんじ》でございますか」

年増《としま》の女《おんな》は、やはり物《もの》やさしくお銀様《ぎんさま》にたずねました。

「はい、よく存《ぞん》じて居《お》りまする、これはもと、わたくし共《ども》にいた事《こと》のある犬《いぬ》なのでございます」

とお銀様《ぎんさま》は答《こた》えました。

「おや、左様《さよう》でございましたか、それでは、あなた様《さま》は、此《こ》の犬《いぬ》の持主《もちぬし》を御存知《ごぞんじ》でございましょうか、この犬《いぬ》の持主《もちぬし》はまだ若《わか》い女子《おなご》でございまするが、今何処《いまどこ》に行《い》って居《お》りまするやら、それをあなた様《さま》は御存知《ごぞんじ》でございましょうと思《おも》いまする」

「いいえ、それは知《し》りません」

お銀様《ぎんさま》は首《くび》を左右《さゆう》に振《ふ》りました。それは無愛想《ぶあいそう》と思《おも》われるほどにキッパリと首《くび》を振《ふ》って答《こた》えてしまいました。

「ほんとに此《こ》の犬《いぬ》は感心《かんしん》な犬《いぬ》でございます」

年増《としま》の女《おんな》は、やはり愛嬌《あいきょう》を含《ふく》んでそれともつかず犬《いぬ》を讃《ほ》めました。

「ムクや、お君《きみ》は今何処《いまどこ》にいるの」

お銀様《ぎんさま》も亦何《またなん》ともつかずに犬《いぬ》に向《むか》ってそんな事《こと》をいいかけました。

「あ、そのお君《きみ》でございます、お君《きみ》がいる処《ところ》には此《こ》の犬《いぬ》がいなければならないし、この犬《いぬ》のいる処《ところ》にはお君《きみ》がいなければならないのに、この犬《いぬ》だけ斯《こ》うしているのが不思議《ふしぎ》でございますから、若《も》しや此《こ》の水《みず》であの子《こ》が水《みず》に陥《はま》りでもしてしまいはしないかと、わたくしは犬《いぬ》のあとをついて斯《こ》うして尋《たず》ねて歩《ある》きますると、ここで計《はか》らずあなた様《さま》のお姿《すがた》をお見《み》かけ申《もう》し、はじめはあなた様《さま》を其《そ》のお君《きみ》に違《ちが》いないと思《おも》いました」

年増《としま》の女《おんな》が斯《こ》う云《い》うのに釣《つ》り込《こ》まれてお銀様《ぎんさま》は、

「そういう、お前《まえ》さんは何方《どちら》のお方《かた》でございます」

「はい、わたくしは、只今《ただいま》、勝沼《かつぬま》に逗留《とうりゅう》を致《いた》して居《お》りまする……」

名乗《なの》りかけた年増《としま》の女《おんな》、お銀様《ぎんさま》には丸《まる》きり知己《ちかづき》のない人《ひと》でしたけれども、これはお君《きみ》のもとの太夫元《たゆうもと》、女軽《おんなかる》業《わざ》の親方《おやかた》のお角《かく》でありました。

五九七

ムク犬《いぬ》がお角《かく》とお銀様《ぎんさま》とを引《ひ》き合《あわ》せてこれを導《みちび》いて来《き》た処《ところ》は恵林寺《えりんじ》の慢心和尚《まんしんおしょう》の許《もと》ではありませんで勝沼《かつぬま》の富永屋《とみながや》でありました。

この宿屋《やどや》は、さきに兵馬《ひょうま》もお君《きみ》も江戸《えど》へ下《くだ》る時《とき》に宿《やど》を取《と》って雨《あめ》に降《ふ》りこめられた宿屋《やどや》であります。男装《だんそう》をして来《き》た為《ため》に、がんりきに見込《みこ》まれてお松《まつ》が難儀《なんぎ》をするようになったのもこの宿屋《やどや》でありました。お角《かく》は此《こ》の宿屋《やどや》を家《うち》のようにしているのだから不思議《ふしぎ》はないけれど、お銀様《ぎんさま》に取《と》っては此《こ》の女《おんな》の人《ひと》は如何《いか》なる素性《すじょう》の人《ひと》であって、ムク犬《いぬ》がどうして此《こ》の女《おんな》の人《ひと》に諒解《りょうかい》があるのだか、また、わざ〱川《かわ》の岸《きし》から自分《じぶん》を見《み》つけ出《だ》して此処《ここ》まで引《ひ》き連《つ》れて来《き》たことをも、いよいよ不思《ふし》議《ぎ》に思《おも》わないわけには行《ゆ》きませんでした。

お角《かく》はお君《きみ》の身《み》の上《うえ》を心配《しんぱい》して、それが此《こ》の水《みず》に陥《はま》って溺《おぼ》れ死《じに》はせぬかという心配《しんぱい》の為《ため》に、ムクを先《さき》に立《た》てて沿岸《えんがん》を探《さが》して歩《ある》いていたということを話《はな》して、

「丁度昨日《ちょうどきのう》の夕方《ゆうがた》でありました、家《うち》の男衆《おとこしゅう》が此《こ》の出水《でみず》で雑魚《ざこ》を捕《と》ると申《もう》しまして川《かわ》の岸《きし》へ行《い》って四《よ》つ手《で》を下《お》ろして居《お》りますと、其処《そこ》へ此《こ》の犬《いぬ》が流《なが》れついたのでございます、吃驚《びっくり》してよく見《み》ると、この犬《いぬ》が人間《にんげん》の着物《きもの》をくわえて其処《そこ》まで泳《およ》いで来《き》ていたのでございます、それから直《すぐ》に人《ひと》を呼《よ》んで其《そ》の人《ひと》をお助《たす》け申《もう》して家《うち》へお連《つ》れ申《もう》しましたけれど、何処《どこ》のお方《かた》やら一向《こう》にわかりませんので……幸《さいわい》に呼吸《いき》は吹《ふ》き返《かえ》しまして只今《ただいま》、宿《やど》に休《やす》んでおいでなさるのでございますが、まだお口《くち》をお聞《き》きなさるようにはなりませんから、そのお方《かた》は何方《どちら》のお方《かた》かわかりませんけれど、犬《いぬ》だけは直《すぐ》にわかりました。他《ほか》の人《ひと》にはわかりませんでしたけれどもわたくしには一目《め》見《み》て、直《すぐ》にそれと……此《こ》の通《とお》り頭《あたま》の黒《くろ》い大《おお》きな犬《いぬ》でありまするし、それに、わたくしが傍《そば》にいて少《すこ》しは芸《げい》を仕込《しこ》んだことのある犬《いぬ》なのでございますもの、如何《どう》してまた此《こ》の犬《いぬ》が此《こ》んな処《ところ》にと、犬《いぬ》に気《き》がつくと一緒《しょ》にわたくしはお君《きみ》の事《こと》が心配《しんぱい》になって堪《た》まりませんでした。そうすると此《こ》の犬《いぬ》がまた、わたしを引張《ひっぱ》り出《だ》すようにして外《そと》へ連出《つれだ》しましたから、若《も》しやと其《そ》のあとをついて来《き》て見《み》ると恵林寺様《えりんじさま》へ入《はい》りました。恵林《えりん》寺様《じさま》へ入《はい》りまするると、彼処《あすこ》では、ソレ黒《くろ》が来《き》た、黒《くろ》が来《き》たと大勢《おおぜい》して此《こ》の犬《いぬ》を迎《むか》えて騒《さわ》ぎましたから、わたくしは少《すこ》し遠《とお》い処《ところ》へ離《はな》れていますと、やがてまた此《こ》の犬《いぬ》がわたくしの傍《そば》へ来《き》まして、川《かわ》の方《ほう》へ川《かわ》の方《ほう》へと、わたくしを連《つ》れて参《まい》りますから、若《も》しや、これはお君《きみ》

が川《かわ》へ陥《はま》って死《し》んでいる処《ところ》へ、わたくしを連《つ》れて行《ゆ》くのではないかと胸騒《むなさわ》ぎがしながら、そこをついて行《い》って見《み》ますと、お君《きみ》ではなくて、あなた様《さま》にお目《め》にかかる事《こと》が出来《でき》ました。これも何《なに》かの縁《えん》でございましょう」

この一通《とお》りの話《はなし》を聞《き》いて、お銀様《ぎんさま》は、やはりお君《きみ》の身《み》の上《うえ》が何《なん》となく心配《しんぱい》になりました。それから自分《じぶん》の身《み》の上《うえ》のあらましと、お君《きみ》を自分《じぶん》の家《うち》に世話《せわ》した縁《えん》などを、朧《おぼろ》げに語《かた》りますと、お角《かく》はよく其《そ》れを諒解《りょうかい》しました。併《しか》し、お銀様《ぎんさま》は有野村《ありのむら》の実家《じっか》の事《こと》と、机龍之助《つくえりゅうのすけ》の身《み》の上《うえ》の事《こと》などは一向《こう》に語《かた》らないで、ただ八幡村《やわたむら》のさる家《いえ》の娘《むすめ》であって家《うち》は相当《そうとう》の資産家《しさんか》であるような話《はなし》をしていました。

ムク犬《いぬ》が洪水《おおみず》の中《うち》から救《すく》い出《だ》して来《き》たという人《ひと》、その時《とき》、お銀様《ぎんさま》は深《ふか》く其《そ》れをお角《かく》に向《むか》って尋《たず》ねる気《き》にはならなかったけれども、それが龍之助《りゅうのすけ》であったという事《こと》がわかって狂喜《きょうき》したのは、やや話《はなし》が進《すす》んだ後《のち》の事《こと》でありました。

それがわかって見《み》るとお銀様《ぎんさま》とお角《かく》との間《あいだ》の障壁《しょうへき》がガラリと取《と》れました。この二人《ふたり》の女《おんな》が盲目《もうもく》の龍之助《りゅうのすけ》を連《つ》れて江戸《えど》へ出《で》るように相談《そうだん》が定《き》まったのは看病《かんびょう》している間《あいだ》の話合《はなしあい》で、それはお角《かく》がすすめるうちに、お銀《ぎん》様《さま》から頼《たの》むうちに一も二もなく熟《じゅく》してしまいました。

五九八

これより先《さき》、浪人達《ろうにんたち》に怨《うら》まれて首《くび》を両国橋《りょうごくばし》に梟《さら》された本所《ほんじょ》の相生町《あいおいちょう》の箱屋惣兵衛《はこやそうべえ》の家《いえ》が何者《なにもの》かによって買《か》取《と》られて、新《あら》たに修復《しゅうふく》を加《くわ》えられて別《べつ》のもののようになりました。この家《いえ》は主人《しゅじん》の箱惣《はこそう》殺されて以来《いらい》一家《か》は四散《さん》し、親戚《しんせき》の者《もの》も天誅《てんちゅう》を怖《おそ》れて近寄《ちかよ》るものがありませんでしたから、町内《ちょうない》で保管《ほかん》し、一時《じ》は宇治山田《うじやまだ》の米《よね》友《とも》が、その番人《ばんにん》に頼《たの》まれて槍《やり》を揮《ふる》って怪《あや》しい浪人《ろうにん》を追《お》った事《こと》などもありました。

この家《いえ》は何者《なにもの》によって買《か》い取《と》られたか知《し》れないが持《も》主《ぬし》が代《かわ》り修理《しゅうり》が加《くわ》えられると共《とも》に、そこに出入《しゅつにゅう》するのは異種異様《いしゅいよう》の人《ひと》であることが多少近所《たしょうきんじょ》のものの眼《め》を引《ひ》きました。身分《みぶん》らしい武士《ぶし》であり、或《あるい》は大名《だいみょう》の奥《おく》に仕《つか》えるらしい女中《じょちゅう》であり、或《あるい》はまた清国《しんこく》の商人《しょうにん》のようなものまで集《あつ》まりました。それで別《べつ》に商売《しょうばい》ということをするらしくもなく、女房子供《にょうぼうこども》の類《たぐい》は一つも見《み》えないで、これが主人《しゅじん》と見《み》えるのは額《ひたい》に波《なみ》を打《う》つ大白髪《おおしらが》の老女《ろうじょ》でありました。この老女《ろうじょ》は、気軽《きがる》に折々《おりおり》は一人《ひとり》で外出《がいしゅつ》することもあり、また若《わか》い女中《じょちゅう》をつれて外出《がいしゅつ》することもありました。たしかに武家《ぶけ》出《で》の人《ひと》であって、一見《けん》して女丈夫《じょじょうぶ》とも思《おも》われる位《くらい》の権《けん》の高《たか》い老女《ろうじょ》でありました。この家《いえ》に出入《しゅつにゅう》する立派《りっぱ》な侍達《さむらいたち》もこの老女《ろうじょ》を見《み》ると一目《もく》も二目《もく》も置《お》いて挨拶《あいさつ》するのでありました。それをまた老女《ろうじょ》は鷹揚《おうよう》に頷《うなず》いていたり、軽口《かるぐち》を云《い》って揶揄《やゆ》したりする模様《もよう》を見《み》ると侍達《さむらいたち》を子供扱《こどもあつかい》にして世話《せわ》をしているもののようであります。

その後《ご》、しばらく経《た》っても家族《かぞく》らしい人《ひと》は居《い》ないから、近所《きんじょ》の人《ひと》は其《そ》の老女《ろうじょ》が此《こ》の家《や》の主人公《しゅじんこう》であると思《おも》うようになりました。老女《ろうじょ》の外《ほか》には家族《かぞく》らしいものは無《な》いけれど、其処《そこ》には引越《ひっこし》てから以来《いらい》、絶《た》えず食客《しょくきゃく》がありました。その食客《しょくきゃく》はまた武士《ぶし》であり、商人風《しょうにんふう》の者《もの》であり、或《ある》いは労働者《ろうどうしゃ》らしい身《み》なりの者《もの》などもありました。これ等《ら》の食客《しょくきゃく》は入《い》り変《かわ》り立《た》ち代《かわ》り此《こ》の家《や》に来《き》ては、また出《で》て行《い》き、出《で》て行《い》ってはまた立《た》ち戻《もど》るものが少《すく》い数《すう》ではありませんでした。

老女《ろうじょ》は来《く》る者《もの》を一人《ひとり》も拒《こば》むことは無《な》いようであります。悉《ことごと》く自分《じぶん》の子供《こども》であるかの如《ごと》く、其《そ》の広《ひろ》い家《いえ》を開《かい》放《ほう》して彼等《かれら》の出入《しゅつにゅう》の自由《じゆう》に任《まか》せてあるようでありまし

た。その窮《きゅう》した者《もの》には小遣銭《こづかいせん》までも与《あた》えてやっているようでありました。箱惣《はこそう》の家《いえ》は幾間《いくま》もある広《ひろ》い家《いえ》でありました。ここに起臥《きが》する食客連《しょくきゃくれん》は、また己《おの》れが屋敷《やしき》に帰《かえ》ったような気取《きどり》で、或《ある》いは黙々《もくもく》として徒等《いたずら》をしているものもあれば、或《ある》いは寄集《よりあつ》まって腕《うで》を扼《やく》しながら当世《とうせい》の事《こと》を論《ろん》じて夜《よ》を明《あ》かすようなものもありました。

老女《ろうじょ》に取《と》っては其《そ》れが大機嫌《だいきげん》であるらしく、食客連《しょくきゃくれん》の間《あいだ》で議論《ぎろん》が決《けっ》しない時《とき》は、老女《ろうじょ》の処《ところ》へ持《も》って出《で》て裁判《さいばん》を乞《こ》う様《よう》な事《こと》もありました。こんなに多《おお》くの食客《しょくきゃく》を絶《た》えず世話《せわ》している老女《ろうじょ》の手許《てもと》には、別《べつ》に幾人《いくにん》かの女中《じょちゅう》や下働《したばたら》きが置《お》いてありました。併《しか》し、その男女間《だんじょかん》の別《べつ》は可《か》なり厳《きび》しいもので、食客連《しょくきゃくれん》の放言商談《ほうげんしょうだん》には寛大《かんだい》である老女《ろうじょ》も、それと女中部屋《じょちゅうべや》との交渉《こうしょう》は鉄《くろがね》の関《せき》を置《お》いてあるように、それ等《ら》の何人《なんぴと》をも一歩《ぽ》も其《そ》の境《さかい》を犯《おか》すことのないようにしてあることもわかります。

此《こ》の老女《ろうじょ》が何者《なにもの》であろうということが漸《ようや》く近所《きんじょ》から町内《ちょうない》の評判《ひょうばん》にもなると、やはり何時《いつ》かは其《そ》の筋《すじ》の注意《ちゅうい》を惹《ひ》かないわけには行《ゆ》きませんでした。其《そ》の筋《すじ》の注意《ちゅうい》を惹《ひ》くのは尤《もっと》もの事《こと》で注意《ちゅうい》される老女《ろうじょ》の方《ほう》にこれでは多少《たしょう》の余地《よち》があると云《い》わねばなりません。

五九九

けれども、その筋《すじ》に於《お》ても一応内偵《おうないてい》しての上《うえ》、如何《どう》したものか急《きゅう》に手《て》を引《ひ》いてしまったらしいようであります。

ここに於《お》て、老女《ろうじょ》の身辺《しんぺん》には幾多《いくた》の臆測《おくそく》が加《くわ》わって噂《うわさ》の種《たね》とならずには居《い》ませんでした。

誰《だれ》いうとなく、こんな事《こと》を云《い》うものがあります。

十三代《だい》の将軍温恭院殿《しょうぐんおんきょういんでん》（家定《いえさだ》）の御台所《みだいどころ》は薩摩《さつま》の島《しま》津斉彬《づなりあきら》の娘《むすめ》さんでありました。お輿入《こしいれ》があってから僅《わずか》三年《ねん》に満《み》たないうちに将軍《しょうぐん》が亡《な》くなりました。二十四の年《とし》に後家《ごけ》さんになった将軍《しょうぐん》の御台所《みだいどころ》が即《すなわ》ち天璋院《てんしょういん》であります。天璋院殿《てんしょういんでん》は島津《しまづ》の息女《そくじょ》であったけれども、近衛家《このえけ》の養女《ようじょ》として将軍家定《しょうぐんいえさだ》に縁附《えんづ》いたものだということであります。

この老女《ろうじょ》は其《そ》の天璋院殿《てんしょういんでん》の為《ため》に薩摩《さつま》から特《とく》に選《えら》ばれて附《つ》けられた人《ひと》であるというのが一説《せつ》であります。その説《せつ》によると、此《こ》の老女《ろうじょ》の背後《はいご》には将軍《しょうぐん》の御台所《みだいどころ》の権《けん》威《い》と、大々名《だいだいみょう》の薩摩《さつま》の勢力《せいりょく》とが加《くわ》えられてある訳《わけ》であります。だから其処《そこ》へ出入《しゅつにゅう》する浪士体《ろうしてい》の者《もの》の中《なか》には薩《さっ》摩弁《まべん》の者《もの》が多《おお》く、そうでないにしても九州言葉《きゅうしゅうことば》の者《もの》が多《おお》いのが何《なに》よりの証拠《しょうこ》だという事《こと》であります。それで此《こ》の老女《ろうじょ》は薩摩《さつま》の家老《かろう》の母親《ははおや》で天璋院殿《てんしょういんでん》の為《ため》には外《よそ》ながら後見《こうけん》の地位《ちい》に居《お》り、ややもすれば暗雲《あんうん》の蟠《わだかま》る大奥《おおおく》の勢力争《せいりょくあらそ》いを、ここに離《はな》れて見張《みは》っているのだという事《こと》であります。将軍《しょうぐん》の御台所《みだいどころ》も薩摩《さつま》の殿様《とのさま》でさえも一目置《もくお》く位《ぐらい》の権威《けんい》があるのだから此処《ここ》へ出入《でいり》する武士《ぶし》共《ども》を子供扱《こどもあつかい》にするのは無理《むり》のない事《こと》だというような説《せつ》もある、成程《なるほど》と聞《き》けるのでありました。

もう一つの説《せつ》は斯《こ》うであります。

十三代《だい》の将軍《しょうぐん》が、わずかに三十五歳《さい》で亡《な》くなった後《のち》に幕府《ばくふ》では例《れい》の継嗣問題《けいしもんだい》で騒《さわ》ぎました、その揚句《あげく》に紀州《きしゅう》から迎《むか》えられたのが十四代《だい》の将軍照徳院殿《しょうぐんしょうとくいんでん》（家《いえ》茂《もち》）であります、この家茂《いえもち》に降嫁《こうか》された夫人《ふじん》が即《すなわ》ち和宮《かずのみや》であります。和宮《かずのみや》は時《とき》の帝孝明天皇《みかどこうめいてんのう》の御妹《おんいもうと》であらせられました。それが京都《きょうと》と関東《かんとう》との御仲《おんなか》の御合体《ごがったい》の為《ため》にとて御降嫁《ごこうか》になった事《こと》は其《そ》の時代《じだい》に於《お》て此《こ》の上《うえ》もなき大慶《たいけい》の事《こと》とされて居《お》りました。

疑問《ぎもん》の老女《ろうじょ》は和宮様《かずのみやさま》の為《ため》に公家《こうけ》から附《つ》けられた重《おも》い役目《やくめ》の人《ひと》であるというのも成程《なるほど》と聞《き》かれる説《せつ》でありました。若《も》しそうとすれば此《こ》れは前《まえ》の説《せつ》よりも一層《そう》威権《いけん》を加《くわ》えた後光《ごこう》であります。それを知《し》って其《そ》の筋《すじ》が内偵《ないてい》

の手《て》を引《ひ》いたのも尤《もっと》もと頷《うなず》かれる次第《しだい》でありました。
こんな風《ふう》に後光《ごこう》の射《さ》すほど、老女《ろうじょ》の隠《かく》れた勢力《せいりょく》を信《しん》用《よう》しているものもあれば、また一説《せつ》には、ナニあれは其《そ》んな混《こ》み入《い》った威権《いけん》を笠《かさ》に来《き》ている女《おんな》ではない、単《たん》に一種《しゅ》の女丈夫《にょじょうぶ》であるに過《す》ぎない、たとえば筑前《ちくぜん》の野《の》村望東尼《むらもとに》といったような質《たち》の女《おんな》で、生来《せいらい》ああした気象《きしょう》の下《もと》に志士達《ししたち》の世話《せわ》をしたがり、其《そ》の徳《とく》で、諸藩《しょはん》の内《うち》から少《すく》からぬ給与《きゅうよ》を贈《おく》るものがあり、志士連《しれん》も亦此《またこ》の家《いえ》を最《もっと》もよき避難所《ひなんじょ》としているに過《す》ぎないという説《せつ》も成《な》る程《ほど》と聞《き》かれないではありませんでした。
いずれにしても此《こ》の老女《ろうじょ》が只者《ただもの》でないということと、只者《ただもの》でないながら、斯《こ》うして通《とお》して行《ゆ》ける徳望《とくぼう》は認《みと》めなければならないのであります、侠気《きょうき》、胆力《たんりょく》、度量《どりょう》、これ等《ら》の諸徳《しょとく》は寧《むし》ろ女性《じょせい》には有《あ》らずもがなの表門《おもてもん》であったかも知《し》れないが此《こ》の老女《ろうじょ》は其《そ》れを多分《たぶん》に持《も》っている女《おんな》でありました。
別《べつ》にこの老女《ろうじょ》が愛《あい》して手許《てもと》から離《はな》さぬ一人《ひとり》の若《わか》い娘《むすめ》がありました、これは疑問《ぎもん》も分解《ぶんかい》もする必要《ひつよう》がなく、甲州《こうしゅう》から男装《だんそう》して逃《に》げて来《き》た松女《まつじょ》であります。老女《ろうじょ》が外出《がいしゅつ》する時《とき》も、其《そ》のお伴《とも》をして行《ゆ》くのは大抵《たいてい》は松女《まつじょ》でありました。

六〇〇

甲州街道《こうしゅうかいどう》でお松《まつ》の危難《きなん》を助《たす》けて江戸《えど》へ下《くだ》った南條《なんじょう》なにがしも亦此《またこ》の老女《ろうじょ》の許《もと》へ出入《しゅつにゅう》する武士《ぶし》のうちの一人《にん》でありました。

南條《なんじょう》なにがしはお松《まつ》を助《たす》けて江戸《えど》へ出《で》て、それから此《こ》の老女《ろうじょ》にお松《まつ》の身《み》を托《たく》したということは自《おのずか》ら明《あき》らかになって来《く》る筋道《すじみち》なのであります。

或日南條《あるひなんじょう》なにがしは不意《ふい》に一人《にん》の人《ひと》をつれて此《こ》の家《いえ》を訪《おとず》れ、老女《ろうじょ》と世間話《せけんばなし》をしてから傍《そば》にいたお松《まつ》を顧《かえり》みて、

「お松《まつ》どの、珍《めず》らしい人《ひと》にお引合《ひきあわ》せ申《もう》そう、奢《おご》らなくてはいけぬ」

などと冗戯《じょうだん》を云《い》いながら、

「宇津木《うつぎ》」

と呼《よ》びました、次《つぎ》の間《ま》にいた兵馬《ひょうま》が何気《なにげ》なく此《こ》の座《ざ》敷《しき》へ通《とお》って先《ま》ず驚《おどろ》いたのは、其処《そこ》にお松《まつ》のいる事《こと》でありました。お松《まつ》も亦《また》一見《けん》して其《そ》の驚《おどろ》きと喜《よろこ》びとは想像《そうぞう》に余《あま》りあることでありました。

「まあ、兵馬《ひょうま》さん」

甲府以来《こうふいらい》その消息《しょうそく》を知《し》ることの出来《でき》なかった二人《ふたり》が、ここで思《おも》いがけなく面《かお》を合《あわ》せるということは全《まった》く夢《ゆめ》のような事《こと》でありました。

「お松《まつ》どの、如何《どう》して此処《ここ》に」

兵馬《ひょうま》も亦呆《またあき》るる許《ばか》りでありました。

「いや、これには一場《じょう》の物語《ものがたり》がある。君《きみ》に事実《じじつ》を知《し》らせずに連《つ》れて来《き》たのは罪《つみ》のようだけれど、底《そこ》を割《わ》らぬうちが一興《きょう》じゃと思《おも》うて斯《こ》うして連《つ》れて来《き》た。お松《まつ》どのを御老女《ごろうじょ》の手許《てもと》までお世話《せわ》を頼《たの》んだのは拙者《せっしゃ》の計《はか》らい、その顛末《てんまつ》は、ゆっくりとお松《まつ》どのの口《くち》から聞《き》いたが宜《よ》い、今宵《こよい》は当家《とうけ》へ御厄介《ごやっかい》になっては如何《どう》じゃ、拙《せっ》者《しゃ》も当分此家《とうぶんここ》へ居候《いそうろう》をするつもりだ」

それから南條《なんじょう》と老女《ろうじょ》とは人《ひと》を避《さ》けて何事《なにごと》をか語《かた》り合《あ》いました。お松《まつ》は兵馬《ひょうま》を別間《べつま》へ案内《あんない》して其《そ》れから一別《べつ》来《らい》の事《こと》を洩《も》れなく語《かた》って、泣《な》いたり笑《わら》ったりするような水入《みずい》らずの話振《はなしぶり》でありました。

斯《こ》うして二人《ふたり》は無事《ぶじ》を喜《よろこ》び合《あ》った後《のち》に、さし当《あた》って兵馬《ひょうま》の思案《しあん》に余《あま》るお君《きみ》の身《み》の上《うえ》の事《こと》に話《はなし》が廻《まわ》って行《ゆ》くのは自然《しぜん》の筋道《すじみち》でありました。現《げん》に、お君《きみ》の身《み》の上《うえ》を兵馬《ひょうま》が預《あず》かって此《こ》の土地《とち》に来《き》ているということを聞《き》くのは、お松《まつ》に取《と》って夢《ゆめ》の上《うえ》に夢《ゆめ》を見《み》る心持《こころもち》でない事《こと》はありません。

甲府《こうふ》に於《お》ける駒井能登守《こまいのとのかみ》の失脚《しっきゃく》をよく知《し》っているお松《まつ》には、駒井《こまい》の殿様《とのさま》をお気《き》の毒《どく》だと思《おも》い、それよりも一層《そう》またお君《きみ》の身《み》が如何《どう》なったかということが心配《しんぱい》で堪《た》まりませんでした。何《なに》してもそれが無事《ぶじ》で此《こ》の近《ちか》い処《ところ》

へ来《き》ているということは死《し》んだ姉妹《きょうだい》が甦《よみが》えった知《し》らせを聞《き》くのと同《おな》じような心持《こころもち》になったのも自然《しぜん》であります。

　そうして二人《ふたり》がお君《きみ》の身《み》の上《うえ》に同情《どうじょう》して思案《しあん》を凝《こ》らすまでもなく、やはり其《そ》の身《み》の上《うえ》を当家《とうけ》の老女《ろうじょ》にお頼《たの》みするのが一番《ばん》に策《さく》の得《え》たものではないかと考《かんが》えついたのは二人《ふたり》も一緒《しょ》でありました。

　お松《まつ》は自分《じぶん》が現《げん》に世話《せわ》になっている老女《ろうじょ》の人柄《ひとがら》をよく知《し》っているし、兵馬《ひょうま》も亦南條《またなんじょう》からほぼ其《そ》の事《こと》を聞《き》いていましたから、二人《にん》の意見《いけん》が其処《そこ》へ一致《ち》した時《とき》に、ハタと手《て》を拍《う》って、

「それは至極《しごく》の妙案《みょうあん》、渡《わた》りに船《ふね》」

兵馬《ひょうま》は漸《よう》やくに重荷《おもに》を卸《おろ》した思《おも》いをしました、若《わか》い女《おんな》を預《あず》けても少《すこ》しも心置《こころお》きのないのは実《じっ》に此《こ》の老女《ろうじょ》である。偶然《ぐうぜん》それを求《もと》めて探《さが》しても斯様《かよう》な親船《おやぶね》は無《な》かろうのに、偶然それを発見《はっけん》し得《え》た事《こと》の仕合《しあわ》せを兵馬《ひょうま》は雀躍《こおどり》して欣《よろこ》ばないわけにはゆきませんでした。まだ老女《ろうじょ》に事情《じじょう》を物語《ものがたり》もせず依頼《いらい》もしない先《さき》に、もう万事《ばんじ》が解決《かいけつ》してしまったように思《おも》わせるほど二人《にん》は老女《ろうじょ》を信《しん》ずる事《こと》が深《ふか》くありました。

　その夜《よ》は南條《なんじょう》と共《とも》に此《こ》の家《いえ》に枕《まくら》を並《なら》べて寝《い》ね、翌朝《よくちょう》に王子《おうじ》へ帰《かえ》りました。帰《かえ》って見《み》ればあの事件《じけん》。

　併《しか》し、お君《きみ》の身《み》の上《うえ》は無事《ぶじ》で、兵馬《ひょうま》と共《とも》に扇屋《おうぎや》を引《ひき》払《はら》って落着《おちつ》いた処《ところ》が此《こ》の家《いえ》であることは申《もう》すまでもありません。

六〇一

ここに例《れい》の長者町《ちょうじゃまち》の道庵先生《どうあんせんせい》に就《つい》て悲《かな》しむべき報道《ほうどう》を齎《もたら》さねばなりません。

それは他《ほか》ならぬ道庵先生《どうあんせんせい》が不憫《ふびん》な事《こと》に其《そ》の筋《すじ》から手錠《てじょう》三十日間《にちかん》というお灸《きゅう》を据《す》えられて屋敷《やしき》に呻吟《しんぎん》しているという事《こと》であります。

道庵《どうあん》ともあるべきものが何故《なぜ》こんな目《め》に逢《あ》わされたかというに、その径路《すじみち》を一通《とお》り聞《き》けば成程《なるほど》と思《おも》われない事《こと》もありません。

道庵《どうあん》の罪《つみ》は単《たん》に鰡八《ぼらはち》に反抗《はんこう》したというだけではありませんでした。鰡八《ぼら》に反抗《はんこう》したという事《こと》だけでは決《けっ》して罪《つみ》になるものではありません。ただ其《そ》の反抗《はんこう》の手段《しゅだん》が聊《いささ》か常軌《じょうき》を失《しっ》しただけに其《そ》の筋《すじ》でも、どうも見逃《みのが》し難《がた》くなったものと見《み》なければなりません。

道庵先生《どうあんせんせい》の隣《となり》に鰡八大尽《ぼらだいじん》の妾宅《しょうたく》があることは、廻《まわ》り合《あわ》せとは云《い》いながら如何《どう》しても一種《しゅ》の皮肉《ひにく》な社会現象《しゃかいげんしょう》であると見《み》なければなりません。それで道庵《どうあん》が兄哥連《あにいれん》を狩催《かりもよお》して馬鹿囃子《ばかばやし》をはじめると、大尽《だいじん》の方《ほう》では絶世《ぜっせい》の美人《びじん》を集《あつ》めたり、朝鮮《ちょうせん》の芝居《しばい》を打《う》ったりして人気《にんき》を取《と》るのであります。

併《しか》し乍《なが》ら道庵《どうあん》の方《ほう》は何《なに》を云《い》うにも貧乏医者《びんぼういしゃ》であります、鰡八《ぼら》の方《ほう》は殆《ほとん》ど無限《むげん》の金力《きんりょく》を持《も》っているのだから、ややもすれば圧倒《あっとう》され気味《ぎみ》であることは、道庵《どうあん》に取《と》って非常《ひじょう》に同情《どうじょう》をせねばならぬ事《こと》であります。

また、一方《ぽう》では大尽《だいじん》のお附《つき》の者共《ものども》が、盛《さか》んに手《て》を廻《まわ》して、道庵《どうあん》のあたり近所家屋敷《きんじょいえやしき》を買《か》いつぶすのであります。そうして其《そ》れをドシドシ庭《にわ》にしたり御殿《ごてん》にしたりして今《いま》は道庵《どうあん》の屋敷《やしき》は三方《ぼう》から其《そ》の土木《どぼく》や建築《けんちく》に取《と》り囲《かこ》まれて昼猶暗《ひるなおくら》き有様《ありさま》となってしまいました。

この頃《ごろ》では道庵《どうあん》は毎日々々《まいにちまいにち》屋根《やね》の櫓《やぐら》の上《うえ》へ上《のぼ》って其《そ》の有様《ありさま》を見《み》て腹《はら》を立《た》っていました、そのうちにも何《なに》か然《しか》るべき方案《ほうあん》を考《かんが》えて朝鮮芝居《ちょうせんしばい》以来《いらい》の鬱憤《うっぷん》を晴《は》らしてやろうと寝《ね》た間《ま》も其《そ》れを忘《わす》れる事《こと》ではありませんでした。

勝《か》ち誇《ほこ》った鰡八《ぼら》側《がわ》では、これであの貧乏医者《びんぼういしゃ》を凹《へこ》ましたと思《おも》って一同《どう》が溜飲《りゅういん》を下《さ》げて当《あた》り祝《いわ》いなどをして、その後《のち》は暫《しば》らく表立《おもてだ》った張合《はりあい》がありませんでした、鰡《ぼら》八の方《ほう》は其《そ》れで道庵《どうあん》が全《まった》く閉口《へいこう》したものと思《おも》い、事実《じじつ》に於《おい》て敵《てき》が降参《こうさん》してしまった以上《いじょう》は、それを追究《ついきゅう》がましい事《こと》をするのは大人気《おとなげ》ないと思《おも》って、そのままにしていました。そうして近所《きんじょ》へは甘酒《あまざけ》だの餅《もち》だのを沢《たく》山《さん》に配《くば》り物《もの》をしましたからさすがは大尽《だいじん》だといって、住宅《じゅうたく》を買《か》いつぶされた人達《ひとたち》も決《けっ》して悪《わる》い心持《こころもち》をしませんでした、すべてに於《おい》て大尽側《だいじんがわ》のする事《こと》は人気《にんき》を取《と》る

のが上手《じょうず》でありました。

焉《いず》んぞ知《し》らん。この間《あいだ》にあって道庵先生《どうあんせんせい》は臥薪嘗胆《がしんしょうたん》の思《おも》いをして復讐《ふくしゅう》の苦心《くしん》をしていたのであります。夜な〳〵例《れい》の櫓《やぐら》へ上《のぼ》っては、ひそかに天文《てんもん》を考え地《ち》の理《り》を吟《ぎん》味《み》して再挙《さいきょ》の計画《けいかく》が、おさ〳〵怠《おこた》りがありませんでした。

それとは知《し》らず鯔《ぼら》八大尽《だいじん》の此《こ》の御殿《ごてん》の上《うえ》で或《あ》る日多《ひおお》くの来客《らいきゃく》がありました。この来客《らいきゃく》は決《けっ》して前《まえ》のように道庵《どうあん》を当《あて》つけの会《かい》でも何《なん》でもなく、ドチラかといえば今《いま》までの会合《かいごう》よりは、ずっと品《ひん》もよく珍《めず》らしくしめやかな会合《かいごう》でもありました。

そこへ集《あつま》った者《もの》は皆名《みなな》うての大尽連《だいじんれん》で、今日《きょう》は主人《しゅじん》が新《あら》たに手《て》に入《い》れた書画《しょが》と茶器《ちゃき》との拝見《はいけん》を兼《か》ねての集《あつ》まりでありました、やはり例《れい》の通《とお》り高楼《こうろう》を明《あ》け放《はな》していたから道庵《どうあん》の庭《にわ》からは、来客《らいきゃく》のすべての面《かお》までが見《み》えるのでありました。何気《なにげ》なく庭《にわ》へ出《で》て薬草《やくそう》を乾《ほ》していた道庵《どうあん》が此《こ》の体《てい》を見《み》ると、

「しめた！」

薬草《やくそう》を抛《ほう》り出《だ》して飛《と》び上《あ》がり、

「国公《くにこう》、ならず者《もの》を皆《み》んな呼《よ》び集《あつ》めて来《こ》い」

と命令《めいれい》しました。

程《ほど》なく道庵《どうあん》の許《もと》へ集《あつ》まったのは、ならず者《もの》では無《な》く、この近所《きんじょ》に住《す》んでいる道庵《どうあん》の子分連中《こぶんれんちゅう》でそれぞれ相当《そうとう》の職《しょく》に有《あ》りついている人々《ひとびと》でありました。

六〇二

主人側《しゅじんがわ》では新《あら》たに手《て》に入《い》れた名物《めいぶつ》の自慢《じまん》をし来客側《らいきゃくがわ》では其《そ》れに批評《ひひょう》を試《こころ》みたりなどして鰡《ぼら》八御殿《ごてん》の上《うえ》では興《きょう》が漸《ようや》く酣《たけなわ》になろうとする時《とき》に、隣家《りんか》の道庵先生《どうあんせんせい》の屋《や》敷《しき》の屋根上《やねうえ》が遽《にわか》に物騒《ものさわ》がしくなりました。主客《しゅきゃく》一同《どう》が何事《なにごと》かと思《おも》って屋根《やね》の上《うえ》を見《み》た時分《じぶん》に、何時《いつ》の間《ま》に用《よう》意《い》して置《お》いたものか、例《れい》の馬鹿囃子《ばかばやし》以来《いらい》の櫓《やぐら》の上《うえ》に、夥《おびただ》しい水鉄砲《みずてっぽう》が筒口《つつぐち》を揃《そろ》えて一様《よう》に此《こ》の御殿《ごてん》の座敷《ざしき》の上《うえ》へ向《む》けられてありました。

「これは」

と鰡《ぼら》八大尽《だいじん》の主客《しゅきゃく》の面々《めんめん》が驚《おどろ》き呆《あき》れて居《い》る処《ところ》へ、櫓《やぐら》の上《うえ》では、道庵《どうあん》が大将気取《たいしょうきどり》でハタキを揮《ふる》って、

「ソーレ、打《う》て、立打《たちうち》の構《かまえ》」

と号令《ごうれい》を下《くだ》しました。

その号令《ごうれい》の下《もと》に、道庵《どうあん》の子分達《こぶんたち》は勢《いきお》い込《こ》んで一斉射《せいしゃ》撃《げき》をはじめました。これは予《かね》て充分《じゅうぶん》の用意《ようい》がしてあったものと見《み》えて、前列《ぜんれつ》が一斉射撃《せいしゃげき》をはじめると、手桶《ておけ》に水《みず》を汲《く》んで井戸《いど》から梯子《はしご》、梯子《はしご》から屋根《やね》と隙間《すきま》もなく水《みず》を送《おく》りました。これが為《ため》に前列《ぜんれつ》の水鉄砲《みずてっぽう》は更《さら》に弾《だん》丸《がん》の不足《ふそく》を感《かん》ずるということがなく、思《おも》い切《き》って射撃《しゃげき》をつづける事《こと》が出来《でき》ました。水《みず》は宛然吐龍《さながらとりゅう》の如《ごと》き勢《いきおい》で鰡《ぼら》八御殿《ごてん》の広間《ひろま》の上《うえ》へ走《はし》るのであります。

これは実《じつ》に意外《いがい》の狼藉《ろうぜき》でありました。折角極《せっかくきわ》めて上《じょう》品《ひん》に集《あつ》まった品評《ひんぴょう》の会《かい》が、頭《あたま》から斯《こ》うして水《みず》を打《ぶっ》かけられてしまいました。主客《しゅきゃく》の狼狽《ろうばい》は譬《たと》うるに物《もの》がないのであります。ズブ濡《ぬ》れになって畳《たたみ》の上《うえ》を辷《すべ》ったり泳《およ》いだりしました。驚《おどろ》きは大《おお》きいけれども、水《みず》の事《こと》だから濡《ぬ》れる丈《だ》けで別段《べつだん》に怪我《けが》は無《な》い筈《はず》であったけれども、あまりに驚《おどろ》いてしまったものだから、中《なか》には腰《こし》を抜《ぬ》かして畳《たたみ》の上《うえ》の同《おな》じ処《ところ》を幾度《いくど》も幾度《いくど》も辷《すべ》ったり泳《およ》いだりしているものもありました。水《みず》が胸板《むないた》へ当《あた》ったのを、ほんとうに実弾射撃《じつだんしゃげき》で胸《むね》を打《ぶ》ち抜《ぬ》かれたと思《おも》ってグンニャリしてしまったものもありました。斯《こ》うして命《いのち》辛々《からがら》で辷《すべ》ったり泳《およ》いだりしている位《くらい》だから、さしも自《じ》慢《まん》にしていた名物《めいぶつ》の書画《しょが》も骨董《こっとう》も顧《かえり》みる暇《いとま》はなく、思《おも》う存分《ぞんぶん》に水《みず》をかけられて転《ころ》がり廻《まわ》っておりました。

此《こ》の体《てい》を見《み》た道庵先生《どうあんせんせい》は躍《おど》り上《あ》がって悦《よろこ》びました。

「者共出来《ものどもでか》した。この図《ず》を抜《ぬ》かさず打《う》てや打《う》て打《う》て」

盛《さか》んにハタキを振《ふ》り廻《まわ》して号令《ごうれい》を下《くだ》すものだから道《どう》庵《あん》の子分《こぶん》の者共《ものども》もいよ〳〵面白《おもしろ》がって水鉄砲《みずてっぽう》を弾《はじ》き立《た》てました。弾薬《だんやく》に不足《ふそく》は無《な》かったけれど、そのうちに鰡《ぼら》八の方《ほう》では雇人達《やといにんたち》が惣出《そうで》になって雨戸《あまど》をハタ〳〵と締《しめ》きり（中《なか》にはあわてて雨戸《あまど》と雨戸《あまど》の間《あいだ》へ首《くび》を挿《はさ》まれ

る者《もの》もあったり）、それで道庵軍《どうあんぐん》は充分《じゅうぶん》に勝《か》ち誇《ほこ》って水鉄砲《みずてっぽう》を納《おさ》める事《こと》になりました。

この時《とき》の道庵《どうあん》の勢《いきおい》というものは傍《そば》へも寄《よ》りつけないほどの勢《いきおい》でありました。すっかり凱旋将軍《がいせんしょうぐん》の気取《きどり》になってしまって、兵《へい》は密《みつ》なるを貴《たっと》ぶとはこの事《こと》だ、孔《こう》明《めい》や楠《くすのき》だからと云《い》って、何《なに》も其《そ》んなに他人《たにん》がましくするには及《およ》ばねえ、さあ、ならず者《もの》、これから大《おおい》に師《し》を犒《ねぎ》らってやるから庭《にわ》へ下《お》りろ、と云《い》って自分《じぶん》が先《さき》に立《た》って軍《ぐん》を引上《ひきあ》げて、鰯《いわし》の干物《ひもの》や何《なに》かで盛《さか》んに子分達《こぶんたち》に飲《の》ませました。

子分達《こぶんたち》も亦親分《またおやぶん》の計略《けいりゃく》が奇功《きこう》を奏《そう》したのは自分達《じぶんたち》の手柄《てがら》も同《おな》じであるといって、盛《さか》んに飲《の》みはじめました。道庵《どうあん》は、かねての鬱憤《うっぷん》を晴《は》らしたものだから嬉《うれ》しくて嬉《うれ》しくて堪《た》まらないで、一緒《しょ》になって飲《の》み且踊《かつおど》っていると其処《そこ》へ其《そ》の筋《すじ》の役人《やくにん》が出張《しゅっちょう》しました。グデン〳〵になっている道庵《どうあん》を引張《ひっぱ》って役所《やくしょ》へ連《つ》れて行《い》ってしまいました。

さすがに大尽家《だいじんけ》でも、此《こ》の度《たび》の無茶《むちゃ》な狼藉《ろうぜき》に堪忍《かんにん》がなり難《がた》く其《そ》の筋《すじ》へ訴《うった》え出《で》たものと見《み》えます。それが為《た》めに道庵《どうあん》は役所《やくしょ》へ引張《ひっぱ》られて一応吟味《おうぎんみ》の上《うえ》が手錠《てじょう》三十日間《にちかん》というお灸《きゅう》になったのは自業自得《じごうじとく》とはいえ可哀相《かわいそう》な事《こと》でありました。

六〇三

手錠《てじょう》三十日《にち》は、大《たい》した重《おも》い刑罰《けいばつ》ではありませんでした。道庵《どうあん》は此《こ》の頃《ごろ》、鰡《ぼら》八を相手《あいて》に騒《さわ》いでいるけれども、大《たい》した悪人《あくにん》でないことは其《そ》の筋《すじ》でもよくわかっているのであります。悪人《あくにん》でないのみならず、道庵式《どうあんしき》の人物《じんぶつ》であることもよくわかっているから、お役人《やくにん》もまたかという心持《こころもち》でいました。

併《しか》し、訴《うった》えられて見《み》ると其《そ》のままにもなりませんから、道庵《どうあん》をつかまえて来《き》て、ウンと叱《しか》り飛《と》ばし、手錠《てじょう》三十日《にち》の云《い》い渡《わた》しをして町内預《ちょうないあず》けという事《こと》にしました。それで道庵《どうあん》は手錠《てじょう》を穿《は》められて自分《じぶん》の屋敷《やしき》へ帰《かえ》っては来《き》たけれど、その時《とき》は祝《いわ》い酒《ざけ》が利《き》き過《す》ぎてグデン〳〵になって帰《かえ》ると早早手錠《そうそうてじょう》を穿《は》められたままで寝込《ねこ》んでしまいました。

眼《め》が醒《さ》めた時分《じぶん》に起《お》き直《なお》ろうとして、はじめて自分《じぶん》の手《て》に錠《じょう》が穿《は》められてあった事《こと》に気《き》がつき、最初《さいしょ》は、

「誰《だれ》が此《こ》んな悪戯《いたずら》をしやがった」

と訝《いぶ》かりましたが、直《す》ぐに其《そ》れと考《かんが》えついて、

「此奴《こいつ》は堪《たま》らねえ」

と叫《さけ》びました。併《しか》し、それでもまだ何《なん》だかよく呑込《のみこ》めていないらしく、役所《やくしょ》へ引張《ひっぱ》られた事《こと》は朧《おぼろ》げに覚《おぼ》えているけれども、叱《しか》り飛《と》ばされた事《こと》なんぞは丸《まる》っきり忘《わす》れてしまっていました。下男《げなん》の国公《くにこう》から委細《いさい》の事《こと》を聞《き》いてはじめて成程《なるほど》と思《おも》い、今更《いまさら》恨《うら》めし気《げ》に其《そ》の手錠《てじょう》をながめていました。

ここにまた、道庵先生《どうあんせんせい》の手錠《てじょう》に就《つい》て不利益《ふりえき》な事《こと》が一つありました。手錠《てじょう》といった処《ところ》で、大抵《たいてい》の場合《ばあい》に於《おい》てはソッと附《つ》け届《とどけ》をしてユルイ手錠《てじょう》を穿《は》めてもらって、家《うち》へ帰《かえ》れば自由《じゆう》に抜《ぬ》き差《さし》の出来《でき》るようになっているのが通例《つうれい》でありました。遊《あそ》びに出《で》たい時《とき》は手錠《てじょう》を抜《ぬ》いて置《お》いて自由《じゆう》に遊《あそ》びに出《で》る事《こと》が出来《でき》、お呼出《よびだ》しとかお手先《てさき》が尋《たず》ねて来《き》たとかいう時《とき》に手錠《てじょう》を穿《は》めて見《み》せれば宜《よ》かったものを、先生《せんせい》は酔《よ》っていた為《ため》に、つい其《そ》の手続《てつづき》をする事《こと》が無《な》く、役所《やくしょ》でも亦何《またなん》のいたずらか先生《せんせい》の手《て》に、あたり前《まえ》の固《かた》い手錠《てじょう》を穿《は》めて帰《かえ》したから、極《きわ》めて融通《ゆうずう》の利《き》かないものになっていました。

其処《そこ》へ五人組《にんぐみ》の者《もの》が訪《たず》ねて来《き》て驚《おどろ》きました。例《れい》によってお役人《やくにん》にソッと頼《たの》んで緩《ゆる》い手錠《てじょう》に取《と》り替《か》えてもらうように運動《うんどう》をしようとすると、本人《ほんにん》の道庵先生《どうあんせんせい》が頑《がん》として頭《かしら》を振《ふ》って、

「俺《おり》や、そんな事《こと》は大嫌《だいきら》いだ、これで構《かま》わねえから

抛《ほう》って置《お》いて呉《く》れ」

と主張《しゅちょう》します。そんな事《こと》を云《い》って正直《しょうじき》に三十日間《にちかん》手錠《てじょう》を守《まも》っているということは馬鹿々々《ばかばか》しいにも程《ほど》のあった事《こと》だけれど、酔《よ》っている上《うえ》に、頑固《がんこ》を云《い》い出《だ》すと際限《さいげん》のない先生《せんせい》の事《こと》だから、それではと云《い》って一先《ま》ず其《そ》のままにして置《お》くことにしました。

道庵《どうあん》は斯《こ》うしてツマらない意地《いじ》を張《は》って手錠《てじょう》を穿《は》められたままでいるが、その不自由《ふじゆう》な事《こと》は譬《たと》うるに物《もの》が無《な》いのであります。こんな事《こと》なら五人組《にんぐみ》の云《い》う事《こと》を素《す》直《なお》に聞《き》いて置《お》けば宜《よ》かったと内心《ないしん》には悔《く》やみながら、それでも人《ひと》から慰《なぐさ》められると、大不平《だいふへい》で意地《いじ》を張《は》って、ナニ此《こ》の位《くらい》の事《こと》が何《なん》でもあるものかと気焔《きえん》を吐《は》いて胡《ご》魔化《まか》していました。

そうして意地《いじ》を張《は》りながら酒《さけ》を飲《の》むことから飯《めし》を食《く》うことに至《いた》るまで一々国公《いちいちくにこう》の世話《せわ》になる億劫《おくくう》さは容易《ようい》なものではありません。当人《とうにん》も困《こま》るし病家先《びょうかさき》の者《もの》は尚《な》お困《こま》っていました。

二日《か》経《た》ち三日《か》経《た》つ間《あいだ》に道庵《どうあん》も少《すこ》しは慣《な》れて来《き》て相変《あいかわ》らず手錠《てじょう》のままで酒《さけ》を飲《の》ませてもらい、其《そ》の勢《いきおい》で頻《しきり》に鰡八《ぼら》の悪口《あっこう》を並《なら》べていました。

この最中《さいちゅう》に道庵《どうあん》の許《もと》へ珍客《ちんきゃく》が一人飄然《ひとりひょうぜん》としてやって来《き》ました。珍客《ちんきゃく》とは宇治山田《うじやまだ》の米友《よねとも》でありました。

六〇四

此《こ》の場合《ばあい》に米友《よねとも》が道庵先生《どうあんせんせい》の処《ところ》へ姿《すがた》を現《あらわ》したのは、その時《とき》を得《え》たものか如何《どう》かわかりませんでした。然《しか》し、訪《たず》ねて来《き》たものは如何《どう》も仕方《しかた》が無《な》いのであります。本来《ほんらい》ならば与八《よはち》と一緒《しょ》に訪《たず》ねて来《く》る約束《やくそく》になっていたのが、一人《ひとり》で先《さき》がけをして来《き》たものらしくありました。

「今日《こんにち》は」

米友《よねとも》は定《き》まりが悪《わる》そうに先生《せんせい》の前《まえ》へ座《すわ》りました。この男《おとこ》は片足《かたあし》が悪《わる》いから跪《かし》こまろうとしても旨《うま》い具合《ぐあ》いには跪《かし》こまれないから胡座《あぐら》と跪《かしこ》まるのとを折衷《せっちゅう》したような非常《ひじょう》に窮屈《きゅうくつ》な座《すわ》り方《かた》でありました。

「やあ、妙《みょう》な奴《やつ》が来《き》やがった」

道庵先生《どうあんせんせい》も亦手錠《またてじょう》のままの甚《はなは》だ窮屈《きゅうくつ》な形《かたち》で米友《よねとも》を頭《あたま》ごなしに睨《にら》みつけました。

「先生《せんせい》、如何《どう》も御無沙汰《ごぶさた》をしちゃった」

感心《かんしん》な事《こと》に米友《よねとも》は木綿《もめん》でこそあれ仕立《した》て下《お》ろしの袂《たもと》のついた着物《きもの》を着《き》ていました。与《よ》八の好意《こうい》に出《い》でたものでありましょう。

ここで道庵《どうあん》と米友《よねとも》との一別来《べつらい》の問答《もんどう》がありました。

道庵《どうあん》は道庵《どうあん》らしく問《と》い、米友《よねとも》は米友《よねとも》らしく答《こた》え、可《か》なり珍妙《ちんみょう》な問答《といあ》いが取《と》り替《か》わされたけれど、割合《わりあ》いに言《こと》葉《ば》に角《かど》も立《た》たないで無事《ぶじ》であったが、

「友公《ともこう》、実《じつ》はおれも苛《ひど》い目《め》に逢《あ》ってしまったよ」

道庵《どうあん》が最後《さいご》に、道庵《どうあん》らしくもない弱音《よわね》を吐《は》くので、米友《よねとも》は其《そ》れを不思議《ふしぎ》に思《おも》いました。米友《よねとも》の不思議《ふしぎ》に思《おも》ったのは、それだけではなく此《こ》の話《はなし》の最中《さいちゅう》にいつも道庵《どうあん》が両手《りょうて》を上《あ》げないでいる格好《かっこう》が変《へん》であることから、よく〱其《そ》の手許《てもと》を見《み》ると、錠前《じょうまえ》がかかって金《かね》の輪《わ》が穿《は》めてあるらしいから、益《ますます》それを訝《いぶ》かって、

「先生《せんせい》、その手《て》はそりゃ一体《たい》、如何《どう》したわけなんだ」

と尋《たず》ねました。

「これか」

道庵《どうあん》は手錠《てじょう》の穿《は》められた手《て》を高《たか》く差上《さしあ》げて米友《よねとも》に示《しめ》し、待《ま》っていましたと云《い》わぬばかりに舌《した》なめずりをし、

「まあ米友聞《よねともき》いて呉《く》れ」

と前置《まえおき》をして、それから馬鹿囃子《ばかばやし》と水鉄砲《みずでっぽう》の事《こと》まで滔々《とうとう》と米友《よねとも》に向《む》かって喋《しゃべ》ってしまいました。これは道庵《どうあん》としては重大《じゅうだい》な失策《しっさく》でありました。斯《こ》ういう事《こと》を生地《きじ》のままで語《かた》って聞《き》かすには慥《たし》かに相手《あいて》が悪《わる》いのであります。米友《よねとも》のような単純《たんじゅん》な男《おとこ》を前《まえ》に置《お》いて斯《こ》ういう煽動《せんどう》的《てき》な出来事《できごと》を語《かた》って聞《き》かすという事《こと》は余程《よほど》考《かんが》えねばな

らぬ事《こと》であったに拘《かかわ》らず、道庵《どうあん》は調子《ちょうし》に乗《の》って却《かえっ》て其《そ》の出来事《できごと》を色《いろ》をつけたり艶《つや》をつけたりして面白半分《おもしろはんぶん》に説《と》き立《た》てて、自分《じぶん》は其《そ》れが為《ため》に手錠《てじょう》三十日《にち》の刑《けい》に処《しょ》せられたに拘《かかわ》らず、鰡《ぼら》八の方《ほう》は何《なん》のお咎《とが》めなく大得意《だいとくい》で威張《いば》っている、癪《しゃく》にさわって堪《たま》らねえというような事《こと》を云《い》って聞《き》かせて気《き》の短《みじか》い米友《よねとも》の心《こころ》に追々《おいおい》と波《なみ》を立《た》たせて行《ゆ》きました。

「馬鹿《ばか》にしてやがら」

米友《よねとも》が斯《こ》ういって憤慨《ふんがい》した面《かお》つきが可笑《おか》しいといって道庵《どうあん》は、いい気《き》になってまた焚《た》きつけました。

「全《まった》く馬鹿《ばか》にしてる、おれは貧乏人《びんぼうにん》の味方《みかた》で早《はや》く云《い》えば今《いま》の世《よ》の佐倉宗《さくらそう》五郎《ろう》だ、その佐倉宗《さくらそう》五郎《ろう》が此《こ》の通《とお》り手錠《てじょう》を穿《は》められて鰡公《ぼらこう》なんぞは手《て》を振《ふ》って歩《ある》いていやがる、斯《こ》うなっちゃ世《よ》の中《なか》は闇《やみ》だ」

道庵先生《どうあんせんせい》の宗《そう》五郎《ろう》気取《きどり》も可《か》なりいい気《き》なものであったけれども、兎《と》に角《かく》、一応《おう》の理窟《りくつ》を聞《き》いて見《み》たり、また米友《よねとも》は尾上山《おべやま》の隠《かく》れヶ岡《おか》で命《いのち》を拾《ひろ》われて以来少《いらいすくな》くとも此《こ》の人《ひと》を大仁者《だいじんしゃ》の一人《ひとり》として推服《すいふく》しているのだから、いくら金持《かねもち》だといっても、国《くに》の為《ため》になる人《ひと》だからと云《い》っても、ドシドシ人《ひと》の住居《すまい》を買《か》いつぶして妾宅《しょうたく》を取《と》り拡《ひろ》げるなどという事《こと》を聞《き》くと其《そ》の傍若無人《ぼうじゃくぶじん》を憎《にく》まないわけには行《ゆ》かないのであります。

六〇五

その翌日《よくじつ》、米友《よねとも》は道庵先生《どうあんせんせい》の家《いえ》の屋根《やね》の上《うえ》の櫓《やぐら》へ上《のぼ》って見《み》ました。

成程《なるほど》、話《はなし》に聞《き》いた通《とお》り、道庵《どうあん》の屋敷《やしき》の後《うしろ》と左右《さゆう》とは目《め》を驚《おどろ》かすばかり新築《しんちく》の家《いえ》と庭《にわ》とで囲《かこ》まれていました。何《なん》の恨《うら》みあっての事《こと》か知《し》らないが、これでは先生《せんせい》が肝癪《かんしゃく》を起《おこ》すのも尤《もっと》もだと米友《よねとも》にも頷《うなず》かれたのであります。

鰡《ぼら》八というのは一体何者《たいなにもの》であろうと米友《よねとも》は其《そ》の御殿《ごてん》の方《ほう》を睨《にら》みつけましたけれど、その時《とき》は雨戸《あまど》を締《し》めきってありました。これはあの時《とき》の騒《さわ》ぎから兎《と》も角《かく》道庵《どうあん》を手錠町内預《てじょうちょうないあず》けまでにしてしまったのだから、鰡《ぼら》八の方《ほう》でも寝醒《ねざめ》が悪《わる》く、多少謹慎《たしょうきんしん》しているものと思《おも》われます。

米友《よねとも》には敢《あえ》て金持《かねもち》だからと云《い》って特《とく》に其《そ》れを悪《にく》むような事《こと》はありませんでした。また身分《みぶん》の高《たか》い人《ひと》だからと云《い》って其《そ》れを怖《おそ》れるような事《こと》もありませんでした。何《なに》か癪《しゃく》に触《さわ》る事《こと》が出来《でき》ると、その時《とき》には金持《かねもち》であろうと身《み》分《ぶん》の高《たか》い人《ひと》であろうと、川越《かわごえ》の雲助《くもすけ》であろうと、山道《さんどう》の猿《さる》であろうと、思慮《しりょ》する遑《いとま》がなく相手《あいて》に取《と》ってしまうのであります。恩《おん》も怨《うら》みも無《な》い鰡《ぼら》八だけれど、わが恩人《おんじん》である道庵《どうあん》を虐待《ぎゃくたい》して手錠《てじょう》にまでしてしまった鰡《ぼら》八と思《おも》えば無暗《むやみ》に悪《にく》らしくなって堪《た》まりませんでした。

道庵《どうあん》が鰡《ぼら》八に楯《たて》をつくのは、それは本当《ほんとう》に業腹《ごうはら》でやっているのだか、または面白半分《おもしろはんぶん》でやっているのだかわからないのであります。殊《こと》に米友《よねとも》を嗾《け》しかけた事《こと》などは、たしかに面白半分《おもしろはんぶん》というよりも面白《おもしろ》八分《ぶ》でやった事《こと》に相違《そうい》ないのを、米友《よねとも》に至《いた》ると其《そ》れを其《そ》のままに受《う》け取《と》って、憎《にく》み出《だ》した時《とき》は本当《ほんとう》に憎《にく》むのだから困《こま》ります。

そうして鰡《ぼら》八という奴《やつ》の面《つら》はどんな面《つら》をしているか一目《め》なりとも見《み》てやりたいものだと余念《よねん》なく櫓《やぐら》の上《うえ》に立《た》っていると、如何《どう》した機会《はずみ》か今《いま》まで締《し》めきってあった雨《あま》戸《ど》がサラリと開《あ》きました。米友《よねとも》はハッと思《おも》って其《そ》の戸《と》の開《あ》いた処《ところ》を見《み》ました。米友《よねとも》が心《こころ》で願《ねが》っている鰡《ぼら》八が或《あるい》は幸《さいわい》に其処《そこ》へ面《かお》を出《だ》したものではないかと思《おも》いました。併《しか》し、それは間違《まちが》いであって、戸《と》を開《あ》けたのは十五六になろうという可愛《かわい》い小間使風《こまづかいふう》の子《こ》でありました。

「おや」

その女《おんな》の子《こ》は戸《と》を開《あ》ける途端《とたん》に道庵《どうあん》の家《いえ》の屋根《やね》を見《み》て其《そ》の櫓《やぐら》の上《うえ》に立《た》っている米友《よねとも》に眼《め》がつきました。米《よね》友《とも》が例《れい》の眼《め》を丸《まる》くして其処《そこ》に立《た》ち尽《つく》しているのを見《み》た女《おんな》の子《こ》は吃驚《びっくり》して少《すこ》しばかりたじろぎました。

それから少《すこ》しばかり引《ひ》き開《あ》けた戸《と》の蔭《かげ》に隠《かく》れるようにして再《ふたた》び篤《とく》と米友《よねとも》の面《かお》をながめていましたが、

「オホホホホ」

と遽《にわか》に笑《わら》い出《だ》しました。それは小娘《こむすめ》が物《もの》に可笑《おかし》がる笑《わら》い方《かた》で、遂《つい》には可笑《おかし》さに堪《た》えないように腹《はら》を抱《かか》えて、

「ちょいと、お徳《とく》さん、来《き》て御覧《ごらん》なさい、早《はや》く来《き》てごらんなさいよ」

「如何《どう》したの、お鶴《つる》さん」

「あれ、あそこを御覧《ごらん》なさい」

「まあ」

「ありゃ人間《にんげん》でしょうか、猿《さる》でしょうか」

「そりゃ人間《にんげん》さ」

「あの面《かお》を御覧《ごらん》なさい」

「おお怖《こわ》い」

「でも何処《どこ》かに可愛《かわゆ》い処《ところ》もあるじゃありませんか」

「子供《こども》でしょうかね」

「何《なん》だかお爺《じい》さん見《み》たような処《ところ》もあるのね」

「あれお前《まえ》さん此方《こっち》を凝《じっ》と見《み》ているよ、睨《にら》めてるんじゃないか」

「怖《こわ》いね」

「怖《こわ》かないよ、子供《こども》だよ」

「何《なん》でしょうか、ホントに、ありゃ」

小間使《こまづかい》が二人《ふたり》寄《よ》り三人《にん》寄《よ》り、外《ほか》の女中雇人《じょちゅうやといにん》まで追々《おいおい》集《あつ》まって米友《よねとも》の面《つら》を指《さ》して色々《いろいろ》の噂《うわさ》をしているのが米《よね》友《とも》の耳《みみ》に入《はい》りました。

「やい、そこで何《なに》か云《い》っているのは俺等《おいら》の事《こと》を云《い》ってるのか」

米友《よねとも》はキビ〳〵した声《こえ》で叫《さけ》びました。

六〇六

「それ御覧《ごらん》、おお怖《こわ》い」

米友《よねとも》に一喝《いっかつ》された女中達《じょちゅうたち》は怖気《おぞけ》をふるって雨戸《あまど》を締《しめ》きってしまいました。それが為《ため》に米友《よねとも》も張合《はりあ》いが抜《ぬ》けて喧嘩《けんか》にもならずにしまったのは幸《さいわい》でありました。

やや暫《しば》らくして櫓《やぐら》の上《うえ》から下《お》りて来《き》た米友《よねとも》を道庵《どうあん》は声高《こえだか》く呼《よ》びましたから米友《よねとも》が行《い》って見《み》ると、道庵《どうあん》は例《れい》の通《とお》り手錠《てじょう》のままで彳然《つくねん》と座《すわ》っていましたが、米友《よねとも》に向《むか》って暇《ひま》ならば、日本橋《にほんばし》まで使《つか》いに行《い》って来《き》て呉《く》れないかという事《こと》でありました。米友《よねとも》は直《す》ぐに承知《しょうち》をしました。そこで道庵《どうあん》の差図《さしず》によって米友《よねとも》は日本橋《にほんばし》の本町《ほんちょう》の薬種問屋《やくしゅといや》へ薬種《やくしゅ》を仕入《しい》れに行《ゆ》くのであります。

仕入《しい》れて来《く》るべき薬種《やくしゅ》の品々《しなじな》を道庵《どうあん》は米友《よねとも》に口《くち》うつしにして書《か》かせました。それに要《よう》する金銭《きんせん》の上《うえ》に道庵《どうあん》は若干《じゃっかん》の小遣《こづか》い銭《せん》を米友《よねとも》に与《あた》えて、お前《まえ》も江戸《えど》は久《ひさ》しぶりだから其《そ》の序《ついで》に幾《いく》らでも見物《けんぶつ》をして来《く》るが宜《よ》いと云《い》いました。日《ひ》のあるうちに帰《かえ》って来《く》れば宜《よ》ろしいからしこたま道草《みちくさ》を食《く》って来《こ》いという極《きわ》めて都合《つごう》のよい使《つか》いを云《い》いつけました。米友《よねとも》は其《そ》の使命《しめい》を承《うけたまわ》って風《ふ》呂敷包《ろしきづつみ》を首根《くびね》っ子《こ》へ結《ゆわ》いつけて仕立下《したてお》ろしの袂《たもと》のある棒縞《ぼうじま》の着物《きもの》を着《き》て長者町《ちょうじゃまち》の屋敷《やしき》を放《はな》れました。本来《ほんらい》、使《つか》いそのものは附《つ》けたりで恩暇《おんか》を得《え》たようなものだから、米友《よねとも》は使《つか》いの用向《ようむき》は後廻《あとまわ》しにして帰《かえ》りがけに本町《ほんちょう》へ廻《まわ》って薬種《やくしゅ》を仕入《しい》れて来《こ》ようと斯《こ》う思《おも》いました。

何処《どこ》へ行《ゆ》こうかしら、暇《ひま》はもらったけれども米友《よねとも》には、まだ何処《どこ》へ行《ゆ》こうという当《あて》は無《な》いのであります。兎《と》も角《かく》、久《ひさ》しぶりで江戸《えど》へ出《で》たのだから御無沙汰《ごぶさた》廻《まわ》りをして見《み》ようかと思《おも》いましたけれど、それとても米友《よねとも》が面《かお》を出《だ》さねばならぬ程《ほど》の義理合《ぎりあい》のある処《ところ》は一軒《けん》もないのでありました。

何心《なにごころ》なく歩《ある》いて来《く》ると、佐久間町《さくまちょう》あたりへ出《で》ました。ここで米友《よねとも》は去年《きょねん》の事《こと》、こましゃくれた若《わか》い主人《しゅじん》の忠作《ちゅうさく》の為《ため》に使《つか》い廻《まわ》されて、飛《と》び出《だ》した事《こと》を思《おも》い出《だ》しました。あの時《とき》の女主人《おんなあるじ》は甲府《こうふ》へ行《い》っている筈《はず》だけれど、あの若《わか》いこましゃくれた忠作《ちゅうさく》は如何《どう》しているか、小癪《こしゃく》にさわる奴《やつ》だと今《いま》もそう思《おも》って通《とお》りました。やがて昌平橋《しょうへいばし》のあたりへ来《く》ると例《れい》の貧窮組《ひんきゅうぐみ》の騒《さわ》ぎに自分《じぶん》も煙《けむり》

に捲《ま》かれて、あとをついて歩《ある》いた光景《こうけい》を思《おも》い出《だ》しました。昌平橋《しょうへいばし》も無意味《むいみ》に渡《わた》って、これも何等《なんら》の目的《もくてき》もなく柳原《やなぎはら》の土手《どて》の方《ほう》へ向《むか》った時《とき》に、ここで変《へん》な女《おんな》に呼《よ》び留《と》められた事《こと》と、その女《おんな》が自分《じぶん》の落《おと》した財布《さいふ》を拾《ひろ》って置《おい》て呉《くれ》た事《こと》を思《おも》い出《だ》しました。

「そうだ、あの女《おんな》はお蝶《ちょう》と云《い》ったっけ、あれで中々《なかなか》正直《しょうじき》な女《おんな》だ、あの女《おんな》の親方《おやかた》という奴《やつ》も中々親切《なかなかしんせつ》な奴《やつ》で、俺等《おいら》を暫《しばら》く世話《せわ》をして呉《く》れたんだ、ああして恩《おん》になったり世話《せわ》になったりした処《ところ》へ江戸《えど》へ来《き》て見《み》れば面出《かおだ》しをしねえというのは義理《ぎり》が悪《わる》い、扨今日《さてきょう》はこれからあの家《うち》へ遊《あそ》びに行《い》ってやろう、本所《ほんじょ》の鐘撞堂《かねつきどう》で相模屋《さがみや》というんだ、よく覚《おぼ》えてらあ」

ここで米友《よねとも》の心持《こころもち》が漸《よう》く定《き》まりました。本所《ほんじょ》の鐘撞《かねつき》堂《どう》の相模屋《さがみや》という夜鷹《よたか》の親分《おやぶん》の許《もと》へ米友《よねとも》は御無沙汰《ごぶさた》に行《ゆ》こうという覚悟《かくご》が定《き》まったのであります。

手《て》ぶらでも行《ゆ》けないから、何《なに》か手土産《てみやげ》を持《も》って行《ゆ》きたいと、米友《よねとも》も相当《そうとう》に義理《ぎり》を考《かんが》えて、何《なに》にしようかと彼方《あちら》、此方《こちら》を見廻《みまわ》しながら歩《ある》いているうちに柳原《やなぎはら》を通《とお》り越《こ》して両国《りょうごく》に近《ちか》い所《ところ》までやって来《き》てしまいました。

「両国《りょうごく》！」

と気《き》がついた米友《よねとも》は何《なん》だか全身《ぜんしん》から冷汗《ひやあせ》の湧《わ》くように思《おも》って身《み》を竦《すく》ませて突立《つった》ちました。両国《りょうごく》は米友《よねとも》に取《と》っては、よい記憶《きおく》のある土地《とち》ではないのであります。よい記憶《きおく》のある土地《とち》でない上《うえ》に其処《そこ》へ来《く》るとむら〳〵として一種《しゅ》云《い》うべからざる忌《いや》な風《かぜ》に襲《おそ》われてしまいました。

六〇七

両国《りょうごく》に近《ちか》い処《ところ》へ来《き》て米友《よねとも》がむらむらと不快《ふかい》な感《かん》に打《う》たれて堪《た》まらなくなったのは、それは前《まえ》にも此処《ここ》で心《こころ》ならず印度人《インドじん》に仮装《かそう》して、暫《しばら》くの間人《あいだひと》を欺《あざむ》き自《みずか》らを欺《あざむ》いた事《こと》の記憶《きおく》を呼《よ》び起《おこ》してその良心《りょうしん》に恥《はずか》しくなったから、其《そ》れのみではありません。

此処《ここ》へ来《く》るとお君《きみ》の事《こと》が思《おも》い出《だ》され甲州《こうしゅう》へ置《お》いて来《き》たお君《きみ》の面影《おもかげ》が強《つよ》い力《ちから》で米友《よねとも》の心《こころ》を押《おさ》えて来《き》たから、

「うーむ」

と云《い》って米友《よねとも》は突立《つった》ったなりで歯《は》を食《く》い縛《しば》りました。

それ以来《いらい》の米友《よねとも》は元気《げんき》に於《お》いても短気《たんき》に於《お》いても、さのみ変《かわ》る事《こと》は無《な》かったけれど、時《とき》とするとぼんやり気抜《きぬけ》の体《てい》になって、歩《ある》いていながらも屢《しばしば》立《た》ち留《ど》まることがあるのであります、立《た》ち留《ど》まっては歯《は》を喰《く》いしばって、

「うーむ」

と凄《すさま》じい顔色《がんしょく》をして傍《かた》えの人《ひと》を驚《おどろ》かすのであります。

今《いま》は此処《ここ》へ来《き》て、それが何時《いつ》もするよりは一層《そう》烈《はげ》しい心持《こころもち》になって歯《は》を食《く》いしばって唸《うな》ると共《とも》に身震《みぶる》いをしました。

「能登守《のとのかみ》という奴《やつ》が悪《わる》いんだ、彼奴《あいつ》がお君《きみ》を蕩《たら》したから、それであの女《おんな》があんな事《こと》になっちまったんだ、御《ご》支配《しはい》が何《なん》だい、殿様《とのさま》が何《なん》だい」

米友《よねとも》は傍《かたわら》へ聞《き》こえるほどな声《こえ》で唸《うな》りながら独《ひと》り言《ごと》を云《い》っています。

お君《きみ》の事《こと》を思《おも》い出《だ》した時《とき》の米友《よねとも》は同時《どうじ》に必《かなら》ず能登守《のとのかみ》を恨《うら》むのであります。何《なに》も知《し》らないお君《きみ》を蕩《たら》して玩《もてあそ》びものにしたのは憎《にく》むべき駒井《こまい》能登守《のとのかみ》と思《おも》うのであります。大名《だいみょう》とか殿様《とのさま》という奴等《やつら》は、自分《じぶん》の権力《けんりょく》や栄耀《えいよう》を肩《かた》に着《き》て、いつも若《わか》い女《おんな》の操《みさお》を弄《もてあそ》び、いい加減《かげん》時分《じぶん》に其《そ》れを突《つ》き放《はな》してしまうものであると米友《よねとも》は今《いま》や信《しん》じきっているのでありました。その毒手《どくしゅ》にかかって甘《あま》んじて其《そ》の玩《もてあ》び物《もの》となって誇《ほこ》らかにしているお君《きみ》の愚《おろ》かさは思《おも》い出《だ》しても腹立《はらだ》たしくなり蹴倒《けたお》してやりたいように思《おも》うのであります。

斯《こ》うして米友《よねとも》はお君《きみ》の事《こと》を思《おも》い出《だ》すと矢《や》も楯《たて》も堪《た》まらぬほどに腹立《はらだ》たしくなるが、その腹立《はらだち》は直《す》ぐに能登守《のとのかみ》の方《ほう》へ持《も》って行《い》ってブッ掛《か》けてしまいます。能登守《のとのかみ》を憎《にく》む心《こころ》は、すべての大名《だいみょう》や殿様《とのさま》という種族《しゅぞく》の乱行《らんぎょう》を憎《にく》む心《こころ》に滔々《とうとう》と流《なが》れ込《こ》んで行《ゆ》くのであります。その事《こと》を思《おも》い返《かえ》すと米友《よねとも》は甲府《こうふ》を立《た》つ時《とき》に、何故《なにゆえ》に駒《こま》井能登守《いのとのかみ》を打《う》ち殺《ころ》して来《こ》なかったかと歯《は》を鳴《な》らして其《そ》れを悔《く》やむのでありました。能登守《のとのかみ》を打《う》ち殺《ころ》せば其《そ》れでお君《きみ》の眼《め》を醒《さ》まさせる事《こと》も出来《でき》たろうにと思《おも》い返《かえ》して地団太《じだんだ》を踏《ふ》むのでありました。

米友《よねとも》の頭《あたま》では、今《いま》でもお君《きみ》は散々《さんざん》に能登守《のとのかみ》の玩《もてあそ》び物《もの》になっていい気《き》になっているものとしか思《おも》えないのでありります。そうして間《あい》の山時代《やまじだい》の事《こと》なんぞは口《くち》に出《だ》すのも忌《い》やがって天晴《あっぱれ》のお部屋様《へやさま》気取《きど》りで済《す》ましていることは思《おも》えば〳〵業腹《ごうはら》で堪《た》まらないのであります。

一体《たい》、彼奴等《あいつら》は何《なん》の権利《けんり》があって其《そ》んな巫山戯《ふざけ》た真《ま》似《ね》をするのだろうと米友《よねとも》の憎《にく》みはやがて一種《しゅ》の呪《のろ》いの心《こころ》にまで変《かわ》って行《ゆ》くのであります。短気《たんき》ではあったけれども、曾《かつ》て僻《ひが》んではいなかった米友《よねとも》の心持《こころもち》が漸《ようや》く、じりじりと呪《のろ》われて行《ゆ》く事《こと》は、米友《よねとも》に取《と》って重大《じゅうだい》なる不幸《ふこう》であると共《とも》に、斯様《かよう》な単純《たんじゅん》な男《おとこ》を一図《ず》に呪《のろ》いの道《みち》へ走《はし》らせることは、その恨《うら》みを受《う》けた者《もの》に取《と》っては可なりに危険《きけん》な事《こと》でありました。米友《よねとも》は其処《そこ》に突立《つった》って唸《うな》り歯噛《はが》みをして独《ひと》り言《ごと》を云《い》って通《とお》る人《ひと》を不思議《ふしぎ》がらせ、遂《つい》に其《そ》の周囲《しゅうい》へ一人立《ひとりた》ち二人立《ふたりた》つような有様《ありさま》になった時《とき》に気《き》がついて、

「覚《おぼ》えてやがれ」

歯《は》を食《く》いしばったままで、サッサと人混《ひとごみ》を通《とお》り抜《ぬ》けて、他目《わきめ》を振《ふ》らずに両国橋《りょうごくばし》を渡《わた》って行《ゆ》く挙動《きょどう》は、可笑《おか》しいというよりは慥《たしか》に物《もの》すさまじい挙動《きょどう》でありました。

「何《なん》だ彼奴《あいつ》は」

通《とお》りすがる人《ひと》が皆振《みなふ》り返《かえ》って米友《よねとも》の後《うしろ》を見送《みおく》るほどに穏《おだや》かならぬ歩《ある》きぶりでありました。

六〇八

併《しか》し、米友《よねとも》は両国橋《りょうごくばし》のまん中《なか》へ来《き》てまた立《た》ち留《ど》まりました。

橋《はし》の真中《まんなか》にあった橋番小屋《はしばんごや》の傍《かたわら》の欄干《てすり》に凭《もた》れてホッと溜息《ためいき》を吐《つ》きました。ここから米友《よねとも》は両国《りょうごく》の賑《にぎわ》いをながめています。米友《よねとも》のながめている処《ところ》は広小路《ひろこうじ》の見世《みせ》物小屋《ものごや》のあたりで嘗《かつ》て自分《じぶん》が軽業《かるわざ》の一座《ざ》に加《くわ》わって黒《くろ》ん坊《ぼう》になった処《ところ》の小屋《こや》がけも高《たか》く其処《そこ》に聳《そび》えて見《み》えます。今《いま》は誰《だれ》が何《なに》をやっているか知《し》れないけれども、米《よね》友《とも》に取《と》っては其《そ》れがなか〳〵の思《おも》い出《で》の種《たね》でない事《こと》はありません。自分《じぶん》に取《と》っては苦手《にがて》である親方《おやかた》のお角《かく》は甲州《こうしゅう》の片田舎《かたいなか》の思《おも》いにつけない処《ところ》にいたのだから此処《ここ》へ帰《かえ》って、また再《ふた》び前《まえ》の興行《こうぎょう》をつづけている筈《はず》が無《な》い。あの一座《ざ》の芸人達《げいにんたち》は如何《どう》してしまったろう、力持《ちからもち》のおせいさんなぞは今如何《いまどう》しているか、おいらに悪口《あっこう》を云《い》った女共《おんなども》は、他《ほか》の興行師《こうぎょうし》の下《もと》にまだ彼処《あすこ》で打《う》っているかも知《し》れないなどと思《おも》うにつけてもお君《きみ》の事《こと》が思《おも》い出《だ》されて、あの晩小屋《ばんこや》を追出《おいだ》されて、お君《きみ》と二人《ふたり》でムクを連《つ》れて橋向《はしむこ》うの木賃宿《きちんやど》へ行《い》った事《こと》、それから相談《そうだん》ずくでお君《きみ》を忌々《いやいや》ながら甲州《こうしゅう》へやってしまった事《こと》、其《そ》れが取《と》り返《かえ》しのつかぬ今日《こんにち》の破目《はめ》になった事《こと》を思《おも》えば米友《よねとも》には此《こ》の両国橋《りょうごくばし》に無限《むげん》の恨《うらみ》があるのであります。

米友《よねとも》が、わずかの月日《つきひ》の間《あいだ》に経験《けいけん》した今昔《こんじゃく》の感《かん》に堪《た》えないでいるにかかわらず、両国《りょうごく》の賑《にぎわ》いは其《そ》の昔《むかし》に少《すこ》しも変《かわ》ることがありませんでした。朝《あさ》は青物市《あおものいち》の千両《りょう》、昼《ひる》は広小路《ひろこうじ》の見世物《みせもの》千両《りょう》、夜《よる》は川《かわ》の中《なか》の賑《にぎわ》い千両《りょう》という其《そ》の賑《にぎ》わしさは甲州《こうしゅう》の山《やま》から久《ひさ》しぶりで出《で》て来《き》た米《よね》友《とも》の眼《め》には目《め》まぐろしいほどの景気《けいき》であるけれど、それがまた何《なん》とも癪《しゃく》にさわって堪《たま》らないのであります。

此処《ここ》へ来《き》ても米友《よねとも》はお君《きみ》の事《こと》が業腹《ごうはら》で堪《たま》りません、間《あい》の山以来《やまいらい》のお君《きみ》が自分《じぶん》に反《そむ》いて、殿様《とのさま》とやらに靡《なび》いたということが腹《はら》が立《た》って堪《たま》りません。能登守《のとのかみ》を憎《にく》く思《おも》うと共《とも》に、やっぱり幼馴染《おさななじみ》のお君《きみ》というものは可哀《かわい》相《そう》に思《おも》うのです、米友《よねとも》はお君《きみ》を人《ひと》に取《と》られたという嫉《しっ》妬《と》から能登守《のとのかみ》を憎《にく》むわけでもなく、また恋《こい》の恨《うらみ》からお君《きみ》を呪《のろ》うのではありません、ただ腹《はら》が立《た》って可哀相《かわいそう》に思《おも》われて、しまいには歯《は》を嚙《か》み鳴《な》らして唸《うな》るのであります。歯《は》を嚙《か》み鳴《な》らして唸《うな》った後《のち》に凝《じっ》と立《た》っている米《よね》友《とも》の眼《め》を見《み》ると、其処《そこ》に何物《なにもの》かの限《かぎ》りなき頼《たよ》り無《な》さが

現《あら》われて来《く》るのは不思議《ふしぎ》であります。この頃《ごろ》の米友《よねとも》は、如何《どう》やら茫然《ぼうぜん》として物《もの》を忘《わす》れたような寂寞《せきばく》の影《かげ》に包《つつ》まれているもののように、哀《あわ》れにも痛《いた》ましく見《み》えるのも不思議《ふしぎ》な光景《こうけい》でありました。

ここで折角《せっかく》、鐘撞堂新道《かねつきどうしんみち》へ行《い》って、御無沙汰《ごぶさた》をして来《こ》ようという志《こころざし》も、すっかり打《う》ち砕《くだ》かれてしまって、そんな事《こと》をしたって仕方《しかた》が無《な》いという気《き》になりました。人《ひと》の処《ところ》を訪《たず》ねるのなんぞは嫌《いや》な気持《きもち》になってしまいます。そうかと云《い》ってあの繁華《はんか》な広小路《ひろこうじ》へ行《い》って見世物《みせもの》を見《み》ようという気《き》にもなれず、橋《はし》の袂《たもと》へ行《い》って辻講釈《つじこうしゃく》や祭《さい》文《もん》を聞《き》いて見《み》ようという気《き》にもなれず、と云《い》ってまたいつまで斯《こ》うして水《みず》の流《なが》れを見《み》ても居《い》られないし、やがてまた当途《あてど》もなく歩《ある》き出《だ》さねばならなくなりました。

両国橋《りょうごくばし》は米友《よねとも》に取《と》って、女軽業《おんなかるわざ》と黒《くろ》ん坊《ぼう》とお君《きみ》との思《おも》い出《いで》あるのみならず、ここで物騒《ぶっそう》な張札《はりふだ》を川《かわ》の中《なか》へ抛《ほう》り込《こ》んだり、七兵衛《べえ》に逢《あ》って甲州行《こうしゅうゆき》の相談《そうだん》を持《も》ちかけられたりした思《おも》い出《いで》もあるのであります。

「うむ、あの相生町《あいおいちょう》の箱惣《はこそう》の家《うち》は如何《どう》したろう、誰《だれ》も住手《すみて》が無《な》いから、俺等《おいら》が留守番《るすばん》をしてやった、浪人者《ろうにんもの》を槍《やり》で嚇《おど》かして追払《おっぱら》った事《こと》もある、其《そ》んなに遠《とお》い処《ところ》でも無《な》いから、あの家《うち》の前《まえ》を一つ通《とお》って見《み》てやろうかな」

六〇九

両国橋《りょうごくばし》を渡《わた》りきった米友《よねとも》は回向院《えこういん》に突《つ》き当《あた》って右《みぎ》へ廻《まわ》って竪川通《たてかわどおり》へ出《で》ました。それから幾《いく》らもない相生町《あいおいちょう》の河岸《かし》を二丁目《ちょうめ》の処《ところ》、例《れい》の箱惣《はこそう》の家《うち》の前《まえ》まで来《き》て見《み》ると、如何《どう》やら其《そ》の頃《ころ》とは容子《ようす》が変《かわ》っているようであります。

あの時《とき》は祟《たた》りがあるのお化《ばけ》が出《で》るのと云《い》って誰《だれ》も住《す》み人《て》の無《な》かったものが、今《いま》は立派《りっぱ》に人《ひと》が住《す》んでいるらしくあります、それも商人向《しょうにんむき》の造作《ぞうさく》が直《なお》されて誰《だれ》か然《しか》るべき身分《みぶん》の者《もの》の別邸《べってい》か何《なに》かのような住居《すまい》になっていました。その他《ほか》にはあんまり変《かわ》った事《こと》も無《な》いから米友《よねとも》は其《そ》の家《いえ》の前《まえ》を素通《すどお》りをして行《い》ってしまおうとすると、

「あ、おじさんが来《き》たよ、槍《やり》の上手《じょうず》なおじさんが来《き》たよ」

バラ〳〵と米友《よねとも》の周囲《まわり》に集《たか》って来《き》たのは河岸《かし》に遊《あそ》んでいた子供連《こどもれん》でありました。これは米友《よねとも》がここに留守《るす》居《い》をしていた時分《じぶん》の馴染《なじみ》の子供連《こどもれん》であります。留守番《るすばん》をしている時分《じぶん》には米友《よねとも》の周囲《まわり》がこれ等《ら》の子供連《こどもれん》の倶《く》楽部《らぶ》になったものであります。子供連《こどもれん》は思《おも》いがけなくも米友《よねとも》の姿《すがた》を此処《ここ》に見出《みだ》したものだから、ワイワイと集《あつ》まって来《き》て、

「おじさん、槍《やり》の上手《じょうず》なおじさん、何処《どこ》へ行《い》ったの」

「うむ、俺等《おいら》は旅《たび》をして来《き》たんだ」

「随分長《ずいぶんなが》かったね、ナゼもっと早《はや》く帰《かえ》らなかったの」

「向《むこ》うで忙《いそが》しかったんだ」

「もう御用《ごよう》が済《す》んだのかい、またおじさん遊《あそ》ぼうよ」

「うむ」

「おじさんがいる時分《じぶん》にはね、皆《み》んなして此《こ》の家《うち》の中《なか》へ入《はい》って遊《あそ》んだんだけれど、今《いま》は誰《だれ》も入《はい》れなくなってしまったよ」

「そうかい」

「おじさんが帰《かえ》って来《き》たから、おいら達《たち》も此《こ》の家《うち》の中《なか》へ入《はい》って遊《あそ》んでいいんだろう」

「そうは行《い》かねえ」

「如何《どう》して」

「もう此処《ここ》は俺等《おいら》の家《いえ》じゃ無《ね》えんだ」

「おじさんの家《うち》は何処《どこ》なの」

「俺等《おいら》の家《うち》か、俺等《おいら》の家《うち》は下谷《したや》の方《ほう》だ」

「遠《とお》いんだね、もっと近《ちか》い処《ところ》へお出《い》でよ」

「うむ」

「おじさん、槍《やり》を持《も》って来《こ》なかったのかい」

「うむ」

「持《も》って来《く》れば宜《い》いに、皆《み》んな此《こ》のおじさん知《し》ってるかい、背《せ》が低《ひく》いけれど槍《やり》が上手《じょうず》なんだよ」

「知《し》ってまさあ、家《うち》のチャンなんぞも、そ云《い》ってらあ、槍《やり》でもって此処《ここ》の家《うち》へ入《はい》った浪人者《ろうにんもの》を追《お》い飛《と》ばした人《ひと》だね、おじさん」

「うむ」

「豪《えら》いね、おじさんは見《み》た処《ところ》子供《こども》のように見《み》えるけれど、あれで子供《こども》じゃねえんだって、家《うち》のお母《かあ》アもそ云《い》ってたよ」

「そうだよ、おじさんは背《せ》が低《ひく》くって可愛《かわい》い処《ところ》があるけれど、あれで年《とし》食《く》らいなんだって、おじさん、幾《いく》つなんだい、教《おし》えて頂戴《ちょうだい》よ」

「うむ」

「また、おじさんが槍《やり》を持《も》って此処《ここ》の番人《ばんにん》に来《き》て呉《く》れるといいなア、そうすると毎日《まいにち》遊《あそ》びに来《こ》られるんだけれど」

「あたいは、おじさんが来《き》たら槍《やり》を教《おし》えてもらおうや、そうして槍《やり》の名人《めいじん》になりたいなあ」

米友《よねとも》はこれ等《ら》の子供連《こどもれん》に取《と》り巻《ま》かれてワイ〳〵云《い》われていました。子供連《こどもれん》はよく米友《よねとも》を覚《おぼ》えているし、その親《おや》たちまでが今《いま》だに米友《よねとも》の事《こと》を評判《ひょうばん》にしているのもその言葉《ことば》によってうかがわれるのであります。それだから米友《よねとも》は、これ等《ら》の子供連《こどもれん》を路傍《ろぼう》の人《ひと》とも思《おも》えないでいると、不意《ふい》に近《ちか》い処《ところ》でけたたましい物音《ものおと》がすると共《とも》にわーっと子供《こども》の泣《な》く声《こえ》がしました。

六一〇

「そーれ、金《きん》ちゃんちの三ちゃんが井戸《いど》へ落《お》っこった!」

「ああ、金《きん》ちゃんちの三ちゃんが井戸《いど》へ落《お》っこってしまったア」

今《いま》まで米友《よねとも》を取《と》り捲《ま》いていた子供連《こどもれん》が一度《ど》に面《かお》の色《いろ》を変《か》えて声《こえ》を併《あわ》せて叫《さけ》びながら、米友《よねとも》はさし置《お》いて、河岸《かし》に近《ちか》い処《ところ》の車井戸《くるまいど》の井戸側《いどがわ》へ駈集《かけあつ》まりました。それは今《いま》の物音《ものおと》でも知《し》れるし、子供《こども》の泣《な》き声《こえ》でもわかる、慥《たしか》にたった今此《いまこ》の井戸《いど》の中《なか》へ穿《はま》った子供《こども》があることは疑《うたが》う余地《よち》がありません。

それを見《み》るや米友《よねとも》は首根《くびね》っ子《こ》に結《ゆわ》いつけていた風呂《ふろ》敷包《しきづつみ》をかなぐり捨《す》てて、直《すぐ》に井戸側《いどがわ》へ取《と》りつきました。井戸側《いどがわ》へ取《と》りついていた時《とき》は早《はや》や其《そ》の棒縞《ぼうじま》の仕立下《したてお》ろしの着物《きもの》をも脱《ぬ》ぎ捨《す》てて裸《はだか》一貫《かん》になっていました。裸《はだか》一貫《かん》になったかと思《おも》うと、車井戸《くるまいど》の釣縄《つりなわ》の一方《ぽう》を飽《あ》くまで高《たか》く吊《つ》るし上《あ》げて釣瓶《つるべ》を車《くるま》へしっかりと噛《か》ませて置《お》いて、その縄《なわ》を伝《つた》って一直線《ちょくせん》に井戸《いど》の底《そこ》へ下《くだ》って行《ゆ》きました。斯《こ》うして分《わ》けて書《か》くと、その間《あいだ》に多少《たしょう》の時間《じかん》があるようだけれど、其《そ》の瞬間《しゅんかん》の米友《よねとも》の挙動《きょどう》は驚《おどろ》くべき敏捷《びんしょう》なものでありました。首根《くびね》ッ子《こ》へ結《ゆわ》いつけていた風呂敷《ふろしき》をかなぐり捨《す》てた時《とき》は井戸端《いどばた》を覗《のぞ》いた時《とき》、井《い》戸端《どばた》を覗《のぞ》いた時《とき》は棒縞《ぼうじま》の仕立下《したてお》ろしの着物《きもの》を脱《ぬ》ぎ捨《す》てて裸《はだか》一貫《かん》になっていた時《とき》、裸《はだか》一貫《かん》になっていた時《とき》は釣《つり》縄《なわ》を高《たか》く吊《つ》るし上《あ》げた時《とき》、縄《なわ》を高《たか》く吊《つ》るし上《あ》げた時《とき》は、早《はや》や真《ま》一文字《もんじ》に井戸《いど》の底《そこ》へ下《さが》って行《い》った時《とき》で、殆《ほと》んど目《め》にも留《と》まらない早業《はやわざ》でありました。それに比《くら》べると近所《きんじょ》のものの駆《か》けつけたのは大分《だいぶ》悠《ゆっ》くりしたものであります。近所《きんじょ》の親達《おやたち》は青《あお》くなって井戸側《いどがわ》へ駆《か》けつけ、それ梯子《はしご》よ縄《なわ》よ、誰《だれ》か下《お》りろ、彼《かれ》か下《お》りろと騒《さわ》いでいる時《とき》に井戸《いど》の底《そこ》から米友《よねとも》が大《おお》きな声《こえ》で呼《よ》びました。

「大丈夫《だいじょうぶ》だ、子供《こども》は生《い》きてる生《い》きてる、心配《しんぱい》しずに其《そ》の縄《なわ》を手繰《たぐ》って呉《く》れ」

この声《こえ》で初《はじ》めて誰《だれ》とも知《し》らず助《たす》けに下《お》りている者《もの》があるという事《こと》がわかりました。これで近所《きんじょ》の親方《おやかた》もお神《かみ》さんも惣出《そうで》でエンヤラヤと井戸縄《いどなわ》を手繰《たぐ》り上《あ》げると、芝居《しばい》のセリ出《だし》のように現《あらわ》れて来《き》たのは五ツばかりになる男《おとこ》の子《こ》を小脇《こわき》にかかえた米友《よねとも》でありました。その子《こ》供《ども》は声《こえ》を嗄《か》らして泣《な》いていました。泣《な》いている事《こと》が生《せい》命《めい》が無事《ぶじ》であった事《こと》を証拠立《しょうこだ》てるのだから、其《そ》の母親《ははおや》らしい女《おんな》は駈寄《かけよ》って米友《よねとも》の手《て》から奪《うば》うように其《そ》の子《こ》を抱《いだ》き上《あ》げました。

「三公《こう》、まあお前《まえ》よく助《たす》かって呉《く》れたねえ、よく助《たす》かって呉《く》れたねえ」

ほんとに仕合《しあわ》せな事《こと》には頬《ほほ》の処《ところ》へ少《すこ》しばかり創《きず》が出《で》来《き》たばかりで上手《じょうず》に落《お》ちていましたから、多少《たしょう》水《みず》は呑《の》

んでいたようだけれど、見《み》るからに生命《せいめい》の無事《ぶじ》は保証《ほしょう》されるのであります。

「この井戸《いど》へ落《お》ちて、よくまあ助《たす》かったねえ、ほんとに水天宮様《すいてんぐうさま》の御利益《ごりやく》だろう」

附近《ふきん》の親達《おやたち》は其《そ》の無事《ぶじ》であった事《こと》を賀《が》するやら、自分《じぶん》の子供達《こどもたち》が危《あぶ》ない処《ところ》で遊《あそ》ぶのを叱《しか》るやら、井戸側《いどがわ》は丸《まる》で鼎《かなえ》の湧《わ》くような騒《さわ》ぎになってしまいました。

「ほんとに此《こ》れこそ水天宮様《すいてんぐうさま》の御利益《ごりやく》だ」

好《い》い面《つら》の皮《かわ》なのは米友《よねとも》であります。米友《よねとも》の背《せい》が低《ひく》いから子供《こども》に見誤《みあや》まったものか、或《あるい》は此《こ》の驚《おどろ》きに紛《まぎ》れて逆上《のぼせ》てしまったものか、誰一人《だれひとり》米友《よねとも》にお礼《れい》を云《い》うことに気《き》がつきませんでした。そうして矢鱈《やたら》に水天宮様《すいてんぐうさま》ばかりを讃《ほ》めているのであります。

母親《ははおや》は米友《よねとも》の手《て》から子供《こども》を奪《うば》って自分《じぶん》の家《うち》へ持《も》って帰《かえ》りました。弥次馬《やじうま》は其《そ》のあとをついて喧々囂々《けんけんごうごう》と騒《さわ》いでいます。井戸側《いどがわ》の少《すこ》し離《はな》れた処《ところ》に米友《よねとも》はたった一人《ひとり》で手拭《てぬぐい》をもって身体《からだ》を拭《ふ》いていましたが、やっぱり誰《だれ》も御《ご》苦労《くろう》だとも、大儀《たいぎ》だとも云《い》うものはありませんでした。米友《よねとも》は着物《きもの》を引《ひっ》かけて帯《おび》を結《むす》んで、さて、苦笑《にがわら》いしながら

「あっ！」

と云《い》って、さすがに米友《よねとも》が開《あ》いた口《くち》が塞《ふさ》がらないのは首根《くびね》ッ子《こ》へ結《ゆわ》いつけていた風呂敷包《ふろしきづつみ》がいつの間《ま》にか紛失《ふんしつ》していることであります。

六一

　風呂敷包《ふろしきづつみ》が紛失《ふんしつ》しているのみならず、財布《さいふ》に入《い》れて置《お》いた小銭《こぜに》までが見《み》えなくなっていました。その風呂《ふろ》敷包《しきづつみ》には道庵《どうあん》から頼《たの》まれた薬《くすり》を仕入《しい》れる為《ため》の金銭《きんせん》が入《い》れてありました。

　あまりの事《こと》に米友《よねとも》は腹《はら》も立《た》てないで、着物《きもの》を引《ひっ》かけて苦笑《にがわら》いをしました。

　この場合《ばあい》に米友《よねとも》の物《もの》を盗《ぬす》み去《さ》るのは火事場泥棒《かじばどろぼう》よりもモット苛《ひど》いやり方《かた》でありました。併《しか》し、盗《ぬす》んで行《い》った奴《やっ》とても、只路傍《ただろぼう》に抛《ほう》り出《だ》してあったから、それを浚《さら》って行《い》ったので、斯《こ》ういう場合《ばあい》に米友《よねとも》の抛《ほう》り出《だ》して置《お》いたものと知《し》って盗《ぬす》んだのではありますまい。

　また、水天宮様《すいてんぐうさま》ばかりを讃《ほ》めて米友《よねとも》に一言《ごん》の挨拶《あいさつ》もしなかった其《そ》の子《こ》の親達《おやたち》をはじめ近所《きんじょ》の人々《ひとびと》とても、決《けっ》して米友《よねとも》を軽蔑《けいべつ》してそうしたわけではなく、驚《おどろ》きと喜《よろこ》びに取《と》り逆上《のぼせ》て、ついそうなってしまったのであることは疑《うたが》いもないのであります。

　あれもこれも馬鹿々々《ばかばか》しくってさすがの米友《よねとも》も腹《はら》を立《た》つにも立《た》てず、喧嘩《けんか》をしようにも相手《あいて》が無《な》く、着物《きもの》を引《ひっ》かけて帯《おび》を結《むす》ぶと杖《つえ》を拾《ひろ》って此《こ》の井戸側《いどがわ》を、さっさと立《た》ち去《さ》ってしまいました。米友《よねとも》が立《た》ち去《さ》った時分《じぶん》になって井戸《いど》に落《お》っこちた子供《こども》の親達《おやたち》や其《そ》の近所《きんじょ》の者《もの》が、またゾロ〳〵と井戸側《いどがわ》へ取《と》って返《かえ》しました。それは漸《ようや》くの事《こと》に米友《よねとも》の恩《おん》を思《おも》い出《だ》して、それにお礼《れい》を云《い》わなければならない事《こと》を、見《み》ていた多《おお》くの子供達《こどもたち》から教《おし》えられたものでありました。併《しか》し、それ等《ら》の人達《ひとたち》が引《ひき》返《かえ》して来《き》た時分《じぶん》には、肝腎《かんじん》の米友《よねとも》はもう井戸《いど》の側《がわ》には居《お》りませんでした。その附近《ふきん》にも其《そ》れらしい人《ひと》の影《かげ》は見《み》えませんでした。

　そこで、今度《こんど》は、それ等《ら》の人《ひと》が開《あ》いた口《くち》が塞《ふさ》がらないのであります。そうして実《じつ》に申訳《もうしわけ》がないと云《い》って、盛《さか》んに愚痴《ぐち》を云《い》ったり子供等《こどもら》を叱《しか》ったりしていましたが、結局《けっきょく》、もと此《こ》の箱惣《はこそう》の家《うち》に留守番《るすばん》をしていて、槍《やり》を揮《ふる》って侍《さむらい》を追《お》い飛《と》ばした事《こと》のあるおじさんだという事《こと》を子供等《こどもら》の口《くち》から確《たしか》めて、改《あらた》めてお礼《れい》に行《ゆ》かなければならないと云《い》っていたが、さて今《いま》では其《そ》の男《おとこ》が何処《どこ》にいるのだか子供等《こどもら》の話《はなし》では一向要領《こうようりょう》を得《え》ませんでした。

「おじさんは、少《すこ》しの間《あいだ》、旅《たび》をしていたんだとさ、そうして今《いま》は何《なん》でも下谷《したや》の方《ほう》にいると云《い》ったね、政《まさ》ちゃん」

　子供等《こどもら》の米友《よねとも》に就《つい》ての知識《ちしき》はこれより以上《いじょう》に出《い》でる事《こと》は出来《でき》ませんでした。

　これより先《さき》、この騒《さわ》ぎを聞《き》きつけて箱惣《はこそう》の家《うち》の出窓《でまど》の格子《こうし》の簾《すだれ》の内《うち》から立《た》って外《そと》を覗《のぞ》いていた娘《むすめ》がありま

した。それは米友《よねとも》が井戸《いど》から上《あ》がって、着物《きもの》を引《ひっ》かけて帯《おび》を結《むす》んでいる時分《じぶん》でありました。

この娘《むすめ》は、その時《とき》はじめて奥《おく》の方《ほう》から出《で》て来《き》て、何《なん》の騒《さわ》ぎであるかは丸《まる》きり知《し》らないで、簾《すだれ》の中《なか》から外《そと》を見《み》ていただけでありました。如何《どう》やら井戸《いど》へ人《ひと》でも落《お》ちたものらしいけれど、その時《とき》は井戸《いど》側《がわ》の騒《さわ》ぎは長《なが》屋裏《やうら》の方《ほう》へうつって、井戸《いど》側《がわ》には米友《よねとも》一人《ひとり》が向《むこ》うを向《む》いて帯《おび》を締《しめ》ている丈《だ》けの事《こと》でありましたから、最初《さいしょ》は格別気《かくべつき》にも留《と》めないでいました。そのうちに長屋《ながや》の方《ほう》からまたゾロ〳〵と人《ひと》が引返《ひきかえ》して来《く》るようであります。井戸《いど》側《がわ》にたった一人《ひとり》で向《むこ》うを向《む》いて着物《きもの》を着《き》て帯《おび》を締《しめ》ていた小男《こおとこ》は此《こ》の時《とき》、後《あと》をも見《み》ないで、さっさと歩《ある》き出《だ》してしまいました。その小男《こおとこ》が歩《ある》き出《だ》した途端《とたん》に、簾《すだれ》の中《なか》から見《み》ていた娘《むすめ》は、

「おや」

と云《い》って驚《おどろ》きました。再《ふたた》び篤《とく》と見直《みなお》そうとした時分《じぶん》に家《うち》の蔭《かげ》へかくれてしまいました。娘《むすめ》は其《そ》の場《ば》から表《おもて》へ走《は》せ出《だ》して其《そ》の小男《こおとこ》の後《あと》を追《おい》かけようとした時《とき》に、

「お松《まつ》さん、お松《まつ》さん」

奥《おく》の方《ほう》で呼《よ》ぶのは老女《ろうじょ》の声《こえ》であります。

「はい」

表《おもて》へ駈出《かけだ》そうとした娘《むすめ》は奥《おく》を振《ふ》り返《かえ》りました。この娘《むすめ》は即《すなわ》ちお松《まつ》であります。

六一二

「お君《きみ》さん」

と云《い》ってお君《きみ》が凝《じっ》と物《もの》を考《かんが》えている処《ところ》へお松《まつ》が入《はい》って来《き》ました。お君《きみ》が斯《こ》うして遣《や》る瀬《せ》ない胸《むね》をいだいて物思《ものおも》いに沈《しず》んでいる時《とき》にも、お松《まつ》は物《もの》に屈托《くったく》しない晴《はれ》やかな面《かお》をして、

「わたしは今《いま》、珍《めず》らしい人《ひと》に逢《あ》いました、たしかに左様《そう》だろうと思《おも》いますわ」

「珍《めず》らしい人《ひと》とは」

お君《きみ》も亦《また》お松《まつ》の晴《は》れやかな調子《ちょうし》につり込《こ》まれて美《うつく》しい笑顔《えがお》を見《み》せました。

「当《あ》てて御覧《ごらん》なさい」

「誰《だれ》でしょう」

「お前様《まえさま》の、一番仲《ばんなか》のよいお友達《ともだち》」

「わたしの一番仲《ばんなか》のよいお友達《ともだち》」

と云《い》ってお君《きみ》は美《うつく》しい肩《かた》をひそめました。仲《なか》の善《よ》いにも悪《わる》いにも、このお松《まつ》を外《ほか》にしては友達《ともだち》らしい友達《ともだち》を持《も》たぬ自分《じぶん》の身《み》を顧《かえり》みてお松《まつ》の云《い》う事《こと》を訝《いぶか》るもののようでありました。

「気《き》を揉《も》ませずに云《い》ってしまいましょう、わたしは、たった今《いま》、米友《よねとも》さんに逢《あ》いましたよ」

「あの友《とも》さんに」

「はい」

「何処《どこ》であの人《ひと》に逢《あ》いました」

お君《きみ》の言葉《ことば》が我《われ》を忘《わす》れるほどに撥《はず》むのも無理《むり》はありません。

「つい、其処《そこ》で、この家《いえ》の直前《すぐまえ》の井戸《いど》の処《ところ》に立《た》っていました」

「あの人《ひと》が、此処《ここ》を訪《たず》ねて来《き》ましたか、如何《どう》して、わたしのいる事《こと》がわかったのでしょう、それでも宜《よ》かった」

お君《きみ》はホッと安心《あんしん》したように息《いき》をつきました。それでも宜《よ》かったというのは、米友《よねとも》が自分《じぶん》を訪《たず》ねて此処《ここ》へ来《き》て呉《く》れたものと信《しん》じているらしいのを、お松《まつ》は寧《むし》ろ気《き》の毒《どく》がるように、

「でも、ほんとうに、米友《よねとも》さんだか、如何《どう》だか知《し》れませんけれど、わたしが見《み》た目《め》では全《まった》く、あの人《ひと》に違《ちが》いがありません」

「では、あなたがお取次《とりつぎ》をして下《くだ》すったのではないのでございますか、わたしを訪《たず》ねてあの人《ひと》が来《き》て呉《くれ》たというわけでは無《な》いのでございますか」

「如何《どう》いうつもりですか、さっぱりわかりません、わたしが其《そ》れと気《き》がついた時《とき》には、もうあの人《ひと》は井戸側《いどがわ》から見《み》えなくなってしまったのでございますもの」

「それでお前様《まえさま》に何《なん》とも云《い》わずに行《い》ってしまったのでございますか」

「わたしの方《ほう》では、たしかに米友《よねとも》さんに違《ちが》いないと思《おも》いましたけれど、向《むこ》うでは、わたしの姿《すがた》さえ見《み》ないで彼方《あちら》を向《む》いていました、はっと思《おも》う間《ま》に何処《どこ》へ行《い》ってしまったか、言葉《ことば》をかける隙《ひま》もありませんでした」

「まあ、如何《どう》したのでしょう」

「ほんとに、わたしも訝《おか》しいと思《おも》いましたから、若《も》し、何《なに》かの見損《みそこ》ないではないかと、あとで外《そと》へ出《で》て近所《きんじょ》の人《ひと》に尋《たず》ねて見《み》ますと、いよ〳〵米友《よねとも》さんに違《ちが》いないようでございますから、どうも合点《がてん》が行《い》きませんの」

「あの人《ひと》は、少《すこ》し気象《きしょう》が変《かわ》っているから、何《なに》か気《き》に入《い》らない事《こと》があって行《い》ってしまったのか知《し》ら」

「若《も》し、わたしかお前様《まえさま》が此処《ここ》にいる事《こと》を知《し》って訪《たず》ねて来《き》たものなら、ドチラに遠慮《えんりょ》をする事《こと》も無《な》かろうのに、此処《ここ》まで来《き》て言葉《ことば》もかけないと云《い》うのは、如何《どう》いう心持《こころもち》だか、あの人《ひと》の心持《こころもち》がわかりませんね」

「それは他人《たにん》の空似《そらに》というものでございましょう」

お君《きみ》は打《う》ち消《け》して見《み》たけれど、どうも打《う》ち消《け》し難《がた》い疑《うたが》いが深《ふか》くなります。お松《まつ》はまた、

「いいえ、他人《たにん》の見違《みちが》いではありません、たしかに米《よね》友《とも》さんだという事《こと》を証文《しょうもん》にしても宜《よ》い位《くらい》なのですが、つい口《くち》を利《き》いて見《み》なかったが残念《ざんねん》でございます」

六一三

お松《まつ》の語《かた》る処《ところ》の米友《よねとも》は幽霊《ゆうれい》のようなものでありました。姿《すがた》は見《み》たというけれど、お君《きみ》には如何《どう》しても其《そ》の捉《つか》まえ処《どころ》がわかりませんでした。

「若《も》し、あの人《ひと》が江戸《えど》へ来《き》ているならば長者町《ちょうじゃまち》の道庵《どうあん》先生《せんせい》の処《ところ》にいやしないかと思《おも》います、そうでないにしても彼処《あすこ》へ行《い》って聞《き》けば大抵《たいてい》わかりましょうと思《おも》います、わたしも暫《しば》らく道庵先生《どうあんせんせい》へ御無沙汰《ごぶさた》をしましたから、この頃《ごろ》お訪《たず》ねして見《み》ようか知《し》ら」

お君《きみ》がまだ何《なん》となく自分《じぶん》の云《い》う事《こと》を本当《ほんとう》にしないらしいから、お松《まつ》はそんな事《こと》を云《い》いました。

「此方《こっち》へ来《き》ているには来《き》ているのでしょうよ」

とお君《きみ》は煮《に》え切《き》らない返事《へんじ》をしました。

「ほんとに、あの長者町《ちょうじゃまち》の先生《せんせい》も可笑《おかし》い先生《せんせい》でございます、あれでお酒《さけ》を召上《めしあが》らずに真面目《まじめ》でいらっしゃれば太《たい》した先生《せんせい》なのでしょうが、あんなにしていては人《ひと》に安《やす》く見《み》られて損《そん》でございましょう、それを御当人《ごとうにん》は却《かえっ》て得意《とくい》にしていらっしゃるんだから、ほんとに変《かわ》った先生《せんせい》もあればあるもの」

お松《まつ》は道庵《どうあん》の事《こと》を思《おも》い出《だ》すと、いつも可笑《おか》しいものに見《み》えたり、また充分尊敬《じゅうぶんそんけい》すべき処《ところ》もあるように思《おも》われてならないのであります。

「わたしも、あの先生《せんせい》に診《み》て戴《いただ》こうか知《し》ら、お宅《たく》は何方《どちら》でござりましたっけ」

お君《きみ》も亦思《またおも》い出《だ》したように斯《こ》う云《い》いました。

「ああ、それが宜《よ》うございます、下谷《したや》の長者町《ちょうじゃまち》にお宅《たく》があるのでございます、わたしと一緒《しょ》にお訪《たず》ねしましょうか、何《なん》なら、気軽《きがる》な先生《せんせい》ですから、わたしが行《い》ってお連《つ》れ申《もう》して来《き》ても宜《よ》うございます、二つ返事《へんじ》で来《き》て下《くだ》さいますよ」

「そうしましょう、その先生《せんせい》に、もう一度《ど》、わたしは身体《からだ》を宜《よ》く診《み》ていただくことにしましょう」

「近《ちか》いうちお暇《ひま》を戴《いただ》いて、きっと、わたしが行《い》って参《まい》ります、多分《たぶん》、米友《よねとも》さんもあのお宅《たく》にお世話《せわ》になっているのではないかと、わたしには如何《どう》もそう思《おも》われてなりませんから」

「如何《どう》でしょうか」

「道庵先生《どうあんせんせい》もおかしな先生《せんせい》だけれど、米友《よねとも》さんも随分《ずいぶん》変《かわ》っている人《ひと》ね、けれども、あの人《ひと》は本当《ほんとう》に正直《しょうじき》な人《ひと》だから、わたしは大好《だいすき》、怒《おこ》りぽいけれども、それは人《にん》間《げん》が正直《しょうじき》だから少《すこ》しでも曲《まが》った事《こと》に我慢《がまん》が出来《でき》ないから其《そ》れで怒《おこ》るのですね、だから、あの人《ひと》は怒《おこ》れば怒《おこ》るほど何《なん》だか可愛《かわい》らしくなる人《ひと》ね」

お松《まつ》も矢《や》はり米友贔屓《よねともひいき》でありました。

「ですけれども、時《とき》にはあんな事《こと》を云《い》い出《だ》すものだか

ら、わたしは嫌《きら》い」

お君《きみ》は何《なに》か気《き》が咎《とが》めるような云振《いいぶり》でありました。それをお松《まつ》は気《き》にしないで、

「いいえ、わたしなら、あの人《ひと》から何《ど》んな事《こと》を云《い》われても決《けっ》して腹《はら》は立《た》ちませんね、あの人《ひと》に何《なに》か云《い》われて腹《はら》を立《た》つような人《ひと》は屹度《きっと》、自分《じぶん》の方《ほう》に何《なに》か後暗《うしろくら》い事《こと》があるからだと思《おも》いますわ、あんな正直《しょうじき》で、性質《たち》の宜《よ》い人《ひと》をお友達《ともだち》に持《も》っておいでなさるお君《きみ》さんは、ほんとに仕合《しあわ》せね、羨《うらや》ましいと思《おも》いますわ」

「いいえ、それは……」

と云《い》いかけお君《きみ》は口籠《くちごも》りました。米友《よねとも》を友達《ともだち》として持《も》っていることが仕合《しあわ》せであり羨望《せんぼう》であるというような事《こと》は、他《ほか》の人《ひと》の口《くち》から出《で》れば軽薄《けいはく》な冷《ひや》かしとしか聞《き》けないのですけれど、お松《まつ》の口《くち》から云《い》われると、それは本当《ほんとう》に言葉通《ことばどお》りの意味《いみ》として聞《き》かれるのであります。そう云《い》われて見《み》ると、甲府《こうふ》で、面白《おもしろ》くないわけから、あの人《ひと》に愛想《あいそう》を尽《つ》かされた自分《じぶん》の身《み》に取《と》って針《はり》を刺《さ》されるような心持《こころもち》がしないではありません。今《いま》、お松《まつ》の口《くち》から、極力米友《きょくりょくよねとも》を讃《ほ》められて、

「いいえ、それは」

と云《い》って見《み》たけれど、後《あと》を次《つ》ぐ言葉《ことば》に窮《きゅう》したのは、お君自身《きみじしん》が、やっぱりお松《まつ》と同《おな》じことの米友観《よねともかん》を持《も》っている証拠《しょうこ》と云《い》わなければなりませんでした。

こんな話《はなし》をしてお松《まつ》は帰《かえ》りました。

六一四

お君《きみ》が此《こ》の家《うち》に預《あず》けられているという事《こと》は初《はじ》めのうちは、出入《でいり》の人々《ひとびと》は誰《だれ》も知《し》りませんでした。併《しか》し、ここに十日《か》一月《つき》と食客《しょくきゃく》のようになっている人々《ひとびと》の間《あいだ》には自然《しぜん》にそれが知《し》れないでいる筈《はず》はありません。それ等《ら》の人々《ひとびと》の間《あいだ》にお君《きみ》の事《こと》が問題《もんだい》となって、それとなく用事《ようじ》をかこつけてはお君《きみ》を垣間見《かいまみ》ようとするのでありました。

食客《しょくきゃく》とは云《い》いながら、これ等《ら》の連中《れんじゅう》は、皆《みな》一癖《くせ》のある連中《れんじゅう》でしたから、そんなに無作法《ぶさほう》な振舞《ふるまい》はしませんでした。けれども二人《ふたり》三人面《にんかお》を合《あわ》せると、この話《はなし》に落《お》ちて行《ゆ》くのは争《あらそ》い難《がた》いものでありました。一体《たい》、あれは何者《なにもの》であろうという事《こと》が問題《もんだい》の中心《ちゅうしん》でありました。

老女《ろうじょ》の娘《むすめ》であろうというものもありました。それは丸《まる》きり型《かた》が違《ちが》う、老女《ろうじょ》の娘《むすめ》でもなければ身寄《みより》の者《もの》でもない、然《しか》るべき身分《みぶん》の者《もの》の持物《もちもの》であったのを仔細《しさい》あって預《あず》かっているのだろうということは誰《だれ》も一致《ち》する見《けん》当《とう》でありました。

或者《あるもの》は、また、そっと自分《じぶん》の腹《はら》を指《ゆび》さして微笑《ほほえむ》ものもありました。誰《だれ》か其《そ》の素性《すじょう》を知《し》っているものは無《な》いかというものがありました。誰《だれ》もそれを知《し》っている者《もの》もなし、それを進《すす》んで探偵《たんてい》して見《み》ようとするほどの好奇《ものずき》にもなっていませんでした。

或日《あるひ》、ここへ二三人《にん》づれの浪士体《ろうしてい》の者《もの》がやって来《き》ました。その中《うち》には曾《かっ》て甲府《こうふ》の獄中《ごくちゅう》にいた南條《なんじょう》と五十嵐《いがらし》との二人《ふたり》の姿《すがた》を見《み》ることが出来《でき》ます。

「ああ、南條《なんじょう》が知《し》っている、あの男《おとこ》を責《せめ》て見《み》るとわかるだろう」

それで集《あつ》まった人々《ひとびと》が、例《れい》によって話《はなし》が其処《そこ》に落《お》ちて行《い》った時分《じぶん》に、

「南條君《なんじょうくん》、君《きみ》に聞《き》いたらわかるだろうと衆議《しゅうぎ》一決《けつ》じゃ、あの女《おんな》はありゃ一体何者《たいなにもの》だ」

座中《ざちゅう》の一人《ひとり》が問《と》いかけました。南條《なんじょう》はワザと怖《こわ》い目《め》をして、

「知《し》らん、拙者《せっしゃ》は女《おんな》の事《こと》なぞは一向《こう》に知《し》って居《お》らん」

と首《くび》を振《ふ》りました。

「そりゃ嘘《うそ》じゃ、君《きみ》はたしかに知《し》っている、君《きみ》が連《つ》れて来《き》て老女殿《ろうじょどの》に預《あず》けたものと一同《どう》が認定《にんてい》している」

「詰《つ》まらん認定《にんてい》をしたものじゃ」

「そう云《い》わずに白状《はくじょう》したが宜《よ》ろしい、情状《じょうじょう》は可《か》なりに酌量《しゃくりょう》してやる」

「白状《はくじょう》するもせんも無《な》い、何処《どこ》にどんな女《おんな》がどうしてござるか拙者共《せっしゃども》は一向《こう》に不案内《ふあんない》、各《おのおの》から承《うけたま》わりたい位《くらい》じゃ」

「此奴《こいつ》、一筋縄《すじなわ》では可《い》かぬ、拷問《ごうもん》にかけろ」

「たとえ拷問《ごうもん》にかけられても知《し》らぬ、存《ぞん》ぜぬ」

こんな事《こと》を云《い》って彼等《かれら》は大《おお》きな声《こえ》で笑《わら》いました。大《おお》きな声《こえ》で笑《わら》ったけれど更《さら》に要領《ようりょう》を得《え》ることではありませんでした。併《しか》し、一座《ざ》の者《もの》は、これは確《たしか》に南條《なんじょう》が知《し》っていながら白《しら》を切《き》るのだろうと認定《にんてい》をしていることは動《うご》かせないのであり、他《ほか》の事《こと》と違《ちが》って、斯《こ》ういう事《こと》を知《し》っていながら知《し》らない風《ふう》をするのは罪《つみ》が深《ふか》いと一座《ざ》の者《もの》が南條《なんじょう》を憎《にく》みました。よし、それならば我々《われわれ》の手《て》で直接《ちょくせつ》に突《つ》き留《と》めて南條《なんじょう》に鼻《はな》を明《あ》かしてやろうと意気込《いきご》むものもありました。

「何《なに》も、そうムキになって拙者《せっしゃ》を責《せ》めるには及《およ》ぶまい、お望《のぞ》みがあるならば、本人《ほんにん》に向《むか》って直接《じか》に打着《ぶつ》かって見《み》るが宜《よろ》しい、主《ぬし》のあるものならば已《や》むを得《え》んが、主《ぬし》のない者《もの》ならば諸君《しょくん》の器量次第《きりょうしだい》である、若《も》しまた将《しょう》を射《い》んとして馬覘《うまねら》うの筆法《ひっぽう》に出《い》ずるならば、拙者《せっしゃ》より先《さき》に老女殿《ろうじょどの》を口説《くど》き落《おと》すが奥《おく》の手《て》じゃ」

南條《なんじょう》は多数《たすう》に憎《にく》まれながら、斯《こ》う云《い》って見得《みえ》を切《き》りました。

「兎《と》も角《かく》も、ああして置《お》くのは惜《お》しいものじゃ」

と、お君《きみ》の事《こと》が此《こ》の家《うち》に集《あつ》まる若《わか》い浪士達《ろうしたち》の噂《うわさ》に上《のぼ》って行《ゆ》きます。

六一五

兎《と》に角《かく》、この家《うち》に世話《せわ》になっているものは浪士《ろうし》でこそあれ、渡《わた》り者《もの》の折助《おりすけ》などとは、気格《きかく》に於《お》いても意気組《いきぐみ》に於《お》いても違《ちが》う処《ところ》が無《な》ければなりません。それに老女《ろうじょ》の睨《にら》みは此《こ》の連中《れんちゅう》に対《たい》して可《か》なり怖《こわ》いものでありましたから、ただ事《こと》に紛《まぎ》らして垣間見《かいまみ》をする事《こと》だの、座興《ざきょう》の問題《もんだい》に出《で》て、厳《いか》めしい議論《ぎろん》の終《おわ》りに色取《いろどり》を添《そ》えることだけで当分《とうぶん》は納《おさ》まって行《ゆ》きました。

併《しか》し、それだけでは納《おさ》まる事《こと》が出来《でき》なくなった時分《じぶん》に、これ等《ら》の連中《れんちゅう》の中《なか》でも剽軽《ひょうきん》な一人《ひとり》が犠牲《ぎせい》となって——この男《おとこ》ならば、たとえ云《い》い損《そこ》ねても老女《ろうじょ》から叱《しか》られる分量《ぶんりょう》が少《すく》いだろうと総《すべ》てから推薦《すいせん》された一人《ひとり》が、ある時老女《ときろうじょ》に向《む》って思《おも》い切《き》ってそれを尋《たず》ねて見《み》ました。

「時《とき》につかぬ事《こと》をお聞《き》き申《もう》すようだが、あの奥《おく》にござるあの若《わか》い婦人《ふじん》は、あれは一体主《たいぬし》のある婦人《ふじん》でござるか、但《ただ》しは主《ぬし》の無《な》い婦人《ふじん》でござるか——」

額《ひたい》の汗《あせ》を拭《ふ》きながら斯《こ》う云《い》うと老女《ろうじょ》は果《はた》して厳《いか》めしい面《かお》をして黙《だま》って其《そ》の男《おとこ》の面《かお》を見《み》つめたなりで居《お》りました。

折角切《せっかくき》り出《だ》したけれども、斯《こ》う老女《ろうじょ》に黙《だま》って面《かお》を見《み》られると、もう二の句《く》が次《つ》ぎ難《がた》くなってしどろもどろでありました。

「其《そ》れが如何《どう》したというのでございます」

老女《ろうじょ》は意地悪《いじわる》く突込《つっこ》みました。

「其《そ》れが其《そ》の、僕《ぼく》が一同《どう》を代表《だいひょう》して……」

一同《どう》を代表《だいひょう》しては余計《よけい》な事《こと》であります、折角自分《せっかくじぶん》が犠牲者《ぎせいしゃ》として一同《どう》から推薦《すいせん》され、自分《じぶん》も亦甘《またあま》んじて犠牲《ぎせい》になる覚悟《かくご》で切《き》り出《だ》して置《お》きながら、老女《ろうじょ》に炙《あぶ》られて脆《もろ》くも毒《どく》を吐《は》いてしまって罪《つみ》を一同《どう》へ塗《なす》りつけたのは甚《はなは》だ見《み》にくい態度《たいど》でありました。

「一同《どう》とは誰方《どなた》でございます」

「一同《どう》とは拙者《せっしゃ》一同《どう》」

「何《なん》でございますそれは」

苦《くる》しがって其《そ》の男《おとこ》は脂汗《あぶらあせ》をヂリヂリと流《なが》しました。

「その一同《どう》によくそう仰有《おっしゃ》い、女房《にょうぼう》が御所望《ごしょもう》ならば三千石《ごく》の身分《みぶん》になってからの事《こと》」

「成程《なるほど》」

成程《なるほど》といったのは何《なん》の意味《いみ》であったか自分《じぶん》もわからずに恐《おそ》れ入《い》って其《そ》の男《おとこ》は退却《たいきゃく》して一同《どう》の処《ところ》へ逃《に》げ込《こ》みました。

所謂《いわゆる》、一同《どう》の連中《れんちゅう》は逃《に》げ返《かえ》った其《そ》の男《おとこ》を捉《とら》えて散々《さんざん》に小突《こづ》き廻《まわ》しました。一同《どう》を代表《だいひょう》してというのは武士《ぶし》として如何《いか》にも腑甲斐《ふがい》ない云分《いいぶん》であるというので、詰腹《つめばら》を切《き》らせる代《かわ》りに、自腹《じばら》を切《き》って茶菓子《ちゃがし》を奢《おご》らせられ、その上自分《うえじぶん》が其《そ》の使《つかい》に行《ゆ》かねばならなくなりました。

併《しか》し、一方《ぽう》にはまた老女《ろうじょ》の云分《いいぶん》に対《たい》して不満《ふまん》を懐《いだ》くものも無《な》いではありません。女房《にょうぼう》が所望《しょもう》ならば三千石《ごく》の身分《みぶん》になってからというのは我々《われわれ》に対《たい》して聞《きこ》えぬ一言《げん》であるという者《もの》もありました。老女《ろうじょ》の言葉《ことば》の裏《うら》には我々《われわれ》を三千石《ごく》以下《いか》と見《み》ているものらしい、不肖《ふしょう》ながら我々《われわれ》未来《みらい》の大望《たいもう》を抱《いだ》いて国《くに》を去《さ》って奔走《ほんそう》する目的《もくてき》は三千や一万《まん》の処《ところ》にあるのではない、それを承知《しょうち》で我々《われわれ》を世話《せわ》して置《お》く筈《はず》の老女《ろうじょ》の口《くち》から、成《な》れるものなら三千石《ごく》になって見《み》ろというような云分《いいぶん》は心外《しんがい》であると論《ろん》ずる者《もの》もありました。

「ナニ、そういうつもりで老女殿《ろうじょどの》が三千石《ごく》と云《い》ったのではあるまい、何《なに》か他《ほか》に意味《いみ》がある事《こと》であろう」

と云《い》い和《なだ》める者《もの》もありました。三千石《ごく》の意味《いみ》が不徹《ふてっ》底《てい》であった処《ところ》から議論《ぎろん》が沸騰《ふっとう》して、それからお君《きみ》の事《こと》を呼《よ》ぶのに三千石《ごく》の美人《びじん》と呼《よ》ぶように此《こ》の一座《ざ》で誰《だれ》が呼《よ》びはじめたともなくそういう事《こと》になりました。

三千石《ごく》の美人《びじん》。斯《こ》うして半無邪気《なかばむじゃき》な閑話《かんわ》の材料《ざいりょう》となっている間《あいだ》は宜《よ》いけれど、若《も》し、これ等《ら》の血《ち》の気《け》の多《おお》い者共《ものども》のうちに、真剣《しんけん》に思《おも》いをかける者《もの》が出来《でき》たら危険《きけん》でない事《こと》もあるまい。老女《ろうじょ》の睨《にら》みが利《き》いていて、食客連《しょくきゃくれん》が相当《そうとう》の体面《たいめん》を重《おも》んじている間《あいだ》は宜《よ》いけれど、其《そ》れを蹂躙《じゅうりん》して悔《く》いないほどの無法者《むほうもの》が現《あらわ》れた時《とき》はやはり危険《きけん》でないという限《かぎ》りはありますまい。

六一六

それから二三日《にち》して、お松《まつ》は暇《ひま》をもらって相当《そうとう》の土産物《みやげもの》などを調《ととの》えたりなどして長者町《ちょうじゃまち》に道庵先生《どうあんせんせい》を訪《おとず》れました。

その時分《じぶん》には、先日《せんじつ》の手錠《てじょう》も満期《まんき》になって手《て》ばなしで酒《さけ》を飲《の》んでいましたが、それから話《はなし》が米友《よねとも》の事《こと》になると、道庵《どうあん》が云《い》うには、あの野郎《やろう》は変《へん》な野郎《やろう》で、つい此《こ》の頃《ごろ》、薬《くすり》を買《か》いにやった処《ところ》が、その代金《だいきん》を途中《とちゅう》で落《おと》したとか取《と》られたとか云《い》って、ひどく悄気《しょげ》て来《き》たから、そんなに力《ちから》を落《お》とすには及《およ》ばねえと云《い》って叱《しか》りもしないのに気《き》の毒《どく》がって出《で》て行《い》ってしまった。さあ、その行先《ゆくさき》は、よく聞《き》いて置《お》かなかったが、何《なん》でも本所《ほんじょ》の鐘《かね》撞堂《つきどう》とか云《い》っていたようだ、と云《い》いました。

それを聞《き》いて、お松《まつ》は折角《せっかく》の事《こと》に失望《しつぼう》しましたけれど、なお近《ちか》いうちには便《たよ》りがある筈《はず》だからその時《とき》はお前《まえ》さんの処《ところ》を教《おし》えてやると云《い》われて、いくらか安心《あんしん》しました。

なお、色々《いろいろ》の人《ひと》の話《はなし》が出《で》て、しまいにはお松《まつ》から、一度《ど》先生《せんせい》に来《き》て見《み》てもらいたいというお君《きみ》の希望《きぼう》を述《の》べて、それも快《こころよ》く先生《せんせい》の承諾《しょうだく》する処《ところ》となって、お松《まつ》は此《こ》の家《や》を辞《じ》して帰途《きと》に就《つ》きました。

お松《まつ》が道庵先生《どうあんせんせい》の屋敷《やしき》の門《もん》を出《で》ようとすると出会頭《であいがしら》に、

「おや、お松《まつ》じゃないか」

「伯母《おば》さん」

悪《わる》い人《ひと》に会《あ》ってしまいました。これはお松《まつ》の為《ため》には唯《ゆい》一の伯母《おば》のお滝《たき》でありました。唯一人《ただひとり》の現在《げんざい》の伯母《おば》であったけれども、決《けっ》してお松《まつ》の為《ため》になる伯母《おば》ではありません、前《まえ》にも為《ため》にならなかったように、これからとても為《ため》になりそうな伯母《おば》でない事《こと》はその身《み》なりを見《み》ても面《かお》つきを見《み》ても一目《め》でそれとわかるのであります。

「如何《どう》したの、まあ、お前《まえ》、珍《めず》らしい、こんな処《ところ》で」

「如何《どう》も御無沙汰《ごぶさた》をしてしまいました」

「御無沙汰《ごぶさた》も何《なに》もありゃしないお前《まえ》、此方《こっち》に居《い》たんなら居《い》たように、わたしの処《ところ》へ何《なん》とか云《い》って呉《く》れたら宜《よ》かりそうなものじゃないか、そんなにお前《まえ》、親類《しんるい》を粗末《そまつ》にしなくったっていいじゃないか、いくら、わたしが零落《おちぶ》れたって、そう見下《みさ》げなくってもいいじゃないか」

「そういうわけでは有《あ》りませんけれど」

「まあ、こんな処《ところ》で何《なに》を云《い》ったって仕方《しかた》がないから、わたしの処《ところ》へお出《い》で、前《まえ》と同《おな》じことに佐久間町《さくまちょう》にいるよ、ここからは一足《あし》だよ、わたしも此家《ここ》の先生《せんせい》へ用《よう》があって来《き》たけれど、何《なに》、急《いそ》ぎの用《よう》というわけでも無《な》いんだから、お前《まえ》に会《あ》って見《み》れば、さあ一緒《しょ》に帰《かえ》りま

しょう、いろ〳〵其《そ》の後《のち》は行《ゆ》き違《ちが》いもあるし、混《こ》み入《い》った事情《じじょう》もあるんだから、さあ、帰《かえ》りましょう」

伯母《おば》のお滝《たき》は、もう自分《じぶん》が先《さ》きに引返《ひっかえ》してお松《まつ》を自《じ》分《ぶん》の家《うち》へ連《つ》れて行《ゆ》こうというのであります。その言葉《ことば》つきから云《い》っても、素振《そぶり》から云《い》っても、以前《いぜん》よりはまた落《お》ちてしまったように見《み》える事《こと》が、お松《まつ》には浅《あさ》ましくて堪《たま》りません。

「折角《せっかく》でございますけれど伯母様《おばさま》、今日《きょう》は急《いそ》ぎの用事《ようじ》がございますから、明日《みょうにち》にも、きっと改《あらた》めてお邪魔《じゃま》に上《あが》りますから」

「そんな事《こと》を云《い》ったって駄目《だめ》ですよ、お前《まえ》はもう此《こ》の伯母《おば》を出抜《だしぬ》くようになってしまったのだから油断《ゆだん》がなりませんよ、お前《まえ》に逃《に》げられた為《ため》に、わたしがどれ程《ほど》災難《さいなん》になったか知《し》れやしない、今日《きょう》は逃《に》げようと云《い》ったって逃《に》がす事《こと》じゃありませんよ」

「伯母《おば》さん、逃《にげ》るなんて、其《そ》んな事《こと》はありません」

「無《な》い事《こと》があるものか、京都《きょうと》を逃《に》げたのもお前《まえ》だろう、それからお前《まえ》、国々《くにぐに》を渡《わた》り歩《ある》いていたというではないか、それで一度《ど》も、わたしの処《ところ》へ便《たよ》りを聞《き》かせて呉《く》れず、当処《こっち》へ来《き》ても他人《たにん》の処《ところ》へは斯《こ》うして出入《でいり》をしていながら目《め》と鼻《はな》の先《さき》にいるわたしの処《ところ》なんぞは見向《みむき》もしないじゃないか、ほんとにお前位薄情者《まえぐらいはくじょうもの》はありゃしない」

六一七

「けれども伯母《おば》さん、今日《きょう》は如何《どう》しても上《あが》れません」

お松《まつ》は強《つよ》く云《い》い切《き》りました。お松《まつ》の決心《けっしん》と言葉《ことば》とが意外《いがい》に強《つよ》かったものだから、お滝《たき》も少《すこ》し辟易《へきえき》した。

「如何《どう》して宅《たく》へ来《こ》られないの」

「今日《きょう》は、御主人《ごしゅじん》にお暇《ひま》をいただいて出《で》て参《まい》りましたのですから、その時刻《じこく》までに帰《かえ》らなければ済《す》みません」

「御主人《ごしゅじん》、お前《まえ》は何処《どこ》に御奉公《ごほうこう》しているの、御主人《ごしゅじん》というのは如何《どう》いうお方《かた》」

「はい、それは……」

お松《まつ》は此《こ》の伯母《おば》に今《いま》の自分《じぶん》の居所《いどころ》を云《い》って宜《よ》いか悪《わる》いかと躊躇《ちゅうちょ》しました。けれども、云《い》わなければ却《かえっ》て執《しつ》濃《こ》くなるだろうと思《おも》ったから思《おも》い切《き》って云《い》ってしまいました。

「今《いま》は本門《ほんもん》の方《ほう》に居《お》りまする」

「本門《ほんもん》か、本門《ほんもん》は何《ど》の辺《へん》だい」

「相生町《あいおいちょう》の二丁目《ちょうめ》でございます」

「二丁目《ちょうめ》の何《なん》というう《き》ち」

「もとの箱惣《はこそう》の家《うち》と聞《き》いておいでになればわかります」

「本所相生町《ほんじょあいおいちょう》二丁目《ちょうめ》の箱惣《はこそう》さんという人《ひと》の宅《うち》」

「ええ、其処《そこ》にお世話《せわ》になっていますから一旦《たん》、帰《かえ》りまして明日《あす》にも屹度《きっと》お伺《うかが》い致《いた》します」

「間違《まちが》いないだろうね」

「間違《まちが》いはありません」

「何《なん》の御商売《ごしょうばい》なの」

「何《なに》も商売《しょうばい》はして居《お》りません、西国《さいごく》のあるお武家様《ぶけさま》の御隠居様《ごいんきょさま》のお家《うち》でございます」

「お邸奉公《やしきほうこう》かえ」

「そういうわけでもございませんけれど、出入《でいり》の方《かた》にはお武家《ぶけ》が多《おお》いのでございます」

「そういう処《ところ》へ、わたしが尋《たず》ねて行《い》ったら宜《よ》くはありますまいね」

「ええ、別《べつ》に差閊《さしつか》えはありませんけれど、……わたしの方《ほう》からお訪《たず》ねした方《ほう》が宜《よ》ろしゅうございます」

「そういうわけなら、今日《きょう》は無理《むり》に引留《ひきと》めても悪《わる》かろうから、それでは待《ま》っていますよ」

「では、御免下《ごめんくだ》さいまし」

お松《まつ》は伯母《おば》に挨拶《あいさつ》をして、危《あぶ》ないものの手《て》から逃《のが》れるように足早《あしばや》に其処《そこ》を立去《たちさ》りました。

「なか〳〵善《よ》い娘《こ》になったけれど、どうも昔《むかし》のようではない、強《きつ》い処《ところ》がある」

と云《い》って伯母《おば》は暫《しば》らく後影《うしろかげ》を見送《みおく》っていましたが、其《そ》のまま道庵先生《どうあんせんせい》の門《もん》の中《なか》へは入《はい》らないで、そっと見《み》

え隠《かく》れにお松《まつ》のあとをつけて行《ゆ》く容子《ようす》であります。
伯母《おば》の手《て》を振切《ふりき》るようにして立《た》ち去《さ》ったお松《まつ》は、悪《わる》い人《ひと》に逢《あ》ってしまったと思《おも》いました。どの道《みち》、縁《えん》を引《ひ》く伯母《おば》の事《こと》であって自分《じぶん》の頼《たよ》るのは、今《いま》の処《ところ》あの人《ひと》より外《ほか》の親身《しんみ》は無《な》いのであるのを、それを悪《わる》い人《ひと》なんぞと思《おも》っては済《す》まないのであるが、どうもお松《まつ》には善《よ》い人《ひと》に逢《あ》ったとは思《おも》われないのであります。一体《たい》が、わたしの前《まえ》へ、面向《かおむ》けも出来《でき》ないような事《こと》をして置《お》きながら、平気《へいき》な面《かお》をしているのみか、まだ自分《じぶん》を目下《めした》と思《おも》って権平《けんぺい》ずくで引寄《ひきよ》せようとする言葉《ことば》つきなどが思《おも》い出《だ》しても忌《いや》らしくて堪《たま》らないのであります。今日《きょう》は少《すこ》し強《つよ》く物《もの》を云《い》ってやった為《ため》に伯母《おば》も少《すこ》し弱身《よわみ》を見《み》せたようであったけれど、もうあの伯母《おば》に見込《みこ》まれてしまった以上《いじょう》は、これから如何《どう》いう手段《しゅだん》で附《つ》け廻《まわ》されるかわからないと思《おも》いました。今《いま》の居所《いどころ》を正直《しょうじき》に云《い》って聞《き》かせた事《こと》が善《よ》いか悪《わる》いかと考《かんが》えましたけれど、如何《どう》も詮方《せんかた》ないとも思《おも》いました。
折角《せっかく》、久《ひさ》しぶりの御無沙汰《ごぶさた》を詫《わび》に行《い》った先生《せんせい》の洒落《しゃらく》な世間話《せけんばなし》や知《し》った人《ひと》の消息《しょうそく》などを聞《き》いて喜《よろこ》んで門《もん》を出《で》たのが、伯母《おば》に逢《あ》った為《ため》に皆《み》んなブチこわされて不愉《ふゆ》快《かい》な思《おも》いをして帰《かえ》らなければならなくなったのを残念《ざんねん》がりました。

六一八

宇津木兵馬《うつぎひょうま》は、如何《どう》しても神尾主膳《かみおしゅぜん》が机龍之助《つくえりゅうのすけ》を隠《かく》しているとしか思《おも》えないのであります。

神尾《かみお》の屋敷《やしき》は種々雑多《しゅじゅざった》な人《ひと》が集《あつ》まるそうだから其《そ》の中《なか》に机龍之助《つくえりゅうのすけ》も隠《かく》れているに相違《そうい》ないと信《しん》じていました。けれども、甲府《こうふ》に於《お》ける兵馬《ひょうま》は破牢《はろう》の人《ひと》であります。罪《つみ》のあると無《な》いとに拘《かか》わらず、浮《うか》とは其《そ》の町《まち》の中《なか》へ足《あし》の踏《ふ》み込《こ》めない人《ひと》になっている事《こと》は其《そ》の時《とき》も今《いま》も変《かわ》りはありませんでした。

甲府《こうふ》へ来《き》ては例《れい》の長禅寺《ちょうぜんじ》を足《あし》がかりにして、僧《そう》の姿《すがた》をして夜《よ》な夜《よ》な神尾《かみお》の屋敷《やしき》をうかがっていることも前《まえ》に変《かわ》りませんでした。躑躅《つつじ》ヶ崎《さき》に神尾《かみお》の別宅《べったく》があるという事《こと》も其《そ》の時《とき》に聞《き》き出《だ》しました。兵馬《ひょうま》は神尾《かみお》の本邸《ほんてい》と別宅《べったく》の両方《りょうほう》に心《こころ》を配《くば》って、附《つ》け覘《ねら》っていました。

主人《しゅじん》の神尾主膳《かみおしゅぜん》や、その同僚《どうりょう》や配下《はいか》の者《もの》を見《み》かける事《こと》は時々《ときどき》あったけれども、遂《つい》に龍之助《りゅうのすけ》らしいものを認《みと》める事《こと》は出来《でき》ませんでした。それは認《みと》める事《こと》の出来《でき》ないのが当然《とうぜん》で、すでに眼《め》を病《や》んで廃人同様《はいじんどうよう》になっている龍之助《りゅうのすけ》が、滅多《めった》に外出《がいしゅつ》すべき筈《はず》のものではないと思《おも》いました。それ故《ゆえ》に、敵《かたき》を討《たず》ねんとすれば、どうしても神尾《かみお》の屋敷《やしき》の中深《うちふか》く入《い》り込《こ》まなければ、望《のぞ》みを遂《と》げる機会《きかい》のあるものでない事《こと》を覚《さと》ったのは、これも当然《とうぜん》の事《こと》であります。

如何《どう》して神尾《かみお》の屋敷《やしき》へ入《い》り込《こ》もうかということに就《つい》て兵馬《ひょうま》は色々《いろいろ》に苦心《くしん》しました。或《あるい》は馬丁仲間《べっとうちゅうげん》に姿《すがた》を変《か》えて奉公《ほうこう》に住《す》み込《こ》んで見《み》ようかと思《おも》いました。併《しか》し甲《こう》府《ふ》の内外《ないがい》に、自分《じぶん》の面《かお》を見知《みし》ったものが無《な》いではなし、昔《むかし》、誰《だれ》かの義士《ぎし》がやったというように、面《かお》に焼鏝《やきごて》を当《あ》てたりなんぞして、相《すがた》を変《か》えれば変《か》えられない事《こと》は無《な》いけれど、それは自分《じぶん》に取《と》っては如何《いか》にも構《こし》らえ事《ごと》のように思《おも》われて、直《す》ぐに化《ばけ》の皮《かわ》が剥《は》がれそうで、強《し》いて、そうして見《み》ようとも思《おも》いませんでした。斯《こ》ういう場合《ばあい》に於《おい》ては七兵衛《べえ》を頼《たの》むのが一番《ばん》の捷径《ちかみち》であるけれど、その七兵衛《べえ》は近《ちか》ごろ一向消息《こうしょうそく》が聞《きこ》えません、何処《どこ》にいる時《とき》でも風《かぜ》のように何《いず》れからかやって来《き》て風《かぜ》のようにまた走《はし》り去《さ》って行《ゆ》く男《おとこ》であるが、如何《どう》したものか、此《こ》の頃《ごろ》は其《そ》の居《お》り所《どころ》さえも知《し》らせないのであります。

この上《うえ》は見《み》つけ次第《しだい》に神尾主膳《かみおしゅぜん》を取《と》って押《おさ》えて、直《じ》接《か》に詰問《きつもん》して見《み》よう、若《も》しやり損《そん》じた時《とき》は神尾《かみお》を討《う》って捨《す》てても構《かま》わないと思《おも》いました。彼《かれ》、神尾《かみお》は自分《じぶん》に

取《と》って恩義《おんぎ》のある駒井能登守《こまいのとのかみ》を陥《おとしい》れた小人《しょうじん》であって敵《かたき》の片割《かたわ》れといえば云《い》えない事《こと》もない。その非常手段《ひじょうしゅだん》を取《と》ろうとまで覚悟《かくご》を定《き》めて容子《ようす》を伺《うかが》うと、この頃神尾《ごろかみお》は病気《びょうき》になって寝《ね》ているという事《こと》を聞《き》き込《こ》みました。その病気《びょうき》というのは犬《いぬ》に噛《か》みつかれた創《きず》が元《もと》だという事《こと》までも聞《き》き込《こ》むことが出来《でき》ました。

よし、その医者《いしゃ》を一つ聞《き》いて見《み》よう、病気《びょうき》である以《い》上《じょう》は何《いず》れかの医者《いしゃ》にかかっているに相違《そうい》ないから、その医者《いしゃ》に伝手《つて》を求《もと》めて、神尾《かみお》の病気《びょうき》の容態《ようだい》も聞《き》き、その屋敷《やしき》の中《なか》の模様《もよう》もたしかめて見《み》たいと考《かんが》えて、兵馬《ひょうま》は例《れい》によって表《うわべ》だけの僧形《そうぎょう》をして夜《よる》に紛《まぎ》れて長禅寺《ちょうぜんじ》を立《た》ち出《い》でました。廓《くるわ》を入《はい》って神尾《かみお》の屋敷《やしき》の前《まえ》まで来《き》かかると、いつも尋常《じんじょう》である神尾《かみお》の門前《もんぜん》に人集《ひとだか》りがあります。それも一人《ひとり》や二人《ふたり》の人《ひと》ではなく無数《むすう》の人《ひと》が門前《もんぜん》に集《あつ》まっている事《こと》が穏《おだや》かでありませんでした。殊《こと》に穏《おだや》かでないのは、これが城下《じょうか》の人《ひと》ではなく蓑笠《みのかさ》をつけたり棒《ぼう》を持《も》ったり鎌《かま》を持《も》ったりした百姓《しょう》一揆《き》とも見《み》れば見《み》られぬこともない人々《ひとびと》であります。これ等《ら》の者《もの》が、

「お願《ねが》いでございます、神尾《かみお》の殿様《とのさま》」

「お願《ねが》いでございます」

とは口々《くちぐち》に罵《ののし》って居《お》りました。

六一九

「退《さが》れ〱、退《さが》れと申《もう》すに、殿《との》は只今《ただいま》御病気《ごびょうき》じゃ、追《お》って穏便《おんびん》の沙汰《さた》を致《いた》すから今日《こんにち》は此《こ》のまま引取《ひきと》れと申《もう》すに」

門番《もんばん》は斯《こ》う云《い》って叱《しか》りつけていました。

「如何《どう》か、殿様《とのさま》にお目《め》にかかりてえんでございます、殿様《とのさま》にお目《め》にかかって、その申訳《もうしわけ》がお聞《き》き申《もう》してえんでございます」

数多《あまた》の陣笠連《じんがされん》がいう。

「聞《き》き分《わ》けのない者共《ものども》だ、強《し》いて左様《さよう》な事《こと》を申《もう》すと為《ため》にならん」

「其《そ》んな事《こと》を仰有《おっしゃ》らずに、殿様《とのさま》に取次《とりつ》いでお呉《く》んなさいまし、その御返事《ごへんじ》を聞《き》かなければ帰《かえ》れねえのでございます、御病気《ごびょうき》でもお口位《くちぐらい》はお利《き》きになるでごぜえましょう、どうか、神尾《かみお》の殿様《とのさま》にお願《ねが》い申《もう》して、長吉《ちょうきち》と長太《ちょうた》とを返《かえ》して戴《いただ》きてえんでございます、それが為《ため》に仲間《なかま》のものが斯《こ》うして揃《そろ》って参《めえ》りましたんでございます」

「其《そ》のような者《もの》は主人《しゅじん》は御存知《ごぞんじ》が無《な》い、他《ほか》を探《さが》して見《み》るがよい」

「駄目《だめ》でございます、他《ほか》を探《さが》したって他《ほか》にいる筈《はず》のもんでごぜえません、此方《こちら》の殿様《とのさま》にお頼《たの》まれ申《もう》して参《めえ》りましたのが今日《きょう》で二十日《はつか》になるけれども、まだ帰《かえ》って参《めえ》らねえのでございます」

「左様《さよう》な事《こと》は此方《こちら》の知《し》った事《こと》ではない、それしきの事《こと》に斯様《かよう》に仰々《ぎょうぎょう》しく多勢《おおぜい》が打《う》ち連《つ》れて参《まい》るのは上《かみ》を怖《おそ》れぬ振舞《ふるまい》、表沙汰《おもてざた》に致《いた》さぬうち帰《かえ》れ〱」

「此方様《こちらさま》の方《ほう》では、それしきの事《こと》でございましょうが、私共《わたしども》の方《ほう》には中々《なかなか》の大事《だいじ》でごぜえます、長吉《ちょうきち》にも長太《ちょうた》にも女房《にょうぼう》もあれば子供《こども》もあるでごぜえます、亭主《ていしゅ》を亡《な》くした女房子供《にょうぼうこども》が泣《な》いているのでございます」

「諄《くど》い奴等《やつら》じゃ、左様《さよう》な事《こと》は当屋敷《とうやしき》の知《し》った事《こと》では無《な》いと申《もう》すに」

「お前様《めえさま》には訳《わか》らねえでごぜえます、殿様《とのさま》で無《な》ければ訳《わか》らねえでごぜえます、殿様《とのさま》にお目《め》にかかって、長吉《ちょうきち》の野郎《やろう》と長太《ちょうた》の野郎《やろう》が生《い》きているのか死《し》んでしまったのか、其処《そこ》んところをお伺《うかが》い申《もう》してえんでございます」

「黙《だま》れ、穢多非人《えたひにん》の分際《ぶんざい》で」

「黙《だま》らねえでございます、穢多非人《えたひにん》で結構《けっこう》でございます、穢多非人《えたひにん》だからと云《い》って、そう人《ひと》の命《いのち》を取《と》っていい訳《わけ》のものではごぜえますめえ、長吉長太《ちょうきちちょうた》は犬《いぬ》を殺《ころ》すのが商売《しょうばい》でごぜえます、それで頼《たの》まれて来《き》たもんでごぜえます、殿様《とのさま》に殺《ころ》されに来《き》たもんではねえのでございます」

「御主人《ごしゅじん》に対《たい》して無礼《ぶれい》な事《こと》を申《もう》すと、奉行《ぶぎょう》に引《ひ》き渡《わた》すぞ」

「引《ひ》き渡《わた》されて結構《けっこう》でごぜえます、眼《め》の開《あ》いたお奉行《ぶぎょう》様《さま》にお願《ねげ》え申《もう》して長吉長太《ちょうきちちょうた》の野郎《やろう》を帰《けえ》して戴《いただ》きましょう、長吉長太《ちょうきちちょうた》を帰《けえ》して下《くだ》されば、わし等《ら》は牢屋《ろうや》へブチ込《こ》まれても構《かま》わねえんでごぜえます」

「よし、一人残《ひとりのこ》らず引括《ひっくく》るからそう思《おも》え」

「おい、皆《み》んな、一人残《ひとりのこ》らず引括《ひっくく》りなさるとよ、随分《ずいぶん》引括《ひっくく》ってお貰《もら》い申《もう》すべえじゃねえか」

「そうだ〳〵、引括《ひっくく》られるもんなら皆《み》んな一度《ど》に引《ひっ》括《くく》ってお貰《もら》い申《もう》してえもんだ」

「引括《ひっくく》られるとしても、薪《まき》ざっぽうや麦藁《むぎわら》とは違《ちが》うのだから、ただで引括《ひっくく》られても詰《つま》らねえじゃねえか、少《ちっ》とばかり手足《てあし》をバタバタさせ、其《そ》れから引括《ひっくく》られた方《ほう》が宜《よ》かんべえ」

「其《そ》の方《ほう》がいい、そうしているうちには殿様《とのさま》が出《で》て来《き》て、長吉長太《ちょうきちちょうた》を返《かえ》してお呉《く》んなさらねえものでもあるめえ、さあ、皆《み》んな一度《ど》に引括《ひっくく》られて見《み》ようでは無《ね》えか」

「此奴等《こいつら》、人外《にんがい》の分際《ぶんざい》で武士《ぶし》に対《たい》して無礼《ぶれい》を致《いた》すか」

門《もん》の中《なか》から数多《あまた》の侍足軽《さむらいあしがる》の連中《れんちゅう》がパラ〳〵と飛《と》び出《だ》しました、これは意外《いがい》の大変《たいへん》である、神尾《かみお》の門前《もんぜん》に押《お》しかけた群集《ぐんしゅう》は、普通《ふつう》の百姓《しょう》や町人《ちょうにん》ではなく、どうやら人外《にんがい》と云《い》われる穢多非人《えたひにん》の仲間《なかま》であるらしい事《こと》が、いよ〳〵兵馬《ひょうま》に思《おも》わせました。

六二〇

その時代《じだい》に於《お》いて人間《にんげん》の部類《ぶるい》から除外《じょがい》されていた種属《しゅぞく》の人《ひと》に、四民《みん》の一番上《ばんうえ》へ立《た》つように教《おし》えられていた武《ぶ》士《し》たる者《もの》が、こんなにして其《そ》の門前《もんぜん》で騒《さわ》がれることは、あるまじき事《こと》であります。非常《ひじょう》を過《す》ぎた非常《ひじょう》であります。兵馬《ひょうま》は其《そ》れを見《み》て、よく〳〵の事《こと》で無《な》ければならないと思《おも》いました。

此《こ》の部類《ぶるい》の人々《ひとびと》を斯《か》くまでに怒《おこ》らせるに至《いた》った神尾《かみお》の仕事《しごと》にたしかに、大《おお》きな暴虐《ぼうぎゃく》があるものだと想像《そうぞう》しないわけには行《い》きませんでした。

そうして、やや離《はな》れた処《ところ》から多《おお》くの見物人《けんぶつにん》と共《とも》に事《こと》の成《な》り行《ゆき》を見《み》ていました。その見物《けんぶつ》の中《なか》の噂《うわさ》によると、事実《じじつ》は斯《こ》うだという事《こと》であります。即《すなわ》ち神尾主膳《かみおしゅぜん》が此《こ》の部落《ぶらく》のうちで皮剝《かわはぎ》の上手《じょうず》を二人雇《ふたりやと》うて、犬《いぬ》の皮《かわ》を剝《は》がせようとした処《ところ》が、やり損《そん》じて犬《いぬ》を逃《に》がしてしまった。それを神尾主膳《かみおしゅぜん》が怒《おこ》って無惨《むざん》にも二人共《ふたりとも》に槍《やり》で突《つ》き殺《ころ》してしまった。それが遂《つい》に此《こ》の部落《ぶらく》の者《もの》を怒《おこ》らして、再三《さいさん》掛《か》け合《あ》ったが埒《らち》が開《あ》かず、遂《つい》に今夜《こんや》は手詰《てづめ》の談判《だんぱん》をする為《ため》に斯《こ》うして大挙《たいきょ》してやって来《き》たのであると。

穢多非人《えたひにん》の分際《ぶんざい》として、苟《いやし》くも貴人《きじん》の門前《もんぜん》に斯《か》かる振舞《ふるまい》をする事《こと》は、大抵《たいてい》ならば同情《どうじょう》が寄《よ》せられない筈《はず》でありますけれども、見物《けんぶつ》の大部《だいぶ》は、ややもすれば、

「あれでは、ここの殿様《とのさま》が無理《むり》だ、穢多《えた》が怒《おこ》るのが道《どう》理《り》だ」

というように聞《き》こえるのであります。聞《き》いていた兵馬《ひょうま》も、成程《なるほど》そう云《い》えばそうだ、多寡《たか》が犬《いぬ》一疋《ぴき》の為《ため》に二人《ふたり》の人間《にんげん》を殺《ころ》すとは心《こころ》なき仕業《しわざ》であると、ここでも神尾《かみお》の暴虐《ぼうぎゃく》を憎《にく》む心《こころ》になりました。

そのうちにバラ〳〵と石《いし》が降《ふ》りはじめました。メリ〳〵と長屋塀《ながやべい》の一部《ぶ》や、門《もん》の扉《とびら》が打《う》ち壊《こわ》されはじめたようであります。

「始《はじ》まったなー」

見物《けんぶつ》が片唾《かたず》を呑《の》んでながめていました。中《なか》には石《いし》を拾《ひろ》って投《な》げはじめる者《もの》もありました。

そのうちに、穢多共《えたども》がわーっと声《こえ》を揚《あ》げました。鬨《とき》の声《こえ》を揚《あ》げて、いよ〳〵屋敷《やしき》へ乗《の》り込《こ》んだかと思《おも》うと、そうでなく、雪崩《なだれ》を打《う》って逃《に》げ出《だ》しました。その煽《あお》りを喰《く》って見物《けんぶつ》が雪崩《なだれ》を打《う》って逃《に》げ惑《まど》いました。見《み》れば神尾《かみお》の門内《もんない》から多《おお》くの侍《さむらい》が白刃《しらは》を抜《ぬ》いて切先《きっさき》を揃《そろ》えて打《う》って出《で》た処《ところ》で、その勢《いきおい》に怖《おそ》れて穢多非人共《えたひにんども》が、一度《ど》にドッと逃《に》げ出《だ》したもののようでありました。白刃《しらは》

の切先《きっさき》を揃《そろ》えて切《き》って出《い》でたのは神尾《かみお》の家来《けらい》ばかりではあるまい。この近《ちか》い処《ところ》に住《す》んでいる勤番《きんばん》のうちから加勢《かせい》が盛《さか》んに来《き》たものと見《み》えます。

穢多《えた》のうちには切《き》られたものも二人《ふたり》や三人《にん》ではないらしくあります。さすがに白刃《はくじん》を見《み》ると彼等《かれら》は胆《きも》を奪《うば》われました。それでパッと逃《に》げ散《ち》ってしまったが、切《き》って出《い》でた侍達《さむらいたち》は長追《ながおい》をせずに、其《そ》のまま門《もん》の中《なか》へ引込《ひっこ》んでしまいました。一旦《たん》、逃《に》げ散《ち》った穢多共《えたども》は、また一団《ひとかたまり》になったけれども、今度《こんど》は別《べつ》に文句《もんく》も云《い》わずに、門前《もんぜん》に斬《き》り倒《たお》された数名《すうめい》の手負《ておい》を引担《ひっかつ》いで、そのまま何処《いずこ》ともなく引上《ひきあ》げて行《ゆ》く模様《もよう》であります。

兎《と》も角《かく》、この場《ば》の騒動《そうどう》は此《これ》だけで一段落《だんらく》を告《つ》げましたけれど、穢多《えた》の一団《だん》がこれだけで鎮《しず》まるべしとも思《おも》えず、神尾《かみお》の方《ほう》でも亦《また》、穢多非人風情《えたひにんふぜい》から斯様《かよう》な無礼《ぶれい》を加《くわ》えられて其《そ》の分《ぶん》に済《す》まして置《お》くべしとも思《おも》われないのであります。

納《おさ》まりが如何《どう》なるかという事《こと》は見物《けんぶつ》の人々《ひとびと》にも好奇《こうき》であり心配《しんぱい》であったようで、兵馬《ひょうま》にも見過《みす》ごすわけには行《ゆ》きませんでした。併《しか》し、穢多《えた》が何処《どこ》へ引《ひ》き上《あ》げるか、それを突《つ》き留《と》めて見《み》ようとするほどの好奇《こうき》は無《な》く、兎《と》も角明日《かくみょうにち》まで待《ま》って、此《こ》の納《おさ》まりが如何《どう》なるかを調《しら》べて見《み》ようと兵馬《ひょうま》は其《そ》れで長禅寺《ちょうぜんじ》へ引《ひ》き返《かえ》しました。

六二一

その翌日《よくじつ》、聞《き》いて見《み》ると、果《はた》して昨夜《さくや》の納《おさ》まりは容《よう》易《い》ならぬことでありました。何《なん》でも一旦《たん》、神尾《かみお》の門前《もんぜん》を引上《ひきあ》げた穢多《えた》の群《むれ》は荒川《あらかわ》の岸《きし》に集《あつ》まって、手負《ておい》を介《かい》抱《ほう》したり善後策《ぜんごさく》を講《こう》じたりしている処《ところ》へ、不意《ふい》に与力《よりき》同心《どうしん》が押寄《おしよ》せて、片《かた》っぱしからピシピシ縄《なわ》にかけたという事《こと》であります。縄《なわ》にかけられないものは命辛々《いのちからがら》何《いず》れへか逃《に》げ散《ち》ってしまったという事《こと》であります。それだけの評判《ひょうばん》が長禅寺《ちょうぜんじ》の境内《けいだい》までも聞《き》こえたから兵馬《ひょうま》は、また急《いそ》いで例《れい》の姿《すがた》をして町《まち》の中《なか》へ立《た》ち出《い》でました。

右《みぎ》の風聞《ふうぶん》のなお一層《そう》委《くわ》しき事《こと》を知《し》ろうとして町《まち》へ出《で》て見《み》ると、町《まち》では三人《にん》寄《よ》れば此《こ》の話《はなし》でありました。それを聞《き》き纏《まと》めて見《み》ると長禅寺《ちょうぜんじ》で聞《き》いたよりは一層《そう》惨酷《さんこく》なものでありました。

神尾《かみお》の門前《もんぜん》を引上《ひきあ》げた穢多《えた》が集《あつ》まっていたのは下飯《しもいい》田村《だむら》の八幡社《まんしゃ》のあたりであったという事《こと》であります。そこへ踏込《ふみこ》まれてピシ〱と縄《なわ》をかけられた穢多《えた》の数《すう》は二十人《にん》という者《もの》もあるし、三十人《にん》というものもあり、或《あるい》は百人《にん》にも余《あま》るなんぞと話《はな》している者《もの》もありました。

その縄《なわ》をかけられた穢多《えた》の処分《しょぶん》に就《つい》て、随分烈《ずいぶんはげ》しい噂《うわさ》が立《た》っていました。一人残《ひとりのこ》らず其《そ》の場《ば》で弄殺《なぶりごろ》しになってしまったというのが事実《じじつ》に近《ちか》いように聞《き》きなされます。兎《と》も角《かく》も、牢内《ろうない》へ繋《つな》いで置《お》いて相当《そうとう》の処分《しょぶん》をするという手段《しゅだん》を取《と》らずに其《そ》の場《ば》で首《くび》を挘《も》ぎ手足《てあし》を斬《き》り散々《さんざん》の弄《なぶ》り殺《ころ》しを試《こころ》みて四肢五体《したい》を荒川《あらかわ》の流《なが》れへ投《な》げ込《こ》んでしまったという事《こと》が云《い》い囃《はや》されるのであります。兵馬《ひょうま》はありそうな事《こと》だと思《おも》いつつドノ道《みち》、神尾《かみお》の身《み》の上《うえ》にも何《なに》か変事《へんじ》があるだろうと予期《よき》しながらその夕《ゆう》べまた寺《てら》へ帰《かえ》って来《き》ました。長禅寺《ちょうぜんじ》へ帰《かえ》ってから思《おも》うよう、塩山《えんざん》の恵林寺《えりんじ》に預《あず》けて置《お》いた金子《きんす》を取《と》り寄《よ》せたい、それに慢心和尚《まんしんおしょう》に会《あ》って所存《しょぞん》の程《ほど》も話《はな》して見《み》たいと、そこで兵馬《ひょうま》は其《そ》の足《あし》を取《と》らずに食事《しょくじ》を済《す》まし恵《え》林寺《りんじ》を指《さ》して出《で》かけました。兵馬《ひょうま》は其《そ》の夜《よ》のうちに恵《え》林寺《りんじ》へ行《い》って見《み》ると、慢心和尚《まんしんおしょう》は何処《どこ》へ出《で》かけたものか留守《るす》でありました。和尚《おしょう》は留守《るす》であったけれども、兵馬《ひょうま》が和尚《おしょう》の居間《いま》へ通《とお》ることを咎《とが》めるものもなく、預《あず》けて置《お》いた品物《しなもの》を調《しら》べて置《お》いて、其《そ》の晩《ばん》は恵林寺《えりんじ》へ一

泊《ぱく》しました。翌日《よくじつ》、早朝《そうちょう》に立《た》って、甲府《こうふ》へ帰《かえ》って見《み》ると昨夜《さくや》、またも意外《いがい》な事《こと》が此《こ》の市中《しちゅう》に起《おこ》った事《こと》を聞《き》いて、ああ、それでは塩山《えんざん》へ行《ゆ》かなければ宜《よ》かったと兵馬《ひょうま》は己《おの》れの胸《むね》を打《う》ちました。

昨夜《さくや》――というよりは今暁《こんぎょう》に近《ちか》い時《とき》、神尾主膳《かみおしゅぜん》の邸《やしき》が何者《なにもの》かによって焼《や》き払《はら》われたという事《こと》であります。兵馬《ひょうま》は路傍《ろぼう》に立《た》って人《ひと》の口《くち》の端《は》から其《それ》を聞《き》くと、逸早《いちはや》く廓内《かくない》まで飛《と》んで行《ゆき》ました。来《き》て見《み》ると果《はた》して、神尾主膳《かみおしゅぜん》の屋敷《やしき》は門《もん》と堀《ほり》と長屋《ながや》とを残《のこ》して殆《ほとん》ど丸焼《まるや》けであります。そのあたりは勤番《きんばん》の役人《やくにん》や、火消《ひけし》や人足《にんそく》で、戦場《せんじょう》のように囲《かこ》められて近寄《ちかよ》り難《がた》い光景《こうけい》であります。屋敷《やしき》の中《うち》の余炎《よえん》は、まだ盛《さか》んに燃《も》えている処《ところ》もあります。

兵馬《ひょうま》は此《こ》の火事《かじ》に就《つい》て、詳《くわ》しい事《こと》を知《し》るべく、そのまま寺《てら》へ帰《かえ》り、懇意《こんい》にしている寺男《てらおとこ》の口《くち》から、それとなく聞《き》きただすと、右《みぎ》の火事《かじ》はまだ放火《つけび》だか粗忽火《そこつび》だかわからないけれど、誰《だれ》も放火《つけび》でないと思《おも》うものは一人《ひとり》も無《な》いとの事《こと》であります。それは左様《そう》ありそうな事《こと》、それと共《とも》に、主人《しゅじん》の神尾《かみお》は如何《いか》に、屋敷《やしき》のうちに怪我《けが》した者《もの》は無《な》かったか、皆《み》んな無事《ぶじ》に逃《のが》れたか、それが兵馬《ひょうま》の聞《き》きたい事《こと》でありました。

六二

寺男《てらおとこ》の云《い》うには幸《さいわい》に大《たい》した怪我人《けがにん》は一人《ひとり》も無《な》く、ただ火消《ひけし》に尽力《じんりょく》したもののうちに数名《すうめい》の軽微《けいび》な負傷者《ふしょうしゃ》があったに止《とど》まるという事《こと》でありました。それとても寺男《てらおとこ》の口《くち》からはよく解《わか》る事《こと》ではありませんでした。第《だい》一、火災後《かさいご》の神尾《かみお》の一家《け》が何処《どこ》へ仮移転《かりいてん》をしたかという事《こと》さえもよくわかりませんでした。

尚《な》お其《そ》の委《くわ》しき事《こと》を知《し》るべく、兵馬《ひょうま》は市中《しちゅう》へ出《で》なければならないのです。併《しか》し、やはり此《こ》の際自分《さいじぶん》の身《み》が危険《きけん》であることを慮《おもんぱか》らない訳《わけ》には行《ゆ》かないのです。僧形《そうぎょう》をして笠《かさ》を被《かぶ》ってはいるけれど、その笠《かさ》を取《と》れば緑《みどり》の黒髪《くろかみ》が房々《ふさふさ》としている。少《すこ》し気《き》をつけて見《み》れば、笠《かさ》の下《した》から、そのほつれ髪《がみ》が溢《あふ》れて出《い》でようというものです。だから兵馬《ひょうま》が日中《にっちゅう》、外《そと》へ出《で》ることは余程《よほど》の注意《ちゅうい》をしなければならない上《うえ》に、昨夜《ゆうべ》の火事騒《かじさわ》ぎから人《ひと》を見張《みは》る眼《め》がすべて険《けわ》しくなっているという事情《じじょう》もあるから、神尾《かみお》の家《いえ》の内状《ないじょう》を、それより詳《くわ》しく知《し》ろうとするのは、なか〱の苦心《くしん》でありました。

と云《い》って、今更《いまさら》、この黒髪《くろかみ》を剃落《そりおと》して本物《ほんもの》の出家《しゅっけ》の姿《すがた》になるのも気狂《きちが》いじみているし、其《そ》の他《ほか》の何《なに》か職人《しょくにん》百姓《ひゃくしょう》の体《てい》に姿《すがた》を換《か》えると云《い》うことも、どうも自分《じぶん》の身《み》柄《がら》に似《に》つかわない心持《こころもち》がする、よし、そんならば一層《そう》、地金《じがね》で押《お》し透《とお》そう、小倉《こくら》の袴《はかま》を穿《は》いて足駄《あしだ》がけで平気《へいき》で夜中闊歩《やちゅうかっぽ》していたら、却《かえっ》て人《ひと》に怪《あや》しまれないかも知《し》れない、それに学問所《がくもんじょ》の徽典館《きてんかん》へは、毎夜《まいよ》、兵馬《ひょうま》と同《おな》じ年頃《としごろ》の青少年《せいしょうねん》が幾人《いくにん》も通《かよ》うのであるから、その時分《じぶん》に紛《まぎ》れ込《こ》んで見《み》たら、誰《だれ》にも気取《けど》られずに済《す》むだろうと、斯《こ》う決心《けっしん》して兵馬《ひょうま》は、其《そ》の夜《よ》は、僧形《そうぎょう》を改《あらた》めて平《へい》素《そ》の地金《じがね》で、それが如何《いか》にも徽典館《きてんかん》へ通《かよ》う勤番《きんばん》の子弟《してい》に見《み》えるような意匠《いしょう》を加《くわ》えて、ひとり長禅寺《ちょうぜんじ》を立《た》ち出でました。

火事《かじ》によっての神尾《かみお》の避難先《ひなんさき》は何処《いずこ》と思案《しあん》すると、先《ま》ず兵馬《ひょうま》の頭《あたま》に浮《うか》んで来《き》たのは、この頃《ごろ》それを聞《き》き知《し》った躑躅《つつじ》ヶ崎《さき》の下屋敷《しもやしき》でありました。兵馬《ひょうま》は其《そ》の躑躅《つつじ》ヶ崎《さき》へ行《い》って見《み》ようと思《おも》ったけれども、それより先《さき》、焼跡《けやあと》から市中《しちゅう》の一部《ぶ》を一通《とお》り歩《ある》いて見《み》ようという心《こころ》で、八日市《かいち》の賑《にぎ》やかな処《ところ》へ出《で》ました。

そこで兵馬《ひょうま》が何心《なにごころ》なく通《とお》りかかったのは、例《れい》の折助《おりすけ》共《ども》を得意《とくい》とする酒場《さかば》の前《まえ》であります。この夜《よる》も亦《また》、恋《こい》の勝利者《しょうりしゃ》だの賭博《とばく》の勝利者《しょうりしゃ》だのが集《あつ》まって、太平楽《たいへいらく》を並《なら》べているらしく、酒場《さかば》の中《なか》は大陽気《おおようき》でありました。けれども兵馬《ひょうま》は、別《べつ》に其《そ》の大陽気《おおようき》に引《ひき》つけられる心持《こころもち》もしないで其《そ》の前《まえ》を通《とお》り過《す》ぎた時分《じぶん》に、酒場《さかば》の縄暖簾《なわのれん》

を別《わ》けて、ゲープという酒《さけ》の息《いき》を吐《は》きながら、咬《くわ》え楊《よう》子《じ》で出《で》かけた男《おとこ》がありました。それは縞《しま》の着物《きもの》を着《き》て、縮緬《ちりめん》の三尺帯《じゃくおび》か何《なに》かを、ちょっと気取《きど》って尻《しり》のあたりへ締《し》めて、兵馬《ひょうま》の前《まえ》を千鳥足《どりあし》で歩《ある》きながら鼻唄《はなうた》をうたい出《だ》しました。

それを後《うしろ》から兵馬《ひょうま》が見《み》ると、何《なん》となく見《み》た事《こと》のあるような男《おとこ》だと思《おも》いました。気《き》のせいか其《そ》の鼻唄《はなうた》の声《こえ》までが、何処《どこ》かで聞《き》いた事《こと》のある声《こえ》のように思《おも》われてなりませんでした。併《しか》し、兵馬《ひょうま》は此《こ》の土地《とち》で斯《こ》ういう人《ひと》柄《がら》の人間《にんげん》と知合《しりあい》になっている覚《おぼ》えはないから、どうしても思《おも》い出《だ》せないでいると、その男《おとこ》は幸《さいわい》に兵馬《ひょうま》の行《ゆ》こうとするのと同《おな》じ方向《ほうこう》へ行《ゆ》くものらしくあります。兵馬《ひょうま》はそれでなお充分《じゅうぶん》に、後《うしろ》から注意《ちゅうい》して見《み》ることが出来《でき》ました。

「はッ、はッ、はッ、何《なに》が幸《せえわい》になるものだかわからねえ、また何《なに》が間違《まちげ》えになるものだかわからねえ、人間万《にんげんばん》事塞翁《じさいおう》が馬《うま》よ、馬《うま》には乗《の》って見《み》ろ、人《ひと》には添《そ》って見《み》ろだ」

一杯機嫌《ぱいきげん》で何《なん》だかわからない事《こと》を云《い》って、ふいと後《うしろ》を振《ふ》り向《む》きました。

其《そ》の途端《とたん》に兵馬《ひょうま》は漸《ようや》く感《かん》づきました。これは知《し》っている男《おとこ》、いつぞや龍王《りゅうおう》へ行《ゆ》く時《とき》、畑《はたけ》の中《なか》の木《き》の上《うえ》で犬《いぬ》に逐《お》いかけられて狼狽《ろうばい》していた男《おとこ》。

六二三

其《そ》の男《おとこ》の名前《なまえ》も金助《きんすけ》と呼《よ》ぶ事《こと》まで兵馬《ひょうま》は覚《おぼ》えていました。この男《おとこ》を捉《つか》まえて見《み》ることは、よい便宜《べんぎ》だと思《おも》ったから、わざと傍《そば》へ寄《よ》って、

「金助《きんすけ》どの」

「おや、誰方《どなた》でございます」

振返《ふりかえ》った金助《きんすけ》は、怪《あや》しい眼《め》を闇《やみ》の中《なか》に光《ひか》らせました。

「拙者《わし》じゃ」

兵馬《ひょうま》が、わざと名乗《なの》らないで慣々《なれなれ》しく傍《そば》へ寄《よ》ると、

「ああ鈴木様《すずきさま》の御次男様《ごじなんさま》でございましたね、徽典館《きてんかん》へお出《い》でになるのでございますか、大相御勉強《たいそうごべんきょう》でございますね、お若《わか》いうちは御勉強《ごべんきょう》をなさらなくては可《い》けません」

金助《きんすけ》は心得面《こころえがお》にこんな事《こと》を云《い》って委細自分《いさいじぶん》で呑《の》み込《こ》んでしまったものらしくあります。兵馬《ひょうま》は却《かえっ》て其《そ》れがいいと思《おも》ったから、自分《じぶん》も鈴木様《すずきさま》の御次男様《ごじなんさま》とやらに成《な》り済《す》まして、

「金助《きんすけ》どの、昨夜《ゆうべ》の火事《かじ》は驚《おどろ》いたでござろうな」

「驚《おどろ》きましたにも何《なん》にも、あんな処《ところ》へ赤《あか》い風《かぜ》が吹《ふ》いて来《こ》ようとは思《おも》いませんからな」

「お前《まえ》の家《うち》には別《べつ》に怪我《けが》もなかったか」

「へえ、有難《ありがと》うございます、私《わたし》の家《うち》なんぞには怪我《けが》なんぞはございません、よし、怪我《けが》があって見《み》た処《ところ》で、私《わたし》なんぞは知《し》った事《こと》じゃあございません」

「それは何《なに》しろ宜《よ》かった」

「鈴木様《すずきさま》の御次男様《ごじなんさま》、いや辰《たつ》一郎様《ろうさま》でございましたね、何《なん》でございますか、あの徽典館《きてんかん》は昨夜《ゆうべ》の火事《かじ》で、屋根《やね》へ飛火《とびひ》があってお家《うち》が大相痛《たいそういた》んでおいでなさるそうでございますが、それでも今晩《こんばん》、学問《がくもん》がおありなさるのでございますか」

「大《たい》した損処《そんしょ》も無《な》いから今晩《こんばん》も集《あつ》まるつもりだ」

「それは結構《けっこう》でございます、お若《わか》いうちは御勉強《ごべんきょう》をなさらなくてはなりません、私共《わたしども》見《み》たようになっては追《お》付《つ》きませんからな、只今何《ただいまなに》を御勉強《ごべんきょう》でございます、論《ろん》語《ご》でございますか、孟子《もうし》でいらっしゃいますか、子曰《しのたま》わく君子《くんし》は器《き》ならずと云《い》うんでございましょう、子曰《しのたま》わくは結構《けっこう》でございますね、十有《ゆう》五にして学《がく》に志《こころざ》し、三十にして立《た》ち、四十にして惑《まど》わずとありましたな、貴方様《あなたさま》は丁度《ちょうど》その志学《しがく》のお年頃《としごろ》でございましょう、処《ところ》が私《わたし》なんぞは三十にして立《た》たず四十にして腰《こし》が抜《ぬ》けという処《ところ》なんでございます、どうも可《い》けません、併《しか》し辰《たつ》一郎様《ろうさま》、人間《にんげん》は学問《がくもん》ばかりしたからと云《い》って其《そ》れでいいというわけではありませんね、青表紙《あおびょうし》を沢山《たくさん》読《よ》んで、

活字引《いきじびき》になって見《み》た処《ところ》で一向《こう》つまりませんな、活字引《いきじびき》はまだ可《い》いけれども、腐《くさ》れ儒者《じゅしゃ》となった日《ひ》には手《て》もつけられません、学問《がくもん》は実地《じっち》に活用《かつよう》しなければ、つまらねえんでございます、いかがでございます、時々《ときどき》は狂歌《きょうか》、都々逸《どどいつ》、柳樽《やなぎだる》の類《たぐい》をおやりになっては、ああいうものをやりますと、自然《しぜん》に人間《にんげん》が砕《くだ》けて参《まい》りますな、人間《にんげん》に其《そ》れだけユトリが出来《でき》て参《まい》りますな、人間《にんげん》は朝《あさ》から晩《ばん》まで子曰《しのたま》わくではやり切《き》れません、風流《ふうりゅう》ということは大切《たいせつ》なものでございますよ、ちと、その方《ほう》を御《ご》指南致《しなんいた》しましょうか、は、は、は」

「金助《きんすけ》どの」

「はい」

「お前《まえ》は、これから何処《どこ》へ行《ゆ》くのじゃ」

「私《わたし》でございますか、私《わたし》はこれから少《すこ》しばかり淋《さび》しい処《ところ》へ行《ゆ》くのでございます、淋《さび》しい処《ところ》と云《い》ったからとて、別《べつ》に幽霊《ゆうれい》やお化《ばけ》の出《で》る処《ところ》ではございません、古城《ふるじろ》の方《ほう》へ参《まい》るのでございます、古城《ふるじろ》は躑躅《つつじ》ヶ崎《さき》へ参《まい》るのでございます、躑躅《つつじ》ヶ崎《さき》は神尾主膳様《かみおしゅぜんさま》のお下屋敷《しもやしき》まで、これからお見舞《みまい》に上《あ》がろうというんでございます」

「左様《さよう》か」

金助《きんすけ》は云《い》わでもの事《こと》まで云《い》ってしまいました。兵馬《ひょうま》は計《はか》らず都合《つごう》の宜《よ》い事《こと》を聞《き》いてしまいました。

「ねえ鈴木様《すずきさま》の御次男様《ごじなんさま》」

六二四

「昨夕《ゆんべ》の火事《かじ》は、お驚《おどろ》きなすったでございましょうね」

金助《きんすけ》は同《おな》じような事《こと》を繰《く》り返《かえ》しました。

「驚《おどろ》いたとも」

「私《わたし》も驚《おどろ》きましたよ、まさか、彼処《あすこ》へ、あれほど思《おも》い切《き》って赤《あか》い風《かぜ》が吹《ふ》こうとは思《おも》いませんからね」

「金助《きんすけ》どの、あれは一体《たい》、放火《つけび》か、それとも粗忽火《そそうび》か」

「放火《つけび》……いや御冗戯《ごじょうだん》を仰有《おっしゃ》っちゃ可《い》けません、この御城下《ごじょうか》の然《しか》も、当時《とうじ》、飛《と》ぶ鳥《とり》を落《おと》すほどの神尾主膳様《かみおしゅぜんさま》のお邸《やしき》へ、何処《どこ》の奴《やつ》が放火《つけび》をするもんですか、粗忽火《そそうび》に定《き》まってますよ、誰《だれ》が何《なん》と云《い》ったって、粗忽火《そそうび》でございます、放火《つけび》だなんという奴《やつ》があったら此処《ここ》へ伴《つ》れてお出《い》でなさいまし」

「其《そ》れは左様《さよう》であろう、して、神尾殿《かみおどの》や御《ご》一族《ぞく》は何《いず》れに避難《ひなん》をしていらっしゃる」

「神尾様《かみおさま》のお立退先《たちのきさき》でございますか、それは訳《わか》りませんね、よし、訳《わか》っていても其《そ》ればっかりは申上《もうしあ》げられませんね、それを知《し》っているのは大方《おおかた》、この金助《きんすけ》ぐれえのもので……おっと危《あぶ》ねえ、そりゃ嘘《うそ》でございます、神尾《かみお》の殿様《とのさま》は躑躅《つつじ》ヶ崎《さき》のお下屋敷《しもやしき》へお立退《たちのき》でございますよ、ええ〳〵、御無事《ごぶじ》でいらっしゃいますとも、お怪我《けが》なんどは些《ちっ》ともお有《あ》りなさりゃしません、若《も》しお怪我《けが》があるという者《もの》があったら此処《ここ》へ伴《つ》れてお出《い》でなさいまし、御遠慮《ごえんりょ》なく」

「拙者《わし》も、その神尾殿《かみおどの》に会《あ》ってお見舞《みまい》を申上《もうしあ》げたいと思《おも》うのだが、何所《どちら》にお立退《たちのき》きだかわからない」

「其《そ》れはそうでございましょう、躑躅《つつじ》ヶ崎《さき》にお出《い》でになる事《こと》はおいでになるに違《ちが》いないのでございますがね、当分《とうぶん》は誰方《どなた》にも決《けっ》してお目《め》にかかる事《こと》ではございません、それは御病気《ごびょうき》なんですよ、前《まえ》から御病気《ごびょうき》でもって休《やす》んでおいでになったのでございます、此《こ》の御病気《ごびょうき》がお癒《なお》りなさるまでは決《けっ》して、それは御支配様《ごしはいさま》にだってお目《め》にかかる事《こと》ではございません」

「金助《きんすけ》どの、それをお前《まえ》が如何《どう》して知《し》っている」

「如何《どう》して知《し》っていると仰有《おっしゃ》ったって、そこは此《こ》の金《きん》助《すけ》でなければ訳《わか》らないのでございます、其処《そこ》が金助《きんすけ》の価値《ねうち》なんでございます」

酔《よ》っているとは云《い》いながら、此《こ》の金助《きんすけ》の云《い》う事《こと》は何《なに》か心得面《こころえがお》でありました。だから兵馬《ひょうま》はいよ〳〵好《よ》い獲《え》物《もの》と思《おも》って、

「処《ところ》で金助《きんすけ》どの、お前《まえ》に折入《おりい》って頼《たの》みたいのだが、特《とく》別《べつ》に拙者《せっしゃ》だけを、神尾殿《かみおどの》に引合《ひきあわ》せて呉《く》れまいか、内々《ないない》で是非共《ぜひとも》お話《はなし》を申上《もうしあ》げねばならぬ事《こと》があるのじゃ」

「へえ、それはまた如何《どう》いう事《こと》でございましょう、併《しか》し、それは折角《せっかく》でございますが、どうも其《そ》のお頼《たの》みばかりは駄目《だめ》でございますよ、エエ、そりゃもう」

「左様《さよう》な事《こと》を云《い》わずに会《あ》わして呉《く》れ」

「会《あ》わして呉《く》れと仰有《おっしゃ》った処《ところ》で居《い》ねえ者《もの》はお会《あ》わせ申《もう》すことは出来《でき》ねえではございませんか」

「ナニ、神尾殿《かみおどの》は居《お》らぬと、では、躑躅《つつじ》ヶ崎《さき》においでになるというのは嘘《うそ》か」

「エエ、何《なん》でございますと」

「今《いま》、お前《まえ》は神尾殿《かみおどの》は躑躅《つつじ》ヶ崎《さき》の下屋敷《しもやしき》に立退《たちの》いておいでになると云《い》ったではないか」

「左様申《さようもう》しましたよ」

「そんならば、拙者《せっしゃ》は会《あ》いたいのじゃ、会《あ》って直々《じきじき》にお話《はな》し申《もう》したい事《こと》があるから、それをお前《まえ》に頼《たの》むのじゃ」

「成程《なるほど》」

「さあ、お前《まえ》が躑躅《つつじ》ヶ崎《さき》へ行《い》くというなら、拙者《せっしゃ》も徽《き》典館《てんかん》へ行《ゆ》くことをやめて、お前《まえ》と一緒《しょ》に躑躅《つつじ》ヶ崎《さき》へ行《ゆ》く、案内《あんない》して呉《く》れ」

「そいつは困《こま》りましたな、そんな駄々《だだ》を捏《こ》ねて下《くだ》すっては困《こま》ります、お帰《かえ》りなさいまし、此処《ここ》からお帰《かえ》りなすってお呉《く》んなさいまし」

「金助《きんすけ》！」

兵馬《ひょうま》は金助《きんすけ》の手首《てくび》を取《と》ってグッと引寄《ひきよ》せました。

六二五

兵馬《ひょうま》に強《つよ》く手首《てくび》を取《と》られたものだから金助《きんすけ》は狼狽《うろた》えました。

「ナナ、何《なに》をなさるんで」

「拙者《わし》を躑躅《つつじ》ヶ崎《さき》まで連《つ》れて行《い》って呉《く》れ」

「そりゃ可《い》けません」

「何故《なぜ》、可《い》かんのだ」

「そりゃ可《い》けません」

「神尾主膳殿《かみおしゅぜんどの》に会《あ》いたいのだ」

斯《こ》う云《い》って引《ひ》き寄《よ》せた兵馬《ひょうま》の言葉《ことば》が余《あま》りに鋭《するど》かったから金助《きんすけ》もやや激昂《げきこう》して、

「おや〱、お前様《まえさま》は、私《わたし》を如何《どう》しようと云《い》うんで、おや、お前様《まえさま》は鈴木様《すずきさま》の御次男様《ごじなんさま》では無《ね》えのだな」

「金助《きんすけ》、他《ほか》に見覚《みおぼ》えはないか」

「知《し》らねえ」

「よく考《かんが》えて見《み》ろ」

「何《なん》だか知《し》らねえけれど、放《はな》してお呉《く》んなせえ、放《はな》さねえと為《ため》になりませんぜ、それこそお怪我《けが》をなさいますぜ」

金助《きんすけ》が振《ふ》り切《き》ろうとするのを兵馬《ひょうま》は地上《ちじょう》へ難《なん》なく取《と》って押《おさ》えました。

「金助《きんすけ》」

「ア痛《いた》い、この野郎《やろう》巫山戯《ふざけ》やがって、餓鬼《がき》の癖《くせ》に」

「金助《きんすけ》、痛《いた》いか」

「痛《いた》！」

「いつぞや、龍王《りゅうおう》へ行《ゆ》く途中《とちゅう》、貴様《きさま》が犬《いぬ》に追《お》われて木《き》の上《うえ》へ登《のぼ》っていたのを助《たす》けてやった其《そ》の時《とき》の事《こと》を忘《わす》れたか」

「エ、エ」

「その時《とき》のが拙者《わし》じゃ、鈴木《すずき》の次男《じなん》とやらでも何《な》んでもない」

「ア、左様《さよう》でございましたか、その時《とき》は、どうも飛《と》んだお世話《せわ》になりました、そういう事《こと》とは存《ぞん》じませんものでございますから失礼《しつれい》を致《いた》しました、どうかお放《はな》しなすって下《くだ》さいまし、痛《いた》くて堪《たま》らねえんでございますから」

「金助《きんすけ》、お前《まえ》は神尾家《かみおけ》の容子《ようす》をよく知《し》っているようじゃ、拙者《わし》は其《そ》れをよく聞《き》きたいのじゃ、包《つつ》まず話《はな》して呉《く》れ」

「へえ、知《し》っているだけの事《こと》はお話《はな》し申《もう》しますから、此処《ここ》を放《はな》して戴《いただ》きてえんでございます」

「斯《こ》うしているうちに話《はな》せ、神尾主膳殿《かみおしゅぜんどの》は躑躅《つつじ》ヶ崎《さき》に居《お》られるか居《お》られぬか、先《ま》ず其《そ》れを申《もう》せ」

「へえ、それは……躑躅《つつじ》ヶ崎《さき》においでの筈《はず》なんでございますが……」

「居《い》るならば此《こ》れから直《すぐ》に拙者《せっしゃ》を案内致《あんないいた》せ」

「何《ど》うも、そういうわけには参《まい》りませんで……」

「いや〱、貴様《きさま》の口《くち》ぶりによれば、神尾家《かみおけ》の内状《ないじょう》をよく知《し》っているらしい、隠《かく》し立《だて》をすれば斯《こ》うじゃ」

兵馬《ひょうま》は上《うえ》にのしかかって、金助《きんすけ》をギュウ〳〵云《い》わせます。

「ア、痛《いた》ッ、面《かお》の皮《かわ》が摺《す》り剝《む》けてしまいます、どうか御勘弁《ごかんべん》なすって下《くだ》さいまし」

「早《はや》く云《い》ってしまえば、無事《ぶじ》に放《はな》してやる、云《い》わなければ命《いのち》を取《と》る」

「あ、申上《もうしあ》げます、実《じつ》は其神尾《そのかみお》の殿様《とのさま》は躑躅《つつじ》ヶ崎《さき》においでなさるんでは無《ね》えのでございます」

「それでは何処《どこ》に居《お》られるのじゃ」

「それがその……」

「真直《まっすぐ》に云《い》ってしまえ」

「ア、痛《いた》ッ、ではお前様《まえさま》に限《かぎ》って申上《もうしあ》げてしまいます、神尾《かみお》の殿様《とのさま》は生捕《いけど》られておしまいなすったのでございます、あの晩火放《ばんひっけ》に来《き》た奴等《やつら》が神尾《かみお》の殿様《とのさま》を生捕《いけど》って何処《どこ》へか連《つ》れて行《い》ってしまったのでございます」

「それは本当《ほんとう》か」

「本当《ほんとう》でございますとも、けれども神尾《かみお》の殿様《とのさま》ともあるべきお方《かた》が、穢多《えた》の為《ため》に生捕《いけどり》にされたとあっては、御《ご》一統《とう》のお名前《なまえ》にも障《さわ》りますから、それで、ああして病気《びょうき》お引籠《ひきこも》りという事《こと》になっているんでございます、それも生捕《いけどら》れたのは殿様《とのさま》ばかりではございません、あの御別宅《ごべったく》においでになるお絹様《きぬさま》というお方《かた》も、やっぱり穢多《えた》に生捕《いけど》られてしまったんでございます、その行《ゆき》先《さき》でございますか、それはわかりません、いずれ山又《やままた》山《やま》の奥《おく》の方《ほう》へ連《つ》れて行《ゆ》かれたんでございましょう」

六二六

金助《きんすけ》の白状《はくじょう》は嘘《うそ》か真実《まこと》か知《し》らないが、神尾主膳《かみおしゅぜん》が恨《うら》みの者《もの》の手《て》によって生捕《いけど》られた事《こと》は信《しん》じ得《う》べき根拠《こんきょ》があるようであります。それが穢多《えた》の仲間《なかま》の仕業《しわざ》であろうとは思《おも》われるけれど、他《た》にも主膳《しゅぜん》を恨《うら》む者《もの》があって、彼《か》の狼藉《ろうぜき》を逞《たくま》しくしたものがあると見《み》られない事《こと》もありません。

けれども、それは兵馬《ひょうま》が強《し》いて突《つ》き留《と》めたい事《こと》ではありませんでした。神尾《かみお》が果《はた》して机龍之助《つくえりゅうのすけ》を隠匿《かくま》っているかいないかという事《こと》を知《し》りたいのが兵馬《ひょうま》の唯《ゆ》一の望《のぞ》みであります。併《しか》し、不幸《ふこう》にして其《そ》れは金助《きんすけ》が全《まった》く知《し》らない事《こと》でありました。幾《いく》ら責《せ》めても嚇《おど》しても、其《その》事《こと》は丸《まる》きり金助《きんすけ》に当《あた》りが無《な》いらしくありました。兵馬《ひょうま》の失望《しつぼう》したのは、全《まった》く龍之助《りゅうのすけ》は神尾《かみお》の屋敷《やしき》にいなかったと見《み》るより外《ほか》は仕方《しかた》が無《な》いからであります。少《すく》くともあの火事《かじ》の晩《ばん》に避難《ひなん》した者《もの》の中《なか》には机龍之助《つくえりゅうのすけ》があったと想像《そうぞう》する事《こと》は出来《でき》ませんでした。

「そういうわけでございますからね、私共《わたしども》は実《じつ》は金《かね》の蔓《つる》を失《うしな》ったわけなんでございますよ。神尾《かみお》の殿様《とのさま》を種《たね》無《な》しにしたんじゃこれから先《さき》が案《あん》じられるのでございましてね、山《やま》ん中《なか》へ探《さが》しに行《い》こうかと斯《こ》う思《おも》ってるんでございます」

金助《きんすけ》は漸《ようや》く起《お》こしてもらって、こんな愚痴《ぐち》を云《い》いました。

「お前《まえ》は今何処《いまどこ》に奉公《ほうこう》しているのだ」

「私《わたし》でございますか、私《わたし》は今《いま》は何処《どこ》と云《い》って奉公《ほうこう》をしているわけでは無《ね》えのでございます。神尾《かみお》の殿様《とのさま》のお出入《でいり》で如何《どう》やら斯《こ》うして気儘《きまま》に飲食《のみくい》が出来《でき》てブラブラ遊《あそ》んでいるのでございますよ、当分《とうぶん》は、躑躅ヶ崎《つつじさき》のお下屋敷《しもやしき》の片《かた》っ端《ぱし》をお借《か》り申《もう》して彼処《あすこ》に住《す》んでいるんでございます」

「如何《どう》だ、その躑躅ヶ崎《つつじさき》の屋敷《やしき》とやらへ、拙者《わし》を案内《あんない》して呉《く》れないか」

「そりゃ宜《よろ》しゅうございますけれど、お前様《まえさま》は一体《たい》何方《どちら》のお方《かた》で何《なん》の為《ため》に、其《そ》んなに神尾様《かみおさま》の事《こと》をお聞《きき》になるんでございます」

「其《そ》んな事《こと》は尋《たず》ねなくとも宜《よ》い、今晩《こんばん》は拙者《わし》を其《そ》の躑躅ヶ崎《つつじさき》へ案内《あんない》してお前《まえ》の寝《ね》る処《ところ》へ泊《と》めて貰《もら》いたい」

「そりゃ差支《さしつか》えはございませんがね、何《なん》だか気味《きび》が悪《わる》いようでございますね」

兵馬《ひょうま》は斯《こ》うして金助《きんすけ》を嚇《おど》かしながら先《さき》に立《た》てて躑躅ヶ崎《つつじさき》の下屋敷《しもやしき》へ案内《あんない》させました。それから屋敷《やしき》のうちを、やはり金助《きんすけ》を嚇《おど》して案内《あんない》をさせて調《しら》べて見《み》たけれど、神尾《かみお》の家来《けらい》が数人詰《すうにんつめ》ているだけで、別《べつ》に主人《しゅじん》

らしい者《もの》もありとは見《み》られず、また自分《じぶん》の目《め》ざしている人《ひと》が隠《かく》れているらしくも思《おも》われませんでした。この上《うえ》は詮《せん》ない事《こと》と思《おも》って兵馬《ひょうま》は、最早金助《もはやきんすけ》と一緒《しょ》に泊《とま》って見《み》る必要《ひつよう》もないから、尚《な》お金助《きんすけ》を嚇《おど》して置《お》いて一人《ひとり》だけで引《ひ》き上《あ》げました。

して見《み》れば机龍之助《つくえりゅうのすけ》は既《すで》に此《こ》の甲府《こうふ》の土地《とち》にはいないらしい。眼《め》の不自由《ふじゆう》な彼《かれ》が、それほど敏捷《びんしょう》に処《ところ》を変《か》え得《う》る筈《はず》が無《な》い。と云《い》って神尾《かみお》が隠匿《かくま》わなければ其外《そのほか》に、龍之助《りゅうのすけ》を世話《せわ》をする者《もの》がありとは思《おも》われない事《こと》であります。甲府《こうふ》にいないとすれば何処《どこ》へ行《い》ったろう、誰《だれ》が介抱《かいほう》して何処《どこ》へ連《つ》れて行《い》ったかという事《こと》を考《かんが》え来《きた》ると、兵馬《ひょうま》は例《れい》のお絹《きぬ》という女《おんな》の事《こと》を思《おも》わないわけには行《ゆ》かないのであります。

「あ！　あの女《おんな》が世話《せわ》をして、また江戸《えど》へ落《おと》してやったのだろう」

其《そ》れに違《ちが》いない、ハタと膝《ひざ》を打《う》ったけれども、其《そ》のお絹《きぬ》という女《おんな》も主膳《しゅぜん》と一緒《しょ》に穢多《えた》の仲間《なかま》に湙《さら》われてしまったという事《こと》になると、それは全《まった》く捉《つか》まえ処《どころ》が無《な》くなるのであります。

今《いま》まであった甲府《こうふ》というものの中心《ちゅうしん》が一時《じ》に摧《くだ》けて、眼《め》の前《まえ》で支離滅裂《しりめつれつ》に帰《き》してしまったように兵馬《ひょうま》は茫々《ぼうぼう》然《ぜん》としてその夜《よ》は長禅寺《ちょうぜんじ》へ帰《かえ》ったけれど、斯《こ》うなって見《み》ると此処《ここ》にも安閑《あんかん》としては居《い》られないのであります。

六二七

表面《ひょうめん》は病気《びょうき》で引籠《ひきこも》っているという神尾主膳《かみおしゅぜん》、内実《ないじつ》は穢多《えた》に浚《さら》われたという神尾主膳《かみおしゅぜん》、その行衛《ゆくえ》を内々《ないない》は手《て》を尽《つく》して探《さが》したけれども遂《つい》に発見《はっけん》する事《こと》が出来《でき》ないらしくありました。其《そ》の内々《ないない》の取沙汰《とりさた》には、甲州《こうしゅう》や相州《そうしゅう》の山奥《やまおく》には山窩《さんか》というものの一種《しゅ》があって、其《そ》の仲間《なかま》に引渡《ひきわた》された時《とき》は生涯世間《しょうがいせけん》へ出《で》ることは出来《でき》ないという事《こと》でありました。主膳《しゅぜん》もお絹《きぬ》も其《そ》の山窩《さんか》の者共《ものども》の手《て》に捉《とら》えられているのだろうと云《い》う説《せつ》もありました。

主膳《しゅぜん》を恨《うら》んだ穢多《えた》というのも、其《そ》れが渡《わた》り者《もの》であったり、山奥《やまおく》の彼方此方《あっちこっち》に二三軒《けん》ずつある者共《ものども》が、ひそかに寄《よ》り集《あつ》まって大勢《おおぜい》になったらしいから、何《ど》の部落《ぶらく》が如何《どう》という手《て》がかりがないので、その見当《けんとう》をつけるのさえ容易《ようい》ではありませんでした。

そのうちに神尾主膳《かみおしゅぜん》は病気保養《びょうきほよう》お暇《いとま》というような事《こと》で、江戸《えど》へ帰《かえ》るという噂《うわさ》がありました。その前後《ぜんご》に神《かみ》尾《お》に召《め》し使《つか》われたものは散々《ちりぢり》になって、いつか知《し》らぬうちに神尾家《かみおけ》は全《まった》く甲府《こうふ》から没落《ぼつらく》してしまい、躑躅《つつじ》ヶ崎《さき》の下屋敷《しもやしき》も売物《うりもの》に出《で》てしまいました。駒井能登守《こまいのとのかみ》が甲府《こうふ》を落《お》ちた時《とき》は兎《と》も角《かく》も明確《めいかく》に甲府《こうふ》を立退《たちの》いたけれど、神尾《かみお》の家《いえ》が甲府《こうふ》から消《き》えたのは行燈《あんどん》の立消《たちぎえ》したような気《き》の抜《ぬ》けたものでありました。

駒井能登守《こまいのとのかみ》の屋敷《やしき》あとには草《くさ》がいや高《たか》く生《は》え、神尾《かみお》主膳《しゅぜん》の焼《や》け跡《あと》では、まだ煙《けむり》が燻《くすぶ》っている時分《じぶん》、甲府《こうふ》の町《まち》へ入《は》り込《こ》んだ二人《ふたり》の旅人《たびびと》がありました。

二人《ふたり》は神尾《かみお》の焼跡《やけあと》を暫《しば》らく立《た》って見《み》ていたが其《そ》れから向《むき》を換《か》えて八幡様《まんさま》の方《ほう》の淋《さび》しい処《ところ》へ入《はい》りながら、

「神尾《かみお》の屋敷《やしき》もああしたものだろうよ」

若《わか》い方《ほう》がいいました。

「ああしたものだろう」

やや年老《としと》った方《ほう》が答《こた》えました。

「駒井能登守《こまいのとのかみ》の方《ほう》は滝《たき》の川《がわ》で兎《と》も角《かく》も落着《おちつ》きを確《たし》かめたが、神尾主膳《かみおしゅぜん》は如何《どう》してるんだ」

「病気《びょうき》でお暇《いとま》を願《ねが》って江戸《えど》へ帰《けえ》ったとい事《こと》だ」

「そいつは表面《うわべ》の事《こと》なんだ、内実《ないじつ》は穢多《えた》の為《ため》に生捕《いけど》られたという評判《ひょうばん》よ」

「それも裏《うら》の裏《うら》で、おれが思《おも》うには、まだ裏《うら》があると思《おも》うんだ」

「して見《み》ると神尾《かみお》は、江戸《えど》へも帰《かえ》らず、穢多《えた》にも捉《つか》まらずに、無事《ぶじ》に何処《どこ》かに隠《かく》れているとでも云《い》うのか」

「そうよ彼奴《あいつ》は如何《どう》見《み》ても、穢多《えた》に取捉《とっつか》まるような男《おとこ》

でねえ、それから穢多《えた》の奴等《やつら》にしたからっても、何《なん》ぼ何《なん》でも、お組頭《くみがしら》のお邸《やしき》へ火《ひ》を放《つ》けて大将《たいしょう》を浚《さら》って行《い》くなんて、それほどの度胸《どきょう》があろうとは思《おも》われねえじゃねえか」

「成程《なるほど》、そういえば其《そ》んなものだが、それにしちゃあ狂言《きょうげん》の書《か》き方《かた》が拙《まず》いな、拙《まず》くねえまでもあんまり綺麗《きれい》じゃあねえ」

「ドノ道《みち》、あの大将《たいしょう》も破《やぶ》れかぶれだから、トテも上品《じょうひん》な狂言《きょうげん》を択《えら》んじゃあいられねえ、そこで病気《びょうき》を種《たね》につかって見《み》たり、穢多《えた》を玉《たま》にして見《み》たり、どうやら此《こ》れで一時《じ》を切《き》り抜《ぬ》いたものらしいよ」

「ふむ、そうすると病気《びょうき》も、穢多《えた》も皆《み》んな狂言《きょうげん》の種《たね》かい」

「あの火事《かじ》までが狂言《きょうげん》だと斯《こ》う睨《にら》んでるんだが、どんなものだあの大将《たいしょう》、いよ〳〵尻《しり》が割《わ》れかかって、如何《どう》にも斯《こ》うにも始末《しまつ》がつかねえから、それで穢多《えた》にかこつけて、自分《じぶん》で屋敷《やしき》へ火《ひ》を放《つ》けたんだ」

「成程《なるほど》」

「火《ひ》を放《つ》けて罪《つみ》は穢多《えた》へなすりつけて置《お》いて、帳尻《ちょうじり》の合《あ》わねえ処《ところ》は焼《や》いてしまった……おいおい向《む》うから役人《やくにん》見《み》たようなのが来《く》るぜ、気《き》をつけなくっちゃあ可《い》けねえ」

　道《みち》を外《そ》らして行《ゆ》く二人《にん》の旅人《たびびと》、その若《わか》い方《ほう》はがんり、きらしく、やや年老《としと》った方《ほう》は七兵衛《べえ》らしくあります。

六二八

この二人《ふたり》は何《なん》の為《ため》に、また甲府《こうふ》までやって来《き》たのだろう、ここには駒井能登守《こまいのとのかみ》もいないし、神尾主膳《かみおしゅぜん》もいなくなったし、宇津木兵馬《うつぎひょうま》も、机龍之助《つくえりゅうのすけ》も、お松《まつ》もお君《きみ》も米友《よねとも》もムク犬《いぬ》も去《さ》ってしまったのに、なお何《なに》かの執着《しゅうちゃく》があって来《き》たものと見《み》なければなりません。

いつぞや、持《も》ち出《だ》した安綱《やすつな》の刀《かたな》、それを何処《どこ》ぞへ隠《かく》して置《お》いたのを、取《と》り出《だ》しに来《き》たものかと思《おも》えば、そうでもなく、二人《ふたり》は其《そ》の足《あし》で直《す》ぐに甲府《こうふ》を西《にし》へ突《つ》き抜《ぬ》けてしまいました。

それから例《れい》の早《はや》い足《あし》で瞬《またた》く間《ま》に韮崎《にらさき》の宿《しゅく》へ着《つ》きました。甲府《こうふ》から韮崎《にらさき》まで三里《り》二十一町《ちょう》、ここで止《と》まるかと思《おも》えば、傍目《わきめ》もふらずにずん〱通《とお》り越《こ》して、とう〱甲州《こうしゅう》の国境《くにざかい》まで来《き》てしまいました。

山口《やまぐち》のお関所《せきしょ》というのは別《べつ》に手形《てがた》入《い》らずに通《とお》ることが出来《でき》て信州《しんしゅう》の諏訪郡《すわごおり》へ入《はい》りました。諏訪《すわ》へ着《つ》いたら止《と》まるかと思《おも》うと其処《そこ》でも止《と》まりませんでした、何処《どこ》までも西《にし》を指《さ》して其《そ》の早足《はやあし》を改《あらた》めないのであります。そうかと云《い》って歩《ある》き出《だ》した二人《ふたり》は並《なら》んでこそいるけれども、他人見《たにんみ》たように一向口《こうくち》を利《き》く模様《もよう》がありませんでした。尋常《じんじょう》の街道《かいどう》を通《とお》ることもあれば、裏道《うらみち》に隠《かく》れてしまうこともありました。

一体《たい》、何処《どこ》へ行《ゆ》くつもりだろうということは其《そ》の日《ひ》のうちにもわからず、その翌日《よくじつ》もわからず三日目《かめ》になって、漸《ようや》く二人《ふたり》の姿《すがた》を見出《みいだ》すことが出来《でき》ました、三日目《かめ》に二人《ふたり》の姿《すがた》を見出《みいだ》した処《ところ》はもう甲州《こうしゅう》や信州《しんしゅう》ではなく其《そ》れかと云《い》って碓氷峠《うすいとうげ》からまた江戸《えど》の方《ほう》へ廻《まわ》り直《なお》したものでもなく、京都《きょうと》の町《まち》の真中《まんなか》へ現《あら》われたことは余《あま》りといえば意外《いがい》の事《こと》でありました。

何時《いつ》、如何《どう》して木曾《きそ》を通《とお》ったか、不破《ふわ》や逢坂《おおさか》の関《せき》を越《こ》えたのは何時頃《いつごろ》であったか、其《そ》んな事《こと》は見定《みさだ》めている隙《すき》もないうちに早《は》や二人《ふたり》は京都《きょうと》の真中《まんなか》の六角堂《かくどう》あたりへ身《み》ぶるいして到着《とうちゃく》しました。この二人《ふたり》が何《なん》の目的《もくてき》あって京都《きょうと》まで伸《の》したものかは一向《こう》わからないものであります。上方《かみがた》の風雲《ふううん》は以前《いぜん》に見《み》えた時《とき》よりも此《こ》の時分《じぶん》は一層険悪《そうけんあく》なものになっていました。例《れい》の近藤勇《こんどういさむ》の新撰組《しんせんぐみ》は此《こ》の時分《じぶん》が其《そ》の得意《とくい》の絶頂《ぜっちょう》の時代《じだい》でありました。十四代《だい》の将軍《しょうぐん》は長州再征《ちょうしゅうさいせい》の為《ため》に京都《きょうと》へ上《のぼ》っていました。その中《なか》へ、がんりきと七兵衛《べえ》が面《かお》を出《だ》したとい

うことは可《か》なり物騒《ぶっそう》な事《こと》のようだけれども、その物騒《ぶっそう》は天下《てんか》の風雲《ふううん》に関《かん》するような物騒《ぶっそう》ではありません。

この二人《ふたり》が徳川《とくがわ》へ加担《かたん》したからと云《い》って、長州《ちょうしゅう》へ味方《みかた》をしたからと云《い》って、尊王攘夷《そんのうじょうい》の上《うえ》には幾《いく》らの影響《えいきょう》もあるものでない事《こと》は、二人共《ふたりとも》よく知《し》っている筈《はず》であります。二人《ふたり》も亦決《またけっ》して尊王愛国《そんのうあいこく》の為《ため》に京都《きょうと》へ面《かお》を出《だ》したのではありますまい。思《おも》うに、甲州《こうしゅう》から関東《かんとう》へかけては二人《ふたり》の世界《せかい》が漸《ようや》く狭《せま》くなって来《く》るし、丁度幸《ちょうどさいわい》に、公方様《くぼうさま》は上方《かみがた》へお出《い》でになっているし、江戸《えど》はお留守《るす》で上方《かみがた》が本場《ほんば》のような時勢《じせい》になっているから、一番《ばん》、此方《こっち》で、またいたずらを始《はじ》めようという出来心《できごころ》に過《す》ぎますまい。

「兄貴《あにき》、上方《かみがた》には美《い》い女《おんな》がいるなあ、随分美《ずいぶんい》い女《おんな》がいるけれど歯《は》ごたえのある女《おんな》はいねえようだ、口《くち》へ入《い》れると溶《と》けそうな女《おんな》ばかりで、食《く》って旨《うま》そうな奴《やつ》は見当《みあた》らねえや」

まだ宿《やど》へ着《つ》かない先《さき》に町《まち》の中《なか》でがんりきが此《こ》んな事《こと》を云《い》いながら町《まち》を通《とお》る京女《きょうおんな》の姿《すがた》を見廻《みまわ》しました。

「この野郎《やろう》、よく〳〵食意地《くいいじ》が張《は》っていやがる」

七兵衛《べえ》は斯《こ》う云《い》って苦笑《にがわら》いをしました。

六二九

この二人《ふたり》が京都《きょうと》へ入《はい》り込《こ》んだのと前後《ぜんご》して甲州《こうしゅう》から江戸《えど》へ下《くだ》るらしい宇津木《うつぎ》兵馬《ひょうま》の旅装《りょそう》を見《み》ることになりました。

恵林寺《えりんじ》へも暇乞《いとまご》いをして、勝沼《かつぬま》の富永屋《とみながや》へ着《つ》いた兵《ひょう》馬《ま》は別《べつ》に一人《ひとり》の伴《とも》をつれていました。その伴《とも》というのは、この間《あいだ》まで躑躅《つつじ》ヶ崎《さき》の神尾《かみお》の下屋敷《しもやしき》にいた金助《きんすけ》でありました。して見《み》れば、金助《きんすけ》も頼《たの》む神尾《かみお》の殿様《とのさま》なるものはいなくなるし、あの下屋敷《しもやしき》も売物《うりもの》に出《で》るというわけで、甲府住居《こうふずまい》も覚束《おぼつか》なくなっていた処《ところ》へ、兵馬《ひょうま》に説《と》かれたものか、兵馬《ひょうま》を説《と》きつけたものか、此《こ》の人《ひと》の伴《とも》となって江戸《えど》へ脱《ぬ》け出《だ》そうとする者《もの》らしくあります。

この俄《にわか》ごしらえの主従《しゅじゅう》が富永屋《とみながや》へ草鞋《わらじ》を脱《ぬ》いだ時分《じぶん》に、富永屋《とみながや》には例《れい》のお角《かく》もいませんでした。机龍之助《つくえりゅうのすけ》もいませんでした。お銀様《ぎんさま》もムク犬《いぬ》も亦姿《またすがた》は見《み》えないのでありました。

そこへ一泊《ぱく》して兵馬《ひょうま》は翌朝《よくちょう》、金助《きんすけ》をつれて宿《やど》を出《で》て笹子峠《ささごとうげ》へかかりました。

「これから私《わたし》も心《こころ》を入《い》れ替《か》えて随分忠義《ずいぶんちゅうぎ》を尽《つく》しますよ、お前様《まえさま》もこれからズン〳〵御出世《ごしゅっせ》をなさいまし、まあ、私《わたし》が考《かんが》えるのにこれからは学問《がくもん》でなくちゃあ可《い》けませんな、お前様《まえさま》は腕前《うでまえ》はお出来《でき》になって結構《けっこう》でございます、学問《がくもん》の方《ほう》も御如才《おじょさい》はございますまいが、学問《がくもん》も、どうやら今《いま》までの四角《かく》な学問《がくもん》よりも、横《よこ》の方《ほう》へ読《よ》んで行《ゆ》く毛唐《けとう》の奴《やつ》の方《ほう》が、これから流行《はや》りそうでございますぜ、今《いま》、鉄砲《てっぽう》にして見《み》た処《ところ》が、どうも彼方《あっち》の奴《やつ》の方《ほう》が素敵《すてき》でございますからね、お前様《まえさま》もこれから学問《がくもん》をおやりになるならば毛唐《けとう》の奴《やつ》の方《ほう》を精出《せいだ》しておやりなさいませ、あれが当世《とうせい》でございますぜ」

金助《きんすけ》は、よくこんな巧者《こうしゃ》な話《はなし》をしたがります。そうして高慢面《こうまんがお》に忠告《ちゅうこく》めいた事《こと》を云《い》って納《おさ》まりたがる人間《にんげん》でありました。

「私《わたし》なんぞは、もう駄目《だめ》でございます、これでも小《ちい》さい時分《じぶん》から学問《がくもん》は好《す》きには好《す》きでございました。けれども他《ほか》の道楽《どうらく》も好《す》きには好《す》きでございました。親譲《おやゆず》りの財産《しんだい》がこれでも相当《そうとう》にあるには有《あ》ったんでございますがね、皆《み》んな下《くだ》らなく遣《つか》ってしまいましたよ、これと云《い》って取《と》り留《と》まりが無《な》く遣《つか》ってしまいましたよ、なあに、今考《いまかんが》えても惜《お》しいとも何《なん》とも思《おも》いませんがね、可《か》なりこれでも遊《あそ》んだものでございますよ、だから江《え》戸《ど》を食《く》いつめて甲州《こうしゅう》まで渡《わた》り歩《ある》いているんでございます、これが江戸《えど》へ帰《かえ》ったら、また病《やまい》が出《で》るだろうと思《おも》って其《そ》れが心配《しんぱい》でございますよ、でもまあ、昔《むかし》と違《ちが》って今《いま》は丸《まる》っきり融通《ゆうずう》が利《き》きませんからね、これで

融通《ゆうずう》が利《き》き出《だ》すと随分危《ずいぶんあぶ》ねえものでございます、危《あぶ》ねえと云《い》ったって、斯《こ》うなれば、疱瘡《ほうそう》も痲疹《はしか》も済《す》んだようなものでございますから、生命《いのち》にかかわるような真《ま》似《ね》は致《いた》しません、何《なに》しろ、まあ、これを御縁《ごえん》に江戸《えど》へ帰《かえ》ったら落着《おちつ》きましょうよ、末長《すえなが》く貴方様《あなたさま》の御家来《ごけらい》になって忠義《ちゅうぎ》を尽《つく》して往生《おうじょう》すれば、それが本望《ほんもう》でございますよ、お江戸《えど》の土《つち》を踏《ふ》んで畳《たたみ》の上《うえ》で往生《おうじょう》が出来《でき》れば其《そ》れで思《おも》い残《のこ》すことはありませんな、貴方様《あなたさま》は、どうか私《わたし》の分《ぶん》までみっしり出世《しゅっせ》をなすってお呉《く》んなさいまし、出世《しゅっせ》をなさるには、酒《さけ》と女《おんな》……これが一番毒《ばんどく》でございますからな、この金助《きんすけ》が見《み》せしめでございますよ、あの神尾《かみお》の殿様《とのさま》も見《み》せしめでございますよ、と云《い》って駒井《こまい》の殿様《とのさま》も、あんまりいいお手本《てほん》にはなりませんな、何方《どっち》へ転《ころ》んでも楽《らく》は出来《でき》ません、やっぱり酒《さけ》と女《おんな》で器量相当《きりょうそうとう》に面白《おもしろ》く渡《わた》った方《ほう》が得《とく》かも知《し》れませんな。して見《み》ると器量相当以上《きりょうそうとういじょう》に道楽《どうらく》をして来《き》た私《わたし》なんぞは此《こ》の世《よ》の仕合《しあわ》せ者《もの》でございましょう、下手《へた》に立身出世《りっしんしゅうせ》をして窮屈《きゅうくつ》な思《おも》いをするよりは、金助《きんすけ》は金助《きんすけ》らしく道楽《どうらく》をしていた方《ほう》が勝《かち》でございましょう、貴方様《あなたさま》の前《まえ》だが、私《わた》しゃあ江戸《えど》へ着《つ》いたら早速《さっそく》に吉原《よしわら》へ行《い》って見《み》てえと斯《こ》う思《おも》います」

金助《きんすけ》は、ぺら〳〵と兵馬《ひょうま》の前《まえ》も憚《はばか》らず、こんな事《こと》を云《い》いました。

六三〇

これから心《こころ》を入《い》れ換《か》えて忠義《ちゅうぎ》を尽《つく》しますという口《くち》の下《した》から、もういい気《き》になって吉原《よしわら》の話《はなし》であります。

兵馬《ひょうま》が其《そ》れを黙《だま》って聞《き》いていると、金助《きんすけ》は自分《じぶん》の放《ほう》蕩《とう》した時代《じだい》の事《こと》を得意《とくい》になって喋《しゃべ》り立《た》てました。その揚句《あげく》に、

「貴方様《あなたさま》は吉原《よしわら》へお出《い》でになった事《こと》がございますか、大門《おおもん》をお潜《くぐ》りになった事《こと》がございますか」

「まだ知《し》らぬ」

「では、一度《ど》お伴《とも》を致《いた》しましょう、ナニ二度《ど》は見《み》てお置《お》きにならなければ出世《しゅっせ》が出来《でき》ないという譬《たとえ》がございます」

「其《そ》んな譬《たとえ》は聞《き》いた事《こと》がない」

「一度《ど》は見物《けんぶつ》にいらっしゃいまし、私《わたし》は江戸《えど》へ着《つ》きまして、この荷物《にもつ》を宿《やど》へ置《お》いたら其《そ》の足《あし》で吉原《よしわら》へ行《い》って見《み》るつもりでございます、こんな事《こと》を申上《もうしあ》げるといかにも馬鹿野郎《ばかやろう》のようでございますけれど、正直《しょうじき》の処《ところ》、私共《わたしども》なんぞは其《そ》れでございますよ、行末《ゆくすえ》、英雄豪傑《えいゆうごうけつ》になれるというわけのものではなし、また大《たい》した金持《かねもち》になれようという見込《みこみ》もあるのじゃあございませんですから、いい加減《かげん》の処《ところ》で胡麻《ごま》かしてしまうんでございますよ、何楽《なにたの》しみに此《こ》の世《よ》に永《なが》らえているんでございましょう、ただ残念《ざんねん》な事《こと》には小遣《こづかい》がありませんな、江戸《えど》へ着《つ》きましたら、少《すこ》しばかり小遣《こづかい》に有《あ》りつくような仕《し》事《ごと》をお世話《せわ》をなすってお呉《く》んなさいまし、まあ、私共《わたしども》の望《のぞ》みとしては其《そ》の位《くらい》のものでございますねえ」

兵馬《ひょうま》は聞《き》いているうちに、この野郎《やろう》が可《か》なり下《くだ》らない野郎《やろう》であると思《おも》いました。けれども此《こ》んな事《こと》を云《い》い〳〵、自分《じぶん》の心《こころ》を引《ひ》いたり目《め》つきを見《み》たりする挙動《きょどう》に多少油断《たしょうゆだん》のならない処《ところ》もあるように思《おも》いながら、

「金助《きんすけ》、お前《まえ》が、あの神尾主膳殿《かみおしゅぜんどの》の在所《ありか》をさえ確《たし》かめて呉《く》れたら、相当《そうとう》のお礼《れい》はする」

「それは中々大役《なかなかたいやく》でございますねえ」

金助《きんすけ》はわざとらしく大仰《おおぎょう》に云《い》い、

「併《しか》し、あの神尾《かみお》の殿様《とのさま》は、さすがに苦労《くろう》をなすったお方《かた》だけに届《とど》く処《ところ》は中々届《なかなかとど》くんでございますから、あそこの処《ところ》だけは感心《かんしん》でございますがね、あれがまあ苦《く》労人《ろうにん》の取柄《とりえ》でございましょうな」

「苦労《くろう》したというのは如何《どう》いう事《こと》なのだ」

「如何《どう》してあの方《かた》は中々遊《なかなかあそ》んだお方《かた》でございますよ」

「苦労《くろう》したとは遊《あそ》んだという事《こと》か」

「そう貴方様《あなたさま》のように生真面目《きまじめ》に出《で》られては御挨拶《ごあいさつ》に

困《こま》ります、苦労《くろう》にも幾通《いくとお》りもあるのでございます、日《ひ》なしの催促《さいそく》で苦労《くろう》するのも苦労《くろう》でございます、大《だい》八車《ぐるま》を引《ひっ》ぱって苦労《くろう》するのも苦労《くろう》でございますけれど、その苦労《くろう》とは違《ちが》いまして、酸《す》いも甘《あま》いも嚙《か》み分《わ》けた苦《く》労《ろう》でなくては苦労《くろう》とは申《もう》されないでございますな」

「神尾主膳《かみおしゅぜん》という人《ひと》は其《そ》んなによく物《もの》のわかる人《ひと》か」

「それは人《ひと》によっては随分悪《ずいぶんわる》く云《い》う者《もの》もございますけれど、私《わたし》なんぞに云《い》わせると、よく分《わか》った殿様《とのさま》でございますね、何《なに》かというと手首《てくび》をギュウと取《と》ったり首筋《くびすじ》をグウと押《おさ》えたりして白状《はくじょう》しろなんぞと、そんな野暮《やぼ》な事《こと》はなさらずに、金助《きんすけ》これで一杯《ぱい》飲《の》めなんぞと云《い》って下《くだ》さるのが嬉《うれ》しゅうございますね、あの呼吸《こきゅう》は中々《なかなか》生若《なまわか》い世間知《せけんし》らずのお方《かた》には出来《でき》ません、やはり苦労《くろう》人《にん》でないと……」

「成程《なるほど》」

兵馬《ひょうま》は苦笑《にがわら》いをしました。

「その位《くらい》ですから銭《ぜに》は残《のこ》りません、いつでも貧乏《びんぼう》をしていらっしゃるが、ああいうお方《かた》に金《かね》を持《も》たして上《あ》げたいものでございます、ほんとに金《かね》が生《い》きるんでございますけれど、使《つか》い道《みち》を知《し》っている処《ところ》へは金《かね》という奴《やつ》は廻《まわ》って参《まい》りません、因業《いんごう》な奴《やつ》でございますねえ」

六三一

それから、幾《いく》らも経《た》たない頃《ころ》、染井《そめい》の藤堂《とうどう》の屋敷《やしき》と染井稲荷《そめいいなり》との間《あいだ》にある、さる旗本《はたもと》の別荘《べっそう》の久《ひさ》しく明《あ》いていたのに人《ひと》の気配《けはい》がするようであります。

「ああ、化物屋敷《ばけものやしき》に買《か》い手《て》がついたな」

と其処《そこ》を通《とお》る酒屋《さかや》の御用聞《ごようきき》の小僧《こぞう》なんぞが早《はや》くも気《き》がつきました。

地所《じしょ》が広《ひろ》く家《いえ》が大《おお》きく、そうして人《ひと》の住《す》みてのない処《ところ》は化物屋敷《ばけものやしき》になる、化物《ばけもの》が出《で》ても出《で》なくても化物屋《ばけものや》敷《しき》であります。どうしても化物《ばけもの》が出《で》なければ人間《にんげん》の口《くち》が寄《よ》って集《たか》って化物《ばけもの》をこしらえてしまう。

先代《せんだい》の殿様《とのさま》が、醜男《ぶおとこ》であったにも拘《かか》わらず、美《うつく》しいお女中《じょちゅう》を口説《くど》いた処《ところ》が、そのお女中《じょちゅう》には別《べつ》に思《おも》う男《おとこ》があって靡《なび》かない、それで殿様《とのさま》が残念《ざんねん》がって、あの土蔵《どぞう》の中《なか》で弄《なぶ》り殺《ころ》しにしてしまったという。あんまり新《あたら》しくもない化物《ばけもの》が出《で》てから、久《ひさ》しいこと、漸《ようや》く此《こ》の頃《ごろ》人《ひと》の臭《におい》がするようになったらしいが、土地柄《とちがら》だけに、それほどに新《あら》たに移《うつ》って来《き》た主人《しゅじん》の好奇《ものずき》を注意《ちゅうい》して見《み》ようという者《もの》もありませんでした。

「小僧《こぞう》、酒屋《さかや》の小僧《こぞう》」

「へえ」

閉《と》ざしてある裏門《うらもん》の中《なか》から、御用聞《ごようきき》の小僧《こぞう》が不意《ふい》に呼《よ》び留《と》められたものだから、仰天《ぎょうてん》して、

「あ、お化《ばけ》……」

と云《い》って立《た》ち竦《すく》んで終《しま》いました。

「明日《あす》から酒《さけ》を持《も》って来《こ》い、一升《しょう》ずつ上等《じょうとう》の奴《やつ》を」

「へえ、畏《かしこ》まりました、毎度有難《まいどありがと》うございます」

御用聞《ごようきき》の小僧《こぞう》は丸《まる》くなって駈《か》け出《だ》して駒込七軒町《こまごめけんちょう》の主人《しゅじん》の処《ところ》まで一散《いっさん》に逃《に》げて来《き》ました。

「大変《たいへん》……化物《ばけもの》が酒《さけ》を飲《の》みたいってやがらあ」

唇《くちびる》の色《いろ》まで変《かわ》っていたから、番頭《ばんとう》や朋輩《ほうばい》の小僧共《こぞうども》も気味悪《きみわる》く思《おも》ったりオカしく思《おも》ったりして、

「如何《どう》したんだ、如何《どう》したんだ」

「あの化物屋敷《ばけものやしき》で、明日《あす》から一升《しょう》ずつの上等《じょうとう》のお酒《さけ》の御用《ごよう》を仰付《おおせつ》かりました」

「化物屋敷《ばけものやしき》で御酒《おさけ》の御用《ごよう》」

次《つぎ》に廻《まわ》るべき小僧《こぞう》が再《ふたた》び確《たしか》めに行《い》った時《とき》に、ほぼ其《そ》の要領《ようりょう》を得《え》て帰《かえ》りました。それは化物屋敷《ばけものやしき》ではあるけれども酒《さけ》の御用《ごよう》を云《い》いつけたは化物《ばけもの》ではない、前《まえ》に云《い》

いつけた事《こと》が確《たしか》であるように再《ふたた》び念《ねん》を押《お》しに行《い》った時《とき》も確《たしか》に注文《ちゅうもん》したに相違《そうい》ないのでありました。

然《しか》も最初《さいしょ》に御用《ごよう》を云《い》いつけたのは大風《おおふう》な侍《さむらい》の云《い》いぶりであったのに、二度目《どめ》に確《たしか》めに行《い》った時《とき》の返事《へんじ》は、なまめかしい女《おんな》の声《こえ》であったということが、此《こ》の酒屋《さかや》の者《もの》の話《はなし》の種《たね》でありました。それから毎日《まいにち》一升《しょう》ずつの酒《さけ》が此《こ》の屋敷《やしき》へ運《はこ》ばれたけれど、御用聞《ごようきき》の小僧《こぞう》は、主人《しゅじん》らしい人《ひと》も奥様《おくさま》らしい人《ひと》も、また家来衆《けらいしゅう》、雇人達《やといにんたち》のような人《ひと》の面《かお》をも、まだ見《み》かけた事《こと》がありませんでした。

「毎度有難《まいどありがと》うござい……」

と云《い》って酒《さけ》を其処《そこ》へ置《お》くと、

「如何《どう》も御苦労様《ごくろうさま》、それから明日《あした》はお醤油《しょうゆ》にお味噌《みそ》と波《なみ》の花《はな》を……」

というような注文《ちゅうもん》が台所《だいどころ》の中《なか》から聞《きこ》えて、其《それ》は女《おんな》ではあるけれども、さっぱり面《かお》を見《み》せないのが変《へん》だといえば変《へん》でありました。多少掛念《たしょうけねん》になった売掛《うりかけ》も如何《どう》かと思《おも》って其《そ》の月《つき》の半端《はんぱ》の分《ぶん》を纏《まと》めて書付《かきつ》けにして出《だ》すと其《そ》の翌日《よくじつ》は綺麗《きれい》に払《はら》って呉《く》れました。支払《しはらい》の信用《しんよう》と共《とも》に化物《ばけもの》の疑念《ぎねん》は取《と》れて、それより以上《いじょう》に此《こ》の屋敷《やしき》を怪《あや》しがるものはありませんでした。

六三二

この屋敷《やしき》の一間《ま》で、庭《にわ》をながめながら晩酌《ばんしゃく》を試《こころ》みているのは神尾主膳《かみおしゅぜん》でありました。甲府《こうふ》を消《き》えてなくなった神尾主膳《かみおしゅぜん》が此処《ここ》へ来《き》て浴衣《ゆかた》がけで酒《さけ》を飲《の》んでいる処《ところ》を見《み》れば、格別病気《かくべつびょうき》であったとも見《み》えないし、また穢多《えた》に浚《さら》われてここへ流《なが》されたものとも見《み》えません。

それと面白《おもしろ》いことは、神尾《かみお》の前《まえ》に晩酌《ばんしゃく》のお相手《あいて》をしているのが勝沼《かつぬま》の宿屋《やどや》にいた、もとの両国《りょうごく》の女軽業《おんなかるわざ》の親方《おやかた》のお角《かく》である事《こと》であります。

「お角《かく》、お前《まえ》は其《そ》んなに金《かね》が欲《ほ》しいのか」

神尾《かみお》は盃《さかずき》を置《お》いてお角《かく》の面《かお》を見《み》ました。

「御前《ごぜん》、ほんとに、わたしは今《いま》となってお金《かね》が有《あ》ったらと思《おも》います、何《なに》をしようにもお金《かね》が無《な》くては動《うご》きが取《と》れません、全《まった》く水気《みずけ》の切《き》れたお魚《さかな》のようなものでございます」

「それは御同前《ごどうぜん》だ」

と云《い》って神尾《かみお》は苦笑《にがわら》いをしました。

「殿様《とのさま》などは失礼《しつれい》ながらお金《かね》をお持《も》たせ申《もう》せば、直《す》ぐに使《つか》っておしまいなさるけれども、わたしなんぞは、左様《そう》ではございません、それを資本《もとで》に一旗揚《はたあ》げて見《み》ようと云《い》うのでございますから、全《まった》く心掛《こころがけ》が異《ちが》いますよ」

「全《まった》く頼《たの》もしい、お前《まえ》に金《かね》を持《も》たせれば、何《なに》か一仕事《しごと》やるだろう、そこは拙者《せっしゃ》も見《み》ているけれど残念《ざんねん》ながら金《かね》が無《な》い、金《かね》がない上《うえ》に世間《せけん》に面向《かおむ》けも出来《でき》ん、浮《うっ》かりすると命《いのち》まで無《な》くする」

「それでございますからね、わたしが少《すこ》し資本《もとで》を工面《くめん》さえしますれば、殿様《とのさま》にも御不自由《ごふじゆう》をおさせ申《もう》さないようにして上《あ》げますし、その他《ほか》、困《こま》っているお方《かた》には相当《そうとう》に貢《みつ》いでお上《あ》げ申《もう》すのですけれど」

「して其《そ》の資本《もとで》の工面《くめん》がつけば何《なに》をして見《み》ようというのじゃ」

「それは、やはり太夫元《たゆうもと》をやって見《み》とうございます、今《いま》でも両国《りょうごく》のあの株《かぶ》を買《か》い戻《もど》して看板《かんばん》を換《か》えて花々《はなばな》しくやって見《み》る分《ぶん》には其《そ》んなに骨《ほね》の折《お》れた事《こと》ではございません、軽業《かるわざ》を土台《どだい》にして目新《めあたら》しい処《ところ》を二三枚《まい》買《か》い込《こ》んで一《ひと》やま当《あ》てるには今《いま》が時機《じき》なんでございます、その道《みち》にかけては、わたしも昔取《むかしと》った杵柄《きねづか》で、今《いま》の人達《ひとたち》がやるのを見《み》ていると間緩《まだる》くて腹《はら》が立《た》って堪《た》りません、この間《あいだ》も両国《りょうごく》へ行《い》って見《み》ましたら、やっぱり昔《むかし》のままの軽業《かるわざ》や力持《ちからもち》でお茶《ちゃ》を濁《にご》しているものでございますから、今時《いまどき》、あんまり智慧《ちえ》の無《な》い人達《ひとたち》だと、ひとり歯《は》ぎしりをして帰《かえ》りました、わたしが、やっていた時《じ》分《ぶん》には軽業《かるわざ》や力持《ちからもち》は、ほんの前芸《まえげい》にして置《お》いて、真打《しんうち》には人《ひと》の思《おも》いにつけないものを買《か》い込《こ》んで、仲間《なかま》をあっと云《い》わせ、お客《きゃく》を煙《けむ》に捲《ま》いて人気《にんき》を独《ひと》り占《じめ》にした

ものでございます、印度《インド》から黒《くろ》ん坊《ぼう》の槍使《やりつか》いを買《か》い込《こ》んで、彼処《あすこ》で打《う》ちました時《とき》なぞは、毎日《まいにち》〱大入客止《おおいりきゃくど》めで、大袈裟《おおげさ》のようですけれど、江戸中《えどじゅう》の人気《にんき》を吸《す》い取《と》ったような景気《けいき》でございました、そんな事《こと》で随分儲《ずいぶんもう》けもしましたけれど、使《つか》いも使《つか》いました、一つ当《あた》りさえすれば、皆様《みなさま》を五年《ねん》や十年遊《ねんあそ》ばしてお置《お》き申《もう》すほどのお金《かね》は何《なん》でもない事《こと》でございます、今《いま》となって見《み》ると、あの仕事《しごと》を手放《てばな》したのが惜《お》しくて堪《た》まりません、ほんのひょっとした意地《いじ》で、只見《ただみ》たように人《ひと》に株《かぶ》を譲《ゆず》り渡《わた》したのが此方《こっち》の抜《ぬ》かりでございました、ナニ金《かね》さえあれば何時《いつ》でも買《か》い戻《もど》せると思《おも》ったのが、あんまり多寡《たか》を括《くく》り過《す》ぎました」

お角《かく》が、もとの仕事《しごと》に充分《じゅうぶん》の自信《じしん》と未練《みれん》を持《も》っての話《はなし》を主膳《しゅぜん》は首《くび》を捻《ひね》りながら聞《き》いていたが、

「絶《た》って其《そ》の資本《もとで》が欲《ほ》しいならば、一つ其《そ》の秘策《もとで》を授《さず》けてやろうか」

「お心《こころ》あたりがございますなら、是非伺《ぜひうかが》いたい物《もの》でございます」

「化物《ばけもの》はいるか、あの化物《ばけもの》は」

と云《い》って主膳《しゅぜん》は荒《あ》れた庭《にわ》の彼方《あちら》に大《おお》きな土蔵《どぞう》の鉢巻《はちまき》のあたりの壊《くず》れた処《ところ》を見上《みあ》げました。

この二人《ふたり》が、可《か》なり下腹《したばら》に毛《け》のない連中《れんちゅう》と見《み》えるのに、この外《ほか》まだ此《こ》の屋敷《やしき》に化物《ばけもの》がいるのか知《し》らん。

六三三

主膳《しゅぜん》は化物《ばけもの》と云《い》って土蔵《どぞう》を見《み》ながら、

「は、は、は」

と笑《わら》いました。

「可《い》けません」

お角《かく》は自分《じぶん》の口《くち》を袖《そで》で押《おさ》えながら主膳《しゅぜん》を叱《しか》るように云《い》いました。

「聞《き》こえやせぬよ、大丈夫《だいじょうぶ》」

主膳《しゅぜん》は独《ひと》り合点《がてん》に駄目《だめ》を押《お》しました酒《さけ》を飲《の》みはじめる。

「御前《ごぜん》が左様《さよう》な事《こと》を仰《おっ》しゃるのはお悪《わる》うございます」

「もう云《い》わん、併《しか》し、お前《まえ》が云《い》わせるように仕向《しむけ》るから、つい口《くち》が辷《すべ》ったのじゃ、悪《わる》い心持《こころもち》で云《い》ったのではない」

と主膳《しゅぜん》は申訳《もうしわけ》のような前置《まえおき》をつけて、それから此《こ》んな事《こと》を云《い》いました。

「あれはお前《まえ》も知《し》っているか如何《どう》か知《し》らん、あの実家《じっか》は素晴《すば》らしい物持《ものもち》で田地《でんち》も金《かね》も唸《うな》るほどある、然《しか》も其《そ》の家《いえ》の一人娘《ひとりむすめ》じゃ、あの娘《むすめ》の実家《じっか》を説《と》き立《た》てさえすれば、少々《しょうしょう》の金《かね》を引出《ひきだ》すのは何《なん》でも無《な》い事《こと》だ、お前《まえ》、その気《き》があるなら一番《ばん》やって見《み》たら如何《どう》じゃ、甲府《こうふ》から三里《り》離《はな》れた有野村《ありのむら》の藤原《ふじわら》といえば直《す》ぐわかる、其処《そこ》へ行《い》って主人《しゅじん》の伊太夫《いだゆう》に会《あ》い、これ〱のわけでお嬢様《じょうさま》をお伴申《つれもう》したといえば其《そ》れこそ謝礼《しゃれい》は望《のぞ》み次第《しだい》じゃ、若《も》し当人《とうにん》を連《つ》れて行《い》くのが面倒《めんどう》ならばお前《まえ》だけ行《い》って、お嬢様《じょうさま》は只今《ただいま》これこれの処《ところ》に居《お》りますると注進《ちゅうしん》さえすれば宜《い》い……併《しか》しあの娘《むすめ》を帰《かえ》すと、拙者《おれ》の足許《あしもと》が危《あぶ》なくなる、其処《そこ》は予《あらかじ》め仕組《しく》んで置《お》かないと」

「其《そ》んな事《こと》は出来《でき》ません、わたしは其《そ》れほどに計略《けいりゃく》をして迄《まで》お金《かね》を借《か》りたいとは思《おも》いません、よし借《かり》られるものにしましても、もう二度《ど》と甲州《こうしゅう》の山《やま》の中《なか》なんぞへ入《はい》って見《み》ようという気《き》にはなりませんから」

「いや、甲州《こうしゅう》の山《やま》が宝《たから》の山《やま》なのじゃ、全《まった》く以《もっ》てあの女《おんな》の実家《じっか》というものの富《とみ》は測《はか》り知《し》る事《こと》が出来《でき》ない程《ほど》じゃ、惜《お》しいものよ、あれをあのまま寝《ね》かして置《お》くのは」

「心《こころ》からでございますね、幾《いく》らおすすめ申《もう》してもお家《うち》へお帰《かえ》りなさるお心持《こころもち》になれないのでございますから」

「家《うち》へは帰《かえ》られない訳《わけ》もあるが、ああ逆上《のぼせ》ても恐《おそ》れ入《い》る、悪女《あくじょ》の深情《ふかなさけ》とはよく云《い》ったものじゃ」

「わたしは、あれこそ何《なに》かの因縁《いんねん》だと思《おも》いますね、た

だ惚《ほれ》たとか腫《はれ》たとかいうだけの事《こと》ではありませんね」

「因縁《いんねん》かも知《し》れん、この頃《ごろ》拙者《おれ》もあの女《おんな》の面《かお》を見《み》ると、何《なん》だかゾク〱と怖《こわ》いような心持《こころもち》になるわい」

「あのお嬢様《じょうさま》は、慥《たしか》に御前《ごぜん》を恨《うら》んでおいでになります、御前《ごぜん》とお面《かお》をお合《あ》わせになると、きっと横《よこ》を向《む》いておしまいになりますけれど、御前《ごぜん》のお後姿《うしろすがた》や、横面《よこがお》を御《ご》覧《らん》になった時《とき》の眼付《めつき》は別段《べつだん》でございます、全《まった》く取《と》り殺《ころ》してしまいそうな怖《こわ》い眼《め》つきをなさるのは如何《どう》いうものでございますか、わたしには合点《がてん》が参《まい》りません」

「それは大《おお》きに、そう有《あ》りそうな事《こと》じゃ、随分恨《ずいぶんうら》まれて宜《よ》い筋《すじ》がある、思《おも》えば此《こ》の屋敷《やしき》は化物屋敷《ばけものやしき》に違《ちが》いない、この神尾主膳《かみおしゅぜん》とあの藤原《ふじわら》の娘《むすめ》のお銀《ぎん》とが落《お》ち合《あ》って睨《にら》み合《あ》っているのさえ空怖《そらおそ》ろしい悪戯《いたずら》であるのに、業《ごう》の尽《つ》きない机龍之助《つくえりゅうのすけ》という盲目《めくら》があれが難物《なんぶつ》じゃ、それにお前《まえ》だとて生《なま》やさしい女《おんな》ではあるまい、あのお絹《きぬ》殿《どの》……という女《おんな》、ああ忌《い》やになる〱、悪因縁《あくいんねん》の寄《よ》り集《あつ》まりだ。前世《ぜんせ》の仇《あだ》なら宜《い》いが此《こ》の世《よ》からの餓鬼畜生《がきちくしょう》に落《お》ちた敵同士《かたきどうし》が三すくみの体《てい》で一つ屋敷《やしき》に睨《にら》み合《あ》っているというのは悪魔《あくま》の悪戯《いたずら》のようなものだ、酒《さけ》が苦《にが》い」

斯《こ》う云《い》って神尾主膳《かみおしゅぜん》の眼《め》が怪《あや》しく輝《かがや》きました。

六三四

神尾主膳《かみおしゅぜん》の眼《め》が怪《あや》しく輝《かがや》いたのをお角《かく》は変《へん》だとは思《おも》いました。併《しか》し、この女《おんな》は主膳《しゅぜん》に怖《おそ》るべき酒乱《しゅらん》のあることを知《し》ってはいませんでした。主膳《しゅぜん》も亦《また》、ここへ来《き》てから酒乱《しゅらん》になるほどには酒《さけ》を飲《の》んでいませんでした。

「化物屋敷《ばけものやしき》なんて、そんな事《こと》がありますものか」

　お角《かく》は、主膳《しゅぜん》の怪《あや》しい眼付《めつき》を見《み》ながら其《そ》の忌《い》やな言《こと》葉《ば》を打《う》ち消《け》します。

「拙者《わし》の住《す》む処《ところ》は、いつでも化物屋敷《ばけものやしき》だ、躑躅《つつじ》ヶ崎《さき》の古屋敷《ふるやしき》も可《か》なり化物《ばけもの》染《じ》みていた」

　と云《い》っている時《とき》に、不意《ふい》に裏手《うらて》の車井戸《くるまいど》がキリ〱と鳴《な》りました。その音《おと》を聞《き》くと、神尾主膳《かみおしゅぜん》が急《きゅう》に慄《ふる》え上《あ》がりました。

「誰《だれ》か井戸《いど》で水《みず》を汲《く》んでるな」

「左様《さよう》でございますね」

「水《みず》を汲《く》んじゃ可《い》かんと云《い》え」

「それでも、御前《ごぜん》」

「いや、水《みず》を汲《く》んじゃ可《い》かん、拙者《せっしゃ》はあの車井戸《くるまいど》の音《おと》が大嫌《だいきら》いじゃ」

「大方《おおかた》、お嬢様《じょうさま》が水《みず》を汲《く》んでいらっしゃるのでございましょう」

　お角《かく》も車井戸《くるまいど》で水《みず》を汲《く》んでいる者《もの》がある事《こと》を気《き》がついていました。けれども、それは水《みず》の必要《ひつよう》がある時《とき》に誰《だれ》もする事《こと》で、その車井戸《くるまいど》の軋《きし》る音《おと》だからといっても、お角《かく》に取《と》って別《べつ》に気《き》になる音《おと》ではないと思《おも》っていました。車井戸《くるまいど》の音《おと》が嫌《きら》いだという神尾《かみお》の心理状態《しんりじょうたい》を怪《あや》しまないわけには行《い》かないが、これも酒《さけ》の上《うえ》での我儘《わがまま》が出《で》たものと思《おも》って、神尾《かみお》の云《い》う事《こと》を軽《かる》く受《う》け流《なが》していました。

　それにも拘《かか》わらず、裏《うら》の車井戸《くるまいど》はキリ〱と鳴《な》っています。キリ〱と鳴《な》ってはザーッと水《みず》を開《あ》ける音《おと》がしました。

「まだ、水《みず》を汲《く》んでいる奴《やつ》がある、早《はや》く行《い》って差止《さしと》めてしまえ」

「水《みず》を汲《く》んでは悪《わる》いのでございますか」

「水《みず》を汲《く》んで悪《わる》いとは云《い》わん、車井戸《くるまいど》を鳴《な》らしては可《い》かんのじゃ」

「それでも、車《くるま》を鳴《な》らさずにあの井戸《いど》の水《みず》を汲《く》むわけには参《まい》りますまい」

「拙者《わし》はあの井戸《いど》の音《おと》が嫌《きら》いじゃ、今時分《いまじぶん》あれを聞《き》くと堪《たま》らん、何《なに》も拙者《わし》の嫌《きら》いな車井戸《くるまいど》を、ワザとあして手繰廻《たぐりまわ》すには及《およ》ばんじゃないか」

「それは御前《ごぜん》の御無理《ごむり》でございます、何《なに》か御用《ごよう》があるから其《そ》れで水《みず》をお汲《く》みなさるんでございましょう、御《ご》前《ぜん》をお嫌《いや》がらせ申《もう》す為《ため》に水《みず》を汲《く》んでいらっしゃるのではございんすまい」

「あれまだ廃《よ》さんな、よし、拙者《わし》が行《い》って止《と》めて来《く》る」

神尾主膳《かみおしゅぜん》は刀《かたな》を提《さ》げて立《た》ち上《あ》がりました。その心持《こころもち》も挙動《きょどう》も、酒《さけ》の上《うえ》と見《み》るより外《ほか》には、お角《かく》には解釈《かいしゃく》のしようがありませんでした。

「まあ、お待《ま》ち遊《あそ》ばせ」

お角《かく》は主膳《しゅぜん》を遮《さえぎ》って見《み》たけれど主膳《しゅぜん》は聞《き》き入《い》れずに椽《えん》を下《お》りて庭下駄《にわげた》を突《つっ》かけました。お角《かく》は何《なん》となく不《ふ》安心《あんしん》だから其《そ》れにつづいて庭《にわ》へ下《お》りました。

化物屋敷《ばけものやしき》へ人《ひと》が住《す》むようになったけれども、此《こ》の庭《にわ》まではまだ手入《ていれ》が届《とど》いていませんでした。八重蓬《やえむぐら》の茂《しげ》るに任《まか》せて、池《いけ》も山《やま》も燈籠《とうろう》も植木《うえき》も荒野原《あれのはら》の中《なか》に佇《たたず》んでいるもののようでありました。裏手《うらて》の井戸《いど》へ行《ゆ》こうとするらしい主膳《しゅぜん》の姿《すがた》が其《そ》の雑草《ざっそう》の中《なか》に隠《かく》れるのを、お角《かく》はあとを跟《つ》いて行《ゆ》くと、お角《かく》の姿《すがた》も其《そ》の雑草《ざっそう》の中《なか》に隠《かく》れてしまうほどに萩《はぎ》や尾花《おばな》が生《お》い覆《かぶ》さっていました。

「誰《だれ》じゃ、其処《そこ》で水《みず》を汲《く》んでいるのは」

井戸端《いどばた》にいる人《ひと》は返事《へんじ》をしませんでした、主膳《しゅぜん》は焦《じ》れた声《こえ》で、

「其処《そこ》で夜《よ》さり水《みず》を汲《く》んでは可《い》かん、この井戸《いど》は化物《ばけもの》屋敷《やしき》の井戸《いど》で曰《いわ》くのある井戸《いど》と知《し》って汲《く》むのか知《し》らずに汲《く》むのか」

斯《こ》う云《い》われたけれども井戸端《いどばた》では、やはり返事《へんじ》がありません。慥《たしか》に人《ひと》はいるにはいるのです。それも白《しろ》い浴衣《ゆかた》を着《き》た人《ひと》が少《すく》なくとも一人《ひとり》はしゃがんでいることは誰《だれ》の眼《め》にもわかります。

六三五

「誰《だれ》じゃ、其処《そこ》で水《みず》を汲《く》んでいるのは」

執濃《しつこ》く繰返《くりかえ》して井戸端《いどばた》へ寄《よ》った神尾主膳《かみおしゅぜん》、酔眼《すいがん》を見《み》張《は》って、

「お銀《ぎん》どのではないか」

それはお銀様《ぎんさま》でありました。お銀様《ぎんさま》は盥《たらい》に向《むか》って何《なに》かの洗濯《せんたく》をしている処《ところ》でありました。先程《さきほど》から神尾《かみお》が再《さい》三言葉《ことば》をかけたのが聞《きこ》えない筈《はず》はありません。それに返答《へんとう》をしないのみか、斯《こ》うして摺寄《すりよ》って来《き》ても見向《みむき》もしませんでした。

「洗濯《せんたく》をなさるか、可愛《かわい》い人《ひと》へお心《こころ》づくしの為《ため》に」

主膳《しゅぜん》は面《かお》を摺《すり》つけるようにお銀様《ぎんさま》の面《かお》を覗《のぞ》こうとしました。お銀様《ぎんさま》は、その時《とき》にツイと立《た》ってまた井戸縄《いどなわ》へ手《て》をかけると、神尾主膳《かみおしゅぜん》は慌《あわて》て其《そ》れを抑《おさ》えて、

「はッ、はッ、はッ」

と声高《こえたか》く笑《わら》いました。その笑《わら》い声《ごえ》を聞《き》くと、お銀様《ぎんさま》は井戸縄《いどなわ》へ手《て》をかけたままで凝《じっ》と神尾主膳《かみおしゅぜん》の面《おもざし》を睨《にら》めました。

「躑躅《つつじ》ヶ崎《さき》の古屋敷《ふるやしき》にこれと同《おな》じような井戸《いど》があった、その井戸《いど》で、和女《そなた》の好《す》きな幸内《こうない》とやらに、たんと水《みず》を呑《の》ましてやったわい、それから以来《いらい》、夕方《ゆうがた》になって此《こ》の車井戸《くるまいど》の軋《きし》る音《おと》を聞《き》くと、拙者《せっしゃ》は胸《むね》が悪《わる》くなって堪《た》まらぬ、この車井戸《くるまいど》の音《おと》が癪《しゃく》にさわる」

お銀様《ぎんさま》の持《も》っている井戸縄《いどなわ》を片手《かたて》でもって主膳《しゅぜん》は横《よこ》の方《ほう》から引《ひっ》たくりました。

「何《なに》をなさいます」

お銀様《ぎんさま》は強《つよ》い声《こえ》でありました。

「は、は、は」

神尾《かみお》の笑《わら》い方《かた》は尋常《じんじょう》の笑《わら》い方《かた》ではありませんでした。その笑《わら》い方《かた》を聞《き》くとお銀様《ぎんさま》はブル〱と身《み》を慄《ふる》わせました。

「幸内《こうない》の敵《かたき》」

思《おも》わず斯《こ》う云《い》って歯《は》を噛《か》むと、それを早《はや》くも聞《き》き咎《とが》めた神尾主膳《かみおしゅぜん》が、

「ナニ、幸内《こうない》の敵《かたき》が如何《どう》した、多寡《たか》が馬《うま》を引張《ひっぱ》る雇人《やといにん》の命《いのち》、この神尾《かみお》が手《て》にかけてやったのを過分《かぶん》と心得《こころえ》ろ、敵呼《かたきよ》ばわりが可笑《おかし》い、あッははは」

「ああ、口惜《くや》しい」

「何《なに》が口惜《くや》しい、成程《なるほど》、幸内《こうない》は拙者《せっしゃ》の手《て》にかけて亡《な》き者《もの》にしてやった、お前《まえ》の好《す》きな幸内《こうない》は拙者《せっしゃ》の為《ため》にならぬ故《ゆえ》、亡《な》き者《もの》にしたけれど、その代《かわ》り、お前《まえ》には別《べっ》に好《す》きな人《ひと》を授《さず》けてやった筈《はず》」

「ああ、幸内《こうない》が可哀相《かわいそう》だ」

お銀様《ぎんさま》は火《ひ》を吐《は》くような息《いき》を吐《つ》き荒々《あらあら》しく神尾《かみお》の手《て》から井戸縄《いどなわ》を奪《うば》い取《と》って力《ちから》を極《きわ》めて車井戸《くるまいど》を軋《きし》らせました。

「汝《おの》れ！」

神尾主膳《かみおしゅぜん》は再《ふたた》び其《そ》の井戸縄《いどなわ》を奪《うば》い返《かえ》そうとして、流《なが》しの板《いた》の上《うえ》によろ〳〵とよろめきます。それには頓着《とんちゃく》なく水《みず》を汲《く》み上《あ》げたお銀様《ぎんさま》は、今《いま》、流《なが》しの板《いた》から起《お》き上《あ》がろうとする神尾主膳《かみおしゅぜん》の姿《すがた》を見《み》ると、むら〳〵と堪《こら》え難《がた》い心持《こころもち》になったと見《み》えて、

「エエ、如何《どう》しようか」

汲《く》み上《あ》げた水《みず》を釣瓶《つるべ》のままザブリと主膳《しゅぜん》の頭《あたま》の上《うえ》から浴《あ》びせてしまいました。

「やあ、慮外《りょがい》の振舞《ふるまい》」

慌《あ》わてて起《お》き上《あ》がろうとする処《ところ》を、お銀様《ぎんさま》は傍《かたえ》にあった手桶《ておけ》を取《と》り上《あ》げて中《なか》に残《のこ》っていた水《みず》を柄杓《ひしゃく》と諸《もろ》共《とも》に、畳《たた》みかけて主膳《しゅぜん》の頭《あたま》の上《うえ》から浴《あ》びせてしまいました。主膳《しゅぜん》としても不意《ふい》であったろうし、お銀様《ぎんさま》としても、我《われ》を忘《わす》れた乱暴《らんぼう》な仕打《しうち》でありました。

「ああ、重《かさ》ね〴〵」

主膳《しゅぜん》が漸《ようや》く起《お》き上《あ》がった時《とき》は刀《かたな》を抜《ぬ》いていました。

その時《とき》に後《うしろ》から、

「御前《ごぜん》、お危《あぶ》のうございます」

抱《だ》き留《と》めたのはお角《かく》、お銀様《ぎんさま》は此《こ》の時《とき》、もう土蔵《どぞう》の中《なか》へ入《はい》ってしまいました。

六三六

お角《かく》に抱留《だきと》められた神尾主膳《かみおしゅぜん》は例《れい》の酒乱《しゅらん》が兆《きざ》して荒《あば》れ出《だ》すかと思《おも》うと、そうでなく、

「あはは、拙者《せっしゃ》が悪《わる》かった」

と云《い》って、ぐんにゃりと萎《しお》れたのは少《すこ》しく意外《いがい》でありました。お角《かく》は却《かえっ》て力抜《ちからぬ》けがしました。そこで極《きわ》めて温和《おとな》しく一旦《たん》、抜《ぬ》いた刀《かたな》をも鞘《さや》へ納《おさ》めて、

「こんなに濡《ぬ》れてしまっては台《だい》なしじゃ」

と呟《つぶ》やきながら、主膳《しゅぜん》としては余《あま》りに人《ひと》の宜《よ》い態度《たいど》で、土蔵《どぞう》の前《まえ》へよろ〳〵と歩《ある》いて行《ゆ》き、土蔵《どぞう》の戸前《とまえ》から中《なか》を覗《のぞ》き込《こ》んで、

「机氏《つくえうじ》、机氏《つくえうじ》」

と二声《こえ》ばかり呼《よ》びました。

土蔵《どぞう》の二階《かい》では、何《なに》かひそ〳〵と話《はなし》をしていたらしいのが主膳《しゅぜん》の此《こ》の声《こえ》で、はたと止《と》まって真暗《まっくら》でそうして静《しず》かで、何《なん》とも返事《へんじ》はありません。

「こんな湿《しめ》っぽい処《ところ》に、此《こ》のうんきに籠《こも》っていては堪《たま》るまい、ちと出《で》て来《き》さっしゃい、只今《ただいま》一酌《しゃく》をはじめた処《ところ》、相手《あいて》が無《な》くて困《こま》っているのじゃ」

「今《いま》、行《ゆ》く」

二階《かい》では帯《おび》を締直《しめなお》すような音《おと》がしました。

「拙者《せっしゃ》は水《みず》を浴《あ》びせられた、其《そ》れでこの通《とお》り五体《たい》びっしょりになってしまった、衣裳《いしょう》を替《か》えて待《ま》っているから直《す》ぐに出《で》て来《き》さっしゃいよ、酒《さけ》もあり肴《さかな》もあり、月《つき》もそろ〳〵上《あが》る筈《はず》じゃ」

主膳《しゅぜん》は斯《こ》う云《い》い残《のこ》して、またよろ〳〵と元《もと》の座敷《ざしき》の方《ほう》へ取《と》って返《かえ》します。

程《ほど》なく土蔵《どぞう》から下《お》りて来《き》た机龍之助《つくえりゅうのすけ》は漆紋《うるしもん》のついた生平《きびら》の帷子《かたびら》を着《き》て、両刀《りょうとう》を差《さ》して、竹《たけ》の杖《つえ》をついて、案内《あんない》知《し》ったらしい此《こ》の荒《あ》れ蔵《ぐら》を一人《ひとり》で歩《ある》いて行《ゆ》きました。

びっしょりになった浴衣《ゆかた》を着替《きか》えた神尾主膳《かみおしゅぜん》も亦《また》、同《おな》じように生平《きびら》の漆紋《うるしもん》で、前《まえ》の座敷《ざしき》に盃《さかずき》を手《て》にしながら待《ま》っていました。

「暑《あつ》いな」

龍之助《りゅうのすけ》が云《い》うと、

「なか〳〵蒸《む》す」

主膳《しゅぜん》は答《こた》えながら龍之助《りゅうのすけ》の手《て》を取《と》って座敷《ざしき》へ延《ひ》いて座《すわ》らせました。

「先《ま》ず、一献《ひとつ》」

ここで二人《ふたり》は水入《みずい》らずの酒盛《さかもり》をはじめました。主膳《しゅぜん》の機嫌《きげん》は全《まった》く直《なお》って、調子《ちょうし》よく龍之助《りゅうのすけ》に酌《しゃく》をしてやりながら、

「何《なに》か面白《おもしろ》いことをして遊《あそ》びたいものだな」

と云《い》いました。

「左様《さよう》、面白《おもしろ》いことをして遊《あそ》びたい」

　龍之助《りゅうのすけ》も亦同《またおな》じような事《こと》を云《い》って相槌《あいづち》を打《う》ちます。二人《ふたり》が面白《おもしろ》いことというは、どちらも其《そ》の内容《ないよう》が全《まった》く不分明《ふぶんめい》でありました。内容《ないよう》が不分明《ふぶんめい》ながらに、二人共《ふたりとも》に何《なに》か気《き》が飢《うえ》て、酒《さけ》の外《ほか》に然《しか》るべき刺戟《しげき》を求《もと》めているもののようであります。

「ここの屋敷内《やしきうち》には女《おんな》が三人《にん》いて男《おとこ》が二人《ふたり》」

　神尾《かみお》は謎《なぞ》のような事《こと》を云《い》いました。

　それに返答《へんとう》もせずに龍之助《りゅうのすけ》は心持《こころも》ち横《よこ》に向《む》いて酒《さけ》を飲《の》んでいました。

「やれ〳〵、月《つき》が出《で》たそうな」

　成程《なるほど》、木《こ》の間《ま》から月《つき》の光《ひかり》が洩《も》れて庭《にわ》へ射《さ》し込《こ》んで来《く》るようであります。団扇《うちわ》を鳴《な》らしながら立《た》って柱《はしら》へ片《かた》手《て》を置《お》き、退屈《たいくつ》そうに、

「いい風《かぜ》が来《く》る」

　月《つき》の上《のぼ》る方《ほう》を見《み》ていた神尾主膳《かみおしゅぜん》が急《きゅう》に何《なに》か思《おも》いついたように、座《すわ》りかけて、

「机氏《つくえうじ》、机氏《つくえうじ》、ちと思《おも》いついた事《こと》がある、耳寄《みみよ》りな話《はなし》」

　と云《い》って机龍之助《つくえりゅうのすけ》の耳《みみ》のあたりへ面《かお》をさしつけて、何事《なにごと》をか囁《ささや》いて笑《わら》い、

「さあ、これから直《すぐ》に出《で》かけよう」

「宜《よろ》しい」

　何《なに》を思《おも》いついたのか、二人《ふたり》は其《そ》の場《ば》で話《はなし》が定《き》まったらしく、主膳《しゅぜん》の方《ほう》は急《きゅう》にそわ〳〵と焦《せ》き立《た》ちました。

六三七

それから暫《しばら》く経《た》って吉原《よしわら》の引手茶屋《ひきてちゃや》の相摸屋《さがみや》というのへ二挺《ちょう》の駕籠《かご》が着《つ》いて、其《そ》の家《いえ》の人々《ひとびと》は景気《けいき》よく迎《むか》えられて、駕籠《かご》から出《で》た時《とき》に、

「これはお珍《めず》らしい、神尾《かみお》の御前《ごぜん》」

と相摸屋《さがみや》の内儀《ないぎ》が驚《おどろ》くのを、

「神尾《かみお》ではない、内密々々《ないしょないしょ》」

と抑《おさ》えて先《さき》に通《とお》ったのは、やはり神尾主膳《かみおしゅぜん》でありました。

それに引《ひき》つづいて机龍之助《つくえりゅうのすけ》が、手《て》さぐりにして駕籠《かご》を出《で》ようとすると、神尾《かみお》は自分《じぶん》の眼《め》を指《ゆび》さしながら、

「ここが悪《わる》い、手《て》を引《ひ》いてやって呉《く》れ」

「畏《かしこ》まりました」

主膳《しゅぜん》は先《さき》に立《た》ち、龍之助《りゅうのすけ》は女《おんな》に手《て》を引《ひ》かれて茶屋《ちゃや》へ通《とお》りました。それから間《ま》もなく、刀《かたな》を茶屋《ちゃや》へ預《あず》けて無《む》腰《こし》になった二人《ふたり》が、白瓶《はくへい》の箱提灯《はこちょうちん》を持《も》った女中《じょちゅう》に送《おく》られて此《こ》の茶屋《ちゃや》を出《で》たあとで、

「今時分《いまじぶん》、思《おも》い出《だ》したように神尾《かみお》の御前《ごぜん》がお出《で》ましになるのは如何《どう》したものだろう、御前《ごぜん》は甲府《こうふ》お勝手《かって》へお廻《まわ》りになったと聞《き》いたが、ああしてお出《い》でになる処《ところ》を見《み》ると、お役御免《やくごめん》になったのかしら、そうだとすれば、これからまた度々《たびたび》お出《で》ましになる事《こと》だろう、そうかと云《い》って……」

表向《うわべ》は鄭重《ていちょう》に迎《むか》えたこの茶屋《ちゃや》の内儀《ないぎ》が、二人《ふたり》を案内《あんない》したあとで眉《まゆ》をひそめて呟《つぶや》きました。

丁度《ちょうど》、この時分《じぶん》に、水道尻《すいどうじり》の燈明《とうみょう》の方《ほう》から馬鹿《ばか》な面《かお》をして行燈《あんどん》の数《かず》を数《かぞ》えながら歩《ある》いて来《く》る一人《ひとり》の男《おとこ》がありました。それは宇津木兵馬《うつぎひょうま》に伴《つ》れられて甲州《こうしゅう》から江《え》戸《ど》へ出《で》た筈《はず》の金助《きんすけ》らしくあります。

「ちょッ、詰《つま》らねえな、俺達《おれたち》はああして茶屋《ちゃや》から大見《おおみ》世《せ》へ送《おく》られる身分《みぶん》というわけじゃあなし、岡場所《おかばしょ》か銭《ぜに》見世《みせ》が関《せき》の山《やま》なんだけれど、それも此《こ》の頃《ごろ》の懐《ふところ》工合《ぐあい》じゃ覚束《おぼつか》ねえや、斯《こ》うして吉原《よしわら》の真中《まんなか》へ入《はい》り込《こ》んで景《けい》気《き》のいい処《ところ》を見《み》せつけられながら、たそや行燈《あんどん》の数《かず》を数《かぞ》えて歩《ある》くなんぞは我《われ》ながら、あんまり気《き》が利《き》かな過《す》ぎて涙《なみだ》が溢《こぼ》れらあ、何《なん》とか工面《くめん》はつかねえものかな」

ひとりでブツ〱云《い》っている処《ところ》を見《み》れば成程《なるほど》金助《きんすけ》に違《ちが》い無《な》いのでありました。金助《きんすけ》は此《こ》んな事《こと》を云《い》いながら、声色屋《こわいろや》がお捻《ひね》りを貰《もら》うのを羨《うら》やんで見《み》たり、新内《しんない》語《かた》りが座敷《ざしき》へ呼《よ》び上《あ》げられるのを嫉《そね》んだり、たまにおいらんの通《とお》るのを見《み》て口《くち》を開《あ》いたりしながら、笠鉾《かさほこ》の間《あいだ》を泳《およ》いでいましたが、

「おや〱、ありゃあ、慥《たし》かに見《み》た事《こと》のあるお侍《さむらい》だ、俺《おれ》

の見《み》た目《め》に曇《くも》りは無《ね》え筈《はず》だが、もう一ぺん見直《みなお》し……」

二三間《げんた》立ち戻《もど》って、今箱提灯《いまはこちょうちん》に送《おく》られて茶屋《ちゃや》を出《で》た二人連《ふたりづれ》の武士体《さむらいてい》の跡《あと》を逐《お》いました。

「そおれ見《み》ろ、間違《まちが》いっこなし、見覚《みおぼ》えのあるも道理《どうり》、神尾《かみお》の殿様《とのさま》があれだ、あれが甲府《こうふ》で鳴《な》らした神尾《かみお》の殿《との》様《さま》だ、もし……」

金助《きんすけ》は後《うしろ》から呼《よ》び留《とめ》ようと咽喉《のど》まで声《こえ》を出《だ》して引込《ひきこ》ませ、

「向《むこ》うも身分《みぶん》があらっしゃるから、浮《うっ》かり言葉《ことば》をかけて失敗《しくじ》っちゃあ詰《つま》らねえ、一体《たい》、何処《どこ》の店《みせ》へお入《はい》りなさるんだか、心静《こころしず》かに見届《みとど》けて置《お》いての上《うえ》……ああ、天道人《てんどうひと》を殺《ころ》さずとはよく云《い》ったものだ、金助《きんすけ》が斯《こ》うして詰《つま》らなくああして泳《およ》いでいるのを天《てん》が哀《あわ》れと思召《おぼしめ》せばこそああしていい殿様《とのさま》を授《さず》けて下《くだ》さる」

金助《きんすけ》は雀躍《こおどり》をして喜《よろこ》びながら、駈出《かけだ》して行《ゆ》く途端《とたん》、たそや行燈《あんどん》の下《した》で文《ふみ》を読《よ》んでいた侍《さむらい》に打着《ぶっつ》かろうとする。

「無礼者《ぶれいもの》」

「御免下《ごめんくだ》さいまし」

危《あぶ》なく其《そ》れを避《さ》けて今度《こんど》は天水桶《てんすいおけ》に突《つ》き当《あた》ろうとして、それも危《あぶ》なく身《み》をかわし見《み》え隠《かく》れに神尾主膳《かみおしゅぜん》と覚《おぼ》しき人《ひと》のあとを追《お》って行《ゆ》き、

「おや、神尾《かみお》の殿様《とのさま》の外《ほか》にお連《つれ》が一人《ひとり》いらっしゃるな」

六三八

神尾主膳《かみおしゅぜん》と杌龍之助《つくえりゅうのすけ》とが萬字屋《まんじや》の見世先《みせさき》へ送《おく》り込《こ》まれようとする時《とき》に、

「もし、殿様《とのさま》、躑躅ヶ崎《つつじさき》の御前《ごぜん》」

金助《きんすけ》が斯《こ》う云《い》って横《よこ》の方《ほう》から呼《よ》びかけたので神尾主膳《かみおしゅぜん》が振《ふ》り向《む》きました。

「金助《きんすけ》……」

「へえ、金助《きんすけ》でございます、殿様《とのさま》どうもお珍《めず》らしい処《ところ》で、エヘヘヘ」

「貴様《きさま》も此方《こっち》に来《き》ているのか」

「へえ、流《なが》れ〳〵て、またお江戸《えど》の埃《ごみ》になりました、殿様《とのさま》には相変《あいかわ》らず御全盛《ごぜんせい》で結構《けっこう》でいらっしゃいます」

「好《い》い処《ところ》で会《あ》った、貴様《きさま》も此《こ》の店《みせ》に馴染《なじみ》があるのか」

「如何《どう》致《いた》しまして、ここは私共《わたしども》の入《はい》る処《ところ》ではございません、こんな処《ところ》へ入《はい》りますと罰《ばち》が当《あた》るそうでございます、私共《わたしども》には私共《わたしども》で身分相当《みぶんそうとう》な気《き》の置《お》けない処《ところ》があるんでございますけれど、生憎《あいにく》どうも……」

「よし、好《す》きな処《ところ》で遊《あそ》んで来《こ》い、そうして暇《ひま》を見《み》て此処《こ》へ話《はな》しに来《く》るが宜《い》い」

主膳《しゅぜん》は紙《かみ》に包《つつ》んで幾干《いくら》かの金《かね》をやりました。金助《きんすけ》は崩《くず》れるほど嬉《うれ》しがって、それを幾度《いくど》か押《お》し戴《いただ》きました。

「これ〳〵、斯《こ》う来《こ》なくっちゃあならねえのだ」

という面《かお》をして、お礼《れい》の文句《もんく》を繰返《くりかえ》しながら、暇乞《いとまごい》をして一先《ま》ず別《わか》れました。天水桶《てんすいおけ》のあたりへ再《ふたた》びうろついて来《き》て、今神尾主膳《いまかみおしゅぜん》から貰《もら》った紙包《かみづつみ》を開《ひら》いて見《み》ると、

「一両《りょう》と占《し》めた」

と云《い》って通《とお》りがかりの人《ひと》を驚《おどろ》かしました。金助《きんすけ》は一両《りょう》の金《かね》に有《あ》り附《つ》いて有頂天《うちょうてん》になって喜《よろこ》びながら、一両《りょう》あれば可《か》なりの処《ところ》へ遊《あそ》べると一時《じ》は大成金《おおなりきん》になった心持《こころもち》で、何処《どこ》で遊《あそ》ぼうか此処《ここ》で遊《あそ》ぼうかと、足《あし》を空《そら》にして歩《ある》いていたが、急《きゅう》に、

「待《ま》て〳〵、運《うん》の向《む》いて来《く》る時《とき》にはトン〳〵拍子《びょうし》に向《むか》って来《く》るものだ、ここで金《かね》の蔓《つる》に有《あ》りついたのを、そのまま使《つか》ってしまえば一両《りょう》は一両《りょう》だ、これを手繰《たぐ》って見《み》ると裏表《うらおもて》に利札《りふだ》がついている奴《やつ》を、今《いま》まで気《き》がつかなかったのが我《われ》ながらオゾましい」

と云《い》って立《た》ち留《ど》まりました。そうして萬字屋《まんじや》の方《ほう》を見《み》ながらニヤリと笑《わら》いました。この時金助《ときんすけ》の心持《こころもち》は、今《いま》までの小成金気分《しょうなりきんきぶん》の酔《よい》から、すっかり醒《さ》めてしまっ

て、何《なに》かまた慾《よく》に転《ころ》ぶ道《みち》を発見《はっけん》したもののようでありま す。もう一両《りょう》の金《かね》に随喜《ずいき》するような心《こころ》から解放《かいほう》されて、もっと遠大《えんだい》な計画《けいかく》に一歩《ぽ》を進《すす》める事《こと》に気《き》がついたらしくありました、そうなると四百の銭見世《ぜにみせ》や二朱《しゅ》の小見世《こみせ》は金助《きんすけ》の眼中《がんちゅう》に無《な》くなって其《そ》の面付《かおつき》も幾《いく》らか緊張《きんちょう》して来《き》ました。

「今《いま》、さる処《ところ》で神尾《かみお》の殿様《とのさま》に会《あ》って、一両戴《りょういただ》きました、と斯《こ》う云《い》えばあちらでも一両下《りょうした》という事《こと》はあるめえ、初会《しょかい》が一両《りょう》に裏《うら》を返《かえ》せばまた一両《りょう》、こいつは、もう少《すこ》し仕組《しくみ》を換《かえ》ると大《おお》やゝまが当《あた》らねえものでも無《な》かりそうだ、何《なに》しろ、神尾《かみお》の殿様《とのさま》にした処《ところ》が世間《せけん》の明《あか》るい体《からだ》ではなし、神尾《かみお》の殿様《とのさま》を見《み》つけたら知《し》らせて呉《く》れと頼《たの》んだお方《かた》の宇津木兵馬《うつぎひょうま》て人《ひと》は如何《どう》やら敵持《かたきもち》のようだから、この間《あいだ》で手管《てくだ》をすると甘《うま》い仕事《しごと》が出来《でき》そうだ、本所《ほんじょ》の相生町《あいおいちょう》までは可《か》なり大儀《たいぎ》な体《からだ》だけれども、慾《よく》と二人《ふたり》づれでは、さして苦《く》にもならねえのさ、幸《さいわい》、ここに一両《りょう》ある、これを崩《くず》すのは惜《おし》いけれども、大慾《たいよく》は無慾《むよく》に似《に》たりというのは、つまり此処《ここ》だ、これを張《は》り込《こ》んで景気《けいき》よく相生町《あいおいちょう》まで駕籠《かご》を飛《と》ばせる事《こと》だ」

金助《きんすけ》は、ここでからりと心持《こころもち》が変《かわ》って廓《くるわ》をあとに大門《おおもん》を飛《と》び出《だ》して、景気《けいき》よい声《こえ》で辻駕籠《つじかご》を呼《よ》び立《た》てました。

六三九

その晩《ばん》、宇津木兵馬《うつぎひょうま》は不意《ふい》に金助《きんすけ》が尋《たず》ねて来《き》たという案内《あんない》で何事《なにごと》かと思《おも》いました、そこで呼《よ》んで見《み》ると、

「夜分《やぶん》、こんなにおそく上《あが》って相済《あいす》みません、いや、驚《おどろ》きましたね、まだお休《やす》みにならず、ちゃんと袴《はかま》を着《つ》けて御勉強《ごべんきょう》でございますか、恐入《おそれい》りました」

云《い》わでもの空口《からくち》を通《とお》るから早々《そうそう》に云《い》って跪《かしこ》まりました。

「まだ其《そ》んなに遅《おそ》い事《こと》はあるまい、併《しか》し、今時分《いまじぶん》お前《まえ》に尋《たず》ねて来《こ》られると、どうも穏《おだや》かならぬ心持《こころもち》がする」

「全《まった》く、其《そ》の通《とお》り、斯《こ》うしておそく上《あが》るからには上《あが》るだけの事《こと》があるんでございます、誠《まこと》に穏《おだや》かならぬ事《こと》が出来《しゅったい》しましたから、それで取《と》り敢《あえ》ず御注進《ごちゅうしん》に参《まい》ったわけなのでございます」

「それは大儀《たいぎ》、そうして其《そ》の穏《おだや》かならぬ事《こと》というのは」

「其《そ》れなんでございますよ、実《じつ》は其《そ》の、あなた様《さま》の前《まえ》でございますけれど、今夜《こんや》、私《わたし》は吉原《よしわら》へ出《で》かけたんでございますよ」

「吉原《よしわら》へ」

兵馬《ひょうま》は苦《にが》い面《かお》をしました。金助《きんすけ》は定《き》まりの悪《わる》そうなこなし宜《よろ》しくあって、

「吉原《よしわら》へ参《まい》るには参《まい》りましたけれど、御安心下《ごあんしんくだ》さいませ、懐《ふところ》が空《から》っぽでございますからね、そこで行燈《あんどん》の下《した》を斯《こ》うやって泳《およ》いでいたんでございますね、懐《ふところ》が空《から》っぽで、行燈《あんどん》の下《した》を泳《およ》いでいると中々涼《なかなかすず》しゅうございました、大景気《だいけいき》で飲《の》めよ謡《うた》えで騒《さわ》いでいる奴《やつ》を見《み》ると暑《あつ》くるしくって馬鹿《ばか》らしくってお気《き》の毒《どく》のようでございましたよ」

「其《そ》んな事《こと》は如何《どう》でもよい」

兵馬《ひょうま》は叱《しか》るように云《い》いました。

「そうしますと、不意《ふい》に、天《てん》から降《ふ》ったか地《ち》から湧《わ》いたか、わたくしの懐《ふところ》へ一両《りょう》の金《かね》が転《ころ》げ込《こみ》ました」

兵馬《ひょうま》が此《こ》の男《おとこ》の下《くだ》らない奴《やつ》だと思《おも》っているのは今《いま》に初《はじ》まった事《こと》ではありません、人《ひと》の面付《かおつき》をうかがっては、一杯《ぱい》の飲《の》み代《しろ》に有《あ》りつきたい事《こと》ばかりを覘《ねら》っている浅《あさ》ましさは、見《み》るにも胸《むね》が悪《わる》いけれども、兵馬《ひょうま》も其《そ》の小《こ》才《さい》の利《き》く処《ところ》を利用《りよう》して探《さが》して置《おき》たい人《ひと》があったから我《が》慢《まん》していました。

「そうか、其《そ》れは仕合《しあわ》せであった」

兵馬《ひょうま》も是非《ぜひ》なく斯《こ》う云《い》いました。

「全《まった》く、運《うん》は何処《どこ》にあるか知《し》れたものではありません、懐《ふところ》が空《から》っぽで、行燈《あんどん》の下《した》を泳《およ》いで折角涼《せっかくすず》しい思《おも》いをしている処《ところ》へ、思《おも》いがけなく一両《りょう》の金《かね》が飛《と》び込《こ》んだものですから、一時《じ》は如何《どう》しようかと思《おも》ってボーッと逆上《のぼ》

せてしまいました、けれども前後《ぜんご》を忘《わす》れて自棄《やけ》にならない処《ところ》が金助《きんすけ》の身上《しんじょう》でございます、一両《りょう》の金《かね》は一両《りょう》の金《かね》として、別《べつ》に臍《ほぞ》を固《かた》めた処《ところ》を買《か》って戴《いただ》かなければなりません」

「お前《まえ》に一両《りょう》の金《かね》を呉《くれ》たのはそりゃ誰《だれ》じゃ、よく〱の物好《ものずき》に違《ちが》いない」

兵馬《ひょうま》は笑《わら》っていると、金助《きんすけ》は其処《そこ》だと云《い》わぬばかりに、

「さあ、それが大変《たいへん》なんでございます、何《なに》しろ、私《わたし》が一声《こえ》かけたばかりで、直《す》ぐに一両《りょう》の金《かね》を紙《かみ》に包《つつ》んでポンと抛《ほう》り出《だ》すという気前《きまえ》でございますから、尋常《じんじょう》のお方《かた》とは思《おも》われませんな、それをお知《し》らせ申《もう》したいばっかりに斯《こ》うして駆《かけ》つけて参《まい》ったのでございますよ」

「はは」

兵馬《ひょうま》は金助《きんすけ》の云《い》う事《こと》を聞《き》き咎《とが》めました、本気《ほんき》では受《うけ》取《と》れない、この下《くだ》らない野郎《やろう》の口裏《くちうら》に何《なに》か曰《いわ》くがあるのだと思《おも》いました。そこで自分《じぶん》も机《つくえ》の抽斗《ひきだし》から紙入《かみい》れを出《だ》して一両《りょう》を紙《かみ》に包《つつ》みました。

「拙者《わし》も其《そ》の大尽《だいじん》の真似《まね》をして此《こ》の通《とお》り一両《りょう》を紙《かみ》に包《つつ》んで見《み》ようでは無《な》いか」

「恐《おそ》れ入《い》りますな、どうも御催促《ごさいそく》をしたようで……」

金助《きんすけ》は頭《あたま》を掻《か》きました。兵馬《ひょうま》の策《さく》が当《あた》ったようであります。

六四〇

「宇津木様《うつぎさま》、とう〳〵神尾主膳様《かみおしゅぜんさま》にめぐり合《あ》ってしまいました」

「ナニ、神尾主膳殿《かみおしゅぜんどの》に逢《あ》ったと、何処《どこ》で何時《いつ》！」

「それが其《そ》の今《いま》の吉原《よしわら》の一件《けん》なんでございます」

「お前《まえ》に、一両《りょう》の金《かね》を呉《くれ》たという其《そ》の人《ひと》が神尾主膳殿《かみおしゅぜんどの》か」

「左様《さよう》でございますよ、あの殿様《とのさま》でも無《な》ければ、私《わたし》を見込《みこ》んで一両《りょう》の金《かね》を下《くだ》さるというような殿様《とのさま》はございません」

「うむ、それは珍《めず》らしい、して見《み》れば神尾主膳殿《かみおしゅぜんどの》は此《こ》の江戸《えど》へ来《き》ていることに相違《そうい》なし、神尾《かみお》が江戸《えど》にいるとすれば……」

兵馬《ひょうま》は其処《そこ》から机龍之助《つくえりゅうのすけ》の当《あた》りもつくものだろうと心《こころ》にコミ上《あ》げて来《く》る喜《よろこ》びを禁《きん》ずる事《こと》が出来《でき》ないで、

「して、神尾殿《かみおどの》は吉原《よしわら》の何《いず》れに居《お》られる、連《つれ》はないか、お前《まえ》が吉原《よしわら》で見《み》たと云《い》うのは神尾殿一人《かみおどのひとり》であったか、それとも」

「へえ、お連《つ》れもお有《あ》りなさった御容子《ごようす》でしたけれど、つい、其処《そこ》までは……それでもあの殿様《とのさま》がお着《つ》きになった先《さき》は、ちゃあんと見届《みとど》けて参《まい》りました」

金助《きんすけ》は斯《こ》う云《い》いました。兵馬《ひょうま》が若《も》し金助《きんすけ》に机龍之助《つくえりゅうのすけ》の人相《にんそう》を話《はな》して置《お》いたならば、もう一層《そう》突《つ》き込《こ》んだ当《あた》りがついたであろうのに、兵馬《ひょうま》は其《そ》れを金助《きんすけ》には話《はな》して置《お》きませんでした、こんな男《おとこ》に大事《だいじ》の敵《かたき》の名《な》は其《そ》れと明《あ》かせないから、外《よそ》ながら神尾《かみお》の当《あた》りをつけさせて置《お》いたのであります。

「其《そ》れは何処《どこ》だ」

「其《そ》れは吉原《よしわら》の萬字屋《まんじや》というのでございます、そこへ神尾様《かみおさま》が茶屋《ちゃや》から送《おく》られて御登楼《ごとうろう》なすった事《こと》は正《まさ》に疑《うたが》いがございません、金助《きんすけ》、お前《まえ》は此《こ》の金《かね》で然《しか》るべき処《ところ》で遊《あそ》んで、後程遊《のちほどあそ》びに来《こ》いと申《もう》されましたから、はい有難《ありがと》うございます、それでは後程《のちほど》お邪魔《じゃま》に上《あが》りますと云《い》って置《お》いて直《すぐ》にその一両《りょう》の金《かね》を崩《くず》して其《そ》れで早駕籠《はやかご》を飛《と》ばして斯《こ》うやって御注進《ごちゅうしん》に参《まい》ったわけでございます」

「ああ、それは宜《い》い事《こと》を知《し》らせて呉《く》れた、然《しか》らば、大儀《たいぎ》ついでにこれから拙者《せっしゃ》を其《そ》の吉原《よしわら》まで案内《あんない》してもらいたい、萬字屋《まんじや》とやらへ連《つ》れて行《い》って貰《もら》いたい」

「宜《よ》うございますとも」

金助《きんすけ》は大呑込《おおのみこみ》でありました、多分《たぶん》斯《こ》う来《く》るだろうと待構《まちかま》えていたもののようでありました、其処《そこ》で兵馬《ひょうま》は身《み》の廻《まわ》りの用意《ようい》をはじめ、刀《かたな》と脇差《わきざし》とを取《と》って腰《こし》にさし、懐中物《かいちゅうもの》を調《しら》べて見《み》て、いざとばかり先《さき》に立《た》とうとするのを、金助《きんすけ》は落着《おちつ》いたもので、煙草《たばこ》を吹《ふ》かしなが

ら座《ざ》を立《た》とうとする景色《けしき》も見《み》せません。

「金助《きんすけ》、さあ出《で》かけよう」

「お伴致《ともいた》します、併《しか》し、宇津木様《うつぎさま》、そうお急《いそ》ぎにならずとも宜《よろ》しゅうございます、あの里《さと》へお入《はい》りになったものが、宵《よい》に来《き》て宵《よい》に帰《かえ》るというようなのは、たんとございません、それよりか、宇津木様《うつぎさま》お忘《わす》れ物《もの》のないように呉々《くれぐれ》も御用心《ごようじん》をしていらっしゃいまし」

「これで宜《よ》い、何《なに》も忘《わす》れ物《もの》は無《な》いのじゃ」

「左様《さよう》でございましょうが、他《ほか》へ参《まい》るのと違《ちが》いまして、あの里《さと》へ参《まい》るんでございますから御用心《ごようじん》の上《うえ》に御用心《ごようじん》が肝腎《かんじん》でございます、その御用心《ごようじん》が足《た》りませんと、飛《と》んだ恥《はじ》を掻《か》くような事《こと》があったり、また見《み》す〲大事《だいじ》のものを取《と》り逃《に》がすような事《こと》が無《な》いとも限《かぎ》りません、あの里《さと》ばかりは別《べつ》な世界《せかい》でございますからな」

遠廻《とおまわ》しに云《い》うけれども、矢張《やっぱり》、その帰《き》する処《ところ》は同《おな》じような事《こと》であります。

「成程《なるほど》」

兵馬《ひょうま》は、それを覚《さと》らないほどに迂闊《うかつ》ではありませんでした、そこを金助《きんすけ》が見《み》て取《と》ってか、

「何《なに》しろ、先方様《せんぽうさま》は大籬《おおまがき》へ茶屋《ちゃや》からお上《あが》りになったんでございますからね、此方《こちら》も其《そ》のつもりで十両《りょう》や二十両《りょう》の用意《ようい》はして参《まい》りませんと……」

六四一

金助《きんすけ》からそう云《い》われて兵馬《ひょうま》はハタと当惑《とうわく》しました。

兵馬《ひょうま》の懐中《かいちゅう》には其《そ》の当座《とうざ》の小遣《こづかい》として二三両《りょう》の金《かね》を持《も》っていたばかりでありました。当座《とうざ》の小遣《こづかい》というよりは、今《いま》の処《ところ》兵馬《ひょうま》には其《そ》れが掛替《かけかえ》の無《な》い全財産《ぜんざいさん》でありました。

兵馬《ひょうま》は何処《どこ》へ行《ゆ》くにも、そう大《たい》した金《かね》を用意《ようい》した事《こと》はありません、また其《そ》んなに用意《ようい》しなければ行《い》けない処《ところ》へ足《あし》を運《はこ》ぶべき必要《ひつよう》もありませんでした。

「少《すくな》くとも二十両《りょう》や三十両《りょう》の金《かね》」

と云《い》われて兵馬《ひょうま》は、金助《きんすけ》の態度《たいど》を憎《にく》らし図々《ずうずう》しいものだと思《おも》って、やや言句《ごんく》に詰《つま》っていると、

「ナニ、それで御遊興《ごゆうきょう》をなさいとおすすめ申《もう》す訳《わけ》でも何《なん》でもございません、ただ、ああいう里《さと》へ参《まい》るんでございますから、外《そと》の里《さと》とは違《ちが》いますんでございますから、万《まん》一の御用意《ごようい》に其《そ》の位《くらい》のお金《かね》を持《も》って参《まい》らねば飛《と》んだ恥《はじ》を掻《か》くことがあるんでございます、恥《はじ》を掻《か》くのはいいとしまして、其《そ》れが為《ため》に肝腎《かんじん》の手《て》がかりを亡《な》くしてしまうような事《こと》では詰《つま》りませんからな」

金助《きんすけ》は相変《あいかわ》らず済《す》まし返《かえ》って煙《けむり》を輪《わ》に吹《ふ》いていました。

「其《そ》れもそういうものか知《し》らん、暫《しば》らく待《ま》っていてくれ」

何《なに》を考《かんが》えたか、兵馬《ひょうま》は此《こ》の一刻《こく》を急《いそ》ぎたい場合《ばあい》に、金助《きんすけ》を一人《ひとり》其処《そこ》へ残《のこ》して此《こ》の間《ま》を立《た》ち去《さ》りました。

兵馬《ひょうま》は老女《ろうじょ》の許《ゆる》しを得《え》て、お松《まつ》を廊下《ろうか》に呼《よ》び出《だ》して、

「お松《まつ》どの、誠《まこと》に申兼《もうしかね》たが無心《むしん》がある……」

廊下《ろうか》で立《た》ちながら、苦《くる》しそうに斯《こ》う云《い》いました。

「何《なん》でございます、兵馬《ひょうま》さん」

お松《まつ》は心配《しんぱい》そうに兵馬《ひょうま》の面《かお》を見《み》ました、兵馬《ひょうま》から折《おり》入《い》るようにして此《こ》んな無心《むしん》を云《い》いかけるような事《こと》は今《いま》までに無《な》い事《こと》でありました。

「申《もう》し悪《にく》い事《こと》だけれども……」

兵馬《ひょうま》は二度《ど》まで苦《くる》しそうに前置《まえおき》をして、

「急《きゅう》にさし迫《せま》った入用《いりよう》が起《おこ》った故《ゆえ》、金子《きんす》を少々《しょうしょう》用立《ようだ》てて貰《もら》いたいが」

兵馬《ひょうま》から苦《くる》しそうに斯《こ》う云《い》われてお松《まつ》は却《かえっ》て安心《あんしん》した容子《ようす》であります、安心《あんしん》したのみならず兵馬《ひょうま》から此《こ》んな無心《むしん》を云《い》いかけられた事《こと》を却《かえっ》て嬉《うれ》しく思《おも》うように見《み》えました。

「わたしの持《も》っているだけで、御用《ごよう》に立《た》ちますならば……」

「それが大金《たいきん》という程《ほど》ではないけれど、差当《さしあた》り少《すこ》しば

かり余分《よぶん》に欲《ほ》しいのじゃ、二十両《りょう》ほど」

「二十両」

お松《まつ》は繰返《くりかえ》して、これも当惑《とうわく》の色《いろ》が現《あらわ》れました。

「わたしの持《も》っているのが、今《いま》、十両《りょう》ほどありますけれど……」

「拙者《わし》は、僅《わず》かに二三両《りょう》しか持《も》ち合《あわ》せが無《な》いので困《こま》っている」

「如何《どう》しましょうね、わたしのを差上《さしあ》げてまだ大《たい》へんに足《た》りないんでございますね、困《こま》りました」

お松《まつ》は折角《せっかく》の兵馬《ひょうま》の無心《むしん》を充分《じゅうぶん》に満足《まんぞく》させる事《こと》の出《で》来《き》ぬのを一方《かた》ならず悶《もだ》えるように見《み》えます。

「兎《と》も角《かく》、それだけを借用《しゃくよう》したい、あとは亦何《またなん》とか工《く》夫《ふう》するから……」

「お待《ま》ちなさいませ」

お松《まつ》は自分《じぶん》の部屋《へや》へ取《と》って返《かえ》して紙入《かみい》れに入《い》れたままを兵馬《ひょうま》の手《て》に渡《わた》しながら、

「足《た》りない処《ところ》は如何《どう》なさいますか」

「まあ、考《かんが》えて見《み》よう」

「あの、わたしから老女様《ろうじょさま》へお願《ねが》い申《もう》して見《み》ましょうか」

「御老女《ごろうじょ》へ……それは可《い》かん」

兵馬《ひょうま》は頭《かぶり》を振《ふ》りました。

六四二

お松《まつ》にはまた其《そ》の心持《こころもち》がわかりませんでした。

「でも、急《きゅう》な御入用《ごいりよう》ならば、わたしから御老女様《ごろうじょさま》へお願《ねが》いして見《み》るのが、一番近道《ばんちかみち》と思《おも》います、快《こころよ》く聞《き》き届《とど》けて下《くだ》さるに違《ちが》いありません」

「併《しか》し、この金《かね》の入用《いりよう》な筋道《すじみち》は御老女様《ごろうじょさま》には話《はな》せない」

「一体《たい》、何《なに》に御入用《ごいりよう》なんでございます」

「実《じつ》はそなたの前《まえ》で云《い》うのも恥《はずか》しいが、これから吉原《よしわら》まで行《ゆ》かねばなりませぬ」

「まあ、吉原《よしわら》へ、あんな処《ところ》へ、これから」

と云《い》ってお松《まつ》も、さすがに呆《あき》れたけれど、兵馬《ひょうま》の吉《よし》原《わら》へ行《ゆ》くという意味《いみ》は、そんなわけのものでないことを知《し》っています。そうして兎《と》も角《かく》も、相当《そうとう》の大金《たいきん》を持《も》って、あの里《さと》へ行《ゆ》こうというのには何《なに》か重《おも》い用向《ようむき》のあることを察《さっ》しないわけには行《ゆ》きません。それを自分《じぶん》に打《う》ち開《あ》けられて見《み》ると、どうしてもお松《まつ》として兵馬《ひょうま》が望《のぞ》むだけの金《かね》を拵《こしら》えてやらねば済《す》まない心持《こころもち》になりました。

「如何《どう》いうわけか存《ぞん》じませんがあなた様《さま》が、今時分《いまじぶん》、あの里《さと》までお出《で》かけにならなければならないのは、定《さだ》めて大事《だいじ》の御用《ごよう》と存《ぞん》じます、お金《かね》のお入用《いりよう》も一層大事《そうだいじ》の事《こと》と思《おも》いますから、吉原《よしわら》というような事《こと》や、あなた様《さま》の事《こと》なんぞは少《すこ》しも知《し》らさないようにして御老女様《ごろうじょさま》から融通《ゆうずう》を願《ねが》って参《まい》ります、他《ほか》からお借《か》り申《もう》すのと違《ちが》って、御老女様《ごろうじょさま》からお借《か》り申《もう》す分《ぶん》には恥《はじ》にも外聞《がいぶん》にもなりは致《いた》しませぬ」

「それが困《こま》るのじゃ、吉原《よしわら》へ用向《ようむき》というのは外《ほか》ではない、そなたの以前仕《いぜんつか》えていた神尾主膳殿《かみおしゅぜんどの》が彼処《あすこ》にいるということをたった今知《いまし》らせて呉《く》れた人《ひと》がある」

「まあ、神尾《かみお》の殿様《とのさま》が」

「それで直様《すぐさま》、其《そ》の吉原《よしわら》へ行《い》って見《み》たい、神尾殿《かみおどの》の在所《ありか》がわかれば、随《したが》って机龍之助《つくえりゅうのすけ》の居処《いどころ》も手《て》がかりにならぬという事《こと》はない、併《しか》し、知《し》らせて来《き》て呉《く》れたものの話《はなし》には、神尾殿《かみおどの》は茶屋《ちゃや》から上《あが》って大籬《おおまがき》とやらに遊《あそ》んでいるそうな、其処《そこ》へ近《ちか》づくには、自分《じぶん》も、やはり茶屋《ちゃや》から案内《あんない》を受《う》けて其《そ》の大籬《おおまがき》とやらへ上《あが》って見《み》ねばならぬという事《こと》じゃ、その時《とき》の用意《ようい》に……二三十両《りょう》の金《かね》を用意《ようい》して行《ゆ》かぬと恥《はじ》を掻《か》く事《こと》もあるとやら、恥《はじ》を掻《か》くのは厭《いと》わぬとして、万《まん》一、それが為《ため》に宜《よ》い手《て》がかりを失《うしな》うような事《こと》になっては残念《ざんねん》じゃ、それ故《ゆえ》、其《そ》の者《もの》の云《い》う通《とお》り、二三十両《りょう》の金《かね》を持《も》って行《ゆ》きたい、二十両《りょう》もあらば充分《じゅうぶん》と思《おも》う、それを遣《つか》い果《はた》すような事《こと》は無《な》かろうけれど、用心《ようじん》に」

「左様《そう》でございましたか、左様《そう》でございましょうとも、

そういう場合《ばあい》ならば、充分《じゅうぶん》の御用意《ごようい》をなすっていらっしゃらなければ、殿方《とのがた》のお面《かお》にかかるような事《こと》もございましょう、宜《よろ》しうございます、わたしから、御老女《ごろうじょ》様《さま》にお願《ねが》い申《もう》しますから」

「それは堅《かた》くお断《ことわ》り申《もう》す、事情《じじょう》は如何《どう》あろうとも吉原《よしわら》へ行《ゆ》く為《ため》に、金《かね》を借《か》りたということが後《あと》でわかると、御老女《ごろうじょ》にも面目《めんぼく》ないし、またここに集《あつ》まる人達《ひとたち》の手前《てまえ》も如何《いかが》、これだけあれば充分《じゅうぶん》……あとは拙者《せっしゃ》で何《なん》とか都合《つごう》します」

　兵馬《ひょうま》はお松《まつ》の手《て》から紙入《かみいれ》を受取《うけと》って、それであとの工面《くめん》の事《こと》は打《う》ち切《き》って、

「今夜《こんや》は帰《かえ》らぬかも知《し》れぬ、明朝《みょうちょう》になって御老女《ごろうじょ》へ宜《よろ》しくお伝《つた》え下《くだ》され」

　斯《こ》う云《い》って兵馬《ひょうま》が袂《たもと》を分《わか》とうとするのがお松《まつ》に取《と》っては本意《ほんい》ない事《こと》でありました。お松《まつ》は何《なん》とも云《い》わずに凝《じっ》と思案《しあん》をしていましたが、この時《とき》に何《なに》か思《おも》い当《あた》ったらしく、

「兵馬《ひょうま》さん、少《すこ》しお待《ま》ち下《くだ》さいませ、お手間《てま》は取《と》らせませぬ、わたし、宜《よ》い事《こと》を考《かんが》えつきましたから」

　お松《まつ》は斯《こ》う云《い》って兵馬《ひょうま》を引《ひ》き留《と》めて置《お》きながら、廊下《ろうか》をバタバタと駆《か》けて行《い》って、駆込《かけこ》んだ処《ところ》はお君《きみ》の部屋《へや》でありました。

六四三

お松《まつ》は宜《よ》い処《ところ》へ気《き》がつきました。お君《きみ》の部屋《へや》へ飛《と》んで行《い》って手短《てみじか》に、金《かね》の融通《ゆうずう》を頼《たの》むとお君《きみ》は何《なん》の苦《く》もなく二十両《りょう》を用立《ようだ》てて呉《く》れました。

両女《りょうじょ》の分《ぶん》を合《あわ》せて三十両《りょう》を借受《かりう》けた宇津木《うつぎ》兵馬《ひょうま》は其《そ》れを懐中《かいちゅう》して、いざとばかりに金助《きんすけ》を促《うなが》して此《こ》の家《いえ》を立《た》ち出《い》でました。金助《きんすけ》は自分《じぶん》がすすめた通《とお》り潤沢《じゅんたく》な用《よう》意《い》が出来《でき》たらしいのを見《み》て取《と》って勇《いさ》み進《すす》んで兵馬《ひょうま》を吉《よし》原《わら》へ向《む》けて案内《あんない》し駕籠《かご》は宙《ちゅう》を飛《と》ぶように北《きた》へ向《む》いました。

「お松《まつ》さん」

そのあとで、お君《きみ》は何《なに》か心《こころ》がかりがありそうにお松《まつ》を呼《よ》びました。

「何《なに》」

「左様《そう》いうわけならば心配《しんぱい》する事《こと》は為《な》いようだけれど、何《な》んだかわたしは気《き》にかかってなりませぬ」

「わたしも、何《な》んとなく心配《しんぱい》で堪《た》まりませぬ、何《ど》うしたら宜《よ》いでしょう」

「兵馬《ひょうま》さんの事《こと》だから、心配《しんぱい》は無《な》いようなもの、若《も》しこれが友《とも》さんのような人《ひと》であると、トテも一人《ひとり》では放《はな》してやれませぬ」

「米友《よねとも》さんは気《き》が短《みじ》かい人《ひと》だけれど、兵馬《ひょうま》さんは大事《だいじ》を取《と》るから、間違《まちが》いは無《な》かろうけれど、行先《ゆくさき》が行先《ゆくさき》だから」

「大勢《おおぜい》の中《なか》へ、たった一人《ひとり》で、いくら剣術《けんじゅつ》がお達者《たっしゃ》でも、若《も》しもの事《こと》があると危《あぶ》のうございます」

「わたしは、如何《どう》も其《そ》れが心配《しんぱい》でなりませぬ、これからあとを追《お》って行《い》って見《み》ようかとさえ思《おも》って居《お》りまする」

「左様《そう》でございますねえ……」

二人《ふたり》の面《かお》の色《いろ》は曇《くも》っていました。兵馬《ひょうま》を出《だ》してやるにはやったけれど、二人《ふたり》は扨此《さてこ》の夜中《よなか》に慌《あわただ》しい外出《がいしゅつ》といい、殊《こと》に先方《せんぽう》に目《め》あてとするが神尾主膳《かみおしゅぜん》だと聞《き》いて見《み》ると、言《い》い合《あ》わさずと二人《ふたり》の不安《ふあん》は、一層《そう》濃《こ》いものになって、こんな事《こと》を云《い》いながら溜息《ためいき》を吐《つ》くのであります。

「ほんとに、わたしは吉原《よしわら》とやらまで行《い》って見《み》ましょうか知《し》ら」

お松《まつ》は、どうしても心安《こころやす》んずる事《こと》が出来《でき》ないで、兵馬《ひょうま》の後《あと》を追《お》って行《い》こうと決心《けっしん》をはじめたもののようであります。

「けれどもお松《まつ》さん、お前様《まえさま》やわたしが吉原《よしわら》とやらへ行《い》ったからとて、万一《まん》の時《とき》は、兵馬《ひょうま》さんのお邪魔《じゃま》になればとて、お力《ちから》になるような事《こと》はありますまい」

「それでも容子《ようす》を見届《みとど》ければ、また何《なん》とかなろうと思《おも》

います」

「それに、お松《まつ》さん、先方様《むこうさま》はお前様《まえさま》を探《さが》しておいでになる神尾《かみお》の殿様《とのさま》だと仰有《おっしゃ》るではありませんか、そこへ、お前様《まえさま》が姿《すがた》をお見《み》せなさるのでさえも危《あぶ》なくてなりませぬ、お前様《まえさま》を此処《ここ》からお出《だ》し申《もう》すと、わたしも静止《じっ》としては居《お》られませぬ」

「如何《どう》したら宜《よ》いでしょう」

「吉原《よしわら》の、兵馬《ひょうま》さんの行先《ゆくさき》を聞《き》いてお置《お》きになりましたか」

「あの茶屋《ちゃや》から大籬《おおまがき》……それだけを聞《き》いて置《お》きましたが、その大籬《おおまがき》が何《なに》という店《みせ》であったか、それまでは、つい聞《き》いて置《お》きませんでした」

「彼方《あちら》へ行《い》ったら分《わか》るだろうと思《おも》いますけれど……、ああ、それではお松《まつ》さん、斯《こ》うなすったら、如何《いかが》でございます、南條様《なんじょうさま》や五十嵐様《いがらしさま》、その他《ほか》のお武士方《さむらいがた》がいらっしゃるでしょうから、あのお方《かた》にお願《ねが》いして見《み》ましたら」

「左様《そう》でございますね、御老女様《ごろうじょさま》には申上《もうしあ》げては可《い》けないと兵馬《ひょうま》さんは、云《い》い置《お》いて行《ゆ》きましたけれど、南條様《なんじょうさま》や五十嵐様《いがらしさま》ならば、この事《こと》を御相談申上《ごそうだんもうしあ》げて見《み》ても差支《さしつか》えは無《な》いでしょう、ああ、それは宜《よ》い処《ところ》へお気《き》がつかれました、お尋《たず》ねして見《み》ましょう」

お君《きみ》から勧《すす》められて、お松《まつ》は其《そ》の気《き》になりました。

六四四

鐘撞堂新道《かねつきどうしんみち》に巣《す》を食《く》う大道芸人《だいどうげいにん》の一群《むれ》。其《そ》の仲間《なかま》が自《みずか》ら称《しょう》して道楽寺《どうらくじ》の本山《ほんざん》という木賃宿《きちんやど》。其処《そこ》に集《あつ》まった面々《めんめん》は御免《ごめん》の観化《かんげ》であり、縄衣裳《なわいしょう》の乞食芝居《こじきしばい》であり、阿房陀羅経《あほだらきょう》であり、仮声使《こわいろづか》いであり、どっこい〳〵であり、猫八《ねこはち》であり、砂文字《すなもじ》であり、鎌倉節《かまくらぶし》の飴売《あめうり》であり、一人相撲《ひとりずもう》であり、籠抜《かごぬけ》であり、デロレン左衛門《ざえもん》であり、丹波《たんば》の国《くに》から生捕《いけど》りました荒熊《あらくま》であり、唐人《とうじん》飴《あめ》のホニホロであり、墓場《はかば》の幽霊《ゆうれい》であり、淡島《あわしま》の大明神《だいみょうじん》であり、そうして未《ま》た宇治山田《うじやまだ》の米友《よねとも》であります。

歯力《はりき》や鎌倉節《かまくらぶし》や籠抜《かごぬけ》が修行《しゅぎょう》を済《す》まして明本山《みょうほんざん》へ帰《かえ》った夕方《ゆうがた》、阿房陀羅経《あほだらきょう》や仮声使《こわいろつか》いの面々《めんめん》は山《やま》を下《くだ》って市《し》中《ちゅう》へ布教《ふきょう》に出《で》かけようとする時分《じぶん》、

「おい〳〵、芸者広島《げいしゅうひろしま》の大守《たいしゅ》、四十二万六千石《ごく》、浅野《あさの》様《さま》のお下屋敷《しもやしき》へ、俺等《おいら》のお伴《とも》をして行《い》く者《もの》は無《ね》えかな」

籠抜《かごぬけ》の伊八《いはち》は商売道具《しょうばいどうぐ》の長《なが》さが六尺《しゃく》、口《くち》が一尺余《しゃくあま》りの籠《かご》を右《みぎ》の小腕《こうで》にかかえ込《こ》んで誰《だれ》を当《あて》ともなく斯《こ》う云《い》い出《だ》しました。

「芸者広島《げいしゅうひろしま》の大守《たいしゅ》、四十二万六千石《ごく》、有難《ありがて》えな、そいつは俺等《おいら》が行《ゆ》こう」

横《よこ》になって寝《ね》ていた丹波《たんば》の国《くに》から生捕《いけどり》ました荒熊《あらくま》が答《こた》えると、

「お前《めえ》じゃあ駄目《だめ》だ」

籠抜《かごぬけ》の伊八《い》は言下《げんか》に荒熊《あらくま》を忌避《きひ》しました。

凡《およ》そ大道芸人《だいどうげいにん》のうちでも、丹波《たんば》の国《くに》から生捕《いけど》りました荒熊《あらくま》の如《ごと》き無芸《むげい》で殺風景《さっぷうけい》なものは無《な》い。自分《じぶん》の身体《からだ》を墨《すみ》で塗《ぬ》り、荒縄《あらなわ》で鉢巻《はちまき》をし、細《ほそ》い竹《たけ》の棒《ぼう》を手《て》に持《も》って、人《ひと》の店頭《みせさき》に立《た》ち、

「ヘエ、丹波《たんば》の国《くに》から生捕《いけど》りました荒熊《あらくま》でございッ、一つ鳴《な》いてお目《め》にかける、ブル〳〵〳〵」

これが、其《そ》の芸当《げいとう》の総《すべ》てであります、他《ほか》の芸人《げいにん》は、それ〴〵相当《そうとう》の苦心《くしん》と思《おも》い付《つき》と、熟練《じゅくれん》とを持《も》って相当《そうとう》の稼《かせ》ぎをするのに、此《こ》の荒熊《あらくま》の芸《げい》と云《い》っては其《そ》れより外《ほか》に何《なに》もない。

籠抜《かごぬけ》の伊八《い》が一議《ぎ》に及《およ》ばずこれを忌避《きひ》したのは無理《むり》もなく、忌避《きひ》された当人《とうにん》も其《そ》れで済《す》ましています。

「籠《かご》さん、あっしじゃあ如何《いかが》でゲス」

これから夜《よる》の稼《かせ》ぎに出《で》かけようとした阿房陀羅経《あほだらきょう》の寸篦坊《ずんべらぼう》が荒熊《あらくま》に代《かわ》って口《くち》をかけて見《み》ました。

「おや〳〵お前《めえ》も、四十二万六千石《ごく》という格《かく》じゃあ無《ね》え、黙《だま》っておいで」

「おや〳〵」

阿房陀羅経《あほだらきょう》は苦笑《にがわら》いして行《い》ってしまう。

「何《なに》しろ、芸者広島《げいしゅうひろしま》の大守《たいしゅ》、四十二万六千石浅野様《ごくあさのさま》のお下屋敷《しもやしき》から、俺等《おいら》の芸《げい》をお名《な》ざしで御贔屓《ごひいき》だ、籠抜《かごぬけ》一枚《まい》でも曲《きょく》が無《ね》えと思《おも》うから、誰《だれ》か此《こ》の仲間《なかま》にお相伴《しょうばん》

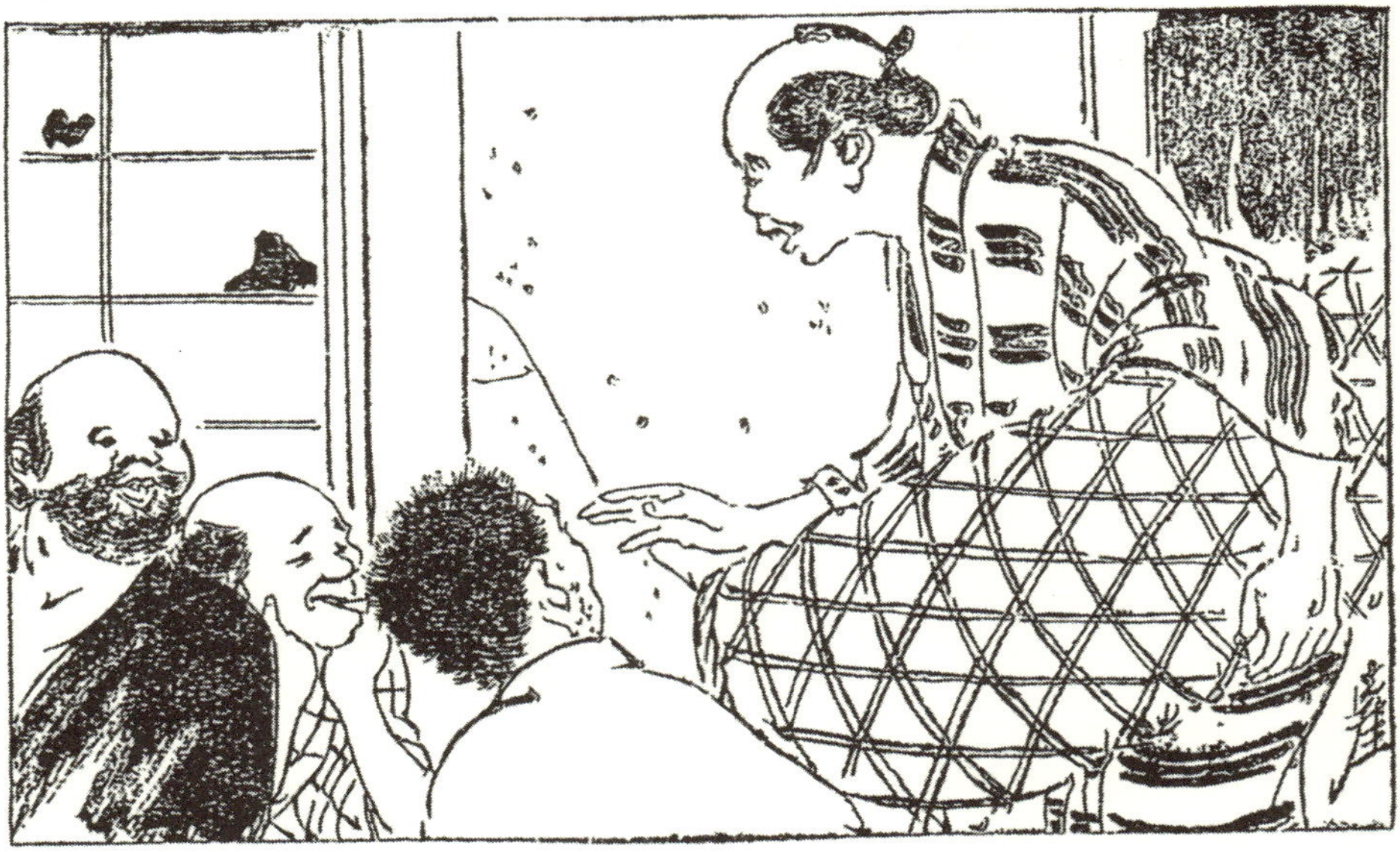

をさせてやりてえと思《おも》うんだが、いずれを見《み》ても道楽《どうらく》寺育《じそだ》ちだ、荒熊《あらくま》で可《い》けず、阿房陀羅《あほだら》で可《い》けず、そうかと云《い》って縄衣裳《なわいしょう》の親方《おやかた》や、仮声使《こわいろづか》いの兄貴《あにき》でも納《おさ》まらねえ、何《なん》とか工夫《くふう》はあるめえかな」

籠抜《かごぬけ》の伊《い》八はなお其処《そこ》にゴロゴロしてる芸人共《げいにんども》を物色《ぶっしょく》すると、

「其《そ》れじゃあ、紅《べに》かんさんにお頼《たの》もうしたら宜《よ》かろう」

「成程《なるほど》」

紅《べに》かんさんと云《い》い出《だ》すものがあって籠抜《かごぬけ》の伊《い》八が成《なる》程《ほど》と首《くび》を捻《ひね》ったが、

「紅《べに》かんさんなら申分《もうしぶん》は無《ね》えけれど、紅《べに》かんさんは聞《き》いて呉《く》れめえよ、あの人《ひと》はこちと等《ら》仲間《なかま》のお大名《だいみょう》だから」

「其《そ》りゃそうだろう、そんなら新参《しんめえ》の友兄《ともあに》いを一つ引《ひっ》張出《ぱりだ》したら如何《どう》だ」

「成程《なるほど》、友兄《ともあに》いは思《おも》いつきだな」

籠抜《かごぬけ》の伊《い》八は、漸《ようや》く得心《とくしん》が行《い》ったように急《きゅう》に元気《げんき》づいて、

「友兄《ともあに》い、友兄《ともあに》いはいねえか」

大《おお》きな声《こえ》をして後《うしろ》を顧《かえり》みながら呼《よ》んで見《み》たが返事《へんじ》が無《な》い。

「友兄《ともあに》い、籠《かご》さんが呼《よ》んでるよ」

集《あつ》まった者共《ものども》が、声《こえ》を合《あわ》せて呼《よ》んで見《み》たけれども、友兄《ともあに》いなる者《もの》は返事《へんじ》もしなければ姿《すがた》も現《あらわ》しません。蓋《けだ》し其《そ》の友兄《ともあに》いなるものは宇治山田《うじやまだ》の米友《よねとも》の事《こと》です。

六四五

呼《よ》んで見《み》たけれども、友兄《ともあに》いたるものは返事《へんじ》もせず、姿《すがた》も見《み》せないし、探《さが》して見《み》ても此《こ》の家《や》に居《お》り合《あわ》せない事《こと》がわかりました。それから後《のち》、籠抜《かごぬけ》の伊《い》八は、誰《だれ》を伴《つ》れて行《ゆ》くことになったか、昼《ひる》の疲《つか》れで寝込《ねこ》んでしまったのに、米友《よねとも》は此処《ここ》へ帰《かえ》って来《き》た模様《もよう》はありませんでした。芸者広島《げいしゅうひろしま》の大守《たいしゅ》も、四十二万六千石《ごく》も、肝腎《かんじん》の当人《とうにん》がいないでは、お流《なが》れになるより外《ほか》はありませんでした。併《しか》し、米友《よねとも》は只今此処《ただいまここ》に居合《いあわ》せないまでも昨今《さくこん》この道楽寺《どうらくじ》に身《み》を寄《よ》せていることだけは確《たしか》である事《こと》の証拠《しょうこ》があります。

米友《よねとも》は此処《ここ》へ身《み》を寄《よ》せて、それ等《ら》の芸人《げいにん》の中間《なかま》に加《くわ》わって、独得《どくとく》の芸当《げいとう》をして折々《おりおり》、人通《ひとどお》りの多《おお》い大道《だいどう》に面《かお》を曝《さら》すことを、たしかに見届《みとど》けた者《もの》があります。論《ろん》より証拠《しょうこ》、今宵《こよい》カンテラを燈《とも》して浅草《あさくさ》の広小路《ひろこうじ》で梯子《はしご》芸《げい》をやっている其《そ》の人《ひと》が宇治山田《うじやまだ》の米友《よねとも》であります。

「さあ、退《ど》いていろ、もう一遍《ぺん》やって見《み》せるからな、危《あぶ》ねえ、子供《こども》は遠《とお》くへ去《い》ってろ、怪我《けが》あすると宜《よ》くねえからな、さあ、これから宙乗《ちゅうのり》をはじめる」

盲目縞《めくらじま》の筒袖《つつそで》一枚《まい》を着《き》た米友《よねとも》は、例《れい》の眼《まなこ》をクリ〳〵させて自分《じぶん》のまわりを取《と》り捲《ま》いている群集《ぐんしゅう》を見廻《みまわ》しながら、高《たか》さ一丈《じょう》二尺程《しゃくほど》ある漆塗《うるしぬ》りの梯子《はしご》を大地《だいち》へ押《おし》出《だ》して其《そ》れに片手《かたて》をかけました。

「些《ちっ》とばかりことわって置《お》くがね、俺等《おいら》は此《こ》の通《とお》り片足《かたあし》が少《すこ》し悪《わる》いんだ、左《ひだり》の足《あし》は自由《じゆう》が利《き》くけれどな、右《みぎ》の足《あし》は人並《ひとなみ》で無《ね》えんだ、其《そ》の左《ひだり》の一本《ぽん》で此《こ》の梯子《はしご》へ上《のぼ》って芸当《げいとう》をやって見《み》せようと云《い》うんだから、骨《ほね》が折《お》れらあ」

「アイ〳〵、左様《さよう》でござい」

見物《けんぶつ》の中《なか》から此《こ》んな事《こと》を云《い》い出《だ》すものがあったから見物人《けんぶつにん》一同《どう》が哄《どっ》と吹《ふ》き出《だ》しました。吹《ふ》き出《だ》さないのは当人《とうにん》の米友一人《よねともひとり》だけでありました。

「冗戯《じょうだん》じゃねえ、芸《げい》をやる時《とき》はこれでも俺等《おいら》は真剣《しんけん》なんだ、冷《ひ》やかしたり、交《ま》ぜっ返《けえ》したりすると芸《げい》に身《み》が入《はい》らねえや、芸《げい》に実《み》が入《はい》らなければ、見《み》ている奴《やつ》も面《おも》白《しろ》くねえし、やっている当人《とうにん》も面白《おもしろ》くねえや、何方《どっち》も面白《おもしろ》くねえものを遣《や》って見《み》せるも詰《つま》らねえから、俺等《おいら》は宙乗《ちゅうのり》をやめて帰《けえ》るよ」

「成程《なるほど》、理窟《りくつ》だ、怒《おこ》らねえでやって呉《く》んな、此方《こっち》も真《しん》剣《けん》で見《み》ているんだからな、それ兄《にい》さん、お印《しるし》だよ」

見物《けんぶつ》の中《なか》から斯《こ》う云《い》って、バラリと銭《ぜに》を投《な》げ込《こ》んだものがありました。

「有難《ありがて》え」

と云《い》って米友《よねとも》は足許《あしもと》に転《ころ》がっていた蕎麦《そば》の笊《ざる》に柄《え》を

すげたようなものを、左《ひだり》の手《て》で拾《ひろ》い取《と》ると見《み》れば、其《そ》の投《な》げた銭《ぜに》を楽《らく》に其《そ》の中《なか》へ受《う》け入《い》れて、右《みぎ》の手《て》ではやっぱり梯子《はしご》を押《おさ》えているのでありました。投銭《なげせん》を受《う》ける事《こと》は本来《ほんらい》この男《おとこ》の本芸《ほんげい》でありました。今《いま》はホンの前芸《まえげい》にやって見《み》せた手際《てぎわ》、その鮮《あざや》かさが、見物《けんぶつ》の気《き》に入《い》ったものらしく、

「兄《にい》さん、怒《おこ》っちゃ可《い》けねえ、しっかり頼《たの》むよ」

つづいてバラリと投《な》げる銭《ぜに》の音《おと》。

「有難《ありがて》え……」

受笊《うけざる》をそっと動《うご》かすと、誂《あつら》えたように銭《ぜに》は其《そ》の中《なか》へザラリと落《お》ちます。

「此方《こちら》の方《ほう》でも御用《ごよう》と仰有《おっしゃ》る」

またバラリと投《な》げる銭《ぜに》の音《おと》。それから引《ひき》つづいて、前後左右《ぜんごさゆう》から面白《おもしろ》がってバラリ〳〵と投《な》げる銭《ぜに》を、一つ処《ところ》にいて、片手《かたて》では梯子《はしご》を押《おさ》えながら、右《みぎ》に左《ひだり》に手《て》を延《の》ばし、前《まえ》や後《うし》ろへ身《み》を反《そら》して、受笊《うけざる》一つへザラリ〳〵と受《う》け入《い》れて、その一銭《せん》をも土地《とち》の上《うえ》へ落《おと》すことはありません。

「旨《うめ》えもんだな、あれだけで一人前《にんまえ》の芸当《げいとう》だ」

面白《おもしろ》がって投《な》げる見物《けんぶつ》と、面白《おもしろ》がって米友《よねとも》の銭受《ぜにうけ》を見《み》て、やんやと云《い》っている見物《けんぶつ》、その中《うち》に米友《よねとも》は、

「もう宜《い》い、この位《くらい》ありゃあ、もう沢山《たくさん》だから投《な》げるのを廃《よ》して呉《く》れ……」

六四六

銭受《ぜにうけ》の笊《ざる》を下《した》に置《お》いた米友《よねとも》は、片手《かたて》で押《おさ》えていた梯《はし》子《ご》の両側《りょうがわ》を両《りょう》の手《て》で持《も》ち換《か》えて、

「エッ」

と気合《きあい》をかけると、高《たか》さが一丈《じょう》二尺《しゃく》あって、桟《さん》が十段《だん》ほどある梯子《はしご》の頂上《ちょうじょう》まで、一息《いき》に上《のぼ》ってしまいました。見物《けんぶつ》が、

「アッ」

と云《い》っている間《あいだ》に、その一番上《ばんうえ》の桟《さん》へ打《う》ち跨《また》がって尻《しり》を下《お》ろした米友《よねとも》は、巧《たくみ》に調子《ちょうし》を取《と》りながら、眼《め》を円《まる》くして見物《けんぶつ》を見下《みお》ろしました。

ここで後見《こうけん》が居《い》れば、太夫《たゆう》さんの為《ため》に面白《おもしろ》おかしく芸当《げいとう》の前触《まえぶれ》をして看客《かんきゃく》を嬉《うれ》しがらせるだろうけれど、米友《よねとも》には、さっぱり後見《こうけん》が附《つ》いていませんでした。太《た》夫自身《ゆうじしん》にも、見物《けんぶつ》を嬉《うれ》しがらせるようなチャリが云《い》えないから、ただ眼《め》を円《まる》くして見下《みお》ろしているばかりであります。

一番上《ばんうえ》の桟《さん》へ踏《ふ》み跨《また》がった米友《よねとも》は、そこで巧《たくみ》に中心《ちゅうしん》を取《と》ってはいるが、それを下《した》から見《み》ると可《か》なり危《あぶ》なかしいもので、大風《おおかぜ》に吹《ふ》かれるように右《みぎ》へ左《ひだり》へゆらゆらと揺《ゆ》れます。

暫《しば》らく中心《ちゅうしん》を取《と》っていた米友《よねとも》は、

「エッ」

と二度目《どめ》の気合《きあい》で、両《りょう》の手《て》に今《いま》まで腰《こし》をかけていた桟《さん》の板《いた》をしっかと握《にぎ》り、其《そ》の上体《じょうたい》を右《みぎ》へ捻《ひね》ると見《み》れば、筋斗《もんどり》打《う》って其《そ》の身体《からだ》は桟《さん》の上《うえ》へ縦《たて》一文字《もんじ》に舞上《まいのぼ》りました。

「アッ」

見物《けんぶつ》が舌《した》を捲《ま》いている間《あいだ》、米友《よねとも》は其《そ》の格好《かっこう》で梯子《はしご》の中心《ちゅうしん》を取《と》りました。やはり惜《お》しいと思《おも》われるのは折角《せっかく》のキッカケに後見《こうけん》も入《はい》らなければ三味線太鼓《みせんたいこ》も鳴《な》らない事《こと》であります。暫《しば》らく其《そ》の恰好《かっこう》をつづけた米友《よねとも》は、

「エッ」

と気合《きあい》を抜《ぬ》くと、また元《もと》の形《かたち》に逆戻《ぎゃくもど》りして桟《さん》の板《いた》に腰《こし》を下《お》ろして崩《くず》れかかる梯子《はしご》の中心《ちゅうしん》を、三十五度《ど》の処《ところ》あたりで、ハッと食《く》い留《と》めて元《もと》へ戻《もど》して納《おさ》まりました。

「アッ」

其《そ》れで見物《けんぶつ》はヒヤ〳〵させられて手《て》に汗《あせ》を握《にぎ》ります。

取《と》り敢《あ》えずこれだけの前芸《まえげい》は米友《よねとも》が「エッ」と云《い》えば、見物《けんぶつ》が「アッ」というだけの景物《けいぶつ》でありました。やはり、軽口《かるくち》を叩《たた》く後見《こうけん》が此《こ》の辺《へん》へ入《はい》らなければ、太夫《たゆう》さんも遣《や》りにくかろうし、合《あい》の手《て》が間《ま》が抜《ぬ》けるだろうという心配《しんぱい》は無用《むよう》の心配《しんぱい》で、米友《よねとも》は米友《よねとも》らしい一人芸《にんげい》で、客《きゃく》を唸《うな》らすことが出来《でき》るものと認《みと》められます。

「さあ、これから、其方《そっち》の方《ほう》へ歩《ある》き出《だ》すよ、歩《ある》きながら、また些《ちっ》とばかり芸当《げいとう》をして見《み》せる、弘法大師《こうぼうだいし》は東山《ひがしやま》の大《だい》の字《じ》……」

自分《じぶん》で口上《こうじょう》を述《の》べました。今度《こんど》は別段《べつだん》に気合《きあい》をかけないで、桟《さん》をつかまえた手《て》と腰《こし》に力《ちから》を入《い》れると其《そ》の呼吸《こきゅう》で、梯子《はしご》は米友《よねとも》を乗《の》せたままヒョコ〳〵と動《うご》き出《だ》して、取《と》り巻《ま》いた群集《ぐんしゅう》の近《ちか》くへのり出《だ》します。

「逃《に》げなくっても宜《い》い、お前達《めえたち》の頭《あたま》の上《うえ》へブッ倒《たお》すようなブキな真似《まね》はしねえから、安心《あんしん》して見《み》ているがいい、俺等《おいら》の方《ほう》は心配《しんぱい》は無《ね》えが、後《うしろ》の方《ほう》と前横《まえよこ》を気《き》をつけて呉《く》んな、江戸《えど》には巾着切《きんちゃくきり》という奴《やつ》がいる、人《ひと》が井《い》戸《ど》ん中《なか》へ入《はい》ってる時《とき》でも何《なん》でも関《かま》あずに、人《ひと》の物《もの》を盗《と》るような火事場泥棒《かじばどろぼう》がいる」

米友《よねとも》は斯《こ》う云《い》って、見物《けんぶつ》にスリと泥棒《どろぼう》とを警戒《けいかい》したつもりのようでしたが、井戸《いど》の中《なか》へ入《はい》っている時《とき》に火事場《かじば》泥棒《どろぼう》が出《で》るといった米友《よねとも》の論理《ろんり》は、見物《けんぶつ》にはよく呑《の》み込《こ》めませんでした。たしか梯子芸《はしごげい》をしているから、それで火事場泥棒《かじばどろぼう》を持《も》ち出《だ》したのだろうと察《さっ》したものなどは、血《ち》のめぐりの宜《よ》い方《ほう》でありました。大部分《だいぶぶん》は其《そ》の口上《こうじょう》なんぞに頓着《とんちゃく》なく、これからまた梯子《はしご》の上《うえ》の一番《ばん》に取《と》りかかろうとする米友《よねとも》の姿《すがた》を片唾《かたず》を呑《の》んで見上《みあ》げました。

六四七

米友《よねとも》の梯子乗《はしごのり》の芸当《げいとう》は大道芸《だいどうげい》としては物珍《ものめず》らしいものでありました。通《とお》りかかるものは立《た》ち留《ど》まり、立《た》ち留《ど》まったものは引《ひき》つけられて、そのあたりは人《ひと》の山《やま》を築《きず》きました。この後《のち》彼《かれ》が如何《どう》いう芸当《げいとう》をするかを片唾《かたず》を呑《の》んでながめていた時分《じぶん》に群集《ぐんしゅう》の一角《かく》が動揺《どよ》めきました。

「お通《とお》りだ、お通《とお》りだ」

東橋《あずまばし》の方《ほう》から一隊《たい》の大名《だいみょう》の行列《ぎょうれつ》が此方《こちら》へ向《む》いてやって来《く》るのであります。

「それ、お通《とお》りだ、お通《とお》りだ」

と云《い》って早《はや》く気《き》のついたものは動揺《どよ》めきましたけれども、前《まえ》の方《ほう》に米友《よねとも》の梯子芸《はしごげい》に見惚《みと》れていた者《もの》は気《き》がつきませんでした。

通《とお》りかかったのは大名《だいみょう》のうちでも大《おお》きな大名《だいみょう》の行列《ぎょうれつ》らしくあります。お小人《こびと》が提《さげ》ている定紋《じょうもん》の箱提灯《はこちょうちん》、それはまだ何《なん》ともわかりません、お供揃《ともぞろ》いは凡《およ》そ三百人《にん》もあったと見受《みう》けられました。御駕籠脇《おかごわき》は黒蠟《くろろう》の大小《だいしょう》さした揃《そろ》いの侍《さむらい》が高端折《たかはしょり》に福草履《ふくぞうり》と、九尺隔《しゃくおき》に提《さげ》た例《れい》のお小人《こびと》の箱提灯《はこちょうちん》が両側《りょうがわ》五六十、鬼灯《ほおずき》を棒《ぼう》へさしたように、一寸《すん》一分《ぶ》の上《あが》り下《さ》がりもなく、粛々《しゅくしゅく》として練《ね》って来《き》ました。

この大名行列《だいみょうぎょうれつ》の為《ため》に、あわてて道《みち》を避《よ》けた人《ひと》は、遠《とお》くの方《ほう》からいろ〳〵と噂《うわさ》をはじめました。

「御定紋《ごじょうもん》は、たしかに抱茗荷《だきみょうが》のようでございましたね、抱茗荷《だきみょうが》ならば鍋島様《なべしまさま》でございます、佐賀《さが》の鍋島様《なべしまさま》、三十五万七千石《ごく》の鍋島様《なべしまさま》のお通《とお》りだ」

と云《い》う者《もの》がありました。

「いいえ、抱茗荷《だきみょうが》じゃございません、たしかに揚羽《あげは》の蝶《ちょう》でございました、揚羽《あげは》の蝶《ちょう》だから私《わたし》は、これは備前岡《びぜんおか》山《やま》で三十一万五千二百石《こく》池田《いけだ》信濃守様《しなののかみさま》の御同勢《ごどうぜい》だと、斯《こ》う思《おも》うんでございます」

一方《ぽう》から異議《いぎ》を申立《もうした》てるものがありました。

「ナニ、そうではございません、たしかに抱茗荷《だきみょうが》、肥前《ひぜん》の佐賀《さが》で、三十五万七千石《ごく》、鍋島村《なべしまむら》の御人数《ごにんず》に違《ちが》いはございません」

「いいえ、揚羽《あげは》でございましたよ、備前《びぜん》の岡山《おかやま》で三十一万五千二百石《こく》……」

他人《たにん》の宝《たから》を数《かぞ》えるように、大名《だいみょう》の知行高《ちぎょうだか》を読《よ》み上《あ》げているのは、大名《だいみょう》のお通《とお》りとは交渉《こうしょう》のない連中《れんちゅう》でありました。今《いま》まで、それとは気《き》がつかないでいて、不意《ふい》に此《こ》の同勢《どうぜい》を引受《ひきう》けた人《ひと》、殊《こと》に屋台店《やたいみせ》の商人《あきんど》などは狼《ろう》

狽《ばい》して避《さ》ける処《ところ》を失《うしな》う有様《ありさま》でありました。この場合《ばあい》に邪魔《じゃま》になるのは、米友《よねとも》を中心《ちゅうしん》として梯子芸《はしごげい》に夢中《むちゅう》になっている見物《けんぶつ》の一かたまりであります。

「叱《しっ》」

先棒《さきぼう》が叱《しか》って見《み》たけれど、その一かたまりを崩《くず》すには可《か》なりの時《とき》がかかります。後《うしろ》の方《ほう》は気《き》がついても前《まえ》の方《ほう》は全《まった》く知《し》らないのであります。尋常《じんじょう》ならば、強《し》いて其《そ》の一かたまりを崩《くず》すことなくして通行《つうこう》にさしつかえない筈《はず》であったのを、其《そ》のお供先《ともさき》は如何《どう》いうつもりか、米友《よねとも》を囲《かこ》んだ一かたまりの中《なか》へ、突《つ》っ込《こ》んで来《き》ました。

「おや〳〵、お通《とお》りだ〳〵」

はじめて気《き》のついた連中《れんちゅう》が、驚《おどろ》いて逃《に》げ出《だ》したのを、梯子《はしご》の上《うえ》で米友《よねとも》は凝《じっ》とながめていたが何《なん》とも云《い》いません。遠慮《えんりょ》して芸《げい》を中止《ちゅうし》して、このお通《とお》りになるものをお通《とお》し申《もう》して、其《そ》れから再《ふたた》び芸《げい》を初《はじ》めるのかと思《おも》うと、そうでもありません。

「さあ、これから梯子抜《はしごぬけ》というのをやって見《み》せる……」

「控《ひか》えろ！」

大名《だいみょう》のお通《とお》りには頓着《とんちゃく》なく、米友《よねとも》が梯子抜《はしごぬけ》の芸当《げいとう》に取《と》りかかろうとする時《とき》にお供先《ともさき》の侍《さむらい》が、疳癪玉《かんしゃくだま》を破裂《はれつ》させたような声《こえ》であります。

見物《けんぶつ》は、はっと胆《きも》をつぶしました。

六四八

大名《だいみょう》のお供先《ともさき》は米友《よねとも》を中心《ちゅうしん》として見物《けんぶつ》の一かたまりが思《おも》うように崩《くず》れないのが、余程癪《よほどしゃく》に触《さわ》ったと見《み》え、物《もの》をも云《い》わず其《そ》れを押《お》し潰《つぶ》し蹴散《けち》らしたから、見物《けんぶつ》のあわて方《かた》は非常《ひじょう》なものでありました。

可哀相《かわいそう》に、其《そ》のあたりに夜店《よみせ》を出《だ》していたしるこ屋《や》は、此《こ》のあおりを食《く》って、煮立《にた》てていた汁《しる》と焼《や》きかけていた餅《もち》を載《の》せた屋台《やたい》を引繰返《ひっくりかえ》されてしまいます。沸《た》騰《ぎ》っているしるこの鍋《なべ》は宙《ちゅう》に飛《と》んで、其《そ》れが煙花《はなび》の落《お》ちて来《き》たように亭主《ていしゅ》の頭《あたま》から混乱《こんらん》した見物《けんぶつ》の頭上《ずじょう》に落《お》ちて来《き》ましたから、それを被《かぶ》ったものは大火傷《おおやけど》をして、

「アッ」

と云《い》いながら頭《あたま》や顔《かお》を押《お》さえて苦《くる》しがって転《ころ》がり廻《まわ》りました。

前《まえ》の方《ほう》の連中《れんちゅう》は、喧嘩《けんか》でも起《おこ》ったのか知《し》らと振《ふ》り返《かえ》って見《み》ると、

「あッ、お通《とお》りだ」

喧嘩《けんか》ならば頼《たの》まれないでも弥次《やじ》に飛《と》び出《だ》して拳《こぶし》を振《ふ》り廻《まわ》す連中《れんちゅう》が、大名《だいみょう》の行列《ぎょうれつ》と気《き》がついて、悄気返《しょげかえ》って逃《に》げ出《だ》しました。

梯子《はしご》に跨《また》がって最前《さいぜん》から、この容子《ようす》を見《み》ていた米友《よねとも》は、キリ〳〵と歯《は》を噛《か》み鳴《な》らして、丸《まる》い眼《め》を据《す》えて、狼藉《ろうぜき》を働《はたら》く侍《さむらい》——いくら人集《ひとだか》りがあると云《い》ったからとて、遠慮《えんりょ》すれば、その外《そと》を通《とお》れない道《みち》では無《な》いのに、斯《こ》うして人間《にんげん》を蹴散《けち》らし、踏倒《ふみたお》して通《とお》る大名行列《だいみょうぎょうれつ》という奴《やつ》の我儘《わがまま》と、その我儘《わがまま》を助《たす》けるお供《とも》の侍共《さむらいども》の狼藉《ろうぜき》を見《み》ると口惜《くや》しさに五体《たい》が慄《ふる》えました。

一体《たい》、此《こ》の頃《ごろ》の米友《よねとも》は、殿様《とのさま》とか大名《だいみょう》とかいう者《もの》を心《こころ》の底《そこ》から憎《にく》み出《だ》しているのであります。殿様《とのさま》とあがめられ、大名《だいみょう》と立《た》てられる奴等《やつら》、其《そ》の先祖《せんぞ》が、ドレだけ国《くに》の為《ため》に尽《つく》し、人《ひと》の為《ため》に働《はたら》いたか知《し》らないが、今《いま》の多《おお》くの殿様《とのさま》という奴《やつ》は薄馬鹿《うすばか》である。その薄馬鹿《うすばか》を守《も》り立《た》てて、そのお扶持《ふち》を戴《いただ》いて士農工商《しのうこうしょう》の上《かみ》にいると自慢《じまん》して武士《ぶし》という奴等《やつら》が癪《しゃく》にさわっているのであります。米友《よねとも》の眼《め》には一人《ひとり》の殿様《とのさま》とやらが歩《ある》くのに、二百人《にん》も三百人《にん》も、大《だい》の男《おとこ》が其《そ》のまわりに食付《くっつ》いて歩《ある》かねばならぬ事《こと》の理由《わけ》がわからないのであります。その上《うえ》に斯《こ》うして折角《せっかく》、市民《しみん》が面白《おもしろ》く見物《けんぶつ》をしたり、遊楽《ゆうらく》をしたりしている最中《さいちゅう》を、大手《おおて》を振《ふ》って押《お》し通《とお》り、押《お》しが利《き》かないと、この通《とお》り乱暴狼藉《らんぼうろうぜき》を働《はたら》いて突破《とっぱ》する、

その我儘《わがまま》が通《とお》る事《こと》の理由《わけ》もわからないのであります。それのみならず、此《こ》の我儘《わがまま》と乱暴狼藉《らんぼうろうぜき》とを加《くわ》えられながら、平生《へいぜい》は人混《ひとごみ》で足《あし》を踏《ふ》まれてさえも命《いのち》がけで争《あらそ》うほどの弥次馬《やじうま》が、意気地《いくじ》なくも、それお通《とお》りだ、鍋島《なべしま》様《さま》だ、三十五万石《ごく》だ、池田様《いけださま》だ三十一万石《ごく》だと云《い》って恐《おそ》れ入《い》ってしまうことが、分《わか》らないのであります。

しるこの鍋《なべ》を覆《くつが》えされて、面《かお》や小鬢《こびん》に夥《おびただ》しく火傷《やけど》をしながら苦《くる》しみ悶《もだ》えている光景《こうけい》を見《み》た時《とき》に米友《よねとも》の堪忍《かんにん》袋《ぶくろ》が一時《じ》に張《は》り切《き》れました。

「馬鹿《ばか》にしてやがら」

梯子《はしご》の上《うえ》から諸《もろ》に飛《と》び下《お》りました、飛《と》び下《お》りると共《とも》に、人《ひと》の頭《あたま》を渡《わた》って行《い》って、拳《こぶし》を固《かた》めて手《て》あたりの近《ちか》い処《ところ》の侍《さむらい》の頭《あたま》を続《つづ》けざまに三ツばかりガンと撲《なぐ》りました。

「手向《てむか》いするか、無礼者《ぶれいもの》」

其《そ》の侍《さむらい》が胆《きも》をつぶした時分《じぶん》には、米友《よねとも》はつづいて二人《ふたり》三人目位《にんめぐらい》の侍《さむらい》の頭《あたま》を片《かた》っ端《ぱし》から、ポカ〳〵と撲《なぐ》って歩《ある》きました。其《そ》の挙動《きょどう》の敏捷《びんしょう》な事《こと》。

アッと云《い》う間《ま》に、物《もの》の十人《にん》も、つづけてお供先《ともさき》の侍《さむらい》を撲《なぐ》った時《とき》に、此《こ》の大名《だいみょう》の行列《ぎょうれつ》は、

「狼藉者《ろうぜきもの》、お供先《ともさき》を要撃《ようげき》する賊《ぞく》がある」

と聴《き》いた時《とき》は米友《よねとも》の姿《すがた》はもう見《み》えません。

六四九

水瓜《すいか》を十許《ばか》り並《なら》べて置《お》いて撲《なぐ》ったつもりで米友《よねとも》は、少《すこ》しばかり溜飲《りゅういん》を下《さ》げて、行列《ぎょうれつ》の崩《くず》れたのを後《あと》に、今《こん》度《ど》は群衆《ぐんしゅう》の足許《あしもと》を潜《くぐ》って元《もと》の処《ところ》へ走《はし》り込《こ》むと、その梯《はし》子《ご》を横《よこ》にして肩《かた》にかけ、銭受《ぜにうけ》の笊《ざる》を腰《こし》に差《さ》し、

「態《ざま》あ見《み》やがれ」

と云《い》って、一散《さん》に其《そ》の場《ば》を走《は》せ出《いだ》しました。

「あれだ、あれだ、あれが行列《ぎょうれつ》へ無礼《ぶれい》を加《くわ》えた奴《やつ》だ、狼藉者《ろうぜきもの》を取押《とりおさ》えろ」

と後《あと》から米友《よねとも》を追《お》いかけて来《く》るものがあるようであります。

「何方《どっち》が無礼《ぶれい》で、何方《どっち》が狼藉《ろうぜき》だ、取押《とりおさ》えろも出来《でき》がいい」

米友《よねとも》はせせら笑《わら》いながらそれも取押《とりおさ》えられては詰《つま》らないと思《おも》って一散《さん》に逃《に》げました。弥次馬《やじうま》という者《もの》は変《へん》なもので、今《いま》、鍋島様《なべしまさま》やら池田様《いけださま》やらのお通《とお》りへ無礼《ぶれい》を加《くわ》えたものがあって、それが逃《に》げ出《だ》したと聞《き》くと、纏《まと》まって米友《よねとも》を目《め》あてに追蒐《おいか》けて来《く》るらしいのであります。それが為《ため》に竹屋《たけや》の渡《わた》しの方《ほう》へ逃《に》げようと思《おも》っていた米友《よねとも》は伝法院《でんぼういん》の前《まえ》に逃《に》げ込《こ》んで其《そ》の塀《へい》に突《つ》き当《あた》りました。弥次馬《やじうま》はワイ〳〵云《い》ってあとから追《おい》かけて来《く》るもののようであります。

其処《そこ》で米友《よねとも》は突《つ》き当《あた》った伝法院《でんぼういん》の塀《へい》へ肩《かた》に引《ひっ》かけていた梯子《はしご》をかけてスル〳〵と上《のぼ》りました。米友《よねとも》が伝法《でんぼう》院《いん》の塀《へい》へ上《のぼ》り終《おわ》った時分《じぶん》に弥次馬《やじうま》が其《そ》の塀《へい》の下《した》へ押《お》しかけて来《き》てワイ〳〵と噪《さわ》ぎました。

塀《へい》へ上《のぼ》ると米友《よねとも》は、其《そ》の梯子《はしご》を上《うえ》からグッと引上《ひきあ》げて、また肩《かた》にかけて塀《へい》の上《うえ》をトットと駈出《かけだ》しました。

「それ其方《そっち》へ行《い》った、此方《こっち》へ来《き》た」

弥次馬《やじうま》は誰《だれ》に頼《たの》まれて何《なん》の為《ため》に米友《よねとも》を追《おい》かけて来《き》たのだか自分《じぶん》でもわかりません。彼等《かれら》は米友《よねとも》を追《おい》かけて窮命《きゅうめい》せしめねばならぬほどの怨《うら》みがあるのだか無《な》いのだか更《さら》にわからないで、米友《よねとも》が逃《に》げるから追《おい》かけるものらしいのであります。

米友《よねとも》は追《おい》かける弥次馬《やじうま》を尻目《しりめ》にかけて、塀《へい》の上《うえ》をトットと渡《わた》って歩《ある》いたが、やがて塀《へい》から蛇骨長屋《じゃこつながや》の屋《や》根《ね》の上《うえ》へ飛《と》びうつりました。長屋《ながや》の屋根《やね》の下《した》の者《もの》は驚《おどろ》いて外《そと》へ飛《と》び出《だ》して弥次馬《やじうま》と一緒《しょ》になって騒《さわ》ぐ時分《じぶん》には米友《よねとも》は其処《そこ》から飛《と》び下《お》りて淡島様《あわしまさま》の方《ほう》へ一散《さん》に走《はし》って行《い》きます。

そこで弥次馬《やじうま》に弥次馬《やじうま》が重《かさ》なって来《く》ると、米友《よねとも》を追《お》いかける事《こと》の理由《りゆう》が、いよ〳〵わからなくなってしまいました。ただ追蒐《おいか》けるが為《ため》に追蒐《おいか》ける人間《にんげん》が雲《くも》のように米友《よねとも》のあとを慕《した》って来《く》るのであります。

「何《なん》でございます」
「泥棒《どろぼう》でございましょうよ」
「何《なん》の泥棒《どろぼう》でございます」
「梯子《はしご》を持《も》っているから半鐘《はんしょう》の泥棒《どろぼう》でございましょうよ」

というのはまだ出来《でき》のよい方《ほう》でありました。この非常《ひじょう》の場合《ばあい》に於《お》いても、梯子《はしご》を抱《かか》えて走《はし》るというのは、米友《よねとも》が商売道具《しょうばいどうぐ》を大切《だいじ》にする心《こころ》がけとそれから証拠《しょうこ》を残《のこ》しては後日《ごじつ》の為《ため》に悪《わる》いという用心《ようじん》との外《ほか》に、これを持《も》っていることが逃《に》げるのに却《かえっ》て都合《つごう》がよいのでありました。

追《お》われて行《い》き詰《つ》まった時《とき》は、其《そ》の行詰《ゆきづ》まった塀《へい》なり軒《のき》なりへ其《そ》れを倒《たお》しかけてスル〳〵と上《のぼ》って行《い》きます。弥次馬《やじうま》が追《お》いついた時分《じぶん》には上《うえ》から其《そ》れを引《ひ》き上《あ》げて裏《うら》へ飛《と》んで下《お》りたり横《よこ》へ走《はし》ったりします。斯《こ》うして米《よね》友《とも》は淡島様《あわしまさま》から浅草寺《せんそうじ》の奥山《おくやま》へ逃《に》げ込《こ》み、奥山《おくやま》から裏《うら》の田圃《たんぼ》へ抜《ぬ》けました。

田圃《たんぼ》へ来《き》て見《み》ると、もう追蒐《おっか》ける人《ひと》もあとが絶《た》えたようであります。

どの道《みち》、本所《ほんじょ》の鐘撞堂《かねつきどう》へ帰《かえ》るべき身《み》であるけれども、遠廻《とおまわ》りをして帰《かえ》らねばならぬと思《おも》って、四方《あたり》を見廻《みまわ》して突立《つった》っていました。米友《よねとも》はまだ此《こ》んな処《ところ》へ来《き》た事《こと》は無《な》いから其処《そこ》で暫《しば》らく方角《ほうがく》を考《かんが》えて立《た》っていました。

六五〇

田圃《たんぼ》の真中《まんなか》に立《た》って米友《よねとも》は帰《かえ》り道《みち》の方向《ほうこう》を考《かんが》えていました。何《いず》れ、廻《まわ》り道《みち》をして帰《かえ》るつもりだろうけれど、ここに問題《もんだい》になるのは此《こ》の梯子《はしご》であります。廻《まわ》り道《みち》をして鐘撞堂新道《かねつきどうしんみち》まで帰《かえ》るのに、此《こ》の梯子《はしご》を持《も》って帰《かえ》るのが正《ただ》しいか正《ただ》しくないかの問題《もんだい》であります。

ここまで持《も》って来《き》た商売道具《しょうばいどうぐ》を此処《ここ》で捨《す》ててしまうのも米友《よねとも》としては残念《ざんねん》であるし、捨《す》た処《ところ》で、それから足《あし》がつけば、また事面倒《ことめんどう》でない事《こと》もない。米友《よねとも》の行動《こうどう》の正邪《せいじゃ》を知《し》らない者《もの》も、米友《よねとも》が梯子《はしご》を持《も》って逃《に》げたという事《こと》だけはよく知《し》っているのであります。だから此《こ》れを持《も》って、その近《ちか》い処《ところ》をうろつくのは当分危険《とうぶんきけん》と云《い》わねばなりません。

暫《しばら》く立《た》って考《かんが》えていた米友《よねとも》は、やがて其《そ》の梯子《はしご》の一端《たん》に手《て》をかけると其《そ》れを二つに折《お》ってしまいました。それは本来折《ほんらいお》れるように出来《でき》ている梯子《はしご》でありました。二つに折《お》ったのをまた四つに畳《たた》みました。何《なん》でもない事《こと》であります。斯《こ》うして米友《よねとも》の梯子《はしご》は折畳《おりたた》みが出来《でき》るようになっているのでありました。四つに畳《たた》んでしまった後《あと》に、桁《けた》は桁《けた》、桟《さん》は桟《さん》で取《と》り外《はず》して、それを一まとめにして懐中《かいちゅう》から麻《あさ》の布《ぬの》を一巻《まき》取《と》り出《だ》して、それでクル〱と巻《ま》いて其上《そのうえ》を麻《あさ》の縄《なわ》で絡《から》げて背中《せなか》へ無雑作《むぞうさ》に投《な》げかけました。物事《ものごと》は他《はた》で見《み》るほど心配《しんぱい》になるものではありません。如何《どう》するかと見《み》ていた梯子《はしご》の問題《もんだい》は、米友《よねとも》の一存《ぞん》で手《て》もなく片《かた》づけてしまいました。成程《なるほど》、斯《こ》うして背中《せなか》に背負《せお》って歩《ある》けば誰《だれ》が梯子《はしご》と思《おも》うものか。

その畳梯子《たたみはしご》を背中《せなか》に背負《しょ》った米友《よねとも》は、手拭《てぬぐい》を出《だ》して頬冠《ほおかぶ》りをして、尻《しり》を引《ひっ》からげてスタ〱と田圃道《たんぼみち》を歩《ある》き出《だ》しました。

ここで地《ち》の理《り》を見《み》ると、右手《みぎて》は畑《はたけ》、左《ひだり》は田圃《たんぼ》になっていました。右《みぎ》の方《ほう》は畑《はたけ》を越《こ》して武家屋敷《ぶけやしき》から町家《まちや》につづいているものらしくあります。左《ひだり》の方《かた》を見《み》ると、其処《そこ》に一廓《かく》の人家《じんか》があって、あたりの淋《さび》しいのに其処《そこ》ばかりは昼《ひる》のようにかがやいているのを認《みと》めます。

「おい、駕籠屋《かごや》」

後《うしろ》から呼《よ》びかけたものがあります。

「駕籠屋《かごや》」

米友《よねとも》は振《ふ》り返《かえ》ると、二三人《にん》づれの侍《さむらい》らしくあります。

「やあ、駕籠屋《かごや》ではないか」

と云《い》って米友《よねとも》の姿《すがた》を見《み》て行《ゆ》き過《す》ぎてしまいました。

米友《よねとも》は自分《じぶん》が駕籠屋《かごや》に間違《まちが》えられたと思《おも》って怪訝《けげん》な面《かお》をして、それをやり過《す》ごしてしまうと暫《しば》らくして、

「もし、旦那《だんな》、吉原《よしわら》までお伴《とも》を致《いた》しやしょう、大門《おおもん》まで御奮発《ごふんぱつ》なせえまし、戻《もど》りでございやすよ」

其《そ》の声《こえ》で米友《よねとも》が振《ふ》り返《かえ》ると、それは駕籠屋《かごや》であります。前《まえ》には駕籠屋《かごや》と間違《まちが》えられて、今度《こんど》は駕籠屋《かごや》から呼《よ》び留《と》められました。

「おや〳〵、子供《こども》か、お客様《きゃくさま》じゃあ無《ね》えんだよ」

駕籠屋《かごや》は斯《こ》う云《い》って米友《よねとも》を通《とお》り抜《ぬ》いてしまいました。

此処《ここ》を何《いず》れとも知《し》らず、わざとウロ〳〵歩《ある》いていた米友《よねとも》、今《いま》の駕籠屋《かごや》の間違《まちが》って勧《すす》めた言葉《ことば》によって、

「ああ、そうか、あれは吉原《よしわら》だな」

と感《かん》づきました。吉原《よしわら》の名《な》は、さすがに米友《よねとも》も国《くに》にいる時分《じぶん》から聞《き》いていない事《こと》はない。幸《さいわい》道草《みちくさ》を食《く》って行《ゆ》くには、あの吉原《よしわら》を一見物《けんぶつ》して来《く》るに越《こ》した事《こと》はないと、ここで米友《よねとも》は、その明《あか》りのする一廓《かく》を目《め》あてにして進《すす》んで行《ゆ》きました。

六五一

宇津木兵馬《うつぎひょうま》は萬字楼《まんじろう》の東雲《しののめ》の部屋《へや》に東雲《しののめ》を相手《あいて》にして碁《ご》を打《う》っていました。

兵馬《ひょうま》の此処《ここ》へ来《き》た目的《もくてき》は此《こ》の花魁《おいらん》を相手《あいて》に碁《ご》を打《う》つことではありませんでした。金助《きんすけ》の手引《てびき》によって、兎《と》も角《かく》も茶屋《ちゃや》から此《こ》の萬字屋《まんじや》へ登楼《とうろう》して、東雲《しののめ》を相手《あいて》にすることになったけれども、その心《こころ》は其処《そこ》にあるのではありません。

兵馬《ひょうま》は、万事《ばんじ》金助《きんすけ》の取計《とりはか》らいによって此処《ここ》へ来《き》ました。何処《どこ》かの明部屋《あきべや》にひとりで休《やす》んでいたいのが兵馬《ひょうま》の願《ねが》いでありました。そうして此《こ》の店《みせ》に果《はた》して神尾主膳《かみおしゅぜん》が来《き》ているか如何《どう》かを見届《みとど》けたいのが其《そ》の目的《もくてき》であります。主膳《しゅぜん》を見届《みとどけ》て、主膳《しゅぜん》が泊《とま》ったならば自分《じぶん》も泊《とま》り、主膳《しゅぜん》が帰《かえ》るならば其《そ》のあとをつけて自分《じぶん》も帰《かえ》ろうという決心《けっしん》でありました。けれども東雲《しののめ》は兵馬《ひょうま》をあたり前《まえ》の客《きゃく》として待遇《もてな》しました。あたり前《まえ》の客《きゃく》よりも好《す》いたらしい客《きゃく》として待遇《もてな》しました。これは兵馬《ひょうま》が若《わか》い人《ひと》である上《うえ》に、万事《ばんじ》金助《きんすけ》が後《うしろ》へ廻《まわ》って鴇手《やりて》や花魁《おいらん》に云《い》い含《ふく》めたせいもあるだろうと思《おも》われます。

東雲《しののめ》はよく待遇《もたな》されて却《かえっ》て迷惑《めいわく》がる兵馬《ひょうま》を、滅多《めった》にはない嬉《うれ》しいお客《きゃく》と打《う》ち込《こ》んで兵馬《ひょうま》を此《こ》の部屋《へや》から離《はな》しもせず、自分《じぶん》も離《はな》れようとはしないので、兵馬《ひょうま》はいよ〱苦《くる》しい思《おも》いをしました。幸《さいわい》に、この東雲《しののめ》の部屋《へや》には碁盤《ごばん》がありました。仕様《しよう》ことなしに兵馬《ひょうま》は、その碁盤《ごばん》を見《み》て五目並《もくなら》べでもしようかと云《い》いました。

「貴方《あなた》は本当《ほんとう》の碁《ご》を御存知《ごぞんじ》ありませんの」

と東雲《しののめ》は廓言葉《くるわことば》ではない、あたり前《まえ》の言葉《ことば》で兵馬《ひょうま》に問《と》い返《かえ》しました。

「少《すこ》しは遣《や》れる」

と兵馬《ひょうま》が答《こた》えると、

「それでは本物《ほんもの》でお相手《あいて》しましょう」

と、女《おんな》の方《ほう》から云《い》われて、兵馬《ひょうま》は多少《たしょう》意外《いがい》に思《おも》われました。精精《せいぜい》、五目並《もくなら》べ位《ぐらい》であろうと思《おも》っていたのに、本物《ほんもの》の囲碁《いご》が並《なら》べられるということは、女《おんな》としては興味《きょうみ》あることだと思《おも》いました。

「宜《よろ》しい、何目《なんもく》」

兵馬《ひょうま》はたずねました。

「初段《しょだん》のお方《かた》に井目《せいもく》ならお相手《あいて》が出来《でき》ようと存《ぞん》じます」

「初段《しょだん》に井目《せいもく》、それだけ打《う》てれば結構《けっこう》なものだ」

兵馬《ひょうま》はやや感心《かんしん》しました。

「幾《いく》つ置《お》きましょう、貴方様《あなたさま》に」

「左様《さよう》、拙者《せっしゃ》も可《か》なり初段《しょだん》に井目位《せいもくぐらい》の処《ところ》だが、ためしに三目《もく》置《お》いて見給《みたま》え」

「三目《もく》、それでは五つ置《お》きましょう」

「いや三つで宜《よろ》しい」

「三目《もく》と仰有《おっしゃ》るのでは、仰有《おっしゃ》るのよりは、たしかに二目《もく》はお強《つよ》いと思《おも》いますから、五つ置《お》かせて下《くだ》さいませ」

「では四ツ置《お》いて見給《みたま》え」

「左様《さよう》ならば四ツでお相手《あいて》を致《いた》しましょう」

斯《こ》うして兵馬《ひょうま》は東雲《しののめ》を相手《あいて》に碁《ご》を打《う》ちはじめました。四目《もく》置《お》かせて、たしかに手答《てごた》えがあるから兵馬《ひょうま》も思《おも》わず勝負《しょうぶ》に身《み》が入《はい》りました。けれども兵馬《ひょうま》の心《こころ》は、やはり此処《ここ》にあるのではありませんから、どうも、いつものように石《いし》の捌《さば》きがつかないで、暫《しば》らくして投《なげ》を打《う》たなければならなく為《な》りました。

「コリャ意外《いがい》の大敗北《たいはいぼく》、女《おんな》に負《ま》けたとあっては面目《めんぼく》ない、もう一石《せき》」

兵馬《ひょうま》から挑《いど》まれて東雲《しののめ》は悦《よろこ》びました、此処《ここ》へ来《き》て斯《こ》うして女《おんな》を相手《あいて》に碁《ご》を打《う》って夜《よ》を明《あ》かせば事《こと》は極《きわ》めて無事《ぶじ》であります。

併《しか》し、兵馬《ひょうま》は其《そ》の無事《ぶじ》を喜《よろこ》んで此処《ここ》へ来《き》たのではないから事無《ことな》くしては納《おさ》まりますまい。

六五二

「へへ、お睦《むつ》ましい事《こと》でございます」

廊下《ろうか》を歩《ある》いて来《き》て、其処《そこ》へ首《くび》を出《だ》したのは金助《きんすけ》であります。

「金助《きんすけ》か、あの頼《たの》んで置《お》いた事《こと》は」

兵馬《ひょうま》は石《いし》を卸《お》ろそうとして考《かんが》えながら金助《きんすけ》に尋《たず》ねました。

「ヘエ、宜《よろ》しゅうございます、万事引受《ばんじひきう》けて居《お》りますから、内顧《ないこ》の憂《うれ》いなく花々《はなばな》しい御合戦《ごかっせん》を遊《あそ》ばしませ」

金助《きんすけ》は斯《こ》う云《い》って、問《と》われた事《こと》には要領《ようりょう》ある返事《へんじ》を与《あた》えずに、首《くび》を突《つ》き出《だ》して盤面《ばんめん》をながめながら、

「ははあ、これが第《だい》二局目《きょくめ》で、成程《なるほど》、最前《さいぜん》の御勝負《ごしょうぶ》は……花魁《おいらん》の御勝《かち》、それは此《こ》の分《ぶん》では済《す》まされませんな、二度目《どめ》は客《きゃく》の恥《はじ》、三度目《どめ》は花魁《おいらん》の恥《はじ》という事《こと》でございますから、今度《こんど》は静馬様《しずまさま》が是非共《ぜひとも》お勝《か》ちにならぬと、男子《だんし》の面目《めんぼく》にかかわりますな、おやおや、此《こ》の局面《きょくめん》では、やはり黒《くろ》さんが優勢《ゆうせい》でございます、順当《じゅんとう》に進《すす》んで参《まい》って十目位違《もくくらいちが》いましょうな、おっと其《そ》の石《いし》は其《そ》れは黒《くろ》さん可《い》けません……」

こんな事《こと》を云《い》って金助《きんすけ》は、盤面《ばんめん》を面白《おもしろ》そうに見《み》ているのであります。

「金助《きんすけ》、相手《あいて》は如何《どう》じゃ」

兵馬《ひょうま》は心《こころ》して石《いし》を下《くだ》しながらも其《そ》れとなく尋《たず》ねるのを、金助《きんすけ》は、

「やはり相手《あいて》の方《ほう》が優勢《ゆうせい》でございますよ、静馬様《しずまさま》、それでは返討《かえりうち》でございますぜ」

「返討《かえりうち》……」

「初会《しょかい》にお負《まけ》なすって、裏《うら》を返《かえ》して、また無念《むねん》の御最期《ごさいご》、そうなると此《こ》の金助《きんすけ》も黙《だま》って拝見《はいけん》しては居《お》られません、主人《しゅじん》の敵《かたき》と名乗《なの》って出《で》なければ納《おさ》まりがつきません」

「その敵《かたき》が、なか〱容易《ようい》なものでない」

「全《まった》く以《もっ》て容易《ようい》なことではございません、や、お切《き》りになりましたね、兎《と》も角《かく》、そう行《ゆ》きたい処《ところ》でございます、切《き》らなくちゃ可《い》けません、切《き》らなければ話《はなし》になりません」

「切《き》れ味《あじ》は如何《どん》なものだ」

「さあ、其《そ》の切《き》られた処《ところ》を黒《くろ》さんの療治《りょうじ》一つで此《こ》の勝負《しょうぶ》が定まるというものでございますな、今《いま》の処《ところ》は、それが浅傷《あさきず》であるか深傷《ふかで》になるか、まだわかりません、大切《たいせつ》な処《ところ》、黒《くろ》さん、此《こ》の期《ご》に及《およ》んで逃《に》げられては詰《つま》りませんぞ」

「金助《きんすけ》」

「へえ」

「全《まった》く此《こ》の期《ご》に及《およ》んで逃《に》げられては残念千万《ざんねんせんばん》、よいか、彼《か》れは」

「如何《どう》なるかわかりませんな、もう少《すこ》し局面《きょくめん》が進《すす》んで見《み》ませんと」

「如何《どう》なるか訳《わか》らんでは困《こま》る、ここはもう宜《よろ》しいから

彼方《あちら》を見届《みとど》けて呉《く》れ」

「いや、なか〳〵其処《そこ》が宜《よろ》しうございません、其処《そこ》を目《め》を放《はな》しますと形勢《けいせい》が一変致《ぺんいた》しまする、彼方《あちら》を見届《みとど》けろなんどと、其《そ》んな悠長《ゆうちょう》な場合《ばあい》ではございません」

「金助《きんすけ》」

「へえ」

「お前《まえ》は碁《ご》に夢中《むちゅう》になっているな」

「へえ、好《すき》な道《みち》でございますから、かかわり合《あい》になった以上《いじょう》はいい加減《かげん》の処《ところ》でお見捨《みす》て申《もう》す事《こと》なんぞは出来《でき》ません、ねえ、花魁《おいらん》そうでございましょう、夢中《むちゅう》にならせるように仕向《しむ》けるのが腕《うで》でございます、夢中《むちゅう》になって打《う》ち込《こ》んで白《しろ》いも黒《くろ》いもわからないように、丸《まる》め込《こ》んでからが勝負《しょうぶ》でございますねえ花魁《おいらん》」

「何《なに》を云《い》っているのだ」

「併《しか》し、いいお手合《てあわせ》でございますよ、この位《くらい》の綺麗《きれい》な手合《てあわせ》だと花魁《おいらん》の方《ほう》でも張合《はりあい》がありますからね」

「金助《きんすけ》」

「へえ」

「お前《まえ》は此処《ここ》に長居《ながい》をしては可《い》けない」

兵馬《ひょうま》は、やや厳《きび》しく云《い》いました時《とき》に、初《はじ》めて気《き》がついたように金助《きんすけ》は額《ひたい》を丁《ちょう》と叩《たた》いて、

「恐入《おそれい》りました、他人《たにん》が入《はい》っては可《い》けないと仰有《おっしゃ》る……そこは近頃金助《ちかごろきんすけ》に似合《にあわ》ない無粋《ぶすい》な振舞《ふるまい》で……」

と云《い》ってしなをして立《た》ち上《あ》がりました。

六五三

神尾主膳《かみおしゅぜん》は同《おな》じ家《いえ》の唐歌《からうた》という遊女《ゆうじょ》の部屋《へや》に納《おさ》まって、太夫《たゆう》と禿《かむろ》とを侍《はんべ》らせて、朱《あか》い羅宇《らう》をすげた長《なが》い煙管《きせる》で煙草《たばこ》を吹《ふ》かしながら何《なに》か云《い》っていました。

「神尾《かみお》の殿様《とのさま》」

其処《そこ》へ金助《きんすけ》がやって来《き》ました。

「金助《きんすけ》か」

金助《きんすけ》は頭《あたま》を叩《たた》いたり、首《くび》を曲《ま》げたりして神尾《かみお》の傍《そば》へ入《はい》り、取《と》り敢《あえ》ず神尾《かみお》から盃《さかずき》をもらい、恐悦《きょうえつ》らしい面《かお》をして、

「時《とき》に神尾《かみお》の殿様《とのさま》」

「何《なん》だ金助《きんすけ》」

「殿様《とのさま》、如何《どう》も御油断《ごゆだん》がなりませぬ、ちと御用心遊《ごようじんあそ》ばされませ」

「用心《ようじん》しろと云《い》うのは其《そ》りゃ何事《なにごと》じゃ」

「親《おや》の敵《かたき》が来《き》て居《お》りますから御用心《ごようじん》なされましょう」

「親《おや》の敵《かたき》、惚《とぼ》けた事《こと》を申《もう》すな」

「決《けっ》して惚《とぼ》けては居《お》りません、現在親《げんざいおや》の敵《かたき》が彼方《あちら》の方《ほう》に、貴方様《あなたさま》の隙《すき》を覗《ねら》って居《い》るんでございますから、忠義《ちゅうぎ》を尽《つく》すは此《こ》の時《とき》とばかり御注進《ごちゅうしん》に上《あが》りました」

「貴様《きさま》の云《い》う事《こと》はわからん、無駄《むだ》を云《い》わず真直《まっすぐ》に申《もう》せ」

「真直《まっすぐ》に申上《もうしあ》げて其《そ》の通《とお》りなんでございます」

「何《なに》か云《い》わくがあるらしいな」

「大有《おおあ》りでございます、歳《とし》の頃《ころ》は十六七、甲府以来《こうふいらい》、貴方様《あなたさま》を附《つ》けっ廻《まわ》しっしていらっしゃる親《おや》の敵《かたき》が現在《げんざい》此《こ》の萬字楼《まんじろう》の一つ屋根《やね》の棟《むね》の下《した》に来《き》ているのでございますから、これはお知《し》らせ申《もう》さないわけには参《まい》りません」

親《おや》の敵《かたき》と云《い》われる事《こと》は神尾主膳《かみおしゅぜん》には余《あま》り覚《おぼ》えのない事《こと》でしたけれど、甲府以来《こうふいらい》、附《つ》けっ廻《まわ》しっしているものがあるというのは気《き》にかかる。

「其《そ》りゃ何者《なにもの》だ」

「お心当《こころあた》りはございませんか」

「男《おとこ》は門《もん》を出《で》ると七人《にん》の敵《かたき》を持《も》つという事《こと》だ、心当《こころあた》りもあるといえば有《あ》る、無《な》いといえば無《な》い」

「その、おつもりで御用心《ごようじん》なされませ、どうもお邪魔《じゃま》を致《いた》しました」

金助《きんすけ》は斯《こ》う云《い》って立《た》ち上《あ》がるのを主膳《しゅぜん》が呼《よ》び留《とめ》て、

「まあ待《ま》て、金助《きんすけ》、その方《ほう》の申《もう》すことは奥歯《おくば》に物《もの》が挿《はさ》まった様《よう》で、聞《き》き悪《にく》い、一体拙者《たいせっしゃ》を尋《たず》ねて来《き》ているというのは、其《そ》れは何者《なにもの》じゃ」

「何者《なにもの》でございますか実《じつ》は、私《わたくし》にもよくわからないのでございますが、山国以来《やまぐにいらい》、もう貴方様《あなたさま》の事《こと》ばかり聞《き》きたがっている若侍《わかさむらい》でございます、それに今日《きょう》はまた廊下《ろうか》でパッタリ出逢《であ》ってしまったのが運《うん》の尽《つ》きでございます、これ金助《きんすけ》、珍《めず》らしい処《ところ》で逢《あ》った、神尾《かみお》の殿様《とのさま》は今何処《いまどこ》にいらっしゃると、覆被《おっかぶ》せて斯《こ》う聞《き》きたがるんでございます、いいえ、そりゃどうも一向存《こうぞん》じませんなんて、いい加減《かげん》に茶羅鉾《ちゃらっぽこ》を云《い》ってごまかして参《まい》りましたが、若《も》し殿様《とのさま》のお姿《すがた》をあの若《わか》いのがお見《み》かけ申《もう》しでもしようものなら、私《わたくし》の尻《しり》が割《わ》れちまうんでございますから、それで御注進《ごちゅうしん》に上《あが》りました、左様《さよう》ならば」

「まあ、待《ま》てと申《もう》すに、拙者《せっしゃ》は別《べつ》に親《おや》の敵呼《かたきよ》ばわりされる覚《おぼ》えもないけれど、拙者《せっしゃ》を尋《たず》ぬる其《そ》りゃ何者《なにもの》であるか、其方《そのほう》、よく気《き》をつけていて呉《く》れ」

「へえ、宜《よろ》しうございます、左様《さよう》ならばお大切《だいじ》に」

金助《きんすけ》は、忙《いそ》がしそうに立《た》ち去《さ》ってしまいました。そのあとで神尾主膳《かみおしゅぜん》は、どうも今《いま》の金助《きんすけ》の言葉《ことば》が気《き》になってなりません。親《おや》の敵《かたき》は覚《おぼ》えがないけれど、自分《じぶん》とてもまんざら人《ひと》に怨《うらみ》を受《う》けていない身《み》でもないから。

そこへあわただしく、

「白妙《しろたえ》さんのお客様《きゃくさま》が御急病《ごきゅうびょう》でいらっしゃいます」

六五四

「ナニ、藤原《ふじわら》が急病《きゅうびょう》」

神尾主膳《かみおしゅぜん》は、其《そ》の急報《きゅうほう》を聴《き》いて煙管《きせる》を投《な》げ捨《す》てて立《た》ち上《あが》りました。

新造《しんぞ》を先《さき》に立《た》てて、白妙《しろたえ》の部屋《へや》へ駈《かけ》つけて見《み》ると、そこでも新造《しんぞ》や禿《かむろ》や男衆《おとこしゅう》が立《た》ち迷《まよ》って騒《さわ》いでいました。

「藤原《ふじわら》、如何《どう》した」

神尾《かみお》は其《そ》の人《ひと》を掻《か》きのけて中《なか》へ入《はい》って見《み》ると、夜具《やぐ》の上《うえ》に俯伏《うつぶ》しに倒《たお》れているのは机龍之助《つくえりゅうのすけ》であります。そうして蒲団《ふとん》の敷布《しきふ》の上《うえ》には夥《おびただ》しい血汐《ちしお》のあとがありました。

神尾《かみお》は、それを見《み》ると、ああ、此《こ》の男《おとこ》は此処《ここ》で自殺《じさつ》したのかと思《おも》いました。

「これ、気《き》を確《たし》かに持《も》て」

近寄《ちかよ》って其《そ》の背《せ》に手《て》をかけた時《とき》に、それは決《けっ》して自《じ》殺《さつ》したものでないことを知《し》りました。そこに迸《ほとばし》っている夥《おびただ》しい血汐《ちしお》はその鼻口《びこう》から吐《は》いたものであって、刃《やいば》を己《おのれ》の身《み》に当《あ》てて切《き》って出《だ》したものでないことは直《すぐ》にわかりました。

「うむ。神尾殿《かみおどの》」

「病気《びょうき》か、苦《くる》しいか」

机龍之助《つくえりゅうのすけ》の横面《よこがお》を見《み》ると、ほとんど死人《しにん》のように蒼《あお》ざめていました。

「神尾殿《かみおどの》、水《みず》を飲《の》まして呉《く》れ」

「うむ、水《みず》か、そら、水《みず》を飲《の》め、確《しっ》かりと気《き》を持《も》たなくては可《い》かん」

「いや、もう大丈夫《だいじょうぶ》」

龍之助《りゅうのすけ》は落着《おちつ》いたらしいが、神尾《かみお》は焦立《いらだ》って、

「これ貴様達《きさまたち》は何《なに》をしているのだ、早《はや》く医者《いしゃ》を呼《よ》ばんか、医者《いしゃ》を呼《よ》べ」

「只今《ただいま》」

「医者《いしゃ》は宜《よろ》しい、医者《いしゃ》を呼《よ》ぶには及《およ》ばない」

と苦《くる》しい中《なか》から龍之助《りゅうのすけ》は医者《いしゃ》を呼《よ》ぶことを断《ことわ》ろうとしました。

「併《しか》し……」

「医者《いしゃ》は要《い》らぬ、ただ静《しず》かな処《ところ》で暫《しば》らく休《やす》ませてもらいたい、誰《だれ》も来《こ》ない処《ところ》へ入《い》れて置《お》いてさえ呉《く》れさえすれば、やがて癒《なお》る」

龍之助《りゅうのすけ》の望《のぞ》む通《とお》り静《しず》かな一室《しつ》へうつされました。医《い》者《しゃ》も固《かた》く断《ことわ》るから、強《し》いて呼《よ》ぶこともしませんでした。花魁《おいらん》も禿《かむろ》も誰《だれ》も来《こ》ない中《うち》に、ゆっくりと休《やす》みたいという事《こと》であったからこれも其《そ》の意《い》に任《まか》せました。

この一場《じょう》の出来事《できごと》から、楼《ろう》の間《あいだ》に一片《ぺん》の訛伝《かでん》が伝《つた》わりました。

「白妙《しろたえ》さんの部屋《へや》に心中《しんじゅう》があった」

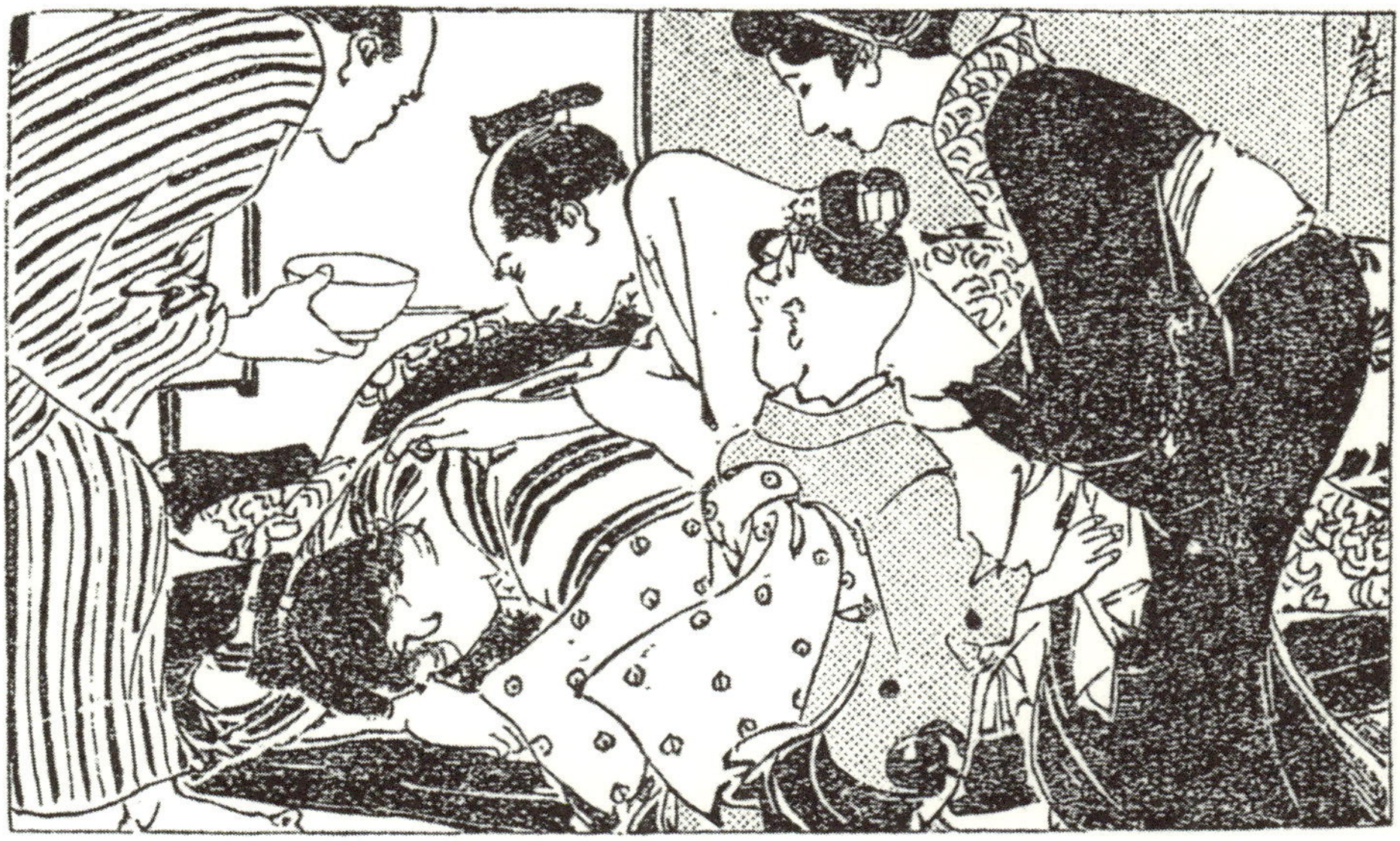

誰《だれ》云《い》うとなくパッと拡《ひろ》がって、

「心中《しんじゅう》、相手《あいて》は」

ということになりました。それから無理心中《むりしんじゅう》であるの合意《ごうい》の心中《しんじゅう》であろうの、何方《どちら》が助《たす》かったの、何方《どちら》が殺《ころ》されたのという事《こと》が廊下《ろうか》々《ろう》々《か》がさざめき渡《わた》りましたけれど、結局《けっきょく》それは急病《きゅうびょう》であって、怪我人《けがにん》は更《さら》に無《な》いということで人《ひと》の噂《うわさ》もパッタリと止《と》まりました。

部屋《へや》の者《もの》を差図《さしず》して、龍之助《りゅうのすけ》を介抱《かいほう》させた神尾主膳《かみおしゅぜん》は、自分《じぶん》の部屋《へや》へ引《ひ》き返《かえ》したが、浮《う》かぬ面色《かおいろ》であります。親《おや》の敵呼《かたきよ》ばわりをして、自分《じぶん》に不快《ふかい》の思《おも》いをさせた金助《きんすけ》の告口《つげくち》といい、此《こ》の場《ば》の急報《きゅうほう》といい、何《なん》となく不安《ふあん》の思《おもい》が満《み》ちて、部屋《へや》へ帰《かえ》っても四方《あたり》が白《しら》けてなりません。已《や》むなく酒《さけ》を煽《あお》りはじめました。多《おお》く酒《さけ》を飲《の》めば酒乱《しゅらん》に落《お》ちることを知《し》って居《お》りながら、何《なん》となしに酒《さけ》を飲《の》みたくなりました。

「白妙《しろたえ》も一座《ざ》へ招《まね》いて、芸者《げいしゃ》を呼《よ》んで、もう一騒《さわ》ぎしよう、そして今夜《こんや》は程《ほど》よく切《き》り上《あ》げて拙者《せっしゃ》は帰《かえ》る」

酒《さけ》が進《すす》むと主膳《しゅぜん》は陽気《ようき》に一騒《さわ》ぎしたくなりました。こう云《い》いつけて置《お》いて、

「机《つくえ》……いや藤原《ふじわら》は如何《どう》した塩梅《あんばい》じゃ、ちと見舞《みまい》に行《い》ってやろう」

よろ〱と立《た》って廊下《ろうか》を歩《ある》いて机龍之助《つくえりゅうのすけ》の休《やす》んでいる部屋《へや》へ行《ゆ》こうとするらしい、そのあとから禿《かむろ》がついて行《ゆ》きました。

六五五

兵馬《ひょうま》と東雲《しののめ》の第《だい》二局目《きょくめ》の碁《ご》は危《あぶ》ない処《ところ》で兵馬《ひょうま》が五目《もく》の勝《かち》となりました。その時分《じぶん》に、

「白妙《しろたえ》さんの部屋《へや》で心中《しんじゅう》」

という噂《うわさ》が此処《ここ》まで伝《つた》わって来《き》ました。

「心中《しんじゅう》、まあ忌《いや》な」

と云《い》って東雲《しののめ》は眉《まゆ》をひそめました。

「心中《しんじゅう》ではございません、白妙《しろたえ》さんのお客様《きゃくさま》が御急病《ごきゅうびょう》なのでございます」

そこへ新造《しんぞ》が報告《ほうこく》に来《き》て呉《くれ》たから、東雲《しののめ》の胸《むね》も鎮《しず》まりました。

「今度《こんど》は勝負《しょうぶ》でございますね、もうお一手合《ひとてあわ》せお願《ねが》い致《いた》しましょう」

東雲《しののめ》は惜《お》しい処《ところ》で負《ま》けたのが思《おも》いきれないようであります。

兵馬《ひょうま》は、それどころでは無《な》いのであります。碁《ご》のお相手《あいて》は、もう御免《ごめん》を蒙《こうむ》りたいのでありました。けれども東雲《しののめ》は、いよ〳〵熱《あつ》くなってまたも四つの石《いし》を並《なら》べました。

「金助《きんすけ》は、如何《どう》したろう」

兵馬《ひょうま》は、頼《たの》みきっている金助《きんすけ》がいかにも浮調子《うわちょうし》なのを歯痒《はがゆ》く思《おも》います。

「何卒《どうぞ》、もう一石《せき》」

東雲《しののめ》は兵馬《ひょうま》の心持《こころもち》も知《し》らないで戦《たたか》いを挑《いど》むから兵馬《ひょうま》も詮方《せんかた》なしに、

「今度《こんど》は負《ま》ける」

已《や》むを得《え》ず碁笥《ごけ》の石《いし》を取《と》りました。

この時《とき》に、萬字楼《まんじろう》の表通《おもてどおり》が遽《にわか》に噪《さわ》がしい人声《ひとごえ》であります。第《だい》三局《きょく》の碁《ご》を打《う》ちはじめようとした兵馬《ひょうま》も、東雲《しののめ》も新造《しんぞ》も其《そ》の噪《さわ》がしいので驚《おどろ》きました。新造《しんぞ》が心得《こころえ》て立《た》って表《おもて》の障子《しょうじ》を細目《ほそめ》に明《あ》けて、楼上《ろうじょう》から見下《みお》ろして、ハタと締切《しめき》り、

「茶袋《ちゃぶくろ》が参《まい》りましたよ、茶袋《ちゃぶくろ》が」

「おや、歩兵《ほへい》さんがお出《い》でになったの、まあ悪《わる》い時《とき》に」

と云《い》って、東雲《しののめ》の美《うつく》しい眉根《まゆね》に再《ふた》び雲《くも》がかかりました。

「茶袋《ちゃぶくろ》とは何《なん》だ」

兵馬《ひょうま》が新造《しんぞ》にたずねると、

「歩兵《ほへい》さんの事《こと》でございます」

「ああ、この頃《ごろ》、公儀《こうぎ》で募《つの》った歩兵《ほへい》の事《こと》か、あの仲間《なかま》には乱暴者《らんぼうもの》が多《おお》いそうじゃ」

「どうも困《こま》ります、あの歩兵《ほへい》さん達《たち》は弱《よわ》い者苛《ものいじ》めで困《こま》ります、わたくし共《ども》の方《ほう》や、芝居町《しばいまち》の者《もの》は皆《み》んな弱《よわ》らされてしまいます」

兵馬《ひょうま》は其《そ》れを機会《きかい》に座《ざ》を立《た》ちました。新造《しんぞ》が前《まえ》に覗《のぞ》いて見《み》た往来《おうらい》に面《めん》する処《ところ》の障子《しょうじ》を開《ひら》いて下《した》を見下《みお》ろすと成程《なるほど》、可《か》なり酔《よ》っているらしい一隊《たい》の茶袋《ちゃぶくろ》が、この萬字楼《まんじろう》の店前《みせさき》に群《むら》がっている様子《ようす》であります。それ等《ら》の風体《ふうてい》を見《み》ると、袴腰《はかまごし》のある洋袴《ずぼん》を穿《は》いて、筒袖《つつそで》の扮《ふん》装《そう》、長《なが》い刀《かたな》を差《さ》しているのであります。これは幕府《ばくふ》が新《あらた》に募《つの》った洋式《ようしき》の兵隊《へいたい》、手廻《てまわ》り兼《か》ねて江戸《えど》市中《しちゅう》の破落戸《ならずもの》なんぞを取《と》り入《い》れたものだから、歩兵《ほへい》を肩《かた》に来《き》て到《いた》る処《ところ》で乱暴《らんぼう》をして歩《ある》いて、困《こま》り者《もの》にされている連《れん》中《じゅう》でありました。様子《ようす》を聞《き》いていると、如何《どう》やら此《こ》の楼《うち》へ直接《じか》談判《だんぱん》をして、この一隊《たい》が登楼《とうろう》しようとするものらしくありました。店《みせ》では何《なん》とか言葉《ことば》を設《もう》けて其《そ》れを謝絶《しゃぜつ》しようとしているものらしく聞《きこ》えます。さてさてあんなのが上《のぼ》って来《き》たら事《こと》だろう、折角《せっかく》、自分《じぶん》の目《もく》的《てき》も、それが為《ため》に邪魔《じゃま》されはしないかと兵馬《ひょうま》は其《そ》れを心配《しんぱい》して、早《はや》く茶袋共《ちゃぶくろども》が立《た》ち去《さ》ればよいと思《おも》いました。

「我々共《われわれども》を何《なん》と心得《こころえ》る、神田《かんだ》三崎町《みさきちょう》土屋殿《つちやどの》の邸《やしき》に陣《じん》を置《お》く歩兵隊《ほへいたい》じゃ、外《ほか》に客《きゃく》があるなら断《ことわ》って仕舞《しま》え、部《へ》屋《や》が無《な》ければ行燈部屋《あんどんべや》でも苦《くる》しくない」

「如何《どう》致《いた》しまして」

茶袋《ちゃぶくろ》は執念《しゅうね》く談《だん》じつける、店《みせ》の者《もの》は其《そ》れを謝絶《ことわ》るのに困《こう》じているらしくあります。兵馬《ひょうま》は其処《そこ》で障子《しょうじ》を締《し》め切《き》って元《もと》の席《せき》につきました。

六五六

宇治山田《うじやまだ》の米友《よねとも》が吉原《よしわら》へ入《はい》り込《こ》んだのは丁度此《ちょうどこ》の時《じ》分《ぶん》でありました。

米友《よねとも》は頬冠《ほおかぶ》りをして（その手拭《てぬぐい》は豆絞《まめしぼ》りでありました）例《れい》の梯子《はしご》くずしを背中《せなか》に背負《しょっ》て、跛足《びっこ》を引《ひ》き〳〵大《おお》門《もん》を潜《くぐ》りました。土手《どて》の茶屋《ちゃや》で腹《はら》はこしらえて来《き》ているし、懐《ふところ》には、さきほど浅草広小路《あさくさひろこうじ》で集《あつ》めた銭《ぜに》が充《じゅうぶん》に入《い》れてあるから、さのみ貧《まず》しいというわけではありません。

米友《よねとも》が吉原《よしわら》の大門《おおもん》を潜《くぐ》ったのは申《もう》すまでもなく、今《こ》宵《よい》が初《はじ》めてであります。其《そ》の見《み》るもの聞《き》くものが、異《い》様《よう》な刺戟《しげき》を与《あた》え、その刺戟《しげき》がまた一々米友流《いちいちよねともりゅう》の驚異《きょうい》となり詠歎《えいたん》となり憤慨《ふんがい》となるのは、また申《もう》すまでもない事《こと》であります。

米友《よねとも》は眼《め》を円《まる》くして、あたりの光景《こうけい》を見《み》ながら進《すす》んで行《い》こうとて、ふと自分《じぶん》の前《まえ》を一組《くみ》の読売《よみうり》が読売《よみうり》をしながら歩《ある》いて行《い》くのを認《みと》めました。

その読売《よみうり》は尖《とが》った編笠《あみがさ》を被《かぶ》って肩《かた》に手拭《てぬぐい》をかけて、襟《えり》に小提灯《こちょうちん》をつるした三人《にん》一組《くみ》の読売《よみうり》であります。

「エエ、これは此度《このたび》世《よ》にも珍《めず》らしき京都《きょうと》は三条小橋縄《さんじょうこばしなわ》手池田屋《ていけだや》の騒動《そうどう》」

読売《よみうり》にも幾《いく》つかの種類《しゅるい》があります。その第一《だい》は其《そ》の時《とき》の出来事《できごと》を探《さぐ》って、直《すぐ》に版《はん》を起《おこ》し、それを駿河半紙《するがはんし》に摺《す》って売《う》り歩《ある》くものであります。その第二《だい》は、時《とき》の出来事《できごと》には関係《かんけい》なく教訓《きょうくん》の歌《うた》や心学道話《しんがくどうわ》なぞを読《よ》んで売《う》り歩《ある》くものであります。その第三《だい》は流行歌《はりやうた》を歌《うた》って売《う》り歩《ある》くものであります。その中《うち》にも亦流《またなが》して売《う》り歩《ある》くものと、一定《てい》の場所《ばしょ》へ敷物《しきもの》を敷《し》いて売《う》り歩《ある》くものとあります。

「エエ、これは此度《このたび》、世《よ》にも珍《めず》らしき京都《きょうと》は三条小橋《さんじょうこばし》縄手池田屋《なわていけだや》の騒動《そうどう》」

「おや、池田屋騒動《いけだやそうどう》って何《なん》でございましょう」

「池田屋騒動《いけだやそうどう》」

「稲荷町《いなりまち》に池田屋《いけだや》という呉服屋《ごふくや》さんがあってよ」

「呉服屋《ごふくや》さん、その呉服屋《ごふくや》さんが如何《どう》したの」

「如何《どう》したんですか、縄付《なわつき》になったんでしょう」

「縛《しば》られてしまったの」

「左様《さよう》でしょう、縄《なわ》で縛《しば》られたと云《い》っているじゃありませんか」

「エエ、これは此度《このたび》、世《よ》にも珍《めず》らしき京都《きょうと》は三条小橋《さんじょうこばし》縄手《なわて》の池田屋騒動《いけだやそうどう》……」

「稲荷町《いなりちょう》の呉服屋《ごふくや》さんじゃありませんよ、京都三条《きょうとさんじょう》と

云《い》ってるじゃありませんか」

「そうですね、三条小橋縄手《さんじょうこばしなわて》という処《ところ》なんでしょう、縄付《なわつき》では無《な》かったのね」

「京都《きょうと》の池田屋《いけだや》さんと云《い》うのでしょう、京都《きょうと》の騒動《そうどう》を如何《どう》して此処迄《ここまで》売りに来《く》るんでしょうね」

「如何《どう》してでしょう、きっと其《そ》の池田屋《いけだや》さんに悪《わる》い番《ばん》頭《とう》があってお駒《こま》さんのような綺麗《きれい》なお嬢《じょう》さんがあって、それから騒動《そうどう》が起《おこ》ったという筋《すじ》なんでしょうよ」

「わたしも左様《そう》思《おも》ってよ、お駒《こま》さんは可哀相《かわいそう》ね」

「ほんとにお駒《こま》さんは可哀相《かわいそう》よ、いうに云《い》われぬ訳《わけ》あって、夫殺《おっところ》しの咎人《とがにん》と、死恥曝《しにはじさら》す身《み》の因果《いんが》、不《ふ》びんと思《おぼ》し一片《ぺん》の、御回向願《ごえこうねが》い上《あ》げまする、世上《せじょう》の娘御様《むすめごさま》方《がた》は、この駒《こま》を見《み》せしめと、親《おや》の許《ゆる》さぬ徒《いたず》らなど、必《かなら》ず〱遊《あそ》ばすな……」

「よう〱」

「買《か》って見《み》ましょうか」

「エエ、新撰組《しんせんぐみ》の隊長《たいちょう》で鬼《おに》と呼《よ》ばれた近藤勇《こんどういさむ》が京都《きょうと》は三条小橋縄手《さんじょうこばしなわて》の池田屋《いけだや》へ斬込《きりこ》んで、長曾根入道興里《ながそねにゅうどうおきさと》虎《こ》徹《てつ》の一刀《とう》を揮《ふる》い三十余人《よにん》を右《みぎ》と左《ひだり》に斬《き》って落《おと》した前代《ぜんだい》未聞《みもん》の大騒動《おおそうどう》、池田屋騒動《いけだやそうどう》の顚末《てんまつ》が詳《くわ》しくわかる……」

「おや〱、お駒《こま》さんじゃありませんよ、京都《きょうと》へ鬼《おに》が出《で》て三十人《にん》も人《ひと》を食《く》ったんですとさ」

六五七

「これ〱、読売《よみうり》」

「へえ〱」

「一枚《まい》呉《く》れ」

「はい、有難《ありがと》うございます」

覆面《ふくめん》した浪士体《ろうしてい》の二人連《ふたりづれ》の侍《さむらい》が、読売《よみうり》を呼《よ》び留《と》めて其《そ》の一枚《まい》を買《か》いました。

「エエ、これはこの度《たび》、京都《きょうと》は三条小橋縄手池田屋《さんじょうこばしなわていけだや》の騒動《そうどう》、新撰組《しんせんぐみ》の隊長《たいちょう》で鬼《おに》と呼《よ》ばれた近藤勇《こんどういさむ》が、京都《きょうと》は三条小橋縄手《さんじょうこばしなわて》の池田屋《いけだや》へ斬《き》り込《こ》んで、長曾根入道興里《ながそねにゅうどうおきさと》虎徹《こてつ》の一刀《とう》を揮《ふる》い三十余人《よにん》を右《みぎ》と左《ひだり》に斬《き》って落《お》した前代《ぜんだい》未聞《みもん》の大騒動《おおそうどう》、池田屋騒動《いけだやそうどう》の顚末《てんまつ》が委《くわ》しくわかる……」

「ははあ、こりゃ手紙《てがみ》のうつしだ、通常《つうじょう》の読売《よみうり》とは違《ちが》って、手紙《てがみ》そのままを摺《す》ったものじゃ、手紙《てがみ》というのは近藤勇《こんどういさむ》が、池田屋騒動《いけだやそうどう》の顚末《てんまつ》を父《ちち》の周斎《しゅうさい》に送《おく》った手紙《てがみ》じゃ、こりゃ却《かえっ》て面白《おもしろ》い」

浪士体《ろうしてい》の二人《ふたり》は却《かえっ》て其《そ》の手紙《てがみ》の摺物《すりもの》を喜《よろこ》びました。

折角《せっかく》、買《か》おうと思《おも》った娘達《むすめたち》は、鬼《おに》だの人《ひと》を食《く》ったのという事《こと》で怖気《おじけ》が立《た》って、手《て》を引《ひ》いてしまいました。

それを聞《き》いていた米友《よねとも》の好奇心《こうきしん》は、可《か》なり右《みぎ》の読売《よみうり》の能書《のうがき》で刺戟《しげき》されました。米友《よねとも》は新撰組《しんせんぐみ》だの近藤勇《こんどういさむ》だのということは、よく知《し》ってはいませんでした。併《しか》し、この時代《じだい》に於《おい》て、到《いた》る処《ところ》で相当《そうとう》の噂《うわさ》になるほどの事《こと》が、丸《まる》っきり米友《よねとも》の耳《みみ》に入《はい》らないという筈《はず》もありません。その前《まえ》から池田屋騒動《いけだやそうどう》の一件《けん》なども、薄々米友《うすうすよねとも》の耳《みみ》には入《はい》っていました。近藤勇《こんどういさむ》という人《ひと》は人《ひと》を斬《き》ることが名人《めいじん》だという評判《ひょうばん》も耳《みみ》にしないではありませんでした。それを今《いま》ここで、

「京都《きょうと》は三条小橋縄手《さんじょうこばしなわて》の池田屋《いけだや》へ斬《き》り込《こ》んで長曾根《ながそね》入道興里虎徹《にゅうどうおきさとこてつ》の一刀《とう》を揮《ふる》い、三十余人《よにん》を右《みぎ》と左《ひだり》に斬《き》って落《お》とした前代未聞《ぜんだいみもん》の大騒動《だいそうどう》」

とこんなに誇張《こちょう》されて見《み》ると、米友《よねとも》も亦武芸《またぶげい》の人《ひと》であります。一枚《まい》買《か》って見《み》ようと思《おも》った時《とき》に、右《みぎ》の浪士《ろうし》体《てい》の二人《ふたり》に先《せん》を越《こ》されてしまいました。先《せん》を越《こ》されたからと云《い》って、其《そ》の次《つぎ》に買《か》えば差《さし》つかえのない事《こと》だけれど米友《よねとも》は、妙《みょう》に斯《こ》ういう場合《ばあい》に臆病《おくびょう》であります。もう丸《まる》っきり買《か》い損《そこ》ねてしまったように、ドノをしていると読売《よみうり》は、さっさと、

「エエ、これはこの度《たび》、京都《きょうと》は三条小橋縄手池田屋《さんじょうこばしなわていけだや》の騒動《そうどう》……」

可《か》なり行《い》き過《す》ぎてしまった後《あと》で、

「おい、お武士《さむらい》さん」

今《いま》、読売《よみうり》を買《か》った浪士体《ろうしてい》の男《おとこ》に向《むか》って、米友《よねとも》は突然《とつぜん》に呼《よ》びかけたから、呼《よ》びかけられた浪士体《ろうしてい》の二人《ふたり》も奇《き》異《い》なる思《おも》いをして、下《した》を見《み》ると其処《そこ》に、梯子《はしご》くずしを背負《しょっ》た米友《よねとも》が仰向《あおむ》いています。

「何《なん》だ」

「その池田屋騒動《いけだやそうどう》の読売《よみうり》という奴《やつ》を読《よ》んで聞《き》かしてお呉《く》んなさいな」

「ナニ、これを読《よ》んで聞《き》かして呉《く》れと云《い》うのか」

浪士体《ろうしてい》の二人《ふたり》は怪《あや》しがって米友《よねとも》を熟視《じゅくし》しないわけには行《い》きませんでした。子供《こども》かと見《み》れば子供《こども》ではなし、炭薪《すみまき》の御用聞《ごようきき》でもあるかと見《み》れば、そうでも無《な》かりそうだし、豆絞《まめしぼ》りの頬《ほほ》かぶりをしたままで人《ひと》に物《もの》を乞《こ》うとは大胆《だいたん》なような無邪気《むじゃき》なような、米友《よねとも》を二人《ふたり》は、しばらく熟視《じゅくし》して、

「これが聞《き》きたいか、よし、それでは茶屋《ちゃや》まで一緒《しょ》に来《こ》い」

「茶屋《ちゃや》まで行《ゆ》かなくったって、そこいらの燈籠《とうろう》の下《した》で読《よ》んで聞《き》かしてお呉《く》んなせえな」

「どうも、お前《まえ》は見《み》た事《こと》のあるような男《おとこ》だ」

「エエ」

米友《よねとも》は可《か》なり不安心《ふあんしん》な眼《め》を以《もっ》て此《こ》の二人《ふたり》の浪士体《ろうしてい》の覆面《ふくめん》の人《ひと》の面《かお》を見上《みあ》げました。

六五八

それから水道尻《すいどうじり》の秋葉山《あきばさん》の常燈明《じょうとうみょう》の下《した》の腰掛《こしかけ》に二人《ふたり》の浪士体《ろうしてい》の覆面《ふくめん》の男《おとこ》は腰《こし》をかけて、今《いま》の読売《よみうり》の摺物《すりもの》を拡《ひろ》げると、米友《よねとも》はそれから少《すこ》し離《はな》れた処《ところ》に崩《くず》し梯子《はしご》と尻《しり》を卸《お》ろして蹲《うずく》まっていました。

「其《そ》れから先《さき》を読《よ》んでお呉《く》んなさいまし」

「京都《きょうと》お手薄《てうす》と心配致《しんぱいいた》し居候折柄《おりそうろうおりから》、長州藩士《ちょうしゅうはんし》等《ら》追々《おいおい》入京致《にゅうきょういた》し都《みやこ》に近々《ちかぢか》放火《ほうか》砲発《ほうはつ》の手筈《てはず》に事定《ことさだ》まり、其虚《そのきょ》に乗《じょう》じ朝廷《ちょうてい》を本国《ほんごく》へ奪《うば》いたく候《そうろう》手筈《てはず》、予《かね》て治定致《ちていいた》し候処《そうろうところ》、兼《か》ねて局中《きょくちゅう》も右等《みぎら》の次第《しだい》之《こ》れ有《あ》るべきやと、人《ひと》を用《もち》い間者《かんじゃ》三人《にん》差出《さしだ》し置《お》き、五日《か》早朝《そうちょう》怪《あや》しきもの一人《にん》召捕《めしとり》篤《とく》と取調《とりしらべ》候処《そうろうところ》、豈図《あにはか》らんや右徒党《みぎととう》一味《み》の者故《ものゆえ》、それより最早時日《もはやじじつ》を移《うつ》し難《がた》く、速《すみや》かに御守護職所司代《ごしゅごしょくしょしだい》にこの旨御届申上《むねおとどけもうしあ》げ候処《そうろうところ》、速《すみや》かにお手配《てはい》に相成《あいなり》、その夜《よ》五ツ時《どき》と相触《あいふ》れ候処《そうろうところ》、すべて御人数御繰出延引《ごにんずおんくりだしえんいん》に相成《あいなり》移《うつ》り候間局中《そうろうあいだきょくちゅう》手勢《てぜい》のものばかりにて、右《みぎ》徒党《ととう》の者《もの》三条《じょう》、小橋縄手《こばしなわて》に二箇《こ》屯《たむろ》いたし居候処《おりそうろうところ》へ、二分《ぶ》に別《わか》れ、夜《よる》、四ツ時頃打入候処《どきごろうちいりそうろうところ》、一ケ所《しょ》は一人《にん》も居《お》り申《もう》さず、一ケ所《しょ》は多勢潜伏《たぜいせんぷく》いたし居《おり》、兼《かね》て覚悟《かくご》の徒党《ととう》のやから手向《てむか》い、戦闘一時余《せんとういっときよ》の間《あいだ》に御座候《ござそうろう》……」

「成程《なるほど》」

この二人《にん》の浪士《ろうし》も亦《また》、米友並《よねともなみ》に何《なに》か、わざ〳〵時間《じかん》を潰《つぶ》す目的《もくてき》の為《ため》に此処《ここ》へ入《い》り込《こ》んだものとしか思《おも》われません。そうでなければ、幾《いく》ら物好《ものず》きだからと云《い》って、米友《よねとも》を相手《あいて》に斯《こ》うして摺物《すりもの》を読《よ》んで聞《き》かせる筈《はず》がありません。此《こ》の二人《にん》の浪士体《ろうしてい》のうちの一人《にん》が、さい前米《ぜんよね》友《とも》を見《み》た時《とき》に、

「どうもお前《まえ》は見《み》た事《こと》のあるような男《おとこ》だ」

と云《い》ったけれども、米友《よねとも》の方《ほう》では、どうも思《おも》い出《だ》せない人《ひと》でありました。

やがて浪士体《ろうしてい》の人《ひと》は、また朗々《ろうろう》と摺物《すりもの》の手紙《てがみ》を読《よ》みはじめました。米友《よねとも》は熱心《ねっしん》に聞《き》いていました。熱心《ねっしん》に耳《みみ》を傾《かたむ》けながら、時時仔細《ときどきしさい》らしく、

「成程《なるほど》、うむ、それから」

などと拍子《ひょうし》を入《い》れるのが、浪士達《ろうしたち》には興《きょう》ある事《こと》と思《おも》われたらしく、

「それから……折悪《をりあし》く局中病人多《きょくちゅうびょうにんおお》く、僅々《きんきん》三十人《にん》、二ケ所《しょ》の屯所《とんしょ》に分《わか》れ、一ケ所《しょ》、土方歳三《ひじかたとしぞう》を頭《かしら》として遣《つか》わし、人数多《にんずおお》く候処《そうろうところ》、其方《そのほう》には居《お》り合《あ》い申《もう》さず、下拙僅々人《げせつきんきんにん》数引連出《ずひきつれい》で、出口《でぐち》を固《かた》めさせ、打入候《うちいりそろ》もの、拙者初《せっしゃはじ》め、沖田《おきた》、永倉《ながくら》、藤堂《とうどう》、倅周平《せがれしゅうへい》、右《みぎ》五人《にん》に御座候《ござそろ》、兼《か》ねて徒党《ととう》の多勢《おおぜい》を相手《あいて》に火花《ひばな》を散《ち》らして一時余《ときよ》の間《あいだ》、戦闘《せんとう》

に及《およ》び候処《そろところ》、永倉新八《ながくらしんぱち》の刀《かたな》は折《お》れ、沖田総司《おきたそうし》刀《かたな》の帽子《ぼうし》折《お》れ、藤堂平助《とうどうへいすけ》の刀《かたな》は刃切出《はぎれいで》ささらの如《ごと》く、倅周平《せがれしゅうへい》は槍《やり》を斬折《きりお》られ、下拙刀《げせつかたな》は虎徹故《こてつゆえ》にや無事《ぶじ》に御座候《ござそろ》……」

「成程《なるほど》」

「実《じつ》にこれまで度々《どど》戦《たたか》い候《そうら》え共《ども》、二合《ごう》と戦《たたか》い候者《そろもの》は稀《まれ》に覚《おぼ》え候《そろ》え共《ども》、今度《こんど》の敵多勢《てきたぜい》とは申《もう》しながら、孰《いづれ》も万夫不当《ばんぷふとう》の勇士《ゆうし》、誠《まこと》に危《あやう》き命《いのち》を助《たす》かり申候《もうしそろ》、先《ま》ずは御安心下《ごあんしんくだ》さるべく候《そろ》……」

「成程《なるほど》」

米友《よねとも》は頻《しき》りに感心《かんしん》して、近藤勇《こんどういさむ》が遥々京都《はるばるきょうと》から江戸《えど》にいる養父周斎《ようふしゅうさい》の許《もと》へ宛《あ》てたという手紙《てがみ》のうつしを読《よ》んでもらって聞《き》いてしまいました。

「これ、若《わか》いの、お前《まえ》は何処《どこ》の者《もの》だ」

「俺等《おいら》は田舎《いなか》から来《き》たんだ」

「田舎《いなか》は、当《あ》てて見《み》ようか、甲州《こうしゅう》だろう」

「エエ」

米友《よねとも》が、また覆面《ふくめん》の浪士体《ろうしてい》の男《おとこ》の面《かお》を見上《みあ》げた時《とき》に、江戸町一丁目《えどちょういっちょうめ》あたりでつづけ様《さま》に二発《はつ》の鉄砲《てっぽう》の音《おと》が起《おこ》りました。

それは米友《よねとも》を驚《おどろ》かしたよりも多《おお》く其《そ》の浪士達《ろうしたち》を驚《おどろ》かしたと見《み》えて、二人《ふたり》の眼《まなこ》は云《い》い合《あわ》せたように屹《きっ》と其《そ》の鉄砲音《てっぽうおと》の方《ほう》へと注《そそ》がれました。

六五九

　この騒動《そうどう》は例《れい》の萬字楼《まんじろう》の前《まえ》で起《おこ》ったものであります。云《い》うまでもなく此《こ》の騒《さわ》ぎを起《おこ》したものは茶袋《ちゃぶくろ》でありました。

　茶袋《ちゃぶくろ》の云分《いいぶん》は斯《こ》うであります。

「今日《こんにち》、此《こ》のような御時勢《ごじせい》であるに拘《かかわ》らず、其方達《そのほうたち》が安穏《あんのん》に稼業《かぎょう》をつづけて、あぶく銭《ぜに》を儲《もう》けていられるのは、我々《われわれ》が市中《しちゅう》を保護《ほご》すればこそだ、普通《ふつう》ならば我々《われわれ》を却《かえっ》て歓迎《かんげい》こそすれ煙《けむ》たく思《おも》うべき筈《はず》のものではないのに、ややともすれば其方達《そのほうたち》は我々《われわれ》を敬《けい》して遠《とお》ざけようとする、以《もっ》ての外《ほか》だ、我々《われわれ》だとても、無銭遊興《むせんゆうきょう》をしようとて来《き》たのではない、お客《きゃく》として相当《そうとう》の代価《だいか》を払《はら》い、相当《そうとう》の待遇《たいぐう》を受《う》けようというのだ、それを其方達《そのほうたち》、我々仲間《われわれなかま》だと見《み》ると、如何《どう》かして堰留《せきと》めようとする、一体《たい》、何《なん》の意恨《いこん》あって、それ程《ほど》に我々《われわれ》を邪魔《じゃま》にするのだ、其《そ》の申訳《もうしわけ》を承《うけたま》わりたい」

　というのであります。茶袋《ちゃぶくろ》は何《なに》か含《ふく》む処《ところ》があって来《き》たものらしく、いよ〳〵高声《たかごえ》になって、

「それに、其方共《そのほうども》が我々《われわれ》を悪《あし》ざまに触《ふ》れ廻《まわ》ると見《み》え、何《いず》れへ参《まい》っても歩兵《ほへい》の評判《ひょうばん》が宜《よろ》しくない、我々《われわれ》を見《み》るに怪訝《けげん》な眼《め》をして、成《な》るべく近寄《ちかよ》らないようにしているのは無礼《ぶれい》千万《ばん》」

　この時分《じぶん》に同《おな》じ店《みせ》の前《まえ》へ多《おお》くの弥次馬《やじうま》が集《あつ》まりました。集《あつ》まって見《み》ると其処《そこ》に威丈高《いたけだか》になっているのは日《ひ》頃《ごろ》、市中《しちゅう》で嫌《きら》われている茶袋《ちゃぶくろ》の一隊《たい》でありました。

「茶袋《ちゃぶくろ》だ、茶袋《ちゃぶくろ》だ」

　何処《いずこ》からか石《いし》を抛《ほう》ったものがあります。

「無礼者奴《ぶれいものめ》」

　茶袋《ちゃぶくろ》の一人《にん》は剣《けん》を抜《ぬ》いて弥次馬《やじうま》の中《なか》へ躍《おど》り込《こ》むと、弥次馬《やじうま》はワーッと云《い》って逃《に》げ迷《まよ》います。脅《おど》かして帰《かえ》って来《く》ると、また集《あつ》まって来《き》ました。

　萬字楼《まんじろう》の前《まえ》は見《み》る〳〵人《ひと》の黒山《くろやま》であります。其時茶袋《そのときちゃぶくろ》は、いよいよ威勢《いせい》を逞《たくま》しゅうして店先《みせさき》で罵《ののし》っていました。弥次馬《やじうま》も亦《また》、いよ〳〵数《かず》を増《ま》して、茶袋《ちゃぶくろ》が威張《いば》れば威張《いば》るほど、穏《おだや》かならぬ権幕《けんまく》を加《くわ》えました。

「茶袋《ちゃぶくろ》を、やっつけろ」

　最初《さいしょ》は、好奇《ものずき》で集《あつ》まって来《き》たのが、歩兵《ほへい》の勢《いきおい》があまりに面憎《つらにく》くなったものらしく、本気《ほんき》でやっつける気《き》になってしまいます。やがて石《いし》が飛《と》ぶ木片《こっぱ》が降《ふ》る、茶袋《ちゃぶくろ》は、また無暗《むやみ》に刀《かたな》を抜《ぬ》くから危《あぶ》ないものであります。弥次《やじ》

馬《うま》の中《うち》で二三人斬《にんき》られると事《こと》が真剣《しんけん》になって来《き》ました。茶袋《ちゃぶくろ》の挙動《きょどう》は如何《どう》も此処《ここ》へ来《き》てわざと強請《ねだ》りがましい事《こと》を云《い》うだけが目的《もくてき》ではなく、何《なに》か含《ふく》む処《ところ》があって云《い》いがかりに来《き》たもののようにも見《み》られるのでありまず。こんな騒《さわ》ぎが始《はじ》まると廓内《かくない》の弥次馬《やじうま》が、一時《じ》に此処《こ》へ集《あつ》まって来《き》ました。

十余人《よにん》の茶袋《ちゃぶくろ》は皆《み》んな刀《かたな》を抜《ぬ》いて振《ふ》り廻《まわ》していると多数《たすう》の弥次馬《やじうま》が、それを遠巻《とおまき》にして一人残《ひとりのこ》さず、やっつけろと叫《さけ》んで居《い》る光景《こうけい》は可《か》なり物《もの》すざまじいものでありました。

この分《ぶん》では、いかに荒《あ》れても茶袋《ちゃぶくろ》は袋《ふくろ》の中《なか》の鼠《ねずみ》、押《おっ》取《と》り巻《ま》かれた弥次馬《やじうま》の為《ため》に、残《のこ》らず鏖殺《なぶりごろ》しになってしまうかも知《し》れない。そうなると事《こと》が面倒《めんどう》になって来《く》ると思《おも》うていると、その時取巻《ときとりま》いた群集《ぐんしゅう》の後《うしろ》で不意《ふい》に二発《はっ》の鉄砲《てっぽう》が響《ひび》きました。それと共《とも》に哄《とき》の声《こえ》を上《あ》げて一隊《たい》の歩兵《ほへい》が——何処《どこ》に隠《かく》れていたものか知《し》らん、刀《かたな》を抜《ぬ》いて群衆《ぐんしゅう》の後《うしろ》から無二無三《むむ》に切《き》り込《こ》んで来《き》たのは、いくら何《なん》でも乱暴《らんぼう》と云《い》わねばなりません。

「それ裏切《うらぎり》だ！」

武器《ぶき》を持《も》たない弥次馬《やじうま》が慄《ふる》え上《あ》がって逃《に》げ損《そこ》なったのは無理《むり》もありません。

六六〇

酒宴半《しゅえんなかば》に此《こ》の騒《さわ》ぎを聞《き》いた神尾主膳《かみおしゅぜん》は、さすがに安《やす》からぬ事《こと》に思《おも》いました。

そこへ、主人《しゅじん》が飛《と》んで来《き》て、

「御覧《ごらん》の通《とお》りの始末《しまつ》でございます、お客様《きゃくさま》に万《まん》一のお怪《け》我《が》がありましては申訳《もうしわけ》のない事《こと》でございます、何卒《なにとぞ》、この間《あいだ》にお引取《ひきと》り下《くだ》さいますよう、御案内《ごあんない》を致《いた》しまする」

「あれは何者《なにもの》じゃ」

「歩兵《ほへい》さん方《がた》でございます、はじめに参《まい》りましたのが土屋様《つちやさま》のお邸《やしき》の歩兵《ほへい》さん、あとから鉄砲《てっぽう》を持《も》って参《まい》りましたのが西丸《にしまる》の歩兵《ほへい》さん、今《いま》にも此《これ》へ押《お》し上《あが》って参《まい》ることと思《おも》います、お腰《こし》の物《もの》、お懐中物残《かいちゅうもののこ》らず次《つぎ》へ持《じ》参致《さんいた》させました」

神尾主膳《かみおしゅぜん》も、武士《ぶし》の片《はし》くれであります。常《つね》ならばそれと聞《き》いて前後《ぜんご》を忘《わす》れるほどにうろたえもしなかったろうけれど、この時《とき》は酔《よ》っていました。

「小癪《こしゃく》にさわる奴共《やつども》」

「まあ殿様《とのさま》、御堪忍遊《ごかんにんあそ》ばしませ、相手《あいて》が相手《あいて》でございますから」

「寄《よ》せ集《あつ》めの歩兵《ほへい》の分際《ぶんざい》で」

と云《い》いながら、よろ〳〵立《た》ってこわれた障子《しょうじ》を明《あ》けて表《おもて》を見下《みお》ろすと、表《おもて》は雲霞《うんか》のような人《ひと》。締切《しめき》った大《おお》戸《ど》を頻《しき》りに打《う》ちこわしているらしくあります。

「早《はや》くお引取《ひきと》り下《くだ》さいませ、あのような者《もの》をお相手《あいて》になさるのは、御身分《ごみぶん》にかかわりまする」

「うむ、如何《いか》にも憎《にく》い奴等《やつら》なれど、相手《あいて》に致《いた》すも大人《おとな》げない、よし、今宵《こよい》は帰《かえ》る、刀《かたな》を出《だ》せ、刀《かたな》を」

「次《つぎ》の間《ま》へ持参致《じさんいた》させました」

「次《つぎ》の間《ま》へ、次《つぎ》の間《ま》は何処《どこ》にある」

「此方《こちら》へいらせられませ」

早《はや》くも着物《きもの》や懐中物《かいちゅうもの》や両刀《りょうとう》が、次《つぎ》の間《ま》に取《と》り揃《そろ》えてありました。表《おもて》の方《かた》では大戸《おおど》を破《やぶ》る音《おと》が、いよ〳〵凄《すさま》じいものでありました。神尾《かみお》の世話《せわ》をした女《おんな》は慄《ふる》え上《あ》がって、帯《おび》を締《しめ》させてやる事《こと》も出来《でき》ません。

「此方《こっち》へ寄越《よこ》せ、貴様《きさま》は早《はや》く逃《に》げろ、ここは宜《い》い、拙《せっ》者《しゃ》の方《ほう》は構《かま》わず逃《に》げろ、逃《に》げろと申《もう》すに」

主膳《しゅぜん》は呂律《ろれつ》の怪《あや》しい舌《した》で叱《しか》るような事《こと》を云《い》いながら、女《おんな》の手《て》から帯《おび》を奪《うば》い取《と》って締《しめ》ました。

「あの、表《おもて》からは、とてもお出《で》ましになることは出来《でき》ま

せんでございますから、裏口《うらぐち》から御案内《ごあんない》を致《いた》しまする」

「案内《あんない》なぞは要《い》らぬ」

「要《い》らぬと仰有《おっしゃ》いましても、あれあの通《とお》り大戸《おおど》が壊《こわ》れそうでございます、あれが壊《こわ》れまするとと皆《み》んな此方《こちら》へ上《あが》って参《まい》りまする、お早《はや》くお仕度《したく》を」

「慌《あわて》るな、急《せ》くな、多寡《たか》の知《し》れた寄《よ》せ集《あつ》めの歩兵共《ほへいども》」

帯《おび》を締《しめ》て脇差《わきざし》を差《さ》しました。

女《おんな》が取《と》って渡《わた》す刀《かたな》を手《て》に取《と》る途端《とたん》に、一層《きわ》すさまじい音《おと》がして大戸《おおど》が今《いま》や押《お》し破《やぶ》られたもののようであります。途端《とたん》にドヤドヤと乱入《らんにゅう》する土足《どそく》の音《おと》。

「あれ、もう入《はい》って参《まい》りました、お早《はや》く」

女《おんな》は神尾《かみお》を引摺《ひきず》るようにして廊下《ろうか》へ飛《と》び出《だ》し突《つ》き落《おと》すように裏《うら》の梯子《はしご》を駈下《かけお》りました。

「慌《あわて》るな、急《せ》くな、多寡《たか》の知《し》れた寄《よ》せ集《あつ》めの歩兵共《ほへいども》」

若《も》し、神尾《かみお》が酔《よ》っていなかったなら、酔《よっ》ているにしても此《こ》んなに慌《あわただ》しく引張《ひっぱ》り出《だ》されなかったら、一緒《しょ》につれて来《き》た机龍之助《つくえりゅうのすけ》の身《み》の上《うえ》を、此《こ》の際《さい》にも気《き》がついていなければならない筈《はず》ですけれども、斯《こう》して引《ひ》き摺《ず》られ突《つ》き落《おと》され押《お》し出《だ》されて、萬字楼《まんじろう》の裏口《うらぐち》から外《そと》へ出《で》てしまったけれど、まだ龍之助《りゅうのすけ》を残《のこ》していた事《こと》まで気《き》がつきませんでした。

六六一

斯《こ》うして避難《ひなん》させられたお客《きゃく》は神尾主膳《かみおしゅぜん》だけに留《とど》まったのではありません。この夜《よ》、萬字楼《まんじろう》に登《のぼ》った客《きゃく》は、一々《いちいち》斯《こ》うして避難《ひなん》させられました。

相当《そうとう》に身分《みぶん》のあるものもあり、相当《そうとう》に勇気《ゆうき》のあるものもあったろうけれど、誰一人残《だれひとりのこ》って歩兵《ほへい》を相手《あいて》に取《と》ると頑張《がんば》るものはありませんでした。すすめられるままに、裏手《うらて》や非常口《ひじょうぐち》から避難《ひなん》してしまいました。宇津《うつ》木兵馬《ぎひょうま》も無論《むろん》その一人《ひとり》でありました。

「金助《きんすけ》」

塀《へい》の下《した》で兵馬《ひょうま》は金助《きんすけ》を見《み》かけて呼《よ》びました。

「宇津木様《うつぎさま》、驚《おどろ》きましたな」

金助《きんすけ》は跣足《はだし》に尻端折《しりはしょり》で人中《ひとなか》に揉《も》まれていました。

「神尾殿《かみおどの》は何《ど》れだ」

「へえ、神尾《かみお》の殿様《とのさま》は、もう茶屋《ちゃや》へお引取《ひきとり》になってしまいました」

「其《そ》の茶屋《ちゃや》へ案内《あんない》しろ」

「宜《よろ》しゅうございます」

金助《きんすけ》は兵馬《ひょうま》を何処《どこ》へつれて行《ゆ》くつもりか人中《ひとなか》から抜《ぬ》け出《だ》して兵馬《ひょうま》の先《さき》に立《た》って走《はし》り出《だ》します。

「茶屋《ちゃや》は何処《どこ》だ」

「たしか此《こ》の辺《へん》でございましたっけ」

「ナニ、たしか此《こ》の辺《へん》、貴様《きさま》は其《そ》の茶屋《ちゃや》を知《し》らんのか」

「茶屋《ちゃや》から送《おく》られて参《まい》りますまでの途中《とちゅう》でお目《め》にかかったんですから……」

「では、確《しか》とした事《こと》は訳《わか》らんのじゃな」

「何《なに》しろ此《こ》の通《とお》りの騒《さわ》ぎでございますから顚倒《てんとう》してしまいました」

「此《こ》の騒《さわ》ぎは今初《いまはじ》まった事《こと》だ、神尾殿《かみおどの》を見逃《みのが》さぬよう、用心《ようじん》を頼《たの》んで置《お》いたのは其《そ》れより前《まえ》の事《こと》じゃ」

「それは、お頼《たの》まれ申《もう》したに違《ちが》いございません、今《いま》、お知《し》らせ申《もう》そうか、も少《すこ》し後《のち》にした方《ほう》が都合《つごう》がよいだろうかと思《おも》っているうちに此《こ》の騒《さわ》ぎでございましたから」

「金助《きんすけ》、貴様《きさま》は頼《たの》み甲斐《がい》の無《な》い奴《やつ》だ」

「そういう訳《わけ》ではございませんけれど、何《なに》しろ此《こ》の通《とお》りの騒《さわ》ぎで……」

「何《なん》の為《ため》に拙者《わし》を此処《ここ》まで連《つ》れて来《き》たのじゃ」

「如何《どう》も誠《まこと》に相《あい》すみません」

何処《どこ》までも洒蛙《しゃあ》〳〵としている此《こ》の金助《きんすけ》は憎《にく》らしい奴《やつ》だと思《おも》いました。兵馬《ひょうま》も、さすがにムッとして、

「金助《きんすけ》、惚《とぼ》けるな」

襟《えり》を取《と》ってトンと突《つ》くと、金助《きんすけ》は一たまりも無《な》く引《ひっ》くり返《かえ》ってしまいました。

「まあ、お待《ま》ちなすって下《くだ》さいまし、乱暴《らんぼう》をなすっちゃ可《い》けません、そんな乱暴《らんぼう》をなさると茶袋《ちゃぶくろ》と一所《しょ》にされてしまいますから」

やっと起上《おきあ》がったのを兵馬《ひょうま》が再《ふたた》びトンと突《つ》くと金助《きんすけ》はまた引《ひっ》くり返《かえ》ってしまいました。

「宜《よ》うございます、それでは、わたくしが内密《ないしょ》で其《そ》の茶屋《ちゃや》をお知《し》らせ致《いた》します、お知《し》らせ致《いた》しますけれども、決《けっ》して私《わたし》が申上《もうしあ》げたように神尾《かみお》の殿様《とのさま》へ仰有《おっしゃ》っては困《こま》ります、私《わたし》が恨《うら》まれますからな、さあ御案内《ごあんない》を致《いた》しましょう、御案内《ごあんない》は致《いた》しますけれども多分其《たぶんそ》の茶屋《ちゃや》だろうと思《おも》いますので……其処《そこ》においでなさるか如何《どう》か、若《も》し、其処《そこ》においでなさらない時《とき》は、私《わたし》のせいではございませんから、それで御勘弁《ごかんべん》なすって下《くだ》さいまし」

「早《はや》く行《ゆ》け」

「あれでございます、慥《たしか》あの武蔵屋《むさしや》というのからお出《い》でになったようでございます、あれを尋《たず》ねて御覧《ごらん》なさいまし、私《わたし》は此《こ》の天水桶《てんすいおけ》の蔭《かげ》に隠《かく》れて居《お》りますから、どうぞ私《わたし》の名前《なまえ》はお出《だ》しなさらないように、密《そっ》と当《あた》って見《み》てお呉《く》んなさいまし」

六六二

「神尾殿《かみおどの》の許《もと》まで参《まい》りまする」

兵馬《ひょうま》は武蔵屋《むさしや》の店先《みせさき》へ直接《じか》に行《い》って極《きわ》めて軽《かる》く挨拶《あいさつ》して其《そ》の足《あし》で座敷《ざしき》へ上《あ》がろうとしました。

「はい、お二階《かい》にお休《やす》みでござりまする」

占《し》めた！　と兵馬《ひょうま》は思《おも》いました。自分《じぶん》が軽《かる》く出《で》たから茶屋《ちゃや》の者《もの》も軽《かる》く受けました。多分神尾《たぶんかみお》の連《つれ》であろうと合点《がてん》してしまったもののようです。兵馬《ひょうま》は早速《さっそく》二階《かい》へ上《あ》がりました。二枚折《まいおり》の屏風《びょうぶ》の中《うち》に鼾《いびき》を掻《か》いて寝《ね》ている人《ひと》、ズカ〱と其《そ》の枕許《まくらもと》へ近寄《ちかよ》って、

「神尾様《かみおさま》、主膳殿《しゅぜんどの》」

「う、う、うむ」

呼《よ》び醒《さ》まされた主膳《しゅぜん》は、唸《うな》るようなことを云《い》って寝《ね》返《がえ》りを打《う》ったばかりです。

「神尾主膳様《かみおしゅぜんさま》」

兵馬《ひょうま》は主膳《しゅぜん》の枕許《まくらもと》の刀架《かたなか》けから刀《かたな》を取《と》って其《そ》の鍔音《つばおと》を高《たか》く鳴《な》らしました。

「やッ、誰《だれ》じゃ」

主膳《しゅぜん》は其《そ》の鍔音《つばおと》で全《まった》く眼《め》をさましましたが、まだ醒《さ》めやらぬ酔眼《すいがん》を睜《みは》って見《み》ると、其処《そこ》に見慣《みな》れぬ若《わか》い人《ひと》がいます。

「お目《め》ざめでござりましたか」

「其許《そこもと》は誰《だれ》でござる」

「拙者《せっしゃ》は番町《ばんちょう》の片柳《かたやなぎ》と申《もう》すものでござりまする、ちと貴方様《あなたさま》にお尋《たず》ね申《もう》したい儀《ぎ》がござりまして推参致《すいさんいた》しました」

「何《なに》、拙者《せっしゃ》に何《なに》を尋《たず》ねたいのじゃ、其許《そこもと》を拙者《せっしゃ》は知《し》らぬ」

「親《した》しくお目《め》にかかるは初《はじ》めてながら、拙者《せっしゃ》は貴方様《あなたさま》が甲府《こうふ》に御在勤《ございきん》の折柄《おりから》、外《よそ》ながらお目《め》にかかりました」

「ナニ、拙者《せっしゃ》が甲府《こうふ》にいた時分《じぶん》、其方《そなた》許は甲府《こうふ》から何《なに》しに此《こ》の拙者《せっしゃ》を尋《たず》ねて来《き》た」

神尾主膳《かみおしゅぜん》は不安《ふあん》らしく起《お》き直《なお》って兵馬《ひょうま》の面《かお》をながめました。

「私《わたくし》のお尋《たず》ね申《もう》したいのは、貴方様《あなたさま》ではござりませぬ、貴方様《あなたさま》にお聞《き》き申《もう》したい人《ひと》がござりまして……」

「ナニ、拙者《せっしゃ》に聞《き》きたい人《ひと》、それは誰《だれ》じゃ、誰《だれ》を尋《たず》ねたいのじゃ」

「若《も》しや、貴方様《あなたさま》は机龍之助《つくえりゅうのすけ》というものを御存知《ごぞんじ》ではござりませぬか」

「知《し》らぬ、左様《さよう》な人《ひと》は一向《こう》知《し》らぬ」

「御存知《ごぞんじ》ない、それは真実《しんじつ》でござりますか、真実《しんじつ》其《そ》の者《もの》の行方《ゆくえ》を御存知《ごぞんじ》ではござりませぬか」

「全《まった》く知《し》らぬ、知《し》っては居《お》らぬ」

「あの躑躅《つつじ》ヶ崎《さき》の古屋敷《ふるやしき》はあれは貴方様《あなたさま》のお邸《やしき》ではご

ざりませぬか」

「躑躅《つつじ》ヶ崎《さき》が拙者《せっしゃ》の何《なん》であろうと、其許《そなた》に尋《たず》ねられる由《よし》はない、一体《たい》、君《きみ》は誰《だれ》に断《ことわ》って此処《ここ》へ来《き》た」

「ひとりで参上致《さんじょういた》しました」

「断《ことわ》り無《な》しに来《き》たか、無礼千万《ぶれいばん》な、帰《かえ》らっしゃい」

主膳《しゅぜん》は起《お》き直《なお》って刀架《かたなかけ》から刀《かたな》を取《と》りました。

「先《ま》ずお控《ひか》え下《くだ》されませ」

「黙《だま》れ〳〵、物《もの》を尋《たず》ぬるなら尋《たず》ねるようにして来《く》るがよい、人《ひと》の寝込《ねこみ》へ踏込《ふみこ》んで、吟味《ぎんみ》するような尋《たず》ねぶり、小癪千万《こしゃくせんばん》な」

主膳《しゅぜん》は甚《はなは》だしく怒《いか》りました。

「そのお腹立《はらだち》を覚悟《かくご》で参《まい》りました、貴方様《あなたさま》が如何《どう》あっても其《そ》の机龍之助《つくえりゅうのすけ》の行方《ゆくえ》を御存《ごぞん》知《じ》ないと仰有《おっしゃ》るならば、私《わたくし》にも覚悟《かくご》がござりまする」

「ナニ覚悟《かくご》がある、覚悟《かくご》とは如何《どう》しようというのじゃ、小倅《こせがれ》の分際《ぶんざい》で」

「町奉行《まちぶぎょう》へ訴《うった》えて出《で》まする」

「町奉行《まちぶぎょう》へ何《なに》を訴《うった》える、誰《だれ》を町奉行《まちぶぎょう》へ訴《うった》えるのじゃ」

「貴方様《あなたさま》のお屋敷《やしき》へ火《ひ》を放《つ》けた穢多非人《えたひにん》の在所《ありか》を訴《うった》えて出《で》ようと思《おも》いまする」

「何《なに》、穢多《えた》が如何《どう》した」

神尾主膳《かみおしゅぜん》は歯《は》をギリ〳〵と嚙《か》んで兵馬《ひょうま》の面《かお》を睨《にら》めました。

六六三

「憎《にく》い奴《やつ》、憎《にく》い奴《やつ》」

神尾主膳《かみおしゅぜん》は怒心頭《いかりしんとう》に発《はっ》したようでしたけれども、その間《あいだ》に多少《たしょう》の不安《ふあん》もあるようであります。

「机龍之助《つくえりゅうのすけ》の行方《ゆくえ》をさえお知《し》らせ下《くだ》さるならば、其《そ》の外《ほか》には、貴方様《あなたさま》に御用《ごよう》のない私《わたし》でござりまする」

「知《し》らん、右様《みぎよう》な者《もの》は知《し》らんと申《もう》すに」

主膳《しゅぜん》は堪《こら》え兼《か》ねて兵馬《ひょうま》の隙《すき》をうかがい、刀《かたな》の柄《つか》に手《て》をかけました。抜打《ぬきうち》に斬《き》って捨《す》てようとするものらしい。

「其《そ》れは却《かえっ》てお為《ため》になりませぬ」

兵馬《ひょうま》は主膳《しゅぜん》の手《て》を押《おさ》えました。

「放《はな》せ」

「左様《さよう》にお手荒《てあら》な事《こと》をなさると場所柄《ばしょがら》でござりまする、貴方様《あなたさま》のお名前《なまえ》が出《で》まする」

「憎《にく》い奴《やつ》だ」

主膳《しゅぜん》は門掻《もが》くけれども兵馬《ひょうま》に押《おさ》えられた刀《かたな》を抜《ぬ》くことが出来《でき》ません。

「あの机龍之助《つくえりゅうのすけ》と申《もう》す者《もの》は、拙者《わたくし》の為《ため》には敵《かたき》でござりまする、あの者《もの》を討《う》ちたいが為《ため》に多年《たねん》、拙者《わたくし》は苦心致《くしんいた》して居《お》るものでござりまする、如何《どう》ぞ武士《ぶし》のお情《なさけ》を以《もっ》て、其《そ》の行方《ゆくえ》をお知《し》らせ下《くだ》さりませ」

「知《し》らんと申《もう》すに諄《くど》い奴《やつ》じゃ」

「これほどに申上《もうしあ》げても」

「知《し》らぬ者《もの》は知《し》らぬ、近頃《ちかごろ》、珍《めず》らしいほど執念深《しゅうねんぶか》い奴《やつ》じゃ、其《そ》の分《ぶん》で置《お》くではないけれど、拙者《せっしゃ》も此《こ》の頃《ごろ》は世《よ》を忍《しの》ぶ身《み》じゃ、今日《きょう》は許《ゆる》して置《お》く、帰《かえ》らっしゃい」

「いいえ、斯《こ》うして参上致《さんじょういた》しました以上《いじょう》はお尋《たず》ね申《もう》した御返事《ごへんじ》をお聞《き》き申《もう》すまでは此《こ》の座《ざ》を立《た》ちませぬ」

と云《い》いながら兵馬《ひょうま》は右《みぎ》の腕《かいな》を伸《の》べて、外側《そとがわ》から大《おお》きく神尾主膳《かみおしゅぜん》の首《くび》を抱《だき》ました。

「汝《おの》れ、この主膳《しゅぜん》を……手込《てごめ》にしようとするな」

「お返事《へんじ》をお聞《き》き申《もう》すまでは、斯《こ》うして居《お》りまする」

兵馬《ひょうま》は外《そと》から大《おお》きく神尾主膳《かみおしゅぜん》の首《くび》を抱《いだ》くと共《とも》に、力《ちから》を極《きわ》めて其《そ》れを自分《じぶん》の胸《むね》へ押《お》しつけました。

「アッ、苦《くる》しい」

主膳《しゅぜん》は苦《くる》しがって眼《め》を剝《む》きました。苦《くる》しがったけれども、これは金助《きんすけ》とは違《ちが》います。たとえ、今《いま》の自分《じぶん》が世《よ》を忍《しの》ぶ身《み》であろうとも、かりにも神尾主膳《かみおしゅぜん》ほどのものを捉《とら》えて腕力《わんりょく》で強迫《きょうはく》して物《もの》を尋《たず》ねようとは言語道断《ごんごどうだん》の無礼《ぶれい》であるという怒《いか》りは、その苦《くる》しさと一緒《しょ》に混《こ》み上《あ》げて来《き》ました。況《いわ》んや年《とし》も行《い》かぬ小童《こわっぱ》、見《み》も知《し》らぬ推参者《すいさんしゃ》に斯《か》かる無礼《ぶれい》を加《くわ》えられては、死《し》んでも弱《よわ》い音《ね》は吹《ふ》けないのが神尾《かみお》としての身上《しんじょう》であります。それだ

から苦《くる》しいのを堪《こら》えて、ジタバタしながら兵馬《ひょうま》を押《お》し退《の》けて、刀《かたな》を抜《ぬ》こうとするのであります。

「さあ、お聞《き》かせ下《くだ》さるか、それとも」

斯《こ》うなった以上《いじょう》は、兵馬《ひょうま》も亦力《またちから》ずくであります。力《ちから》を緩《ゆる》めると、

「無礼《ぶれい》な奴《やつ》、斬《き》って捨《す》てる」

主膳《しゅぜん》は直《す》ぐに突《つ》け込《こ》んで刎上《はねあ》がって刀《かたな》を抜《ぬ》こうとしますから、兵馬《ひょうま》は再《ふたた》び其《そ》の首《くび》を自分《じぶん》の胸《むね》へいよ〳〵強《つよ》く押《お》しつけるより外《ほか》に仕方《しかた》はありませんでした。

「アッ、苦《くる》しいッ、放《はな》せ」

「お聞《き》かせ下《くだ》さらぬ以上《いじょう》は、決《けっ》してお放《はな》し申《もう》しませぬ」

「放《はな》せッ、苦《くる》しい、死《し》ぬ……」

「放《はな》しませぬ」

「く……」

「さあ、お聞《き》かせ下《くだ》さい」

「く、死《し》……」

ほとんど死物狂《しにものぐる》いで主膳《しゅぜん》が門掻《もが》くから、兵馬《ひょうま》は其《そ》れに応《おう》じて満身《まんしん》の力《ちから》を籠《こ》めて、抱《だ》き締《しめ》ると、やがて、急《きゅう》に主膳《しゅぜん》の力《ちから》が抜《ぬ》けました、力《ちから》が抜《ぬ》けたかと思《おも》うと、ガックリと其《そ》の首《くび》を兵馬《ひょうま》の胸《むね》へ垂《た》れてしまいました。

「や、息《いき》が絶《た》えた、死《し》なれたか」

兵馬《ひょうま》も我《われ》ながら驚《おどろ》きました。知《し》らず〳〵自分《じぶん》は神尾《かみお》主膳《しゅぜん》を絞《し》め殺《ころ》してしまったものらしくあります。

六六四

この場《ば》にも意外《いがい》の変事《へんじ》が起《おこ》りましたけれど、是《これ》を外《そと》の騒《さわ》ぎに比《くら》べると、物《もの》の数《かず》ではありません。萬字楼《まんじろう》の前《まえ》を中心《ちゅうしん》にして、吉原《よしわら》の廓内《かくない》で市街戦《しがいせん》が起《おこ》っているようなものであります。

聞《き》く処《ところ》によれば、此《こ》の騒動《そうどう》は、茶袋《ちゃぶくろ》が予《か》ねて企《たく》んで初《はじ》めたものだということであります。この前《まえ》の時分《じぶん》に、二三人《にん》の茶袋《ちゃぶくろ》が此《こ》の楼《ろう》へ登《のぼ》って、乱暴《らんぼう》を働《はたら》いた為《ため》に、楼《ろう》の者《もの》が持《も》て余《あま》して市中取締《しちゅうとりしまり》の酒井左衛門尉《さかいさえもんのじょう》の巡邏隊《じゅんらたい》へ訴《うった》え出《い》でたということであります。日頃《ひごろ》、歩兵《ほへい》の乱《らん》暴《ぼう》を憎《にく》んでいる酒井《さかい》の巡邏隊《じゅんらたい》は、直《ただち》に出向《でむ》いて三人《にん》の茶袋《ちゃぶくろ》のうちの一人《ひとり》を追《お》い飛《と》ばし、二人《ふたり》を絡《から》めて取《と》ったということであります。

それが遺恨《いこん》になって、今夜《こんや》は、歩兵《ほへい》の仲間《なかま》が喋《しめ》し合《あ》わせて此《こ》んな騒動《そうどう》を持《も》ち上《あ》げろという事《こと》でありました。

秋葉山《あきばさん》の大燈籠《だいとうろう》の下《した》で、近藤勇《こんどういさむ》の手紙《てがみ》の摺物《すりもの》を読《よ》んでいた二人《ふたり》の浪士《ろうし》と、それを聞《き》いていた宇治山田《うじやまだ》の米《よね》友《とも》の三人《にん》は、今《いま》の鉄砲《てっぽう》の音《おと》を聞《き》いて、すわとばかりに駈《かけ》つけて見《み》たけれど、騒動《そうどう》の中心《ちゅうしん》たる萬字楼《まんじろう》のあたりは近《ちか》づく事《こと》が出来《でき》ません。

吉原廓《よしわらくるわ》の内外《ないがい》の弥次馬《やじうま》という弥次馬《やじうま》は数《すう》を尽《つく》して集《あつ》まってしまったから、後《おく》れ走《ば》せになった三人《にん》は、如何《どう》しても其《そ》の人垣《ひとがき》を破《やぶ》ることが出来《でき》ません。

「困《こま》ったな」

今《いま》、近藤勇《こんどういさむ》の手紙《てがみ》の摺物《すりもの》を読《よ》んだのが、もう一人《ひとり》の浪士《ろうし》を顧《かえり》みて、困惑《こんわく》の体《てい》であります。

「若《も》しや宇津木《うつぎ》の身《み》から起《おこ》った変事《へんじ》ではないか」

「如何《どう》とも訳《わか》らん、兎《と》も角《かく》、この人混《ひとごみ》を押《お》し破《やぶ》って見《み》よう」

浪士《ろうし》は人垣《ひとがき》を無理《むり》に破《やぶ》って闖入《ちんにゅう》しようとする時《とき》に、

「ワアッ――」

と崩《くず》れかかる群集《ぐんしゅう》。その勢《いきおい》は大波《おおなみ》を返《かえ》すようだから、進《すす》もうとして却《かえっ》て押《お》し返《かえ》されるより外《ほか》はないのであります。

「此《こ》の騒《さわ》ぎは此《こ》りゃ何事《なにごと》だ」

押返《おしかえ》されながら浪士《ろうし》は此《こ》の騒《さわ》ぎの性質《せいしつ》を尋《たず》ねて見如《みよう》としました。

「茶袋《ちゃぶくろ》でございます」

「茶袋《ちゃぶくろ》とは」

「西丸《にしまる》の歩兵《ほへい》でございます。麻《あさ》の茶《ちゃ》のだんぶくろを穿《は》いているから、それで茶袋《ちゃぶくろ》という綽名《あだな》があるゲジ〳〵のような奴等《やつら》なんでございます」

「ははあ、歩兵《ほへい》か、その歩兵《ほへい》が何者《なにもの》と喧嘩《けんか》をしているのだ」

「喧嘩《けんか》ではございません、萬字楼《まんじろう》へ無理《むり》に押《お》し上《あ》がろうとしたんでございます、それから此《こ》んな騒《さわ》ぎになっちまったんでございます」

弥次馬《やじうま》の中《なか》から事件《じけん》の要領《ようりょう》を、手取早《てっとりばや》く説明《せつめい》して呉《く》れたものがあります。この間《あいだ》に、また人波《ひとなみ》が押《お》し帰《かえ》して来《き》たから、この二人《ふたり》の浪士《ろうし》も心《こころ》は逸《はや》りながら、とある路次《ろじ》の中《なか》へ押込《おしこ》まれるように退却《たいきゃく》しなければならなくなりました。

「困《こま》った、何《なん》とかして近《ちか》づいて容子《ようす》を見《み》たいものだ」

「宜《い》い工夫《くふう》は無《な》いかな」

二人《ふたり》の浪士《ろうし》は、事《こと》を好《この》んで此《こ》の騒動《そうどう》を見《み》たいのみでなく騒動《そうどう》の中《なか》に何《なに》か自分《じぶん》に利害関係《りがいかんけい》のある人《ひと》がいて、その身《み》の上《うえ》が心配《しんぱい》で堪《た》まらないらしくあります。

この時《とき》に宇治山田《うじやまだ》の米友《よねとも》は路次《ろじ》の軒《のき》の下《した》へ蹲《うずく》まって梯子《はしご》を組立《くみた》てていました。

六六五

大楼《たいろう》も小店《こみせ》も此《こ》の時分《じぶん》には、すべて戸《と》を締《し》めきってしまいました組立《くみた》てた梯子《はしご》を軒《のき》へ立《た》てかけた米友《よねとも》は、

「お武家《ぶけ》さん、ここいらの屋根《やね》へ登《のぼ》って見物《けんぶつ》しようじゃねえか」

武士達《ぶしたち》は、こうして此《こ》の男《おとこ》が何処《どこ》から梯子《はしご》を見《み》つけ出《だ》したのかと思《おも》いました。

「こりゃ時《とき》に取《と》っての見付物《みつけもの》だ、感心々々《かんしんかんしん》」

この場合《ばあい》に於《お》ては、恰好《かっこう》な見付物《みつけもの》となり機敏《きびん》な思《おも》い付《つき》でもあると思《おも》いました。そこで二人《ふたり》の浪士《ろうし》はお辞儀《じぎ》なしに、梯子《はしご》を登《のぼ》り出《だ》し垂木《たるき》のあたりへ手《て》をかけて上手《じょうず》に屋根《やね》の上《うえ》へ刎上《はねあ》がりました。

二人《ふたり》を先《さき》に登《のぼ》らせて置《お》いた米友《よねとも》は、二人《ふたり》よりは一層《そう》身軽《みがる》に屋根《やね》の上《うえ》へ刎上《はねあ》がってしまい、梯子《はしご》に結《むす》んで置《お》いた縄《なわ》を引《ひ》くと梯子《はしご》は刎橋《はねばし》のように刎上《はねあ》がります。廂《ひさし》の屋根《やね》から三階《かい》の屋根《やね》へ、もう一度《ど》梯子《はしご》をかけて三人《にん》はまた相《あい》つづいて二階《かい》の屋根《やね》へ飛《と》び上《あ》がりました。

そこから見《み》ると、大騒動《だいそうどう》は目《め》の下《した》に見《み》えます。夜《よる》の事《こと》だから手《て》に取《と》るようにというわけには行《ゆ》かないけれども、そこらあたりの行燈《あんどん》や、常夜燈《じょうやとう》の光《ひか》りで、朧《おぼろ》げにはわかるのであります。

「ははあ、萬字楼《まんじろう》の前《まえ》に集《あつ》まっている、あれが歩兵隊《ほへいたい》の者共《ものども》だな」

「恥《はじ》を知《し》らぬ奴等《やつら》じゃ、こんな処《ところ》へ来《き》て、騒《さわ》がして見《み》た処《ところ》で何《なん》の功名《こうみょう》になる」

「もとよりあれは、歩兵隊《ほへいたい》とは云《い》うけれど、市井《しせい》の無《ぶ》頼漢《らいかん》、幕府《ばくふ》も人《ひと》を集《あつ》めるに困難《こんなん》してあんなのを集《あつ》めて、西洋式《せいようしき》の兵隊《へいたい》をこしらえようというのだから窮《きゅう》したものじゃ」

「最前《さいぜん》、鉄砲《てっぽう》の音《おと》がしたようだけれど、あの連中《れんちゅう》、鉄《てっ》砲《ぽう》を持《も》って来《き》たものと見《み》えるな」

「吉原《よしわら》の廓内《くるわうち》で鉄砲《てっぽう》を打放《ぶっぱな》すというのは恐《おそ》らく前代未《ぜんだいみ》聞《もん》だろう」

「多分《たぶん》は空鉄砲《からてっぽう》であろうけれど、去《さり》とは無茶《むちゃ》な事《こと》をしたものだ」

「其《それ》にしても宇津木《うつぎ》は一体《たい》、何処《どこ》の何《なん》という店《みせ》にいるのじゃ」

「其《そ》れが訳《わか》らないから困《こま》ったのよ、あの娘達《むすめたち》に頼《たの》まれて此処《ここ》まで出向《でむ》いて来《き》たけれど、娘達《むすめたち》はただ吉原《よしわら》とばかりで、吉原《よしわら》の何町《なにちょう》の何《なん》という家《うち》へ行《い》ったのだか一向《こう》知《し》らん、吉原《よしわら》とさえ云《い》えば其《そ》れで訳《わか》るように思《おも》うている処《ところ》が娘達《むすめたち》らしい」

「けれども若《も》し宇津木《うつぎ》の身《み》に間違《まちがい》でもあられては、折《せっ》

角頼《かくたの》まれて来《き》た我々《われわれ》が娘達《むすめたち》に対《たい》して面目《めんぼく》がない」

「そうかと云《い》って此《こ》の場合《ばあい》、迷子《まいご》の迷子《まいご》の宇津木兵馬《うつぎひょうま》やあいと呼《よ》ばわって廓内《くるわうち》を押《お》し歩《ある》くわけにも行《ゆ》かない」

「困《こま》ったものじゃ」

二人《ふたり》の浪士《ろうし》は、下《した》の光景《こうけい》を見《み》ながら頻《しき》りに困惑《こんわく》しているようでありました。

「ナニ、宇津木兵馬《うつぎひょうま》」

二人《ふたり》の話《はなし》を聞《き》き咎《とが》めたのが宇治山田《うじやまだ》の米友《よねとも》でありました。

「おう、お前《まえ》か、兵馬《ひょうま》の名《な》を聞《き》き返《かえ》したのは」

二人《ふたり》は改《あらた》めて米友《よねとも》の面《かお》を見《み》つめました。

「その宇津木兵馬《うつぎひょうま》というのは、甲州《こうしゅう》にいた人《ひと》だろう、まだ若《わか》い男《おとこ》で、剣術《けんじゅつ》も槍《やり》もよく出来《でき》る人《ひと》だろう」

「うむ、其《そ》れだから云《い》わぬ事《こと》ではない、お前《まえ》も甲州《こうしゅう》から来《き》たものだろう、甲州《こうしゅう》では駒井能登守《こまいのとのかみ》を知《し》っているか」

「エエ」

「なあ、五十嵐《いがらし》、我々《われわれ》があの大雪《おおゆき》の日《ひ》に駒井《こまい》の邸《やしき》を抜《ぬ》け出《だ》す時《とき》一緒《しょ》に送《おく》って呉《く》れたのが、此《こ》の人《ひと》らしい、それを拙者《せっしゃ》は最前《さいぜん》一眼《ひとめ》見《み》てそう思《おも》った」

「成程《なるほど》」

この二人《ふたり》の浪士《ろうし》は、さきに宇津木兵馬《うつぎひょうま》と共《とも》に甲府《こうふ》の牢《ろう》を破《やぶ》って出《で》た南條《なんじょう》と五十嵐《いがらし》とでありました。

六七一

謹告《きんこく》

本編《ほんぺん》の第《だい》六六六回《かい》から第《だい》六七〇回《かい》までの五回分《かいぶん》を認《したた》めて洗厓画伯《せんがいがはく》の方《ほう》へ廻《まわ》しました処《ところ》が、どうしたものか途中《とちゅう》で無《な》くなりました。小生旅行《しょうせいりょこう》の為《た》め書《か》き直《なお》す訳《わけ》にも行《ゆ》かず、それだけを抜《ぬ》きにして、次《つぎ》に書《か》いて置《お》いた分《ぶん》をここへつづけます。無《な》くなった五回《かい》の間《あいだ》の要領《ようりょう》は茶袋《ちゃぶくろ》の歩兵隊《ほへいたい》と弥次馬《やじうま》とが睨《にら》み合《あ》っている処《ところ》へ、一挺《ちょう》の駕籠《かご》が現《あらわ》れました。群集《ぐんしゅう》は如何《いか》なる勇士《ゆうし》か侠客《きょうかく》かが仲裁《ちゅうさい》に来《き》たものかと舌《した》を捲《ま》いていると、それが切棒《きりぼう》の駕籠《かご》であったので、ナーンだお医《い》者《しゃ》さんかと云《い》って呆《あき》れ返《かえ》りました。本来吉原《ほんらいよしわら》へは医《い》者《しゃ》の外乗物《ほかのりもの》では入《はい》れない事《こと》になっているのであります。それは勇士《ゆうし》でも侠客《きょうかく》でもなく例《れい》の道庵先生《どうあんせんせい》が酔《よっ》ぱらって、駕籠屋《かごや》にもウンと酒《さけ》を飲《の》ませて、担《かつ》ぎ込《こ》ませたのは、萬字楼《まんじろう》に病人《びょうにん》が一人取《ひとりと》り残《のこ》されているから、それを救《すく》い出《だ》すのは先生《せんせい》でなくてはならぬと頼《たの》まれたからであります。道庵《どうあん》は大呑込《おおのみこ》みで担《かつ》ぎ込《こ》ませた処《ところ》が、忽《たちま》ち歩兵《ほへい》につかまって切棒《きりぼう》の駕籠《かご》（あんぽつと云《い》う）から引摺《ひきず》り出《だ》されて頭《あたま》から水《みず》をザブ〱とかけられていました。それを屋根《やね》の上《うえ》で見《み》ていた米友《よねとも》が承知《しょうち》しないで梯子《はしご》を持《も》って跳《おど》り込《こ》んで歩《ほ》兵隊《へいたい》と大格闘《だいかくとう》をやるのであります。そこへ酒井《さかい》の組《くみ》の市中巡邏隊《しちゅうじゅんらたい》が押寄《おしよ》せて、茶袋《ちゃぶくろ》の歩兵隊《ほへいたい》を追払《おいはら》ってしまったという筋《すじ》でありました。それだけの心持《こころもち》で今日《きょう》の処《ところ》から読《よ》んで下《くだ》さらないと、少《すこ》しばかり調子《ちょうし》が変《へん》になります。（著者）

混乱《こんらん》の一角《かく》が崩《くず》れたので、これはまたしても歩兵隊《ほへいたい》の応援《おうえん》かと思《おも》うと、

「酒井様《さかいさま》のお見廻《みまわ》りがお出《い》でになった、それ御巡邏隊《ごじゅんらたい》がお出《いで》になった」

という声《こえ》であります。道《みち》を開《ひら》いて通《とお》すと、成程其処《なるほどそこ》へ現《あらわ》れたのは当時市中取締《とうじしちゅうとりしまり》の酒井左衛門尉《さかいさえもんのじょう》の手《て》に属《ぞく》する巡邏隊《じゅんらたい》の一組《くみ》、手《て》に手《て》に笹穂《ささほ》の槍《やり》を持《も》って馳《は》せつけて来《き》たものであります。

それを見《み》ると、茶袋《ちゃぶくろ》の歩兵隊《ほへいたい》の中《なか》から、又《また》しても鉄《てつ》

砲《ぼう》の音《おと》がつづけ様《ざま》に聞《きこ》えました。楼々店々《いえいえみせみせ》の畳《たたみ》を担《かつ》ぎ出《だ》して、それを往来《おうらい》の真中《まんなか》へ積《つ》んで楯《たて》を築《きず》くの有様《ありさま》でありました。此《こ》の酒井《さかい》の巡邏隊《じゅんらたい》が、茶袋《ちゃぶくろ》の歩兵隊《ほへいたい》を追《おい》散《ち》らして、萬字楼《まんじろう》の前《まえ》を其《そ》の手《て》で固《かた》めた時分《じぶん》には、もう米友《よねとも》の空《くう》に舞《ま》わしていた梯子《はしご》も見《み》えなくなったし、道庵《どうあん》も倒《たお》れてはいないし、あんぽつも何処《いずこ》へか取片《とりかた》づけられていました。

萬字楼《まんじろう》の前《まえ》へ人《ひと》が出入《でいり》が出来《でき》るようになった時分《じぶん》に、例《れい》の「あんぽつ」がまた家《うち》の中《なか》から舁《か》き出《だ》されました。それは担《かつ》ぎ出《だ》したのは前《まえ》の酔《よ》っぱらいの駕籠舁《かごかき》とは違《ちが》った屈竟《くっきょう》な駕籠舁《かごかき》でありました。そうして其《そ》の駕籠《かご》わきに附《つ》いて行《ゆ》くのが宇治山田《うじやまだ》の米友《よねとも》であります。併《しか》し乍《なが》ら、どういう積《つも》りか、米友《よねとも》はまだ例《れい》の二間梯子《けんばしご》を其《そ》のままにして手放《てばな》す事《こと》をしないで、右《みぎ》の肩《かた》にかけて駕籠《かご》に引《ひ》き添《そ》うて萬字楼《まんじろう》を立《た》ち出《いで》ました。

廓内《かくない》を出《で》た此《こ》の「あんぽつ」は下谷《したや》の長者町《ちょうじゃまち》の方角《ほうがく》を指《さ》して行《ゆ》くものらしいから、して見《み》れば此《こ》の駕籠《かご》の中《なか》は当然主人《とうぜんしゅじん》の道庵先生《どうあんせんせい》であるべき筈《はず》なのに、其《そ》の当《とう》人《にん》の道庵先生《どうあんせんせい》は、やや正気《しょうき》に立《た》ち返《かえ》って、萬字楼《まんじろう》に踏《ふ》み止《とど》まっているのであります。

萬字楼《まんじろう》に踏《ふ》み留《とど》まった道庵《どうあん》は、相変《あいかわ》らず其処《そこ》で飲《の》んでいるかと思《おも》えば、決《けっ》して其《そ》んな呑気《のんき》な沙汰《さた》ではありません。担《かつ》ぎ込《こ》まれた敵味方《てきみかた》の療治《りょうじ》と其《そ》の差図《さしず》で手《て》んてこ舞《まい》をしているのであります。萬字楼《まんじろう》その者《もの》が野戦《やせん》病院《びょういん》見《み》たようで、道庵先生《どうあんせんせい》は軍医正《ぐんいせい》といったような格《かく》でありました。ここに至《いた》ると道庵先生《どうあんせんせい》の舞台《ぶたい》であります。外《そと》へ出《だ》しては骨無《ほねな》し見《み》たような先生《せんせい》が、この野《や》戦病院《せんびょういん》の中《なか》で縦横無尽《じゅうおうむじん》に働《はたら》く有様《ありさま》はほとんど別人《べつじん》の観《かん》があります。打身《うちみ》は打身《うちみ》のように切創《きりきず》は切創《きりきず》のように、気絶《きぜつ》したものは気絶《きぜつ》したもののように、繃帯《ほうたい》を巻《ま》くべきものには巻《ま》かせたり巻《ま》いてやったり、膏薬《こうやく》を貼《は》るべきものには貼《は》らせたり貼《は》ってやったり、上下左右《じょうげさゆう》に飛《と》び廻《まわ》って、自身手《じしんて》を下《くだ》し或《あるい》は人《ひと》を差図《さしず》して、車輪《しゃりん》に働《はたら》いている処《ところ》は、さすがに轡《くつわ》の音《おと》を聞《き》いて眼《め》を醒《さ》ます侍《さむらい》と同《おな》じことに、職務《しょくむ》に当《あた》っての先生《せんせい》の実力《じつりょく》と技倆《ぎりょう》と勉強《べんきょう》と車輪《しゃりん》は転《うた》た尊敬《そんけい》すべきものであると思《おも》わせました。

ただ余《あま》りに、勉強《べんきょう》と車輪《しゃりん》が過《す》ぎて、火鉢《ひばち》にかけた薬《や》鑵《かん》の上《うえ》へ膏薬《こうやく》を貼《は》ってしまったり、ピンピンして働《はたら》いている男《おとこ》の足《あし》を取捉《とっつ》かまえて繃帯《ほうたい》をしてしまったりす

ることは、先生《せんせい》としては大目《おおめ》に見《み》なければなりません。

「斯《こ》う忙《いそが》しくっちゃあ、トテも遣《や》り切《き》れねえ」

ブツ〳〵云《い》いながら、先生《せんせい》は遂《つい》に諸肌脱《もろはだぬ》ぎになって、向《むこ》う鉢巻《はちまき》をはじめました。その打扮《いでたち》でまた片《かた》っぱしから療治《りょうじ》や差図《さしず》にかかって、大汗《おおあせ》を流《なが》しながら、

「こんなに人《ひと》をコキ遣《つか》って十八文《もん》じゃあ、あんまり安《やす》い、五割位値上《わりぐらいねあ》げをしろ」

口《くち》ではサボタージュ見《み》たような事《こと》を云《い》いながら、其《そ》の働《はたら》きぶりの目《め》ざましさ。

主人《しゅじん》の道庵先生《どうあんせんせい》は、こんなにして働《はたら》いているのだから、先《さき》に返《かえ》した駕籠《かご》に乗《の》って帰《かえ》った人《ひと》が先生《せんせい》でないことは勿論《もちろん》であります。先生《せんせい》で無《な》ければ誰《だれ》、医者《いしゃ》か病人《びょうにん》に限《かぎ》って乗《の》るべき筈《はず》の切棒《きりぼう》の駕籠《かご》、それに医者《いしゃ》が乗《の》って帰《かえ》らなければ病人《びょうにん》でありましょう。

六七二

この騒動《そうどう》が酣《たけなわ》な頃《ころ》、丁度《ちょうど》、宇治山田《うじやまだ》の米友《よねとも》が屋根《やね》の上《うえ》から飛下《とびお》りた時分《じぶん》、金杉《かなすぎ》の方《ほう》から飛《と》ぶが如《ごと》くに駕籠《かご》を急《いそ》がせて、鷲神社《おおとりじんじゃ》の辺《あたり》まで来《き》たものがあります。そこへ来《き》た時分《じぶん》に、今《いま》まで威勢《いせい》よく飛《と》んでいた駕籠《かご》が急《きゅう》にブラリ〳〵と歩《ある》き出《だ》しました。

「駕籠屋《かごや》さん」

駕籠《かご》の中《うち》からは女《おんな》の声《こえ》で有《あり》ます。

「へえ〳〵」

「何《なに》をしているの、急《いそ》いで呉《く》れなくちゃ困《こま》るじゃないか」

「仰有通《おっしゃるとお》り随分急《ずいぶんいそ》ぎましたよ」

「如何《どう》して急《きゅう》にブラ〳〵やり出《だ》したの、御覧《ごらん》、吉原《よしわら》に何《なに》か大変《たいへん》が起《おこ》っているようじゃありませんか」

「何《なに》か騒動《そうどう》がおっぱじまったようでございますね、何《なに》しろ此《こ》の頃《ごろ》の時節《じせつ》の事《こと》でございますからね」

「そんな事《こと》を云《い》って済《す》ましていちゃあ困《こま》るじゃないか、急《いそ》いでお呉《く》れ、尋《たず》ねる人《ひと》があるんだから」

「そりゃあお神《かみ》さん、そう急《いそ》げ急《いそ》げと仰有《おっしゃ》ったって無理《むり》でございますね、駕籠屋《かごや》だって生身《なまみ》でございますからね」

「おや、何《なに》を云《い》ってるの」

「蒸汽船《じょうきせん》で後《あと》を追《お》っかけられるように急《いそ》げ〳〵と仰有《おっしゃ》った処《ところ》で、生身《なまみ》でございますから、些《ちっ》とは息《いき》つぎをやらねえと、なア相棒《あいぼう》」

「そうよ、いくら走《はし》るのが商売《しょうべえ》だといって左様《そう》は続《つづ》かねえ」

「お前《まえ》さん達《たち》、たった今《いま》、酒料《さかて》を増《ま》して上《あ》げたじゃないか、もう其《そ》んな事《こと》を云《い》って、足許《あしもと》を見《み》ては困《こま》るねえ」

「そんなに恩《おん》に着《き》せるなら、下《お》りてお呉《く》んなさい、もうこれ吉原《よしわら》も、つい眼《め》と鼻《はな》の先《さき》だ、ここいらで下《お》りてお呉《く》んなさい」

「お前《まえ》さん達《たち》、ここで、わたしを下《お》ろそうと云《い》うのかえ」

「ここいらで下《お》りてお呉《く》んなさいまし、下《お》りてお貰《もら》い申《もう》した方《ほう》が宜《よ》かろうじゃねえか、なア相棒《あいぼう》」

「下《お》りてお貰《もら》い申《もう》すべい、さあ下《お》りてお呉《く》んなさいまし」

「巫山戯《ふざけ》た事《こと》をお云《い》いでない、お前《まえ》さん達《たち》は女《おんな》だと思《おも》って、馬鹿《ばか》にして其《そ》んな事《こと》を云《い》うんだね、そんなわからない事《こと》を云《い》わずにもう一息《いき》だから急《いそ》いでお呉《く》れ」

「如何《どう》して、女《おんな》だと思《おも》って馬鹿《ばか》にするなんて、そんな事《こと》があるものか、なア、女《おんな》だってお客様《きゃくさま》だ、そのお客様《きゃくさま》を馬鹿《ばか》にするなんて、そんな事《こと》があるものか、なア、相棒《あいぼう》」

「ほんとの事《こと》よ、女《おんな》のお客様《きゃくさま》なら余計《よけい》にも可愛《かわい》がって

上《あ》げなくちゃならねえのだが、何《なに》しろ此方《こっち》の油《あぶら》が切《き》れたから、動《うご》きが取《と》れねえのだ、まあ下《お》りてお呉《く》んなさいまし」

鷲神社《おおとりじんじゃ》の鳥居《とりい》の前《まえ》へ駕籠《かご》をドッカと卸《お》ろしてしまって、二人《ふたり》の駕籠屋《かごや》は悠々《ゆうゆう》と煙草入《たばこいれ》を取《と》り出《だ》します。

「まあ、如何《どう》しても此処《ここ》で、わたしを卸《お》ろそうというの」

堪《たま》り兼《か》ねて駕籠《かご》から面《かお》を現《あら》わしたのは、もとの女軽業《おんなかるわざ》の親方《おやかた》のお角《かく》でありました。

「まあ、下《お》りて御覧《ごらん》なさいまし、あれあの通《とお》り吉原《よしわら》が大騒《おおさわ》ぎでございます、手《て》に取《と》るように騒《さわ》ぎの音《おと》が聞《きこ》えるんでございまさあ」

「おや、此処《ここ》はお酉様《とりさま》の前《まえ》、どうしてもお前《まえ》さん達《たち》が足許《あしもと》を見込《みこ》んで動《うご》いて呉《く》れないなら動《うご》いて呉《く》れないでいいよ、わたしはこれから一人《ひとり》で出《で》かけるから」

お角《かく》は駕籠《かご》の中《なか》から出《で》て来《き》ました。

「おい〳〵、お神《かみ》さん、この淋《さび》しい田甫《たんぼ》の中《なか》を一人《ひとり》じゃ危《あぶ》のうございますぜ、乗《の》ってお出《いで》なさいまし、悪《わる》い事《こと》は云《い》わないから」

「馬鹿《ばか》にするない、このトンチキ野郎《やろう》、手前達《てめえたち》のようなドブ人足《にんそく》に足許《あしもと》を見《み》られて、おいそれと乗《の》るようなお神《かみ》さんとはお神《かみ》さんが違《ちが》うんだ」

「おや〳〵、此奴《こいつ》は大《たい》へんな事《こと》になった」

六七三

酒井《さかい》の市中取締《しちゅうとりしまり》の巡邏隊《じゅんらたい》に追《お》い崩《くず》された茶袋《ちゃぶくろ》の歩兵《ほへい》は、彼処《かしこ》の路次《ろじ》に突当《つきあた》り、この店《みせ》の角《かど》へ逃《に》げ込んだのを、弥次馬《やじうま》が此処《ここ》ぞとばかり追《お》いかけて、寄《よ》って集《たか》って石《いし》や拳《こぶし》で滅茶々々《めっちゃめっちゃ》に叩《たた》きつけて殺《ころ》してしまいました。その屍骸《しがい》が彼方此方《あちらこちら》に転《ころ》がっているのは無惨《むざん》な事《こと》でありました。この騒《さわ》ぎが、漸《ようや》くすさまじくなりはじめた時分《じぶん》、これも丁度《ちょうど》、宇治山田《うじやまだ》の米友《よねとも》が、屋根《やね》の上《うえ》から飛《と》び降《お》りた時分《じぶん》の事《こと》でありました。若《わか》い武士《さむらい》が肩《かた》に一人《ひとり》の人《ひと》を引掛《ひっか》けて刎橋《はねばし》を跳《おど》り越《こ》えて、そっと龍泉寺《りゅうせんじ》の方《かた》へ逃《に》げて行《ゆ》くらしい姿《すがた》を見《み》る事《こと》が出来《でき》ました。今《いま》の騒《さわ》ぎで怪我《けが》をしたものをつれて逃《に》げるのかと思《おも》えば、二人《ふたり》の姿《すがた》は尋常《じんじょう》の姿《すがた》で、茶袋《ちゃぶくろ》でもなければ酒《さか》井《い》の巡邏隊《じゅんらたい》に属《ぞく》しているものではないらしくあります。一方《ぽう》は田圃《たんぼ》、一方《ぽう》は畑《はたけ》になっている間《あいだ》の道《みち》を通《とお》って、時々後《ときどきうしろ》を振《ふ》り返《かえ》りながら、前《まえ》へ急《いそ》いで行《ゆ》く面《おもて》を見《み》れば、それは宇津木兵馬《うつぎひょうま》でありました。その背《せ》に引《ひっ》かけられているのは神尾主膳《かみおしゅぜん》であること申《もう》すまでもありません。兵馬《ひょうま》はこの辺《へん》の道筋《みちすじ》をよく知《し》らないけれども、向《むこ》うに黒《くろ》く見《み》えるのが上野《うえの》の森《もり》であろうとの見当《けんとう》はつきました。兎《と》も角《かく》、あの上野《うえの》の森《もり》を目《め》ざして行《ゆ》こうとするつもりであるらしく思《おも》われます。

「おや、お前達《まえたち》は、わたしを如何《どう》しようというんだい」

畑《はたけ》の中《なか》で金《かね》を切《き》るような声《こえ》がしたから、兵馬《ひょうま》は足《あし》を留《とど》めました。

「いいから、そんなに怒《おこ》らないで駕籠《かご》に乗《の》ってお戻《もど》んなさいましよ」

「乗《の》ろうと乗《の》るまいと大《おお》きなお世話《せわ》じゃないか、退《ど》いておいで邪魔《じゃま》をしないで、お通《とお》し」

「そんな訳《わか》らない事《こと》を仰有《おっしゃ》るもんじゃあございませんよ、山下《やました》の立場《たてば》から吉原《よしわら》まで二百五十の定《き》まりの上《うえ》に、多分《たぶん》の酒代《さかて》まで戴《いただ》いてある人《ひと》でございますから今更《いまさら》、どうの斯《こ》うのていう訳《わけ》じゃあございませんよ」

「何《なん》でもいいから、お通《とお》し、先《さき》の事《こと》が心配《しんぱい》になって、気《き》が気《き》じゃあ無《な》いんだから、通《とお》してお呉《く》れ」

「可《い》けませんよ」

「この野郎《やろう》」

女《おんな》の方《ほう》が腹《はら》を立《た》って、ピシャリと男《おとこ》の頬《ほほ》を撲《なぐ》りつけたようであります。

「おや〱、打《ぶ》ちやがったな、女《おんな》だてらに男《おとこ》を打《ぶ》ちやがったぜ、女《おんな》の子《こ》に抓《つね》られるのは悪《わる》くはねえが、斯《こ》う

色気《いろけ》なしに打《ぶ》たれちゃあ勘弁《かんべん》がならねえ」

「泥棒《どろぼう》――」

「泥棒《どろぼう》だって、こいつは穏《おだや》かでねえ、こいつは、どうも穏《おだや》かでねえ」

「あれ――人殺《ひとごろ》し」

「おや〱、人殺《ひとごろ》し……なお可《い》けねえ、兄弟《きょうでえ》、その口《くち》をしっかり封《ふう》じてやって呉《く》んねえ」

「あれ――この野郎《やろう》」

「何《なに》を云《い》ってるんだ、ジタバタするだけ野暮《やぼ》じゃねえか」

たしかに一人《ひとり》の女《おんな》を、二人《ふたり》の駕籠舁《かごかき》が取《と》って押《おさ》えて手込《てごめ》にし兼《か》ねまじき事態《じたい》と聞《き》きつけた兵馬《ひょうま》は、もう猶《ゆう》予《よ》するわけには行《ゆ》きませんから、神尾主膳《かみおしゅぜん》を背中《せなか》から下《お》ろして其処《そこ》へさし置《お》いて、今《いま》の金切声《かなきりごえ》の方《ほう》へ飛《と》んで行《ゆ》きました。

処《ところ》は鷲神社《おおとりじんじゃ》の鳥居《とりい》の前《まえ》、二人《ふたり》の大《だい》の駕籠舁《かごかき》が、一人《ひとり》の年増《としま》の女《おんな》を取《と》って押《おさ》えようとしている処《ところ》、その女《おんな》が必死《ひっし》の抵抗《ていこう》をしている為《ため》に、駕籠屋達《かごやたち》も思《おも》うようにならないのを、力《ちから》を極《きわ》めて地上《ちじょう》へ押伏《おしふ》せて猿轡《さるぐつわ》をはませようとするものらしくあります。

「この馬鹿者奴《ばかものめ》が」

兵馬《ひょうま》は横合《よこあい》から一人《ひとり》を蹴飛《けと》ばして一人《ひとり》を突《つ》き倒《たお》しました。

六七四

「お危《あぶ》ない処《ところ》をお助《たす》け下《くだ》さいまして有難《ありがと》う存《ぞん》じまする」

兵馬《ひょうま》の為《ため》に悪《わる》い駕籠舁《かごかき》を追《お》い飛《と》ばしてもらったからお角《かく》は其処《そこ》へ手《て》をついてお礼《れい》を云《い》いました。

「これは何方《どちら》へお出《い》でなさる」

「はい、吉原《よしわら》へ用事《ようじ》がありまして、山下《やました》から頼《たの》んで参《まい》りました駕籠《かご》が此《こ》の始末《しまつ》でございます」

「お送《おく》り申《もう》して上《あ》げたいが、彼方《あちら》ではちと……」

「もう、つい其処《そこ》でございますから、ひとりで参《まい》ります」

「吉原《よしわら》は今《いま》、あの通《とお》りの騒《さわ》ぎで浮《うか》と近寄《ちかよ》れまいと思《おも》われるが、用心《ようじん》してお出《いで》なさい」

「有難《ありがと》うございます、いずれ用事《ようじ》が済《す》み次第《しだい》お礼《れい》に上《あが》ろうと存《ぞん》じますが、あのお住居《すまい》は何方様《どちらさま》でございましょう」

「ナニ、左様《さよう》な御心配《ごしんぱい》は御無用《ごむよう》になさるがよい、やあ、また吉原《よしわら》の騒《さわぎ》が大《おお》きくなったようじゃ」

「何《なん》でございましょう、あの騒《さわ》ぎは」

「歩兵隊《ほへいたい》が入《はい》り込《こ》んで乱暴《らんぼう》をはじめたのでござる」

「わたくしの知合《しりあい》の人《ひと》が、丁度《ちょうど》、吉原《よしわら》に行《い》っていますものでございますから、気《き》が気《き》ではありません、それでは此《こ》の儘御免下《ままごめんくだ》さいまし」

お角《かく》が其《そ》のまま駈出《かけだ》すと、暫《しば》らくして、

「アッ」

「危《あぶ》ねえ、気《き》をつけやがれ」

又《また》しても闇《やみ》の中《なか》で、バッタリと突《つ》き当《あた》ったものがあって、お角《かく》はよろ〳〵としました。さては逃《に》げ去《さ》ったと見《み》せた悪《わる》い駕籠屋共《かごやども》がまだ其《そ》の辺《へん》に潜《ひそ》んでいるのであろうと、兵馬《ひょうま》は、お角《かく》のよろけた方《ほう》へ進《すす》んで行《ゆ》きました。

「如何《どう》なされた」

「誰《だれ》か参《まい》りました、今《いま》わたしに突《つ》き当《あた》りました」

「誰《だれ》か、其処《そこ》にいるのは誰《だれ》だ」

兵馬《ひょうま》は咎《とが》めて見《み》るけれど、誰《だれ》も返事《へんじ》をする者《もの》がありません。

「隠《かく》れているな」

兵馬《ひょうま》は進《すす》んで行《ゆ》き、

「今《いま》の駕籠屋共《かごやども》であろう」

「いいえ、別《べつ》の人《ひと》のようでございました、彼方《あちら》からバタ〳〵と駈《か》けて来《き》て、わたしに突《つ》き当《あた》ると直《す》ぐに姿《すがた》を見《み》えなくしてしまいました」

「怪《あや》しい奴《やつ》だ、併《しか》し心配《しんぱい》なさらぬが宜《よ》い、そこまで

送《おく》ってお上《あ》げ申《もう》そう」

兵馬《ひょうま》はお角《かく》の先《さき》に立《た》ちました、お角《かく》は四方《ほう》を見廻《みまわ》しながらつづきました。その時《とき》に、

「うーむ」

という人《ひと》の唸《うな》る声《こえ》。

「あれ、人《ひと》の唸《うな》っているような声《こえ》が」

お角《かく》はさすがに気味《きみ》を悪《わる》がって足《あし》を留《とど》めました。

「ああ」

兵馬《ひょうま》も其《そ》の唸《うな》り声《ごえ》には驚《おどろ》かされないわけに行《ゆ》かなかった様《よう》です。

「今《いま》の悪《わる》い奴《やつ》でございましょう、それとも、あの駕籠《かご》屋《や》が、まだ其処《そこ》いらに倒《たお》れているのでございましょうか」

「左様《さよう》ではない、あれは……」

と兵馬《ひょうま》は答《こた》えて、当惑《とうわく》しました今《いま》、暗《くら》い中《なか》で唸《うな》り出《だ》したのは、最前《さいぜん》追《お》い飛《と》ばした駕籠《かご》屋《や》でもなく、今出合《いまであい》頭《がしら》にお角《かく》に突《つ》き当《あた》った怪《あや》しい者《もの》でもなく、それとは全《まった》く別《べつ》の人《ひと》、即《すなわ》ち、兵馬《ひょうま》が吉原《よしわら》の茶屋《ちゃや》から此《こ》れまで担《かつ》いで来《き》た神尾主膳《かみおしゅぜん》が、地上《ちじょう》へ差置《さしお》かれた処《ところ》で、息《いき》を吹《ふ》き返《かえ》した為《ため》に、その唸《うな》り声《ごえ》に違《ちが》いないから、それで兵馬《ひょうま》はハタと当惑《とうわく》しました。

「うーむ、水《みず》を持《も》て、水《みず》を」

正《まさ》しく神尾主膳《かみおしゅぜん》の声《こえ》であります。

六七五

「おやあの声《こえ》は……」

お角《かく》は其声《そのこえ》に聞耳《ききみみ》を立《た》てました。

「あれは怪《あや》しいものではない、拙者《せっしゃ》の連《つれ》の者《もの》」

兵馬《ひょうま》は斯《こ》う云訳《いいわけ》をしました。

「お連《つれ》の方《かた》でございましたか」

お角《かく》も、それだけは安心《あんしん》していると、

「ああ苦《くる》しい、水《みず》を持《も》て、水《みず》を、女中共誰《じょちゅうどもだれ》も居《お》らぬか」

闇《やみ》の中《なか》で、つづけて斯《こ》う云《い》い出《だ》したから、

「おや、あのお声《こえ》は」

お角《かく》は、その声《こえ》が気《き》になって堪《たま》りません、兵馬《ひょうま》はお角《かく》を、さし置《お》いて、

「お静《しず》かに、静《しず》かにさっしゃい」

地上《ちじょう》へ捨《す》て置《お》いた主膳《しゅぜん》の傍《そば》へ寄《よ》って、それを抱《かか》えて綾《あや》なそうとします。

「早《はや》く水《みず》を持《も》てと申《もう》すに、女共何処《おんなどもどこ》へ行《い》った、拙者《せっしゃ》はもう帰《かえ》るぞ」

「ここは吉原《よしわら》ではござらぬ、静《しず》かにさっしゃい」

兵馬《ひょうま》は主膳《しゅぜん》を抱上《だきあ》げて耳《みみ》に口《くち》をつけて囁《ささ》やきました。

「吉原《よしわら》でない、吉原《よしわら》でなければ何処《どこ》だ、暗《くら》い処《ところ》だな、化物屋敷《ばけものやしき》か、染井《そめい》の化物屋敷《ばけものやしき》か此処《ここ》は」

主膳《しゅぜん》は人心地《ひとごこち》がなく物《もの》を云《い》っているようであります。

「おや〳〵、もし、貴方様《あなたさま》、そのお方《かた》は誰方《どなた》でござりまする」

お角《かく》は、あまり怪《あや》しいので立《た》ち戻《もど》って来《き》ました、そうして兵馬《ひょうま》の抱《かか》えている人《ひと》を、さしのぞこうとしました。

「これは、拙者《せっしゃ》の連《つれ》の者《もの》で、ちと酒《さけ》の上《うえ》の悪《わる》い男《おとこ》」

「もし、そのお方《かた》のお声《こえ》に、どうやら、わたくしはお聞《き》き覚《おぼ》えがあるようでございます」

「何《なん》の、そなた達《たち》の知《し》った者《もの》ではない」

兵馬《ひょうま》は隠《かく》した方《ほう》が宜《よ》かろうという心持《こころもち》であります。

「誰《だれ》が、拙者《せっしゃ》の断《ことわ》りなしに此《こ》んな処《ところ》へ連《つ》れて来《き》た、こんな暗《くら》い処《ところ》へ誰《だれ》が連《つ》れて来《き》たのじゃ、さあ水《みず》を持《も》て、酔《よ》い醒《ざ》めの水《みず》、その次《つぎ》に迎《むか》え酒《ざけ》、また一騒《さわ》ぎして帰《かえ》るとしよう、誰《だれ》も居《お》らぬか」

兵馬《ひょうま》は隠《かく》そうとしても、人心地《ひとごこち》のない主膳《しゅぜん》はうわ言《ごと》のように声高《こえたか》く此《こ》んな事《こと》を云《い》い出《だ》しました。お角《かく》は立《たっ》ている事《こと》が出来《でき》ません。

「あの、そのお方《かた》のお声《こえ》は……どうもわたくしは聞《き》いた事《こと》のあるようなお声《こえ》でございますが、もし間違《まちが》いましたら、御免下《ごめんくだ》さいまし、そのお方《かた》はあの神《かみ》……染井《そめい》の方《ほう》のお方《かた》ではございませんか」

「染井《そめい》……染井《そめい》の化物屋敷《ばけものやしき》、こんな陰気臭《いんきくさ》い処《ところ》へ、誰《だれ》

が連《つ》れて帰《かえ》った……」

主膳《しゅぜん》は切《き》れ〴〵に斯《こ》う云《い》って唸《うな》りました。

「ああ、そうだ〳〵、其《その》お方《かた》は神尾《かみお》の殿様《とのさま》ではございませんか」

「おお、この人《ひと》を神尾主膳殿《かみおしゅぜんどの》と知《し》っている和女《そなた》は……」

「まあ、神尾《かみお》の殿様《とのさま》でございましたか、宜《よ》い処《ところ》でお目《め》にかかりました、殿様《とのさま》をお迎《むか》えの為《ため》に、わたくしは吉《よし》原《わら》へ飛《と》んで参《まい》る処《ところ》でございますよ、ここでお目《め》にかかろうとは存《ぞん》じませんでした」

お角《かく》は喜《よろこ》んで兵馬《ひょうま》の抱《だ》いている男《おとこ》を神尾主膳《かみおしゅぜん》と認《みと》めてしまいました。

「如何《いか》にも、この方《かた》は神尾主膳殿《かみおしゅぜんどの》であるが、そういう和女《そなた》は」

兵馬《ひょうま》は再《ふたた》び、お角《かく》の身《み》の上《うえ》を尋《たず》ねました。

「これは御免下《ごめんくだ》さいまし、つい慌《あわて》てしまいまして、申《もうし》上《あ》げるのを忘《わす》れてしまいました、わたくしは此《こ》の殿様《とのさま》の……此《こ》の殿様《とのさま》の奉公人《ほうこうにん》でございます」

「ああ、左様《さよう》か、然《しか》らば此《こ》の神尾殿《かみおどの》のお住居《すまい》を御存《ごぞん》知《じ》であろうがな」

「エエ、それは申上《もうしあ》げるまでもございませんが、それよりは此《こ》の殿様《とのさま》のお連《つれ》のお方《かた》は……お連様《つれさま》は何方《どちら》においでででございましょう」

六七六

「ナニ、この神尾殿《かみおどの》に連《つれ》があったのか」

「はい、あの……」

お角《かく》は此処《ここ》で龍之助《りゅうのすけ》の名《な》を云《い》おうとしました。その変名《へんみょう》は時《とき》によっては吉田《よしだ》といった。時《とき》によっては藤原《ふじわら》といったりする。其《そ》の人《ひと》の名《な》をうっかり云《い》ってしまおうとして、はっと気《き》がつきました。

「神尾殿《かみおどの》は一人《ひとり》ではなかったのか」

「はい、あのお友達《ともだち》の方《かた》が……」

「友達《ともだち》が、拙者《わし》はまた神尾殿《かみおどの》一人《ひとり》で吉原《よしわら》へお出《いで》になったものとばかり思《おも》うていた、それが、あの騒《さわ》ぎの中《うち》に前後《ぜんご》も知《し》らずに酔《よ》い倒《たお》れておいでになる故《ゆえ》に、斯《こ》うして肩《かた》にかけて参《まい》ったが」

「左様《さよう》でございましたか、もう一人《ひとり》の方《かた》は、それではなお心配《しんぱい》でございます」

お角《かく》は、思《おも》いがけなく神尾《かみお》を此処《ここ》に発見《はっけん》して、ほっと安心《あんしん》したのを、その連《つれ》の人《ひと》が一緒《しょ》でないと聞《き》いて、また心配《しんぱい》しました。兵馬《ひょうま》は、まさか其《そ》のお角《かく》が心配《しんぱい》する人《ひと》が机龍之助《つくえりゅうのすけ》であろうとは気《き》がつきません。

「多分《たぶん》、散々《さんざん》に逃《に》げた事《こと》と思《おも》われる、さして心配《しんぱい》するほどの事《こと》はあるまい」

「いいえ、そのお方《かた》の方《ほう》が此《こ》の殿様《とのさま》よりもまだ心配《しんぱい》なのでございます」

「如何《どう》して」

「そのお方《かた》は御不自由《ごふじゆう》なお方《かた》でございますから、それで、わたくしが頼《たの》まれて出《で》て参《まい》りましたので、神尾《かみお》の殿様《とのさま》だけならば、来《こ》ないでも宜《よ》いのでございました」

「不自由《ふじゆう》とは、何《なに》が不自由《ふじゆう》なのだ」

「はい、それは……」

お角《かく》は、云《い》って宜《よ》いのか悪《わる》いのか、ここでも始末《しまつ》に困《こま》りました。本来《ほんらい》ならば神尾主膳《かみおしゅぜん》の名前《なまえ》ですらが、滅多《めった》には口《くち》には出《だ》せないのを此処《ここ》は拠処《よんどころ》なき場合《ばあい》で口《くち》に出《だ》してしまいました。その人《ひと》と連《つれ》になって来《き》た机龍之助《つくえりゅうのすけ》の事《こと》は云《い》い出《だ》すまいと思《おも》いましたけれど、

「お目《め》が悪《わる》いのでございます」

ついこれだけを云《い》ってしまいました。

「ナニ、目《め》が悪《わる》い……それは困《こま》る事《こと》だろう、あの騒《さわ》ぎの中《なか》で」

「平常《ふだん》ならば何《なん》でも無《な》いお方《かた》だそうでございますが、お目《め》が悪《わる》い為《ため》に……」

「それはお困《こま》りであろう、それと知《し》ったならば御《ご》一緒《しょ》にお連《つ》れ申《もう》す筈《はず》であったのに」

「それでは、わたくしが、兎《と》も角《かく》も出《で》かけてお茶屋《ちゃや》さ

んまで容子《ようす》を聞《き》きに参《まい》りましょう、貴方様《あなたさま》どうぞ神尾《かみお》の殿様《とのさま》をお預《あず》かり下《くだ》さいませ、わたくしは其《そ》のお目《め》の悪《わる》いお方《かた》を探《さが》しに参《まい》ります」

お角《かく》が斯《こ》う云《い》った時《とき》に、

「目《め》は悪《わる》くても心《こころ》さえ確《たしか》なら大事《だいじ》はないぞ。藤原《ふじわら》……吉田《よしだ》……龍之助《りゅうのすけ》、あんばいは如何《どう》じゃ、気分《きぶん》はいいか、水《みず》が飲《の》みたいか、おれも水《みず》が飲《の》みたい、水《みず》を早《はよ》う持《も》てというに、女共《おんなども》、誰《だれ》も居《お》らんか」

神尾主膳《かみおしゅぜん》が、また夢中《むちゅう》で斯《こ》う云《い》い出《だ》したのを聞《き》いた宇津木兵馬《うつぎひょうま》は愕然《がくぜん》として驚《おどろ》きました。

「ナニ、目《め》の悪《わる》い人《ひと》、吉田《よしだ》……龍之助《りゅうのすけ》、それは、それは」

主膳《しゅぜん》を投《な》げ出《だ》すほどに驚《おどろ》いたのも無理《むり》はありません。

「その目《め》の悪《わる》い人《ひと》に逢《あ》いたかったのだ、その人《ひと》が連《つれ》と知《し》ったならば、斯《こ》うして神尾殿《かみおどの》一人《ひとり》を連《つ》れて出《で》て来《く》るのではなかった、さあ其《そ》の人《ひと》を探《さが》しに行《い》きましょう、一緒《しょ》に吉原《よしわら》へ引帰《ひきかえ》しましょう」

兵馬《ひょうま》が急《せ》き込《こ》んでお角《かく》は烟《けむ》に捲《ま》かれたようでありました。

その時《とき》に思《おも》いがけなく築墻《ついじ》の蔭《かげ》から、

「宇津木《うつぎ》さん、早《はや》く行《い》ってお出《い》でなさいまし、神尾《かみお》の殿様《とのさま》の処《ところ》は、わっしが引受《ひきう》けますから随分御心配《ずいぶんごしんぱい》なく」

斯《こ》う云《い》ってのそりと出《で》て来《き》たのは金助《きんすけ》の声《こえ》に違《ちが》いありません。

六七七

「金助《きんすけ》ではないか」

「へえ、金助《きんすけ》でございます、お忌《いや》でもございましょうが、お後《あと》を慕《した》って参《まい》りました」

金助《きんすけ》は相変《あいかわ》らず洒蛙々々《しゃあしゃあ》としたものであります。

「今《いま》、わたしに打着《ぶつか》ったのはお前《まえ》さんかエ」

お角《かく》が斯《こ》う云《い》って咎《とが》めると、

「へえ、私《わたし》でございます、飛《と》んだ粗忽《そこつ》を致《いた》して申訳《もうしわけ》がございません、実《じつ》は其《そ》の時《とき》、おわびを申上《もうしあ》げてしまえば宜《よ》いのでございましたが、これには仔細《しさい》がありそうでございますので、物蔭《ものかげ》へ忍《しの》んで御容子《ごようす》を窺《うかが》いましてございます」

「わたしは、また悪《わる》い駕籠屋《かごや》が出《で》たのかと思《おも》って吃驚《びっくり》しました」

「如何《どう》致《いた》しまして、決《けっ》して悪《わる》い者《もの》じゃあございません、只今《ただいま》、物蔭《ものかげ》で委細《いさい》の容子《ようす》を承《うけたまわ》って居《お》りますれば、宇津《うつ》木様《ぎさま》のお尋《たず》ねのお方《かた》は神尾《かみお》の殿様《とのさま》よりもお連《つれ》のお方《かた》でお有《あ》りなさるそうでございますね、それと知《し》ったらば、金助《きんすけ》が其《そ》の方《ほう》を当《あた》ってお目《め》にかけるのでございましたっけ、それから、また其方《そちら》にお出《いで》なさるお神《かみ》さんも、神尾様《かみおさま》と其《そ》のお連《つ》れの方《かた》を尋《たず》ねてお出《い》でなすったそうで、左様《さよう》ならばお二人《ふたり》でこれから直《すぐ》にお引返《ひきかえ》しになって萬字楼《まんじろう》を探《さが》して御覧《ごらん》なさいませ、この神尾《かみお》の殿様《とのさま》は、わたしがお引受申《ひきうけもう》して、たしかにお邸《やしき》へお届《とど》け申《もう》しますから、後《あと》の処《ところ》は御心配《ごしんぱい》なく」

金助《きんすけ》の薄唇《うすくちびる》でペラ／＼喋《しゃべ》るのが相変《あいかわ》らず軽薄《けいはく》で胸《むね》が悪《わる》くなるけれども、この場合《ばあい》、やっぱり金助《きんすけ》の云《い》う処《ところ》に任《まか》せて、自分《じぶん》は今《いま》聞《き》き込《こ》んだ新《あたら》しい敵《てき》に当《あた》らねばならぬ時《とき》でしたから、

「それでは金助《きんすけ》、神尾殿《かみおどの》の事《こと》は頼《たの》む、拙者《わし》は此《こ》の方《かた》と共《とも》に萬字楼《まんじろう》へ取《と》って返《かえ》さねばならぬ」

「おっと、お待《ま》ちなさいまし、如何《いか》にも後《あと》は此《こ》の金助《きんすけ》がお引受《ひきう》け申《もう》しやしたけれど、任《まか》せられっぱなしでは恐《おそ》れ入《い》ります、一体《たい》夜《よ》の明《あ》けるまで此処《ここ》に斯《こ》うして神尾《かみお》の殿様《とのさま》のお伽《とぎ》をしているのでございますか、それともお邸《やしき》へお送《おく》り申上《もうしあ》げるのでございますか、ナニ夜《よ》もすがら此処《ここ》にお伽《とぎ》をしていろと仰有《おっしゃ》れば、そうしていない限《かぎ》りもございませんが、もしお邸《やしき》の方《ほう》へお送《おく》り申《もう》すのでございましたらば、そのお邸《やしき》のお処番地《ところばんち》をお聞《き》かせなすって戴《いただ》きたいので……」

「ああ、そうでした、それではあの金助《きんすけ》さんとやら、この殿様《とのさま》を染井《そめい》の化物屋敷《ばけものやしき》……化物屋敷《ばけものやしき》と云《い》ってはオ

カしいけれど、土地《とち》では其《そ》んな事《こと》を云《い》ってるそうですから、お聞《き》きになるなら、そう云《い》ってお聞《き》きなすって御覧《ごらん》なさい、建部様《たてべさま》と藤堂様《とうどうさま》のお下屋敷《しもやしき》の間《あいだ》を行《い》って、染井稲荷《そめいいなり》に近《ちか》い、随分淋《ずいぶんさび》しい処《ところ》だから、そのつもりでお出下《いでくだ》さいまし」

「おや〳〵、染井《そめい》の藤堂様《とうどうさま》のお屋敷《やしき》あたりと来《き》ては昼《ひる》間行《まい》っても、あんまり気味《きみ》のいい処《ところ》ではございません、それに化物屋敷《ばけものやしき》と来《き》ては、わっしのような臆病者《おくびょうもの》は慄《ふる》え上《あ》がってしまいます、宜《よろ》しゅうございます、そこらで腕《うで》っぷしの強《つよ》そうな駕籠屋《かごや》を頼《たの》んでお送《おく》り申《もう》す事《こと》に致《いた》しましょう……いえナニ、駕籠賃《かごちん》なんぞは要《い》りません、そんな御心配《ごしんぱい》は御無用《ごむよう》でございます、宇津木《うつぎ》さんから戴《いただ》いたのが、まだ其《そ》っくりございますから、それでは彼方《あちら》へ行《い》ってから戴《いただ》くことに致《いた》しましょう」

「それでは頼《たの》みました、そうしてあのお屋敷《やしき》はお留守《るす》だからわたし共《ども》の帰《かえ》るまで誰《だれ》にも辞《ことわ》りなしに待《ま》っていて下《くだ》さい、淋《さび》しい処《ところ》だけれども、広《ひろ》いお屋敷《やしき》だから、玄関《げんかん》の次《つぎ》の間《ま》の処《ところ》へ上《あが》って勝手《かって》に休《やす》んでいて下《くだ》さいまし」

「宜《よろ》しゅうございますとも、お大切《だいじ》に行《い》ってお出《い》でなさいまし、お早《はや》くお帰《かえ》りなさいまし」

金助《きんすけ》にあとを托《たく》して置《お》いて兵馬《ひょうま》はお角《かく》を連《つれ》てまたも吉原《よしわら》へ引返《ひきかえ》して参《まい》りました。

六七八

　染井《そめい》の化物屋敷《ばけものやしき》へ神尾主膳《かみおしゅぜん》を送《おく》って来《き》て其《そ》の一間《ま》へ休《やす》ませた後《のち》、金助《きんすけ》は次《つぎ》の間《ま》へ入《はい》って煙草《たばこ》を吹《ふ》かしています。

「成程《なるほど》、こいつは化物屋敷《ばけものやしき》だ、これだけの構《かま》えに主人《しゅじん》の外《ほか》には人間《にんげん》の気《け》が無《ね》えというのが全《まった》く人間放《にんげんばな》れがしている、何《なん》だか斯《こ》うしているとゾク〳〵して淋《さび》しくて堪《たま》らねえ、身《み》の毛《け》がよだつようだ、おや〳〵、この浴衣《ゆかた》、吉原田圃《よしわらたんぼ》で転《ころ》んだ拍子《ひょうし》に、こんなに泥《どろ》だらけになっていたのを今《いま》まで気《き》がつかなかったのは怖《おそ》れ入《い》る、気《き》がついて見《み》れば此《こ》んなものは一刻《こく》も身《み》につけてはいられねえ、はてな、着替《きがえ》はねえかな、こんな場合《ばあい》だからお殿様《とのさま》のお召物《めしもの》であろうとも、お部屋様《へやさま》のお召替《めしかえ》であろうとも、何《なん》でも構《かま》わねえ、手当《てあた》り次第《しだい》に御免《ごめん》を蒙《こうむ》って……」

　金助《きんすけ》はあたりを見廻《みまわ》すと、衣桁《いこう》に鳴海絞《なるみしぼり》の広袖《ひろそで》の浴衣《ゆかた》があったから、それを取《と》って引《ひっ》かけました。そうして煙草《たばこ》を吹《ふ》かしている耳許《みみもと》でブーンと蚊《か》が唸《うな》ります。

「おや〳〵、蚊《か》が出《で》やがった、おお痒《かゆ》い〳〵、こいつは堪《たま》らねえ」

　いつの間《ま》にか蚊《か》に手《て》の甲《こう》を、したたかに食《く》われていました。その手《て》を掻《か》きながらピシリと顔《かお》を打《う》って蚊《か》をハタキ落《おと》し、

「世《よ》の中《なか》に蚊《か》ほどうるさきものはなし、文武《ぶんぶ》といいて夜《よ》も眠《ねむ》られず、さすがに寝惚先生《ねぼけせんせい》、旨《うま》い処《とこ》を云《い》ったな、何処《どこ》かにまだ蚊帳《かや》があるだろう」

　金助《きんすけ》は立《た》って戸棚《とだな》を開《あ》けると、そこに蒲団《ふとん》もあれば、立派《りっぱ》な蚊帳《かや》も入《い》れてありました。その蒲団《ふとん》を展《の》べて蚊帳《かや》をつり、その中《なか》へ煙草盆《たばこぼん》を引寄《ひきよ》せて、ふんぞり返《かえ》った金助《きんすけ》は、

「だが、何《なん》となくさむしいな、陰々《いんいん》と湿《しめ》っぽい家《うち》だな、燈心《とうしん》をもう少《すこ》し掻《か》き立《た》てて明《あか》るくしといてやろう、殿《との》様《さま》は、よくお休《やす》みのようだ、お命《いのち》に仔細《しさい》はあるまい、成程《なるほど》、すや〳〵と寝息《ねいき》が聞《きこ》えるから、まず安心《あんしん》」

　金助《きんすけ》は蒲団《ふとん》の上《うえ》に腹這《はらば》いながら頻《しき》りに煙草《たばこ》を喫《の》んでいると、庭《にわ》の彼方《あっち》で物《もの》の音《おと》がします。

「おや、何《なに》か音《おと》がしたぜ、風《かぜ》が出《で》たんじゃあるめえな」

耳《みみ》をすますと、下駄《げた》を穿《は》いて歩《あゆ》んで来《く》るらしい人《ひと》の足音《あしおと》。

「冗談《じょうだん》じゃねえ、人《ひと》の足音《あしおと》だぜ、しかも暢気《のんき》に庭《にわ》の中《なか》をカラコロと引摺《ひきず》って歩《ある》いて来《く》るのは只者《ただもの》じゃあ無《ね》えぜ、あのお角《かく》とやらいう女《おんな》の言葉《ことば》では、誰《だれ》もいねえ留守《るす》の屋敷《やしき》だと云《い》ったが、誰《だれ》かいるじゃねえか、誰《だれ》か庭《にわ》を歩《ある》いて来《く》るじゃねえか、此奴《こいつ》は堪《た》まらねえ、化物屋敷《ばけものやしき》の化《ばけ》

物《もの》がお出《いで》なすったんだぜ、人《ひと》が悪《わる》いねえ、拙者《せっしゃ》を臆病《おくびょう》と知《し》りながら、此《こ》んな処《ところ》へ送《おく》り込《こ》んで生《い》きながら化物《ばけもの》の餌食《えじき》とするなんぞは、寧《いっ》そ、殿様《とのさま》をお起《おこ》し申《もう》そうか、お起《おこ》し申《もう》したって、死《し》んだも同《おな》じように寝癖《ねくせ》の悪《わる》い殿《との》様《さま》だ、何《なん》にもなりゃしねえ、おや／＼、いよ／＼此方《こっち》へやって来《く》るぜ、下駄《げた》の音《おと》がだん／＼近《ちか》くなるぜ、あれもう飛石《とびいし》の上《うえ》あたりを歩《ある》いているんだ、弱《よわ》ったなあ、とても斯《こ》うしちゃいられねえ、何《なに》か獲物《えもの》は無《ね》えかな、獲物《えもの》があって見《み》た処《ところ》で、おれの腕《うで》じゃあ納《おさ》まりがつかねえ、殿様《とのさま》のお寝間《ねま》の中《なか》へ潜《もぐ》り込《こ》んでしまおうか、さあ大変《たいへん》、雨戸《あまど》へ手《て》をかけたぞ、雨戸《あまど》には錠《じょう》が下《お》ろしてあるんだろうな、お角《かく》さん、忘《わす》れて錠《じょう》を下《お》ろさずに行《い》くなんて、そんな抜《ぬ》かりのある女《おんな》では無《な》かろう筈《はず》だが……化物《ばけもの》の事《こと》だから、戸《と》の隙間《すきま》から入《はい》って来《き》て金助《きんすけ》さんお怨《うら》めしいなんぞは有難《ありがた》くねえな、おや／＼、開《あ》けた／＼、何《なん》の苦《く》もなく雨戸《あまど》をサラリと開《あ》けたぜ、さあ、いよ／＼堪《た》まらねえ、あれ／＼廊下《ろうか》がミシリ／＼云《い》うぜやって来《き》た、やって来《き》た、お出《いで》なすった」

　金助《きんすけ》は驚《おどろ》き怖《おそ》れて、蒲団《ふとん》を頭《あたま》からスッポリ被《かぶ》って息《いき》を凝《こ》らしていました。これは金助《きんすけ》の疑心暗鬼《ぎしんあんき》ではなく、たしかに庭《にわ》を歩《ある》いて、雨戸《あまど》を開《あ》けて廊下《ろうか》を歩《ある》いて金助《きんすけ》が今《いま》蒲団《ふとん》を被《かぶ》っている部屋《へや》の障子《しょうじ》の前《まえ》に立《た》った者《もの》があるにはあるのであります。

六七九

「お角《かく》さん、もうお帰《かえ》りなさったの」

障子《しょうじ》を開《あ》けて蚊帳《かや》の外《そと》に立《た》って斯《こ》う云《い》ったのは女《おんな》の声《こえ》で有《あり》ます。金助《きんすけ》は黙《だま》っていました、蒲団《ふとん》を頭《あたま》から被《かぶ》ってガタ〳〵と慄《ふる》えていました。併《しか》し、燈火《あかり》はカン〳〵とかがやいていることであるし、喫《の》みかけた煙管《きせる》は其処《そこ》に抛《ほう》り出《だ》してあるのであるし、その煙草《たばこ》の吸殻《すいがら》ものん〳〵と立《た》ち登《のぼ》っているのであるから、外《そと》から見《み》ても、内《うち》から見《み》ても人《ひと》が居《い》ないとは言《い》い抜《ぬ》けられない有様《ありさま》であります。

「お角《かく》さんは如何《どう》しました」

蚊帳《かや》の外《そと》の女《おんな》は再《ふたた》びこんな事《こと》を云《い》いました。金助《きんすけ》は其《そ》れでも返事《へんじ》をしなかったけれど、女《おんな》は容易《ようい》に立《た》ち去《さ》ろうともしないで、

「そこに寝《やす》んでいるのは誰方《どなた》」

「へえ〳〵、うーむ」

金助《きんすけ》もついに堪《こら》え兼《か》ねて、慄《ふる》え声《ごえ》で、今目《いまめ》が覚《さ》めたような作《つく》り声《ごえ》をして、

「誰方《どなた》でございます」

同《おな》じような事《こと》を云《い》いました、やはり蒲団《ふとん》は被《かぶ》ったきりでいたけれど、その隙間《すきま》から、そっと目《め》だけ出《だ》して蚊帳《かや》の外《そと》を見《み》ようとしました、立《た》っているのは寝衣姿《ねまきすがた》の女《おんな》らしく其《そ》の腰《こし》から下《した》のあたりのみを辛《かろ》うじて見《み》ることが出来《でき》ます。

「お前《まえ》さんは誰方《どなた》」

向《むこ》うでも相変《あいかわ》らず同《おな》じような尋《たず》ね方《かた》。

「金助《きんすけ》でございます」

「金助《きんすけ》さんと仰有《おっしゃ》るのは」

「へえ、只今《ただいま》、殿様《とのさま》のお伴《とも》をして帰《かえ》ったばかりでございます」

「お角《かく》さんは如何《どう》しました、お前《まえ》さんと一緒《しょ》に帰《かえ》りましたか」

「いいえ、あの方《かた》は、まだ帰《かえ》りませんで、吉原《よしわら》へ引返《ひっかえ》して参《まい》りました、わたくしはまた其《そ》の途中《とちゅう》で頼《たの》まれまして、此方様《こちらさま》へ殿様《とのさま》をお届《とど》け申《もう》したついでに斯《こ》うして御厄介《ごやっかい》になっているのでございます」

「それでは帰《かえ》って来《き》たのは、お前《まえ》さんと、当家《こちら》の主人《しゅじん》の二人《ふたり》きりなの」

「左様《さよう》でございます」

「も一人《ひとり》のその連《つれ》の人《ひと》は如何《どう》しました」

「それでございますよ、そのお連《つれ》のお方《かた》の行方《ゆくえ》が知《し》れなくなったので、それで、お角《かく》さんと、もう一人《ひとり》のお方《かた》が探《さ》がしに上《あが》ったんでございます、わっしは後《あと》を頼《たの》まれて、殿様《とのさま》をこのお屋敷《やしき》へお連《つ》れ申《もう》したんでございますよ」

「其《そ》りゃ嘘《うそ》でしょう」

「如何《どう》して嘘《うそ》なんぞを申《もう》しましょう、本当《ほんとう》の事《こと》でございます」

「嘘《うそ》、嘘《うそ》、お前《まえ》さんと、あの御別家《ごべっけ》の奥《おく》さんやお角《かく》さんと、腹《はら》を合《あわ》せて、わたしを欺《だま》してあの人《ひと》を隠《かく》したんでしょう」

「おや〳〵、腹《はら》を合《あわ》せて、私《わたし》があの人《ひと》をお隠《かく》し申《もう》すにもお隠《かく》し申《もう》さないにも、てんで其《そ》のお方《かた》にお目《め》にかかった事《こと》は無《な》いのでございますもの……」

「いいえ、お前《まえ》さん達《たち》の企《たくら》みはちゃんとわたしが心得《こころえ》ています」

「わっし共《ども》の企《たくら》み……一体私《たいわたし》は斯《こ》うして今晩初《こんばんはじ》めてお屋敷《やしき》へ上《あが》ったものでございますよ、それは彼方《あちら》にいる時分《じぶん》には、殿様《とのさま》に随分御恩《ずいぶんごおん》を受《う》けましたけれど、江戸《えど》へ参《まい》りましては昨晩計《さくばんはか》らずも吉原《よしわら》で殿様《とのさま》にお目《め》にかかったばかり、何《なに》も人様《ひとさま》に怨《うら》まれるような企《たくら》みを致《いた》しました覚《おぼ》えはございませんが」

「そんなら何故《なぜ》、あの人《ひと》を残《のこ》して、此方《こちら》の主人《しゅじん》だけを連《つ》れて帰《かえ》りました」

「何故《なぜ》連《つ》れて帰《かえ》ったと、それをわっしに仰有《おっしゃ》っても御《ご》無理《むり》でございます、一体《たい》、貴方様誰方《あなたさまどなた》でございます」

金助《きんすけ》は、漸《ようや》く少《すこ》しは落着《おちつ》いて蒲団《ふとん》を刎退《はねの》けて、全《まった》く見当違《けんとうちが》いの恨《うらみ》を自分《じぶん》に述《の》べているその女《おんな》の人《ひと》の何者《なにもの》なるやを見《み》ようとしました。

「や、大変《たいへん》、本物《ほんもの》……」

金助《きんすけ》は必死《ひっし》になって蒲団《ふとん》にしがみついて、また其《そ》れを頭《あたま》から被《かぶ》って絶叫《ぜっきょう》しました。

六八〇

蚊帳《かや》の外《そと》に立《た》っているのは女《おんな》は女《おんな》に違《ちが》いないけれども、女《おんな》の姿《すがた》をした鬼《おに》であります、臆病《おくびょう》な金助《きんすけ》には慥《たしか》にそう見《み》えました。怖《こわ》さ半分《はんぶん》と、横着半分《おうちゃくはんぶん》とで蒲団《ふとん》を被《かぶ》って応対《おうたい》をしていた金助《きんすけ》は、ここに至《いた》って全《まった》くの恐怖《きょうふ》に襲《おそ》われて歯《は》の根《ね》が合《あ》いません。

「吉原《よしわら》というのも、お前《まえ》さん、そりゃ嘘《うそ》だろう」

女《おんな》は、いよ〳〵すさまじい声《こえ》。

「如何致《どういた》しまして、嘘《うそ》ではございません」

「嘘《うそ》を云《い》うのに違《ちが》いない、そうしてあの人《ひと》を何処《どこ》へか隠《かく》したのは、あれは御別家《ごべっけ》の奥《おく》さんという人《ひと》に頼《たの》まれてお角《かく》さんが手引《てびき》をして、わたしに知《し》れないように隠《かく》してしまったのだという事《こと》を、わたしは前《まえ》から、ちゃんと知《し》っている、お前《まえ》さん、何処《どこ》へあの人《ひと》を隠《かく》したか、それを云《い》って下《くだ》さい」

「ト、ト、飛《と》んでもない事《こと》で、あの人《ひと》にも、此《こ》の人《ひと》にも、わっしが隠《かく》すなんて、お隠《かく》し申《もう》すなんて、そんな事《こと》はございません、ございます筈《はず》がございません」

「お前《まえ》さん、若《も》しお金《かね》が欲《ほ》しいなら幾《いく》らでも上《あ》げるから、あの人《ひと》を隠《かく》した処《ところ》を教《おし》えて下《くだ》さい」

「いいえ、お金《かね》が如何《どう》しようと云《い》うんではございません……まあ、何《なに》が何《なに》やら存《ぞん》じませんが、貴方様《あなたさま》にお怨《うら》まれ申《もう》しても、わっしは損《そん》でございますから、ようく事《こと》のわけを申上《もうしあ》げてしまいます、あの吉原《よしわら》で、わっしは神尾《かみお》の殿様《とのさま》にお目《め》にかかっただけで、そのお連《つ》れの方《かた》には一向《こう》気《き》がつきませんでしたので、あとで承《うけたま》われば其《そ》れはお目《め》が……お目《め》が悪《わる》い方《かた》だそうで、その方《かた》の事《こと》でございますか」

「その人《ひと》、その目《め》の悪《わる》い人《ひと》が何《なん》で吉原《よしわら》へ行《い》って見《み》ようという気《き》になるものか、それを傍《はた》から皆《みん》なして連《つ》れ出《だ》して……」

「いいえ、吉原《よしわら》へお出《いで》になったのは本当《ほんとう》でございます、吉原《よしわら》は萬字楼《まんじろう》という大《おお》きな店《みせ》でございまして、其処《そこ》へ、私《わたくし》も丁度《ちょうど》お客《きゃく》になって登《のぼ》り合《あわ》せたんでございます、そうすると遽《にわか》に吉原《よしわら》の中《なか》へ大騒動《おおそうどう》が起《おこ》りましたんでございます」

「あの吉原《よしわら》で大騒動《おおそうどう》が……」

「左様《さよう》でございます、茶袋《ちゃぶくろ》の歩兵《ほへい》というのが吉原《よしわら》を荒《あら》し廻《まわ》っているんでございます、それでドの店《みせ》のお客《きゃく》も此《こ》の店《みせ》のお客《きゃく》も、その騒動《そうどう》で逃《に》げ迷《まよ》うて、此方《こちら》の殿様《とのさま》なんぞも大急《おおいそ》ぎで、茶屋《ちゃや》へ引上《ひきあ》げてお出《いで》になりましたが、そのドサクサ紛《まぎ》れに、お連《つ》れの方《かた》とハグれてしまいました」

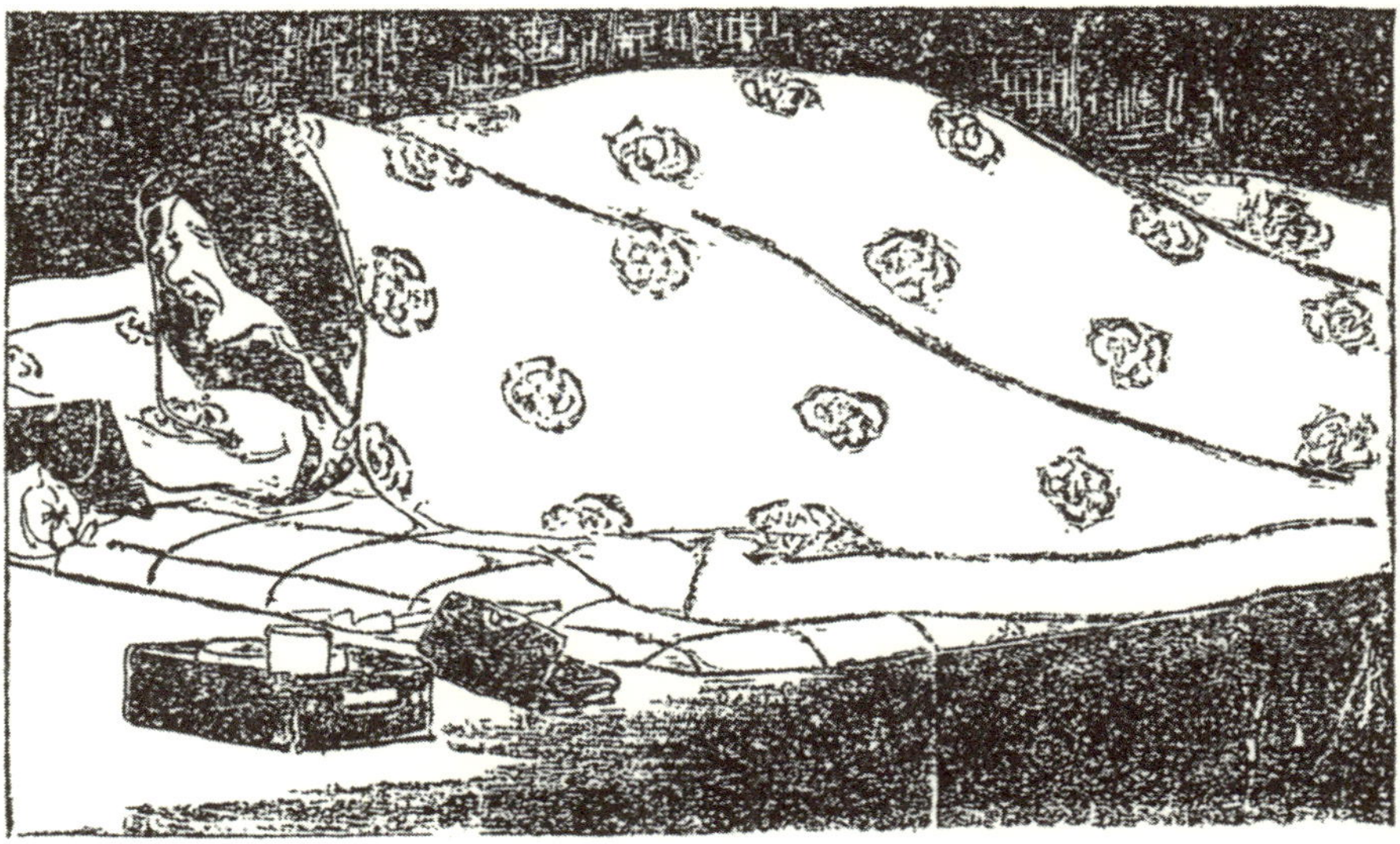

「そんな事《こと》はありません、それはお前《まえ》のこしらえ事《ごと》です、成程《なるほど》ここの主人《しゅじん》は吉原《よしわら》とやらへ行《い》ったかも知《し》れないが、その前《まえ》に、あの人《ひと》を何処《どこ》へか隠《かく》してしまったのです、あの人《ひと》を隠《かく》して置《お》いて、ここの主人《しゅじん》だけが吉原《よしわら》へ行《い》って遊《あそ》んだものに違《ちが》いない、ここの主人《しゅじん》はそういう事《こと》をする人《ひと》です、それだから一人《ひとり》で帰《かえ》って来《き》たのです、一緒《しょ》になったものが、それに目《め》の不自由《ふじゆう》な人《ひと》を連《つ》れにして行《い》ったものが、それを忘《わす》れて一人《ひとり》で帰《かえ》るなんぞと、そんな事《こと》はありません、それはお前《まえ》さんが、皆《み》んなから頼《たの》まれた拵《こしら》え事《ごと》でわたしを欺《だま》すのです」

「如何《どう》も恐《おそ》れ入《い》りました、それほどにお疑《うたが》い遊《あそ》ばすなら論《ろん》より証拠《しょうこ》、これから吉原《よしわら》へ行《い》ってごらんなさいまし、わたしの云《い》う事《こと》が嘘《うそ》か本当《ほんとう》か、直《す》ぐおわかりになりますから」

「吉原《よしわら》というのは、これから遠《とお》い処《ところ》かえ」

「遠《とお》いと云《い》った処《ところ》で知《し》れたものでございます、一里半《りはん》と思《おも》ったら損《そん》はございますまい」

「お前《まえ》、その吉原《よしわら》と云《い》う処《ところ》へ、わたしを案内《あんない》してお呉《く》れ」

「いいえ……それは如何《どう》も」

「それ御覧《ごらん》、わたしを連《つ》れて行《い》くことは出来《でき》まい、お前《まえ》がつれて行《ゆ》かなければ、わたしは一人《ひとり》で行《ゆ》きます」

女《おんな》は斯《こ》う云《い》って、スーッと消《き》えるように出《で》て行《ゆ》きました。

六八一

お角《かく》と共《とも》に宇《う》津《つ》木《ぎ》兵馬《ひょうま》が再《ふたた》び吉原《よしわら》の廓内《かくない》へ引返《ひっかえ》した時分《じぶん》には騒動《そうどう》は鎮《しず》まって居《お》りました。萬字楼《まんじろう》へ行《い》って見《み》ると、ここは野戦病院《やせんびょういん》のような有様《ありさま》で、上《うえ》を下《した》への混雑《こんざつ》でしたけれども道庵先生《どうあんせんせい》の姿《すがた》は其処《そこ》で見《み》ることは出来《でき》ませんでした。恐《おそ》らく先生《せんせい》は、一通《とお》りの任務《にんむ》を済《す》まして家《うち》へ帰《かえ》ってしまったものか、或《あるい》は何処《どこ》かに飲《の》みつぶれて動《うご》きが取《と》れないでいる事《こと》でありましょう。

その混雑《こんざつ》の中《なか》を兵馬《ひょうま》とお角《かく》とは尋《たず》ねて見《み》ると、たしかに神尾主膳《かみおしゅぜん》らしい人《ひと》と共《とも》に此《こ》の楼《ろう》へ送《おく》られて来《き》たのは二人《ふたり》づれであったという事《こと》、その一人《ひとり》は盲目《めくら》の人《ひと》であったという事《こと》、その盲目《めくら》の人《ひと》が中《なか》ばで血《ち》を吐《は》いて別室《べっしつ》に移《うつ》されたという事《こと》。騒動《そうどう》の時《とき》に、誰《だれ》も彼《かれ》も逃《に》げ出《だ》したけれども結局《けっきょく》、その盲目《めくら》の血《ち》を吐《は》いた人《ひと》だけは一人別室《ひとりべっしつ》へ取《と》り残《のこ》されたままでいた事《こと》、それと気《き》がついて丁度近所《ちょうどきんじょ》へ来合《きあわ》せて飲《の》んでいた道庵先生《どうあんせんせい》を頼《たの》んで、その乗物《のりもの》で助《たす》け出《だ》して貰《もら》おうとした処《ところ》から……その後《ご》の成行《なりゆき》まで漸《ようや》く聞《き》き出《だ》すことが出来《でき》ました。併《しか》しこれだけを聞《き》き出《だ》すにも、甲《こう》に問《と》い乙《おつ》に尋《たず》ね、店《みせ》と茶屋《ちゃや》との間《あいだ》を屢《しばしば》往復《おうふく》しました。

その盲目《めくら》の客《きゃく》が移《うつ》されたという別室《べっしつ》へ来《き》て見《み》れば夜《や》具《ぐ》と蒲団《ふとん》がそのままにあるばかりで人《ひと》の気配《けはい》はありません。それから後《のち》にこの客《きゃく》は道庵先生《どうあんせんせい》が乗《の》って来《き》た切《きり》棒《ぼう》の駕籠《かご》にうつされて、その駕籠側《かごわき》には梯子《はしご》を持《も》った小兵《こひょう》の男《おとこ》、天《てん》から降《ふ》ったか地《ち》から湧《わ》いたか、遽《にわか》に騒動《そうどう》の場《ば》へ現《あらわ》れて、多数《たすう》の歩兵隊《ほへいたい》を相手《あいて》に大格闘《だいかくとう》をした男《おとこ》が附《つ》いて門《もん》を出《で》てしまったのは、騒動《そうどう》が鎮《しず》まったのと略同《ほぼおな》じ位《くらい》の時刻《じこく》だということでありました。

これだけの事《こと》を兵馬《ひょうま》とお角《かく》が尋《たず》ね上《あ》げた時分《じぶん》にはもう夜《よ》が明《あ》け渡《わた》っていました。

「その医者《いしゃ》というのは何《いず》れの何《なん》というお医者《いしゃ》であろうか」

兵馬《ひょうま》はそれを尋《たず》ねると、

「それは、下谷《したや》の長者町《ちょうじゃまち》の道庵先生《どうあんせんせい》と云《い》って名代《なだい》のお医者《いしゃ》さんでございます」

「ははあ、長者町《ちょうじゃまち》の道庵老《どうあんろう》か」

兵馬《ひょうま》は思《おも》いがけなくも思《おも》い、またよき手《て》がかりと喜《よろこ》びました。その医者《いしゃ》が長者町《ちょうじゃまち》の道庵《どうあん》ということであって、盲目《めくら》の人《ひと》が道庵《どうあん》の乗物《のりもの》で送《おく》り出《いだ》されたとすれば、その落着《おちつ》いた先《さき》は、やはり道庵《どうあん》の宅《たく》に相違《そうい》ないと思《おも》いました。道庵《どうあん》がそれと知《し》って助《たす》けに来《き》たものか知《し》らずして偶然《ぐうぜん》に助《たす》ける事《こと》になったものか其《そ》れはわからないけれど、道庵《どうあん》を突《つっ》つけば当《あた》らずとも大《たい》して外《はず》れる事《こと》ではない。殊《こと》に相手《あいて》は盲目《めくら》の上《うえ》に血《ち》を吐《は》いて病《やまい》に倒《たお》れて

いたということである。何処《どこ》へ逃《に》げられる筈《はず》も無《な》いと、やや安心《あんしん》した。

お角《かく》に向《むか》っても、その一端《たん》を物語《ものがた》り、それから一緒《しょ》に長者町《ちょうじゃまち》へ急《いそ》ぐことに定《き》めました。お角《かく》は兵馬《ひょうま》が何故《なにゆえ》に自分《じぶん》と同《おな》じ人《ひと》を深《ふか》く尋《たず》ねるのだか、それを知《し》ることが出来《でき》ませんでした。けれども自分《じぶん》としては是非共《ぜひとも》に尋《たず》ね出《いだ》して染井《そめい》の屋敷《やしき》へ帰《かえ》らなければならないと思《おも》って、何処《どこ》までも兵馬《ひょうま》と行動《こうどう》を共《とも》に、土手《どて》へ出《で》て二挺《ちょう》の駕籠《かご》を雇《やと》って前後《ぜんご》して長者町《ちょうじゃまち》へ飛《と》ばせました。

処《ところ》が道庵《どうあん》の家《うち》へ着《つ》いて見《み》た時分《じぶん》に事《こと》は案外《あんがい》でありました。兵馬《ひょうま》が久《ひさ》しぶりで来《き》て見《み》た道庵《どうあん》の家《いえ》は昔《むかし》に変《かわ》らず古《ふる》びた黒塗《くろぬり》の冠木門《かぶきもん》が傾《かたむ》きかかっているけれど、それの周囲《しゅうい》には覆《おっ》かぶさるように新築《しんちく》の大厦高楼《たいかこうろう》が出来《でき》上《あ》がっている事《こと》だけが相違《そうい》であります。門《もん》を押《お》して見《み》ると何《なん》の苦《く》もなく開《あ》いて、留守番《るすばん》の国公《くにこう》はまだ夢路《ゆめじ》にさまようていました。それを呼《よ》び起《おこ》して尋《たず》ねて見《み》ると、これも道庵《どうあん》の留守番《るすばん》だけあって、昨夜《さくや》の吉原《よしわら》のあの騒《さわ》ぎなんぞは少《すこ》しも知《し》らず、ヘエ、そんな事《こと》がありましたかといっている位《くらい》だから、昨夜来此処《さくやらいここ》へ怪《あや》しげな乗物《のりもの》の客《きゃく》が着《つ》いたとは、トテモ想像《そうぞう》することが出来《でき》ません。

肝腎《かんじん》の主人公《しゅじんこう》の道庵先生《どうあんせんせい》は、まだ帰宅《きたく》していないのだから、これも話《はなし》にならない事《こと》であります。

六八二

やや暫《しば》らく待《ま》っているうちに、それでも道庵《どうあん》が抜《ぬ》からぬ顔《かお》をして帰《かえ》って来《き》ただけが感心《かんしん》であります。

「先生《せんせい》」

兵馬《ひょうま》は帰《かえ》って来《き》た道庵《どうあん》を玄関《げんかん》に迎《むか》えて、詰問《きつもん》しようとすると、

「やあ、こりゃ如何《ど》うも……」

と云《い》って道庵《どうあん》は酔眼朦朧《すいがんもうろう》として兵馬《ひょうま》を見《み》て額《ひたい》を叩《たた》きました。

「先生《せんせい》、帰《かえ》りが余《あま》り遅《おそ》いではござらぬか」

「ははは、面目次第《めんぼくしだい》も無《ね》え、いい年《とし》をしてはや如何《ど》うも」

と恐縮《きょうしゅく》がって、

「けれども、別《べつ》に吉原《よしわら》へ遊《あそ》びに行《い》ったという訳《わけ》では無《ね》えから堪忍《かんにん》して呉《く》れ、頼《たの》まれて人助《ひとだす》けに行《い》ったんだからね」

兵馬《ひょうま》は、そんな余計《よけい》な申訳《もうしわけ》が聞《き》きたいのではありません。

「先生《せんせい》、その助《たす》けに行《い》ったという人《ひと》を何処《どこ》へ隠《かく》しました」

「何処《どこ》へ隠《かく》した……待《ま》てよ」

道庵《どうあん》は怪訝《けげん》な面《かお》をして四辺《あたり》をながめ、それから暫《しばら》く前夜《ぜんや》の事《こと》を考《かんが》えているものらしくありましたが、

「国公《くにこう》、おい国《くに》さんや」

と云《い》って留守番《るすばん》の国公《くにこう》を声高《こえたか》く呼《よ》び、

「昨夜《ゆうべ》お前《めえ》、おれの家《うち》へ乗物《のりもの》で病人《びょうにん》が一人届《ひとりとど》いた筈《はず》だが、あれを如何《ど》うしたえ」

「先生《せんせい》、そんな者《もの》は参《まい》りませんよ」

「ナニ、来《こ》ねえと」

「はい、昨夜《ゆうべ》は、誰方《どなた》もお出《い》でになりませんよ」

「ハテな」

道庵《どうあん》は、なお頻《しき》りに首《くび》を捻《ひね》っているのが、兵馬《ひょうま》には悶《もど》かしくてなりません。併《しか》し乍《なが》ら、この先生《せんせい》に限《かぎ》って、わざと恍《とぼ》けて首《くび》を捻《ひね》っているのでない事《こと》は心得《こころえ》ているから如何《ど》うする事《こと》も出来《でき》ません。

「まあ、待《ま》って呉《く》れ、あれからああと、あそこでああ頼《たの》まれてああしてああなってと、そうだそうだ、途中《とちゅう》で友公《ともこう》の野郎《やろう》が飛出《とびだ》しやがった。おれの頭《あたま》から天水桶《てんすいおけ》の水《みず》を被《かぶ》せている処《ところ》へ米友《よねとも》が飛《と》び出《だ》して来《き》て、おれを助《たす》けて呉《く》れたが、それから後《あと》の事《こと》は……どうもよく訳《わか》らねえ、おれなんぞは如何《ど》うでもいいから、早《はや》く病人《びょうにん》という奴《やっ》をおれの乗物《のりもの》で助《たす》けだしてやれと云《い》った事《こと》は覚《おぼ》えているがな……そうすると何《なん》だろう、米友《よねとも》の野郎《やろう》が其病人《そのびょうにん》をおれのあんぽつで送《おく》り出《だ》して其《そ》れから……其《そ》れから此処《ここ》へ着《つ》いていなけりゃ、それから後《あと》の事《こと》は俺《おれ》も知《し》らねえ」

斯《こ》う云《い》われてしまうと、兵馬《ひょうま》は肝腎《かんじん》の処《ところ》で又《また》も其《そ》の要領《ようりょう》を取《と》り外《はず》してしまわなければならぬ、幸《さいわ》いな事《こと》に、先生《せんせい》の口《くち》から米友《よねとも》の名《な》が洩《も》れた事《こと》であります。これには彼《か》の米友《よねとも》がまた何《なに》か引《ひっ》かかりがある事《こと》では無《な》かろうかとそれを聞《き》き外《はず》しませんでした。

「その米友《よねとも》という者《もの》は、それは先生《せんせい》の御存知《ごぞんじ》のお人《ひと》か、拙者《せっしゃ》も知《し》っては居《お》りまするが其《そ》の米友《よねとも》が病人《びょうにん》を先生《せんせい》に代《かわ》って送《おく》り出《だ》したものでござるか」

「まあ左様《そう》云《い》えば其《そ》んなものだが、あの野郎《やろう》が此処《ここ》へ送《おく》って来《こ》ねえとすると、野郎病人《やろうびょうにん》を浚《さら》って逃《に》げたな」

「逃《に》げたとは聞《き》き捨《ず》てにならぬ、さあ何《いず》れの方《ほう》へ逃《に》げたものか、そのお心当《こころあた》りはござらぬか」

兵馬《ひょうま》は逃《に》げたという事《こと》が、いよいよ安《やす》からぬ事《こと》であります。道庵《どうあん》はまたいよ〳〵不得要領《ふとくようりょう》で、

「逃《に》げたと云《い》った処《ところ》で君《きみ》、手《て》に手《て》を取《と》って逃《に》げたと云《い》う訳《わけ》じゃ無《ね》えんだ、相手《あいて》が病人《びょうにん》だよ、あの野郎《やろう》、また病人《びょうにん》をつれて何処《どこ》へ逃《に》げたんだ、ほんとに気《き》の知《し》らねえ野郎《やろう》だ」

ここでも道庵《どうあん》の云《い》う事《こと》に長《なが》く相手《あいて》になってる訳《わけ》には行《ゆ》きません。

「左様《さよう》ならば、米友《よねとも》を探《さが》して見《み》ましょう、お角《かく》どの、途中《とちゅう》で何《なに》かまた間違《まちが》いがあったものらしい」

六八三

ここでまた事件《じけん》が迷宮《めいきゅう》に入《い》りかけました。兵馬《ひょうま》とお角《かく》とは吉原《よしわら》土手《どて》から大門《おおもん》までの駕籠屋《かごや》を調《しら》べ、それと米友《よねとも》の行動《こうどう》をたしかめようと再《ふたた》び取《と》って返《かえ》しましたけれど、ここでも更《さら》に其《そ》の要領《ようりょう》を得《う》ることが出来《でき》ませんでした。その駕籠屋《かごや》というものの見当《けんとう》が更《さら》につかないから、もう然《しか》るべき処《ところ》へ送《おく》り届《とど》けて帰《かえ》っているものだか、それともまだ帰《かえ》らないのだか、その辺《へん》も更《さら》にわからないのであります。

ただ一つの手《て》がかりは、その駕籠傍《かごわき》についていた小兵《こひょう》の男《おとこ》、それは屋根《やね》の上《うえ》から飛《と》び下《お》りて茶袋《ちゃぶくろ》を相手《あいて》に戦《たたか》った梯子《はしご》の勇士《ゆうし》、それが近頃《ちかごろ》浅草《あさくさ》の広小路《ひろこうじ》へ出《で》る梯子乗《はしごのり》の友吉《ともきち》というものであったらしいと云《い》ったものがありました。そこで兵馬《ひょうま》は是非《ぜひ》なく、梯子乗《はしごのり》の友吉《ともきち》なる者《もの》の住処《すみか》を尋《たず》ね当《あ》てて、それが米友《よねとも》であるならば、或《あるい》は米友《よねとも》が一時龍之助《じりゅうのすけ》を其《そ》の家《うち》に連《つ》れ込《こ》んだのでは無《な》かろうかとの推察《すいさつ》でありました。その時《とき》にお角《かく》は斯《こ》う云《い》いました。

「宇津木様《うつぎさま》、わたしの考《かんが》えではこれは染井《そめい》の屋敷《やしき》へ送《おく》られているんじゃないかと思《おも》います、駕籠《かご》の中《なか》であの方《かた》から頼《たの》まれて、先生《せんせい》の方《ほう》へは行《ゆ》かずに、染井《そめい》へ送《おく》り届《とど》けてもらうように話《はなし》が定《き》まって、それで先廻《さきまわ》りをしたんじゃ無《な》かろうかと思《おも》います、寧《いっ》そ染井《そめい》の屋敷《やしき》までお伴《とも》を致《いた》して見《み》ましょうか」

「成程《なるほど》」

「あの米友《よねとも》という男《おとこ》、あれは正直者《しょうじきもの》だから、病人《びょうにん》を隠《かく》して如何《どう》の斯《こ》うのという事《こと》はございません、若《も》し途中《とちゅう》で、その歩兵《ほへい》さんとやらでも出《で》て来《き》て喧嘩《けんか》をしかけたんならば、何《なん》か途中《とちゅう》で噂《うわさ》がありそうなものですが、それが無《な》い処《ところ》を見《み》ますと、やっぱり染井《そめい》にお連《つ》れ申《もう》したのかも知《し》れませんよ」

「左様《そう》かも知《し》れぬ、そなたも、あの米友《よねとも》を御存知《ごぞんじ》か」

「知《し》って居《お》りますとも、わたしが使《つか》っていた事《こと》がある人《ひと》でございますよ、手古摺《てこず》りました、あの男《おとこ》には」

「併《しか》し、あれは悪人《あくにん》ではない」

「悪人《あくにん》ではございませんけれど、あれでは悪人《あくにん》より寧《いっ》そ始末《しまつ》が悪《わる》うございますよ、いろ〳〵人《ひと》も使《つか》って見《み》ましたけれども、あんなのは初《はじ》めてでございます」

「珍《めず》らしい男《おとこ》よ、拙者《せっしゃ》は伊勢《いせ》ではじめて会《あ》って、それから東海道《とうかいどう》の三保《みほ》の松原《まつばら》で二度目《どめ》にめぐり逢《あ》い、三度《ど》目《め》は甲州《こうしゅう》で会《あ》った」

「わたしも甲州《こうしゅう》で別《わか》れたままでございます、此方《こちら》へ来《き》たら捉《つか》まえてやりたいと思《おも》っていた処《ところ》でございます」

お角《かく》と米友《よねとも》とが知《し》り合《あい》であることを兵馬《ひょうま》は聞《き》きました。それは何等《なんら》の縁《えん》あってか深《ふか》くは尋《たず》ねませんでした。ただお角《かく》の云《い》う通《とお》り、龍之助《りゅうのすけ》を守護《しゅご》した米友《よねとも》の一行《こう》は染井《そめい》へ乗込《のりこ》んだものであろうとは、慥《たしか》に左様疑《そううたが》われないでもありません。龍之助《りゅうのすけ》として見《み》ても、助《たす》け出《だ》されて道庵《どうあん》の家《うち》へ連《つ》れて行《い》かれるよりは、染井《そめい》の神尾《かみお》の屋《や》敷《しき》へ帰《かえ》りたいのであろうから、途中《とちゅう》で米友《よねとも》にもその事《こと》を話《はな》して駕籠《かご》を染井《そめい》へ枉《ま》げさせたものだろうとの推察《すいさつ》は、当《とう》を得《え》ないものではありません。

そこで二人《ふたり》は其《そ》の足《あし》で駕籠《かご》を前後《ぜんご》して、お角《かく》が案内《あんない》して染井《そめい》の化物屋敷《ばけものやしき》へと急《いそ》がせました。染井《そめい》の化物屋《ばけものや》敷《しき》へ着《つ》いて見《み》ると神尾主膳《かみおしゅぜん》は昨夜来枕《さくやらいまくら》も上《あ》げずに死人《しにん》同様《どうよう》に眠《ねむ》っていました。その次《つ》ぎの間《ま》には金助《きんすけ》が青《あお》くなって慄《ふる》えていました。その青《あお》くなって慄《ふる》えていた金《きん》助《すけ》に尋《たず》ねて見《み》ると、龍之助《りゅうのすけ》らしいものも、米友《よねとも》らしいものも一向到着《こうとうちゃく》しては居《お》らずに、昨晩女《さくばんおんな》の幽霊《ゆうれい》……が出《で》て劫《おびや》かされたという事《こと》で金助《きんすけ》が青《あお》くなって慄《ふる》えていることを知《し》りました。

土蔵《どぞう》へ行《い》って見《み》ると、龍之助《りゅうのすけ》はもとより、お銀様《ぎんさま》の姿《すがた》が見《み》えません。

六八四

お君《きみ》は帯《おび》をするようになりました。その時《とき》にお松《まつ》が、

「お君《きみ》さん、お目出《めで》とうございます」

と云《い》って微笑《ほほえ》むと、お君《きみ》は、

「否《いい》え……」

と云《い》って真赧《まっか》な面《かお》をしました。世《よ》の常《つね》ならばこれは女《おんな》としての手柄《てがら》でありましょうけれど、お君《きみ》は左様《そう》思《おも》っていないらしいのであります。お松《まつ》は其《そ》れを慰《なぐさ》めるつもりか、

「ほんとにお大切《だいじ》になさいまし、これから、ちょいとの用事《ようじ》でも皆《み》んなわたしがして上《あ》げますから、遠慮《えんりょ》なく仰有《おっしゃ》って下《くだ》さいませ、御老女様《ごろうじょさま》の仰有《おっしゃ》るには、胎教《たいきょう》と云《い》って、今《いま》が大事《だいじ》な所《ところ》で、心《こころ》に何《なに》か心配《しんぱい》を持《も》ったり、悪《わる》い事《こと》でも考《かんが》えたりすると、それが皆《み》んなお腹《なか》のお子《こ》さんへ祟《たた》るのだそうでございますから、成《な》るべく善《よ》い事《こと》を見《み》たり聞《き》いたりして美《うつく》しい心《こころ》になっておいでなさいまし」

と云《い》いました。

「有難《ありがと》うございます、わたくしなんぞが……」

と云《い》って、お君《きみ》はやはり淋《さび》しい面《かお》をして横《よこ》を向《む》いていましたが、やがてハラリと涙《なみだ》を落《おと》しました。それを見《み》たお松《まつ》は、お君《きみ》の心《こころ》の中《うち》が測《はか》り兼《か》ねたものらしく、

「貴女《あなた》は泣《な》いていらっしゃるの、何《なに》か泣《な》きなさるほどの悲《かな》しい事《こと》があって」

「はい、いいえ」

「有《あ》るならばお話《はな》しなすって下《くだ》さいましな、わたしのようなものでお話相手《はなしあいて》になるものと思召《おぼしめ》すならば」

「それは心配《しんぱい》になる事《こと》もないではありませんけれど、お話《はな》し申上《もうしあ》げても仕方《しかた》がありませんから、つい悲《かな》しくなってしまいます」

「まあ、それは何故《なぜ》でございましょう、悲《かな》しいほどの事《こと》があったら、わたしに話《はな》して下《くだ》すっても宜《い》いでしょう、ひとりで、そうして気《き》を揉《も》んでおいでなさるのが一番《ばん》お子《こ》さんの為《ため》に悪《わる》いという事《こと》ではございませんか」

「お松《まつ》さん、わたしは此《こ》の子《こ》がやっぱり生《うま》れない方《ほう》が仕合《しあわ》せだと思《おも》いますわ」

「何《なに》を仰有《おっしゃ》います、此《こ》のお目出度《めでた》い矢先《やさき》に其《そ》んな事《こと》を」

「いいえ、目出《めで》たい事《こと》ではありません、わたしに取《と》っても少《すこ》しも目出《めで》たい事《こと》ではございませんし、この子《こ》に取《と》っても決《けっ》して目出《めで》たい事《こと》ではございません」

「まだ其《そ》んな事《こと》を考《かんが》えていらっしゃるの、身持《みもち》は女《おんな》の功名《こうみょう》でございます、勇士《ゆうし》が戦場《せんじょう》へ出《で》るのと同《おな》じだという事《こと》ではございませんか、ここで怯《おく》れを取《と》るような事《こと》があって如何《どう》しますの」

「それとは違《ちが》いますわ、わたくしのだけは其《そ》れとは違《ちが》

いますよ、お松様《まつさま》、わたしは何方《どちら》にしても此《こ》の子《こ》を闇《やみ》から闇《やみ》へ出《だ》すようなものでございます、寧《いっ》そ、この子《こ》が生《うま》れない方《ほう》が此《こ》の子《こ》の為《ため》に仕合《しあわ》せでございます」

「お君《きみ》さん、そんな事《こと》を仰有《おっしゃ》って自分《じぶん》から自分《じぶん》を落《おと》すような事《こと》にしてしまっては、わたしは知《し》らない、折角《せっかく》骨《ほね》を折《お》って下《くだ》さる御老女様《ごろうじょさま》にも申訳《もうしわけ》がないではありませんか」

「けれどもお松《まつ》さん、考《かんが》えて見《み》なさいまし、この子《こ》を世間《せけん》へ出《だ》しましても、此《こ》の子《こ》は父無《てな》し子《ご》と云《い》われて一生明《しょうあか》るい処《ところ》へ出《で》ることが出来《でき》ませんもの」

「おや、父無子《てておなしご》、それは誰《だれ》の事《こと》でございます、このお子《こ》さんはあの通《とお》り、お立派《りっぱ》な駒井能登守様《こまいのとのかみさま》と仰有《おっしゃ》る親御様《おやごさま》をお持《も》ちではございませんか」

「否《いい》え、この子《こ》は駒井能登守《こまいのとのかみ》の子《こ》ではございませぬ、わたくしの子《こ》でございます、それ故《ゆえ》にわたくしは、どのような事《こと》があっても能登守《のとのかみ》の子《こ》としては育《そだ》てません、わたくしの子《こ》として育《そだ》てて参《まい》ります」

「それでも、若《も》し男《おとこ》のお子《こ》さんなら、きっと駒井《こまい》の家《いえ》の後取《あととり》にして見《み》せると、御老女様《ごろうじょさま》も仰有《おっしゃ》っておいでございました」

「否《いい》え、わたくしは駒井能登守《こまいのとのかみ》へ此《こ》の子《こ》を養子《ようし》にはやりませぬ、あの人《ひと》との縁《えん》は切《き》れて居《お》りまする、わたくしも、この子《こ》も赤《あか》の他人《たにん》でござりまする」

六八五

お君《きみ》は何故《なぜ》か斯《こ》ういう事《こと》を言《い》い張《は》ってしまったのであります。

「お君《きみ》さん、それではお子《こ》さんが可哀相《かわいそう》でございますわ、立派《りっぱ》な世間並《せけんなみ》優《すぐ》れた親御《おやご》さんをお持《も》ちになりながら、何《なに》も好《この》んで父無子《てなしご》になさるには及《およ》ばないではございませんか」

「それですから、お松《まつ》さん、わたくしは、此《こ》の子《こ》が憖《なま》じ生《い》きて産《うま》れないで呉《く》れれば宜《よ》いにと思《おも》っているのでございます」

「何《なん》という事《こと》でしょう、それは、仮《かり》にも其《そ》んな不吉《ふきつ》な事《こと》を仰有《おっしゃ》るのは、お前様《まえさま》にも似合《にあ》わない、怖《おそ》ろしい言《こと》葉《ば》に聞《きこ》えますのね」

「エエ、わたしは寧《いっ》そ難産《なんざん》で、わたしも此《こ》の子《こ》も一緒《しょ》に死《し》んでしまえば、それに越《こ》した事《こと》は無《な》いと思《おも》っているのでございますよ」

「まあ、聞《き》いてさえゾッとします、わたしは其《そ》んな事《こと》を聞《き》きたくはありません、あなたも今日《きょう》は初産《ういざん》の心配《しんぱい》で気《き》が如何《どう》かしていらっしゃるのでしょう、もう其《そ》んななお話《はなし》はやめにしましょう、米友《よねとも》さんの噂《うわさ》でもしましょうよ、米友《よねとも》さんと云《い》えば、あの人《ひと》は、ほんとに訳《わか》らない人《ひと》だ、兵馬《ひょうま》さんの仰有《おっしゃ》るには、たしかにある人《ひと》を連《つ》れて吉原《よしわら》の廓《くるわ》から出《で》かけたきり行方《ゆくえ》が知《し》れないそうですね、如何《どう》したんでしょう、兵馬《ひょうま》さんも一生懸命《しょうけんめい》に、あの人《ひと》の行方《ゆくえ》を探《さが》しているんですけれど」

「友《とも》さんが連《つ》れて行《い》ったという或人《あるひと》というのは誰方《どなた》でしょうね」

「それは……其《それ》は兵馬《ひょうま》さんが永年《ながねん》たずねている人《ひと》なのですよ」

「如何《どう》してまた友《とも》さんが、その人《ひと》と一緒《しょ》に行方《ゆくえ》知《し》れずになったのでしょう」

「それが、わたしにも訳《わか》らないのでございます、兵馬《ひょうま》さんの尋《たず》ねていらっしゃる、その或人《あるひと》と申《もう》しますのは、大《たい》変《へん》に悪《わる》い人《ひと》なのでございます、米友《よねとも》さんは、あの通《とお》り正直《しょうじき》な人《ひと》なのでしょう、その正直《しょうじき》な米友《よねとも》さんが、あんな悪人《あくにん》を助《たす》けて、隠《かく》してしまうというような事《こと》は有《あ》りそうにも無《な》い事《こと》だけれど、如何《どう》も米友《よねとも》さんが隠《かく》してしまったものに違《ちが》いないと云《い》って兵馬《ひょうま》さんが心配《しんぱい》していますから、わたしは如何《どう》も訳《わか》らなくなってしまいました」

「ほんとに、あの人《ひと》は、友《とも》さんという人《ひと》は怒《おこ》りぽい人《ひと》だけれども、悪《わる》い仲間《なかま》へ入《はい》って悪事《あくじ》の手伝《てつだ》いをするような事《こと》は頼《たの》まれたって出来《でき》る人《ひと》ではありません、何《なに》かの間違《まちが》いでしょう」

「わたしも何《なに》かの間違《まちが》いと思《おも》いますのよ、若《も》し米友《よねとも》さ

んが悪人《あくにん》の組《くみ》になって、兵馬《ひょうま》さんを敵《てき》にするような事《こと》があると大変《たいへん》だとそればかりを心配《しんぱい》しています」

「友《とも》さんという人《ひと》は、あれで訳《わけ》の判《わか》ったような判《わか》らないような人《ひと》で、それで気《き》が早《はや》いから間違《まちが》いを起《おこ》さなけりゃ宜《よ》いにと思《おも》って、そればかり、わたしは心配《しんぱい》になって堪《たま》りませんのよ」

「何《なん》ですか、そこには余程《よほど》綾《あや》があるようですから、わたしは兵馬《ひょうま》さんによく尋《たず》ねて見《み》ようと思《おも》いますけれど、この二三日《にち》は当家《こちら》へ寄《よ》りつきませんから」

と云《い》っている処《ところ》へ、廊下《ろうか》を通《とお》る人《ひと》の咳《せき》が如何《どう》も兵馬《ひょうま》らしくありましたから、

「兵馬様《ひょうまさま》の様《よう》でございますね」

「左様《さよう》ですね」

お松《まつ》は立《た》ち上《あ》がりました。

お松《まつ》が此《こ》の部屋《へや》を立《た》ち去《さ》ったあとで、お君《きみ》はホッと息《いき》を吐《つ》きました。お松《まつ》は、いつでも元気《げんき》であります。お君《きみ》は、この頃《ごろ》一層《そう》頼《たよ》りない心持《こころもち》が面《おもて》にも言葉《ことば》にも現《あら》われて、親《した》しいお松《まつ》もほとほとそれを慰《なぐさ》め兼《か》ねるのでありました。

果《はた》して帰《かえ》って来《き》たのは兵馬《ひょうま》らしく、それを迎《むか》えて物《もの》を云《い》うお松《まつ》の言葉《ことば》の晴々《はればれ》しさ。ひとり高行燈《たかあんどん》の下《した》に吐《と》息《いき》をついていたお君《きみ》の耳《みみ》には、それを聞《き》くさえも辛《つら》いようでありました。

六八六

お君《きみ》は其《そ》の晩《ばん》、烈《はげ》しい夢《ゆめ》を見《み》ました。その夢《ゆめ》は何時《いつ》か自分《じぶん》が拝田村《はいだむら》の故園《こえん》に帰《かえ》っている時《とき》の夢《ゆめ》であります。母《はは》が臨終《りんじゅう》の時《とき》の夢《ゆめ》であります。

母《はは》は生涯《しょうがい》、お君《きみ》の素性《すじょう》を話《はな》す事《こと》なしに死《し》んでしまいました。それ故《ゆえ》にお君《きみ》は自分《じぶん》の父《ちち》の何者《なにもの》であるかを今《いま》以《もっ》て知《し》らないのであります、この後《のち》とても知《し》ることは出来《でき》ないのであります。母《はは》を措《お》いてはその事《こと》を知《し》るものが無《な》く、その母《はは》の口《くち》は、永久《えいきゅう》に開《ひら》くことが無《な》い限《かぎ》り、父《ちち》の何者《なにもの》であるかを知《し》ることは出来《でき》ません。

今《いま》の身《み》になって見《み》ると、母《はは》の生涯《しょうがい》その者《もの》がそっくり自分《じぶん》に乗《の》り移《うつ》ったものとしか思《おも》われません。母《はは》が不幸《ふこう》であったように、自分《じぶん》も不幸《ふこう》であり、自分《じぶん》の運命《うんめい》が悲《かな》しいように、この子《こ》の運命《うんめい》も悲《かな》しいものであろうと思《おも》えば、駒井能登守《こまいのとのかみ》のかりそめの情《なさけ》に絆《ほだ》された事《こと》が此《こ》の上《うえ》もなき恨《うらみ》であります。

間《あい》の山《やま》で歌《うた》い、拝田村《はいだむら》で朽《くち》てしまえば此《こ》んな事《こと》は無《な》かったものをと、その昔《むかし》が恋《こい》しくなるのみであります。

「態《ざま》あ見《み》やがれ、君公《きみこう》、父無《ててな》し子《ご》を産《う》みやがった、手《て》前《めえ》の母親《ははおや》が、やっぱり其《そ》れなんだ、だから手前《てめえ》の母親《ははおや》が死《し》ぬ時《とき》に、よく其《そ》れを云《い》って聞《き》かせたろう、それを忘《わす》れやがって、いい気《き》になって人《ひと》の玩具《おもちゃ》になって母親《ははおや》と同《おん》なじ事《こと》を繰返《くりかえ》していやがる、態《ざま》あ見《み》られねえや」

口《くち》ぎたなく罵《ののし》る声《こえ》は米友《よねとも》であります。散切頭《ざんぎりあたま》をして盲目縞《めくらじま》の筒袖《つつそで》を着《き》て手槍《てやり》を持《も》った米友《よねとも》が怖《おそ》ろしい目《め》をして、自分《じぶん》の枕許《まくらもと》に突立《つッた》っているのであります。

いつもの米友《よねとも》は此《こ》んな毒々《どくどく》しい事《こと》を云《い》わない筈《はず》であります。思《おも》い切《き》った事《こと》は云《い》うけれども意地《いじ》の悪《わる》い事《こと》は云《い》わない筈《はず》であります。それであるのに、今枕許《いままくらもと》に立《た》っている米友《よねとも》は毒悪《どくあく》なる米友《よねとも》でありました。全然《ぜんぜん》お君《きみ》を辱《はず》かしめに来《き》た米友《よねとも》であるとしか思《おも》われないのであります。

「父無《ててな》し子《ご》で悪《わる》かったね友《とも》さん、人《ひと》の玩具《おもちゃ》になってお気《き》の毒《どく》ね、そういうお前《まえ》さんは一体何《たいなに》をしているの、そんな口幅《くちはば》ったいことを云《い》うほどのお前《まえ》じゃあるまいに」

「はッ、はッ、はッ」

米友《よねとも》は凄《すさま》じい笑《わら》い方《かた》をして見《み》せました。その毒々《どくどく》しさが前《まえ》よりも一層《そう》お君《きみ》の骨身《ほねみ》に泌《し》みました。お君《きみ》は怖《おそ》ろしさに口惜《くや》しさに歯咬《はがみ》をすると、もう米友《よねとも》の姿《すがた》は其《そ》処《こ》に見《み》えません、凄《すさ》まじい冷笑《れいしょう》を残《のこ》して何《いず》れへか行《い》ってしまいました。

それから以来《いらい》、お君《きみ》の眼《め》の前《まえ》には昼《ひる》も米友《よねとも》の姿《すがた》が現《あら》われて、自分《じぶん》を冷笑《れいしょう》しては引《ひ》き上《あ》げて行《ゆ》くのでありま す。可哀相《かわいそう》にお君《きみ》は其《そ》れが為《ため》に少《すこ》しずつ気《き》が変《へん》になって行《ゆ》くらしくあります。折々《おりおり》は、有《あ》らぬ事《こと》を口走《くちばし》って、自分《じぶん》でハッと気《き》がついて四辺《あたり》を見廻《みまわ》すこともあります。

それでいるうちは、まだ宜《よ》かったけれども、話相手《はなしあいて》に来《き》たお松《まつ》の前《まえ》で、時々調子《ときどきちょうし》を狂《くる》わして、取《と》ってもつかぬ事《こと》を云《い》い出《だ》すような事《こと》もあって、お松《まつ》の気《き》を揉《も》ませました。お松《まつ》は、お君《きみ》の為《ため》に全力《ぜんりょく》を尽《つく》して慰《なぐさ》めたけれども、お君《きみ》の容子《ようす》が日《ひ》一日《にち》と変《へん》になって行《ゆ》くのを禁《とど》めることが出来《でき》ません。

或日《あるひ》の夕《ゆうべ》、お松《まつ》がお君《きみ》の部屋《へや》を訪《と》うた時《とき》に、ふら〱と廊下《ろうか》を出《で》て行《い》くから、お松《まつ》は怪《あや》しんで、

「お君《きみ》さん、何処《どこ》へいらっしゃるの」

「はい、わたしは、間《あい》の山《やま》へ」

その瞳《ひとみ》の色《いろ》が定《さだ》まって居《お》りませんから、お松《まつ》は怖《おそ》ろしいほど心配《しんぱい》になって、

「まあ、お話《はなし》がありますから、お入《はい》りなさいませ」

強《し》いて、お君《きみ》の袖《そで》を引《ひ》いて部屋《へや》の中《なか》へ連《つ》れ込《こ》みました。

その後《のち》、お君《きみ》の変《へん》な容子《ようす》が嵩《こう》じて行《い》くのを、お松《まつ》の力《ちから》では如何《どう》する事《こと》も出来《でき》ないのであります。

六八七

お松《まつ》はお君《きみ》の為《ため》に心配《しんぱい》して、道庵先生《どうあんせんせい》へ相談《そうだん》に行《い》こうと思《おも》いました。そこへ女中《じょちゅう》が、

「お松様《まつさま》、お客様《きゃくさま》がお出《い》でになりました」

と云《い》って取次《とりつ》いで呉《くれ》ました。

「お客様《きゃくさま》、あたしのお客様《きゃくさま》ですか」

「はい、左様《さよう》でございます」

「はて、わたしのお客様《きゃくさま》、誰方《どなた》でしょう」

お松《まつ》は自分《じぶん》を名差《なざ》しで来る客《きゃく》というのを意外《いがい》に思《おも》いました。

「あの、神田《かんだ》の佐久間町《さくまちょう》からお出《い》でになりましたそうでございます」

「あ、そうですか」

お松《まつ》は佐久間町《さくまちょう》と聞《き》いて思《おも》い当《あた》りました。けれども直《すぐ》にお通《とお》し申《もう》して下《くだ》さいとは云《い》いきれないで、ちょっと返事《へんじ》に困《こま》りました。

「あなた様《さま》の御親類《ごしんるい》のお方《かた》だそうでございます、伯母《おば》さんだとか仰有《おっしゃ》ってお出《い》でのようでございました」

もう其処《そこ》まで名乗《なの》って来《こ》られては、義理《ぎり》にも忌《い》やと云《い》うわけには行《い》かなくなりました。

「そうですか、では済《す》みませんが、此処《ここ》へお通《とお》し申《もう》して下《くだ》さいまし」

お松《まつ》は詮方《せんかた》なく其《そ》の客《きゃく》を此処《ここ》へ迎《むか》えようとしたけれど、いい心持《こころもち》はしませんでした。その客《きゃく》がいつぞや道庵先生《どうあんせんせい》の門外《もんがい》で逢《あ》った伯母《おば》のお滝《たき》であることは疑《うたが》うべくもないのであります。よくまあ、のめ〳〵と此処《ここ》へ尋《たず》ねて来《こ》られたものだと、腹《はら》の立《た》つ位《くらい》でありましたけれど、すでに名乗《なの》ってある上《うえ》は、一時《じ》のがれに断《ことわ》って返《かえ》すわけにも行《い》かないから、つい〳〵会《あ》う気《き》になってしまいました。

「今日《こんにち》は」

伯母《おば》のお滝《たき》は、女中《じょちゅう》に導《みちび》かれてもう此処《ここ》へ入《はい》って来《き》ました。

「まあ、結構《けっこう》なお座敷《ざしき》ですねえ、お前《まえ》はほんとに仕合《しあわ》せ者《もの》だよ、いつも結構《けっこう》な処《ところ》から御贔屓《ごひいき》があるから、それに引換《ひきか》えて、わたしなんぞは、何方《どっち》へ廻《まわ》ってもウダツが上《あ》がらない、子供《こども》には死《し》なれるし、身《み》よりと云《い》うものはなし」

入《はい》って来《く》る早々《そうそう》から、もう此《こ》の調子《ちょうし》であります。お松《まつ》は伯母《おば》を軽蔑《けいべつ》するわけではないけれど、その賤《いや》しげな言語挙動《げんごきょうどう》を見《み》て、苦々《にがにが》しく思《おも》わないわけには行《ゆ》きません。

「伯母《おば》さん、わたしは、今日《きょう》これから道庵先生《どうあんせんせい》のお宅《たく》へ伺《うかが》って、それから伯母《おば》さんの処《ところ》へお寄《よ》り申《もう》そうかと思《おも》っていた処《ところ》です」

「そうでしたかい、そんなら彼方《あちら》に待《ま》っていれば宜《よ》

かったねえ、それでもまあ行《ゆ》き違《ちが》いになるよりはましだ、それでお前何《まえなに》かい、道庵《どうあん》さんへ誰《だれ》か御病人《ごびょうにん》でもあるのかい、お前《まえ》が悪《わる》いんじゃあるまいね」

「わたしじゃ有《あ》りませんけれど、少《すこ》し御相談《ごそうだん》したい事《こと》があって」

「そうですかい、道庵《どうあん》さんも、あれで中々腕《なかなかうで》は可《い》いお医者《いしゃ》さんなんだそうだけれども、何《なに》しろあの調子《ちょうし》だから、事《こと》こわしですよ、それでも中々《なかなか》の流行児《はやりっこ》で、あの辺《へん》では、長者町《ちょうじゃまち》の道庵先生《どうあんせんせい》と和泉町《いずみちょう》の能勢様《のせさま》に見放《みはな》された病人《びょうにん》は、もう助《たす》かりっこのないものとしてありますよ……和泉町《いずみちょう》の能勢様《のせさま》ですか、それはね、神田《かんだ》の和泉町《いずみちょう》に能勢熊之助様《のせくまのすけさま》と仰有《おっしゃ》る四千八百石《こく》のお旗本《はたもと》があって、そのお屋敷《やしき》のうちにお稲荷様《いなりさま》があるのですよ、そのお稲荷様《いなりさま》から能勢《のせ》の黒札《くろふだ》と云《い》って、表《おもて》がきがそうですね、この位《くらい》あって（手《て》つきで略《ほぼ》二寸《すん》三分位《ぶぐらい》の形《かたち》をして見《み》せる）幅《はば》が此《こ》の位《くらい》（やはり手《て》つきで四分位《ぶぐらい》の形《かたち》をして見《み》せる）あるお札《ふだ》が出《で》るのだよ、そのお札《ふだ》の表《おもて》には正一位稲荷大明神《しょういちいいなりだいみょうじん》と書《か》いてあって、そのお札《ふだ》で撫《な》でると、お医者《いしゃ》さんで癒《なお》らない病気《びょうき》が癒《なお》るのだね、気《き》が変《へん》になった人《ひと》や、お狐様《きつねさま》につかれた人《ひと》なんぞ、そのお札《ふだ》で撫《な》でると、コロリと癒《なお》ってしまいます、それでもう神田《かんだ》の能勢様《のせさま》と云《い》えば知《し》らないものはありません」

伯母《おば》のお滝《たき》はベラ〳〵と此《こ》んな事《こと》を喋《しゃべ》りました。

六八八

伯母《おば》の話《はなし》も聞《き》きようによっては害《がい》にのみはならないと、お松《まつ》は其《そ》の時《とき》に思《おも》いました。

今話《いまはな》した神田《かんだ》の能勢様《のせさま》の事《こと》。それは時《とき》に取《と》って有難《ありがた》い話《はなし》のように思《おも》われないでもありません。お松《まつ》はお君《きみ》の為《ため》に其《そ》の能勢様《のせさま》をお頼《たの》み申《もう》そうかと思《おも》いました。それほど評判《ひょうばん》の高《たか》い霊験《れいげん》のあるお稲荷様《いなりさま》の事《こと》ならば、そっとお札《ふだ》を戴《いただ》いて来《き》て、お君《きみ》の為《ため》に信心《しんじん》をして上《あ》げようと思《おも》いました。お滝《たき》は、いい加減《かげん》に喋《しゃべ》りつづけた上《うえ》に、無事《ぶじ》に帰《かえ》りました。別《べつ》に金《かね》を貸《か》して呉《く》れとも云《い》わず、思《おも》ったほど泣言《なきごと》も云《い》わずに帰《かえ》ったから、お松《まつ》はホッと息《いき》を吐《つ》きました。

その翌日《よくじつ》、お松《まつ》は神田《かんだ》の能勢様《のせさま》へ行《い》って、お稲荷様《いなりさま》のお札《ふだ》を戴《いただ》いて帰《かえ》りに和泉橋《いずみばし》の処《ところ》へ出《で》ると、笠《かさ》をかぶって袈裟法衣《けさころも》に草鞋穿《わらじばき》の坊《ぼう》さんが杖《つえ》をついて、さっと歩《あゆ》んで来《く》る。それに引添《ひきそ》うて、一匹《ぴき》の真黒《まっくろ》い逞《たくま》しい犬《いぬ》が威勢《いせい》よく走《はし》って来《く》るのを見《み》かけました。お松《まつ》は其《そ》の坊《ぼう》さんよりも、犬《いぬ》を見《み》ないわけには行《い》きません。何《ど》処《こ》かで見《み》たような犬《いぬ》と考《かんが》えるまでもなく、それは甲州《こうしゅう》で馴染《なじみ》になったムク犬《いぬ》でなければ此《こ》れほどの犬《いぬ》が二つとありとも覚《おぼ》えないから立《た》ち止《ど》まって、

「ムクや、ムクじゃないの」

ムク犬《いぬ》は、お松《まつ》が斯《こ》う云《い》って、橋《はし》の処《ところ》に立《た》って呼《よ》びかけるより前《まえ》に、お松《まつ》の姿《すがた》を認《みと》めたから、それで此方《こちら》へ威勢《いせい》よく走《はし》って来《き》たものと思《おも》われます。ムク犬《いぬ》が威勢《いせい》よく走《はし》ると一緒《しょ》に歩《ある》いていた坊《ぼう》さんも亦《また》威勢《いせい》よく走《はし》ります。

「まあ、ムクだね、珍《めず》らしいお前《まえ》、今《いま》まで何処《どこ》にいたの」

ムクはお松《まつ》の傍《そば》へ来《き》て、身体《からだ》をこすりつけて尾《お》を振《ふ》って勇《いさ》み喜《よろこ》ぶのであります。

「お前《まえ》さんも此《こ》の犬《いぬ》に知己《ちかづき》か、オホホホ」

笠《かさ》の中《うち》からお松《まつ》を見《み》て笑《わら》っているのは慢心和尚《まんしんおしょう》であります。

「御出家《ごしゅっけ》さん、貴僧《あなた》が此《こ》の犬《いぬ》をお連《つ》れ下《くだ》さいましたのでございますか」

「はい〳〵、わしが連《つ》れて参《まい》りました」

「よく、お連《つ》れ下《くだ》さいました、この犬《いぬ》の主人《しゅじん》の居《お》りまする処《ところ》をわたしがよく存《ぞん》じて居《お》りますから御案内《ごあんない》を致《いた》しましょう」

「それは〳〵、併《しか》し、わしは外《ほか》に用事《ようじ》があっての、そちらの方《ほう》へ出向《でむ》いて行《い》けないから、お前《まえ》さんにお頼《たの》もうしましょうよ」

「左様《さよう》でございますか、それは折角《せっかく》でございました、この犬《いぬ》の持主《もちぬし》の居《お》りまする処《ところ》は本所《ほんじょ》の相生町《あいおいちょう》で、もとの箱惣《はこそう》の家《うち》と申《もう》せば、直《すぐ》にわかりますから」

「左様《さよう》か、持主《もちぬし》に宜《よろ》しく申《もう》してお呉《く》れ、実《じつ》はな、もっと早《はや》く連《つ》れて来《き》て上《あ》げようと思《おも》ったのだが、この犬《いぬ》が怪我《けが》をしたのだ、怪我《けが》と云《い》っても外《ほか》ではない、鉄砲《てっぽう》で此《こ》の前足《まえあし》の処《ところ》を打《う》たれたのでな、ナニ猟師《りょうし》が熊《くま》と間違《まちが》えたのだな、もう少《すこ》し、上《うえ》の方《ほう》へ丸《たま》が当《あた》るとすんでの事《こと》に命《いのち》が危《あぶ》なかったのだが、まあ急所《きゅうしょ》を外《はず》れて助《たす》かった、それで、わしが寺《てら》へ連《つ》れ戻《もど》って養生《ようじょう》をさせて、漸《ようや》く全快《ぜんかい》したから斯《こ》うして連《つ》れて来《き》たのじゃ、今《いま》となっては見《み》られる通《とお》り、前《まえ》よりも一層威勢《そういせい》が増《ま》して来《き》たようじゃ、早《はや》く連《つ》れて行《い》って持主《もちぬし》に帰《かえ》しておやんなさい、持主《もちぬし》も喜《よろこ》ぶだろう」

「左様《さよう》でございましたか、それは色々《いろいろ》お世話様《せわさま》でございます、そうして貴僧様《あなたさま》は何方《どちら》の御出家様《ごしゅっけさま》でいらっしゃいましょうか」

「いずれ其《そ》のうち訪《たず》ねるから、まあそうしておやんなさい、クロこれでお別《わか》れだよ」

と云《い》って此《こ》の出家《しゅっけ》は、ムク犬《いぬ》の頭《あたま》を三遍撫《べんな》でて、さっさと行《い》ってしまいました。

お松《まつ》は何《なん》だか飽気《あっけ》ない思《おも》いをしましたけれども、其《それ》にしても笠《かさ》の中《なか》から自分《じぶん》を見《み》ていた面《かお》が丸《まる》いものだと思《おも》いました。ああも丸《まる》い面《かお》の人《ひと》があるものだろうかと思《おも》われるほど丸《まる》いのが、此《こ》の場合《ばあい》にも不思議《ふしぎ》に思《おも》われました。

六八九

　慶応《けいおう》二年《ねん》という年《とし》は多事《たじ》なる年《とし》でありました。多事《たじ》なる年《とし》は慶応《けいおう》二年《ねん》に初《はじ》まった事《こと》ではない。その時代《じだい》はすべて風雲《ふううん》の急《きゅう》なる時代《じだい》でありました。けれども、そのうちでも慶応《けいおう》二年《ねん》は多事《たじ》なる年《とし》でありました。

　その第《だい》一は孝明天皇《こうめいてんのう》の崩御《ほうぎょ》であります。この事《こと》は申《もう》すも畏《かしこ》し、次《つぎ》は十四代将軍《だいしょうぐん》の薨去《こうきょ》であります。民間《みんかん》では高島秋帆先生《たかしましゅうはんせんせい》が亡《な》くなりました。長州征伐《ちょうしゅうせいばつ》の幕軍《ばくぐん》は利《り》を失《うしな》いました。猫《ねこ》も杓子《しゃくし》も尊王攘夷《そんのうじょうい》であります。

　尊王《そんのう》は別《べつ》の事《こと》、この時代《じだい》に於《おい》て攘夷《じょうい》なるものは行《おこな》われるものか行《おこな》われないものか位《ぐらい》の事《こと》は、先覚者《せんかくしゃ》としてわからない筈《はず》はないのであります。それを何《なん》でも彼《か》でも尊王攘夷《そんのうじょうい》で押《お》し詰《つ》めて、幕府《ばくふ》を困《こま》らせようとするのが、この時代《じだい》の権略《けんりゃく》であります。

　笠《かさ》にかかって責任《せきにん》ある当局者《とうきょくしゃ》を苛《いじ》めようとするのは一種《しゅ》の折助根性《おりすけこんじょう》で是非《ぜひ》のない事《こと》であります。堂々《どうどう》たる慨世《がいせ》憂国《ゆうこく》の士《し》はさて置《お》き、片々《へんぺん》たる志士論客《ししろんかく》や青公卿《あおくぎょう》までが、大藩《たいはん》の威光《いこう》を背後《うしろ》にして、瘦臂《やせひじ》を張《は》って吠《ほ》え立《た》てるのは見苦《みぐる》しい事《こと》であります。それでまた如何《いかん》ともする事《こと》が出来《でき》なかった徳川幕府《とくがわばくふ》の威光《いこう》も衰《おとろ》えたといえば衰《おとろ》えたことも甚《はなは》だしいものであるが、是《これ》も時勢《じせい》の転変《てんぺん》で如何《いかん》ともする事《こと》が出来《でき》ません。すべて運動《うんどう》を起《おこ》すには旗色《はたいろ》が肝腎《かんじん》であります。その時代《じだい》の気運《きうん》が向《むか》って来《き》た旗色《はたいろ》を上手《じょうず》に択《えら》んで、それに人気《にんき》を集《あつ》めなければ大事《だいじ》を成《な》すことは出来《でき》ないらしくあります。「尊王攘夷《そんのうじょうい》」はよい旗《はた》色《いろ》でありました。それから後《のち》の「自由民権《じゆうみんけん》」だの「憲《けん》政擁護《せいようご》」だのという旗色《はたいろ》も、かなりの人気《にんき》を集《あつ》める事《こと》が出来《でき》ました。いくら道庵先生《どうあんせんせい》だからと云《い》って、此《こ》の時代《じだい》に「普通選挙《ふつうせんきょ》」を担《かつ》ぎ出《だ》すほどにデモクラでもなかったのだろうけれど、先生《せんせい》にはまた先生《せんせい》で、ちゃんと一つの見通《みとお》しがついて居《お》りました。勝《か》てば官軍《かんぐん》負《ま》くれば賊《ぞく》と云《い》ったような動揺時代《どうようじだい》に、その辺《へん》には一向当《こうあた》り触《さわ》りのない道庵先生《どうあんせんせい》を呼《よ》び起《おこ》して聞《き》いて見《み》るも一興《きょう》であります。

「時《とき》に先生《せんせい》、如何《いかが》でございます当世《とうせい》の時勢《じせい》は、先生《せんせい》なんぞも斯《こ》うして酒《さけ》ばかり召上《めしあ》がって泰平楽《たいへいらく》を並《なら》べては居《い》られない時勢《じせい》になりましたぜ、今《いま》にもあれ、上方《かみがた》の大事《だいじ》が此《こ》の江戸《えど》へ押《おし》かけて参《まい》ったら、何《なん》となされます、憎《にく》いじゃあございませんか、薩州《さっしゅう》とか長州《ちょうしゅう》とかいう奴《やつ》等《ら》、尊王攘夷《そんのうじょうい》で候《そうろう》の何《なん》のといい加減《かげん》な名前《なまえ》をこしらえて、実《じつ》は徳川家《とくがわけ》を倒《たお》して、自分達《じぶんたち》が代《かわ》って権勢《けんせい》を振《ふる》いたいからでございますな」

「は、は、は」

道庵先生《どうあんせんせい》は笑《わら》いました。

「天下《てんか》は廻《まわ》り持《もち》だから、徳川《とくがわ》さんだって、そう長《なが》く勤《つと》めてはいられねえ、関《せき》ヶ原以来《はらいらい》、もういい加減御馳走《かげんごちそう》にありついているから、ここいらでお鉢《はち》を西《にし》の方《ほう》へ廻《まわ》してやっても宜《よ》かろうではないか、西《にし》の方《ほう》ではお鉢《はち》の廻《まわ》るのを待《ま》ち兼《か》ねてガツ〳〵しているんだ、時《とき》たま廻《まわ》り持《もち》をさせねえと恨《うら》みっこになる」

これだから悲憤慷慨《ひふんこうがい》も先生《せんせい》の前《まえ》では張合《はりあい》が無《な》いのであります。

「おれも此《こ》の頃《ごろ》、ちっとんベエ和蘭《オランダ》の本《ほん》を噛《かじ》って見《み》た処《ところ》が、何《なん》でも大名《だいみょう》が威勢《いせい》を振《ふる》うと其《そ》の次《つぎ》は金持《かねもち》が威張《いば》る時代《じだい》になる、素町人《すちょうにん》でも何《なん》でも金《かね》せえあれば威張《いば》り腐《くさ》る時代《じだい》が来《く》る、さてそれが過《す》ぎてしまうと其《そ》の次《つぎ》は貧乏人《びんぼうにん》の天下《てんか》だ、一体《たい》、金持《かねもち》を金持《かねもち》にしてやったのは誰《だれ》の力《ちから》だと来《く》る、貧乏人《びんぼうにん》にも割前《わりめえ》を出《だ》せと来《く》る、モット出《だ》せと来《く》る、忌《い》やだと来《く》る、この野郎《やろう》、金持《かねもち》の癖《くせ》に巫山戯《ふざけ》た野郎《やろう》だと来《く》ると、取組合《とっくみあい》が初《はじ》まる、何《なに》しろ貧《びん》乏人《ぼうにん》の方《ほう》が腕《うで》っぷしも強《つよ》いし、人数《にんず》も多《おお》いから、金持《かねもち》が叩《たた》きつけられる、その時代《じだい》が来《く》ると道庵《どうあん》も斯《こ》うしちゃあいられねえ」

「先生《せんせい》、一体《たい》、そんな時代《じだい》は何時《いつ》来《く》るんです」

「そうさな、早《はや》くて五十年《ねん》、遅《おそ》くて六十年《ねん》」

六九〇

さてまた折助社会《おりすけしゃかい》の近況《きんきょう》も伝《つた》えなければなりません。

甲府《こうふ》の折助《おりすけ》も、江戸《えど》へ来《き》ての折助《おりすけ》も折助《おりすけ》に変《かわ》りはなく、飲《の》むことと女買《おんなか》いの外《ほか》には別《べつ》に中心《ちゅうしん》の問題《もんだい》は無《な》いけれど、江戸《えど》へ来《き》ての折助《おりすけ》には、西洋《せいよう》までかけ廻《まわ》って、安料理《やすりょうり》を食《く》い、したみ酒《ざけ》を飲《の》んで来《き》た折助《おりすけ》も随分《ずいぶん》あるから、やや侮《あなど》り難《がた》いばかりであります。其《そ》の折助《おりすけ》がまた近頃《ちかごろ》は「売出《うりだし》の会《かい》」なんぞということを初《はじ》めました。折助仲間《おりすけなかま》で瓦板《かわらばん》を起《おこ》して楽書《らくがき》をこしらえて売《う》り出《だ》すのに、どうも仲間《なかま》の名《な》が知《し》られていなくては不便《ふべん》だという処《ところ》から、入《い》り代《かわ》り立《た》ち変《かわ》り折助《おりすけ》の名前《なまえ》を売《う》り出《だ》すのが此《こ》の売出《うりだし》の会《かい》であります。

その会《かい》へ行《い》って見《み》ると、彼方《あっち》の隅《すみ》では、仲間《なかま》の買《か》った女郎《じょろ》を、おれが横合《よこあい》から行《い》って買《か》ってやったと大自《おおじ》慢《まん》しているものがあれば、旨《うま》くやったなと云《い》ってそれに涎《よだれ》を流《なが》しているものもあります。此方《こっち》の隅《すみ》では寄席《よせ》へ行《い》って帰《かえ》りがけに、上等《じょうとう》の雪駄《せった》を二足《そく》掻払《かっぱら》って来《き》た旨《うま》と手柄顔《てがらがお》に吹聴《ふいちょう》しているものがあれば、それをまた旨《うま》くやったな、一足《そく》おれに呉《く》れと手《て》を出《だ》しているものもあります。何《なに》か秘密《ひみつ》を嗅《か》ぎ出《だ》して来《き》ては、それを種《たね》にものにしようと話《はな》し合《あ》っているものもあります。

本来士君子《ほんらいしくんし》の近《ちか》づくべからざる社会《しゃかい》とは云《い》いながら、その露骨《ろこつ》な話《はなし》を静《しず》かに聞《き》いていると禽獣《きんじゅう》の社会《しゃかい》そのままであります。大名《だいみょう》の大部屋《おおべや》でも多少品位《たしょうひんい》を重《おも》んずる大部屋《おおべや》では、あまり下等《かとう》な渡《わた》り折助《おりすけ》は使《つか》わない筈《はず》であるけれども、大部屋《おおべや》によっては好《この》んでその下等《かとう》なのを使《つか》い、それを見《み》えにしているようなものもありました。楽書《らくがき》がまた折助《おりすけ》を余《あま》り品《ひん》よいものにしてしまっては、売《う》れなくなるという心配《しんぱい》から陰《いん》に折助《おりすけ》を奨励《しょうれい》して、人外《にんがい》の真似《まね》をさせて置《お》く処《ところ》もありました。日々《にちにち》そんな事《こと》をして得意《とくい》でいる折助《おりすけ》も亦浅《またあさ》ましいものでありました。

八月《がつ》から九月《がつ》へかけては、将軍家《しょうぐんけ》の薨去《こうきょ》で、さすがに折助《おりすけ》も大《おお》ピラでは飲《の》めなくなりました。道庵先生《どうあんせんせい》も亦《また》、その通《とお》りであります。その代《かわ》り此《こ》の御停止《ごていじ》が済《す》んだらば、底抜《そこぬけ》に呑《の》もうと心構《こころがま》えをして居《お》りました。

道庵先生《どうあんせんせい》は、今折助《いまおりすけ》がこしらえた摺物《すりもの》を何処《どこ》から手《て》に入《い》れたか、まぶしそうな目《め》をして読《よ》んでいました。

帰命頂礼《きみょうちょうらい》、抑世上《そもそもせじょう》の有様《ありさま》を見《み》るに、破《やぶ》れかかりし静《せい》ひつの、御代《みよ》の合羽《かっぱ》に雨《あめ》もり致《いた》して、堀田置《ほったお》かれぬ老中方《ろうじゅうかた》と、初《はじ》め趣向《しゅこう》はせんての饅頭《まんじゅう》、うまくやり付《つ》け大名小名《だいみょうしょうみょう》、勅命《ちょくめい》こかしてお金《かね》を拵《こしら》え、じつッり首尾《しゅび》よくやらかすべしと、こそり林《はやし》を上《のぼ》して見《み》たが、

どっこい其《そ》の手《て》は食《く》わんと関白殿《かんぱくどの》に、ぽんとやられて算用違《さんようちが》い、頭《あたま》かき〳〵目《め》が覚《さ》めかけた、春《はる》の始《はじ》めのお礼《れい》もまだ〳〵済《す》まないうちに、老中《ろうじゅう》のさわぎ、今日《きょう》よ明日《あす》よと俄《にわか》の仕度《したく》、江戸《えど》を立《た》つとて妻子《さいし》の別《わか》れ、逢《あ》うこととならぬと水盃《みずさかずき》をしては見《み》たれどお江戸《えど》の名残《なごり》、命惜《いのちおし》さに日々延《ひびのば》して見《み》たれど、首《くび》の座故《ざゆえ》に、迚《とて》もいやとは云《い》われぬ手詰《てづめ》、思《おも》いきったる迷途《めいど》の旅《たび》と、涙《なみだ》かわして東海道《とうかいどう》、五十三次《つぎ》はる〴〵上《のぼ》って、京《きょう》のお寺《てら》の本願寺《ほんがんじ》とて、名高《なだか》い経衆《けいしゅう》を力《ちから》と頼《たの》み、金《かね》は沢山《たくさん》借《か》り込《こ》みまして、ほんに地獄《じごく》も金《かね》さいあれば、無理《むり》な願《ねが》いもお金《かね》で叶《かな》うと、どっとはり込献上物《こみけんじょうもの》に、山吹色《やまぶきいろ》なる、わらむし五十、諫鼓《かんこ》に苦《くる》しむ……

道庵先生《どうあんせんせい》は節《ふし》をつけて此《こ》の摺物《すりもの》を読《よ》んで来《き》ましたが、もう面倒臭《めんどうくさ》くなったと見《み》えて、

「何《なん》の事《こと》だか、俺《おれ》にはわからねえ」

と云《い》って、あとは読《よ》まずに投《な》げ出《だ》してしまいました。

こんな摺物《すりもの》をこしらえて売出《うりだ》し皮肉《ひにく》を云《い》い、評判《ひょうばん》を立《た》てたりするを以《もっ》て折助《おりすけ》は功名《こうみょう》として居《お》りました。

この摺物《すりもの》を抛《ほう》り出《だ》してから後《のち》に道庵先生《どうあんせんせい》は大欠伸《おおあくび》をして、

「今日《きょう》は万八《まんぱち》に書画会《しょがかい》がある日《ひ》だっけ、これから出《で》かけてお世辞《せじ》を振蒔《ふりま》いてやろう」

六九一

道庵先生《どうあんせんせい》は柳橋《やなぎばし》の万《まん》八楼《ろう》で開《ひら》かれた書画会《しょがかい》へ出《で》かけて行《ゆ》きました（其席《そのせき》で先生《せんせい》一流《りゅう》の漫罵《まんば》や交《ま》ぜっ返《かえ》しがあったけれど略之《これをりゃく》）。宴会《えんかい》の時分《じぶん》に、誰《だれ》の口《くち》からともなく、この正月《しょうがつ》に亡《な》くなった高島秋帆先生《たかしましゅうはんせんせい》の噂《うわさ》が出《で》ました。そうすると席《せき》の半《なかば》にいた道庵先生《どうあんせんせい》が、しゃしゃり出《で》て此《こ》んな事《こと》を云《い》いました。

「四郎太夫《ろうだゆう》はエライよ、実《じつ》は拙者《せっしゃ》も長崎《ながさき》の生《うま》れでね（註、道庵先生《どうあんせんせい》は此《こ》んな事《こと》を云《い》うけれど事実長崎《じじつながさき》の生《うま》れであるや否《いな》やは怪《あや》しいものである）、高島《たかしま》の事《こと》はよく知《し》っているよ、太閤時代《たいこうじだい》からの家柄《いえがら》でね、先祖代々《せんぞだいだい》異国《いこく》と御直商売《おじきしょうばい》と云《い》うのをやっていたから中々金持《なかなかかねもち》よ、俸禄《ほうろく》はたった七十俵《ぴょう》五人扶持《にんぶち》しきゃ貰《もら》っていねえけれど、五十万石《ごく》の大名《だいみょう》と同《おな》じ位《ぐらい》の金《かね》があったそうだよ、そうでなきゃあお前《めえ》、あれだけの仕事《しごと》が出来《でき》るものかな、やにっこい大名《だいみょう》じゃあトテモ高島《たかしま》の真似《まね》は出来《でき》ねえね、それだからお前《めえ》とう〳〵謀叛人《むほんにん》と見《み》られちゃったのさ、あれでお前《めえ》、ほんとに謀叛《むほん》する気《き》であって御《ご》覧《ろう》じろ、大塩平《おおしおへい》八郎《ろう》なんぞより、ズット大仕掛《おおじかけ》の事《こと》が出来《でき》るんだね、だからお上《かみ》でも怖《こわ》くって仕方《しかた》がねえ、とう〳〵謀叛人《むほんにん》にされちゃってね、牢《ろう》へまで打《ぶ》ち込《こ》まれて晩年《ばんねん》は不遇《ふぐう》と云《い》ったような訳《わけ》さ、併《しか》しまあ、あの男《おとこ》なんぞは何《なん》にしても近世《きんせ》の人物《じんぶつ》さ」

道庵先生《どうあんせんせい》は友達気取《ともだちきど》りで高島《たかしま》四郎《ろう》太夫《だゆう》の話《はなし》を初《はじ》めながら懐中《かいちゅう》から煙草入《たばこいれ》を取《と》り出《だ》しました。それは道庵《どうあん》にふさわしい千住《せんじゅ》の紙煙草入《かみたばこいれ》の安物《やすもの》でありました。その煙草入《たばこいれ》を出《だ》すと、道庵《どうあん》は首《くび》を捻《ひね》って、さも懐《なつか》し気《げ》にながめていましたが、

「いや皆《みな》さん、これだ〳〵、これはその八十文《もん》で買《か》った拙者《せっしゃ》の安煙草入《やすたばこいれ》でげすがね……」

また初《はじ》まった。高島《たかしま》四郎《ろう》太夫《だゆう》を友達扱《ともだちあつか》いはよかったけれども、安煙草入《やすたばこいれ》を満座《まんざ》の中《なか》へさらけ出《だ》して、八十文《もん》の値段《ねだん》までブチまけるから其《そ》れでお里《さと》が知《し》れてしまう。書画会《しょがかい》の客《きゃく》には大名旗本《だいみょうはたもと》の隠居《いんきょ》、医者《いしゃ》や学者《がくしゃ》の歴々《れきれき》も来《き》ている筈《はず》なのに、その席《せき》で此《こ》んな事《こと》を云《い》わなくってもと苦《にが》い面《かお》をしている者《もの》もありましたけれど、先生《せんせい》は一向頓着《こうとんちゃく》なしに、

「この煙草入《たばこいれ》に就《つい》て四郎太夫《ろうだゆう》を憶《おも》い起《おこ》すんでございますよ、まあお聞《き》きなさいまし、拙者《せっしゃ》が若《わか》い時分《じぶん》、友人《ゆうじん》

両三輩《りょうさんばい》と共《とも》に深川《ふかがわ》に遊《あそ》んだと思召《おぼしめ》せ、四郎太夫《ろうだゆう》に奢《おご》らせたような訳《わけ》でね、その席《せき》へ幇間《ほうかん》が一人《ひとり》やって来《き》て云《い》う事《こと》には、只今拙《ただいませつ》は途中《とちゅう》で結構《けっこう》なお煙草入《たばこいれ》の落《お》ちていたのを見《み》て参《まい》りました、金唐革《きんからかわ》で珊瑚珠《さんごじゅ》の緒〆《おじめ》、ちょっと見《み》た処《ところ》が百両下《りょうした》のお煙草入《たばこいれ》ではございません……てな事《こと》を云《い》うと、それを聞《き》いた高島《たかしま》が吃驚《びっくり》して腰《こし》のまわりを探《さぐ》った容子《ようす》であったが、やがて赤《あか》い面《かお》をして腰《こし》から自分《じぶん》の煙草入《たばこいれ》を抜《ぬ》き取《と》ってね、中《なか》の煙草《たばこ》を出《だ》して丁寧《ていねい》にハタいて、それを幇間《ほうかん》の前《まえ》へ置《お》いたものさ、幇間《ほうかん》が吃驚《びっくり》して、そんな訳《わけ》じゃございません、旦那様《だんなさま》をカツいだわけではございません、なんて云訳《いいわけ》をするのを、高島《たかしま》が云《い》う事《こと》には、何《なに》もお前等《まえら》にカツがれた処《ところ》が恥《はじ》とも何《なん》とも思《おも》うおれでは無《な》い、ただ恥《はずか》しいのは煙草入《たばこいれ》を落《おと》したものがあると聞《き》いて自分《じぶん》の腰《こし》を撫《な》でて見《み》たおれの心《こころ》が恥《はずか》しいと云《い》ったものさね、それで幇間《ほうかん》に其《そ》の煙草入《たばこいれ》を呉《く》れてしまった、それが薄色珊瑚《うすいろさんご》の緒《お》〆《じめ》に古渡《こわた》りの金唐革《きんからかわ》というわけだ、その後《のち》は此《こ》の通《とお》り八十文《もん》の千住《せんじゅ》の紙《かみ》の安煙草入《やすたばこいれ》、おれの持《も》っているこれと同《おな》じやつ、これより外《ほか》には持《も》たなかった筈《はず》だ、だからおれは此《こ》の煙草入《たばこいれ》を見《み》ると高島《たかしま》の野郎《やろう》が懐《なつか》しくって堪《た》まらねえ、そりゃ高島《たかしま》が二十代《だい》の時分《じぶん》の事《こと》でしたよ」

六九二

「如何《どう》いうわけでお前《めえ》、だれが高島《たかしま》とそんなに懇意《こんい》であるかと云《い》った処《ところ》で、お前《めえ》、あれも今《いま》いう通《とお》り長崎《ながさき》の生《うま》れなんだろう、それにお前《めえ》、医者《いしゃ》の方《ほう》であの男《おとこ》は打捨《うっちゃ》って置《お》けねえ男《おとこ》なんだよ、今《いま》でこそ種痘瘡《うえぼうそう》と云《い》って、誰《だれ》もそんなに珍《めず》らしがらねえが、あれを和蘭《オランダ》から聞《き》いて、日本《にほん》でためして見《み》たのは、それも高島《たかしま》が初《はじ》めだろうよ、そんなわけであの男《おとこ》は金《かね》があった上《うえ》に、おれよりも少《すこ》し頭《あたま》がいいから世間《せけん》から騒《さわ》がれるようになったのさ、拙者《せっしゃ》なんぞも、この上金《うえかね》があって頭《あたま》がよくって御覧《ごろう》じろ、直《じき》に謀叛《むほん》を起《おこ》して日本《にほん》の国《くに》を引繰返《ひっくりかえ》してしまう、そうなると事《こと》が穏《おだや》かでねえから、斯《こ》うして皆《み》んなに馬鹿《ばか》にされながら貧乏《びんぼう》しているんだ、つまり人助《ひとだす》けの為《ため》に貧乏《びんぼう》しているようなわけさ」

道庵《どうあん》が此《こ》んな事《こと》を云《い》って、一座《ざ》ににが〳〵しい思《おも》いをさせたり笑《わら》わせたりしているうちに、やはり高島《たかしま》秋帆《しゅうはん》の事《こと》が話題《わだい》になって次《つぎ》に江川太郎左衛門《えがわたろざえもん》の事《こと》、それから砲術《ほうじゅつ》の門下《もんか》の事《こと》にまで及《およ》んで遂《つい》に、

「時《とき》に、あの駒井甚三郎殿《こまいじんざぶろうどの》は其後《そのご》如何《いかが》なられましたろう」

「成程《なるほど》、駒井能登守殿《こまいのとのかみどの》、その後《のち》は一向《こう》お沙汰《さた》を聞《き》かぬ」

「左様《さよう》、駒井氏《こまいうじ》」

「駒井甚三郎《こまいじんざぶろう》か、成程《なるほど》な」

「甲府《こうふ》から帰《かえ》って以来《いらい》、さっぱり消息《たより》を知《し》らせぬ、あの駒井能登守《こまいのとのかみ》」

と云って一座《ざ》は駒井能登守《こまいのとのかみ》の噂《うわさ》になりました。これ等《ら》の連中《れんじゅう》は能登守《のとのかみ》が、何《なに》によって躓《つまず》いたかをよく知《し》らないものと見《み》えます。併《しか》し何《なに》か重大《じゅうだい》な失策《しっさく》がなければあのままで葬《ほうむ》られる筈《はず》は無《な》いが、そこのところが疑問《ぎもん》とされて居《い》るものと見《み》えます。よし内々《ないない》は聞《き》く処《ところ》があっても公開《こうかい》の席《せき》へは遠慮《えんりょ》をしているものがあるらしく見《み》えます。

「不思議《ふしぎ》な事《こと》もあればあるもので、拙者《せっしゃ》此《こ》の間《あいだ》意外《いがい》な処《ところ》で駒井殿《こまいどの》らしい人《ひと》を見《み》かけ申《もう》したよ」

これは道庵先生《どうあんせんせい》の隣席《りんせき》にいた遠藤良助《えんどうりょうすけ》という旗本《はたもと》の隠居《いんきょ》でありました。

「遠藤殿《えんどうどの》には駒井甚三郎《こまいじんざぶろう》を見《み》かけたと申《もう》されますか、して何《いず》れの処《ところ》で」

然《しか》るべき大身《たいしん》の隠居《いんきょ》らしいのが遠藤《えんどう》に向《むか》って尋《たず》ねました。

「実《じつ》は、先日《せんじつ》、手前《てまえ》は舟《ふね》を傭《やと》うて芝浦《しばうら》へ投網《とあみ》に参《まい》りましてな、その帰《かえ》り途《みち》でござった、浜御殿《はまごてん》に近《ちか》い処《ところ》で、

見慣《みな》れぬ西洋型《せいようがた》のバッテーラが石川島《いしかわじま》の方《ほう》へ波《なみ》を切《き》って行《い》く、手前《てまえ》の舟《ふね》がそれと擦《す》り違《ちが》いますと、何気《なにげ》なくバッテーラのうちを見《み》ますとな、笠《かさ》を被《かぶ》って羅紗《らしゃ》の筒《つつ》袖《そで》を着《き》て、手《て》に巻尺《まきじゃく》と分銅《ふんどう》のようなものを持《も》って艫先《へさき》に立《た》っていた人《ひと》、それが如何《どう》も駒井甚《こまいじん》三郎殿《ろうどの》としか見《み》えないのでござった、手前《てまえ》も一目《め》見《み》ただけで、言葉《ことば》をかけたわけではなし、しかとした事《こと》は申上《もうしあ》げられんが、今《いま》でもあれは駒井甚《こまいじん》三郎《ろう》に相違《そうい》ないと思《おも》うていますな」

「成程《なるほど》、バッテーラに乗《の》って、海《うみ》を測量《そくりょう》する、駒井《こまい》のやりそうな仕事《しごと》じゃ、事《こと》によるとあの辺《へん》に隠《かく》れて、何《なに》か海軍《かいぐん》の仕事《しごと》をして居《お》るのではないか」

「左様《さよう》かも知《し》れませぬ」

「何《なに》にしても、あれが生《い》きて居《お》れば結構《けっこう》、あれだけの人材《じんざい》を今《いま》むざ〳〵葬《ほうむ》るのは真《しん》に惜《おし》いものじゃ」

「一躍《やく》、駒井《こまい》が甲州《こうしゅう》を罷《や》めたのは、神尾主膳《かみおしゅぜん》との間《あいだ》が面白《おもしろ》くない為《ため》か、それとも他《た》に何《なに》か仔細《しさい》があってか」

「駒井《こまい》としては神尾《かみお》なぞは眼中《がんちゅう》にあるまい、主膳《しゅぜん》と勢力争《せいりょくあらそ》いでもしたように見《み》られては駒井《こまい》が可愛相《かわいそう》じゃ」

　旗本《はたもと》の隠居《いんきょ》や諸士《しょし》の間《あいだ》に駒井《こまい》の噂《うわさ》が漸《ようや》く問題《もんだい》になっていたけれど、道庵先生《どうあんせんせい》は能登守《のとのかみ》の事《こと》を余《あま》りよく知《し》りませんから、八十文《もん》の千住《せんじゅ》の安煙草入《やすたばこいれ》から煙草《たばこ》を出《だ》して吹《ふ》かしていました。

六九三

この遠藤良助《えんどうりょうすけ》という旗本《はたもと》の隠居《いんきょ》は投網《とあみ》が好《す》きで上手《じょうず》で且自慢《かつじまん》でありました。駒井《こまい》の噂《うわさ》がいい加減《かげん》の処《ところ》で消《き》えると、それから魚《さかな》の話《はなし》に迄《まで》うつして行《ゆ》きました。遠《えん》藤老人《どうろうじん》は、人《ひと》からそのかされて、得意《とくい》の投網《とあみ》の話《はなし》をはじめると、孰《いずれ》も謹聴《きんちょう》しました。鷹狩《たかがり》の話《はなし》や釣《つり》の自慢《じまん》も出《で》たけれど、要《よう》するに落《おち》は遠藤老人《えんどうろうじん》の投網《とあみ》にあるものようでありました。道庵先生《どうあんせんせい》は、そんな事《こと》にさまで興《きょう》を催《もよお》さないから、思《おも》わず大欠伸《おおあくび》をしました。そこで遠藤老人《えんどうろうじん》は道庵先生《どうあんせんせい》の席《せき》を顧《かえり》みて、

「これは〳〵、道庵先生《どうあんせんせい》、久《ひさ》しくお見《み》えなさらんな、相変《あいかわ》らずお盛《さか》んで結構《けっこう》、ちと遣《や》って来給《きたま》え」

「遠藤《えんどう》の御隠居《ごいんきょ》、暫《しば》らくでございましたな、相変《あいかわ》らず投網《とあみ》の御自慢《ごじまん》、最前《さいぜん》から面白《おもしろ》く拝聴《はいちょう》して居《お》りますよ、実《じっ》は拙者《せっしゃ》もあの方《ほう》は大好《だいす》きで、ついお話《はなし》に聴《き》き惚《ほ》れて夢中《むちゅう》になって大欠伸《おおあくび》をしてしまいましたよ」

「は、は、併《しか》しまあお世辞《せじ》にも先生《せんせい》が我《わ》が党《とう》の士《し》であって呉《く》れるのは嬉《うれ》しい」

「処《ところ》が、拙者《せっしゃ》は投網《とあみ》の方《ほう》はあんまり得手《えて》ではございませんよ、その代《かわ》り釣《つり》と来《き》たら、御隠居《ごいんきょ》の前《まえ》だが、恐《おそ》らく当今《とうこん》では稀人《まれびと》の部《ぶ》でござんしょうな」

「ははあ、先生《せんせい》、釣《つ》りをおやんなさるか、ついぞ聞《き》き外《そ》れ申《もう》したが其《そ》れは頼《たの》もしい事《こと》」

「君子《くんし》は釣《ちょう》して網《もう》せずでございますな、一旦釣《たんつり》の細《こま》かい処《ところ》の趣味《しゅみ》を味《あじ》わった者《もの》には、御隠居《ごいんきょ》の前《めえ》だが、網《あみ》なんぞは大味《おおあじ》で食《たべ》られません」

「成程《なるほど》、それも一理《り》」

「拙者《せっしゃ》はまた天性釣上手《てんせいつりじょうず》に出来《でき》てるんでございますよ、拙者《せっしゃ》が綸《いと》を垂《た》れると魚類《さかなるい》が争《あらそ》って集《あつ》まって参《まい》り、是非《ぜひ》道庵《どうあん》さんに釣《つ》られたい、わたしが先《さき》に釣《つ》られるんだから、お前《まえ》さん傍《わき》へ寄《よ》っておいでというような具合《ぐあい》で、魚《さかな》の方《ほう》から釣《つ》られに来《く》るんでございますから感心《かんしん》なものです」

「そりゃ左様《そう》あるべきもの、不発《ふはつ》の中《ちゅう》といって釣《つり》にもせよ網《あみ》にもせよ、好《す》きの道《みち》に至《いた》ると迎《むか》えずして獲物《えもの》が到《いた》るものじゃ」

「全《まった》くその通《とお》りでございます、だから世間《せけん》の釣《つ》られに行《ゆ》く奴《やつ》が馬鹿《ばか》に見《み》えて堪《たま》らねえんでございます」

「其処《そこ》まで至《いた》ると貴殿《きでん》も中々話《なかなかはな》せる、是非一夕《ぜひいっせき》、芝浦《しばうら》あたりへ舟《ふね》を同《おな》じゅうしてお伴《とも》を致《いた》したいものじゃ」

「結構《けっこう》、大賛成《だいさんせい》でございます、是非《ぜひ》お伴《とも》を致《いた》しましょう」

「然《さ》らばそのうちといわず、今夕《こんせき》、この会《かい》が済《す》み次第《しだい》、舟《ふね》を命《めい》ずる事《こと》に致《いた》そう、お差《さし》つかえはござらぬか」

「エ、今夕《こんせき》、今日《きょう》でございますか、差支《さしつか》えは無《ね》えような者《もの》だが……」

道庵先生《どうあんせんせい》はハタと当惑《とうわく》しました。実《じつ》は先生《せんせい》行《ゆ》きがかり上《じょう》、釣《つり》が上手《じょうず》であるような事《こと》を云《い》ってしまったけれども、釣竿《つりざお》の持《も》ち方《かた》も知《し》っているか如何《どう》か怪《あや》しいものであります。けれども事《こと》ここに至《いた》ると、今更後《いまさらうしろ》は見《み》せられない破目《はめ》になってしまいました。遠藤老人《えんどうろうじん》はワザと道庵先生《どうあんせんせい》を困《こま》らせるつもりか如何《どう》か知《し》らないが、先《せん》生《せい》を断《ことわ》り切《き》れないように仕向《しむ》けて置《おい》て女中《じょちゅう》を呼《よ》んで、舟《ふね》の支度《したく》や船頭《せんどう》の用意《ようい》や、釣道具《つりどうぐ》それぞれの細《こま》かい事《こと》まで命《めい》じてしまって、いよいよ先生《せんせい》を退引《のっぴき》ならない事《こと》にして舟《ふね》へ連《つ》れ込《こ》む段取《だんどり》にしてしまいました。

斯《こ》うなると道庵《どうあん》も亦瘦意地《またやせいじ》を張《は》らないわけには行《ゆ》きません。血《ち》の出《で》るような声《こえ》をして、

「宜《よ》うがス、芝浦《しばうら》であろうと上総房州《かずさぼうしゅう》であろうと何処《どこ》へでも行《ゆ》きましょう、ナーニ拙者《せっしゃ》も男《おとこ》だ」

道庵先生《どうあんせんせい》は余計《よけい》な口《くち》を利《き》いた為《ため》に、この会《かい》が果《は》ててから、遠藤老人《えんどうろうじん》に誘《さそ》われて芝浦《しばうら》へ出漁《しゅつりょう》せねばならぬ事《こと》になりました。

六九四

道庵《どうあん》を誘《さそ》い出《だ》した遠藤老人《えんどうろうじん》は、船頭《せんどう》を雇《やと》い家来《けらい》をつれて浜御殿《はまごてん》の沖《おき》あたりまで舟《ふね》を漕《こ》がせ、得意《とくい》の投網《とあみ》を試《こころ》みて腕《うで》の冴《さ》えた処《ところ》を見《み》せました。

道庵《どうあん》は元《もと》より口《くち》ほどの事《こと》は無《な》かったけれども、まんざら心得《こころえ》が無《な》いでも無《な》いらしく、ちょいちょい二三寸位《ずんぐらい》の処《ところ》を引《ひっ》かけては鼻《はな》をうごめかせて、その度毎《たびごと》に天地《てんち》をうごかすような自慢《じまん》であります。遠藤老人《えんどうろうじん》はもとより道庵《どうあん》に口《くち》ほどの事《こと》は期待《きたい》していないし、やがて竿《さお》で水《みず》を掻《か》き廻《まわ》すような事《こと》になったら、ミッチリ油《あぶら》を取《と》ってやろうと構《かま》えていたのを、海《うみ》の中《なか》には可《か》なり暢《のん》気《き》な魚《さかな》もあると見《み》えて、たとえ一匹《ぴき》でも二匹《ひき》でも道庵《どうあん》の針《はり》にかかるようなのがあるから、其《そ》の自慢《じまん》を聞《き》かせられても苦笑《にがわら》いしているばかりでした。

それでも道庵《どうあん》と同行《どうこう》したお蔭《かげ》にこの一夕《せき》は可《か》なり暢《のん》気《き》な気分《きぶん》になって、また万《まん》八へ帰《かえ》り、そこで道庵《どうあん》と別《わか》れて亀沢町《かめざわちょう》の隠宅《いんたく》へ帰《かえ》ったのは夜《よ》も可《か》なり更《ふ》けていました。

この人《ひと》は旗本《はたもと》の隠居《いんきょ》でもそんなに大身《たいしん》ではありません。三百石《こく》ほどの家督《かとく》を倅《せがれ》に譲《ゆず》ってしまって隠居《いんきょ》の身《み》だけれども、若《わか》い時分《じぶん》から家《うち》の経済《けいざい》が上手《じょうず》でありました。それ故《ゆえ》に、今《いま》の身分《みぶん》になっても裕福《ゆうふく》であります。こんなに夜《よ》が更《ふ》けて帰《かえ》っても寝《ね》る前《まえ》に、ちゃんと其《そ》の日《ひ》の算盤《そろばん》を置《お》いて見《み》なければ寝《ね》られない癖《くせ》がありました。他《よそ》へ廻《まわ》して貸付《かしつ》けさせた金《かね》の利廻《りまわ》りや、地面家《じめんか》作《さく》の取立《とりた》てや、知行所《ちぎょうじょ》の上《あが》り高《だか》というような事《こと》を、倅《せがれ》に代《かわ》って一々算当《いちいちさんとう》して、帳面《ちょうめん》を記《しる》して置《お》かねば寝《ね》られない癖《くせ》の隠居《いんきょ》でありました。当時《とうじ》、大名《だいみょう》にも旗本《はたもと》にも、内緒《ないしょう》の苦《くる》しいのが多《おお》く、上《うわ》べは大身《たいしん》に構《かま》えても、町人《ちょうにん》に借金《しゃくきん》があって首《くび》が廻《まわ》らなかったり、また札差《ふださし》をさん〲強請《ねだ》るような事《こと》が、少《すく》なくとも己《おの》れの家《うち》に限《かぎ》っては其《そ》の憂《うれ》いの無《な》い事《こと》と利《り》が利《り》を産《う》んで行《ゆ》く未来《みらい》の算《さん》をして見《み》ると、いつも一種《しゅ》の得意《とくい》に満《み》たされて云《い》わん方《かた》なき快感《かいかん》を催《もよお》すのでありました。その快感《かいかん》に浸《ひた》されながら枕《まくら》について、夢《ゆめ》を結《むす》ぶのが十年《ねん》一日《じつ》の如《ごと》く此《こ》の老人《ろうじん》の習慣《しゅうかん》でありました。

そうかと云《い》って、此《こ》の老人《ろうじん》は吝嗇《けち》と罵《ののし》られるほどに汚《きたな》い貯《た》め方《かた》をするのでもありませんでした。他所《よそ》へ出《で》るにも相当《そうとう》の身《み》なりは自分《じぶん》もし、家《いえ》の者《もの》にもさせ、召《めし》仕《つか》いの者《もの》や出入《でいり》の者《もの》にも相当《そうとう》の事《こと》だけはしてやり、また諸交際《しょこうさい》も世間並《せけんなみ》にはして、時《とき》たま附合上《つきあいじょう》から茶屋小《ちゃやこ》

屋《や》へも入《はい》る事《こと》があり、好《す》きな漁具《りょうぐ》などには可《か》なり金《かね》を遣《つか》って吟味《ぎんみ》してありました。それ故《ゆえ》に、小金《こがね》は貯《た》めて、年々《ねんねん》に身上《しんじょう》を殖《ふ》やして行《ゆ》くけれども、誰《だれ》にも其《そ》んなに見縊《みくび》られもせずに伸《の》ばして行《ゆ》くところは中々上手《なかなかじょうず》でありました。

今《いま》も老人《ろうじん》は、その算当《さんとう》をしてしまって、幾片《いくひら》かの金《かね》を封《ふう》じにかかると、直《す》ぐその窓《まど》の下《した》でバタ〳〵と人《ひと》の走《はし》る音《おと》がしました。

「はて、今時分《いまじぶん》」

と封《ふう》じ金《がね》をこしらえる手《て》を休《やす》めて老人《ろうじん》が小首《こくび》を傾《かし》げました。老人《ろうじん》も可《か》なり夜《よ》が更《ふ》け渡《わた》っていることは知《し》っているし、また此《こ》の時分《じぶん》は江戸市中《えどしちゅう》が何処《どこ》となく物騒《ぶっそう》で、夜更《よふ》けなんぞは滅多《めった》にひとり歩《ある》きをするものもない事《こと》なぞは心得《こころえ》ているのであります、それを今窓下《いままどした》でバタ〳〵と人《ひと》の足音《あしおと》がするから変《へん》に思《おも》いました。

「あれー、助《たす》けてエ」

帛《きぬ》を裂《さ》くような一声《こえ》。それは確《たし》かに女《おんな》の声《こえ》で、その声《こえ》と諸共《もろとも》にバッタリと人《ひと》の倒《たお》れる音《おと》、それが直《すぐ》、自分《じぶん》の座《すわ》っている窓《まど》の下《した》で起《おこ》ったのだから、金《かね》を封《ふう》じては居《お》られません。

すっくと立《た》って窓《まど》を押《お》し開《ひら》いて夜《よる》の外《そと》を見《み》ました。

六九五

未申《ひつじさる》のあたりに月《つき》があって、外面《そとも》を可《か》なり明《あか》るく照《て》らしていましたから、老人《ろうじん》の眼《め》にもはっきりとわかります。その窓《まど》の下《した》の溝《みぞ》の処《ところ》に、確《たし》かに人《ひと》が斬《き》られて横《よこ》たわっています。斬《き》られたのは、たった今《いま》で、声《こえ》こそ立《た》てられないけれど、手足《てあし》はまだピク〲と動《うご》いているものらしくありました。

老人《ろうじん》は愕然《がくぜん》として、慌《あわ》ただしく、その道筋《みちすじ》の左右《さゆう》を見《み》廻《まわ》すと、お竹蔵《たけぐら》の塀《へい》について、榛《はん》の木馬場《きばば》の方《ほう》へ、ふら〲と歩《ある》いて行《ゆ》く一個《こ》の人影《ひとかげ》を認《みと》めないわけには行《ゆ》きません。その人影《ひとかげ》は頭巾《ずきん》で覆面《ふくめん》をした武士《ぶし》の姿《すがた》に相違《そうい》ないことも、お倉《くら》の壁《かべ》に反射《はんしゃ》した月《つき》の光《ひかり》で明《あきら》かに認《みと》めることが出来《でき》るのであります。然《しか》も、それが悠々《ゆうゆう》としてというよりは、ふら〲として足許危《あしもとあやう》く歩《ある》いて行《ゆ》くのは或《あるい》は傷《きず》ついているのかとも思《おも》われないではありません。けれども、ガラリと窓《まど》を開《あ》けた途端《とたん》に、その覆《ふく》面《めん》の武士《ぶし》はひらりと何処《いずこ》へか身《み》を隠《かく》してしまいました。

遠藤老人《えんどうろうじん》は其《そ》のままにして置《お》けば宜《よ》かったのだけれども、実《じつ》は宵《よい》からの酒気《しゅき》がまだ去《さ》らないのに、此《こ》の老人《ろうじん》は若《わか》い時《とき》から槍《やり》が多少《たしょう》の得意《とくい》でありました。だから長《なげ》押《し》にかけてあった槍《やり》を取《と》って、酒気《しゅき》に駆《か》られて、ひとりで表《おもて》へ飛《と》び出《だ》したのは年寄《としより》に似気《にげ》なき事《こと》でありました。

「待《ま》て、曲者《くせもの》」

その槍《やり》を構《かま》えて、今辻斬《いまつじぎり》の狼藉者《ろうぜきもの》のふら〲と歩《あゆ》んで行《い》って、ふと隠《かく》れたと覚《おぼ》しい榛《はん》の木馬場《きばば》の前《まえ》まで追《お》いかけました。

寝静《ねしず》まっていた老人《ろうじん》の家《いえ》の者《もの》は誰《だれ》もそれを知《し》りません。また近処《きんじょ》の人《ひと》とても、更《さら》にそれと知《し》って出会《であ》う容《よう》子《す》も見《み》えないほど夜《よ》は更《ふ》けていました。若《も》しまた其《そ》れと知《し》った者《もの》があっても斯様《かよう》な際《さい》には、心《こころ》ならずも空寝《そらね》入《いり》をして聞《き》き逃《のが》すのが例《れい》でありました。遠藤老人《えんどうろうじん》とても酒《さけ》の気《け》さえ無《な》ければ、そうしていたに違《ちが》いないけれども、酒《さけ》は怜悧《れいり》を以《もっ》て聞《き》こえた此《こ》の老人《ろうじん》を斯程《かほど》に無謀《むぼう》なものにしてしまいました。辻斬《つじぎり》の狼藉者《ろうぜきもの》は、たしかに老人《ろうじん》の声《こえ》に驚《おどろ》いて榛《はん》の木馬場《きばば》を後《うしろ》へ逃《に》げたようです。然《しか》も其《そ》の逃《に》げぶりが蹌々踉々《そうそうろうろう》として頼《たよ》りないこと巣立《すだち》の鳥《とり》のような歩《ある》きぶりであります。手《て》を伸《の》ばせば、羽《は》掻占《がいじめ》になりそうな逃《に》げぶりでありましたから老人《ろうじん》は、

「奴《やつ》め、怪我《けが》をしているな」

と一図《ず》に、そう思《おも》ってしまいました。だから勇気《ゆうき》はいよ〲増《ま》して一息《いき》に追《お》いかけた時《とき》に辻斬《つじぎり》の狼藉者《ろうぜきもの》は、

ふいと角《かど》を曲《まが》って榛《はん》の木馬場《きばば》の稲荷《いなり》の社《やしろ》の中《なか》へ逃《に》げ込《こ》んだものと認《みと》められます。

「逃《に》げようとて逃《に》がさんぞ」

稲荷《いなり》の前《まえ》に並《なら》んでいた榛《はん》の木《き》の間《あいだ》から狙《ねら》って槍《やり》をエイと一声《せい》突《つ》き込《こ》んだけれ共《ども》、槍《やり》は流《なが》れました。手許《てもと》へ繰込《くりこ》んで、二度《ど》突《つ》き出《だ》した時《とき》に、榛《はん》の木《き》の蔭《かげ》にいた辻《つじ》斬《ぎり》の狼藉者《ろうぜきもの》は、ふら〱と二足《あし》ばかり前《まえ》へ出《で》ました。

二度《ど》突《つ》き損《そん》じたと思《おも》った老人《ろうじん》は二三歩飛《ぽと》び下《さ》がりました。其処《そこ》へ全身《ぜんしん》を現《あら》わした覆面《ふくめん》の辻斬《つじぎり》の狼藉者《ろうぜきもの》は、刀《かたな》を抜《ぬ》いて腰《こし》の処《ところ》へ当《あて》がって腰《こし》から上《うえ》を屈《かが》めて此方《こっち》を見《み》ています。

三度《ど》、突《つっ》かけようとした遠藤老人《えんどうろうじん》は、如何《どう》したものか、突《つ》くことが出来《でき》ません。ハッ〱と息《いき》が切《き》れ出《だ》しました。槍《やり》がワナワナと顫《ふる》え出《だ》しました。突《つ》くことが出来《でき》ないのみならず、引《ひ》くことも出来《でき》ないらしくあります。

「小癪《こしゃく》な！」

覆面《ふくめん》の辻斬《つじぎり》の狼藉者《ろうぜきもの》の残忍《ざんにん》な一声《せい》が氷《こおり》の上《うえ》を走《はし》るように聞《きこ》えました。それと同時《どうじ》に血煙《ちけむり》が立《た》って、可哀相《かわいそう》に遠藤老人《えんどうろうじん》は槍《やり》を投《な》げ出《だ》して其処《そこ》へ二つになってのめりました。斬《き》られたのは逆袈裟《ぎゃくげさ》で、ほとんど水《みず》を斬《き》るようにたった一太刀《ひとたち》。

六九六

その翌日《よくじつ》、御勒寺橋《みろくじばし》の長屋《ながや》の中《なか》で、

「さあ、お飯《まんま》が出来《でき》たよ」

と二枚折《まいおり》の屏風《びょうぶ》の中《なか》を見込《みこ》んだのは宇治山田《うじやまだ》の米友《よねとも》であります。

「どれ起《お》きようかな」

屏風《びょうぶ》の中《なか》で、蒲団《ふとん》から半身《はんしん》を起《おこ》したのは机龍之助《つくえりゅうのすけ》であります。以前《いぜん》よりはまた痩《やせ》て、色《いろ》は一層《そう》の蒼白《あおじろ》さを加《くわ》えているもののようです。

「如何《どう》もよく寝《ね》られるじゃねえか、俺等《おいら》なぞは宵《よい》の中《うち》は早《はや》く寝《ね》て朝《あさ》は早《はや》く起《お》きてえんだが、お前《めえ》は宵《よい》に寝《ね》て朝《あさ》もまた寝《ね》て……尤《もっと》もお前《めえ》は夜《よ》の明《あ》けるという事《こと》は無《ね》えんだからな」

と云《い》って米友《よねとも》は苦笑《にがわら》いしました。

「友吉《ともきち》どの、色々《いろいろ》とお世話《せわ》になって済《す》まんな」

龍之助《りゅうのすけ》はまだ全《まった》く起《お》き上《あが》りはしません。

「お世話《せわ》になるのならねえの、そんな事《こと》は如何《どう》でもいいが、俺等《おいら》は些《ちっ》とばかりお前《めえ》に聞《き》きてえ事《こと》があるんだ」

「何《なに》を」

「何《なに》をじゃ無《ね》えんだ、斯《こ》うして見《み》ていると俺等《おいら》には、如何《どう》もお前《めえ》の仕方《しかた》に合点《がてん》の行《ゆ》かねえ事《こと》があるんだ」

「合点《がてん》の行《ゆ》かない事《こと》、何《なに》もこれほど世話《せわ》になっているお前《まえ》に、迷惑《めいわく》をかけるような事《こと》をした覚《おぼ》えはないつもりだが」

「別《べつ》に俺等《おいら》も、お前《めえ》から迷惑《めいわく》をかけられたとも思《おも》わねえが、今朝《けさ》起《お》きて見《み》て、如何《どう》も些《ちっ》とばかりオカしい事《こと》があるんだ」

「そのオカしい事《こと》とは」

「それだ、お前《めえ》は、俺等《おいら》に断《ことわ》り無《な》しで、昨夜夜中《ゆうべよなか》に何《ど》処《こ》へか出《で》かけやしねえか」

「其《そ》んな事《こと》は無《な》い」

「無《ね》え？　無《ね》えとすると如何《どう》も変《へん》だぜ、まあ宜《い》いや、無《な》けりゃ無《ね》えで宜《い》いけれど、お前《めえ》、何事《なにごと》があっても、まだ当分外《とうぶんそと》へ出《で》ちゃならねえ事《こと》は知《し》ってるだろう」

「そりゃ承知《しょうち》している」

「お前《まえ》が外《そと》へ出《で》て悪《わる》いのみならずだ、俺等《おいら》も当分《とうぶん》は外《そと》へ出《で》られねえ事《こと》も知《し》ってるだろうな」

「それも知《し》っている」

「二人《ふたり》を、そっと此処《ここ》の長屋《ながや》へ隠《かく》して呉《く》れた鐘撞堂《かねつきどう》の親方《おやかた》の親切《しんせつ》の事《こと》も、お前《まえ》にゃ訳《わか》ってるだろうな」

「それも訳《わか》っている」

「何《なん》だか委《くわ》しい事《こと》は知《し》らねえが、そうして眼《め》が潰《つぶ》れて、その上《うえ》に身体《からだ》が弱《よわ》くて悩《なや》んでいるお前《めえ》の命《いのち》を取《と》りてえと覘《ねら》っている奴《やつ》があるそうだから、俺等《おいら》は癪《しゃく》に触《さわ》って、

それでお前《めえ》の為《ため》に、力《ちから》になってやりてえと思《おも》っているんだ、眼《め》が見《み》えなくなって身体《からだ》の悪《わる》い人間《にんげん》を苛《いじ》めようてのは、これより上《うえ》の卑怯《ひきょう》な仕業《しわざ》は無《ね》えから、それで俺等《おいら》は、出来《でき》ねえながらも、お前《めえ》の為《ため》に力《ちから》になってやりてえと思《おも》うんだ、そうは思《おも》うんだけれども、その力《ちから》になってやりてえ俺等《おいら》も同《おな》じように、当分明《とうぶんあか》るくは外《そと》へ出《で》られねえんだ、何《なん》でも此《こ》の間《あいだ》浅草《あさくさ》の広小路《ひろこうじ》で撲《なぐ》ってやった侍《さむらい》の組《くみ》だの、吉原《よしわら》で喧嘩《けんか》をした茶袋《ちゃぶくろ》だのというのが俺等《おいら》の素性《すじょう》を知《し》って、俺等《おいら》を取捉《とっつか》めようとして探《さが》してるんだそうだ、だから当分《とうぶん》、ほとぼりの冷《さ》めるまでは、お前《めえ》と一緒《しょ》に隠《かく》れているがいいというから、それで隠《かく》れてるんだ、そのうちに、ほとぼりが冷《さ》めたらお前《めえ》を連《つ》れて、お前《めえ》の行《ゆ》きてえと云《い》う処《ところ》へ、連《つ》れて行《い》ってやりてえと斯《こ》う思《おも》ってるんだ、だからお前《めえ》、そのほとぼりが冷《さ》めるまでは、お互《たげ》えに窮屈《きゅうくつ》でも、凝《じっ》と斯《こ》うして隠《かく》れていなくちゃならねえ、何《なに》か用《よう》があるんなら、夜《よる》になって俺等《おいら》が、そっと出《で》かけて上手《じょうず》に用《よう》を達《た》して来《き》てやるから、遠慮《えんりょ》なく云《い》ってお呉《く》んなせえよ、俺等《おいら》に気《き》の毒《どく》だなんぞと、余計《よけい》な気兼《きがね》をして、拙《へた》な事《こと》をやって呉《く》れるとお互《たげえ》の為《ため》にならねえんだからね」

　米友《よねとも》は何《なに》か心《こころ》がかりの事《こと》があると覚《おぼ》しく、こんな神妙《しんみょう》な念《ねん》の押《お》し方《かた》をしました。まだ起《お》き上《あ》がらない龍之助《りゅうのすけ》は黙《だま》って其《そ》れを聞《き》き流《なが》していました。

六九七

龍之助《りゅうのすけ》が面《かお》を洗《あら》いに椽側《えんがわ》へ出《で》たあとで米友《よねとも》は、そこらを片《かた》づけながら、二枚折《まいおり》の屏風《びょうぶ》の中《なか》へ入《はい》って行《ゆ》きました。

敷《し》きぱなしにしてある蒲団《ふとん》の枕許《まくらもと》に形《かた》ばかりの刀架《かたなかけ》が置《お》いてあって、それに大小《だいしょう》の二刀《とう》が置《お》いてありました。

ふと米友《よねとも》は其《そ》の大剣《たいけん》の柄《つか》の処《ところ》に触《ふ》れて見《み》て、

「はてな」

と其《そ》の刀《かたな》を手《て》に取《と》って屏風《びょうぶ》の外《はず》れの明《あか》るい処《ところ》へ持《も》ち出《だ》し、柄《つか》に手《て》を当《あ》てて撫《な》でて見《み》ました。柄《つか》は水《みず》で洗《あら》ったもののようにビッショリであります。

「おかしいぞ」

米友《よねとも》は暫《しば》らくその刀《かたな》を見《み》ていたが、柄《つか》に手《て》をかけて、引抜《ひきぬ》いて見《み》ようと意気込《いきごむ》ところを後《うしろ》から、

「危《あぶ》ない、危《あぶ》ない、怪我《けが》をする」

手《て》を伸《の》ばして、その刀《かたな》を取《と》り上《あ》げたのはいつの間《ま》にか後《うしろ》に立《た》っていた龍之助《りゅうのすけ》でありました。

「は、は、は」

米友《よねとも》は何《なん》となく定《き》まりの悪《わる》そうな笑《わら》い方《かた》をして引込《ひきこ》みました。朝飯《あさめし》が済《す》んでしまうと、龍之助《りゅうのすけ》は少《すこ》しの間《あいだ》、日当《ひあた》りのよい縁側《えんがわ》の処《ところ》に座《すわ》って晩秋《ばんしゅう》の日光《にっこう》を浴《あ》びていましたが、また屏風《びょうぶ》の中《なか》へ隠《かく》れてしまいました。米友《よねとも》は炉《ろ》の傍《わき》で、大《おお》きな鉄瓶《てつびん》の中《なか》へ栗《くり》を入《い》れて煮《に》ています。栗《くり》を煮《に》ながら眼《め》をクリ〳〵させて黙然《もくねん》と考《かんが》え込《こ》んでいました。

「友吉《ともきち》どの」

と云《い》って屏風《びょうぶ》の中《なか》から龍之助《りゅうのすけ》の声《こえ》でありましたから、

「何《なん》だい」

「お前《まえ》は、たった今《いま》、この刀《かたな》の中身《なかみ》を抜《ぬ》いて見《み》たか」

「抜《ぬ》いて見《み》やしねえ、抜《ぬ》いて見《み》ようとした処《ところ》だ」

「それならば宜《い》いけれども、この後《のち》もあることだから、気《き》をつけて刀《かたな》には触《さわ》らぬようにして呉《く》れ、頼《たの》む」

「其《そ》りゃ可《い》けねえ、この狭《せま》い処《ところ》でお前《めえ》と二人《ふたり》っきりの暮《くら》しだ、いつ如何《どう》いうハズミで刀《かたな》に触《さわ》らねえとも限《かぎ》らねえや」

「其《そ》れを云《い》うのではない、今《いま》のように刀《かたな》を抜《ぬ》いて見《み》ようとしては困《こま》る」

「抜《ぬ》いて見《み》たからって宜《い》いじゃねえか、お前《めえ》と俺等《おいら》の中《なか》だもの」

「左様《そう》じゃない、刀《かたな》は切《き》れるものだから、お前《まえ》に怪我《けが》をさせては悪《わる》い、それでワザ〳〵頼《たの》むのじゃ」

「御冗戯《ごじょうだん》でしょう、斯《こ》う見《み》えても子供《こども》じゃあございま

せんぜ、子供《こども》がおもちゃのサーベルをわるさにすると は違《ちが》うんだぜ」

「だから頼《たの》むのだ、玩具《おもちゃ》のサーベルならば怪我《けが》をしても知《し》れたものだけれど、刀《かたな》によっては血《ち》を見《み》なければ納《おさ》まらぬ刀《かたな》があるからな」

「面白《おもしろ》いね、血《ち》を見《み》なければ納《おさ》まらねえ刀《かたな》というような奴《やつ》にお目《め》にかかって見《み》てえものだね、権現様《ごんげんさま》の大嫌《だいきら》いな村正《むらまさ》の刀《かたな》というのが其《そ》れなんだってね、お前《めえ》の持《も》っているのは、そりゃ村正《むらまさ》か」

「村正《むらまさ》ではないけれど……よく切《き》れる刀《かたな》だ」

と云《い》って龍之助《りゅうのすけ》は、どうやら横《よこ》になって寝込《ねこ》んでしまったもののようです。米友《よねとも》はなお黙《だま》って頻《しき》りに栗《くり》をゆでていたが、栗《くり》も可《か》なりゆだったと見《み》たから、大鉄瓶《おおてつびん》を下《さ》げて流《なが》しもとへ、その湯《ゆ》をこぼしに行《ゆ》きました。湯《ゆ》をこぼして小笊《こざる》の中《なか》へ栗《くり》を入《い》れてそれと鉄瓶《てつびん》の水《みず》を入《い》れ換《か》えたのを両手《りょうて》に持《も》って、

「栗《くり》がゆだった、一つ食《く》わねえか」

と云《い》って屏風《びょうぶ》の中《なか》を覗《のぞ》いて見《み》ると、病人《びょうにん》さながらの龍之助《りゅうのすけ》が、首《くび》をうずめて寝《ね》ていた横面《よこがお》が、痛《いた》ましいほどにやつれています。その癖《くせ》、刀《かたな》は濡《ぬ》れた柄《つか》を心持《こころもち》斜《ななめ》にして、あと云《い》えばさと鞘《さや》を抜《ぬ》け出《で》るばかりに置《お》いてあるのが一道《どう》の殺気《さっき》を流《なが》すのであります。

六九八

夜《よる》になると風《かぜ》が銀杏《いちょう》の木《こ》の葉《は》をひら〳〵と落《お》として来《き》ました。弥勒寺《みろくじ》の鐘《かね》が九ツを打《う》った時分《じぶん》に屏風《びょうぶ》の蔭《かげ》に寝《ね》ていた机龍之助《つくえりゅうのすけ》はウンと寝返《ねがえ》りを打《う》ちました。

　こちらの炉《ろ》の傍《そば》に寝《ね》ていた米友《よねとも》は、その寝返《ねがえり》の音《おと》を聞《き》くと、蒲団《ふとん》から首《くび》だけを出《だ》して屏風《びょうぶ》の方《ほう》を見《み》ていました。屏風《びょうぶ》の中《なか》はそれっきり静《しず》かなもので、すやすやと夢《ゆめ》を結《むす》んでいるものらしくあります。それで米友《よねとも》も首《くび》を引込《ひっこ》めて、また枕《まくら》に就《つ》きました。それから、しばらくして屏風《びょうぶ》の蔭《かげ》から、すっくと立《た》った人《ひと》のあった時《とき》には、もう米友《よねとも》は眠《ねむ》ってしまったものと見《み》えて、動《うご》きませんでした。

　屏風《びょうぶ》の蔭《かげ》から、そっと忍《しの》び足《あし》に出《で》た龍之助《りゅうのすけ》は、いつの間《ま》にか、身仕度《みじたく》をしていました、面《かお》には覆面《ふくめん》をして、羽織《はおり》を引《ひっ》かけて、例《れい》の刀《かたな》を左《ひだり》に提《さ》げて、ソロ〳〵と屏風《びょうぶ》の麓《ふもと》を抜足《ぬきあし》して歩《ある》き出《だ》したのは、甲府《こうふ》にいた時《とき》と同《おな》じような姿《すがた》であります。ただあの時《とき》よりは一層《そう》、足許《もと》が危《あぶ》なく、屏風《びょうぶ》から手《て》を放《はな》した時《とき》は倒《たお》れそうに見《み》えました。それでもよろ〳〵として、細目《ほそめ》につけてあった行燈《あんどん》にも、炉端《ろばた》に置《お》いてあった煙草盆《たばこぼん》にも突《つ》き当《あた》らず、さぐり〳〵米友《よねとも》の枕許《まくらもと》を通《とお》り越《こ》して蒲団《ふとん》の一端《たん》を跨《また》ごうとした途端《とたん》に、

「ウーン」

と云《い》って寝像《ねぞう》の悪《わる》い米友《よねとも》は足《あし》を出《だ》しました、その足《あし》を避《よ》けようとした龍之助《りゅうのすけ》は、よろ〳〵とよろめいて、行燈《あんどん》に片手《かたて》をかけました。さては眼《め》を醒《さ》ましたかと思《おも》った米友《よねとも》は、案外《あんがい》にも眼《め》を醒《さ》ましたのではなく、よく寝《ね》ているものであります。

　行燈《あんどん》の処《ところ》で、米友《よねとも》の寝息《ねいき》をうかがうらしい龍之助《りゅうのすけ》は、左《ひだり》の親指《おやゆび》を刀《かたな》の鍔《つば》に当《あて》がって立《た》っています。若《も》し、米友《よねとも》が狸寝入《たぬきねいり》をしているものならば、龍之助《りゅうのすけ》は、これを斬《き》ってしまうつもりでしょう。幸《さいわい》にして米友《よねとも》は熟睡《じゅくすい》しています。足《あし》を一本《ぽん》蒲団《ふとん》の外《そと》へ食《は》み出《だ》しても知《し》らない位《くらい》によく寝《ね》ているのが幸《さいわい》でした。

　ほんとに米友《よねとも》が此《こ》の場合《ばあい》によく寝《ね》ていることは幸《さいわい》でした。それは米友《よねとも》の為《ため》に幸《さいわい》であるのみならず、龍之助《りゅうのすけ》の為《ため》にも幸《さいわい》です。一体《たい》、龍之助《りゅうのすけ》は米友《よねとも》を米友《よねとも》と知《し》らないでいるように、米友《よねとも》も亦龍之助《またりゅうのすけ》を龍之助《りゅうのすけ》と知《し》らないでいるのであります。お互《たがい》に知《し》らないでいるけれども、米友《よねとも》が龍之助《りゅうのすけ》を疑《うたが》うように、龍之助《りゅうのすけ》も亦米友《またよねとも》を疑《うたが》わないわけには行《い》きません。話《はなし》をしているうちに、ちゃんぽんになっていた話《はなし》が或処《あるところ》へ行《い》ってピタリと合《あ》うこと

のあるのが不思議《ふしぎ》でありました。この前《まえ》の日《ひ》に、米友《よねとも》は何《なに》か急《きゅう》に思《おも》い当《あた》ったらしく、龍之助《りゅうのすけ》に向《むか》って、「おい、お前《めえ》は、本当《ほんとう》の盲目《めくら》かい、盲目《めくら》の真似《まね》をしているんじゃ無《ね》えかな」

と云《い》った事《こと》がありました。何《なん》のつもりで米友《よねとも》が斯《こ》う云《い》ったのだか、その時《とき》に龍之助《りゅうのすけ》は思《おも》わずヒヤリとさせられました。米友《よねとも》が龍之助《りゅうのすけ》に疑《うたが》いを懐《いだ》きはじめたのは蓋《けだし》この時《とき》からの事《こと》でありますけれども、此処《ここ》で熟睡《じゅくすい》していたから、その疑《うたが》いも何《なん》の事《こと》はなく米友《よねとも》が寝像《ねぞう》の悪《わる》いままで恣《ほしい》ままに寝《ね》ていると、行燈《あんどん》に片手《かたて》をかけていた龍之助《りゅうのすけ》も、やや暫《しば》らく立《た》っていて、やがてまた一足《あし》歩《ある》き出《だ》した途端《とたん》に行燈《あんどん》の火《ひ》が消《き》えました。

細目《ほそめ》にしてあった行燈《あんどん》の火《ひ》が消《き》えた事《こと》と消《き》えない事《こと》とは、龍之助《りゅうのすけ》に取《と》っては、大《たい》した障《さわ》りではありますまい。それと共《とも》に裏《うら》の雨戸《あまど》が一枚音《まいおと》もなく開《あ》きました。龍之助《りゅうのすけ》は其《そ》の極《きわ》めて僅《わず》かの間《あいだ》から外《そと》へ出《で》てしまいました。

龍之助《りゅうのすけ》が外《そと》へ出《で》ると共《とも》に、むっくりと蒲団《ふとん》を刎退《はねの》けたのが米友《よねとも》であります。

暗《くら》い中《なか》から行燈《あんどん》の抽斗《ひきだし》へ手《て》をかけると、カチ〳〵と火《ひ》を打《う》つ音《おと》、行燈《あんどん》をつけて置《お》いてから、短気《たんき》なる米友《よねとも》としては悠々《ゆうゆう》と壁《かべ》に立《た》てかけてあった手槍《てやり》を取《と》って同《おな》じく外《そと》へ飛《と》び出《だ》しました。

六九九

この真夜中《まよなか》過《す》ぎた晩《ばん》に両国橋《りょうごくばし》の上《うえ》を、たった一人《ひとり》で悠々《ゆうゆう》と渡《わた》って行《ゆ》く女《おんな》の人《ひと》があります。女一人《おんなひとり》で今時分《いまじぶん》この橋《はし》を渡《わた》って行《ゆ》くことでさえが、思《おも》いもかけない事《こと》であるのに、その女《おんな》の人《ひと》は長《なが》い打掛《うちかけ》の裳《もすそ》を引《ひ》いて、さながら長局《ながつぼね》の廊下《ろうか》を歩《あゆ》むような足《あし》どりで悠々寛々《ゆうゆうかんかん》と足《あし》を運《はこ》んでいることは、尋常《じんじょう》の沙汰《さた》とは思《おも》われません。

お化粧《けしょう》をしていた面《おもて》は絵《え》に見《み》るもののように美《うつく》しくありました。打掛《うちかけ》の肩《かた》が外《はず》れて、着物《きもの》の褄《つま》と裾《すそ》もハラ〱と乱《みだ》れていました。見《み》れば真白《まっしろ》な素足《すあし》に冷々《ひやひや》する露《つゆ》の下《お》りた橋板《はしいた》の上《うえ》を踏《ふ》んでいます。

さすがに賑《にぎ》わしい両国橋《りょうごくばし》の上《うえ》も下《した》も天地《てんち》の眠《ねむ》る時分《じぶん》には眠《ねむ》らなければなりません。

「ムクや、お前《まえ》、わたしと一緒《しょ》においで、離《はな》れちゃ忌《い》やよ」

と女《おんな》の人《ひと》は云《い》いました。それは間《あい》の山《やま》のお君《きみ》であります。お君《きみ》の歩《ある》くのと一緒《しょ》にムク犬《いぬ》も亦此《またこ》の橋《はし》の上《うえ》を歩《ある》いていました。ムクは主人《しゅじん》の身《み》の上《うえ》を掛念《けねん》に堪《た》えざるもののように見上《みあ》げました。橋《はし》の真中《まんなか》へ来《き》た時分《じぶん》に、お君《きみ》は踏《ふ》みとどまって欄干《らんかん》に寄《よ》り添《そ》うて水《みず》の流《なが》れをながめています。涼《すず》みの舟《ふね》で橋下《はしした》も下洲《しもす》も埋《うず》まっていたのは一月《つき》も前《まえ》の事《こと》。

「ムクや、お前離《まえはな》れちゃ可《い》けないよ、今度《こんど》こそは間《あい》の山《やま》へ帰《かえ》るんだから、これからお前《まえ》、伊勢《いせ》の国《くに》の古市《ふるいち》という処《ところ》までは、まだ遠《とお》いんだよ、その間《あいだ》の道中《どうちゅう》が長《なが》いのだから、お前《まえ》がついていて呉《く》れないと、わたしは、とても間《あい》の山《やま》までは行《い》けやしない、それにお前《まえ》は、どうかすると途中《とちゅう》で、わたしを捨《す》てたがるんだもの、甲州《こうしゅう》の時《とき》も、そうだろう、お前《まえ》が、途中《とちゅう》で見《み》えなくなってしまったのは、わたしがお前《まえ》を大切《だいじ》にしなかったから、それでお前《まえ》が腹《はら》を立《た》ったのだろう、わたしがあの尼寺《あまでら》に隠《かく》れていた時《とき》も、お前《まえ》は尋《たず》ねて来《き》て呉《く》れなかったね、それから色々《いろいろ》の目《め》に逢《あ》って、江戸《こちら》へ来《き》ている間《あいだ》にも、お前《まえ》はとう〱便《たよ》りもしませんでした、随分《ずいぶん》お前《まえ》は薄情《はくじょう》な犬《いぬ》だこと、わたしよりもお前《まえ》は、あのお松《まつ》さんが好《す》きになったのでしょう、だからお前《まえ》は、わたしの処《ところ》へは来《こ》ないで、お松《まつ》さんの処《ところ》へ尋《たず》ねて来《く》るようになったのでしょう、お松《まつ》さんは誰《だれ》にも好《す》かれます、兵馬《ひょうま》さんにも好《す》かれます、御老女様《ごろうじょさま》にも

好《す》かれます、また出入《でいり》のお武士《さむらい》たちも皆《み》んなお松様《まつさま》を、好《よ》い人《ひと》だと云《い》って賞《ほ》めています、それだのに、わたしは誰《だれ》にも好《す》かれません、皆《み》んなわたしを嫌《きら》います、駒井能登守様《こまいのとのかみさま》も、わたしを捨《す》てて舟《ふね》で逃《に》げて行《ゆ》きました、お前《まえ》、そうしておいで、お前《まえ》を逃《に》がさないように、これからどんな事《こと》があってもお前《まえ》とわたしとは離《はな》れないように、ちゃんと鎖《くさり》でつないで上《あ》げるから」

お君《きみ》は犬《いぬ》に向《むか》って、こんな事《こと》を云《い》いながら扱帯《しごき》を解《と》いたものと見《み》えます。その扱帯《しごき》の端《はし》でムク犬《いぬ》の首《くび》をグル〳〵と巻《まき》ました。ムクは主人《しゅじん》のする通《とお》りになっていました。犬《いぬ》の首《くび》を扱帯《しごき》で結《むす》んだお君《きみ》は其《そ》の一端《たん》を自分《じぶん》の手《て》に持《も》って、

「さあ、斯《こ》うしてお出《い》で、こうして行《い》きさえすれば大丈夫《だいじょうぶ》、これから後《のち》は、お前《まえ》とわたしが離《はな》れることはない、二箇《ふたり》一緒《しょ》に古市《ふるいち》の間《あい》の山《やま》へ帰《かえ》れるから」

そうしてまた橋《はし》の上《うえ》を歩《ある》きはじめました。お君《きみ》は、やはり気《き》が変《へん》になっていました、ムク犬《いぬ》もまた悄々《しおしお》として、その形《かたち》で歩《ある》いて居《い》ました。

草《くさ》も木《き》も眠《ねむ》っているのだから、何人《なんぴと》もこの主従《しゅじゅう》の異形《いぎょう》な夜行《よあるき》を見《み》てあやしむものはありません。

七〇〇

少《すこ》しばかり歩《ある》き出《だ》した時《とき》に、悄悄《しおしお》と歩《ある》いていたムク犬《いぬ》が、歩《あゆ》みを留《と》めて後《うし》ろを見返《みかえ》りました。

「何《なに》をしているの、早《はや》く歩《ある》かなければ夜《よ》が明《あ》けてしまいます」

お君《きみ》は扱帯《しごき》の端《はし》を強《つよ》く引張《ひっぱ》りました、けれどもムク犬《いぬ》にはこたえませんでした。依然《いぜん》として後《うしろ》の方《ほう》を見《み》ているのであります。

「早《はや》くお歩《ある》きよ、夜《よ》が明《あ》けると少《すこ》し都合《つごう》が悪《わる》い事《こと》があるんだから」

それでもムク犬《いぬ》は動《うご》きませんでした。

「一体《たい》何《なに》を見《み》ているの、何《なに》をお前《まえ》は其《そ》んなに見惚《みと》れているの」

お君《きみ》も亦振《またふ》り返《かえ》って、犬《いぬ》のながめている方角《ほうがく》をながめました。併《しか》し、お君《きみ》の眼《まなこ》には何者《なにもの》の姿《すがた》をも認《みと》める事《こと》が出来《でき》ません。

「あれはお前《まえ》、向《むこ》う両国《りょうごく》で、左《ひだり》へ曲《まが》ると駒止橋《こまどめばし》、真直《まっすぐ》に行《ゆ》けば回向院《えこういん》、それを左《ひだり》へ曲《まが》ると一の橋《はし》、一の橋《はし》を渡《わた》らないで竪川通《たてかわどおり》を真直《まっすぐ》に行《ゆ》くと相生町《あいおいちょう》」

お君《きみ》は、こんな事《こと》を繰返《くりかえ》して後《うしろ》を振《ふ》り返《かえ》ると、もう前《まえ》へ進《すす》むことは忘《わす》れてしまったものと見《み》えて、ぼんやりと越《こ》し方《かた》をながめて立《た》っていました。

そうすると、立《た》ち止《ど》まっていたムク犬《いぬ》が二足《あし》ばかり歩《ある》きました。それも前《まえ》へ歩《ある》き出《だ》したのではなく、振《ふ》り返《かえ》ってながめていた方角《ほうがく》へ向《むか》って歩《ある》き出《だ》したものであります。

「違《ちが》うよ、お前《まえ》、そっちへ行《ゆ》くんではなかったのよ」

お君《きみ》は扱帯《しごき》を持《も》って犬《いぬ》の鼻《はな》を引《ひ》きめぐらそうとしました。犬《いぬ》にはそれにも手答《てごた》えがなく、却《かえっ》てまた二足《あし》ばかり歩《あゆ》み出《だ》したから緩《ゆる》く持《も》たれていた扱帯《しごき》もピンと張《は》りました。

「違《ちが》うと云《い》うのに、方角《ほうがく》を間違《まちが》えてさ、お前《まえ》の行《ゆ》くのは間《あい》の山《やま》だよ、伊勢国《いせのくに》の古市《ふるいち》の間《あい》の山《やま》へこれから帰《かえ》るのに、東《ひがし》を向《む》いて行《い》って如何《どう》するの、ほんとに、この犬《いぬ》は如何《どう》かしているよ」

犬《いぬ》は一向《こう》にお君《きみ》の云《い》うことを悟《さと》らぬもののようであります。

「おや、誰《だれ》か人《ひと》が来《く》るのだね、人《ひと》が来《く》るからお前《まえ》は其《そ》れを待《ま》っているのかい」

お君《きみ》も何《なに》かに気《き》がついたようでありました。この夜《よ》は真夜中過《まよなかす》ぎとはいえ、月《つき》のない夜《よ》ではありませんでした。鎌《かま》よりは少《すこ》し幅《はば》の広《ひろ》い月《つき》が、たしか愛宕《あたご》の山《やま》の上《うえ》あたりに隠《かく》れていなければならない晩《ばん》でありました。だから九十六間《けん》の両国橋《りょうごくばし》の上《うえ》に物《もの》の影《かげ》があるとき、其《それ》

が全《まった》く認《みと》められない程《ほど》の晩《ばん》ではありません。お君主従《きみしゅじゅう》は斯《こ》うして右《みぎ》の側《がわ》を歩《ある》い行《ゆ》きました。お君《きみ》は急《いそ》ぐような事《こと》を口《くち》では云《い》っているけれど、その歩《ある》き方《かた》は橋《はし》の上《うえ》を散歩《さんぽ》しているようなものであります。この時分《じぶん》に橋《はし》の左《ひだり》の方《ほう》の側《がわ》をふら〳〵と歩《ある》いて行《ゆ》く黒《くろ》い人影《ひとかげ》があります。さてこそムク犬《いぬ》が、それに感《かん》づいたのは不思議《ふしぎ》ではありません。

その黒《くろ》い人影《ひとかげ》というのは頭巾《ずきん》をかぶって竹《たけ》の杖《つえ》をついた机龍之助《つくえりゅうのすけ》であります。米友《よねとも》を出抜《だしぬ》いて弥勒寺長屋《みろくじながや》を出《で》た龍之助《りゅうのすけ》は何時《いつ》の間《ま》にか斯《こ》うして此処《ここ》まで来《き》ていました。

「さあ、歩《ある》きましょう、早《はや》く行《ゆ》きましょう、誰《だれ》か来《く》ると悪《わる》いから、お前《まえ》は誰《だれ》に見《み》られても構《かま》わないか知《し》らないが、わたしは左様《そう》は行《い》かないの、夜《よ》の明《あ》けない中《うち》に此《こ》の橋《はし》を渡《わた》りきらないと、後《あと》から追手《おって》がかかるかも知《し》れないわ、さあ歩《ある》きましょう」

お君《きみ》は強《つよ》く扱帯《しごき》を引張《ひっぱ》りながら西《にし》へ向《む》いて歩《ある》き出《だ》しましたけれど、犬《いぬ》はいっかな身動《みうご》きもしません。

「困《こま》っちまうね、お前《まえ》という犬《いぬ》にも」

お君《きみ》は、いよ〳〵力《ちから》を込《こ》めて引張《ひっぱ》りましたけれど、お君《きみ》の力《ちから》としては知《し》れたものであります。頑《がん》として主人《じゅじん》の意《い》に従《したが》わない猛犬《もうけん》は却《かえ》って猛然《もうぜん》として牙《きば》を鳴《な》らしました。

七〇一

犬《いぬ》が牙《きば》を鳴《な》らしている前《まえ》に人《ひと》が立《た》っていました。お君《きみ》には丸《まる》っきり其人《そのひと》の事《こと》がわかりません。犬《いぬ》だけが其《そ》の人《ひと》を認《みと》めたものだから其《そ》れで牙《きば》を鳴《な》らしているものでしょう。

長《なが》さが九十六間《けん》の両国橋《りょうごくばし》の半《なかば》の処《ところ》にお君《きみ》とムク犬《いぬ》とは斯《こ》うして立《た》っているのです。それから東《ひがし》の方《ほう》へ、物《もの》の二十間離《けんはな》れた処《ところ》の橋《はし》の上《うえ》に、さっきから一人《ひとり》の人《ひと》が立《た》っていました。

駒止橋《こまどめばし》を渡《わた》って右手《みぎて》の処《ところ》に辻番《つじばん》があるにはあるのであります。併《しか》し、この番人《ばんにん》は昼《ひる》のうちお葬式《とむらい》が橋《はし》の上《うえ》を幾《いく》つ通《とお》ったかという事《こと》を数《かぞ》えていれば其《そ》れで役目《やくめ》の済《す》む番人《ばんにん》でしたから、深夜眠《しんやねむ》い目《め》をこすって、メソッコを売《う》る必要《ひつよう》は無《な》かったかも知《し》れません。

それで、お君《きみ》もムク犬《いぬ》も無事《ぶじ》に此《こ》の橋《はし》を渡《わた》りかけたように、此《こ》の人《ひと》も無事《ぶじ》に橋《はし》を渡《わた》って此処《ここ》まで来《き》ました。病人《びょうにん》でもあるかのように、よろ〱と杖《つえ》に縋《すが》って渡《わた》って来《き》ました。面《おもて》は頭巾《ずきん》で隠《かく》していて黒《くろ》い着物《きもの》を着《き》て、刀《かたな》と脇差《わきざし》とは差《さ》していました。

橋《はし》へかかっても足許《あしもと》がフラ〱として、ややもすれば落着《おちつ》かないのであります。けれども其《そ》の足《あし》はお君《きみ》主従《しゅじゅう》が行《ゆ》けば行《ゆ》く、留《と》まれば留《と》まるのだから、慥《たしか》にそのあとを跟《つ》けて来《き》たものと見《み》られないではありません。

それを、もっと早《はや》くからムク犬《いぬ》が気《き》がついていなかった事《こと》はありますまい。今《いま》、猛然《もうぜん》として振《ふ》り返《かえ》って牙《きば》を鳴《な》らしたのは、前《ぜん》に云《い》う通《とお》り、二十間余《けんよ》の距離《きょり》に近《ちか》づいた時《とき》であります。犬《いぬ》が牙《きば》を鳴《な》らした時《とき》に、後《うしろ》から来《き》た此《こ》の黒《くろ》い人影《ひとかげ》がピタと足《あし》を留《と》めて、これも今《いま》いう通《とお》り杖《つえ》をついて突立《つった》ったきりであります。お君《きみ》はまだ其《そ》の人《ひと》の姿《すがた》を認《みと》めることは出来《でき》ないらしくあります。

「お前《まえ》という犬《いぬ》にも、ほんとに困《こま》ってしまいます」

ムク犬《いぬ》の牙《きば》を鳴《な》らして怒《いか》っている物音《ものおと》を耳《みみ》を済《す》まして聞《き》いていた黒《くろ》い人《ひと》は、暫《しばら》くして、

「来《こ》い、来《こ》い」

と低《ひく》い声《こえ》で云《い》って、犬《いぬ》を小手招《こてまね》ぎをするらしくあります。その声《こえ》を聞《き》くと犬《いぬ》はブル〱と激《はげ》しい身《み》ぶるいをしました。

「おや、誰《だれ》か呼《よ》んでるようだね、誰《だれ》かお前《まえ》を呼《よ》んでる人《ひと》がある」

と云《い》って、お君《きみ》は其《そ》の声《こえ》に気《き》がつきました、そうして四辺《あたり》を見廻《みまわ》して、やっと、其処《そこ》に立《た》っている黒《くろ》いも

の頭《あたま》を朧《おぼろ》に認《みと》めたようであります。

「誰方《どなた》」

と云《い》ったけれども返事《へんじ》がありません。お君《きみ》は犬《いぬ》に向《むか》って、

「それ御覧《ごらん》、お前《まえ》が早《はや》く歩《ある》かないから、人《ひと》が来《き》ているじゃないか、相生町《あいおいちょう》から、お前《まえ》とわたしを追蒐《おいか》けて誰《だれ》か来《き》たんでしょう、誰《だれ》でしょう、御老女様《ごろうじょさま》でしょうか、お松《まつ》さんでしょうか、誰方《どなた》」

とお君《きみ》は誰《だれ》に問《と》いかけるともなく犬《いぬ》に向《むか》って此《こ》んな事《こと》を云《い》いました。お君《きみ》に首《くび》を引張《ひっぱ》られている犬《いぬ》は、お君《きみ》を引《ひき》ずって二足《あし》ばかり歩《ある》き出《だ》しました。

杖《つえ》をついて橋《はし》の真中《まんなか》に立《た》っていた人《ひと》が左《ひだり》の方《ほう》の欄干《らんかん》へつう〱とうつります。犬《いぬ》も亦《また》その向《む》いている方《ほう》から左《ひだり》へ廻《まわ》ります。それに引《ひき》ずられてお君《きみ》は西《にし》の方《ほう》ばかり向《む》きながら、つい〱東《ひがし》の方《ほう》へ輪《わ》を描《えが》いて引《ひ》かれて廻《まわ》るのであります。お君《きみ》は何《なに》も知《し》らないけれど、ムクは必死《ひっし》に、その主人《しゅじん》を何《なに》かの危険《きけん》から護衛《ごえい》しているものであることは確《たしか》であります。それですから、黒《くろ》い人《ひと》の影《かげ》とムク犬《いぬ》とは橋《はし》の上《うえ》を静《しず》かに巴《ともえ》になって廻《まわ》っているのであります。

「お前《まえ》、何時《いつ》まで此《こ》んな所《ところ》で何《なに》をしているの、こんな橋《はし》の上《うえ》でグル〱廻《まわ》っていたって仕方《しかた》が無《な》いじゃないか」

七〇二

やがてムク犬《いぬ》は一声高《こえたか》く吠《ほえ》ました。その声《こえ》は深夜《しんや》の両国橋《りょうごくばし》の上《うえ》と下《した》とに響《ひび》きました。何時《いつ》しか杖《つえ》を捨《す》てた黒《くろ》い人影《ひとかげ》は刀《かたな》を抜《ぬ》いて片手上段《かたてじょうだん》に振《ふ》り上《あ》げていました。その刀《かたな》の光《ひかり》が秋《あき》の野《の》の芒《すすき》のように光《ひか》ります。四方転《しほうころ》びのように四肢《しし》を張切《はりき》ったムク犬《いぬ》の全身《ぜんしん》の毛《け》が尽《ことごと》く逆立《さかだ》ちます。その眼《め》が蛍《ほたる》を集《あつ》めたように闇《やみ》の中《なか》で光《ひか》ります。

「ああ、何《なん》だか怖《こわ》くなった」

何《なに》も知《し》らないお君《きみ》は、この時《とき》にゾッと水《みず》を浴《あ》びせられたようになりました。

「ああ、何《なん》だか知《し》らないが、わたしは急《きゅう》に怖《こわ》くなってしまった、今《いま》まで見《み》ていた下洲《しもす》の明《あ》かりも消《き》えてしまったし、お月様《つきさま》も何処《どこ》へやら隠《かく》れておしまいなすったようだ、何方《どっち》が西《にし》やら東《ひがし》やらさっぱり訳《わか》らなくなってしまった、もう間《あい》の山《やま》へ行《ゆ》くのは止《や》めようか知《し》ら、相生町《あいおいちょう》へ帰《かえ》って行《ゆ》くことにしようか知《し》ら、わたしゃ怖《こわ》くて仕方《しかた》がないから、ムクお前確《まえしっ》かりしてお呉《く》れ」

何《なに》か云《い》い知《し》れぬ恐怖《きょうふ》に襲《おそ》われたお君《きみ》は思《おも》わず其処《そこ》に立《た》ち竦《すく》んでよろ〳〵と倒《たお》れかかった片手《かたて》を橋《はし》の欄干《らんかん》に持《も》たせた途端《とたん》に、

「あれー、誰《だれ》かお前《まえ》の前《まえ》にいる、お前《まえ》を殺《ころ》そうとしている人《ひと》がいる、危《あぶ》ない！」

と叫《さけ》びました。ここに至《いた》ってお君《きみ》は明《あき》らかに人《ひと》の影《かげ》を見《み》ることが出来《でき》ました。と云《い》われてもムクは決《けっ》して退《しりぞ》きませんでした。黒《くろ》い人《ひと》と黒《くろ》い犬《いぬ》との距離《きょり》は十間《けん》ばかり。

「誰方《どなた》でございます」

一旦《たん》、驚《おどろ》いたお君《きみ》は、悲《かな》しい事《こと》に二度目《どめ》には冷静《れいせい》でありました。

「其処《そこ》にいらっしゃるのは誰方《どなた》でございます、わたし達《たち》は決《けっ》して悪《わる》い者《もの》ではございませぬ、この犬《いぬ》も少《すこ》しも悪《わる》い犬《いぬ》ではございませぬ、何《なに》か御無礼《ごぶれい》を致《いた》しましたならば、わたしが代《かわ》ってお詫《わび》を致《いた》しまする、何卒許《どうぞゆる》して通《とお》してやって下《くだ》さいませ、はい、わたくし達《たち》は伊勢国《いせのくに》へ参《まい》りたいのでございます、伊勢《いせ》の古市《ふるいち》の間《あい》の山《やま》という処《ところ》へ参《まい》るつもりで出《で》て参《まい》りましたけれど、もう此処《ここ》まで来《き》ますると、西《にし》も東《ひがし》も解《わか》らなくなってしまいました、わたしは怖《こわ》くてなりませぬ、目《め》が廻《まわ》って苦《くる》しくてなりませぬ、古市《ふるいち》へ行《ゆ》かなければ、相生町《あいおいちょう》へ帰《かえ》りたいのでございますが、その相生町《あいおいちょう》も何方《どちら》へ参《まい》っていいか、

さっぱり解《わか》りませぬ、間《あい》の山《やま》でも相生町《あいおいちょう》でも何方《どちら》でも宜《よ》うございますから、わたくしは、お冷《ひや》を戴《いただ》きたいのでございます、わたくしにお冷《ひや》を飲《の》まして下《くだ》さる処《ところ》へ何方《どちらへ》でもお連《つ》れ下《くだ》さいまし」

はじめは、その人《ひと》に向《むか》って何《なに》か云《い》うつもりであったらしい、お君《きみ》が終《つ》いには誰《だれ》に向《むか》って何《なに》を云《い》うのか、自《じ》分《ぶん》でもわからなくなってしまいました。

「ムクや、わたしは、もう苦《くる》しくって、とてもお前《まえ》が、左《そ》様《う》して気儘《きまま》に荒《あば》れるのを抑《おさ》えてはいられないから、お前《まえ》を、確《しっ》かりと此処《ここ》へ結《むす》びつけて置《お》きますよ、そうして、わたしは一人《ひとり》で帰《かえ》って悠《ゆっ》くりと休《やす》みましょう、ああ、眼《め》が廻《まわ》る」

お君《きみ》の力《ちから》では此《こ》の時《とき》のムク犬《いぬ》を抑《おさ》える事《こと》が出来《でき》ません。是非《ぜひ》なく、その扱帯《しごき》の一端《たん》を橋《はし》の欄干《らんかん》の平桁《ひらげた》を探《さぐ》って結《むす》びつけようとしました。

それをさせまいとするもののように、ムク犬《いぬ》はヒラリと横《よこ》へ飛《と》びました。それにハズミを喰《く》ってお君《きみ》は、よろ〱とまたも倒《たお》れかけようとして、それでも馬《うま》から落《お》ちた人《ひと》が手綱《たづな》を放《はな》さなかったように、やはりその扱帯《しごき》に引《ひき》ずられて、二間《けん》ばかり後《うしろ》へ引《ひ》き戻《もど》されました。

「何《なに》をしているんだか、わたしには些《ちっ》とも解《わか》らない、ムク、お前《まえ》は気《き》でも違《ちが》やしないかエ」

七〇三

弥勒寺橋《みろくじばし》の長屋《ながや》から机龍之助《つくえりゅうのすけ》のあとを追《お》うて出《で》た宇《う》治山田《じやまだ》の米友《よねとも》は、そのあとを追《お》うことに可《か》なり苦《くる》しみました。

何故《なぜ》ならば、外《そと》は月《つき》の光《ひかり》が暗《くら》いので、たしかに目星《めぼし》をつけて行《ゆ》く当《とう》の人《ひと》の影《かげ》は、さながら煙《けむり》のように、現《あらわ》れたり消《き》えたりして行《ゆ》くからであります。人《ひと》の通《とお》りは丸《まる》っきり絶《た》えていました。けれども弥勒寺橋《みろくじばし》の長屋《ながや》を出《で》て西《にし》へ向《む》いて真直《まっすぐ》に行《ゆ》けば六間堀《けんぼり》に浅野《あさの》の辻番《つじばん》があります。右《みぎ》へ行《ゆ》くと、小浜《こはま》の辻番《つじばん》があります。

それを真直《まっすぐ》には行《ゆ》かないで、少《すこ》し後戻《あともど》りをして林町《はやしちょう》の方《ほう》へ出《で》ました。林町《はやしちょう》の河岸地《かしじ》を二の橋《はし》まで来《き》た時《とき》に、不意《ふい》に龍之助《りゅうのすけ》の姿《すがた》が見《み》えなくなりました。米友《よねとも》は眼《め》を丸《まる》くして、彼方此方《あちらこちら》を見廻《みまわ》したけれど、そこらあたりに龍之助《りゅうのすけ》の姿《すがた》を見《み》ることが出来《でき》ません。そこで焦《せ》き込《こ》んで小走《こばし》りに走《はし》って見《み》たところ、やはり何《いず》れにも其《そ》の姿《すがた》が見《み》えませんから、出《だ》し抜《ぬ》かれたかと思《おも》って残念《ざんねん》がりました。米友《よねとも》が残念《ざんねん》がって立《た》っている時《とき》に、二の橋《はし》の欄干《てすり》の側《わき》をフラ〳〵と歩《ある》き出《だ》したのがやはり其《そ》の人《ひと》でありました。

占《し》めたと思《おも》って米友《よねとも》が、そのあとを抜足《ぬきあし》で追《お》いかけると、龍之助《りゅうのすけ》は煙《けむり》のように橋《はし》を渡《わた》ってしまいました。米《よね》友《とも》がつづいて二の橋《はし》を渡《わた》ろうとする時《とき》に、行手《ゆくて》から六尺棒《しゃくぼう》を持《も》った大男《おおおとこ》の体《からだ》が見《み》え出《だ》しました。

「やあ、彼奴《あいつ》は向《むこ》う河岸《がし》の辻番《つじばん》だ」

と米友《よねとも》は当惑《とうわく》しました。是非《ぜひ》なく小戻《こもど》りして林町《はやしちょう》の町家《ちょうか》の天水桶《てんすいおけ》の蔭《かげ》へ隠《かく》れました。向《むこ》う河岸《がし》にある鈴木《すずき》の辻番《つじばん》は二の橋《はし》を渡《わた》って、米友《よねとも》の隠《かく》れている天水桶《てんすいおけ》の前《まえ》を素通《すどお》りして行《い》ってしまいました。

それを遣《や》り過《す》ごした米友《よねとも》が、天水桶《てんすいおけ》の蔭《かげ》から出《で》て二の橋《はし》を渡《わた》りきって、相生町《あいおいちょう》四丁目《ちょうめ》の河岸地《かしち》へ来《き》た時分《じぶん》には、不幸《ふこう》にして又《また》も龍之助《りゅうのすけ》の姿《すがた》を見失《みうしな》ってしまいました。

「チェッ」

米友《よねとも》は舌打《したう》ちをして忌々《いまいま》しがりました。さて何方《どっち》へ行《い》って見《み》たら宜《よ》かろうと、ここでも当惑《とうわく》したけれど、たしかに橋《はし》を渡《わた》って真直《まっすぐ》には行《い》かないだろうと思《おも》う理《り》由《ゆう》があります。それは、つい目《め》の先《さき》に鈴木《すずき》の辻番《つじばん》があって、それを通《とお》り越《こ》してもまた直《じき》に関播磨守《せきはりまのかみ》の辻番《つじばん》に突《つ》き当《あた》ります。だから、夜分何《やぶんなん》の用事《ようじ》か斯《こ》うして出《で》歩《ある》く人《ひと》が故《こと》さらに関所《せきしょ》の多《おお》い処《ところ》を択《えら》んで通《とお》る筈《はず》は無《な》か

ろうと思《おも》ったからであります。

それで米友《よねとも》は左手《ひだりて》の相生町《あいおいちょう》の角《かど》を真直《まっすぐ》に行《ゆ》きました。人《ひと》は丸《まる》っきり通《とお》りませんから、やはり用心《ようじん》せねばならぬのは辻番《つじばん》だけであります。それは米友《よねとも》も心得《こころえ》ていました。併《しか》し、今夜《こんや》の辻番《つじばん》はいつもと変《かわ》って、何《なん》となく穏《おだや》かでないらしく、相生町《あいおいちょう》四丁目《ちょうめ》の向《むこ》う角《かど》にある本多《ほんだ》の辻番等《つじばんなど》は何《なに》か声高《こわだか》に番人《ばんにん》の話《はな》しが聞《きこ》えます。それでもまあ無事《ぶじ》に辻番《つじばん》の眼《め》を潜《くぐ》って、相生町《あいおいちょう》の三丁目《ちょうめ》から二丁目《ちょうめ》へかかったけれど、何《いず》れへ向《む》いても人《ひと》らしいもののの影《かげ》を見《み》ることは出来《でき》ません。

「チェッ」

米友《よねとも》は幾度《いくど》か舌打《したうち》をしたけれどまだ行《ゆ》ける処《ところ》まで行《い》って見《み》ようという気《き》は挫《くじ》けないで二丁目《ちょうめ》の河岸《かし》を通《とお》りかかると、其処《そこ》に一軒《けん》の大《おお》きな構《かま》えの家《いえ》の表《おもて》だけが開《あ》いていました。そして其《そ》の前《まえ》に提灯《ちょうちん》を持《も》った人《ひと》が二三人出入《にんでいり》をしているので米友《よねとも》は立《た》ち留《ど》まって、はっと気《き》がつきました。この家《いえ》は箱惣《はこそう》の家《いえ》でありました。前《まえ》に自分《じぶん》が留守《るす》をしていた事《こと》のある家《いえ》、そこで浪人《ろうにん》を追払《おいはら》った事《こと》のある家《いえ》。また此《こ》の間《あいだ》は其処《そこ》の井戸《いど》で子供《こども》を水中《すいちゅう》から救《すく》い出《だ》したことの覚《おぼ》えのある其《そ》の家《いえ》だけが物穏《ものおだや》かでないから、米友《よねとも》はギックリと立《た》ち留《ど》まって暫《しば》らく容子《ようす》を見《み》なければなりません。

七〇四

その家《いえ》の前《まえ》に提灯《ちょうちん》を提《さげ》て、二三の人《ひと》を差図《さしず》をしているらしいのは、まだ若《わか》い女《おんな》でありました。

「お秋《あき》さん、お前《まえ》は台所町《だいどころちょう》の方《ほう》へ廻《まわ》って下《くだ》さい、お前《まえ》さんと栄助《えいすけ》さんが彼方《あちら》から廻《まわ》って辻番《つじばん》で一々《いちいち》お聞申《ききもう》して見《み》て下《くだ》さい、そうして下《くだ》さい、やはり両国橋《りょうごくばし》へ出《で》て此方《こちら》の組《くみ》と落合《おちあ》うようにして下さい、わたしは如何《どう》しても両国《りょうごく》を渡《わた》ったものとしか思《おも》われない、でも途中《とちゅう》で辻番《つじばん》に留《と》められているかも知《し》れないから、よく聞《き》いて下《くだ》さい」

「宜《よろ》しゅうございます、その通《とお》り行《い》って参《まい》ります」

二人《ふたり》ずつ一組《くみ》になって、提灯《ちょうちん》を提《さげ》て右《みぎ》と左《ひだり》へ飛《と》ぶようであります。

聞《き》いていた米友《よねとも》に取《と》っては、それにも気《き》になるけれど、この差図《さしず》をして二組《くみ》に分《わ》けて出《だ》した若《わか》い女《おんな》の人《ひと》の声《こえ》、それが、正《まさ》に聞《き》いたことのある人《ひと》の声《こえ》でありましたから、今《いま》、提灯《ちょうちん》を持《も》って格子《こうし》の潜《くぐ》りから内《うち》へ入《はい》ろうとした時《とき》に駈《か》け寄《よ》って、

「おい〳〵、お前《めえ》はお松《まつ》さんじゃねえか」

「おや、誰方《どなた》」

内《うち》へ入《はい》りかけて閾《しきい》をまたいだ女《おんな》は振《ふ》り返《かえ》って提灯《ちょうちん》を翳《かざ》して見《み》ると米友《よねとも》であります。

「まあ、お前《まえ》は米友《よねとも》さんじゃないか」

「うむ、俺等《おいら》だ」

「如何《どう》して此《こ》の夜更《よふけ》に、お前《まえ》さん、此《こ》んな処《ところ》へ……それでも宜《い》い処《ところ》へ来《き》て下《くだ》すった、今《いま》お前《まえ》、お君《きみ》さんが行《ゆき》方《がた》知《し》れずになってしまった処《ところ》なの」

「誰《だれ》が如何《どう》したんだ」

「ああ、米友《よねとも》さん、お前《まえ》はまだ知《し》らなかったのね、お君《きみ》さんは此《こ》の家《うち》に、ずっと前《まえ》から、わたしと一緒《しょ》に暮《く》らしていたの、そのお君《きみ》ちゃんが今夜《こんや》見《み》えなくなってしまったの、此《こ》の頃《ごろ》、古市《ふるいち》へ行《ゆ》きたい〳〵と口癖《くちぐせ》のように云《い》っていたから、その気《き》になって出《で》かけたのかも知《し》らない、わたしは心配《しんぱい》で堪《たま》らないけれど、生憎《あいにく》御老《ごろう》女様《じょさま》はお留守《るす》だし、お侍《さむらい》の方《かた》も居《い》らっしゃらないから、わたしが一人《ひとり》で気《き》を揉《も》んで今《いま》、家《うち》にいる人《ひと》を起《おこ》して探《さが》しに行《い》って貰《もら》った処《ところ》なの、いい処《ところ》へ米友《よねとも》さん来《き》て下《くだ》すった、お前《まえ》も直《すぐ》に探《さが》しに出《で》かけて下《くだ》さい、わたしは留守居《るすい》をしています、たしか両国《りょうごく》を渡《わた》って行《い》ったものと思《おも》っていますよ、彼方《あっち》の方《ほう》へ行《い》って見《み》て下《くだ》さい、あとで色々《いろいろ》お話《はなし》しましょうけれど、お君《きみ》さんの身《み》の上《うえ》に万一《もしも》の事《こと》があっては大変《たいへん》だから、ほんとに折角《せっかく》お出《いで》なすって早々《そうそう》、お使立《つかいだて》をするような事《こと》を云《い》って済《す》みませんけれど、外《ほか》の人《ひと》と違《ちが》って、あの方《かた》の事《こと》ですから、お

前《まえ》さんも、喜《よろこ》んで行《い》って下《くだ》さるでしょう、早《はや》くして下《くだ》さいまし」

お松《まつ》は米友《よねとも》を見《み》て取《と》り敢《あえ》ず、此《こ》の事《こと》を頼《たの》みました。

「知《し》らねえやい、そんな阿魔《あま》ちょの事《こと》は俺等《おいら》は知《し》らねえやい」

「おや何《なに》を云《い》ってるの」

何時《いつ》もの調子《ちょうし》で小気味《こきび》よく呑込《のみこ》んで呉《く》れるだろうと思《おも》った米友《よねとも》が案外《あんがい》にも寄《よ》ってもつけぬ挨拶《あいさつ》でありましたから、お松《まつ》は呆《あき》れました。

「俺等《おいら》は別《べつ》に尋《たず》ねる人《ひと》があって来《き》たんだ、酔興《すいきょう》で歩《ある》いて来《き》たんじゃねえや」

斯《こ》う云《い》って米友《よねとも》は、さっと歩《ある》き出《だ》しましたから、お松《まつ》はいよいよ驚《おどろ》いて、

「ちょいと、お待《ま》ち、米友《よねとも》さんお前《まえ》、何《なに》か腹《はら》を立《た》っているの、それでまあ手槍《てやり》を持《も》って、此《こ》の夜中《よなか》を一人《ひとり》で歩《ある》いて……提灯《ちょうちん》も持《も》たないで、何《なん》だか容子《ようす》がおかしいね、何《なに》かお前《まえ》にも急用《きゅうよう》があらば無理《むり》にとはいわないけれども、提灯《ちょうちん》を持《も》っておいで、提灯《ちょうちん》を持《も》って歩《ある》かないと辻番《つじばん》が、やかましいから」

と云《い》って、お松《まつ》は行《ゆ》き過《す》ぎる米友《よねとも》を追蒐《おいか》けて自分《じぶん》の手《て》にしている提灯《ちょうちん》を持《も》たせようとしました。その提灯《ちょうちん》のしるしには五七の桐《きり》がついて居《お》りました。

七〇五

お松《まつ》の手《て》から極《きわ》めて無愛想《ぶあいそう》に、その提灯《ちょうちん》を受取《うけと》った米友《よねとも》、受取《うけと》ったというよりも引奪《ひったく》るようにして、それを持《も》って米友《よねとも》は、さっさと相生町《あいおいちょう》の河岸《かし》を駈抜《かけぬ》けて本所元町《ほんじょもとまち》まで来《き》てしまいました。それまで来《き》ても一向《こう》、机龍之助《つくえりゅうのすけ》の姿《すがた》を認《みと》むることは出来《でき》ません。丁度《ちょうど》、此《こ》の時分《じぶん》に米友《よねとも》は、何処《どこ》からともなし一声高《せいたか》く吠《ほえ》る犬《いぬ》の声《こえ》を聞《き》きました。それは深夜《しんや》の事《こと》で、ここまで来《く》る間《あいだ》にも犬《いぬ》が吠《ほ》えないではありませんでした。けれども其《そ》れは単《たん》に遠吠《とおぼえ》で、まだ米友《よねとも》を脅《おびや》かした犬《いぬ》はありませんでした。

ここで一声《こえ》の犬《いぬ》の声《こえ》を聞《き》いた米友《よねとも》は、思《おも》わずブルッと戦慄《せんりつ》しました。

「おや、あの犬《いぬ》の声《こえ》は……」

と云《い》って耳《みみ》を傾《かたむ》けました。けれども犬《いぬ》は再《ふたた》び吠《ほ》えません。米友《よねとも》は空《むな》しく前後《ぜんご》を見廻《みまわ》したけれども、その犬《いぬ》の吠《ほ》えた声《こえ》が何《いず》れから起《おこ》ったものであるやら、更《さら》に知《し》ることが出来《でき》ません。ただ此処《ここ》を距《さ》ること若干《じゃっかん》の遠《とお》きより起《おこ》ったものであることだけは判《わか》ります。

此処《ここ》に於《おい》て米友《よねとも》は、たった今《いま》、お松《まつ》の云《い》った言葉《ことば》を思《おも》い合《あわ》せました。気《き》の立《た》っている米友《よねとも》にはお松《まつ》の云《い》った事《こと》なんぞは受付《うけつ》ける遑《いとま》がありませんでした。けれども今吠《いまほえ》た犬《いぬ》の声《こえ》がムクであって見《み》ると、米友《よねとも》は慄然《りつぜん》として其処《そこ》に何《なに》か異常《いじょう》なる出来事《できごと》が起《おこ》った事《こと》を想像《そうぞう》しなければなりません。ムクに逢《あ》わざること久《ひさ》しい米友《よねとも》は、その異常《いじょう》なる出来事《できごと》を路傍《ろぼう》の事《こと》として閑却《かんきゃく》する訳《わけ》には行《ゆ》かないのであります。机龍之助《つくえりゅうのすけ》を追《お》って来《き》た事《こと》は、ただ一種《しゅ》の好奇心《こうきしん》と云《い》わば云《い》わるべき事《こと》だけれども、此《こ》の深夜《しんや》にあの犬《いぬ》が吠《ほ》え出《だ》すことは好事《こうず》の沙汰《さた》ではないと、米友《よねとも》の心《こころ》は一時《じ》に緊張《きんちょう》しました。

米友《よねとも》は其《そ》の二声目《ふたこえめ》を聞《き》こうとしたけれども、遂《つい》に聞《き》くことが出来《でき》ないから、動《うご》き出《だ》しました。程なく米友は両国橋の橋の手前へ現れました。目《め》の前《まえ》にやはり番所《ばんしょ》があります、小五月蠅《こうるさい》また辻番《つじばん》かと思《おも》った米友《よねとも》は、ふと自分《じぶん》の手《て》に持《も》っている提灯《ちょうちん》を見《み》ると、これだなと思《おも》いました。之《これ》を持《も》て通《とお》れば辻番《つじばん》も大目《おおめ》に見《み》て通《とお》すんだろうと思《おも》って、お松《まつ》の手《て》から受取《うけと》った提灯《ちょうちん》を今更《いまさら》のように見廻《みまわ》すと、物々《ものもの》しい五七の桐《きり》の紋《もん》に初《はじ》めて気《き》がつきました。

「何《なに》か因縁《いわれ》があるんだろう」

と米友《よねとも》は、そのまま両国橋《りょうごくばし》の方《ほう》へ進《すす》んで行《ゆ》きながら、
「待《ま》てよ、提灯《ちょうちん》はいいけれど槍《やり》が穏《おだや》かでねえな、懐《ふところ》へ隠《かく》す訳《わけ》にも行《い》かねえしな」

ここで、ちょっと、また米友《よねとも》が、たじろぎました。提灯《ちょうちん》は時《とき》に取《と》っての有難味《ありがたみ》だけれども提灯《ちょうちん》を利用《りよう》する場合《ばあい》には槍《やり》を処分《しょぶん》しなければならぬと思《おも》いました。この際《さい》に於《おい》て、その孰《いずれ》を捨《す》て、孰《いずれ》を取《と》るべきやに暫《しば》し迷《まよ》いましたけれども、米友《よねとも》とても必《かなら》ずしも乱《らん》を好《この》むものではありません。また槍《やり》を持《も》たねば独《ひと》り歩《ある》きが出来《でき》ないというほど怯《おく》れた男《おとこ》ではありません。で、この場合《ばあい》、強《し》いて番人《ばんにん》の目《め》を掠《かす》めて物騒《ぶっそう》な槍《やり》を持《も》ち込《こ》むよりは、穏《おだや》かに提灯《ちょうちん》の光《ひかり》で通過《つうか》することの利口《りこう》なのを考《かんが》えないわけには行《い》きませんでした。四辺《あたり》を見廻《みまわ》した処《ところ》が、幸《さいわい》に柳《やなぎ》の木《き》がありました。その柳《やなぎ》の木《き》を見《み》ると米友《よねとも》は、様《よう》こそあれと柳《やなぎ》の幹《みき》へ槍《やり》を立《た》てかけて見《み》ました。丁度《ちょうど》その時《とき》であります。行手《ゆくて》の両国橋《りょうごくばし》の上《うえ》の真中《まんなか》あたりで、
「あれ――危《あぶ》ない」
という声《こえ》が川《かわ》の波《なみ》に響《ひび》いて此処《ここ》まで響《ひび》いて来《き》たのは。

一旦《たん》、柳《やなぎ》の蔭《かげ》へ槍《やり》を隠《かく》した米友《よねとも》は、この声《こえ》を聞《き》くと共《とも》に、その槍《やり》を押取《おっと》って驀然《まっしぐら》に駆《か》け出《だ》しました。

七〇六

この時《とき》に方《あた》っての米友《よねとも》は、最早辻番《もはやつじばん》の咎《とが》めを顧慮《こりょ》している遑《いとま》がありません。隼《はやぶさ》のように駈抜《かけぬ》けて両国橋《りょうごくばし》の上《うえ》を飛《と》びました。其《そ》の時分《じぶん》に、橋《はし》の真中《まんなか》のあたりの欄《らん》干《かん》から身《み》を躍《おど》らして……川《かわ》を目《め》がけて飛《と》び込《こ》んだものがあるらしい。

「あれ――助《たす》けて」

絶叫《ぜっきょう》と共《とも》に、渹然《ざんぶ》と水《みず》の音《おと》が立《た》ちました。其処《そこ》まで来《き》て見《み》た米友《よねとも》は、橋上《はしうえ》に何等《なんら》の人影《ひとかげ》ある事《こと》を見《み》ませんでしたけれども、橋《はし》の欄干《らんかん》に一領《りょう》の衣類《いるい》が引《ひっ》かかっているのを見《み》ました。それを近《ちか》く寄《よ》って見《み》ると、身分《みぶん》ある女《おんな》の着《き》るべき打掛《うちかけ》でありました。

「おい、如何《どう》したんだ」

提灯《ちょうちん》をかざして橋《はし》の下《した》を見《み》ると波《なみ》の上《うえ》に慥《たしか》に物影《ものかげ》があって頻《しき》りに浮《う》きつ沈《しず》みつしていることを認《みと》めました。

「はい、ムクがいるから助《たす》かります、此《こ》の犬《いぬ》が、わたしを助《たす》けて呉《く》れます」

水《みず》の中《なか》から人《ひと》の声《こえ》。

「ナニ、ムクだって、犬《いぬ》がお前《まえ》を助《たす》けるんだって、それじゃあ、お前《めえ》は君公《きみこう》だな」

米友《よねとも》は斯《こ》う云《い》いながら橋《はし》の板《いた》を踏《ふ》み鳴《な》らしました。

「チェッ」

何故《なぜ》か舌打《したうち》をした米友《よねとも》は、槍《やり》を橋板《はしいた》の上《うえ》へさし置《お》いて、

「馬鹿《ばか》にしてやがら、此《こ》の尾上岩藤《おのえいわふじ》のお化《ばけ》見《み》たような奴《やつ》が癪《しゃく》に触《さわ》らあ、何《なん》だって、今頃《いまごろ》、両国橋《りょうごくばし》をうろついてるんだ、駒井能登守《こまいのとのかみ》という野郎《やろう》に欺《だま》されて、それから善《い》い加減《かげん》の処《ところ》で抛《ほう》り出《だ》されて、身《み》の振方《ふりかた》に困《こま》って、此処《ここ》へ身投《みなげ》に来《き》たんだろう、ザマあ見《み》やがれ、自業自《じごうじ》得《とく》だから俺等《おいら》は知《し》らねえぞ、第一《でえいち》、このビラシャラが癪《しゃく》に触《さわ》らあ、この尾上岩藤《おのえいわふじ》が気《き》に喰《く》わねえ、ザマあ見《み》やがれ」

米友《よねとも》は斯《こ》う云《い》って罵《のの》しって、欄干《らんかん》に引《ひっ》かかっている打掛《うちかけ》を蹴飛《けと》ばしました。

「ああ怖《こわ》い、すんでの事《こと》に、お前《まえ》も、わたしも斬《き》られる処《ところ》でしたねえ、そうして、お前《まえ》、しっかり、わたしを啣《くわ》えていて下《くだ》さい、そのうちに誰《だれ》か助《たす》けに来《き》て呉《く》れるでしょうから、誰《だれ》か舟《ふね》で助《たす》けに来《き》て呉《く》れるでしょう、放《はな》しちゃ忌《いや》よ、ここは深《ふか》いから、わたしは泳《およ》ぎを知《し》らないから、お前《まえ》の首《くび》へしっかりと抱《だ》きついているから」

橋《はし》の下《した》には犬《いぬ》と人《ひと》とが、水《みず》の中《なか》に抱《だ》き合《あ》っているもののようです。犬《いぬ》は人《ひと》を放《はな》さじとして、その着物《きもの》を啣《くわ》えて泳《およ》いでいる。人《ひと》は犬《いぬ》に放《はな》れじと、しっかと犬《いぬ》の首《くび》に抱《だき》ついて水《みず》の中《なか》に浮《う》きつ沈《しず》みつしているもののよう

であります。上《うえ》に人《ひと》あることを知《し》ってか知《し》らないでか、水《みず》の中《なか》の女《おんな》の声《こえ》は、絶々《たえだえ》に斯《こ》う云《い》って叫《さけ》びました。

「馬鹿野郎《ばかやろう》、身投《みなげ》をした上《うえ》に助《たす》けて呉《く》れろという奴《やつ》があるか、死《し》ぬんなら立派《りっぱ》に死《し》んじまえ、生《い》きて恥《はじ》を曝《さ》らすより立派《りっぱ》に死《し》んだ方《ほう》が人間《にんげん》らしいや」

米友《よねとも》は上《うえ》から斯《こ》う云《い》って罵《ののし》りました。

「あ、苦《くる》しい、ムクや、お前《まえ》、わたしを置《お》いて何処《どこ》へ行《ゆ》くの」

それでも米友《よねとも》は提灯《ちょうちん》を、ずっと下《した》へ下《さ》げて川《かわ》の中《なか》を見下《みおろ》しました。水《みず》の中《なか》で組《く》んずほぐれつしている犬《いぬ》と人《ひと》。この大《おお》きな犬《いぬ》は人間一人《にんげんひとり》を救《すく》うのに、さほど難渋《なんじゅう》する犬《いぬ》では無《な》かったけれど、必死《ひっし》になった女《おんな》は、全力《ぜんりょく》を尽《つく》して犬《いぬ》の首《くび》に抱《だき》ついているものらしい、それが為《ため》に、さしもの大犬《おおいぬ》が進退《しんたい》を妨《さまた》げられて非常《ひじょう》な苦境《くきょう》にあるものらしい。それでも犬《いぬ》はその苦《くる》しいままで何《いず》れかの岸《きし》に泳《およ》ぎついて行《ゆ》こうと焦《あせ》っているものらしい。犬《いぬ》が焦《あせ》って泳《およ》ぎ出《だ》そうとするのを女《おんな》は却《かえっ》てそれを泳《およ》がせまじと慌《あわて》ているように見《み》える。犬《いぬ》は心得《こころえ》ているけれども、人《ひと》が心得《こころえ》ていないようだ。

「馬鹿野郎《ばかやろう》」

堪《た》まり兼《か》ねた宇治山田《うじやまだ》の米友《よねとも》は提灯《ちょうちん》をさし置《お》いて帯《おび》に手《て》をかけました。

七〇七

それから両国橋《りょうごくばし》の上《うえ》へ数多《あまた》の提灯《ちょうちん》が集《あつ》まったのは久《ひさ》しい後《のち》の事《こと》ではありません。例《れい》の打掛《うちかけ》や米友《よねとも》の槍《やり》や提灯《ちょうちん》やが問題《もんだい》になって騒《さわ》いでいるうちに、舟《ふね》は岸《きし》から漕《こ》ぎ出《だ》される、上《うえ》も下《した》も可《か》なりの騒《さわ》ぎとなりました。

それを外《よそ》にして、矢《や》の倉《くら》の河岸《かし》、本多隠岐守《ほんだおきのかみ》の中屋《なかや》敷《しき》の塀《へい》の外《そと》に立《た》っているのは例《れい》の頭巾《ずきん》を被《かぶ》った机龍之助《つくえりゅうのすけ》であります。龍之助《りゅうのすけ》は竹《たけ》の杖《つえ》をついて其《そ》の塀《へい》の下《した》に立《た》っていました。ここから見《み》れば、両国橋《りょうごくばし》の側面《そくめん》はその全体《ぜんたい》を見《み》ることも出来《でき》るし、橋《はし》の上《うえ》の人《ひと》の提灯《ちょうちん》も、橋《はし》の下《した》の舟《ふね》の提灯《ちょうちん》も、絵《え》に描《か》いたように見《み》えるけれども、それを眺《なが》めているのではありません。

暫《しば》らく斯《こ》うして塀《へい》の際《きわ》に立《た》っていた龍之助《りゅうのすけ》は、息《いき》を吐《つ》いているのであります。隠岐守《おきのかみ》の屋敷《やしき》の隣《となり》は一橋殿《ひとつばしどの》で、その向《むこ》うは牧野越中守《まきのえっちゅうのかみ》の中屋敷《なかやしき》、つづいて大岡酒《おおおかさか》井《い》、松平因幡守《まつだいらいなばのかみ》等《ら》の屋敷《やしき》、それから新大橋《しんおおはし》であります。

此処《ここ》へ来《き》て立《た》っている龍之助《りゅうのすけ》は血《ち》に渇《かわ》いていました。たった今《いま》は両国橋《りょうごくばし》の上《うえ》で、斬《き》って捨《す》つべかりし人《ひと》を斬《き》り損《そこな》いました。そこには慥《たしか》に邪魔物《じゃまもの》があった。その邪《じゃ》魔物《まもの》は人《ひと》でなくて動物《どうぶつ》でありました。その動物《どうぶつ》は無論《むろん》犬《いぬ》であります。

その犬《いぬ》が……龍之助《りゅうのすけ》が此処《ここ》へ来《き》ても、なお不審《ふしん》に思《おも》うのは其《そ》の犬《いぬ》が、猛然《もうぜん》として其《そ》の主人《しゅじん》らしいのを防《ふせ》いでいたけれど、然《しか》も自分《じぶん》に向《むか》って何等《なんら》かの親《した》しみのあった犬《いぬ》と思《おも》われてならないのであります。此方《こちら》が斬《き》らんとした故《ゆえ》に全力《ぜんりょく》を尽《つく》して逆《さか》らったけれども、若《も》し、こちらが招《まね》けば喜《よろこ》んで尾《お》を振《ふ》って来《く》る犬《いぬ》としか思《おも》われないのであります。

龍之助《りゅうのすけ》は、刀《かたな》を振《ふ》り上《あ》げながらその一脈《みゃく》の異様《いよう》なる気分《きぶん》に打《う》たれて、腕《うで》がいつものように冷《ひや》やかに冴《さ》えきらなかったのが我《われ》ながら腹立《はらだ》たしくもあり、且不思議《かつふしぎ》でもありました。

ここへ来《き》て、はじめて思《おも》い起《おこ》すよう、伊勢《いせ》から出《で》て東海道《とうかいどう》を下《くだ》る時《とき》、七里《り》の渡《わた》しから浜松《はままつ》までの道中《どうちゅう》を、自分《じぶん》の為《ため》に道案内《みちあんない》して呉《く》れた不思議《ふしぎ》な犬《いぬ》があった。自《じ》分《ぶん》が全《まった》く明《めい》を失《うしな》ったのは、あの犬《いぬ》と離《はな》れた後《のち》の事《こと》である。犬《いぬ》と離《はな》れて自分《じぶん》はある女《おんな》の世話《せわ》になって東海道《とうかいどう》を下《くだ》ったが、あれから犬《いぬ》は何処《どこ》へ行《い》ったやら、今出逢《いまであ》った犬《いぬ》が、どうも其《そ》の犬《いぬ》であるような気《き》がしてならぬ。明《めい》を失《うしな》ってからの自分《じぶん》の感《かん》は思《おも》ったよりは鋭《するど》くなっていることを龍之助《りゅうのすけ》は気《き》がついていました。そう思《おも》い出《だ》して見《み》

ると、たしかに其《そ》れと思《おも》い当《あた》ることばかりであります。
斬《き》らんとして斬《き》り損《そん》じた事《こと》が今宵《こよい》に限《かぎ》って、まだ疑問《ぎもん》として残《のこ》されていたけれど、それが為《ため》に血《ち》に渇《かわ》いている心《こころ》の渇《かわ》きは癒《いや》されたものとは思《おも》われません。犬《いぬ》と人《ひと》とを諸共《もろとも》に橋《はし》の下《した》へ斬《き》り落《おと》して、否《いな》斬《き》り損《そん》じて落《おと》して、直《すぐ》に刃《やいば》を納《おさ》めて、橋上《きょうじょう》を西《にし》へ走《はし》りました。幸《さいわい》にして橋番《はしばん》にも怪《あや》しまれずに一気《き》に広小路《ひろこうじ》から元柳橋《もとやなぎばし》を越《こ》えて、ここの塀下《へいした》に立《た》って見《み》ると、病《や》み上《あ》がりの身《み》には、ほとんど堪《た》え難《がた》い息切《いぎ》れがしました。

併《しか》し、兎《と》も角《かく》、此処《ここ》まで来《き》たのは、これから河岸《かし》を新大橋《しんおおはし》へ廻《まわ》って、新大橋《しんおおはし》を渡《わた》って弥勒寺橋《みろくじばし》の長屋《ながや》へ帰《かえ》るつもりと思《おも》わねばなりません。けれども其《そ》れは此《こ》のまま、すんなりとは帰《かえ》れますまい。市中《しちゅう》の見廻《みまわ》りや辻《つじ》番《ばん》が怖《こわ》いとならば其《そ》れは出《で》て来《き》た時《とき》も同《おな》じこと。此《こ》のままで帰《かえ》れないのは、途中《とちゅう》のそれ等《ら》の心配《しんぱい》ではなくて、人《ひと》を斬《き》らんとして斬《き》り損《そん》じたことは、水《みず》を飲《の》まんとして飲《の》み損《そん》じたものと同《おな》じことであります。人《ひと》を斬《き》ろうとして家《うち》を出《で》たものが斬《き》らずに帰《かえ》ることは、水《みず》を飲《の》まんとして井戸《いど》へ行《い》ったものが、水《みず》を得《え》ずして帰《かえ》るのと同《おな》じことであります。

斯《こ》うして龍之助《りゅうのすけ》は本多隠岐守《ほんだおきのかみ》の中屋敷《なかやしき》の塀《へい》の下《した》に立《た》って、河岸《かし》に向《む》いて立《た》って居《お》りました。

七〇八

龍之助《りゅうのすけ》が此処《ここ》に立《た》っているとは知《し》らず、後《うしろ》から静《しず》かに歩《ある》いて来《く》る人《ひと》があります。それもたった一人《ひとり》で歩《ある》いて来《き》ます。提灯《ちょうちん》も点《つ》けずに此《こ》の夜中《よなか》を一人《ひとり》で歩《ある》いて来《く》るのは、不思議《ふしぎ》に似《に》て不思議《ふしぎ》にあらず、これは矢張《やは》り杖《つえ》をついた按摩《あんま》でありました。笛《ふえ》を吹《ふ》かないのは此《こ》のあたりが、いずれもお屋敷《やしき》の塀《へい》であると知《し》っての事《こと》でしょう。

「もし」

龍之助《りゅうのすけ》が其《そ》の按摩《あんま》を呼《よ》び留《と》めました。

「はい」

按摩《あんま》は驚《おどろ》いたようにピタリと杖《つえ》を留《と》めました。

「あの本所《ほんじょ》へ参《まい》りたいのだが、その道筋《みちすじ》はこれを如何《どう》参《まい》って宜《よろ》しいか教《おし》えて貰《もら》いたい」

「本所《ほんじょ》へお出《い》でなさるのでございますか、本所《ほんじょ》は何方《どちら》で」

「弥勒寺橋《みろくじばし》に近《ちか》い処《ところ》まで」

「弥勒寺橋《みろくじばし》、それならば、両国《りょうごく》へお出《い》でなすった方《ほう》がお得《とく》でございましょう、これから少々《しょうしょう》戻《もど》りにはなりますがね」

「その両国《りょうごく》へ出《で》ないで、新大橋《しんおおはし》を渡《わた》って行《ゆ》きたいと思《おも》うのだが」

「新大橋《しんおおはし》、左様《さよう》ならば、これを真直《まっすぐ》にお出《い》でなさいまし、わたくしも其方《そっち》の方《ほう》へ参《まい》りますから何《なん》なら……」

と云《い》いながら按摩《あんま》は静《しず》かに歩《ある》いて龍之助《りゅうのすけ》の前《まえ》を通《とお》り過《す》ぎて行《ゆ》きます。

「今《いま》、両国《りょうごく》に身投《みなげ》があったそうでございますね、でも助《たす》かったそうでございますよ」

按摩《あんま》は此《こ》んな事《こと》を云《い》いました。これは今《いま》、突然《とつぜん》に言葉《ことば》をかけられたけれども、何《なん》となく気味《きみ》が悪《わる》いから、自分《じぶん》の気《き》を引立《ひきた》てる為《ため》に、わざと此《こ》んな事《こと》を云《い》ったもののようであります。

「米沢町《よねざわちょう》のお得意《とくい》へ参《まい》りましてな、つい此《こ》んなに遅《おそ》くなってしまいましてな、先方《せんぽう》では泊《とま》って行《ゆ》けと仰有《おっしゃ》って下《くだ》すったんですがね、ナーニ夜道《よみち》は按摩《あんま》の常《つね》だと云《い》って、斯《こ》うして出《で》て参《まい》りましたよ、送《おく》って下《くだ》さるというのを断《ことわ》りましてな、自慢《じまん》じゃあございませんが、これが感《かん》のせいで」

問《と》わず語《がた》りを云《い》いながらも、やはり気味《きみ》が悪《わる》いもののようで、少《すこ》し言葉《ことば》を休《やす》んでは、またつづけます。

「わたくしも新大橋《しんおおはし》を渡《わた》って本所《ほんじょ》へ参《まい》るんでございます、これからまだ一軒《けん》お寄《よ》り申《もう》す処《ところ》がありますから、

それへ寄《よ》って、本所《ほんじょ》の二ツ目《め》まで帰《かえ》るんでございます、按摩《あんま》でございますから二ツ目《め》へ帰《かえ》ります、当節《とうせつ》は世《よ》の中《なか》が物騒《ぶっそう》でございますから、浮《う》っかり夜道《よみち》は出来《でき》ませんけれど、そこは按摩《あんま》でございますから……おや危《あぶ》のうございますよ、ここに水溜《みずたま》りがございますから」

斯《こ》う云《い》って按摩《あんま》が振《ふ》り返《かえ》った時《とき》にヒヤリと冷《つめ》たい風《かぜ》。音《おと》もなく下《お》りて来《き》た一刀《とう》。

「人殺《ひとごろし》――目《め》の見《み》えない者《もの》を斬《き》ったな！　口惜《くや》しい！」

可哀相《かわいそう》にまだ年《とし》の若《わか》い按摩《あんま》でありました。振返《ふりかえ》った途端《とたん》に右《みぎ》の頬《ほお》げたの半分《はんぶん》を殺《そ》ぎ落《おと》して、その刃《やいば》が上下《うえした》の歯《は》を併《あわ》せて斜《ななめ》に切《き》って、左《ひだり》のあばらの下《した》まで切《き》り下《さ》げました。

「目《め》の見《み》えない者《もの》を斬《き》ったな」

という最期《さいご》の絶叫《ぜっきょう》でバッタリと横《よこ》に倒《たお》れた按摩《あんま》の身体《からだ》は二つに裂《さ》けて、そこから全身《ぜんしん》に有《あ》らん限《かぎ》りの血《ち》を吐《は》いて土《つち》に飲《の》ませました。

倒《たお》れた按摩《あんま》の着物《きもの》の端《はし》で刀《かたな》の血《ち》を拭《ぬぐ》いました。それを鞘《さや》に納《おさ》めてホッと息《いき》をついた後《のち》に杖《つえ》をついて、やはり新大橋《しんおおはし》の方《かた》をさして歩《ある》き出《い》でましたけれど、その足許《あしもと》はフラ〱として宙宇《ちゅうう》を歩《ある》いている人《ひと》のようで、やがて闇《やみ》に吸《す》い込《こ》まれて無《な》くなってしまいました。

七〇九

宇治山田《うじやまだ》の米友《よねとも》が弥勒寺橋《みろくじばし》の長屋《ながや》へ帰《かえ》って来《き》たのは暁方《あけがた》の事《こと》でありました。戸《と》を開《あ》けて内《うち》へ入《はい》って見《み》ると、家《うち》の中《なか》はまだ暗《くら》いけれども、夜前《やぜん》と別《べつ》に変《かわ》った事《こと》もありません。土間《どま》を見《み》ると、龍之助《りゅうのすけ》の穿《は》いて出《で》た草履《ぞうり》が、ちゃんと脱《ぬ》ぎ揃《そろ》ってあります。

そろ〱と座敷《ざしき》へ上《あが》った米友《よねとも》はそっと屏風《びょうぶ》の中《なか》を覗《のぞ》いて見《み》ると、龍之助《りゅうのすけ》は右枕《みぎまくら》になってよく眠《ねむ》って居《お》りました。その蒼白《あおじろ》い面《かお》が薄暗《うすくら》い中《なか》で、何《なん》とも云《い》えず痛々《いたいた》しげに見《み》えるのであります。

「うーむ」

と云《い》って米友《よねとも》は、それを覗《のぞ》きながら腕組《うでぐみ》をして唸《うな》りました。そうかと云《い》って、よく眠《ねむ》っているものを起《おこ》そうとするでもありません。枕許《まくらもと》の刀架《かたなかけ》を見《み》ると、夜前《やぜん》見《み》て置《お》いた処《ところ》よりは心持前《こころもちまえ》へ進《すす》んでいるかと思《おも》われるだけで、大小《だいしょう》一腰《こし》は少《すこ》しの変《かわ》りもなく差置《さしお》かれてありました。米友《よねとも》は昨日《きのう》の朝《あさ》したように、強《し》いて其《そ》の刀《かたな》を取《と》って調《しら》べて見《み》ようでもありませんでした。

斯《こ》うして屏風《びょうぶ》の上《うえ》から暫《しば》らく眺《なが》めて唸《うな》っていた米友《よねとも》は、思《おも》い出《だ》したように炉《ろ》の近《ちか》い処《ところ》へ来《き》て火《ひ》を焚《た》きつけました。

「チェッ」

火《ひ》がよく焚《た》きつかないので舌打《したうち》をしました。漸《ようや》く火《ひ》が燃《も》え上《あ》がった時分《じぶん》に米友《よねとも》は、ぼんやりと其《そ》の火《ひ》をながめていました。暫《しば》らくぼんやりと火《ひ》をながめていた米友《よねとも》が、また急《きゅう》に思《おも》い出《だ》したように立《た》ち上《あ》がって、流《なが》し元《もと》へ入《はい》って二升焚《しょうだき》の鍋《なべ》を下《さ》げて来《き》ました。鍋《なべ》の中《なか》には昨夕《ゆうべ》のうちに仕掛《しか》けて置《お》いた米《こめ》があるらしい重味《おもみ》であります。

その鍋《なべ》を自在鍵《じざいかぎ》にかけて米友《よねとも》は、またぼんやりして鍋《なべ》を見《み》つめていました。折角《せっかく》の焚火《たきび》が消《き》えかかるのに驚《おどろ》いて、また慌《あわ》てて薪《たきぎ》を加《くわ》えました。再《ふたた》び盛《さか》んに燃《も》え上《あ》がる火《ひ》の前《まえ》に米友《よねとも》は、またぼんやりとして、その火《ひ》の色《いろ》と二升焚《しょうだき》の鍋《なべ》の底《そこ》とを見《み》つめていました。

そのうちに火《ひ》が威勢《いせい》よく燃《も》えて鍋《なべ》の中《なか》の飯《めし》が吹《ふ》き出《だ》すと米友《よねとも》は慌《あわ》てて鍋《なべ》の蓋《ふた》を取《と》りました。鍋《なべ》の蓋《ふた》を取《と》って、また其《そ》の鍋《なべ》を見《み》つめて、ぼんやりとしていました。その時《とき》に屏風《びょうぶ》の中《なか》で寝返《ねがえ》りの音《おと》がして、さも苦《くる》しそうに呻《うめ》く声《こえ》がしました。その声《こえ》に驚《おどろ》かされた米友《よねとも》は、眼《め》をキョロリとさせて屏風《びょうぶ》の方《ほう》を見返《みかえ》りました。

「眼《め》の見《み》えない者《もの》を斬《き》ったな！」

屏風《びょうぶ》の中《なか》の人《ひと》は夢《ゆめ》かうつつか斯《こ》う云《い》った言葉《ことば》に思《おも》わず身《み》ぶるいして、

「エエ」

米友《よねとも》は眼《め》を光《ひか》らせました。それから尾《お》を引《ひ》いたよう

な長《なが》い唸《うな》りが続《つづ》きました。

矢庭《やにわ》に其《そ》の席《せき》を立《た》った米友《よねとも》は、また屏風《びょうぶ》の処《ところ》へ行《い》って覗《のぞ》いて見《み》ました。さきには右枕《みぎまくら》になっていた龍之助《りゅうのすけ》が、今度《こんど》は左枕《ひだりまくら》になって寝《ね》ていました。蒼白《あおじろ》い面《おもて》には苦悶《くもん》の色《いろ》がありく〵と現《あら》われていました。気《き》のせいか、一筋《すじ》の涙痕《るいこん》が頬《ほほ》を伝《つと》うて流《なが》れているもののように見《み》えますけれども、やはりよく眠《ねむ》っているには睡《ねむ》っているに違《ちが》いありません。

また炉辺《ろへん》へ帰《かえ》った米友《よねとも》は火《ひ》を引《ひ》いて、鍋《なべ》を自在《じざい》から心持揺《こころもちゆす》り上《あ》げました。

ここに米友《よねとも》は不思議《ふしぎ》の感《かん》に打《う》たれています。昨夜《さくや》、この人《ひと》を追《お》うて出《で》て遂《つい》に行方《ゆくえ》を見失《みうしな》ったが、それとは別《べっ》に計《はか》らざる人《ひと》を助《たす》けて来《き》ました。

相生町《あいおいちょう》の老女《ろうじょ》の家《いえ》へ人《ひと》と犬《いぬ》とを送《おく》り届《とど》けて、昨夜出《さくやで》た人《ひと》の行方《ゆくえ》を心元《こころもと》なく帰《かえ》って見《み》れば、其《そ》の人《ひと》は極《きわ》めて無事《ぶじ》に斯《こ》うして眠《ねむ》っているのであります。

抑《そもそも》、この人《ひと》は昨夜何《さくやなん》の為《ため》に何処《どこ》まで行《い》って何時返《いつかえ》ったかという事《こと》が、米友《よねとも》には測《はか》り切《き》れない疑問《ぎもん》でありました。それよりも眼《め》の見《み》えない筈《はず》の人《ひと》が、眼《め》の見《み》える自分《じぶん》を出《だ》し抜《ぬ》いて無事《ぶじ》に帰《かえ》っていることが奇怪千万《きかいせんばん》に思《おも》われてなりません。

此奴《こいっ》は偽盲目《にせめくら》じゃないかと、米友《よねとも》は此《こ》の時《とき》にも亦《また》そう思《おも》い出《だ》しました。

七〇

この時分《じぶん》に老女《ろうじょ》の家《いえ》の一間《ま》ではお君《きみ》が同《おな》じように病《びょう》床《しょう》に眠《ねむ》っているのであります。そこには誰《だれ》もついていませんけれど、お松《まつ》の心《こころ》づくしは、すべてによく行《ゆ》き渡《わた》っていることがわかります。椽先《えんさき》にはムク犬《いぬ》が蹲《うずく》まって、これも頭《あたま》を深《ふか》く突込《つっこ》んで眠《ねむ》っているのであります。その外《ほか》には広《ひろ》い邸内《ていない》に、極《きわ》めて人《ひと》の数《かず》が乏《とぼ》しいと見《み》えて閑々《かんかん》たる気配《けはい》でありました。

その閑々《かんかん》たる中《なか》の一室《しつ》で、余《あま》り高《たか》からぬ読書《どくしょ》の声《こえ》が起《おこ》ります。

余《よ》、しば〱摂播《せっぱ》の間《かん》に往来《おうらい》し、謂《い》わゆる桜井駅《さくらいえき》なるものを訪《と》い、之《これ》を山崎《やまざき》の道《みち》に得《う》。一小村《しょうそん》のみ。過《す》ぐる者《もの》、或《あるい》はその駅趾《えきし》たるを省《せい》せず。蓋《けだし》、足利《あしかが》、織《しょく》、豊《ほう》、数氏《すうし》を経《へ》て、世故変移《せこへんい》、道里駅程《どうりえきてい》、従《したが》ってすなわち改《あらた》まるのみ。

余《よ》、是《ここ》に於《おい》て低回去《ていかいさ》ること能《あた》わず。顧《かえり》みて金剛山《こんごうざん》の雲際《うんさい》に嶷立《ぎょくりつ》するを望《のぞ》み、公《こう》、義《ぎ》を挙《あ》ぐるの秋《とき》、及《およ》び其子孫《そのしそん》擁《よ》りて以《もっ》て王室《おうしつ》を扞護《かんご》するを想見《そうけん》する也《なり》。公《こう》、行在《あんざい》にいたり、天子《てんし》に対《こた》うるを観《み》るに、臣《しん》にして未《いま》だ死《し》せざらば、賊滅《ぞくほろ》びざることを患《うれ》えずと。夫《そ》れ一兵尉《へいい》を以《もっ》て、而《しか》して、居然天下《きょぜんてんか》の重《おも》きを以《もっ》て自《みずか》ら任《にん》ず。豈《あに》、値遇《ちぐう》に感激《かんげき》し身《み》を以《もっ》て国《くに》に許《ゆる》すにあらずや。故《ゆえ》によく赤手《せきしゅ》を以《もっ》て江河《こうが》を障《ささ》え、天日《てんじつ》を既《すで》に墜《おっ》るに回《かえ》す。何《なん》ぞ其《そ》れ壮《そう》なるや……公《こう》、北條氏《ほうじょうし》の精鋭《せいえい》を一城《じょう》の下《もと》に聚《あつ》めて、而《しか》して新《にっ》田《た》足利《あしかが》の属《ぞく》に其《そ》の空虚《くうきょ》を擣《つ》き、以《もっ》て其《そ》の渠魁《きょかい》を殪《たお》さしむ。帝《みかど》の復辟《ふくえき》、爵《しゃく》を酬《むく》い職《しょく》に任《にん》ず、宜《よろ》しく公《こう》を以《もっ》て首《しゅ》となすべし……しかるに纔《わずか》によく結城名和《ゆうきなわ》の輩《はい》と肩《かた》を並《なら》ぶ。其《そ》の挙措《きょそ》に失《しっ》する、以《もっ》て中興《ちゅうこう》の成《な》る無《な》きを知《し》るに足《た》る。

足利氏《あしかがし》の叛《はん》するに及《およ》び、朝廷方《ちょうていまさ》に新田氏《にったし》に倚《よ》って重《おも》きを為《な》し、公《こう》を特《とく》に偏裨《へんぴ》に充《あ》てて其《そ》の駆使《くし》に供《きょう》す。亦其《またそ》の門地《もんち》若《し》かざるあるを以《もっ》てのみ。然《しか》も京師《けいし》の大捷《たいしょう》、殆《ほとん》ど掃殄《そうてん》を致《いた》すものは公《こう》の策《さく》に因《よ》るにあらずや……而《しか》も其《そ》の死《し》に臨《のぞ》み、子《こ》を戒《いまし》むるを観《み》るに又曰《またいわ》く、吾死《われし》せば天下《てんか》悉《ことごと》く足利氏《あしかがし》に帰《き》せんと。夫《そ》れ天《てん》下《か》の為《な》すべからざるを知《し》って、猶《なお》その子孫《しそん》を留《とど》めて以《もっ》て天子《てんし》を衛《まも》る。其《そ》の心《こころ》を設《もう》くる古《いにしえ》の大臣《だいじん》と雖《いえど》も、何《なに》を以《もっ》て遠《とお》く過《す》ぎん。故《ゆえ》に子孫《しそん》よく其《そ》の遺訓《いくん》を守《まも》り、正統《せいとう》の天子《てんし》を弾丸黒子《だんがんこくし》の地《ち》に護《まも》り、以《もっ》て四海《かい》の寇賊《こうぞく》を防《ふせ》ぐ者《もの》、三朝《ちょう》五十余年《よねん》の久《ひさ》しきに及《およ》び、一門《もん》の肝脳《かんのう》を挙《あ》げて、これを国家《こっか》の難《なん》に竭《つく》し、その澌尽《しじん》灰滅《かいめつ》に至《いた》って、而《しか》して後足利氏《のちあしかがし》始《はじ》めて大《おおい》に其《そ》の志《こころざし》

を天下《てんか》に成《な》す……南風《なんぷう》競《きそ》わず。倶《とも》に傷《きず》つき共《とも》に亡《ほろ》び、終古以《しゅうこもっ》て其《そ》の労《ろう》を恤《あわれ》むなし。悲《かな》しい哉《かな》。抑《そもそも》正閏《せいじゅん》殊《こと》なりと雖《いえど》も、卒《つい》に一に帰《き》し、能《よ》く鴻緒《こうちょ》を無窮《むきゅう》に熙《ひろ》む。公《こう》に知《し》るあらしめば亦以《またもっ》て瞑《めい》すべし。而《しか》して其《そ》の大《たい》節巍然《せつぎぜん》として山河《さんが》と並《なら》び存《そん》し、以《もっ》て世道人心《せどうじんしん》を万古《ばんこ》の下《もと》に維持《いじ》する。之《これ》を姦雄迭《かんゆうたがい》に起《おこ》り、僅《わず》かに数《すう》百年《ねん》に伝《つた》うる者《もの》に比《ひ》すれば、其《そ》の得失果《とくしつはた》して如何《いかん》……

はじめは中音《ちゅうおん》で読《よ》んでいたのが調子《ちょうし》に乗《の》って高《たか》くなりました。高《たか》くはなったけれども騒々《そうぞう》しくはなりません。読《よ》まれている書物《しょもつ》は申《もう》すまでもなく日本外史《にほんがいし》の楠氏《くすのきし》の巻《まき》の論文《ろんぶん》であります。読《よ》んでいる人《ひと》は尊王攘夷《そんのうじょうい》の浪士《ろうし》でありましょう。

この書物《しょもつ》は、此《こ》の種類《しゅるい》の人《ひと》に愛読《あいどく》されていました。頼山陽《らいさんよう》その人《ひと》はそんなに大《たい》した人物《じんぶつ》ではなかったけれど、その著《あら》わした書物《しょもつ》が、当時《とうじ》の人《ひと》に読《よ》まれた文章《ぶんしょう》の力《ちから》は可《か》なりに大《おお》きなものでありました。斯様《かよう》な文章《ぶんしょう》を作《つく》って此《こ》の種類《しゅるい》の人《ひと》の血《ち》を沸《わ》かせるのが頼山陽《らいさんよう》の擅場《せんじょう》であります。

この閑々《かんかん》たる邸内《ていない》に、朗々《ろうろう》たる読書《どくしょ》の声《こえ》で却《かえっ》て、邸《てい》内《ない》は静《しず》かであります。お君《きみ》も熟睡《じゅくすい》しているし、ムク犬《いぬ》は相変《あいかわ》らず首《くび》を深《ふか》く突込《つっこ》んで心地《ここち》よげに朝日《あさひ》の光《ひかり》を浴《あ》びて寝《ね》ていました。

七一

多分石川島《たぶんいしかわじま》の造船所《ぞうせんじょ》から乗《の》り出《だ》したと思《おも》われるバッテーラが、此《こ》の真暗《まっくら》な中《なか》を無提灯《むぢょうちん》で浜御殿《はまごてん》の沖《おき》へ乗《の》り出《だ》しました。

「何処《どこ》へお出《いで》なさるんでございます」

艪《ろ》を押《おし》ていた若《わか》い男《おとこ》が尋《たず》ねました。

「西洋《せいよう》へ」

と答《こた》えたのは駒井甚《こまいじん》三郎《ろう》の声《こえ》であります。

「西洋《せいよう》、西洋《せいよう》というのは」

「赤《あか》い髯《ひげ》の住《す》んでいる処《ところ》だ」

「エエ、その西洋《せいよう》へ此《こ》んな小《ちい》ぽけな船《ふね》で」

「此《こ》れで行《ゆく》もんじゃない、沖《おき》へ出《で》ると大《おお》きな船《ふね》がある」

「へえ、一体《たい》、貴方様《あなたさま》は、どうして其《そ》んなお心持《こころもち》におなりなさったんです、何《なん》の御用《ごよう》で西洋《せいよう》へお出《いで》なさるのです」

バッテーラを漕《こ》ぎ出《だ》したのは此二人《このふたり》。人足《にんそく》の寄場《よせば》であった石川島《いしかわじま》。敲《たた》きや追放《ついほう》に処《しょ》せられたもので、引取《ひきとり》人《にん》が無《な》くて、放《はな》してやるとまた無宿人《むしゅくにん》になってしまいそうなもので此処《ここ》に集《あつ》めて仕事《しごと》をさせて置《お》いたから、恐《おそ》らく此処《ここ》に駒井甚《こまいじん》三郎《ろう》の為《ため》にバッテーラを漕《こ》いでいるのは其《そ》の中《なか》の一人《ひとり》と思《おも》われます。二人共《ふたりとも》に同《おな》じような陣笠《じんがさ》を被《かぶ》って羅紗《らしゃ》の筒袖《つつそで》の羽織《はおり》を着《き》ていました。

「吉田寅《よしだとら》二郎《ろう》の二の舞《まい》だ」

と云《い》って甚《じん》三郎《ろう》は此の男《おとこ》の為《ため》に斯《こ》うして密《ひそか》に抜出《ぬけだ》してまで西洋《せいよう》を見《み》なければならぬ理由《りゆう》を語《かた》りはじめました。西洋《せいよう》には日本《にほん》を幾倍《いくばい》したような大《おお》きな国《くに》が幾《いく》つもあって、それが此《こ》の頃《ごろ》になって日本《にほん》を見《み》つけ出《だ》して今《いま》一度《ど》に押《お》しかけて来《き》ていること、押《お》しかけて来《き》てはいるものの日本《にほん》の国《くに》を取《と》ろうと云《い》って来《き》ているのではないこと、つまり日本《にほん》と商売《しょうばい》をしたいから、それで約束《やくそく》を定《き》めに来《き》ているのだという事《こと》。若《も》しも無暗《むやみ》に追払《おいはら》って戦争《せんそう》を初《はじ》めようものならば、今《いま》の処《ところ》では日本《にほん》が負《ま》けるというようなことを云《い》い聞《き》かせると、その男《おとこ》は承知《しょうち》しませんでした。

「そんな事《こと》はござんすまい、日本《にほん》は強《つよ》い国《くに》ですぜ、昔《むかし》を御覧《ごらん》なさい、蒙古《もうこ》の奴《やつ》が十万の兵《へい》で押《おし》かけて来《き》た事《こと》がござんしょう、それを鏖殺《みなごろし》にして生《い》きて帰《かえ》るものが三人《にん》と云《い》うんでございますからね、神武天皇《じんむてんのう》以来《いらい》、外《がい》国《こく》と戦《いくさ》をして負《ま》けた事《こと》の無《ね》え国《くに》ですぜ、神様《かみさま》が付《つ》いているんですからな、蒙古《もうこ》の時《とき》だってそうでさあ、日本《にほん》の軍人《いくさにん》も強《つよ》いけれど、伊勢《いせ》の大神宮様《だいじんぐうさま》が神風《かみかぜ》を吹《ふ》かし下《くだ》すったから、そのお蔭《かげ》で勝《か》ったんです、つまり日本《にほん》の軍人《いくさにん》の後《うしろ》には伊勢《いせ》の大神宮様《だいじんぐうさま》が付《つ》いているんですからね、此《こ》の頃《ごろ》、何《なん》だというじゃありませんか、横浜《よこはま》へ伊勢大神宮《いせだいじんぐう》のおうつしを建《た》てるというじゃありません

か、彼処《あすこ》へ大神宮様《だいじんぐうさま》をおうつし申《もう》せば、いくら黒船《くろふね》が来《き》ても大丈夫《だいじょうぶ》ですねえ、黒船《くろふね》が来《き》て間違《まちが》った事《こと》をすれば神風《かみかぜ》が吹《ふ》きますからね」

此《こ》の男《おとこ》は甚《じん》三郎《ろう》に向《むか》って真顔《まがお》になって此《こ》んな事《こと》を云《い》います。それによって見《み》ても武士《ぶし》でもなければ教育《きょういく》のあるものでもないことがわかります。また甚《じん》三郎《ろう》とは、さまで深《ふか》い関係《かんけい》のあった人《ひと》でないこともわかります。甚《じん》三郎《ろう》は此《こ》の抗議《こうぎ》を聞《き》いても驚《おどろ》きませんでした。此《こ》の男《おとこ》の無智《むち》を侮《あなど》るのではなく、当時《とうじ》まだ此《こ》れに類《るい》した考《かんが》えを持《も》っていた人《ひと》が士人《しじん》の間《あいだ》にさえも無《な》いでは無《な》かった事《こと》を思《おも》い出《だ》したから、ただ西洋《せいよう》へ行《い》って見《み》れば、思《おも》いがけない事情《じじょう》がわかると云《い》うような事《こと》を云《い》って和《なだ》めていました。

斯《こ》うして二人《ふたり》は全力《ぜんりょく》を尽《つく》してお台場《だいば》の間《あいだ》も通《とお》り抜《ぬ》け羽根田《はねだ》の沖《おき》も過《す》ぎて何処《どこ》まで行《い》くつもりだか一向《こう》わかりません。それをわからないなりで櫓《ろ》を操《あやつ》っている若《わか》い男《おとこ》は駒井《こまい》甚《じん》三郎《ろう》に盲目的《もうもくてき》に信従《しんじゅう》している者《もの》と見《み》なければなりません。

やがて此《こ》のバッテーラが神奈川《かながわ》へ近《ちか》くなると闇《やみ》の間《あいだ》にきらめく星《ほし》のようなものが幾《いく》つも見《み》え出《だ》しました。

「清吉《せいきち》、あれを見《み》ろ」

甚《じん》三郎《ろう》が指《ゆび》さす処《ところ》に三本《ぼん》マストの大船《おおぶね》が海《うみ》を圧《あっ》して浮《うか》んでいました。

七二

世相《せそう》は様々《さまざま》であります、一方《ぽう》には尊王攘夷《そんのうじょうい》が盛《さかん》であると共《とも》に、一方《ぽう》にはまた西洋《せいよう》を見《み》なければならぬと悟《さと》る者《もの》も多《おお》くありました。駒井甚三郎《こまいじんざぶろう》は斯《こ》うしてコッソリと抜《ぬ》け出《だ》したけれども、此《こ》の年幕府《としばくふ》からは向山隼人正《むこうやまはやとのしょう》が正使《せいし》として田辺外国奉行支配組頭《たなべがいこくぶぎょうしはいくみがしら》がこれに添《そ》い、別《べつ》に徳川《とくがわ》民部大輔《みんぶたいふ》は山高石見守《やまたかいわみのかみ》をお傅《もり》として仏蘭西《フランス》の万国博覧《ばんこくはくらん》会《かい》を視察《しさつ》に出《で》かけるような世《よ》の中《なか》になりました。その随《ずい》行《こう》としては杉浦愛蔵《すぎうらあいぞう》、保科俊太郎《ほしなしゅんたろう》、渋沢篤太夫《しぶさわとくだゆう》、高松《たかまつ》凌雲《りょううん》、蓑作貞一郎《みづくりていいちろう》、山内元三郎《やまうちもとさぶろう》その他《た》、水戸《みと》、会津《あいづ》、唐津《からつ》等《とう》から、それぐ〳〵の人才《じんさい》が出《で》かける事《こと》になりました。

それとは、また別《べつ》に、長者町《ちょうじゃまち》に妾宅《しょうたく》を構《かま》えた鰡《ぼら》八大《だい》尽《じん》も御多分《ごたぶん》に洩《も》れず洋行《ようこう》する事《こと》になりました。これは政治向《せいじむき》の視察《しさつ》よりも商売向《しょうばいむき》を調《しら》べたいのですから、数《すう》十人《にん》の番頭《ばんとう》を召連《めしつ》れ顧問《こもん》として各種《かくしゅ》の商人《しょうにん》に同行《どうこう》して貰《もら》い、それに大尽《だいじん》も可《か》なり年《とし》を老《と》っているから、途中《とちゅう》万《まん》一の心配《しんぱい》の為《ため》に医者《いしゃ》から看護人《かんごにん》から、花《はな》のような女中《じょちゅう》まで連《つ》れ、其《そ》の上《うえ》に外国《がいこく》へ行《い》っての気候《きこう》や食物《しょくもつ》の変化《へんか》を慮《おもんぱ》かって日本《にほん》の食料品《しょくりょうひん》を充分《じゅうぶん》に積《つ》み込《こ》み、腕《うで》の冴《さ》えた料理人《りょうりにん》を召《め》し抱《かか》え、その他《た》、衣類《いるい》から酒類《さけるい》から万事《ばんじ》抜《ぬ》かりなく、向《む》うへ行《い》って附《つ》ける味噌《みそ》まで用意《ようい》して行《ゆ》こうという騒《さわ》ぎであります。

その前祝《まえいわ》いの為《ため》に、この妾宅《しょうたく》で立振舞《たちぶるまい》がありました。それはまた、なか〳〵盛《さか》んなる景気《けいき》でありました。余興《よきょう》には美人《びじん》を集《あつ》めて鬼《おに》ケ島《しま》の征伐《せいばつ》をするという事《こと》であります。案内《あんない》を受《う》けた朝野《ちょうや》の名流《めいりゅう》は、ゾロゾロゾロと、定刻《ていこく》から此《こ》の妾宅《しょうたく》へ詰《つ》めかけて来《き》ました。

この朝野《ちょうや》の名流《めいりゅう》というのが、いつも大抵定《たいていきま》った面振《かおぶれ》なのでありました。何《なに》か事《こと》があるとゾロゾロゾロと出《で》て来《き》てズラリと面《おもて》を並《なら》べて設《もう》けの席《せき》に着《つ》きます。

それから、主人側《しゅじんがわ》と来客《らいきゃく》が鹿爪《しかつめ》らしい声《こえ》、外行《よそゆき》の口調《くちょう》を出《だ》してお互《たがい》に、おテンタラの交換《こうかん》をするのであります。主人側《しゅじんがわ》は斯《か》く朝野《ちょうや》の名流《めいりゅう》の御来場《ごらいじょう》を賜《たま》わりました事《こと》は不肖身《ふしょうみ》に取《と》って光栄《こうえい》とする処《ところ》でございますテナ事《こと》を云《い》うのであります。そうすると来賓側《らいひんがわ》も負《ま》けない気《き》になって、主人《しゅじん》が老《お》いて益壮《ますますさかん》にして海外雄飛《かいがいゆうひ》の志《こころざし》を遂《と》げんとするは商業界《しょうぎょうかい》のみならず、我々後進《われわれこうしん》の為《ため》に無上《むじょう》の教訓《きょうくん》であるテナ事《こと》を云《い》うのであります。

そのおテンタラの交換《こうかん》が済《す》むと、それから主客打《しゅきゃくう》ち解《と》けての宴会《えんかい》がはじまります。その宴会《えんかい》の前後《ぜんご》には余興《よきょう》が行《おこな》われました。

　余興《よきょう》も例《れい》の鬼《おに》ケ島《しま》の征伐《せいばつ》に至《いた》ると、もう主客共《しゅきゃくとも》に大童《おおわらわ》であります。美人連《びじんれん》を鬼《おに》に仕立《した》てて朝野《ちょうや》の名流《めいりゅう》が其《そ》れを追蒐《おっか》け廻《まわ》ってキャッ〳〵と云《い》う騒《さわ》ぎで有《あり》ました。さて、此《こ》の隣家《となり》に控《ひか》えているのが道庵先生《どうあんせんせい》であります。これを其《そ》の儘《まま》で置《お》いては、それこそ道庵先生健在《どうあんせんせいけんざい》なりやと云《い》いたくなるのであります。処《ところ》が先生《せんせい》、如何《どう》したものか一向振《こうふる》いません。不在《るす》でもあるかと思《おも》うと、立《りっ》派《ぱ》に在宅《ざいたく》しているのだから、子分《こぶん》の中《うち》でも気《き》の早《はや》いデモ倉《くら》というのが堪《た》まり兼《か》ねて、

「先生《せんせい》、あれで宜《い》いですか、長州征伐《ちょうしゅうせいばつ》の兵隊達《へいたいたち》は艱苦《かんく》のうちに引《ひ》くことも進《すす》むことも困《こま》っているのに、あんな泰平楽《たいへいらく》な旅立《たびだち》をして、いいもんですか、随分巫山戯《ずいぶんふざけ》てるじゃございませんか、先生《せんせい》として、あれをあのままにして置《お》けますか」

　眼《め》の色《いろ》を変《か》えて詰《つ》め寄《よ》せて来《き》ました時《とき》に、道庵先生《どうあんせんせい》は泰然自若《たいぜんじじゃく》として盃《さかずき》を挙《あ》げ、

「まあ、打捨《うっちゃ》って置《お》け、万事《ばんじ》はおれの腹《はら》にある」

　腹《はら》の大《おお》きい処《ところ》を指《ゆび》さしました。けれどもデモ倉《くら》には先生《せんせい》の腹《はら》の大《おお》きい処《ところ》を理解《りかい》するだけの頭《あたま》がありませんでした。

「先生《せんせい》、いやに済《す》ましてるねえ、お腹《なか》が如何《どう》かしたんですかい」

七一三

宇津木《うつぎ》兵馬《ひょうま》を吉原《よしわら》へ引張《ひっぱ》り出《だ》した金助《きんすけ》は、兵馬《ひょうま》に工《く》面《めん》させた金《かね》の頭《あたま》を刎《はね》て裕福《ゆうふく》でありました。ゾロリとした衣裳《なり》をして、あちらこちらと飲《の》んで歩《ある》きました。或《ある》日《ひ》の事《こと》、鎌倉河岸《かまくらがし》の豊島屋《としまや》の隣《となり》の居酒屋《いざかや》へブラリと入《はい》って見《み》ると、

「おや、手前《てめえ》、斧公《おのこう》じゃねえか」

と云《い》いました。

甲府《こうふ》で懇意《こんい》になった斧《おの》七という仲間《なかま》が、これも多少《たしょう》景気《けいき》が宜《よ》いと見《み》えて、相当《そうとう》の身《み》なりをしてパイ一を定《き》めて居《お》りました。

パイ一を定《き》めるというけれども此《こ》の店《みせ》のパイ一は他《ほか》の店《みせ》と少《すこ》しばかり違《ちが》っていました。お酒《さけ》は朱塗《しゅぬり》の湯桶《ゆおけ》の中《なか》へ、豊島屋仕込《としまやじこみ》の燗酒《かんざけ》が入《はい》っていました。それをキュッと引掛《ひっか》けると腹《はら》の虫《むし》がギュッと云《い》うのであります。

「やあ、金助《きんすけ》、手前近《てめえちか》ごろ景気《けいき》がいいと見《み》えるな」

と斧《おの》七が云《い》いました。

ここで金助《きんすけ》と斧《おの》七とは、久《ひさ》しぶりで面《かお》を合《あわ》せて飲《の》むことになりました。お互《たがい》に景気《けいき》が宜《い》い同志《どうし》で、自分達《じぶんたち》の働《はたら》きのあることを自慢《じまん》し合《あ》っていました。

「まあ、金公《きんこう》、済《す》まねえが聞《き》いて呉《く》れ、おりゃあ、また一《ひと》つ罪《つみ》を作《つく》ってしまったよ、ほんとに色男《いろおとこ》にはなりたく無《ね》え」

斧《おの》七が斯《こ》う云《い》い出《だ》しました。この男《おとこ》は折助仲間《おりすけなかま》でも色男《いろおとこ》を以《もっ》て任《にん》じているらしくありました。

「此《こ》の野郎《やろう》、いつ見《み》ても寸《すん》の伸《の》びた面《つら》をしていやがる」

金助《きんすけ》は苦々《にがにが》しそうに呟《つぶ》やきました。斧《おの》七が此《こ》んな前置《まえおき》をして惚気出《のろけだ》したのを何事《なにごと》かと金助《きんすけ》もお附合《つきあい》で聞《き》いていると、甲府《こうふ》を出《で》る時《とき》に坊主《ぼうず》の妾《めかけ》を引《ひっ》かけて、それを横取《よこどり》して此方《こっち》へ連《つ》れて来《き》て、今一緒《いまいっしょ》に住《す》んでいるということでありました。斧《おの》七の云《い》う処《ところ》によると、その女《おんな》は面《かお》も仲々拝《なかなかおが》めるし、小金《こがね》も貯《た》めているし、衣裳《いしょう》も持《も》っている。それを連《つ》れて来《き》たお蔭《かげ》で、今《いま》では斯《こ》うして遊《あそ》んで暮《く》らしていられるのだ、嫉《そね》め〳〵と云《い》いました。そうして腮《あご》を撫《な》でながら、

「坊主《ぼうず》の奴《やつ》、口惜《くや》しがってるだろう、坊主《ぼうず》に恨《うら》まれると七代崇《だいたた》るというから、浮《うっ》かり色男《いろおとこ》にもなれねえのさ」

斯《こ》う云《い》って斧《おの》七が反身《そりみ》になると、

「今時《いまどき》の坊主《ぼうず》に、其《そ》んな正直《しょうじき》なのは無《ね》えや、途中《とちゅう》から、いい加減《かげん》なおっちょこちょいが飛《と》び出《だ》して、喰《く》い残《のこ》り

の始末《しまつ》をして呉《く》れたと手《て》を拍《う》って有難《ありがた》がってるだろう」

「おや〳〵、折角《せっかく》の色男《いろおとこ》を取捉《とっつか》めえて、おっちょこちょいも無《ね》えものだ、まあ、いいや、色男《いろおとこ》は昔《むかし》から嫉《そね》まれるものと相場《そうば》が定《き》まっている、何《なん》とでも云《い》え云《い》え」

斧七《おの》はひどく納《おさ》まってしまいました。

それから金助《きんすけ》はまた金助《きんすけ》で自慢《じまん》を初《はじ》めました。初心《うぶ》な若《わか》いのを欺《だま》して吉原《よしわら》へ連《つ》れ込《こ》んで、その軍用金《ぐんようきん》を捲《ま》き上《あ》げたのが此《こ》れだといって財布《さいふ》をザク〳〵と音《おと》をさせて見《み》せせました。

二人《ふたり》が此《こ》んな事《こと》で嵩《こう》じて管《くだ》を捲《ま》きはじめると其処《そこ》へ女中《じょちゅう》が面《かお》を出《だ》して、

「わたしの斧《おの》さんを苛《いじ》めると聞《き》かないよ、ねえ斧《おの》さん、わたしがついてるよ」

剽軽《ひょうきん》な女中《じょちゅう》が眼《め》を剝《む》いで金助《きんすけ》を額《ひたい》で睨《にら》めました。

「此奴《こいつ》は敵《かな》わねえ」

金助《きんすけ》は頭《あたま》を押《おさ》えました。

「如何《どう》だ〳〵」

斧七《おの》は、いよ〳〵反《そっ》くり返《かえ》る。それで大笑《おおわら》いになったあとで金助《きんすけ》が、

「時《とき》に斧公《おのこう》、今度《こんど》鰡《ぼら》八大尽《だいじん》が仏蘭西《フランス》とやらへ出《で》かけるについて、人足《にんそく》が足《た》りねえ、手前《てめえ》一緒《しょ》に行《い》って見《み》る気《き》は無《ね》えか」

七一四

南條力《なんじょうつとむ》と五十嵐甲子雄《いがらしきねお》の二人《ふたり》は上方《かみがた》の風雲《ふううん》を聞《き》いて急《きゅう》に江戸《えど》を立《た》つ事《こと》になりました、宇津木兵馬《うつぎひょうま》は其《そ》れを送《おく》って神奈川《かながわ》まで行《ゆ》きました。

神奈川《かながわ》の宿《しゅく》の背後《うしろ》の小高《こだか》い丘《おか》の上《うえ》で二人《にん》は休《やす》みました。眼《め》の前《まえ》には神奈川《かながわ》の沖《おき》、横浜《よこはま》の港《みなと》が展開《てんかい》されています。秋《あき》の空《そら》は高《たか》く晴《は》れ渡《わた》っていました。

兵馬《ひょうま》の眼《め》を驚《おどろ》かしたのは、眼《め》の前《まえ》の沖《おき》に見慣《みなれ》ぬ三本《ぼん》檣《マスト》の大船《おおぶね》が横《よこ》たわっていることであります。その当時《とうじ》の漁船《ぎょせん》や番船《ばんせん》やまた幕府《ばくふ》の御用船等《ごようせんとう》も其《そ》の大《おお》きな黒船《くろふね》の前《まえ》では巨人《きょじん》の周囲《しゅうい》を取巻《とりま》く小児《しょうに》のようにしか見《み》えません。兵馬《ひょうま》が其《そ》の巨船《きょせん》に向《むか》って頻《しき》りに驚異《きょうい》の眼《め》を睜《みは》っているのを南條力《なんじょうつとむ》は莞爾《かんじ》として傍《かたわら》から申《もう》しました。

「あれは和蘭《オランダ》でフレガットと呼《よ》ぶ種類《しゅるい》の軍艦《ぐんかん》だ、噸数《トンすう》は三千噸《トン》、馬力《ばりき》は四百馬力《ばりき》という処《ところ》だろう、毛唐《けとう》はあれ以上《いじょう》の軍艦《ぐんかん》を何《なん》百も持《も》っている、日本《にほん》にはあれだけの船《ふね》を見《み》ることも珍《めず》らしいのだ、残念《ざんねん》な事《こと》だ、日本《にほん》の船《ふね》であれと競争《きょうそう》するのは大砲《たいほう》へ弓矢《ゆみや》を以《もっ》て向《むか》うのと同《おな》じことじゃ、大砲《たいほう》といえば、あの位《くらい》の船《ふね》であれに三十ドイムの施条砲《しじょうほう》が二十六門《もん》は載《の》っているだろう、それに小口径《しょうこうけい》のやつも十門以上《もんいじょう》はあるだろう、乗組《のりくみ》か、左様《さよう》、五百人《にん》は大丈夫《だいじょうぶ》だな、日本《にほん》でも早《はや》く、あの位《くらい》の船《ふね》で此《こ》の神奈川《かながわ》の海《うみ》を埋《うず》めて見《み》たいものじゃ、船《ふね》と大砲《たいほう》の事《こと》を考《かんが》えると、拙者《せっしゃ》はいつでも駒井甚三郎《こまいじんろう》の事《こと》を思《おも》う、あの男《おとこ》を西洋《せいよう》へやって、充分《じゅうぶん》に船《ふね》と大砲《たいほう》の研究《けんきゅう》をさせて置《お》けば国家《こっか》の為《ため》に大《たい》した働《はたら》きを為《な》すのだが、惜《お》しいものだ、あの男《おとこ》ばかりは一体今何処《たいいまどこ》にいるか知《し》らん、滝《たき》の川以来《がわいらい》、もう一度会《どあ》って話《はな》したいと思《おも》っていたが遂《つい》に其所在《そのしょざい》を知《し》ることが出来《でき》なかった、これも残念《ざんねん》」

南條力《なんじょうつとむ》は一種《しゅ》の感慨《かんがい》と軒昂《けんこう》たる意気《いき》を眉宇《びう》の間《あいだ》に現《あら》わしていました。

神奈川《かながわ》の宿《しゅく》の外《はず》れまで二人《ふたり》を送《おく》って別《わか》れた宇津木《うつぎ》兵馬《ひょうま》は其《そ》の帰《かえ》りに神奈川《かながわ》の町《まち》の中《なか》へ入《はい》って見《み》ると、其処《そこ》にも目《め》を驚《おどろ》かすものが多《おお》くありました。今《いま》まで京都《きょうと》や江戸《えど》で見聞《みきき》した気分《きぶん》とは丸《まる》っきり違《ちが》った気分《きぶん》に打《う》たれないわけには行《ゆ》きませんでした。神奈川《かながわ》の七軒町《けんちょう》へ来《く》ると大《おお》きな一構《かま》えの建築《けんちく》を見出《みいだ》して、これは何《なん》だろうと暫《しば》し佇《たたず》んで見《み》ていると、屋根《やね》の上《うえ》を見慣《みなれ》ぬ横文《よこも》字《じ》で No9 と記《しる》してあります。兵馬《ひょうま》はそれを見《み》て、は

はあこれが有名《ゆうめい》なナンバーナインというものだなと思《おも》いました。兵馬《ひょうま》は此処《ここ》で喜遊《きゆう》という遊女《ゆうじょ》が、外国人《がいこくじん》に肌《はだ》を触《ふ》れることを忌《い》やがって、「露《つゆ》をだに厭《いと》う大和《やまと》の女郎花《おみなえし》、降《ふ》るあめりかに袖《そで》は濡《ぬ》らさじ」という歌《うた》を詠《よ》んで自害《じがい》したという話《はなし》を思《おも》い出《だ》しました。併《しか》し此処《ここ》へ来《き》て見《み》ると、降《ふ》るアメリカも、意気《いき》なイギリスも、揚々《ようよう》と出入《しゅつにゅう》して、遊女達《ゆうじょたち》も露《つゆ》を厭《いと》うような、しおらしい風情《ふぜい》はあんまり見受《みう》けないようでした。岩亀楼《がんきろう》というのは何処《どこ》だか知《し》らないが、兵馬《ひょうま》もあの話《はなし》は誰《だれ》かのこしらえ事《ごと》ではないかと思《おも》いました。

兵馬《ひょうま》の頭《あたま》は此《こ》の新《あたら》しい開港場《かいこうじょう》へ来《く》ると、いたく動揺《どうよう》してしまいました。何《なに》か大《おお》きな渦《うず》の中《なか》へでも捲《ま》き込《こ》まれて行《ゆ》くようでしたから、直《すぐ》に町《まち》の中《なか》を去《さ》って、また小高《こだか》い丘《おか》へ登《のぼ》りました。そこで松《まつ》の木蔭《こかげ》に坐《すわ》って横浜《よこはま》の港《みなと》と東海筋《とうかいすじ》とを、しんみりと眺《なが》めました。大《おお》きな渦《うず》へ捲《ま》き込《こ》まれそうであった頭《あたま》の動揺《どうよう》が此処《ここ》へ来《く》ると、また静《しず》かになりました。そうして松《まつ》の木蔭《こかげ》でゆっくりと休《やす》みながら海《うみ》を見《み》ていると、此《こ》の時《とき》に彼《か》の大《おお》きな船《ふね》が煙《けむり》を吐《は》きはじめました。やや暫《しばら》く見《み》ているうちに、徐々《じょじょ》として其《そ》の船《ふね》が動《うご》き出《いだ》しました。

七一五

黒烟《こくえん》を吐《は》いて本牧《ほんもく》の沖《おき》に消《き》えて行《ゆ》く巨船《きょせん》の後影《うしろかげ》を見《み》送《おく》っているうちに、兵馬《ひょうま》は壮快《そうかい》な感《かん》じから一種《しゅ》の悲痛《ひつう》な情《じょう》が、むら〳〵と湧《わ》いて来《く》るのを禁《きん》ずる事《こと》が出来《でき》ません。誰《だれ》を送《おく》るともなしに、あの船《ふね》の行方《ゆくえ》に名残《なごり》が惜《お》しまれるようになりました。その船《ふね》が見《み》えなくなった後《のち》に、自分《じぶん》は敵《かたき》を打《う》たねばならない身《み》だと思《おも》って、雄々《おお》しくも腰《こし》の刀《かたな》を揺《ゆ》り上《あ》げて立《た》ちました。（了《おわり》）

著者曰《ちょしゃいわ》く、この辺《へん》で一休《やす》み致《いた》しましょう。この一休《やす》みは一休《いっきゅう》の歌《うた》に「有漏路《うろじ》より無漏路《むろじ》に帰《かえ》る一休《やす》み、雨降《あめふ》らば降《ふ》れ、風吹《かぜふ》かば吹《ふ》け」といったような一休《やす》みでありましょう。さて此《こ》の小説《しょうせつ》も本《ほん》にして只今《ただいま》七巻《かん》まで出《だ》していることは御承知《ごしょうち》の通《とお》りであります。第《だい》八巻《かん》「白根山《しらねさん》の巻《まき》」第《だい》九「女子《じょし》と小人《しょうじん》の巻《まき》」第《だい》十「駒井能登守《こまいのとのかみ》の巻《まき》」など年内《ねんない》にも出《だ》したいつもりでいましたけれど、著者《ちょしゃ》が忙《いそが》しかったり印刷物《いんさつぶつ》が間《ま》に合《あ》わなかったりして後《おく》れ勝《がち》でございます。来年《らいねん》は、もっと勉強《べんきょう》して出版《しゅっぱん》をつづけるつもりでございます。併《しか》し小説《しょうせつ》が紙面《しめん》へ出《で》ていないと其《そ》の都度《つど》毎《ごと》に従来《じゅうらい》のようにお知《し》らせ申《もう》す便宜《べんぎ》が無《な》かろうかと思《おも》いますから従来《じゅうらい》の愛読者諸君《あいどくしゃしょくん》は此《こ》の際《さい》、葉書《はがき》で出版所《しゅっぱんじょ》（玉流堂《ぎょくりゅうどう》）まで御住所《ごじゅうしょ》をお知《し》らせ下《くだ》さらば出版《しゅっぱん》の度《たび》毎《ごと》に、直接《ちょくせつ》に配達《はいたつ》させることに致《いた》しましょう。何《なに》にしても此《こ》の小説《しょうせつ》は今《いま》まで日本《にほん》で著《あら》わされた小説《しょうせつ》の中《うち》の最大長篇《さいだいちょうへん》になろうという事《こと》が記録《きろく》の一つなのでございます。幸《さいわい》にお蔭様《かげさま》で其《そ》の目的《もくてき》が達《たっ》せられそうでございます（まだ全部《ぜんぶ》を本《ほん》にした上《うえ》で無《な》ければ其《そ》の吹聴《ふいちょう》は早《はや》いかも知《し》れないけれど）。長《なが》いもの必《かなら》ずしも良《よ》いものとは限《かぎ》りませんが斯様《かよう》な努力《どりょく》も亦必《またかなら》ずしも無意味《むいみ》ではありますまい。掲載中読者諸君《けいさいちゅうどくしゃしょくん》より寄《よ》せられた好意《こうい》は、ここに取《とり》まとめて深《ふか》くお礼《れい》を申上《もうしあ》げます。その中《うち》に、或友人《あるゆうじん》が斯《こ》う云《い》う事《こと》を云《い》って呉《く》れました。「君《きみ》の小説《しょうせつ》には及《およ》び難《がた》き事《こと》が幾《いく》つもある。量《りょう》に於《おい》て前人未到《ぜんじんみとう》の事《こと》を為《な》そうとするのも慥《たしか》に其《そ》の一には相違《そうい》ないが、僕《ぼく》の服《ふく》する処《ところ》は其《そ》れでなくして形《けい》式《しき》を通俗《つうぞく》に取《と》って内容《ないよう》を測《はか》るべからざる処《ところ》に置《お》くそれである。卒然《そつぜん》として之《これ》を読《よ》めば演義講談《えんぎこうだん》の類《たぐい》で、

再《ふたた》び之《これ》を読《よ》む時《とき》に大乗不可思議《だいじょうふかしぎ》の処《ところ》へ持《も》って行《ゆ》かれる心持《こころもち》がしないではない。篇中箇々《へんちゅうここ》の人物《じんぶつ》に就《つい》ては一々興味《いちいちきょうみ》を感《かん》ずる、而《しか》も其《そ》の興味《きょうみ》が怪奇《かいき》を弄《ろう》するが如《ごと》くして決《けっ》して怪奇《かいき》でない、有《あ》り得《う》べからざる人《ひと》の如《ごと》くして決《けっ》して有《あ》り得《う》べからざる人《ひと》ではない、また其《そ》の趣向《しゅこう》と脈絡《みゃくらく》とも波瀾錯綜《はらんさくそう》を極《きわ》むるに拘《かかわ》らず無理《むり》と不自然《ふしぜん》とを感《かん》ぜしめない事《こと》は確《たし》かに驚異《きょうい》に価《あたい》する。

この点《てん》は君《きみ》が水滸伝《すいこでん》や八犬伝《けんでん》の作者《さくしゃ》に超越《ちょうえつ》することを断言《だんげん》して憚《はばか》らぬ、つとめて已《や》まざれば此《こ》の方面《ほうめん》に於《お》ける君《きみ》の将来《しょうらい》は、ほとんど前後《ぜんご》に追従者《ついじゅうしゃ》を見出《みいだ》し難《がた》い処《ところ》に立《た》ち得《う》るだろう。といっても君《きみ》の作全体《さくぜんたい》に心酔《しんすい》している訳《わけ》ではない……形式《けいしき》は小説《しょうせつ》でも講談《こうだん》でも何《なん》でも宜《よろ》しい。有《あ》らゆるものを取《と》って、それに投《な》げ込《こ》み得《う》る力量《りきりょう》と消化力《しょうかりょく》とが問題《もんだい》である。そうして君《きみ》は確《たし》かに其《そ》の任《にん》に堪《た》え得《う》る人《ひと》である……」。これはもとより友人《ゆうじん》としての贔屓目《ひいきめ》であります。斯《こ》う云《い》われたからとて、それで宜《い》い気《き》になっている私《わたし》ではありません。遊戯三昧《ゆうぎざんまい》という事《こと》が私《わたくし》の一生《しょう》の目的《もくてき》でございます。可《か》なり長《なが》く紙面《しめん》を汚《けが》しました上《うえ》にまた此《こ》んな蛇足《だそく》を書添《かきそ》えて重々申訳《じゅうじゅうもうしわけ》ございません。（中里生）

編集について

一、本文の表記は、原則として新字、現代仮名づかいとするが、作者の文字遣いや都新聞紙上の雰囲気を尊重して部分的に旧字を残した。

二、当時は一定した原則がなかった表記や送り仮名については、統一せずに原文どおりとした。また、地名や人名における表記の揺れについても統一せず、現在の一般的な表記や読み方と異なるものも原文どおりとした。

三、ルビは、紙面のままに、漢数字以外のほぼすべてのものに施した。

四、第一回連載「大菩薩峠」から第三回連載「龍神」(本シリーズの第三巻)までの原文には、句点(「。」)がなく読点(「、」)のみが用いられているため、編集にあたって、段落の最後の読点を句点に置き換えた。第四回連載「間の山」からは、句点(「。」)が用いられるようになるため、原文のとおりとした。

五、原文に掲載回数の誤り(第〇回などの数え間違い)がある場合は、訂正して記した。

六、本文には現代において不適切な表現が含まれているが、発表当時の社会意識を反映したもので、作品の歴史性や価値を鑑みてそのまま表記した。これは、あくまで資料としての正確性を期するためである。

解題

伊東祐吏

本シリーズは、大正時代に都《みやこ》新聞（現在の東京新聞）紙上に掲載された中里介山《なかざとかいざん》「大菩薩峠《だいぼさつとうげ》」を新字、新仮名、総ルビ、挿絵つきで復刻するものである。

介山は大正二年（一九一三年）に「大菩薩峠」の連載を都新聞で開始し、八年間にわたって断続的に執筆したのち、他の新聞に連載を移した。都新聞での連載は、分量、年数ともに最大、最長で、全四十一巻（「甲源一刀流の巻」から「椰子林の巻」まで）のうち、はじめの二〇巻に相当する。ただし、「巻」という単位は単行本化の際に施されたもので、都新聞には六回にわたって次のようなかたちで連載されていた。

	（タイトル）	（連載期間）	（連載回数）
第一回連載	「大菩薩峠」	大正二年九月～大正三年二月	一五〇回
第二回連載	「大菩薩峠（続）」	大正三年八月～十二月	一〇八回
第三回連載	「龍神」	大正四年四月～七月	一〇八回
第四回連載	「間の山」	大正六年十月～十二月	六七回
第五回連載	「大菩薩峠（第五篇）」	大正七年一月～大正八年十二月	七一五回
第六回連載	「大菩薩峠（第六篇）」	大正十年一月～十月	二九〇回

よって、本シリーズもこの体裁に従い、全六回（計一四三八回）の連載分を九巻で刊行する。第七巻には、都新聞での第五回連載「大菩薩峠（第五篇）」の第五四四回から七一五回まで（大正八年六月三十日～十二月十七日）を収

めた。これは単行本では、「道庵と鰡八の巻」から「黒業白業の巻」までの部分に相当する。

都新聞に連載された「大菩薩峠」は、単行本化されるにあたって全体の約三〇％が削除されている。第五回連載「大菩薩峠（第五篇）」は、全体では二四％が削除されており、本巻に収めた部分では二七％が単行本化に際してカットされた。

本巻にて、二年に渡って連載された「大菩薩峠（第五篇）」が終了したことになる。完結を宣言して執筆された「大菩薩峠（第五篇）」だが、介山自身にどこまでこの物語を書ききったという実感があったかは分からない。しかし、連載が終了した背景には、介山が大正八年十一月をもって都新聞を退社したことも関係しているだろう。連載は、それから間もなく終了する。

この時期、都新聞では経営陣の大転換があった。大正八年十二月一日、都新聞社は、先代からの社主で、男爵であり貴族院議員でもある楠本正敏《くすもとまさとし》から、織物業と株式で富を築いた福田英助《ふくだえいすけ》へと売り渡される。

当時は、第一次世界大戦の影響による物価上昇で、人々は生活に苦しみ、「米騒動」と呼ばれた民衆暴動が全国的な広がりを見せていた。新聞社においても、紙の価格の高騰が、経営の大きな負担となっていく。そして、政府は不安定な社会を必死に抑えつけ、不都合な記事を書いた新聞社には発禁処分を課し、言論統制を強めていった。そのような時代のなかで、楠本は徐々に経営の譲渡を考えるようになる。

この動きをいち早く察知し、社を買い受けるべく資金を集め、着々と準備にとりかかっていたのが、かつての都新聞主筆、田川大吉郎《たがわだいきちろう》であった。田川は、先代の楠本正隆《まさたか》からのつき合いで、明治二十五年に黒岩涙香《るいこう》が都新聞から去り、部数が激減した最大の危機には、主筆として紙面を支えた。そして今度は、記者としてだけでなく、経営者として、あるべき新聞社の理想を実現しようと意気込んでいたのである。

田川は、介山にとって、一生の恩人と言える人物であった。なぜなら、上京したものの、教員試験に失敗するなどして挫折を繰り返していた介山を、都新聞の記者として採用した人こそが、田川だったからである。介山はその恩を生涯忘れず、田川も最後まで介山に目をかけた。よって、もしもこのとき田川が都新聞社の新たな社主になっていたならば、介山は社を辞めることなく、「大菩薩峠（第五篇）」がもう少し継続していた可能性すらあるだろう。しかし、実際には、社は福田へと渡り、介山は社を離れるのである。

では、「大菩薩峠（第五篇）」の終わり方をどのように考えたらよいのだろうか。

介山は連載の終了に際し、完結とは言わず、「一休み」と言っている。しかし、それは「有漏路《うろじ》より無漏路《むろじ》へ帰る一休み」だそうだ。「有漏路」は仏教用語で、煩悩《ぼんのう》がある者たちの世界（＝この世）のこと。「無漏路」は、煩悩がなく迷いのない世界のことをあらわすという。となると、その道のりは果てしないわけで、そこでの「一休み」はいくらでも繰り返されると同時に、いつでも最後になりうるようなものと言えるかもしれない。

思えば、介山はすでに、第二回、第三回連載の終了時に、龍之助が江戸にもどり、兵馬に討たれるという、「大菩薩峠」という物語の来《きた》るべき結末を記していた。「大菩薩峠（第五篇）」がそこまでたどりつかなかったのか、もしくは、当初の構想を改めたのか、介山の説明はない。しかし、「大菩薩峠（第五篇）」は六〇〇回あたりから登場人物たちが一斉に江戸に集まり、クライマックスで龍之助と兵馬はニアミスをするような距離にいるわけで、二人を会わせてもいいのに会わせなかったのは、「出会わない」という方向性を介山が選びとったとも考えられるだろう。もしかすると、それが介山なりの一種の結末だったのではないだろうか。

介山はかつて、「大菩薩峠」という物語が単なる仇討ちでは納まらず、恩と怨とを通り越したところまで行くと述べていたが（「龍神」最終回）、私には、「大菩薩峠（第五篇）」の仇討ちというテーマが後退していくような内容と、仇討ちがおこなわれないという終わり方は、そのひとつの解答であり、介山流の「仇討小説の越え方」であるように思われる。

しかし、いまはそう決めつけずに、判断を保留しておくことにしよう。なぜなら、「大菩薩峠」はこれで終わりではなかったからである。この一年後、またしても都新聞で「大菩薩峠」は復活し、「大菩薩峠（第六篇）」の連載が始まる。

中里　介山（なかざと・かいざん）
明治18（1885）年、神奈川県西多摩郡羽村（現、東京都羽村市）生まれ。
13歳で上京し、電話交換手、小学校教員となり、平民社周辺の社会主義運動に参加。その後、社会主義を離れ、明治39年に都新聞社（現在の東京新聞社）に入社する。明治42年に初の新聞連載小説を執筆し、未完の大作となる「大菩薩峠」は大正2（1913）年より連載を開始。都新聞での連載終了後は、東京郊外に居を構えて、大阪毎日新聞（東京日日新聞）、国民新聞、読売新聞、介山が出版する雑誌『隣人之友』などに書き継いだが、昭和19（1944）年に腸チフスにより逝去。享年59歳。

井川　洗厓（いかわ・せんがい）
明治9（1876）年、岐阜県生まれ。
日本画の富岡永洗に師事し、明治39年からは都新聞社に入社して、新聞連載小説の挿絵を描いた。時代物を得意とし、その後『講談倶楽部』の表紙や口絵によって注目されると、『キング』、『冨士』、『少女画報』などでも筆を揮い、挿絵専業画家の先駆者となった。昭和36（1961）年に死去。享年85歳。

伊東　祐吏（いとう・ゆうじ）
1974年、東京生まれ。早稲田大学教育学部卒業。名古屋大学大学院文学研究科博士後期課程修了。
著書に、『戦後論——日本人に戦争をした「当事者意識」はあるのか』（平凡社）、『「大菩薩峠」を都新聞で読む』（論創社）がある。

大菩薩峠【都新聞版】　第七巻

2015年1月25日　初版第1刷印刷
2015年1月30日　初版第1刷発行

著　者　中里介山
校　訂　伊東祐吏
発行人　森下紀夫
発行所　論　創　社
東京都千代田区神田神保町2-23　北井ビル
tel. 03（3264）5254　fax. 03（3264）5232　web. http://www.ronso.co.jp/
振替口座　00160-1-155266
装幀／宗利淳一＋田中奈緒子
印刷・製本／中央精版印刷　組版／フレックスアート
ISBN978-4-8460-1388-2　